Sur l'auteure

Américaine d'origine irlandaise, Mary Beth Keane vit dans l'État de New York. En 2011, la National Book Foundation l'a désignée comme l'un des cinq meilleurs écrivains américains de moins de 35 ans. Énorme succès aux États-Unis, *Aujourd'hui comme hier* est son deuxième roman, après *La Cuisinière*, paru en France aux Presses de la Cité et chez 10/18.

*De la même auteure
aux Éditions 10/18*

La cuisinière, n° 5053
Aujourd'hui comme hier, n° 5799

MARY BETH KEANE

AUJOURD'HUI COMME HIER

Traduit de l'anglais (États-Unis)
par Karine Guerre

10/18

LES PRESSES DE LA CITÉ

Titre original :
Ask Again, Yes
Publié à New York par Scribner,
une marque de Simon & Schuster, en 2019.

© Mary Beth Keane, 2019. Tous droits réservés.
© Presses de la Cité, un département Place des Éditeurs, 2021,
pour la traduction française.
ISBN 978-2-264-08003-5
Dépôt légal : septembre 2022

Pour Owen et Emmett

PROLOGUE

Juillet 1973

Francis Gleeson, grand et mince dans son uniforme bleu clair, quitta la lumière aveuglante du soleil pour se mettre à l'ombre du bâtiment trapu qui abritait le poste de police du 41ᵉ district – surnommé le « quatre-un » par les flics new-yorkais. Une paire de collants séchait sur un escalier de secours, au quatrième étage, près de la 167ᵉ Rue et, pendant qu'il attendait Brian Stanhope, un gars fraîchement recruté au NYPD, comme lui, Francis observa ces jambes arachnéennes parfaitement immobiles, admirant la délicatesse de la courbe où le talon était censé se loger. Un autre immeuble avait brûlé pendant la nuit. Francis était prêt à parier qu'il ressemblait maintenant à tous ceux qui l'avaient précédé ces derniers temps dans le quatre-un : une coquille vide et un escalier noirci. Les enfants du quartier avaient suivi l'incendie depuis les toits et les escaliers de secours où ils avaient traîné leurs matelas par cette première journée vraiment chaude de juin. À présent, Francis les entendait supplier les pompiers de leur laisser au moins une bouche d'incendie ouverte. Il n'avait aucun mal à les imaginer sautant en avant, puis en arrière, tandis que le trottoir recommençait à leur brûler la plante des pieds.

Francis regarda sa montre, puis la porte du commissariat, en se demandant où était passé Stanhope.

Même pas 10 heures du matin et la température dépassait déjà 30 °C. Le climat américain ne faisait pas dans la dentelle. Francis avait encore du mal à s'y habituer : des hivers glacés à en avoir le souffle coupé, des étés aussi épais et détrempés que des tourbières. « Arrête de te plaindre. On dirait un enfant gâté, s'était emporté son oncle Patsy ce matin-là. La chaleur, la chaleur, la chaleur, la chaleur : t'as que ce mot-là à la bouche ! » Mais Patsy servait des pintes toute la journée, à la fraîche, dans la pénombre du pub. Pendant ce temps, Francis, lui, arpentait le district de long en large, des auréoles sous les bras en moins de quinze minutes.

— Où est Stanhope ? demanda-t-il à deux bleus qui partaient eux aussi en patrouille.

— Des problèmes avec son casier, je crois, répondit l'un d'eux.

Brian Stanhope apparut enfin en haut de l'escalier et dévala les marches du commissariat pour rejoindre Francis. Ils s'étaient rencontrés à l'école de police dès le premier jour ; le hasard avait voulu qu'ils soient tous deux affectés dans le quatre-un. À l'école, ils avaient suivi ensemble un cours de tactique. Au bout d'une petite semaine, Stanhope s'était approché de Francis alors qu'ils s'apprêtaient à quitter la salle de classe.

— Tu es irlandais, n'est-ce pas ? Je veux dire, un de ceux qui sont arrivés par bateau ?

Francis avait répondu qu'il venait de l'Ouest, de Galway. Il était arrivé en avion, mais ça, il ne l'avait pas précisé.

— Je m'en doutais. Ma petite amie aussi. Elle est de Dublin. Tu permets que je te pose une question ?

Pour Francis, Dublin était aussi loin de Galway que New York, mais pour un Ricain, supposait-il, Galway ou Dublin, c'était du pareil au même. Il n'avait pas fait la remarque à Brian, bien sûr. Il avait acquiescé, se préparant à affronter une question personnelle sur un détail intime ou gênant qu'il aurait préféré ne pas aborder. C'était l'une des premières choses qu'il avait remarquées en débarquant aux États-Unis : ici, les gens se sentaient autorisés à vous poser toutes les questions qui leur venaient à l'esprit. Où habitez-vous, avec qui vivez-vous, quel est le montant de votre loyer, qu'avez-vous fait le week-end dernier ? Pour Francis, c'était un peu trop, lui qui rougissait à la simple idée d'aligner ses articles au vu et au su de tous sur le tapis de caisse du supermarché de son quartier, à Bay Ridge. « Grosse soirée en perspective », avait commenté le caissier lors de son dernier passage. Un pack de six Budweiser. Quelques patates. Un spray de déodorant.

Brian Stanhope lui avait alors confié qu'Anne, sa petite amie, ne fréquentait pas d'autres Irlandaises, ce qui l'étonnait un peu. Elle n'avait que 18 ans. Et elle était arrivée seule, pas avec une amie ou une cousine, comme beaucoup d'autres. Dans les premiers temps, si elle l'avait voulu, elle aurait certainement pu trouver un tas d'autres Irlandaises avec qui partager un appartement, non ? Les Irlandais, ça ne manquait pas à New York ! Anne était infirmière stagiaire au Montefiore Hospital, dans le Bronx, et logeait sur place avec une fille de couleur, infirmière elle aussi. Ce type de comportement était-il habituel dans la communauté irlandaise ? Parce qu'il était sorti avec une Russe pendant un moment, et les seules personnes qu'elle côtoyait étaient d'autres Russes.

— Je suis un peu irlandais, moi aussi, avait ajouté Stanhope. Mais ça remonte à loin.

Ça aussi, Francis l'avait remarqué en arrivant aux États-Unis : dans ce pays, à condition de remonter

11

plusieurs générations en arrière, tout le monde était un peu irlandais.

— C'est peut-être un signe d'intelligence de sa part, de se tenir à l'écart de notre groupe, avait répliqué Francis d'un air grave.

Stanhope avait mis une bonne minute à comprendre qu'il plaisantait.

Le jour de la remise des diplômes, John Lindsay, le maire de New York, était monté sur l'estrade pour leur faire un discours. Assis au troisième rang, Francis avait trouvé étrange de voir surgir devant lui un homme qu'il n'avait jusqu'alors vu qu'à la télévision. Né à New York, Francis avait été emmené en Irlande quelques mois plus tard ; il était revenu aux États-Unis juste avant son 19e anniversaire, avec 10 dollars en poche et la citoyenneté américaine. Patsy, le frère de son père, était venu le chercher à JFK. Il lui avait pris son bagage des mains – un simple sac de marin – et l'avait jeté sur la banquette arrière. « Bienvenue au pays ! » avait-il déclaré. Francis n'avait pas répondu. L'idée que ce vaste lieu inconnu et grouillant de monde puisse être son pays le laissait sans voix. Patsy l'avait mis au travail dès le lendemain, derrière le comptoir du pub qu'il possédait à Brooklyn, dans le quartier de Bay Ridge, à l'angle de la 3e Avenue et de la 17e Rue. Un grand trèfle sculpté avait été encadré et accroché au-dessus de la porte. La première fois qu'une femme lui avait commandé une bière, Francis avait rempli un verre à whisky et l'avait posé devant elle.

— C'est quoi, ça ? avait-elle demandé. Une demi-bière ?

Elle avait lancé un regard éloquent vers les autres

clients, tous des hommes, assis au comptoir, pintes à la main.

Francis avait désigné les chopes alignées sur l'étagère.

— C'est un de ces verres-là que vous voulez ? Rempli jusqu'en haut ?

Comprenant enfin qu'il était nouveau au pub, et nouveau en Amérique, la femme s'était penchée pour lui prendre le menton d'une main, tout en chassant de l'autre la mèche qui lui tombait sur les yeux.

— Tout juste, mon lapin. C'est celui-là que je veux.

Quelques mois plus tard, alors que Francis vivait à New York depuis près d'un an, deux jeunes flics avaient fait irruption dans l'établissement, munis d'un portrait-robot. Ils l'avaient présenté aux clients installés au comptoir dans l'espoir que l'un d'eux le reconnaîtrait, puis ils s'étaient attardés, échangeant des plaisanteries avec Patsy et Francis. Lorsqu'ils s'étaient levés pour partir, Francis s'était jeté à l'eau, rassemblant ce mélange de curiosité et d'indiscrétion qui le troublait tant chez ses nouveaux compatriotes. Comment fait-on pour entrer dans la police ? avait-il lancé. Est-ce difficile ? Est-ce que ça paye bien ? Pendant un instant, les deux gars étaient restés de marbre. On était en février ; emmitouflé dans le vieux pull à torsades que lui avait donné Patsy, Francis se sentait un peu minable face à ces policiers si bien mis, vestes impeccables et képis posés bien droit sur le sommet du crâne. Enfin, le plus petit des deux avait répondu qu'avant de devenir flic, il bossait à la station de lavage automobile de son cousin, sur Flushing Avenue. Même après l'installation des portiques automatiques, il était trempé du matin au soir et, l'hiver, il grelottait de froid. C'était vraiment rude. Et puis, il s'en sortait nettement mieux avec les filles maintenant qu'il travaillait dans la police : ça leur faisait plus d'effet d'apprendre qu'il était flic que laveur de voitures !

Son collègue lui avait jeté un regard un peu outré. Lui s'était engagé parce que son père était dans la police. Deux de ses oncles aussi. Et son grand-père. La famille avait ça dans le sang.

Francis y avait réfléchi pendant tout l'hiver, en prêtant une attention accrue aux flics qui patrouillaient dans le quartier, à ceux qu'il croisait dans le métro, qu'il voyait déplacer des barricades ou répondre aux questions des journalistes à la télévision. Il s'était rendu au commissariat de Bay Ridge pour se renseigner sur l'examen d'entrée – les épreuves, les dates, les modalités d'inscription. Quand il avait fait part de son projet à son oncle, Patsy avait répondu que ce n'était pas une mauvaise idée : Francis n'aurait que vingt ans à bosser avant de pouvoir prendre sa retraite. Il avait dit ça, « vingt ans », comme si ce n'était rien, une simple parenthèse, alors que ce laps de temps représentait plus d'années que Francis n'en avait vécu depuis sa naissance. Au bout de vingt ans, avait ajouté Patsy, Francis pourrait faire autre chose de sa vie s'il le souhaitait – à condition qu'il n'ait pas été tué dans l'exercice de ses fonctions. Francis s'était alors représenté son existence scindée en blocs de vingt années et, pour la première fois, il s'était demandé combien de blocs il obtiendrait. Le mieux, avait conclu Patsy, c'est qu'il serait encore jeune au moment de prendre sa retraite. Oui, c'était vraiment une bonne idée. Il aurait aimé y penser, lui aussi, quand il avait l'âge de Francis.

Après la remise des diplômes, la promotion avait été divisée en plusieurs groupes et envoyée sur le terrain dans différents quartiers de la ville. Francis et trente autres jeunes recrues, dont Brian Stanhope, avaient été affectés au commissariat de Brownsville, puis dans le Bronx. C'est là qu'ils étaient vraiment passés de la théorie à la pratique. Francis avait 22 ans ; Brian, un an de moins. Les deux hommes ne se connaissaient pas vraiment, mais Francis jugeait réconfortant d'apercevoir un visage familier à l'autre extrémité de la salle quand sonnait l'heure du rassemblement. Rien, jusqu'alors, ne s'était déroulé comme on le leur avait expliqué en classe. Même le commissariat était diamétralement opposé à ce que Francis avait imaginé lorsqu'il avait décidé de s'inscrire à l'école de police. Si l'extérieur du bâtiment était déjà assez repoussant – la façade surmontée de barbelés était maculée de fientes d'oiseaux et la peinture partait en lambeaux –, l'intérieur se révélait pire encore : pas une surface qui ne fût humide, collante ou écaillée. Cassé en deux, le radiateur de la salle de rassemblement fuyait en permanence : on avait glissé une vieille casserole dessous pour recueillir les gouttes d'eau. Des filets de plâtre se détachaient du plafond et tombaient sur les bureaux, sur les têtes et les dossiers. Faute de place, les agents entassaient jusqu'à trente prévenus dans des cellules destinées à deux ou trois personnes. Au lieu d'être associées à des partenaires plus expérimentés, toutes les recrues étaient envoyées sur le terrain les unes avec les autres. « L'aveugle conduira le paralytique ! » avait plaisanté le sergent Russell le premier jour, avant de leur promettre qu'il s'agissait d'une mesure temporaire. « Ne tentez pas le diable », avait-il conclu.

Francis Gleeson et Brian Stanhope se mirent en route, laissant derrière eux les ruines encore fumantes de l'immeuble qui avait pris feu pendant la nuit. Ils venaient d'obliquer vers le nord quand le hurlement métallique d'une énième alarme incendie se fit entendre. Les deux jeunes recrues connaissaient les limites de leur district sur la carte, mais elles ne les avaient pas encore vues de leurs propres yeux. Il fallait avoir un bon paquet d'années de service pour bénéficier d'une voiture de patrouille, et la plupart des anciens effectuaient leur ronde de 8 heures à 16 heures. Francis et Brian auraient pu prendre le bus jusqu'aux confins de leur territoire et revenir à pied, mais Stanhope détestait prendre l'autobus en uniforme : la brusque tension que suscitait sa présence et la manière dont les passagers le dévisageaient des pieds à la tête quand il entrait par la porte de derrière le mettaient terriblement mal à l'aise.

— Allons-y à pied, dans ce cas, avait suggéré Francis.

Ils arpentèrent le district bloc après bloc, le dos ruisselant de sueur, faisant cliqueter à chaque pas le lourd attirail qu'ils portaient tous deux à la ceinture : matraque, menottes, radio, arme de service, munitions, lampe de poche, gants, crayon, bloc-notes et trousseau de clés. Certains pâtés de maisons n'abritaient plus que des voitures brûlées et des tas de gravats calcinés. Attentifs au moindre mouvement, les deux flics scrutaient les décombres pour s'assurer que rien ni personne ne bougeait à l'intérieur. Dans une rue déserte, ils croisèrent une gamine qui lançait une balle de tennis contre une façade et la rattrapait au bond. Plus loin, une paire de béquilles gisait en travers du trottoir : Stanhope les écarta d'un coup de pied. Le moindre mur, même à demi effondré, était couvert de graffitis. Taguées et retaguées, les boucles et les courbes peintes semblaient gorgées de vie, presque trop chatoyantes dans la grisaille ambiante.

La ronde de 8 à 16 était une bénédiction, Francis le savait. À moins que le chef ne vous donne des mandats à exécuter, vous aviez de fortes chances pour qu'il ne se passe rien avant l'heure du déjeuner. Lorsqu'ils tournèrent enfin à l'angle de Southern Boulevard, ils éprouvèrent un vif soulagement, tels des voyageurs après une traversée du désert. Si les rues transversales, quasiment vides, avaient des allures de ville fantôme, le boulevard, lui, offrait une animation bienvenue : les voitures filaient à vive allure sur la chaussée et des boutiques de toutes sortes accueillaient les passants. Francis et Brian longèrent une vitrine exposant des costumes pour hommes de toutes tailles et de toutes couleurs, plusieurs magasins de vins et spiritueux, une papeterie, un barbier, un bar. Ils aperçurent une voiture de patrouille engagée dans la circulation : le conducteur fit clignoter ses phares pour les saluer et poursuivit sa route.

— Ma femme est enceinte, annonça brusquement Stanhope, alors qu'ils étaient silencieux depuis un moment. Le bébé doit naître cet automne. Un peu avant ou après Thanksgiving.

— L'Irlandaise dont tu m'as parlé ? demanda Francis. Vous vous êtes mariés ?

Il fouilla sa mémoire : Stanhope l'avait-il présentée comme sa fiancée ou sa petite amie, à l'époque ? Il fit un rapide calcul : il ne restait que quatre mois avant Thanksgiving.

— Oui, confirma Stanhope. Il y a deux semaines.

Un simple échange de vœux à la mairie, précisa-t-il, puis un dîner sur la 12e Rue, dans un restaurant français. Il avait lu une bonne critique à son propos dans le journal. Au moment de commander, Brian avait pointé le menu du doigt parce qu'il était incapable de prononcer correctement les noms des plats. Et Anne avait dû changer de tenue à la dernière minute : la robe qu'elle avait prévu de porter était déjà trop ajustée.

17

— Elle aimerait qu'on se marie à l'église après la naissance du bébé. Pour le moment, aucun prêtre n'a accepté de le faire : les délais sont trop courts – sans parler de son ventre, qui est déjà bien rebondi ! Mais Anne espère trouver un curé qui nous mariera et baptisera le bébé dans la foulée. Autant dire que c'est pas pour demain !

— Peu importe : l'important, c'est d'être passés devant M. le maire, décréta Francis.

Et il le félicita sincèrement pour l'heureux événement. Il espérait que Stanhope ne l'avait pas vu marquer une pause (les quelques secondes nécessaires pour effectuer son calcul mental), d'autant qu'il ne l'avait pas fait par souci des convenances, mais par habitude, une habitude prise en Irlande et qu'il perdrait, sans aucun doute, à force de vivre en Amérique. Ici, les fidèles allaient à la messe en short et en tee-shirt. Les gens se baladaient en slip à Times Square. Il avait même vu une femme conduire un taxi.

— Tu veux voir une photo ? s'enquit Stanhope en soulevant son képi.

Au fond, glissé sous la doublure, un instantané montrait une jolie blonde au long cou gracile. À côté, une image pieuse de l'archange saint Michel. Et une photo d'un Brian adolescent en compagnie d'un autre gars.

— C'est qui ? demanda Francis.

— Mon frère, George. On était allés à un match au Shea Stadium.

Francis n'avait pas encore songé à mettre des photos dans son képi, bien qu'il possédât, lui aussi, une image de saint Michel, pliée dans son portefeuille. Le jour de la remise des diplômes, il avait demandé Lena Teobaldo en mariage, et elle avait dit oui. En écoutant Brian, il s'était vu dans quelques mois, annonçant à son tour à ses collègues qu'un bébé était en route. Lena était à moitié polonaise, à moitié italienne. Parfois, quand il la regardait – plongeant la main dans son sac ou épluchant une pomme, son pouce guidant la lame du couteau –, il se sentait pris de panique à l'idée que leurs routes auraient pu ne jamais se croiser. Que serait-il advenu s'il n'avait pas quitté l'Irlande pour les États-Unis ? Si les parents de Lena eux-mêmes ne s'étaient pas installés en Amérique ? Dans quel autre endroit du globe une Polonaise pouvait-elle rencontrer un Italien et donner naissance à une fille comme Lena ? Que serait-il arrivé si Francis n'avait pas travaillé au pub le matin où Lena était venue réserver l'arrière-salle de l'établissement pour une réunion familiale ? Sa sœur allait entrer à l'université, lui avait-elle confié. Elle avait obtenu une bourse d'études avec les félicitations du jury : c'est dire à quel point elle était brillante ! « Vous décrocherez peut-être une bourse, vous aussi ! » avait répliqué Francis. Lena avait ri, puis elle lui avait expliqué qu'elle avait décroché son diplôme de fin d'études secondaires l'année précédente, que l'université n'était pas dans ses cordes, mais que ça ne la dérangeait pas, car elle avait trouvé un boulot qui lui plaisait beaucoup. Elle avait d'épaisses boucles brunes et portait un truc sans bretelles qui dévoilait ses épaules mordorées. Elle bossait chez General Motors, au service de collecte des données installé sur la 5e Avenue, juste au-dessus de F.A.O. Schwartz. Francis ne connaissait pas F.A.O. Schwartz. Il ne vivait aux États-Unis que depuis quelques mois.

— Les gens n'arrêtent pas de me demander si nous allons rester en ville, reprit Stanhope. On a trouvé un appart dans le Queens pour le moment, mais il est minuscule.

Francis haussa les épaules. Il n'avait jamais mis les pieds dans les banlieues de New York. Pour autant, il ne s'imaginait pas coincé dans un appartement jusqu'à la fin de ses jours. Il espérait s'acheter un bout de terrain. Un jardin. De l'espace pour respirer. Pour le moment, sa seule certitude, c'est qu'ils habiteraient chez les parents de Lena après leur mariage, le temps de mettre un peu d'argent de côté.

— On m'a parlé d'un joli coin de banlieue, poursuivit Brian. Une ville appelée Gillam. Ça te dit quelque chose ?

— Non.

— Moi non plus. C'est Jaffe qui m'en a parlé. Tu sais, le type qui est sergent ? D'après lui, c'est à une trentaine de kilomètres au nord d'ici, dans le New Jersey, et pas mal de collègues s'y sont installés. Il paraît que toutes les maisons ont de belles pelouses et que les gamins du coin te livrent ton journal à bicyclette, comme dans *The Brady Bunch,* le feuilleton qui passe sur ABC.

— Comment s'appelle ce coin, déjà ? demanda Francis.

— Gillam.

— Gillam, répéta-t-il.

Un peu plus loin, Stanhope déclara qu'il avait soif : une bière bien fraîche ne serait pas de refus. Francis fit mine de n'avoir rien entendu. À Brownsville, les flics buvaient parfois pendant le service, mais seulement lorsqu'ils circulaient en voiture de patrouille, jamais en pleine rue. Brian et lui venaient juste de commencer. Si l'un d'entre eux se mettait dans le pétrin, personne n'interviendrait en leur faveur pour leur éviter une sanction. Alors même s'il n'avait pas froid aux yeux, il préférait éviter de prendre des risques.

— C'est vrai qu'il fait soif, convint-il. Je dirais pas non à un de ces sodas avec une boule de glace dedans.

Quand ils entrèrent dans la cafétéria, Francis sentit une bouffée d'air brûlant lui balayer les joues, bien que la porte fût ouverte, calée par deux briques. Debout derrière le comptoir, un vieil homme coiffé d'un calot en papier jauni par l'usage, le col fermé par un nœud papillon de travers, les observait sans rien dire. Une grosse mouche noire tourbillonnait autour de sa tête.

— Dites, mon vieux, vous auriez du soda glacé ? Ou un verre de lait bien frais ? demanda Stanhope.

Sa voix et ses larges épaules semblaient occuper tout l'espace.

Francis baissa les yeux, fixant ses chaussures, puis la vitrine réfrigérée : fissuré en plusieurs endroits, le panneau de verre avait été rafistolé avec du ruban adhésif. On a un bon boulot, se dit-il. C'est un job honorable. Le bruit avait couru que la promotion 1973 risquait d'être annulée, suite aux restrictions budgétaires, mais ses camarades et lui avaient tout de même décroché leur diplôme, et le poste qui allait avec.

À cet instant, leurs radios, silencieuses depuis un bon moment, se remirent à grésiller. Ils avaient eu droit aux échanges de plaisanteries qui marquaient le début de la journée, suivis de quelques appels anodins, mais, cette fois, c'était différent. Francis poussa le volume du récepteur. Un coup de feu avait été signalé dans une supérette de Southern Boulevard, au numéro 801 : un braquage était probablement en cours. Francis se retourna pour lire le numéro sur la porte de la cafétéria : 803. Derrière le comptoir, le barman pointa du doigt le mur qui les séparait de l'établissement voisin.

— Dominicains, chuchota-t-il.

21

Le mot flotta entre eux, demeurant en suspens dans l'air chaud.

— Je n'ai pas entendu de coup de feu, dit Francis. Et vous ?

L'opérateur répéta l'information. Francis sentit sa gorge, puis son bas-ventre se contracter. Il appuya en tremblant sur l'émetteur pour annoncer qu'il prenait l'appel et se dirigea vers la porte.

Stanhope lui emboîta le pas. L'un derrière l'autre, les deux bleus ouvrirent d'un coup sec l'étui accroché à leur ceinture, prêts à dégainer leur arme de service.

— On ferait pas mieux d'attendre ? souffla Brian.

Mais Francis avait déjà franchi le seuil de l'épicerie, passant devant les deux téléphones publics et le ventilateur installés près de l'entrée.

— Police ! cria-t-il en s'avançant dans l'allée centrale.

S'il y avait eu des clients dans la boutique au moment du braquage, ils avaient manifestement déserté les lieux.

— Gleeson ! murmura Stanhope en désignant la caisse d'un mouvement de tête.

Les cartouches de cigarettes alignées derrière le comptoir étaient éclaboussées de sang. D'un rouge très sombre, presque pourpre, il avait jailli par saccades, au rythme des battements d'un cœur affolé, avec une telle vigueur que le plafond en était taché, lui aussi. Il se figeait en couche épaisse sur la grille d'aération rouillée. Francis se pencha pour jeter un œil derrière le comptoir, au-dessus de la caisse enregistreuse, puis il suivit le tracé macabre jusqu'à la troisième allée, qu'il longea de bout en bout, avant de s'arrêter enfin devant un placard à balais : un homme était couché sur le côté dans une mare de sang – déjà étonnamment grande, elle continuait de s'étendre au sol. Tandis que

Stanhope lançait un appel radio, il pressa deux doigts sous la mâchoire flasque de la victime, à la naissance du cou, puis, dépliant un bras, il répéta son geste au creux du poignet.

— Il fait trop chaud pour ce genre de conneries, déclara Stanhope, penché au-dessus du corps, les sourcils froncés.

Il ouvrit l'armoire réfrigérée qui se dressait au bout de l'allée, prit une bouteille de bière, la décapsula en frappant le goulot contre le rebord d'une étagère et la vida d'un trait, sans même reprendre son souffle. Francis pensait au petit coin de banlieue dont Brian lui avait parlé. Il s'imagina marchant pieds nus dans l'herbe fraîche, encore humide de rosée. De quoi son avenir serait-il fait ? Impossible de le savoir. La vie pouvait basculer à tout moment dans un sens ou dans un autre. Vous ne pouviez pas vous contenter d'essayer un truc, histoire de voir si ça vous plaisait (ainsi qu'il l'avait dit à son oncle Patsy quand il lui avait annoncé qu'il s'était inscrit à l'école de police), parce qu'à force d'essayer et d'essayer encore vous finissiez par y rester, et le truc vous collait à la peau comme s'il faisait partie de vous-même. Vous étiez dans une tourbière, de l'autre côté de l'Atlantique, et l'instant d'après, voilà que vous étiez flic. Aux États-Unis. Dans le quartier le plus violent de la ville la plus célèbre au monde.

Penché vers le mort dont le visage prenait une couleur de cendre, Francis fut frappé par l'expression de désespoir absolu qui marquait ses traits et son corps révulsé – le cou tendu, le menton pointé vers le haut. On aurait dit un homme qui se noie. C'était la deuxième fois qu'il voyait un cadavre. Le premier, un type qui était remonté à la surface en avril après avoir passé l'hiver au fond du port de New York, n'avait quasiment plus rien d'humain, et c'était peut-être pour cette raison qu'il ne lui avait pas semblé tout à fait réel. Le lieutenant qui dirigeait l'opération l'avait incité à se pencher par-dessus le bastingage pour vomir si le spectacle lui soulevait l'estomac, mais Francis avait secoué la tête. Il tenait le coup. Il repensa à ce que disait l'aumônier de son école catholique quand il était petit, comme quoi le corps est le temple du Saint-Esprit, un simple vase que vient éclairer la lumière divine. Ce premier cadavre, un tas de chair gorgée d'eau remonté sur le pont du bateau, s'était séparé de son âme bien avant que Francis ne pose les yeux sur lui, mais celui-ci, le deuxième, il le regardait s'enfoncer peu à peu dans le néant. Dans son pays natal, on aurait ouvert une fenêtre pour que l'âme du mort puisse s'envoler, mais ici, dans le sud du Bronx, les âmes ne pouvaient s'envoler bien loin : prises au piège, elles tourbillonnaient dans l'air chaud et se cognaient aux murs avant de retomber, épuisées et déjà oubliées.

— Bloque la porte, tu veux bien ? lança Francis. On étouffe ici.

Tout à coup, un léger bruit se fit entendre. Il se figea, puis baissa la main vers son arme.

Stanhope se tourna vers lui, les yeux écarquillés. Et de nouveau le même bruit – le chuintement d'une semelle sur le lino. Ils n'étaient donc pas seuls dans la boutique. Francis tendit l'oreille ; le type aussi, sans doute. Trois cœurs battant à l'unisson, tandis qu'un quatrième, à terre, ne battait plus.

— Sortez de là, les mains en l'air ! ordonna Francis.

Et soudain ils ne virent plus que lui : un jeune échalas en débardeur blanc, short blanc et baskets blanches, planqué entre le frigo et le mur.

Une heure plus tard, Francis tenait la main du gamin dans la sienne, imprégnant d'encre chacun de ses doigts avant de les presser sur la fiche cartonnée – d'abord un doigt après l'autre, puis les quatre ensemble, et enfin le pouce. La main gauche en premier, la droite ensuite, la gauche à nouveau. Trois fiches au total : une pour la ville, une pour l'État, une pour l'administration fédérale. Très vite, une sorte de rythme s'instaura entre eux, comme si leurs doigts dansaient une vieille gigue : je prends ta main, je roule tes doigts dans l'encre, je presse, je relâche. Le gamin avait les paumes tièdes, mais sèches. S'il était nerveux, il le cachait bien. Près d'eux, Stanhope tapait déjà son rapport. L'épicier était mort bien avant l'arrivée des secours, mais ils tenaient l'assassin, si jeune encore, avec ses mains d'enfant, petites et douces, aux ongles propres et bien coupés. Des mains souples et dociles : dès la troisième fiche, le gamin avait compris ce qu'il fallait faire et lui facilitait la tâche.

Plus tard, quand ils en eurent fini avec la paperasse, quelques collègues plus âgés les emmenèrent boire un verre – c'était une tradition dans le métier : on payait toujours une tournée aux bleus pour fêter leur première arrestation. Le succès de l'opération avait été porté au crédit de Francis, mais ils avaient aussi invité Stanhope, lui offrant bière sur bière tandis qu'il leur livrait le récit sans cesse amélioré de leurs exploits. Le gamin était sorti de sa cachette en braquant son arme sur eux. Tous les murs de la boutique ruisselaient de sang. Stanhope s'était mis en travers de la porte pendant que Francis plaquait le suspect au sol.

— Il a de l'imagination, ton partenaire ! fit remarquer un des flics à Francis.

Les deux recrues échangèrent un regard surpris. Depuis quand étaient-ils partenaires ?

— Vous le resterez jusqu'à ce que le chef vous dise le contraire, expliqua leur collègue.

Le cuistot sortit des cuisines, les bras chargés d'assiettes remplies de hamburgers.

— C'est la maison qui régale ! annonça-t-il.

— Tu rentres déjà ? lança Brian à Francis un moment plus tard.

— Oui, et tu devrais en faire autant. Ta femme est enceinte. Je suis sûr qu'elle t'attend !

— Sa femme est enceinte ? Voilà pourquoi il ne veut pas rentrer, au contraire ! s'esclaffa l'un des policiers assis autour de la table.

En métro, il lui fallut une heure et quart pour rentrer à Bay Ridge. Sitôt arrivé, Francis se déshabilla, ne gardant que son caleçon, et se glissa dans le lit que Patsy avait installé pour lui dans le salon de son petit appartement. L'un des flics avait appelé la mère du gamin. Un autre l'avait conduit au dépôt central. Avant de partir, le gosse avait dit qu'il avait soif, et Francis lui avait acheté un soda au distributeur. Le môme l'avait descendu d'un trait, puis il avait demandé s'il pouvait remplir la cannette avec l'eau du robinet. Francis était allé aux toilettes et l'avait remplie pour lui. « T'es trop gentil », avait commenté un flic en civil. Il n'avait pas encore mémorisé le prénom de tous ses nouveaux collègues. Et qui sait ? L'épicier s'en était peut-être pris au gamin. Peut-être n'avait-il eu que ce qu'il méritait.

Patsy était sorti. Francis appela Lena en priant pour qu'elle décroche, ce qui lui éviterait de parler à sa mère.

— Il s'est passé quelque chose de spécial aujour-d'hui ? demanda-t-elle après qu'ils eurent bavardé quelques minutes. Tu n'appelles pas si tard, d'habitude.

Francis jeta un regard vers la pendule. Bientôt minuit. La paperasse et les bières avaient pris plus de temps qu'il le pensait.

— Désolé, dit-il. Rendors-toi.

Elle demeura silencieuse si longtemps qu'il la crut bel et bien endormie.

— Tu as eu peur ? demanda-t-elle enfin. Tu dois me le dire.

— Non, assura-t-il.

Et c'était vrai : il n'avait pas eu peur – ou du moins, il n'avait pas ressenti ce qu'il pensait être de la peur.

— Qu'est-ce qui ne va pas, alors ?

— Aucune idée.

— Tâche de ne pas trop ruminer, Francis, conseilla-t-elle, comme si elle avait lu dans ses pensées. On a des projets, toi et moi.

GILLAM

1

Gillam ? C'est coquet, mais loin de tout, pensa Lena Teobaldo lorsqu'elle s'y rendit pour la première fois. Le genre d'endroit où elle adorerait passer des vacances – mais deux jours seulement : dès le troisième, elle commencerait à trouver le temps long. Tout était presque trop joli pour être vrai : les pommiers et les érables, les maisons en bardeaux, les vérandas, les portes d'entrée flanquées de colonnes en bois verni, les champs de maïs, les vaches laitières, les enfants jouant au stickball sur la chaussée comme s'ils n'avaient pas remarqué que leurs maisons se dressaient sur de vastes pelouses immaculées. Plus tard, elle comprendrait que les enfants de Gillam jouaient aux jeux auxquels leurs propres parents avaient joué pendant leur enfance new-yorkaise : le stickball ou le foot (avec une cannette vide en guise de ballon) pour les garçons, la marelle pour les filles. Quand un père voulait montrer à son fils comment lancer une balle, il l'emmenait au milieu de la rue comme s'ils vivaient à Brooklyn ou dans le Bronx, parce que c'était ainsi, au milieu de la chaussée, que son propre père lui avait appris à jouer.

Quand Francis avait proposé à Lena de l'emmener à Gillam, elle avait aussitôt accepté, saisissant l'occasion de sortir de chez elle : si elle était restée à Bay Ridge ce samedi-là, sa mère lui aurait demandé d'apporter à manger à Mme Venard, qui n'avait plus toute sa tête depuis que son fils avait été porté disparu au Viêtnam.

La robe de mariage de sa cousine Karolina, dûment retouchée et ajustée, était accrochée à un cintre derrière la porte de sa chambre. Lena la mettrait dans six jours à peine. Elle avait acheté le voile et les escarpins. Tout était prêt : il n'y avait plus qu'à attendre le grand jour. Alors quand Francis lui avait proposé une petite virée en voiture pour aller visiter un coin de banlieue dont lui avait parlé l'un de ses collègues, elle avait aussitôt accepté, ravie de s'éclipser quelques heures à la campagne par cette belle journée d'automne. Elle avait préparé un pique-nique, qu'ils déballèrent sur un banc devant la bibliothèque municipale. Entre le moment où ils s'assirent sur ce banc et celui où ils se levèrent pour partir, après avoir sorti les victuailles, mangé les sandwiches et vidé l'intégralité du Thermos de thé, ils ne virent entrer qu'une seule personne dans la bibliothèque. Un train arriva en provenance de New York : il s'arrêta quelques minutes dans la petite gare, le temps de laisser descendre trois passagers. Deux boutiques se dressaient de l'autre côté de la place : un traiteur proposant des plats à emporter, et un drugstore annonçant des prix cassés (une poussette était garée devant l'entrée). Ils avaient effectué le trajet dans la Datsun du père de Lena, Francis au volant, elle sur le siège passager – au son d'un album de Led Zeppelin que son frère Karol avait enregistré sur une cassette restée coincée dans l'autoradio. Lena n'avait pas son permis, et pas la moindre idée de ce qu'il fallait faire pour conduire une voiture. Elle avait toujours pensé qu'elle n'aurait jamais besoin d'apprendre.

— Alors, qu'en penses-tu ? demanda Francis un

peu plus tard, tandis qu'ils reprenaient l'autoroute de Palisades Parkway pour rentrer à New York.

Lena ouvrit la fenêtre et alluma une cigarette.

— C'est joli, dit-elle. Tranquille.

Elle ôta ses chaussures et posa ses pieds nus sur le tableau de bord. Elle avait pris deux semaines de vacances (une semaine avant son mariage et une semaine après), et ce samedi était le premier jour de la plus longue période de congé dont elle avait bénéficié depuis qu'elle avait commencé à travailler, trois ans plus tôt.

— Tu as vu le train ? reprit Francis. Il y a aussi un bus qui va jusqu'à Manhattan. Il s'arrête à Midtown, à deux pas de ton boulot.

Elle pensa d'abord qu'il se contentait de lui faire part de ces informations de manière anodine, puis elle comprit, et la nouvelle la frappa comme un coup de pied dans le tibia : il voulait aller vivre là-bas. À Gillam. Il ne l'avait pas dit ouvertement, bien sûr. Il lui avait seulement proposé une petite virée en voiture pour aller visiter un endroit dont il avait entendu parler. Elle avait cru qu'il cherchait à échapper aux interminables conversations de sa famille sur l'organisation de la cérémonie. Des parents italiens et polonais commençaient à arriver, et l'appartement familial était rempli de victuailles et de visiteurs. Personne ne venait d'Irlande, mais un lointain cousin de Francis, émigré à Chicago, leur avait envoyé de la porcelaine irlandaise. Francis lui avait assuré que l'absence de sa propre famille ne l'attristait pas. « C'est toi qui seras la vedette, de toute façon », avait-il affirmé. Maintenant, elle savait qu'il avait une idée derrière la tête. Une idée si farfelue qu'elle décida de ne pas en reparler – à moins qu'il ne remette lui-même le sujet sur le tapis.

Quelques semaines plus tard, une fois le mariage passé, les derniers invités rentrés chez eux et Lena retournée au travail avec un nouveau nom et une nouvelle bague au doigt, Francis annonça qu'il était temps pour eux de quitter l'appartement de ses parents. Il lui confia qu'il en avait assez de devoir, comme tout le monde, traverser le salon sur la pointe des pieds si Natusia, la sœur de Lena, était en train de bûcher ses cours. Sans compter que Karol était presque toujours de mauvaise humeur, probablement parce que les jeunes mariés occupaient sa chambre. Et puis Francis ne pouvait jamais être seul : il y avait toujours quelqu'un dans la pièce en même temps que lui. En plus, il avait constamment l'impression de devoir proposer son aide ou se rendre utile pour justifier sa présence. Leurs cadeaux de mariage étaient empilés contre les murs et la mère de Lena tressaillait chaque fois que quelqu'un traversait l'appartement un peu trop vite : « Attention ! criait-elle. Les verres en cristal ! » Lena ne voyait pas où était le problème. Elle trouvait ça plutôt sympa, surtout le soir, quand une demi-douzaine de personnes s'asseyaient autour de la table pour dîner – parfois plus, si des amis passaient par là. Pour la première fois, elle se demanda si elle connaissait vraiment l'homme qu'elle venait d'épouser.

— D'accord, dit-elle. Mais pour aller où ?

Ils cherchèrent à Staten Island. Ils cherchèrent à Bay Ridge. Ils grimpèrent les escaliers d'immeubles sans ascenseur à Yorkville, à Morningside Heights, à Greenwich Village. Ils visitèrent des maisons remplies de bric-à-brac, de photos de famille, de compositions florales en polyester. Chaque fois, Lena avait l'impression de voir Gillam se rapprocher d'eux comme une sortie sur l'autoroute. En plus de leurs salaires, dont ils économisaient chaque mois la plus grande partie, ils avaient mis de côté les sommes reçues en cadeau le jour du mariage. Ce petit pécule leur permettrait de payer le premier versement d'un emprunt immobilier.

Un samedi matin de janvier 1974, après avoir effectué la ronde de minuit et quelques heures supplémentaires, Francis arriva à Bay Ridge et demanda à Lena de prendre son manteau : il avait trouvé leur maison.

— Je n'irai pas, dit-elle en levant les yeux, les mains crispées sur son bol de café, le visage tel celui d'une statue de pierre.

Angelo Teobaldo faisait des mots croisés en face d'elle. Gosia Teobaldo venait de casser deux œufs dans une poêle. Le rouge monta aux joues de Francis, tout policier qu'il était – 1,90 mètre en uniforme bleu clair.

— C'est ton mari, rappela Angelo à sa fille, sur un ton réprobateur, comme si elle avait laissé ses jouets éparpillés sur le tapis et oublié de les ranger.

— Tais-toi donc, ordonna Gosia à son mari, en lui faisant signe de fermer sa grande bouche.

Elle éteignit la flamme sous la poêle, puis se tourna vers leur fille.

— On va prendre le petit déjeuner chez Hinsch, annonça-t-elle.

— Allons-y, Lena, insista Francis. Juste pour voir la maison. Ça ne t'oblige à rien.

— Encore heureux, murmura-t-elle.

Une heure et vingt minutes plus tard, le front appuyé contre la vitre côté passager, Lena regardait la maison qui serait la leur. Une pancarte « À vendre », peinte en grandes lettres colorées, avait été fixée près de l'entrée. L'hortensia avait pris ses quartiers d'hiver, n'offrant aux regards qu'un buisson de bâtonnets gelés.

Les propriétaires actuels avaient garé leur Ford dans l'allée, signe qu'ils étaient chez eux. Francis avait laissé tourner le moteur pour ne pas leur donner l'impression qu'ils les observaient.

— Et là-bas, qu'est-ce que c'est ? De grosses pierres ? demanda-t-elle en plissant les yeux.

Cinq gros blocs de granit se dressaient au fond de la propriété, alignés dans un ordre croissant par mère Nature des centaines de milliers d'années auparavant. Le plus haut d'entre eux devait bien mesurer 1,50 mètre.

— Des rochers, répondit Francis. Il y en avait un peu partout dans la région. L'agent immobilier m'a dit que certains propriétaires avaient décidé de les garder pour séparer leur maison de celles des voisins. Ça me rappelle l'Irlande.

Voilà pourquoi il m'a amenée ici ! pensa Lena en lui jetant un regard éloquent. Francis avait rencontré un agent immobilier. Sa décision était prise. Les maisons de la rue – Jefferson Street – et celles des rues environnantes – Washington, Adams, Madison et Monroe Street – étaient plus proches les unes des autres que les pavillons érigés en lisière de la ville, parce qu'elles étaient aussi plus anciennes : d'après Francis, elles avaient été construites dans les années 1920, lorsqu'il y avait une tannerie à Gillam et que tous les employés se rendaient au travail à pied. Il avait pensé que Lena apprécierait cette proximité avec le voisinage. Et la véranda qui ornait la façade avant.

— C'est désert, ici, dit-elle. À qui vais-je parler ?

— À nos voisins, justement. Aux gens que tu rencontreras. Tu te fais des amis plus vite que ton ombre ! En plus, tu continueras d'aller à Manhattan tous les jours pour travailler. Là-bas, tu retrouveras tes collègues, tes copines. Le bus s'arrête au bout de la rue.

Tu n'auras même pas besoin d'apprendre à conduire si tu n'en as pas envie.

Il serait son chauffeur, ajouta-t-il en souriant.

Comment lui expliquer qu'il avait besoin d'arbres et de silence pour compenser ce qu'il voyait au boulot ? Comment lui dire que le seul fait de traverser un pont, d'instaurer une barrière physique entre son domicile et son district lui donnait l'impression de sortir d'une vie et d'entrer dans une autre ? Là-bas, il serait l'officier de police Gleeson ; ici, il redeviendrait Francis Gleeson, un habitant de Gillam parmi d'autres. À l'école de police, certains des instructeurs prétendaient n'avoir jamais fait usage de leur arme en trente ans de carrière. Pourtant, en à peine six mois, Francis s'en était déjà servi à plusieurs reprises. Quelques jours auparavant, son sergent avait tiré sur un type d'une trentaine d'années lors d'un affrontement près d'une voie rapide, dans le sud du Bronx. Atteint en plein cœur, l'homme était mort sur le coup. Du bon boulot, avaient estimé les collègues, parce que le type était un junkie bien connu et qu'il les avait menacés d'une arme. Le sergent n'avait pas eu l'air affecté, lui non plus. Francis avait opiné du bonnet avec les autres, et ils étaient tous allés boire un verre après leur dernière ronde. Le lendemain, quand un flic avait dû expliquer la situation à la mère du type et à sa compagne (qui était aussi la mère de ses enfants) parce qu'elles refusaient obstinément de quitter la salle d'attente du commissariat, Francis s'était senti secoué – et il était le seul, apparemment. Cet homme avait donc eu une mère. Il avait été père. Il n'avait pas toujours été junkie. Debout près de la machine à café, priant pour que ces femmes déguerpissent, il avait vu défiler la vie entière de ce type sous ses yeux – et pas seulement

37

le moment où il avait bêtement fait le mariole en braquant sur eux son petit calibre .22.

Bien qu'il n'ait rien dit à Lena, se contentant d'affirmer que ses rondes s'étaient bien déroulées, qu'il avait eu une journée chargée, elle avait deviné ce qu'il ne disait pas. Elle regarda de nouveau la maison. Avec une plate-bande garnie de fleurs jaunes ou rouge vif au pied du porche, ce serait encore mieux, songea-t-elle. Ils auraient une chambre d'amis. Et le trajet en bus jusqu'à Midtown lui prendrait effectivement moins de temps que le métro depuis Bay Ridge.

En avril 1974, quelques semaines après qu'ils eurent rempli un camion de location et emménagé à Gillam, Lena prit rendez-vous avec un médecin local, qui consultait dans un cabinet exigu situé près du cinéma. Il procéda à un examen gynécologique et lui annonça qu'elle était enceinte depuis plus de deux mois. Elle ne pourrait bientôt plus courir pour attraper le bus, dit-il. Désormais, son seul travail consisterait à bien manger, à éviter toute inquiétude inutile et à ne pas se tenir trop longtemps sur ses jambes. Elle faisait le tour du jardin avec Francis en quête d'un endroit où repiquer un plant de tomate quand elle lui apprit la nouvelle. Il se figea, l'air désemparé.

— Tu sais comment c'est arrivé, n'est-ce pas ? s'enquit-elle, pince-sans-rire.

— Tu ne devrais pas rester debout, répliqua-t-il.

Lâchant le plant de tomate, il la prit par les épaules pour la conduire vers la terrasse. Il se félicita de ne pas avoir jeté les deux vieilles chaises en fer forgé que les anciens propriétaires leur avaient abandonnées. Il fit asseoir Lena mais demeura debout, puis s'assit, puis se leva de nouveau.

— Faut-il que j'attende ici jusqu'en novembre ? demanda-t-elle.

Elle arrêta de travailler à vingt-cinq semaines de grossesse, parce que sa mère la rendait dingue à force de lui répéter qu'elle risquait les pires ennuis à la gare routière de Port Authority, constamment bondée : d'après Gosia, des voyageurs pouvaient lui donner un coup de coude malencontreux ou même la faire tomber en se précipitant vers leur bus. Le jour où Lena posa pour la dernière fois la housse de protection sur sa machine à écrire, ses collègues de travail organisèrent une petite fête dans le réfectoire. Avant de se séparer, elles ornèrent un minuscule bonnet de bébé avec les rubans des cadeaux et le juchèrent sur le haut de sa tête, dans l'hilarité générale.

Ensuite, seule à la maison du matin au soir, disposant de plus de temps libre qu'elle n'en avait eu de toute sa vie, elle entreprit de faire connaissance avec ses nouveaux voisins. Elle venait de sympathiser avec le couple de personnes âgées qui vivait dans la maison de droite quand la dame mourut d'un cancer de la vessie. Son mari la rejoignit dans la tombe deux semaines plus tard, emporté par une crise cardiaque foudroyante. Pendant un certain temps, la maison déserte ne montra aucun signe de changement et Lena commença à la regarder comme un membre de la famille qu'on aurait oublié de prévenir. Le carillon à vent que le couple avait accroché à la boîte aux lettres continuait de tinter sous la brise. Posée sur la poubelle, une paire de gants de jardinage semblait attendre que quelqu'un vienne l'enfiler. Peu à peu, la pelouse se transforma en mauvaise herbe tandis que les journaux gonflés d'humidité, blanchis par le soleil, s'empilaient au bout de l'allée.

39

Finalement, comme personne n'avait l'air prêt à s'en charger, Lena les rassembla et les jeta à la poubelle. De temps à autre, un agent immobilier remontait l'allée en compagnie d'un couple d'acheteurs potentiels, mais ces rares visites n'étaient pas suivies d'effet. Un soir, Lena s'aperçut qu'elle n'avait parlé à personne de toute la journée. Si elle n'allumait pas la télévision, elle passait des heures sans entendre le son d'une voix humaine.

Natalie Gleeson naquit en novembre 1974, un mois jour pour jour après le premier anniversaire de mariage de Francis et de Lena. La mère de Lena vint s'installer chez eux – une semaine seulement, car elle ne pouvait pas laisser Angelo seul plus longtemps : le pauvre homme ne savait même pas faire bouillir de l'eau pour son thé. Elle prétendit qu'elle venait aider Lena, mais elle occupa le plus clair de son temps à roucouler, penchée au-dessus du berceau : « Je suis ta *busha*, petit cœur. Quelle joie de te rencontrer ! »

— Tu dois sortir te promener avec le bébé tous les jours, même quand il pleut, d'accord ? Et pas une petite promenade : une bonne heure de marche dans le quartier, conseilla Gosia à sa fille le jour de son départ.

Natalie dormait, bien emmitouflée dans son landau.

— Admire les grands arbres, les beaux trottoirs bien plats. Salue tes voisins, souris aux passants que tu croises et pense à la chance que vous avez, Natalie et toi. Tellement de chance ! Elle a déjà un tiroir plein de jolis vêtements. Francis est un bon mari. Tu le sais, n'est-ce pas ? Eh bien, tu dois te le répéter à toi-même à tout moment de la journée. Entre dans les magasins. Présente-toi aux vendeuses et dis que tu viens d'arriver ici. Les gens adorent les bébés, c'est un bon moyen de faire connaissance !

Lena fondit en larmes. En voyant l'autobus approcher,

elle fut tentée de monter derrière sa mère, de prendre le bébé dans ses bras, de laisser le landau sur le trottoir et de ne jamais revenir.

— Quand tu es née, je rêvais parfois de t'abandonner chez Mme Shefflin – tu te souviens de Mme Shefflin ? J'avais tout imaginé : je lui aurais demandé de garder un œil sur toi pendant que j'allais acheter une bouteille de lait au coin de la rue, et je serais partie pour toujours.

— Quoi ? C'est vrai ? s'exclama Lena, et ses larmes se tarirent aussitôt.

La confession de sa mère était si inattendue qu'elle se mit à rire. Mais elle s'esclaffa si fort qu'elle recommença à pleurer.

Puis, un vendredi de mai 1975, à la veille du pont du Memorial Day, Lena donnait la tétée à Natalie dans le fauteuil à bascule installé devant la fenêtre du premier étage quand elle vit un camion s'arrêter devant le portail de la maison voisine. Elle venait d'apprendre qu'elle était à nouveau enceinte, déjà deux mois de grossesse, et son médecin avait plaisanté en lui faisant remarquer que son mari irlandais lui avait presque donné des jumeaux – de beaux jumeaux irlandais ! Cette fois encore, elle accoucherait en novembre. La pancarte « À vendre » avait disparu quelques semaines plus tôt. Écrasée de fatigue, Lena n'y avait pas vraiment prêté attention. Pourtant (elle s'en souvenait à présent), Francis avait mentionné que la maison avait été vendue. Elle était si distraite ces derniers temps que ça lui était sorti de la tête.

Elle se précipita dans l'escalier et sortit sur la terrasse avec Natalie.

— Bonjour ! cria-t-elle d'un ton jovial à ses nouveaux voisins.

Plus tard, en décrivant la scène à Francis, elle lui confia qu'elle craignait d'avoir débité des niaiseries et fait mauvaise impression. Et puis, Natalie avait encore faim et suçait son poing d'un air mécontent.

Une femme blonde, vêtue d'une jolie robe bain de soleil à broderies anglaises, remontait l'allée en portant une lampe dans chaque main. Lena s'approcha en calant Natalie sur sa hanche.

— Alors c'est vous qui avez acheté la maison ! s'exclama-t-elle.

Sa voix grimpait dans les aigus.

— Je m'appelle Lena. Nous avons emménagé l'année dernière. Bienvenue à Gillam ! Avez-vous besoin d'aide ?

— Je m'appelle Anne, dit la nouvelle voisine, avec un soupçon d'accent irlandais. Et voici Brian, mon mari. Quel âge a votre bébé ? ajouta-t-elle en souriant poliment.

— Elle a 6 mois, répondit Lena.

Enfin, en cette première vraie journée de printemps, une nouvelle venue venait rompre son isolement et admirer son bébé ! Anne tendit la main à Natalie qui referma aussitôt ses petits doigts autour de son index, ravie d'avoir quelque chose à saisir. Lena sentit mille questions se presser à ses lèvres. D'où venaient-ils, depuis combien de temps étaient-ils mariés, pourquoi avaient-ils choisi Gillam, comment s'étaient-ils rencontrés, de quelle région d'Irlande Anne était-elle originaire, et surtout : voulaient-ils venir prendre un verre chez elle plus tard dans l'après-midi, lorsqu'ils auraient vidé le camion ?

Anne était absolument ravissante, Lena le remarqua

aussitôt, mais il y avait autre chose chez elle, une qualité particulière, difficile à définir. Lena se souvint d'une conversation qu'elle avait eue avec M. Eden, son supérieur hiérarchique, après qu'il lui avait refusé une promotion alors qu'elle travaillait chez General Motors depuis un bon moment. Ce jour-là, M. Eden lui avait expliqué que son refus n'avait rien à voir avec les performances de Lena : il avait retenu la candidature d'une autre jeune femme parce qu'elle avait plus de charisme. Or, le poste qu'elles visaient toutes deux consistait à accueillir la clientèle. Lena n'avait pas compris ce qu'il voulait dire, mais elle n'avait pas insisté, de peur de paraître stupide. Elle avait acquiescé poliment, puis elle avait regagné son bureau. Cet échec était-il lié à son accent de Brooklyn ? Ou peut-être à cette manie qu'elle avait de se recoiffer à son bureau après le déjeuner ? Pire encore, quelques semaines auparavant, elle avait dû fourrer son index dans sa bouche pour retirer un morceau de céleri coincé entre ses molaires. Impossible de le chasser du bout de la langue, et pourtant Dieu savait qu'elle avait essayé ! À présent, en observant sa nouvelle voisine, Lena se demandait si le charisme était le terme requis pour décrire sa manière particulière d'être, de parler, de se mouvoir. Était-ce un don, une qualité innée qu'on avait, ou non, la chance de posséder à la naissance ?

Anne esquissa un sourire et posa sa main sur son ventre.

— Elle aura de la compagnie dans quelques mois, dit-elle.

— Vraiment ? C'est merveilleux ! s'exclama Lena.

Brian Stanhope, qui traversait la pelouse derrière elles à cet instant, surprit cette partie de la conversation. Il chancela comme s'il avait trébuché sur un obstacle et, au lieu de s'approcher pour saluer Lena comme il semblait sur le point de le faire, tourna brusquement les talons et se remit à décharger le camion. Lena reporta son attention sur Anne : se sentait-elle fatiguée ? Avait-elle des nausées ? Tous ces désagréments étaient normaux, assura-t-elle. Chaque grossesse est différente, mais chacune apporte son lot de désagréments. Pour lutter contre les nausées, le mieux était d'avoir toujours un paquet de biscuits à portée de main – la nuit, en particulier. Si elle avait le ventre vide au réveil, elle se sentirait nauséeuse toute la journée. Anne acquiesça distraitement, comme si le conseil glissait sur elle sans l'atteindre. À moins qu'elle ne souhaite pas aborder de tels sujets en présence de son mari ? Lena se souvint qu'elle n'était pas friande de conseils pendant sa première grossesse. Toutes les femmes apprennent sur le tas.

Enfin, Brian s'approcha pour la saluer.

— Je travaille avec Francis, annonça-t-il. Ou plutôt, je travaillais avec lui. J'ai changé de district il y a quelques semaines, mais avant j'étais dans le quatre-un, moi aussi.

— Vous plaisantez ! s'écria Lena. Quelle coïncidence !

— Pas vraiment, répliqua Brian en souriant. C'est lui qui m'a parlé de la maison. Il ne vous l'a pas dit ?

Quand Francis rentra du travail ce soir-là, Lena voulut savoir pourquoi il ne l'avait pas informée de l'arrivée des Stanhope. Elle aurait pu organiser une fête de bienvenue, leur préparer à manger…

— Mais si, je te l'ai dit ! l'interrompit Francis.

— Tu m'as dit que la maison avait été vendue, mais pas qu'elle avait été achetée par un de tes amis.

— Un de mes amis ? Je n'irais pas jusque-là.

— Pourquoi ? Tu travailles avec lui. Tu manges avec lui. Tu l'as rencontré à l'école de police. Vous avez même été partenaires pendant un moment, non ?

— C'est vrai. Écoute, je suis désolé d'avoir oublié de te dire qu'ils avaient acheté la maison d'à côté... Ça m'était sorti de la tête. Brian vient d'être muté. Je ne l'ai pas vu depuis quelques semaines.

Il attira Lena contre son torse.

— À quoi ressemble son épouse ? Ils ont perdu un bébé – je t'en ai parlé, non ? Un enfant mort-né, je crois. Cela doit faire deux ans maintenant.

Lena tressaillit en pensant au petit corps chaud de sa fille, à son ventre qui se soulevait et s'abaissait au rythme de sa respiration dans son berceau, un étage plus haut.

— Quelle horreur ! murmura-t-elle.

Puis elle se souvint avec embarras des conseils qu'elle avait donnés à Anne, et du silence avec lequel ils avaient été accueillis.

Au cours des semaines suivantes, Lena prêta attention à la silhouette de sa voisine, guettant les premiers signes de sa grossesse, mais Anne affectionnait les vêtements amples – larges blouses d'infirmière lorsqu'elle partait travailler, chemises brodées à manches bouffantes et longues jupes fluides les jours de congé, si longues qu'elles frôlaient le sol. Le matin, elle voyait souvent Anne courir vers sa voiture, les clés à la main, symbole d'une liberté qu'elle ne pouvait s'empêcher d'envier. Parfois, l'apercevant dans son jardin, elle descendait chercher le courrier dans l'espoir de l'aborder, d'entamer une conversation, mais la plupart du temps Anne se contentait de lui adresser un léger signe de la main, avant de rentrer chez elle. Une fois ou deux, voyant la voiture d'Anne garée dans l'allée, Lena alla frapper à leur porte, mais personne ne répondit. Peu après, elle glissa un mot dans la boîte aux lettres des Stanhope pour leur proposer de venir dîner chez eux un samedi soir – à la date qui leur conviendrait le mieux –, mais là encore, elle ne reçut aucune réponse.

Lorsqu'elle en parla à Francis, il lui fit remarquer que leurs voisins n'avaient peut-être pas reçu le message : le facteur avait pu emporter la petite enveloppe par mégarde ou la faire tomber en déposant le courrier.

— Et si tu posais la question à Brian ? suggéra Lena.

— Écoute, cesse de te tracasser avec cette histoire. Certaines personnes sont moins sociables que d'autres. Cette femme n'a peut-être pas envie de se faire des amis dans le voisinage. Je peux le comprendre. Pas toi ?

— Je comprends parfaitement, assura Lena, puis elle prit Natalie dans ses bras et monta dans leur chambre, où elle resta un long moment assise au bord du lit.

L'été arriva, puis l'automne. Un samedi, alors que Brian ratissait les premières feuilles mortes qui jonchaient la pelouse, Lena vit Francis s'approcher de l'étroite bande de gazon qui séparait leurs allées respectives. Un instant plus tard, les deux hommes discutaient avec entrain. Francis riait si fort qu'il se plia en deux pour reprendre son souffle. En novembre, Lena accoucha de Sara, leur deuxième fille, un bébé resplendissant de santé, comme le premier – sauf que cette fois, Lena ne put s'autoriser à dormir pendant que le bébé dormait, parce que Natalie était là, elle aussi, encore instable sur ses jambes, mais déterminée à trotter vers l'escalier. Un matin d'hiver, Lena s'aperçut que neuf mois s'étaient écoulés depuis l'arrivée des Stanhope. Si Anne avait été enceinte au printemps, ne serait-ce que depuis une dizaine de jours, elle aurait dû accoucher depuis un petit moment déjà. Y avait-il eu un autre drame ? Lena n'avait rien remarqué de particulier et la maison voisine, quoique silencieuse, ne semblait pas endeuillée. Un après-midi, alors qu'elle revenait du supermarché, les deux bébés vociférant sur la banquette arrière, Lena manœuvra tant bien que mal pour se garer dans l'allée, puis sortit de la voiture, ouvrit le coffre et jeta un regard las à la douzaine de sacs en plastique qu'elle devait décharger et emporter à l'intérieur. C'est alors qu'elle la vit : postée sur le seuil de sa maison, Anne l'observait fixement. Lena sentit ses joues s'empourprer. Elle avait appris à conduire, mais elle manquait de confiance en elle. Elle n'osait pas encore sortir sans Francis, hormis pour aller au supermarché de Gillam. Avait-elle commis une erreur de conduite en arrivant devant la maison ? Était-ce la raison pour laquelle Anne la guettait ?

— Bonjour ! s'écria Lena, mais Anne fit volte-face et rentra chez elle.

Le premier anniversaire de Sara approchait quand Lena s'aperçut que le ventre d'Anne semblait plus rebondi. Elle supplia Francis de poser la question à Brian la prochaine fois qu'il le verrait.

— Allons, sois patiente ! dit-il. Ils nous en parleront s'ils veulent nous en parler.

Lena n'eut pas à patienter très longtemps. Elle recousait un bouton sur l'une des chemises de Francis quand il entra dans la cuisine pour se laver les mains. Courbé au-dessus de l'évier, il lui annonça qu'elle avait vu juste : les Stanhope attendaient un bébé. Il n'en savait pas beaucoup plus – comme tous les hommes, Francis n'aimait guère entrer dans les détails –, mais Lena comprit qu'Anne approchait du terme de sa grossesse quand sa voiture demeura dans l'allée plusieurs jours d'affilée, signe qu'elle avait cessé d'aller travailler. Lena attendit le bon jour et le bon moment, puis elle assit Sara dans son parc, alluma la télévision pour Natalie et sortit la balancelle pour bébé du placard où elle l'avait rangée. Elle la glissa sous son bras et s'aventura sur l'allée couverte de neige pour aller frapper chez les Stanhope. Anne parut surprise de son geste, et bien qu'elle n'invitât pas Lena à entrer, elle lui demanda de lui montrer comment déplier la balancelle et accrocher les sangles. Ravie, Lena enleva ses mitaines pour ouvrir la chaise à bascule sur le seuil des Stanhope. Puis elle expliqua à Anne comment défaire le tissu s'il fallait le laver, comment le draper autour des montants et le fixer. Tandis qu'elles bavardaient, Anne, qui ne portait qu'un mince gilet de laine, annonça qu'elle devait accoucher la semaine suivante. Lena lui confia alors ce qu'elle n'avait pas encore dit à sa propre mère : elle était enceinte, elle aussi. Elle accoucherait l'été suivant, six mois après Anne. Aussi avait-elle pensé que les Stanhope pourraient se servir de la balancelle pendant six mois – le fabricant déconseillait de l'utiliser pour des bébés plus âgés, de toute façon – avant de la rendre aux Gleeson pour leur troisième enfant. L'essentiel, conclut Lena avec enthousiasme, était de mettre en commun ce qu'ils avaient et de s'entraider. Anne précisa qu'elle resterait un moment chez elle avec le bébé avant de décider, ou non, de reprendre le travail.

— J'aime mon métier, dit-elle comme s'il s'agissait d'un aveu.

Enchantée par la tournure que prenait leur conversation, Lena se garda de la contredire, insistant sur les difficultés de la maternité : passer ses journées enfermée à la maison avec un bébé est bien plus difficile qu'on ne le pense, affirma-t-elle. Et bien plus pénible que ça ne devrait être.

— Si vous avez besoin de quoi que ce soit, si Brian n'est pas à la maison quand vous devrez partir à l'hôpital, n'hésitez pas. Vous savez où me trouver ! conclut-elle en souriant.

En s'engageant de nouveau sur l'allée verglacée, elle se dit : nous étions parties du mauvais pied, c'est tout.

En arrivant devant la porte, elle pensa : Anne a sans doute fait une fausse couche l'été précédent, et elle n'a pas eu la force de se lier avec moi, qui ai mené mes deux grossesses à terme sans aucun problème.

Puis, une fois dans la cuisine : je l'avais peut-être blessée sans m'en rendre compte, mais maintenant, tout est oublié.

Peter naquit moins d'une semaine plus tard : 4,100 kilos.

— C'était affreux, confia Brian à Francis. J'aurais préféré ne pas voir ça.

— Pour autant que je sache, c'est toujours affreux, répliqua Francis. Tu n'avais pas vu... la fois où... ?

— Non, non. C'était complètement différent. Les médecins nous avaient informés à l'avance, tu comprends.

— Ah bon. Je ne voulais pas...

— Ne t'en fais pas. C'est du passé.

En sortant de l'hôpital, Anne s'installa sur le siège passager, leur fils sur ses genoux. Quand elle le porta jusqu'à la maison, le vent glacial de février fit battre le coin de son épaisse couverture bleue. Lena avait demandé à Natalie et à Sara de griffonner des dessins de bienvenue qu'elle avait déposés sur le seuil des Stanhope, sous une grosse miche de pain aux graines de pavot tout juste sortie du four.

Le lendemain matin, Francis attendait que l'eau chauffe dans la bouilloire et Lena versait des flocons d'avoine dans leurs bols quand on sonna à la porte. Le vent avait soufflé toute la nuit. En écoutant les informations locales, ils avaient appris que la tempête avait abattu des dizaines d'arbres. Les routes du comté étaient jonchées de branches et de débris. Francis se leva, persuadé que le coup de sonnette était lié aux fortes rafales : un voisin venu leur demander de l'aide ou les informer des dégâts – un fil électrique tombé à terre, une route bloquée. Au lieu de quoi, il découvrit Anne Stanhope sur le seuil, vêtue d'un splendide manteau en poil de chameau, si long qu'il cachait ses chevilles, et boutonné jusqu'au cou. Elle tenait la balancelle à la main. Ses lèvres peintes en rouge vif étaient maquillées avec soin, mais ses yeux cernés témoignaient de sa fatigue.

— Tenez, dit-elle en lui tendant la balancelle.

— Tout va bien ? demanda Lena par-dessus l'épaule de son mari. Le bébé va bien ?

— Je peux parfaitement me débrouiller seule, répondit Anne. Je sais m'occuper de mon bébé et cuisiner pour mon mari.

Interloquée, Lena ouvrit des yeux ronds.

— Je… Évidemment ! bredouilla-t-elle. Je n'en doutais pas. Mais je sais à quel point c'est dur au début, alors j'ai pensé…

— Ce n'est pas dur du tout. C'est un bébé parfait. Tout se passe bien.

Francis s'était ressaisi bien avant Lena.

— Merci beaucoup, dit-il en prenant la balancelle.

Il voulut refermer la porte, mais Lena l'en empêcha.
— Attendez une seconde. Je pense qu'il y a un malentendu. Gardez la balancelle. Le bébé pourra y faire la sieste. Vraiment. On ne s'en sert plus, de toute façon.
— Vous n'avez pas compris ? reprit Anne. Je n'en veux pas. Si j'ai besoin de quelque chose pour mon fils, je suis parfaitement capable de l'acheter.
— Entendu, dit Francis, et cette fois il ferma la porte.
Il jeta la balancelle sur le canapé, où elle rebondit avant de s'écraser au sol, tandis que Lena demeurait bouche bée au milieu du salon, les doigts crispés sur la cuillère en bois.
Francis haussa les épaules.
— C'est pour Brian que je suis désolé. C'est un chic type.
— Qu'est-ce que je lui ai fait ? marmonna Lena.
— À elle ? Rien du tout, assura-t-il en regagnant la cuisine, où il s'assit devant son thé, son journal à la main.
Puis il ajouta, en se tapotant la tempe d'un geste explicite :
— Elle est un peu dérangée, si tu veux mon avis. Laisse-la tranquille. Ça vaudra mieux.

Kate vit le jour six mois plus tard, dans la chaleur humide du mois d'août. Lena disait souvent qu'elle n'avait pas pu l'allaiter parce qu'elles avaient si chaud toutes les deux que l'enfant glissait sur sa peau moite dès qu'elle la mettait au sein. Elle avait renoncé après un jour ou deux de tentatives infructueuses. Quand Francis travaillait de nuit, c'est lui qui donnait à Kate le premier biberon de la journée : de retour avant l'aube, il posait ses affaires près de la porte et prenait aussitôt le bébé dans ses bras. Lena était si heureuse de pouvoir se reposer, et si attendrie par le spectacle qu'offraient le père et la fille, les yeux rivés l'un à l'autre au-dessus du biberon qui se vidait peu à peu, qu'elle en vint à regretter d'avoir allaité ses deux aînées. « C'est bien, mon trésor », disait Francis à Kate quand elle avait terminé, puis il la juchait sur son épaule pour l'aider à faire son rot.

Du haut de ses six mois supplémentaires, Peter mangeait des céréales et de la compote de pomme quand Kate, nue et à plat ventre sur la moquette du salon, apprenait tout juste à soutenir le poids de sa propre tête. Des années plus tard, ils chercheraient tous deux à définir le moment précis où leur cerveau avait enregistré la présence de l'autre. Peter entendait-il les pleurs de Kate quand les fenêtres des deux maisons étaient ouvertes ? Lorsqu'il avait appris à se tenir debout, agrippé à la rampe du perron, avait-il vu les sœurs de Kate la tirer sur le trottoir, perchée sur le siège de leur tricycle rouge ? S'était-il alors demandé qui elle était ?

Jusqu'à la fin de sa vie, lorsqu'on la prierait de raconter son tout premier souvenir d'enfance, Kate parlerait du jour où elle avait vu Peter faire le tour de sa maison en courant, une balle rouge à la main. Et à l'époque, elle connaissait déjà son prénom.

2

La neige devait contourner Gillam. Elle était censée enjamber l'Hudson, se diriger vers le comté de Westchester, puis traverser le Connecticut et prendre la mer. Mais lorsque Mme Duvin demanda à ses élèves de sixième d'ouvrir leurs manuels d'histoire-géographie, le doute n'était déjà plus possible : l'air s'était fait plus lourd, plus brillant, comme traversé d'éclats métalliques. Peter écrivit « 1988 » dans son cahier, alors que l'année 1989 était commencée depuis deux mois. La radio laissée à faible volume dans le hall du collège annonça que la tempête avait changé de cap : les villes situées à l'ouest de l'Hudson pouvaient maintenant s'attendre à enregistrer des chutes de 30 centimètres, en plus des 23 centimètres accumulés durant le week-end.

— Il neige ! s'exclama Jessica D'Angelis en se levant d'un bond, le doigt pointé vers la fenêtre qui surplombait le parking des enseignants.

Mme Duvin éteignit et ralluma les lampes à plusieurs reprises pour rétablir le silence. Puis, comme si elle avait oublié la raison de son geste, elle abandonna les enfants dans la pénombre et resta figée près de l'interrupteur, les yeux tournés vers le pan de ciel qu'elle apercevait au-dessus de leurs têtes.

Soudain, la sono de l'établissement se mit à grésiller.

Avant même que sa voix s'élève dans les haut-parleurs, tous avaient reconnu le souffle précipité de sœur Margaret :

— En raison de l'avis de tempête, les cours s'arrêteront à midi aujourd'hui. Vos parents ont été prévenus. Les enfants qui prennent le car de ramassage scolaire se dirigeront vers la sortie à 11 h 55.

Kate ne tenait pas en place. Elle qui estimait déjà pénible de rester assise en temps ordinaire se trouvait maintenant dans l'incapacité absolue d'écouter la leçon d'histoire-géographie. Outre l'interruption des cours, l'avis de tempête chamboulait leur routine, ajoutant à son excitation : ils devraient aller récupérer leurs lunch-box sur les étagères du réfectoire et les remettre, intactes, dans leurs sacs à dos ; ils devraient aussi réviser la liste de vocabulaire à 10 heures, puisqu'ils ne seraient pas revenus en classe à 13 h 15 comme d'habitude. Peter percevait son agitation depuis sa place, située à deux rangées de celle de Kate. Mme Duvin continuait son cours, faisant crisser la craie sur le tableau noir. Elle leur avait interdit de bouger sans sa permission, mais Kate glissait déjà son manuel et ses cahiers dans son sac, tout en se retournant sur sa chaise pour mieux voir ce qui se passait dehors. Elle avait décidé d'aménager une patinoire dans son jardin, annonça-t-elle à Lisa Gordon, qui s'efforça de l'ignorer, ou du moins de ne pas être surprise par Mme Duvin en train de lui parler. C'était son père qui lui avait donné l'idée, chuchota Kate.

— Kath-leen Glee-son ! appela Mme Duvin, isolant chacune des syllabes comme s'il s'agissait de quatre réprimandes distinctes.

Cependant, au lieu de l'envoyer se calmer dans le couloir comme à l'ordinaire, elle se contenta de l'implorer du regard en montrant l'horloge du doigt. À 11 h 55 précises, Kate, Peter et tous ceux qui prenaient le car s'engagèrent dans le couloir. Son cartable jeté en travers des épaules, Kate marchait sur la pointe de ses derbies bleu marine, comme si elle s'apprêtait à piquer un sprint. Quand ils sortirent, elle s'élança sur une plaque de verglas, agitant les bras comme dans un dessin animé.

Peter monta dans le car un instant après elle et la suivit dans la travée centrale jusqu'à leurs places habituelles, près de la sortie de secours. Elle s'effaça pour le laisser passer – depuis la maternelle, Peter s'asseyait côté fenêtre, Kate, côté couloir. Comme toujours, il jeta son sac au sol, puis il se laissa glisser de manière à caler ses genoux contre le dossier en similicuir du siège de devant. Et Kate s'agenouilla dos à la route afin de pouvoir parler à tout le monde.

— T'as battu John ce matin, dit-elle en se tournant vers Peter. Il était furax, j'imagine !

Les garçons jouaient chaque matin à la balle au mur sous le regard des filles, réunies en petits groupes. Lors d'une récréation, au début de l'année, Kate avait soudain pris place aux côtés des garçons, et quand l'un d'eux lui avait demandé ce qu'elle fichait là, elle avait haussé les épaules comme si la réponse coulait de source, comme s'il était absolument normal qu'elle se joigne à eux, alors qu'en fait aucune fille n'avait joué à la balle au mur depuis qu'ils étaient entrés à St Bartholomew, des années auparavant. Kate était rapide, ce qui lui avait permis de se maintenir dans la partie pendant quelques minutes, mais les garçons étaient plus forts et, bien sûr, ils voulaient sa peau. Elle avait manqué un rebond. Puis un deuxième. En un rien de temps, elle avait perdu trois vies et se tenait face au mur, les mains posées à plat sur la brique, pendant qu'ils envoyaient la balle sur elle. Quand le tour de John Dills était venu, il avait pris son élan et lancé la balle de si près que Peter avait grimacé tandis que Kate détachait une main du mur pour tâter l'endroit où elle avait été touchée.

« T'es vraiment con ! » avait crié Peter à John quand celui-ci était retourné à sa place en ricanant. Les filles les suivaient d'un regard attentif. Elles ne savaient plus qui soutenir, de Kate ou de ses adversaires. Quand vint son tour, Peter lança la balle si doucement qu'elle effleura à peine les jambes de Kate, ce que les autres joueurs ne manquèrent pas de lui reprocher. « C'est une règle idiote », déclara-t-il, refusant de recommencer. Bizarrement, la plus fâchée fut Kate elle-même. « Pourquoi tu ne l'as pas lancée pour de vrai ? » s'exclama-t-elle ensuite en jetant un coup d'œil par-dessus son épaule pour s'assurer que personne ne les écoutait. « J'ai eu peur de te faire mal », bégaya-t-il. Elle ne lui avait plus adressé la parole de la journée.

— Tu sais, Kate, j'ai un truc à te demander, reprit-il tandis que le bus quittait le parking du collège.

Un moment plus tôt, pendant que Mme Duvin écrivait les devoirs au tableau, il avait repensé à ce qui s'était produit quelques heures auparavant : sa mère était entrée à l'aube dans sa chambre, elle s'était approchée de ses étagères et avait scruté leur contenu comme si elle cherchait quelque chose. Peter avait fait mine de dormir. Lorsqu'il était descendu prendre son petit déjeuner, elle l'avait accueilli avec un agacement manifeste. Il la connaissait assez pour savoir qu'il valait mieux ne pas poser de questions, mais l'incident lui avait trotté dans la tête. Quand il s'était penché vers son cahier, en même temps que ses camarades, pour recopier ce que Mme Duvin écrivait au tableau, il avait enfin fait le rapprochement entre la mauvaise humeur de sa mère et le modèle réduit de bateau qu'elle lui avait offert après dîner, un soir de la semaine précédente. Ce n'était pourtant pas son anniversaire, et ils avaient fêté Noël deux mois plus tôt. « Il est à l'épreuve des flots », avait assuré sa mère avec fierté, précisant qu'il s'agissait d'une réplique en miniature du *Golden Hind*, le galion de sir Francis Drake : chaque voile, chaque mât était reproduit à l'identique, tout était d'une précision absolue, depuis la figure de proue jusqu'aux aiguillots et aux goujons du gouvernail. Brian, le père de Peter, avait voulu connaître le prix de l'objet, mais Anne avait feint de ne pas entendre. Brian avait alors examiné la lourde boîte dans laquelle il était arrivé, observé les timbres et le sceau de la poste, cherché un bordereau d'expédition au fond du colis. C'était solide, presque luxueux. Pas vraiment un jouet, pas tout à fait un bibelot non plus.

— Tu te souviens du bateau que je t'ai montré l'autre jour ? continua Peter. Est-ce qu'on l'a laissé dehors ?

— Je suis sûre que non, répondit Kate. Pourquoi ? Tu le trouves plus ?

— Je ne sais pas trop où il est, admit Peter. Et je crois que ma mère le cherchait ce matin.

Kate s'assit sur ses talons.

— Je me souviens qu'on l'avait avec nous quand on jouait près des rochers... On l'a fait naviguer, non ? Est-ce que c'était le même jour ?

Un tas de neige avait fondu au soleil, et ils avaient fait voguer le galion en bois verni sur l'étroit ruisseau qui dévalait l'allée menant à la rue, chez les Stanhope.

— Oui, mais je crois que je l'ai rangé ce jour-là.

Kate se retourna, dardant sur lui ses grands yeux noisette. Comme souvent, il eut l'impression de voir se calmer une mer déchaînée. Quelques années plus tôt, lorsqu'ils étaient en maternelle ou en première année d'école primaire, l'un d'eux aurait pris la main de l'autre pour faire craquer ses jointures, comparer la longueur de leurs doigts en les pressant l'une contre l'autre, ou jouer à la bataille de pouces, et Peter aurait senti Kate s'apaiser, s'immobiliser, à mesure qu'elle lui accordait toute son attention. Aujourd'hui, ils étaient trop vieux pour la bataille de pouces. Elle écarta une mèche de cheveux rebelle et la coinça derrière son oreille. Assises au fond du bus, ses amies l'appelaient avec insistance.

— Tu vas te faire gronder ?
— Non, ça ira, dit Peter.

Une petite croûte s'était formée là où il s'était égratigné le doigt. Il glissa son ongle dessous pour l'arracher.

— Quand même... On ferait mieux de le retrouver.
— Ouais, acquiesça-t-il avec un haussement d'épaules.

Depuis leur plus jeune âge, Kate observait un silence prudent lorsqu'ils évoquaient les parents de Peter : elle cessait soudain de s'agiter et le fixait avec attention. Une fois seulement, elle avait émis une remarque. Ils étaient assis côte à côte près des rochers – Kate avait enfilé une paire de collants en laine noire sur sa tête et tirait les jambes sur ses épaules, de manière à faire croire qu'elle avait les cheveux longs jusqu'à la taille –, lorsqu'elle avait laissé entendre qu'Anne n'était pas une maman comme les autres. Ils venaient de la voir remonter la rue au volant de sa voiture. Comme d'habitude, elle s'était hâtée d'entrer chez elle aussitôt garée, sans un regard autour d'elle ni un mot à quiconque. Pourtant, la mère de Kate était occupée à arracher les mauvaises herbes dans ses plates-bandes, M. Maldonado repeignait sa boîte aux lettres et, deux maisons plus bas, M. O'Hara creusait un trou pour planter un jeune arbre.

Il avait promis aux enfants du quartier qu'ils pourraient ensuite l'aider à reboucher la fosse.

— Pourquoi ta mère est comme ça ? demanda Kate ce jour-là.

Séparés par de grands arbres, les jardins des maisons n'étaient pas très étendus. Peter savait qu'il devrait bientôt rentrer chez lui, comme tous les gamins du voisinage : la lumière déclinante s'immisçait entre les branches et les cigales faisaient un bruit assourdissant, comme toujours au crépuscule. Il avait espéré que M. O'Hara solliciterait leur aide avant que sa mère rentre du travail.

— Comment ça, *comme ça* ? répliqua Peter au bout d'un moment.

Ils étaient en deuxième année d'école primaire et venaient de faire leur première communion. Peter joignit les mains en prière, se pencha vers les hautes herbes qui jaillissaient entre les deux plus gros rochers – des herbes impossibles à couper à la tondeuse, quelle que soit la virulence avec laquelle M. Gleeson jurait et poussait la sienne entre les rochers – et, écartant brusquement les paumes, il les referma sur une sauterelle. Il coinça ses ailes entre ses pouces pour que Kate puisse la regarder de plus près et, quand il approcha ses mains de son visage, il sentit son souffle chaud balayer ses poignets. Tout l'été ils avaient essayé d'en attraper une, et ils s'apprêtaient à renoncer quand celle-ci était apparue, à quelques centimètres de l'endroit où ils étaient assis.

— Comme ça. Tu sais bien.

Mais il ne savait pas – pas vraiment. Et Kate non plus. Alors la question était restée en suspens.

Après Central Avenue, le car longea Washington Street, puis Madison Street, et enfin Jefferson Street, où il se faufila en crachotant devant le pin des Berkwood. Alors seulement Peter aperçut l'allée de sa maison.

— On va faire une bataille de boules de neige, annonça Kate en se penchant, elle aussi, pour regarder par la fenêtre.

La moitié des enfants avaient ouvert leurs lunch-box et sorti les snacks. Le bus sentait les chips et le jus d'orange.

— Deux équipes. Vingt minutes pour rassembler les munitions, et les hostilités pourront commencer.

Cahotant sur la chaussée, le bus les secoua encore un peu – de haut en bas et d'avant en arrière. Des branches, du ciel, puis il la vit : la voiture marron. Tournée vers lui, Kate l'avait repérée, elle aussi.

— Tu vas demander la permission, hein ? souffla-t-elle. Si ça se trouve, t'auras le droit de sortir.

— Ouais, j'vais demander, promit Peter.

Ils dévalèrent les marches de l'autobus les uns derrière les autres. L'après-midi commençait à peine.

— À plus tard, peut-être, dit Peter en jetant son sac à dos sur son épaule.

Éclairés par un pâle soleil d'hiver, les nuages paraissaient phosphorescents. Kate demeura un moment au bout de l'allée comme si elle avait oublié quelque chose, puis elle gravit en courant les marches de son perron et s'engouffra chez elle.

Il la trouva dans la pénombre de la cuisine, devant un tas de pilons de poulet : elle ôtait leur peau jaune d'un geste sûr et les rassemblait dans un plat. Les manches de sa chemise frôlaient la viande crue à chacun de ses gestes.

— Tu peux t'en charger, n'est-ce pas ? dit-elle sans se retourner.

Il était 12 h 20. Six bonnes heures avant le dîner. D'habitude, elle attachait ses cheveux avant de cuisiner, mais aujourd'hui ils retombaient mollement sur ses joues. Peter observa ses épaules crispées pour tenter de deviner ce qui allait suivre. Il se débarrassa de son sac à dos et ouvrit la fermeture à glissière de son blouson. Anne n'avait rien mangé la veille au soir, et Peter avait vu son père jeter des coups d'œil vers l'assiette restée vide tandis qu'il racontait une longue histoire compliquée à propos d'un incident survenu au commissariat. Il s'était servi un verre de whisky et il avait fait tourner les glaçons contre les parois. Elle s'était raidie, puis elle avait fermé les yeux avec cette manière qu'elle avait de plisser les paupières comme pour se protéger d'un spectacle trop douloureux – alors qu'en fait ce n'étaient que son fils et son mari, assis autour de la table, se racontant les menus événements de leur journée.

— Maman ne se sent pas très bien, avait commenté Brian quand elle était montée s'allonger.

Il n'avait pas semblé remarquer son départ, mais sitôt qu'elle avait disparu, il s'était servi un autre verre, puis il avait fendu une pomme de terre cuite au four, et il avait déposé une tranche de beurre sur la chair fumante.

— Elle est debout toute la journée, tu sais ? C'est bien plus fatigant que de rester assise derrière un bureau.

Il avait attrapé le sel.

— Toi aussi, tu es debout toute la journée, non ?

— Oh, pas toute la journée, avait rectifié Brian. Et c'est différent pour les femmes. Elles ont besoin de... Je ne sais pas.

Peter se demandait si le comportement parfois étrange de sa mère était lié à la raison pour laquelle Renée Otler

61

avait obtenu la permission d'aller aux toilettes en plein milieu de la prière du matin, alors que personne n'était jamais autorisé à quitter le préau à ce moment-là. Kate n'avait pas voulu en parler dans le bus, mais quand ils s'étaient retrouvés seuls près des gros rochers, elle lui avait confié (à condition qu'il n'en dise rien aux autres garçons) que Renée avait eu ses tu-sais-quoi la veille, pendant la récréation, et que l'infirmière lui avait montré comment utiliser une serviette. Pour ce que Kate en savait, Renée était la première de leur groupe de filles. « Et moi, je serai sûrement la dernière ! » avait-elle ajouté d'un air dépité en plaquant son tee-shirt sur sa poitrine encore plate.

Quand Kate avait prononcé le mot « serviette », Peter avait éprouvé un véritable choc et le rouge lui était monté aux joues. Inclinant la tête, elle l'avait dévisagé avec intérêt. « Ne me dis pas que tu n'as jamais entendu parler des règles ? »

— Bien sûr. Je m'en charge. C'est comme ça qu'on fait ? demanda Peter en tirant sur la peau visqueuse du poulet.

La cuisine était si sombre qu'il avait du mal à distinguer les bols qu'elle avait posés sur la table : des œufs battus dans l'un, une pyramide de chapelure dans l'autre. Tandis qu'elle montait s'allonger, il essaya de trouver le rythme qu'elle adoptait lorsqu'elle préparait leur dîner. Après avoir huilé la plaque à pâtisserie, comme il l'avait souvent vue le faire, il aligna les pilons de poulet panés. Il entendait les enfants se rassembler dehors. Il se lava et se sécha les mains, puis, tout en écoutant le tic-tac de la cuisinière à gaz qu'il avait mise à préchauffer, il se tourna vers la porte vitrée qui donnait sur l'arrière de la maison. Un instant plus tard, il aperçut la veste à rayures rouges et bleues de Larry McBreen, qui courait à pas lourds sur le petit raccourci couvert de neige derrière la maison des Gleeson. Les Maldonado ne tarderaient pas à arriver. Il y aurait aussi les sœurs de Kate. Les Dills. Et les jumeaux Frankel, qui étaient maintenant entrés au collège public. Tout le quartier.

Quand il aurait retrouvé le bateau, il irait le lui porter dans sa chambre, pour lui montrer qu'il ne l'avait pas perdu. Elle avait été si heureuse de le lui offrir ! Ensemble, ils avaient lu le certificat d'authenticité qui l'accompagnait, puis elle avait promis de l'emmener à la bibliothèque emprunter un livre sur sir Francis Drake, la menuiserie ou la construction navale, ou les trois à la fois. Ce soir-là, lorsqu'il était entré dans la cuisine pour se servir un verre de lait, elle l'avait attiré vers elle comme elle le faisait quand il avait 5 ou 6 ans et lui avait chuchoté que le galion avait coûté 600 dollars, plus 75 dollars de frais d'expédition. Aussitôt, elle avait écarquillé les yeux comme si le prix lui avait échappé par mégarde, alors qu'en fait elle mourait d'envie de le lui dire. Peter avait alors compris qu'il ne devrait jamais en parler à son père. Anne avait vu la maquette du bateau dans un catalogue qu'un de ses patients avait oublié à l'hôpital : subjuguée, elle avait décidé que Peter devait absolument posséder ce modèle réduit. Avant sa naissance, quand elle s'imaginait maman d'un petit garçon, c'était avec ce genre de jouet qu'elle se le représentait. « Cette maquette a été fabriquée à Londres », avait-elle poursuivi, une lueur espiègle au fond des yeux, comme s'il comprenait ce que cela voulait dire. Elle avait vécu en Angleterre autrefois. Pendant près de deux ans. Là-bas, les magasins regorgent de jolies choses, lui avait-elle confié. Pourquoi avait-elle subitement décidé de partir à New York ? Elle avait du mal à s'en souvenir. Pour chercher du travail ? Parce qu'elle croyait que la vie serait meilleure aux États-Unis ? Il avait déjà entendu cette histoire des dizaines de fois. C'était son sujet préféré quand elle était d'humeur bavarde. Peter éprouvait toujours un pincement au cœur quand elle évoquait cette période de sa vie. Aujourd'hui encore, elle présentait son départ comme une véritable tragédie : elle avait quitté une vie et s'était retrouvée piégée dans une autre, incapable de revenir en arrière. Parvenue à un carrefour au milieu de la forêt, elle avait choisi la mauvaise route et le regretterait pour le restant de ses jours. Et pourtant Peter était là, très content d'être né, heureux de l'écouter, fier de la voir si jolie, plus jolie que les autres mamans pour peu qu'elle se lave les cheveux et qu'elle s'habille un chouïa. « Allons, avait-elle murmuré en esquissant un faible sourire, parlons d'autre chose. » Elle était ravie qu'il ait apprécié son cadeau : ça en disait long sur lui, vraiment. Sur ses goûts, sur son intelligence. Elle était partie travailler tôt le lendemain matin, un lundi – le seul jour de la semaine où elle s'en allait avant Peter. Il avait emporté le galion dans le jardin pour le montrer à Kate et ne l'avait plus revu depuis.

Pour tout dire, le galion était amusant à regarder, mais on ne pouvait pas en faire grand-chose. Il flottait, comme Anne l'avait promis, mais quand Peter et Kate l'avaient fait voguer sur le petit ruisseau de neige fondue qui dévalait l'allée des Stanhope, deux longues stries étaient apparues sur la coque. Des graviers, sans doute. Peter avait aussitôt enlevé ses moufles et frotté les éraflures avec son pouce, mais elles étaient restées là, bien visibles sur la surface en bois verni, si brillante qu'on se voyait dedans. Kate voulait le remettre à l'eau en installant une vieille Barbie à bord, mais Peter avait craint de l'abîmer davantage. Alors il l'avait mis en lieu sûr. Mais où ?

Le silence qui s'abattait sur la maison quand sa mère gardait la chambre n'avait rien à voir avec le calme qui régnait à la bibliothèque ou dans tout autre lieu tranquille. Ce silence ressemblait plutôt, d'après Peter, à celui qui sépare le moment où on amorce une bombe et celui où elle explose – ou pas. Dans ces moments-là, il retenait son souffle. Il entendait les battements de son propre cœur. Il pouvait suivre des yeux le trajet de son sang dans ses veines.

Durant ces périodes de silence, son père ne changeait rien à ses habitudes : il se comportait comme si Anne était de garde à l'hôpital ou sortie faire des courses. Les premiers jours, il ne semblait même pas remarquer son absence à la table du dîner. Voyait-il ses épaules se raidir, ses dents jaunir parce qu'elle ne les brossait plus ? Peut-être, mais il ne faisait aucun commentaire. Le matin, il continuait de manger ses céréales debout devant l'évier, comme si de rien n'était. Il lisait toujours les gros titres du *New York Post* à voix haute. S'il trouvait vide le paquet de café moulu lorsqu'il le sortait du placard, il disait à Peter : « On n'a plus de café », et il allait l'écrire sur le bloc-notes que sa mère rangeait près du téléphone. Quand Peter était petit – en première et en deuxième année d'école primaire –, son père montait parfois parler à sa mère avant de partir travailler. Il fermait la porte de leur chambre pour que Peter ne puisse pas entrer. « Surveille l'heure, p'tit gars, lui disait-il. Ton bus ne va pas tarder ! » Et Peter, emmitouflé dans son gros manteau d'hiver, les sangles de son sac à dos bien attachées sur les épaules, suivait attentivement l'avancée des aiguilles sur le cadran de la pendule accrochée au-dessus de la table. Quand la petite main était presque sur le huit, et que la grande main était entre le neuf et le dix, il savait qu'il devait sortir. Le bus passerait devant la maison dans une poignée de secondes.

Puis quand Peter fut en troisième ou en quatrième année d'école, il remarqua que son père n'allait plus parler à sa mère. Parfois, il lançait un coup d'œil vers le palier avant de partir travailler. Ou bien il revenait sur ses pas après avoir ouvert la porte, comme s'il avait oublié quelque chose. Peter en vint à penser que son père ne détestait pas ces périodes de silence, et même qu'il les appréciait. Lorsqu'elle se retirait pendant quelques jours dans sa chambre, il semblait plus léger, plus détendu. Il s'asseyait sur le canapé en rentrant du travail et laissait son verre de whisky sur la table basse. Un soir, il annonça à Peter qu'il avait eu 36 ans ce jour-là, et Peter fut bouleversé à l'idée que personne ne lui avait souhaité son anniversaire, mais Brian ne semblait pas s'en soucier. Il autorisa Peter à manger des gaufres réchauffées au grille-pain en guise de dîner. Puis il regarda du basket à la télé et resta éveillé toute la nuit. Le bourdonnement continu de la télévision troubla davantage Peter que le silence de sa mère – un silence qui durait pourtant depuis une semaine. Il se réveilla à plusieurs reprises, désorienté, saisi de panique à la pensée qu'il n'avait pas entendu sonner son réveil et qu'il avait manqué le bus. Parfois, il se couchait sur le palier avec son oreiller et il l'attendait. Elle sortait pour aller aux toilettes, il le savait. Elle se penchait au-dessus du lavabo de la salle de bains, collait ses lèvres sur le robinet couvert de tartre et avalait de longues gorgées d'eau froide avant de retourner dans sa chambre.

« Maman », murmurait-il quand elle apparaissait sur le palier. Elle se figeait sur le seuil, puis posait une main sur sa tête, nullement surprise de trouver son enfant couché devant sa porte au milieu de la nuit. Il lui rappelait alors (avec deux semaines, voire un mois d'avance) qu'il était invité à un goûter d'anniversaire et qu'il faudrait acheter un cadeau, ou qu'il avait besoin de son aide pour dessiner l'arbre généalogique qu'il devait apporter à l'école. Dans l'espoir de la rappeler à la réalité, il l'informait qu'il avait mangé un sandwich à la gelée de raisin au petit déjeuner et au déjeuner. Mais elle fermait les yeux, comme si le son de sa voix lui irritait les tympans, et se retirait de nouveau dans sa caverne.

Lorsqu'elle remontait pour de bon à la surface, quelques jours plus tard, elle présentait une tout autre version d'elle-même – celle que Peter préférait. Mettant son absence sur le compte d'une extrême fatigue, il se persuadait qu'elle s'était offert un repos bien mérité. Souvent, après n'avoir entraperçu que sa silhouette pendant plusieurs jours, il était réveillé un matin par des arômes de bacon grillé, d'œufs frits et de pancakes. Elle l'accueillait dans la cuisine d'une voix douce et le regardait manger tout en s'octroyant une cigarette, dont elle soufflait la fumée par la porte ouverte sur le jardin. Elle était calme. Sereine. Comme quelqu'un qui vient de vivre une expérience extrêmement pénible et qui se réjouit d'être arrivé sain et sauf sur la rive opposée.

Elle couve peut-être un truc, songea Peter en mettant le poulet dans le four. Il ouvrit les placards et se mit en quête d'une garniture appropriée. Une boîte de haricots verts ? Ça lui ferait plaisir. Oui, elle avait peut-être attrapé la grippe. Il irait frapper à la porte de sa chambre pour lui dire qu'il avait tout préparé. Pas besoin de s'inquiéter. Il lui monterait une assiette, ou elle pourrait descendre dîner si elle le souhaitait. Il venait de sortir une casserole quand il entendit la clé tourner dans la serrure de la porte d'entrée.

— Anne ? appela Brian.

Un instant plus tard, il entra dans la cuisine.

— Oh, fit-il en trouvant Peter aux fourneaux.

— On est sortis plus tôt du collège aujourd'hui.

— Où est maman ?

— Elle se repose. J'étais en train de...

Il souleva la boîte de haricots pour la lui montrer.

— On fera ça plus tard, mon p'tit gars. Ça ne prendra qu'une minute quand on sera prêts à manger.

Peter reposa la boîte de conserve. Il laissa la casserole sur la gazinière : ils s'en serviraient le moment venu.

— Alors je peux aller jouer ? Les voisins m'ont invité à...

— J'ai vu ça. Vas-y. Amuse-toi bien.

— J'ai mis le poulet dans...

— Je m'en occupe.

La première salve n'avait pas encore été tirée. Les équipes s'étaient placées de part et d'autre du vaste terrain plat qui jouxtait la maison des Maldonado. Kate l'aperçut la première. « Peter est avec nous ! » cria-t-elle, et toutes les têtes se tournèrent vers lui.

— T'as retrouvé le bateau ? demanda-t-elle quand il prit place à son côté.

Ils avaient défini les zones de tir : une équipe derrière le bosquet d'arbres, l'autre derrière la Cadillac de M. Maldonado.

— Pas encore, répondit-il.

Une boule de neige vint s'écraser sur l'enjoliveur

avant de la Cadillac. Peter, Kate et les autres membres de l'équipe ripostèrent aussitôt, le froid leur brûlant les mains, les joues, tandis que sous les manteaux, leurs corps se réchauffaient. Accroupi près de Kate, Peter lançait les boules de neige en moins de temps qu'elle n'en mettait à les façonner. Son nez coulait, l'air glacé lui piquait les joues, mais il n'y prêtait pas attention. Pendant un moment, il oublia le galion, sa mère et les pilons de poulet que son père devait penser à sortir du four. Kate riait si fort qu'elle tomba la tête la première dans le tas de neige.

Ils furent bientôt à court de munitions. La moitié de l'équipe s'éloigna pour reconstituer les stocks. Ceux qui continuaient à se battre furent bombardés et durent aller s'allonger dans le cimetière.

— Ça craint, dit Natalie, la sœur de Kate, après quelques minutes de torpillage. Je rentre.

Quand elle traversa le champ de bataille, contournant les morts sans leur adresser un regard, l'illusion se dissipa : les soldats redevinrent des enfants et le champ de bataille, un simple terrain de jeu. Un par un, les membres de chaque équipe sortirent à découvert et rentrèrent chez eux. La neige tombait dru, à présent. Kate se tourna vers la congère durcie dans laquelle elle avait tracé son prénom : les lettres étaient déjà floues.

— Tu viens ? demanda Sara à Kate en se dirigeant vers leur maison.

Les trois sœurs Gleeson semblaient avoir entremêlé leurs traits distinctifs. Kate ressemblait davantage à Natalie qu'à Sara, mais Natalie avait les cheveux bruns et mesurait au moins 10 centimètres de plus que Kate. Sara et Kate étaient toutes deux petites et blondes, mais ces deux caractéristiques mises à part, elles ne se ressemblaient pas du tout. Toutes trois parlaient avec les mains, comme leur mère.

— Dans une minute, répondit Kate.

Puis, quand ils furent seuls sur le terrain, elle demanda à Peter :

— Tu rentres chez toi ?

— Je crois que oui.

— Ma mère a préparé du chocolat chaud. On pourrait le mettre dans un Thermos et aller le boire près des rochers.

— Je préfère pas.

— OK, acquiesça-t-elle.

Elle leva les yeux vers la maison des Stanhope et la fenêtre de l'étage, derrière laquelle Anne les observait.

— Ta mère est là-haut, dit-elle en esquissant un léger signe de la main.

Elle laissa retomber son bras et attendit, espérant qu'Anne la saluerait à son tour.

— Ma mère ?

Peter fit volte-face et mit sa main en visière.

— C'est bien la fenêtre de ta chambre, non ? demanda Kate.

Le temps qu'il enlève ses moufles, son bonnet, son écharpe, son manteau, ses bottes et qu'il gravisse en courant l'escalier vers sa chambre, le bateau gisait en mille morceaux sur son lit. Certains éléments, conçus pour être remplacés au fil du temps, s'étaient détachés facilement et demeuraient intacts. Le foc, la bôme, le nid-de-pie. Mais la coque avait volé en éclats. Éventrée, la charpente en bois verni semblait indécente, presque nue. Peter détourna les yeux, incapable de soutenir un tel spectacle.

— Je l'ai trouvé dans le garage, dit-elle d'un ton égal. Sur le couvercle de la poubelle.

— Je sais, acquiesça Peter, abasourdi. Je l'ai posé là l'autre jour.

Tout lui revenait en mémoire, à présent : le car de ramassage scolaire qui arrivait au coin de la rue, son bref instant de panique, puis sa décision de courir mettre le galion dans le garage, où il serait en lieu sûr jusqu'à son retour du collège.

— Tu ne t'es pas dit qu'il risquait de tomber ? De s'abîmer ? Tu aurais pu le ranger à sa place, non ?

— J'étais en train de jouer avec quand le bus est arrivé. Et je voulais le montrer à Kate. Je le trouvais tellement beau ! J'avais envie qu'elle le voie. Tu comprends ? C'était vraiment un super cadeau, maman. Je l'aimais beaucoup. Je l'ai mis dans le garage parce que j'ai entendu le bus arriver, c'est tout.

Peter regarda les débris du galion éparpillés sur sa couette et entendit un cri de révolte s'élever à l'arrière de son crâne. Sa mère se leva en portant les doigts à ses tempes.

— Qu'est-ce qui t'a pris de l'emporter dans le jardin ? Et pourquoi fallait-il que tu le montres à cette fille ?

— Je ne sais pas. Je voulais juste qu'elle le voie.

— Eh bien, ça t'apprendra.

Elle traversa la pièce et le gifla violemment – sa main s'abattit sur la bouche et le menton de Peter.

— Ça t'apprendra, répéta-t-elle.

Il chancela. D'abord engourdie, sa joue gauche devint soudain brûlante, comme piquée par un millier d'aiguilles. Il passa la langue sur ses lèvres pour vérifier s'il saignait. Posant une main sur sa joue cuisante, il promena un regard hébété autour de lui – ses livres, son

71

poster du système solaire. Qu'était-il censé apprendre ?
Il plissa les yeux, tenta de comprendre. Il avait l'impression de respirer à travers une paille.

— C'est toi qui l'as cassé, dit-il. Il n'est pas tombé dans le garage. Il était encore entier quand tu l'as trouvé. Et tu l'as cassé !

Sa voix résonna lourdement à ses oreilles et sa tête semblait sur le point d'éclater.

— Il a coûté tellement cher, en plus ! Tu me l'as dit, tu te rappelles ? Je ne l'ai pas posé n'importe où. Je savais qu'il ne risquait rien dans le garage.

Cédant à la colère brute qui l'envahissait, il saisit la couette à deux mains, faisant voler à travers la pièce les morceaux du bateau qui n'étaient pas encore au sol. Il renversa un tas de livres empilés sur son bureau, puis il envoya valser la corbeille remplie de marqueurs magiques rangée sur son étagère. Enfin, tendant le bras vers le rebord de la fenêtre, il attrapa la boule à neige qu'elle lui avait donnée quand il était en maternelle. Le père Noël survolant l'Empire State Building sur son traîneau en bois verni. Il souleva la boule au-dessus de sa tête, prêt à la lancer au sol.

Brian entra en courant dans la pièce, la télécommande encore à la main.

— Qu'est-ce qui se passe ici ? Seigneur ! lâcha-t-il quand il vit l'épave du galion.

Anne resserra les pans de son peignoir sur sa poitrine. Elle s'avança vers Peter et le poussa avec rudesse vers le mur.

— Demande-lui. Demande-lui comment il traite les jolies choses. Demande-lui, et elle le poussa de nouveau. Demande-lui !

— Ça suffit, Anne, dit Brian en la tirant par le bras. Arrête.

Il s'approcha de la fenêtre et se tint un moment devant la vitre, les doigts entrelacés derrière sa tête.

— Bon, dit-il en se retournant, tu viens, Pete ?

Il ouvrit les tiroirs de la commode et prit une petite pile de vêtements – des caleçons, un maillot de corps, des sweat-shirts – qu'il fourra entre les mains de Peter.

— Range ça dans ton sac à dos, lui ordonna-t-il.

Anne les observait.

— Qu'est-ce que tu fais ? demanda-t-elle.

— C'est toi qui l'as voulu, répondit calmement Brian. Ton attitude, ta façon d'agir. Tu l'as bien cherché.

Il s'engagea dans l'escalier, Peter sur ses talons. Elle se mit à hurler, les couvrant d'invectives dont ils ne perçurent que des bribes, avant que la porte d'entrée se referme bruyamment derrière eux.

Ils furent contraints d'attendre que le moteur de la voiture chauffe pour démarrer, ce qui atténua considérablement le caractère dramatique de leur départ. Assis sur le siège passager, Peter sentit sa respiration s'apaiser après la décharge d'adrénaline qui avait accéléré les battements de son cœur. Sa joue lui faisait encore mal, mais la sensation de brûlure se dissipait, elle aussi. À présent, son cœur se serrait à la pensée qu'ils avaient laissé sa mère seule là-haut, avec cette expression désemparée au fond des yeux. Ce n'était pas bien. Il y avait eu un malentendu – mais lequel ? L'un d'eux avait sans doute manqué une partie de l'histoire. Oui, tout venait de là.

À sa gauche, réglant les grilles d'aération vers le haut de manière à diriger l'air chaud vers le pare-brise, son père semblait la proie de turbulences internes dont Peter ne percevait que la partie émergée. Brian frappa le volant du plat de la main. Une fois. Deux fois. Une épaisse couche de neige s'amoncelait déjà sur les trottoirs et les boîtes aux lettres, et les stigmates de la bataille qui s'était jouée dans le jardin des Maldonado s'estompaient sous la poudreuse. Lorsqu'ils parvinrent enfin à quitter l'allée, la voiture patina jusqu'à leur boîte aux lettres, puis chassa de gauche à droite jusqu'en bas de la rue. Brian se pencha au-dessus du volant pour mieux voir la chaussée entre le va-et-vient accéléré des essuie-glaces. Ils tournèrent vers Madison Street, puis s'engagèrent sur Central Avenue. Un chasse-neige leur adressa un appel de phares avant de les croiser, suivi d'une saleuse. Face à eux, l'entrée de la route qui gravissait la petite colline avait été barrée. Tous les feux de circulation de la ville avaient été réglés sur l'orange, qu'on voyait clignoter de loin, afin que personne ne prenne le risque de perdre le contrôle de son véhicule en freinant pour s'arrêter au rouge. Peter serrait si fort son sac à dos contre lui qu'il commençait à avoir des crampes dans les mains.

Son père ralentit puis s'arrêta au milieu de Central Avenue. Autour d'eux, le monde semblait figé dans l'immobilité parfaite d'une photographie en noir et blanc : les voitures garées le long des trottoirs, le terrain de jeu désert, le kiosque à musique qui accueillait des orchestres de jazz les vendredis d'été et qui, aujourd'hui, n'abritait plus qu'un silence fantomatique. Les essuie-glaces continuaient d'aller et venir avec frénésie.

— Et merde ! jura Brian.
— Il neige sacrément fort, dit Peter.
— Ouais.
— On va où ?
Son père se frotta les yeux.
— Laisse-moi le temps de réfléchir, p'tit gars.
Une voiture bleue apparut au bout de la rue et

se dirigea vers eux. Peter ne reconnut la berline de M. Gleeson qu'au moment où elle s'arrêta à leur hauteur. Les deux hommes baissèrent les vitres pour se parler. Aussitôt, une rafale de neige s'engouffra dans l'habitacle comme si la tempête attendait la première occasion pour les saisir dans ses serres glacées.

— Les routes sont bloquées ! annonça M. Gleeson. Vous vous en sortez ?

— Très bien ! Tout va très bien ! certifia le père de Peter.

C'était sa voix de flic. Assurée. Pleine d'autorité.

— Peter est avec toi ? Vous allez où comme ça ?

— Au vidéoclub ! mentit Brian. Au train où vont les choses, j'ai l'impression qu'on va rester coincés à la maison un petit moment.

— Inutile d'y aller. Tout est fermé, déclara M. Gleeson. Et sur Parkway aussi.

Pendant un instant, Peter crut qu'il allait sortir de sa voiture pour jeter un coup d'œil dans la leur.

— Tant pis ! J'aurais dû y aller avant ! répliqua son père avec une expression penaude, comme s'il avait été surpris en train de faire un truc dont il rirait plus tard.

Les flocons lui cinglaient le visage et se transformaient immédiatement en perles d'eau sur sa peau tiède.

— Soyez prudents ! cria M. Gleeson dans le blizzard.

— Promis ! lança le père de Peter en retour.

Quand il remonta la vitre, le silence parut plus épais encore. Dehors, la tempête sifflait et, de temps à autre, un coup de vent dispersait un amas de neige, éparpillant les flocons en tous sens, de sorte qu'ils semblaient à la fois tomber du ciel et monter du sol. Ils restèrent à l'arrêt au milieu de la chaussée.

Le père de Peter pointa du doigt le garage automobile situé au coin de la rue.

— Mauvaise idée, ces toits plats, décréta-t-il. Tu vois ? Le garagiste a déjà 10 bons centimètres de neige là-haut. J'irais déblayer tout ça avant la nuit si j'étais lui.

— C'est pas dangereux de monter là-haut en pleine tempête ? demanda Peter.

— Bien sûr, mais si ce gars ne veut pas que le toit s'effondre...

Brian haussa les épaules et posa ses mains à 10 h 10 sur le volant. Peter observa un à un les bâtiments qui bordaient l'avenue, en comptant ceux qui avaient des toits plats. La pizzeria. Le salon de manucure. L'institut de beauté. Tous fermés.

— Je ne peux jamais inviter d'amis à la maison, dit Peter sans regarder son père. Jamais. Même quand elle a l'air d'aller bien.

— C'est vrai.

— Pourquoi ?

— Ta mère est... comment dire ? Très sensible. Un rien l'agace. Mais tu n'es pas le plus à plaindre, tu sais. C'est bien pire pour certains gamins. Mille fois pire. J'ai vu des situations au boulot... Je ne te raconte même pas !

— Mais...

— Écoute. Tu as beaucoup de chance, malgré tout. Tu sais ce que je faisais, moi, à ton âge ? Je travaillais. Je livrais des journaux. Ma mère ? Elle buvait toute la journée, Pete. Tu es sans doute trop jeune pour savoir ce que ça veut dire. Elle versait de l'alcool dans son café, dans son jus d'orange, dans tout ce qu'elle avalait. C'était pas joli à voir, crois-moi ! Parfois, elle n'arrivait même plus à rentrer à la maison. Alors les voisins m'appelaient pour que j'aille la chercher. Ou l'épicier. Quand j'arrivais, elle m'embrassait en bredouillant « Je suis désolée, mon chéri ». Après ça, pour qu'elle ne se sente pas trop coupable, je la laissais dire qu'elle m'aidait à faire mes devoirs – alors qu'elle ne m'aidait jamais, en réalité.

— Mais tu m'as raconté qu'une fois elle vous avait emmenés voir un match de polo, tes amis et toi. Elle avait acheté des billets pour tout le monde.

L'expression de Brian s'adoucit à mesure que le souvenir évoqué par Peter lui revenait en mémoire.

— C'est vrai, acquiesça-t-il. Je t'ai raconté cette histoire ? Oui, elle nous a emmenés, ton oncle George et moi, et deux autres gosses qui habitaient dans l'immeuble. Et une fois – je ne sais pas si je te l'ai déjà dit – elle a imité la signature de la mère d'un copain pour le tirer d'affaire. C'était mon ami Gerald. Il rapportait une sale note à la maison, et il était terrorisé à l'idée de montrer le devoir à ses parents. Pourtant, ils devaient le signer... Il neigeait comme aujourd'hui, et Gerald a gardé la copie à la main pendant tout le trajet du retour à la maison. Quand on est arrivés, le papier était tout mouillé, avec un grand F rouge en travers de son nom. Gerald avait tellement peur de rentrer chez lui qu'il est venu chez nous d'abord, le temps de réfléchir à la manière de s'y prendre. Ma mère a dû nous entendre discuter, parce qu'elle a demandé à Gerald de lui montrer son devoir. Elle l'a lu, puis elle a pris un stylo et elle a signé en haut de la première page. Avec le nom de la mère de Gerald, en grosses lettres ! « Ne te fais pas tant de souci », lui a-t-elle dit en lui rendant la copie. Et elle nous a donné des sous pour qu'on aille s'acheter des bonbons. Le lendemain, tout s'est bien passé : la prof n'a pas posé de questions.

— Tes amis l'aimaient bien, alors ?

— Ils l'adoraient. Je regrette que tu ne l'aies pas connue.

Sur ce, il alluma les feux de détresse et prit lentement, très lentement, le chemin du retour vers Jefferson Street.

3

À la toute fin de l'année 1990, l'après-midi de la Saint-Sylvestre, alors que Kate et Peter avaient entamé leur dernière année de collège, Anne Stanhope se rendit au rayon traiteur et charcuterie de Food King, le supermarché de Gillam, et prit un numéro dans la file d'attente. Elle était magnifique. Emmitouflée dans un long manteau cintré à la taille, elle ne portait pas de chapeau, mais elle avait enroulé deux fois son écharpe à carreaux autour de son cou. Mme Wortham, qui travaillait en ville au cabinet de podologie, attendait son tour, elle aussi. Elle remarqua qu'Anne était juchée sur de très hauts talons – 10 centimètres, peut-être plus –, des escarpins ravissants, mais totalement inadaptés au temps qu'il faisait dehors, sans parler de la boue et de l'épaisse couche de sel qui recouvraient les trottoirs. Un peu surprise, Mme Wortham se dit que Mme Stanhope arrivait sans doute directement de son bureau (certaines personnes n'ont pas droit à un jour de congé le 31 décembre), puis elle se rappela qu'Anne était infirmière. Alors c'est qu'elle se rend à une soirée du nouvel an, décida Mme Wortham. Après avoir pris son ticket au distributeur, et sans saluer personne, Anne attendit qu'une des employées coiffées d'une charlotte appelle son numéro.

— Quarante-trois ! cria l'une d'elles en appuyant sur le cadran posé sur le comptoir.
— Quarante-quatre ! appela sa collègue un instant plus tard.

L'un après l'autre, les habitants de Gillam s'avançaient et se penchaient au-dessus de la vitrine réfrigérée pour passer leur commande. Une livre de jambon fumé, coupé en tranches épaisses. Une demi-livre de provolone. Le supermarché était bondé ce jour-là. Les habitants de Gillam étaient venus à bout des restes du repas de Noël et souhaitaient reconstituer les stocks. Nouvelle année, nouveau départ. Anne Stanhope avait le numéro 51.

45, 46, 47. Johnny Murphy, que sa mère avait envoyé faire les courses, aperçut l'un des entraîneurs de l'équipe de base-ball de son ancien lycée. De retour chez lui pour les vacances (il avait décroché une bourse d'études), le jeune étudiant salua chaleureusement son vieux mentor, empêchant les autres clients d'accéder au comptoir, jusqu'à ce que l'un d'eux demande à la cantonade si le « champion local » aurait l'amabilité de se pousser un peu. L'année précédente, toute la ville avait suivi les matches que Johnny avait disputés avec l'équipe du lycée, l'emportant chaque fois sur les bourgades voisines, pourtant plus riches et dotées de meilleurs équipements sportifs. Le numéro 48 avait égaré la liste de courses que sa femme lui avait confiée. Il hésita longuement devant le comptoir avant de se décider pour un steak à l'anglaise et une livre de salade de pommes de terre. Le 49 et le 50 furent appelés en même temps, chacun à un bout du comptoir. L'attente était moindre et les numéros défilaient plus vite depuis que le directeur avait ajouté une vendeuse à l'équipe chargée de servir la foule croissante des clients.

Anne Stanhope s'aperçut brusquement que tous ceux qui avaient attendu avec elle sur le côté étaient maintenant en train de commander ou déjà repartis, les bras chargés de paquets. Même ceux qui étaient arrivés après elle (Anne n'aurait pu les décrire avec précision, mais elle avait perçu leur présence derrière elle) s'apprêtaient à rentrer chez eux avec leurs sacs débordant de charcuterie, de fromages et de salades composées. Elle seule n'avait pas été servie. Les vendeuses étaient si efficaces que le cadran bondit quasiment en un instant du numéro 52 au numéro 60.

— Soixante et un ! appela une employée.

Et la file d'attente continuait de s'allonger. Anne était environnée d'hommes et de femmes – devant, derrière, sur les côtés. Elle était cernée. Une sorte d'agitation la saisit, d'abord ténue, mais perceptible jusqu'au bout de ses doigts. Ce sentiment d'accélération lui était familier, bien qu'elle ne l'ait pas ressenti depuis un moment : son cœur et son pouls semblaient marcher à l'unisson de la rage qui la submergeait, tous trois adoptant une cadence de plus en plus rapide à mesure qu'elle regardait autour d'elle, observant en silence les autres clients de la file d'attente. Dans ces moments-là, rien ne lui échappait, mais sa vision périphérique déformait les bords, les angles et les contours : si elle tournait rapidement la tête pour regarder quelque chose ou quelqu'un en face, l'objet de son attention disparaissait hors de sa vue. Un contraste saisissant se creusait entre l'intérieur de son corps, où tout s'accélérait, et le monde extérieur, où tout ralentissait – les gestes des autres clients, le déplacement des articles qu'ils choisissaient sur les rayonnages et posaient dans leurs caddies, le filet de lait qui coulait le long d'une brique en carton percée. Posant les yeux sur un vieil homme, elle remarqua le réseau de veines qui irriguait son nez, des veines si nombreuses que sa peau semblait bleue. Lorsqu'il le frotta du plat de la main, Anne vit également les poils qui tapissaient l'intérieur de ses narines, une zone aussi intime que le reste de son corps. À l'entrée du magasin, si éloignée du rayon traiteur qu'Anne ne pouvait la distinguer de l'endroit où elle se tenait, les portes automatiques s'ouvrirent dans un chuintement. Aussitôt un courant d'air glacé s'engouffra dans l'allée principale et vint se glisser sous le col de son manteau. Elle percevait de mieux en mieux la situation. Y compris le fait que les autres clients se fichaient pas mal de sa mésaventure : aucun d'eux ne semblait choqué que le numéro 51 n'ait pas été appelé. Elle recula d'un pas et le tableau se fit encore plus net (car, dans ces moments-là, son esprit était si vif que tout lui sautait au visage, même les détails qui lui échappaient un instant plus tôt). En fait, comprit-elle, ces gens avaient orchestré son exclusion pour des raisons personnelles, si mesquines qu'il n'était pas utile d'essayer de les comprendre. Ils échangeaient des sourires narquois, des hochements de tête, des signes de la main. Ils s'étaient concertés et, ensemble, ils avaient décidé que le numéro 51 ne serait pas appelé.

Elle quitta ses escarpins pour affiner encore sa perception de la situation, pour se défendre au besoin. D'un mouvement agile, elle se pencha, les souleva et les jeta dans son panier. Puis elle déroula l'écharpe nouée autour de son cou.

— Attendez ! s'exclama-t-elle en s'approchant du comptoir, levant la main comme une écolière qui vient de trouver la réponse à une question.

— Vous ne vous sentez pas bien ? demanda une

femme qui attendait dans la file. Vous ne devriez pas enlever vos chaussures.

— Et pourquoi pas ? rétorqua Anne d'un ton sec, en se retournant vers la femme pour la détailler.

Ses lèvres étaient épaisses, indignes de confiance, et son visage trahissait une nonchalance qu'Anne jugea répugnante. Une lointaine partie d'elle-même la reconnaissait : cette femme servait la messe à St Bartholomew. Comment se faisait-il qu'elle n'ait jamais remarqué à quel point elle était écœurante ? Cette femme posait ses sales pattes sur les hosties, sur le corps du Christ qu'Anne mettait ensuite dans sa bouche. Elle sentit son estomac se soulever, et un jet acide se répandre au fond de sa gorge. Elle plaqua son poing sur ses lèvres et s'interdit de vomir.

— Ça suffit ! cria-t-elle quand la sensation s'estompa.

Tous, vendeuses et chalands, petits et grands, du rayon fruits de mer à celui des fromages d'importation, se figèrent et tournèrent les yeux vers elle. Anne brandit son ticket et s'avança.

— C'est mon tour.

Consciente des inflexions pathétiques qui faisaient trembler sa voix – car elle s'entendait parler très distinctement –, elle ne fondit pas en larmes, comme certains s'y attendaient peut-être : elle répéta son injonction, d'une voix plus forte et plus déterminée. Mais lorsqu'elle eut franchi la courte distance qui la séparait du comptoir (elle sentit le froid du linoléum au sol monter dans ses mollets comme des crampes jumelles), elle s'aperçut qu'elle avait oublié ce qu'elle voulait et même pourquoi elle se trouvait là. Seule demeurait la conviction que les personnes présentes avaient toutes comploté contre elle.

— Vous vous prenez pour qui ? lança-t-elle au vieil

homme qui commandait une salade de pâtes. Vous m'êtes passé devant. Arrêtez de me regarder.

— Je vous demande pardon, dit l'homme en s'effaçant pour la laisser accéder au comptoir. Allez-y, je vous en prie.

— Arrêtez de me regarder.

— Je ne vous regarde pas. Je vous assure, madame. Ce n'est pas la peine de crier, reprit-il poliment, et tout le monde comprit qu'il essayait de la calmer, de faire baisser la tension pour que la situation ne dérape pas de manière incontrôlable. Je suis vraiment désolé d'être passé avant vous. Je ne m'en suis pas rendu compte. Allez-y, maintenant.

— Arrêtez de me regarder ! répéta Anne au vieil homme, puis elle fit volte-face et le cria de toutes ses forces pour être entendue d'un bout à l'autre du magasin. Arrêtez de me regarder !

La plus grande des deux vendeuses en charlotte se pencha au-dessus du comptoir et lui demanda d'un ton ferme de baisser la voix, tandis que l'autre appelait le directeur. Anne pivota lentement sur elle-même, observant tout et tout le monde, puis elle se dirigea vers la pyramide de crackers – aux céréales meulées à la pierre, au blé entier, au sésame, nature – et la renversa d'un coup de hanche. Quand les boîtes s'effondrèrent, elle enroula ses bras autour de sa poitrine et ferma les paupières, bien serrées, pour ne plus rien voir. Quelques minutes auparavant, une douzaine de personnes se tenaient autour d'elle ; maintenant, il y en avait le double. Peut-être plus. Toutes muettes, les yeux rivés sur elle.

— Arrêtez de me regarder, lâcha-t-elle plus doucement.

Puis elle plaqua ses mains sur ses oreilles et se mit à hurler. La voix de la vendeuse appelant le directeur s'éleva pour la seconde fois dans les haut-parleurs.

Peter, qui avait préféré rester dans la voiture pour écouter le palmarès des cent meilleures chansons de l'année, venait de jeter un œil à l'horloge du tableau de bord quand il entendit le hurlement encore lointain d'une sirène d'ambulance. Elle se rapprocha, devenant de plus en plus stridente. À l'instant où le vacarme semblait avoir atteint son niveau maximum, il augmenta encore d'un cran, puis s'arrêta brusquement : l'ambulance venait de se garer devant l'entrée du supermarché. Peter l'observa dans le rétroviseur pendant quelques instants, puis il se retourna pour la regarder par le pare-brise arrière. Quelques curieux s'étaient approchés, et les ambulanciers leur faisaient signe de s'écarter. Une première voiture de police vint se garer derrière l'ambulance, puis une seconde, arrivée par l'entrée sud du parking. Quelques années plus tôt, Peter avait vu un homme s'effondrer, victime d'une crise cardiaque, dans les allées du Food King. L'homme venait de prendre une brique de lait dans l'armoire réfrigérée : il la tenait encore à la main quand le malaise l'avait saisi. Bien que Peter ne l'ait pas vu tomber, il avait vu le lait se répandre en glougloutant dans le rayon des produits laitiers tandis que l'homme se recroquevillait au sol, la main crispée sur son épaule. Brian avait entraîné son fils à l'écart avant qu'il puisse assister à la suite des événements, et Peter n'y avait plus repensé après. La mort était un problème d'adultes auquel il songeait peu. Tout de même, quand son heure viendrait, il n'aimerait pas que ça lui arrive au Food King. La voix de Janet Jackson jaillit pour la deuxième fois des enceintes de l'autoradio. Dépité, Peter se laissa glisser contre le dossier de son siège. À ce rythme-là, il ne voyait pas comment l'animateur parviendrait à diffuser les cent meilleurs titres de l'année avant minuit. Quand il leva les yeux, il s'aperçut qu'un vieux monsieur se dirigeait vers la voiture. C'était le grand-père de Chris Smith. Il se pencha vers la fenêtre côté passager et mima un mouvement de moulinet avec son bras. Peter baissa la vitre.

— Tu t'appelles Peter, n'est-ce pas ? Tu me reconnais ? Mon petit-fils est en classe avec toi. Écoute. Ta mère vient d'avoir un malaise. Pas de quoi s'inquiéter, mais il faut l'emmener à l'hôpital. Je peux te raccompagner à la maison ? Heureusement que je t'ai vu à travers la vitre !

Peter cligna des yeux, interloqué, puis il jaillit de la voiture, si vite qu'il oublia les clés sur le contact.

— Qu'est-ce qui s'est passé ? demanda-t-il, observant maintenant l'attroupement de curieux sous un nouveau jour.

Il se fraya un chemin entre les voitures garées sur le parking. À grands pas d'abord, puis en courant lorsqu'il vit les ambulanciers sortir du magasin avec une civière.

— Maman ? appela-t-il en s'arrêtant devant la petite foule massée près de l'ambulance.

Anne tressaillit au son de sa voix et l'un des ambulanciers vacilla.

— Peter ! hurla-t-elle d'une voix pressante, et tous les visages se tournèrent vers lui. Vite !

Les badauds s'écartèrent pour libérer le passage, mais il hésita. Qu'attendait-elle de lui, exactement ? Il remarqua qu'un troisième ambulancier portait ses chaussures et son écharpe. Le bout de ses doigts semblait bleu de froid et elle n'était pas coiffée de la même manière que lorsqu'elle était sortie de la voiture – sa raie avait changé de côté. Les ambulanciers l'avaient-ils contrainte à s'allonger sur la civière ? S'était-elle débattue ? Son manteau était drapé sur elle comme une couverture.

— Vite ! cria-t-elle de nouveau, ses yeux agrandis et rivés aux siens.

Mais il resta immobile, comme tétanisé. Que devait-il faire ? Les visages qui s'étaient dirigés vers lui pour le regarder se détournèrent. Le manteau de sa mère glissa sur le côté et il vit que ses mains étaient attachées à la civière. Ses chevilles aussi. Un long frisson le parcourut, faisant trembler ses épaules. Les infirmiers la hissèrent à l'arrière de l'ambulance tandis qu'un agent de police se chargeait d'éloigner tout le monde, Peter y compris.

— Peter ! Vite ! hurla-t-elle.

Il regarda l'officier qui lui barrait le passage.

— C'est moi qu'elle appelle, chuchota-t-il. Je suis Peter. Je peux monter dans l'ambulance avec elle ?

— Peter, appela M. Smith en apparaissant à son côté. Tu ne veux pas que je te ramène à la maison ? Tu pourras téléphoner à ton père. Et ma femme te préparera à goûter.

C'était tentant, mais M. Smith vivait avec Chris – Peter venait de s'en souvenir. Or, si Chris apprenait ce qui venait de se produire, toute leur classe serait au courant. Il tremblait de plus en plus fort, des tremblements irrépressibles qu'il ne parvenait pas à dissimuler. Tout le monde s'en était aperçu, c'était sûr. M. Smith passa un bras autour de ses épaules, pensant l'aider, mais son geste ne fit qu'aggraver la situation.

— Tu es son fils ? demanda le policier.

— Oui.

— Je suis l'officier Dulley. Peux-tu me donner ton nom et ton adresse ?

Peter ne répondit pas. M. Smith se chargea de donner

son nom à l'officier Dulley, ajoutant que les Stanhope vivaient sur Jefferson Street.

— J'en suis presque sûr, précisa-t-il.

Puis il livra d'autres renseignements : oui, Peter vivait avec sa mère. Avec son père, également. Ensuite, ils se mirent à parler de Brian. L'officier Dulley s'engouffra dans l'ambulance, où il resta quelques minutes. Personne ne semblait pressé de partir.

— Est-ce qu'elle a eu une crise cardiaque ? demanda Peter à l'officier quand il revint vers eux.

— Non, répondit-il, sans préciser si le malaise dont elle avait été victime était plus grave, ou moins grave, qu'une crise cardiaque. Dis-moi, Peter, dans quel commissariat travaille ton père ?

Là encore, il fut incapable de répondre. Il l'avait su, mais l'information refusait de remonter à sa mémoire.

— Tu es sûr qu'il bosse dans la police, au moins ?

Peter hocha la tête.

Il fut décidé qu'il resterait chez les Smith jusqu'à ce qu'ils parviennent à joindre son père.

— Attendez ! s'écria-t-il en voyant les portes de l'ambulance se refermer.

Il fit un pas de côté, de manière à échapper à la main de M. Smith, toujours posée sur son épaule.

— Je veux aller avec elle.

Mais la longue voiture blanche s'engageait déjà sur la chaussée.

— Ne t'inquiète pas, Peter. Elle va s'en sortir.

— Dites, monsieur Smith, vous ne voudriez pas plutôt me déposer chez moi ?

Alors que le chauffeur de l'ambulance s'arrêtait au croisement avec Middletown Road et enclenchait brièvement la sirène afin d'informer les autres conducteurs qu'il souhaitait passer, Peter ajouta :

— Mon père va bientôt rentrer.
— Tu es sûr que c'est ce que tu souhaites ?
— Sûr et certain.

Le trajet ne dura que quelques minutes, mais M. Smith le mit à profit pour expliquer à Peter que cette période de l'année était éprouvante – oui, vraiment éprouvante, quand on y pensait. Certes, c'était aussi une époque de réjouissances, on avait plaisir à se retrouver en famille pour fêter Noël, mais, pour certaines personnes, toute cette agitation se révélait pesante. Sans compter l'argent dépensé, à vous faire tourner la tête !

— Et puis les femmes prennent les choses tellement à cœur ! ajouta-t-il. Elles veulent que tout soit parfait – le repas, la table, la conversation. Il faut que tout soit assorti, les saladiers, les petites cuillères. Avant, les dames se contentaient de confectionner des biscuits de Noël et chacun recevait un petit cadeau, mais aujourd'hui, c'est très différent.

Il lança un regard éloquent à Peter, comme si sa théorie expliquait tout. Peter faillit lui dire que son père et lui avaient décoré le sapin sans l'aide de sa mère, et qu'il avait fait tout seul les biscuits destinés à être vendus par les collégiens à la fête de l'école. Il avait suivi à la lettre les instructions imprimées sur le paquet et obtenu des cookies absolument délicieux, qu'il avait rangés dans une boîte à chaussures, comme il avait vu les mamans de ses amis le faire avant chaque vente de biscuits. Quand sa mère était rentrée à la maison, elle lui avait fait remarquer d'un ton sec qu'il avait oublié de tapisser le fond de la boîte d'une feuille d'aluminium ou de papier cuisson. Qui pourrait bien avoir envie d'acheter des biscuits entassés dans une vieille boîte à chaussures ? avait-elle ajouté. À l'entendre, on aurait cru que Peter avait posé les biscuits par terre, dans des toilettes publiques. Tous ces ingrédients gaspillés. Maintenant, il ne restait plus de beurre. Elle avait claqué la porte du frigo. Et plus de sucre roux. Elle avait claqué la porte du placard. Puis elle avait vu la plaque à pâtisserie que Peter avait lavée avec soin et mise à sécher avec les saladiers, également récurés, qu'il avait utilisés pour la préparation des biscuits. Elle avait brusquement cessé de le houspiller, comme si une main invisible s'était plaquée sur sa bouche. Elle avait passé un doigt sur la table et constaté qu'elle était propre. Elle s'était penchée au-dessus de la boîte à chaussures et elle avait choisi un biscuit en haut de la pile. Il avait attendu. Il l'avait regardée manger. Après avoir terminé le cookie, elle avait décrété calmement qu'il était excellent. Et qu'il serait dommage de brader de tels cookies pour 25 cents pièce à la fête de l'école. Ils étaient extraordinaires. « Gardons-les pour nous, avait-elle décidé. Demain, j'en achèterai d'autres à la boulangerie pour que tu les apportes au collège. »

— Que s'est-il passé dans le magasin ? demanda-t-il à M. Smith lorsqu'ils tournèrent à l'angle de Jefferson Street. Est-ce que quelqu'un lui a fait une remarque désagréable ou s'est montré grossier avec elle ?

— Aucune idée. Vraiment, je n'en sais rien.

— Elle est très sensible, vous savez, dit Peter.

Ils longeaient Jefferson Street quand ils virent M. Gleeson sortir sa poubelle sur le trottoir. Il leva les yeux vers la voiture de M. Smith et la regarda ralentir, puis s'arrêter devant la maison de Peter.

— C'est Francis Gleeson ? demanda M. Smith en se penchant vers le pare-brise, d'un air soulagé.

Les deux hommes discutèrent au bout de l'allée pendant que Peter récupérait la clé cachée sous le rocher et ouvrait la porte de la maison. Ils parlaient encore quand Peter se servit un verre d'eau et monta dans sa chambre. Il s'adossa à la fenêtre, vida le verre et compta jusqu'à quarante. Quand il se retourna, les deux hommes étaient toujours là, mais ils se tenaient maintenant dos à la maison, comme s'ils savaient que Peter essaierait de lire sur leurs lèvres pour comprendre leur conversation.

Elle avait un revolver dans son sac à main. Elle ne l'avait pas sorti dans le magasin – elle n'avait même pas mentionné son existence –, mais les ambulanciers l'avaient trouvé en fouillant dans ses affaires pendant le trajet jusqu'à l'hôpital. Elle n'avait pas prévu de l'utiliser. Elle désirait seulement le sentir peser sur son épaule, frôler sa masse froide et compacte lorsqu'elle glissait la main dans son sac pour chercher son portefeuille. Elle ne pouvait même pas s'imaginer l'arme à la main. Elle était contente de l'avoir avec elle, voilà tout. C'était le genre d'objet qui surprendrait les gens s'ils découvraient qu'elle l'avait sur elle – à vrai dire, elle était elle-même surprise lorsqu'elle se rappelait qu'il était dans son sac, et ce à quoi il servait.

L'ambulancier qui le trouva remit précipitamment le sac à l'officier de police. On aurait cru qu'il lui brûlait les doigts.

— Votre mari bosse dans la police ? demanda l'officier à Anne en tendant le bras pour éloigner de son visage l'arme de service de Brian, un petit cinq-coups, comme s'il était contaminé. Dans le comté de Westchester ou à New York ?

Il ouvrit le barillet d'un coup sec.

— Bon sang, murmura-t-il, et il inclina le revolver de manière à faire glisser les cinq balles dans sa paume.

Anne refusa de répondre. Elle n'avait pas ouvert la bouche depuis qu'elle avait cessé de hurler dans le magasin. Elle n'était plus capable de parler. Elle n'en voyait pas non plus l'intérêt. Parler était une habitude prise des années auparavant, dans un passé lointain. Maintenant qu'elle avait arrêté, elle n'éprouvait pas le désir de recommencer. À quoi bon ? Tous les bla-bla du monde ne changeraient rien au fait que personne ne comprenait jamais personne. L'ambulancier se pencha vers elle avec une petite tasse en plastique au fond de laquelle gisait une grosse pilule jaune et blanc. Il lui souleva la tête pour poser la pilule sur sa langue. Elle la lui cracha au visage.

— Anne, pourquoi avez-vous mis ce revolver dans votre sac aujourd'hui ?

Bande d'imbéciles, pensa-t-elle. Tous plus idiots les uns que les autres. Aucun sens des nuances. Aucune conscience de l'existence d'une manière de penser différente de la leur.

— Votre mari l'a oublié à la maison ?

Ils supposaient que Brian était au boulot, mais ils se trompaient : Brian s'était rendu chez le garagiste, à moins d'un kilomètre du Food King, dans l'espoir que le mécanicien parviendrait à faire rouler sa vieille Chevrolet six mois de plus. Il avait laissé l'arme là où il la laissait toujours quand il n'était pas en service : sur la bibliothèque du salon. Certes, il était censé l'emporter partout où il allait, mais il le faisait rarement. Pas à Gillam. Pourquoi s'encombrer d'une arme dans les rues tranquilles de la petite ville ? Anne avait prévu de la reposer sur l'étagère du haut avant son retour. Il ne se serait aperçu de rien.

Les ambulanciers détachèrent Anne et la couchèrent sur un lit à roulettes dans la lumière fluorescente des néons du couloir, au vu et au su de tous ceux qui passaient par là. Une infirmière la fit basculer sur le côté, tandis qu'une autre baissait son pantalon, montrant ses fesses au monde entier. Elle se mit à rire. Les femmes lui ordonnèrent de ne pas bouger. Elle tortilla un peu des hanches pour leur montrer qu'elle s'en fichait. Puis quelqu'un lui planta une aiguille dans le derrière et elle réalisa qu'elle sanglotait. Quand avait-elle cessé de rire ? Elle enfouit le visage dans le matelas pour qu'ils ne la voient pas pleurer. Maintenant, le drap était imbibé de larmes. Il resterait humide jusqu'à ce qu'ils changent la literie ou la déplacent à nouveau. Elle sentit qu'on enfilait une paire de grosses chaussettes sur ses pieds nus.

Quand ils s'éloignèrent, elle calcula qu'elle avait deux ou trois minutes devant elle pour agir. Peut-être moins. Tout dépendait de ce qu'ils lui avaient administré. Elle évalua la situation : le flic discutait près de la salle des infirmières, le médecin de garde s'occupait d'un autre patient. Rassemblant ses forces, elle posa les pieds au sol et se leva. Elle avait l'impression d'avoir les poignets et les chevilles lestés de plomb. Et une ancre ficelée autour de la poitrine. Elle se dirigea lentement vers le fond du couloir. C'était comme autrefois, quand elle essayait de courir dans l'eau. Un pas, puis un autre. À gauche. À droite. Y mettant toute son ardeur d'enfant sans parvenir à rien. Elle avait appris à nager à Killiney Beach, dans la baie de Dublin, sur une plage de galets qui roulaient dans les vagues comme des os dans un sac. Si vous mettiez la tête sous l'eau, vous risquiez de vous faire assommer. Un pas, puis un autre. Elle avait la bouche ouverte, les lèvres sèches. Parvenue au

93

bout du couloir, elle se glissa entre les portes battantes. Ils avaient gardé ses chaussures, son manteau, son sac. Et alors ? Elle avait d'autres chaussures à la maison, un autre manteau aussi. Quand elle arriva dans le hall, elle posa la main sur le comptoir de la réception, le temps de reprendre son souffle. L'employé en blouse blanche ne la vit même pas. Elle sortit. Un taxi attendait le long du trottoir. Il lui restait tout juste assez de forces pour ouvrir la portière. Elle se laissa tomber sur la banquette arrière – le siège le plus confortable qu'elle ait jamais connu. Il faisait chaud dans l'habitacle. Le chauffeur chercha son regard dans le rétroviseur comme s'il l'attendait depuis un moment. Elle découvrit alors que tout avait changé depuis l'incident du supermarché : à présent, le monde entier se mettait en quatre pour regagner ses faveurs.

— Gillam, dit-elle. 1-7-1-1, Jef-fer-son Street.

Elle articula son adresse avec soin, comme si elle parlait à un enfant. Elle savait qu'elle n'aurait pas l'énergie de la répéter. Puis elle ferma les yeux et s'endormit.

Le premier visage qu'elle vit en se réveillant fut celui de Francis Gleeson. Elle observa ses joues et son menton couverts d'une barbe légère. Brian était nettement plus beau, c'est sûr. Mais Francis n'était pas déplaisant à regarder. Son visage inspirait confiance. Une grosse tête d'Irlandais en forme de chou. Il la tenait bien serrée dans ses bras. Elle aurait voulu l'interroger sur le bruit des vagues à Galway, savoir si elles roulaient les mêmes sacs d'os qu'à Dublin. Un jour, Francis avait essayé de lui parler de l'Irlande. C'était au début. Au tout début. Lena Gleeson débordait de partout en ce temps-là : entre ses seins, son ventre et les bébés aux lèvres humides pendus à ses bras, on ne voyait d'elle qu'une masse informe. Anne avait écourté la conversation. À présent, elle regrettait de ne pas s'être montrée plus gentille. Ils franchirent le seuil de la maison et Francis se dirigea vers l'escalier, puis vers sa chambre à coucher comme s'il entrait chez eux tous les jours. Il l'étendit sur le lit. Avait-il l'intention d'abuser d'elle ? Dans ce cas, elle le laisserait faire, décida-t-elle. Elle n'avait pas la force de se battre. Elle voulut lui demander de prendre de l'argent dans son portefeuille pour payer le taxi, mais aucun son ne sortit de sa gorge. Et son portefeuille était resté à l'hôpital. Elle avait terriblement froid aux pieds.

Peter avait bon espoir de réussir à dissimuler l'incident à son père, si sa mère et lui se concertaient au préalable. Pour le moment, elle ne lui avait donné aucune consigne, mais il ne s'inquiétait pas : il savait que son père ne serait pas surpris de la trouver endormie à l'étage quand il reviendrait du garage. Restait à convaincre M. Gleeson de rentrer chez lui, ce qui n'était manifestement pas son intention : après avoir porté Anne jusqu'à sa chambre, il redescendit l'escalier et proposa à Peter de venir un moment chez lui pendant que sa mère se reposait. « Kate n'est pas à la maison, précisa-t-il, mais tu pourras regarder un film avec Natalie et Sara. » Peter déclina l'invitation. M. Gleeson s'assit alors sur la première marche du perron, visiblement décidé à attendre le retour de Brian. Peter pensa soudain à la voiture de sa mère : avait-il coupé le moteur avant de sortir ? Il imagina la voiture vide, abandonnée sur le parking du Food King, les clés sur le contact et l'autoradio toujours en marche, affairé à diffuser les cent meilleurs titres de l'année 1990. Il en était là de ses réflexions quand il vit l'officier Dulley (celui qui lui avait posé un tas de questions sur le parking) s'approcher d'un pas vif. Il arrivait de l'hôpital, où Anne avait échappé à la vigilance du personnel. M. Maldonado se trouvait dans son jardin, lui aussi : il décrochait ses guirlandes de Noël alors que le soir commençait à tomber, ce qui rendait l'opération délicate. Peter le regarda suivre des yeux le policier qui remontait l'allée dans son uniforme bleu marine.

L'officier Dulley et M. Gleeson s'entretinrent un long moment sur la pelouse. Lorsque Brian rentra enfin à la maison, ils discutèrent aussi avec lui – Peter les surveillait depuis la fenêtre du salon –, puis ils reculèrent d'un pas pour le laisser passer lorsqu'il se précipita soudain à l'intérieur. Là, il courut vers la bibliothèque et frôla du plat de la main l'étagère la plus haute, comme s'il cherchait quelque chose. M. Smith téléphona à cet instant pour s'assurer que Peter allait bien. Dès qu'il était rentré chez lui et qu'il avait raconté à sa femme les événements du jour, elle l'avait sévèrement réprimandé, confia-t-il à Brian, et elle avait raison : il n'aurait pas dû déposer Peter chez lui et le laisser seul à la tombée de la nuit après ce qui était arrivé ; cela faisait beaucoup à gérer pour un garçon de cet âge-là, n'est-ce pas ?

— Attendez un peu, dit Brian en tirant sur le cordon du téléphone pour l'éloigner le plus possible de M. Gleeson et de l'officier Dulley. Répétez-moi ça plus lentement, vous voulez bien ?

Les heures suivantes furent consacrées à des discussions entre adultes que Peter ne parvint pas à saisir complètement. Son père finit par s'apercevoir qu'il s'était assis en haut de l'escalier, dans le noir, pour les écouter. Il l'envoya dans sa chambre, mais Peter revint discrètement moins de deux minutes plus tard, s'installa au même endroit et écouta la suite de la conversation. Manifestement, M. Gleeson et son père travaillaient de nouveau dans le même district, comme autrefois, au tout début de leur carrière dans la police, mais maintenant ils étaient postés à Manhattan, dans le deux-six, près de Columbia University. Le deux-six, c'était bien ça. Peter s'en souvenait, à présent. M. Gleeson n'avait pas tout à fait le même accent irlandais que sa mère, mais ils prononçaient tous deux le prénom « Brian » comme s'il s'écrivait « Brine ».

— Brian, dit M. Gleeson, on essaie seulement de t'épargner des ennuis.

L'officier Dulley acquiesça, manifestement d'accord, mais Brian éleva la voix :

— Quels ennuis ? J'étais à la maison ! En congé !

M. Gleeson répliqua qu'en fait Brian n'était pas à la maison, mais au garage sur Sentinel Street. Et que maintenant il était sacrément dans la merde. M. Gleeson semblait à la fois déçu et fâché. Pour la première fois, Peter se demanda si le père de Kate était plus haut placé que le sien. Peut-être même était-il son chef ? Il tenta de se remémorer les différents grades de la police new-yorkaise. Son père était agent de police. M. Gleeson était lieutenant.

— Ressaisis-toi, Brian. Réfléchis ! ordonna M. Gleeson en tapotant le côté de son crâne du plat de la main.

Peter se pencha au-dessus de la rampe pour tenter d'apercevoir le visage de son père, faiblement éclairé par le lampadaire posé dans l'angle du salon.

Un jour, Mme Duvin avait dit à Peter, devant toute la classe, qu'il devait se ressaisir. Il avait senti ses joues s'enflammer. Heureusement, il n'avait pas pleuré. Il espérait que son père ne pleurerait pas non plus, mais il ne voyait de lui que son genou et la jambe de son pantalon.

Après ça, les trois hommes ne dirent plus rien pendant un bon moment. Puis, sans prévenir, ils semblèrent parvenir à un accord. L'officier Dulley tendit à Brian un revolver que Peter reconnut : c'était l'arme de service de son père. Brian la glissa dans la ceinture de son jean.

À l'étage, sa mère continuait de dormir.

1991 commença, les vacances d'hiver s'achevèrent et Peter retourna à l'école. En ce premier lundi de la nouvelle année, il se prépara un bon petit déjeuner. Il mit avec soin son repas froid dans une boîte en plastique. Il se brossa les dents. Sa mère entra dans la cuisine alors qu'il rinçait son bol de céréales, mais elle ne lui adressa pas la parole. Elle ouvrit la fenêtre au-dessus de l'évier et ferma les yeux pour accueillir le souffle d'air glacé qui s'engouffrait dans la pièce.

— Tu lui ressembles comme deux gouttes d'eau, dit-elle au bout d'une minute, les paupières toujours closes.

— Je ressemble à qui ? À papa ? demanda Peter, tout en sachant qu'elle ne considérait pas cette ressemblance comme un compliment.

— À papa ? répéta-t-elle, imitant le ton de sa voix de manière exagérée, sans le regarder, tout en prenant un air idiot, comme si elle se produisait devant un public qu'elle espérait faire rire. À papaaa ? À papaaaaaaaaaa ?

Il décrocha calmement son sac à dos du portemanteau près de la porte et passa les bras dans les sangles pour le mettre sur ses épaules. Il se sentait très seul, tout à coup. Très seul et très morose, comme le reste de leur maisonnée : l'armoire en bois sombre qui accueillait le service en porcelaine, si fragile que personne n'osait s'en servir ; la plante artificielle posée à côté du canapé ; le store fixé de travers sur la fenêtre du salon ; et partout, un silence si violent que Peter était souvent tenté de plaquer les mains sur ses oreilles pour l'interrompre. Il entendit le klaxon du car de ramassage scolaire dans la rue.

— À ce soir ! lança-t-il en se dirigeant vers la porte d'entrée.

Anne battit l'air du plat de la main comme si elle écrasait une mouche.

— Ta mère a eu un problème ? demanda Kate quand ils furent assis côte à côte dans le bus.
— Non, répondit Peter.
— J'ai cru entendre mes parents en parler.

Au collège, personne ne mentionna l'incident, pas même Chris Smith. Peter savait qu'il aurait pu se confier à Kate, mais que lui aurait-il dit, au juste ? Avec quels mots décrire ce qui s'était passé ? Il y avait du nouveau, pourtant : maintenant, sa mère prenait des médicaments. Ça, il pourrait le dire à Kate. Les deux flacons en verre fumé étaient apparus près de l'évier de la cuisine le jour de l'an. Sa mère prenait une pilule dans chaque flacon et les avalait avec un grand verre d'eau. Puis elle se penchait au-dessus de l'évier en gémissant – elle gardait cette position pendant une bonne minute. Brian soulevait parfois les flacons, lui aussi, mais pour les observer à la lumière. Il les tendait devant la fenêtre et agitait leur contenu en plissant les yeux, comme s'il essayait de compter le nombre de pilules qui restait à l'intérieur. « Maman est malade ? » avait demandé Peter un soir après le dîner. « Qui ? Maman ? » avait marmonné son père. Et il n'avait pas répondu.

Elle reprit le travail en même temps que Peter retournait en classe. Elle avait soldé à Noël ses derniers jours de congé, et la succession d'événements qui avaient troublé la fin de l'année s'était déroulée au cours de ses deux semaines de vacances. À la maison et dans le voisinage, personne ne parla du Food King, de l'ambulance, ni du fait que M. Gleeson l'avait portée jusqu'à son lit. Mais Peter sentit un changement, d'abord imperceptible, puis de plus en plus sensible, dans l'air qu'ils respiraient et la manière dont ils se comportaient les uns envers les autres, comme si ses parents (et lui avec eux) s'engageaient lentement dans une nouvelle direction. Les journées et les semaines se succédaient, apparemment identiques aux précédentes, selon une routine immuable : se lever, prendre son petit déjeuner, aller au collège, faire ses devoirs, jouer dehors. Le dimanche, après la messe, ils s'éclipsaient toujours par la porte latérale, tandis que les autres familles sortaient sur le parvis de l'église et discutaient entre elles. Désormais, ils faisaient leurs courses dans un supermarché plus cher, dans une ville voisine, et chaque fois qu'ils en ressortaient, sa mère étudiait le ticket de caisse pendant un long moment sur le parking, sourcils froncés, avant de remonter dans la voiture. Mais le vrai changement n'était pas là. En fait, depuis le début de l'année, Peter avait l'impression que ce qu'ils se disaient – lui, sa mère et son père – ne correspondait pas vraiment aux mots qu'ils s'adressaient les uns aux autres.

Sa mère paraissait aller mieux. Quand les flacons en verre fumé furent presque vides, deux fioles identiques vinrent les remplacer. Le jour de la Saint-Valentin, elle posa un chocolat en forme de cœur sur son assiette, et un autre sur celle de son père. Un soir, elle leur raconta une blague qu'elle avait entendue au travail

– trois chirurgiens entrent dans un bar – et son père sourit. Malgré tout, Brian semblait sans cesse retenir une annonce ou un aveu qui lui brûlait les lèvres. Anne le sentait, elle aussi. Certains soirs, quand il ne disait pas grand-chose, elle se levait d'un bond pour apporter le plat principal, alors qu'il n'avait pas encore fini l'entrée. Et quand il se servait un verre de whisky, c'est elle qui allait chercher les glaçons dans le congélateur. Peter ne l'avait jamais vue aussi attentionnée. « Je m'en charge », disait-elle quand il commençait à faire la vaisselle. Il lui cédait la place devant l'évier et allait s'asseoir sur le canapé. Plus tard dans la soirée, lorsque Peter sortait de sa chambre pour leur dire qu'il avait terminé ses devoirs et s'apprêtait à se coucher, il les trouvait chacun dans un angle de la pièce : son père regardait fixement la télévision tandis que sa mère feuilletait un magazine, levant les yeux vers son mari chaque fois qu'elle tournait une page.

Un matin, alors qu'il se préparait pour le collège et que sa mère était sur le point de partir travailler, Peter dévala l'escalier en quête de chaussettes propres – elles étaient peut-être restées dans le sèche-linge. Il faillit glisser en arrivant au rez-de-chaussée : une brochure publicitaire gisait sur la dernière marche. Il se pencha pour la ramasser. C'était une publicité pour un club de golf en Caroline du Sud. Brian jouait au golf ou, du moins, il s'était acheté des clubs dans l'espoir d'apprendre à jouer. Il avait promis à Peter qu'il lui montrerait comment s'en servir quand il serait plus grand. L'homme qui posait sur la couverture de la brochure venait de frapper une balle et souriait en la regardant survoler le green. À l'intérieur, une photo montrait un homme et une femme main dans la main, comme deux amoureux. Sous la photo figurait une liste d'offres commerciales avec leurs prix. Location de studios. Bungalows à une, deux, ou trois chambres. Courts ou longs séjours. La plupart du temps, c'était Peter qui allait chercher le courrier dans la boîte aux lettres. Pourtant, il ne se rappelait pas avoir vu cette brochure au cours des jours précédents. Il la posa sur la console de l'entrée, au cas où ce serait important, puis il alla chercher ses chaussettes et remonta à l'étage. Quand il fut prêt, il regarda par la fenêtre de sa chambre : son père pelletait la neige qui s'était amoncelée sur sa voiture au cours de la nuit – une tempête-surprise, en plein mois de mars. Après avoir dégagé le toit et le capot, Brian retourna la pelle et tapota le pare-brise couvert de glace avec le coin de la poignée. La glace se craquela. Il ôta son gant pour détacher les éclats, qu'il lança dans l'allée. De temps à autre, il portait sa main en visière et regardait loin devant lui, au bout de Jefferson Street.

Il aimerait être ailleurs, pensa Peter. Il veut s'en aller. Cette pensée encore informe se frayait doucement un chemin dans son esprit, mais lorsqu'il l'eut formulée, tout ce qu'il n'arrivait pas à comprendre ces derniers temps lui parut de nouveau parfaitement logique.

Il entendit son père taper ses bottes sur le paillasson pour enlever la neige accumulée sous les semelles, puis la porte d'entrée s'ouvrir en produisant son crissement habituel (le joint en caoutchouc fixé sous le battant pour bloquer les courants d'air raclait le sol de manière déplaisante). Quand Peter descendit prendre son petit déjeuner, la brochure avait disparu.

Plusieurs semaines s'écoulèrent sans événement notable. Le printemps arriva. La saison de base-ball débuta. Brian déclara qu'il était grand temps que Peter aille voir un vrai match. Il promit de se procurer la liste des rencontres qui se joueraient à Gillam afin de fixer une date. Les premières tulipes apparurent le long de la façade des Gleeson. L'air se réchauffait : désormais, Kate et lui sortaient du bus en chemise, leur chandail noué autour de la taille. Ils commencèrent à répéter la cérémonie de remise des diplômes qui marquerait la fin de leur scolarité au collège : il faudrait s'avancer deux par deux dans l'allée centrale de la salle des fêtes, puis monter sur l'estrade. Kate apprit qu'elle devrait défiler avec John Dills. Et comme leur classe comptait plus de garçons que de filles, Peter se trouva associé à un autre garçon, presque aussi grand que lui. Ils entreraient bientôt au lycée. Ensuite, tout irait très vite : le permis de conduire, un job d'été, la fac. La liberté. Pourvu que rien ne change en attendant ! se disait Peter. Et pendant quelques semaines, ce fut le cas.

4

Quand Peter s'asseyait avec Kate près des rochers en fin d'après-midi, il pouvait, en se penchant d'une certaine manière, voir apparaître la voiture de sa mère derrière le thuya géant des Maldonado à l'instant où elle s'engageait sur Jefferson Street. Cette semaine-là, vers la fin mai, un chapelet de boutons d'acné déparait son front. Kate l'avait forcément remarqué mais s'était abstenue de commentaire. Le matin, Peter portait jusqu'au collège sa casquette des Mets vissée sur le crâne et ne l'enlevait qu'après la seconde sonnerie, au moment d'entrer en classe. En fin de journée, il la sortait de son sac à dos et la posait sur ses genoux, prêt à l'enfoncer sur son front à l'instant où ils se mettraient en rang devant les cars de ramassage scolaire. Kate s'était méchamment égratigné les jambes au cours du week-end, lors d'un match de softball. Elle passait la main sur ses croûtes d'un geste machinal, comme pour comparer ces zones rugueuses aux zones plus douces situées au-dessus de ses genoux. Peter ne pouvait s'empêcher de suivre le chemin de ses doigts sur sa peau. Elle lui avait récemment fait remarquer à quel point ses jambes à lui étaient plus épaisses et plus musclées que les siennes : « Oh, c'est dingue ! » s'était-elle exclamée en plaquant brusquement sa cuisse nue contre la sienne. Ils étaient assis, en short et en baskets, sur le trottoir devant chez eux – un lieu stratégique qui leur permettait de voir défiler les autres gamins du quartier. « Regarde un peu. » Peter avait sursauté et s'était écarté d'un bond. Elle s'était tue, et quand il avait repris la parole – « Tu sais que Joey Maldonado s'est acheté une nouvelle voiture ? » –, elle avait rougi.

En fin d'après-midi, ce jour-là, lorsqu'ils posèrent près des rochers leurs sacs à dos remplis de manuels scolaires et de documents sur la cérémonie de remise des diplômes, Peter se promit de rester léger, mais la tonalité de ses relations avec Kate, la manière étrange dont ils se comportaient l'un envers l'autre ces derniers temps lui pesaient. Que leur arrivait-il ? À la récréation, Sean Barnett avait dit aux copains (en veillant à ne pas regarder Peter) qu'il aimait bien Kate, et qu'elle l'aimait bien, elle aussi – il en était presque sûr.

— Qu'est-ce que tu racontes ? s'était écrié Peter, sans bien comprendre la raison de sa fureur.

— Quoi ? avait répliqué Sean. Je croyais que vous étiez cousins, Kate et toi.

— Cousins ? Non. On est voisins, c'est tout.

— Bon. Tu l'as déjà embrassée ?

Toutes les têtes s'étaient tournées vers Peter. Tous les gars de dernière année qui s'étaient rassemblés pour jouer au stickball sur le parking du collège, tous, l'avaient épié en attendant sa réaction.

— Qu'est-ce qui te fait croire qu'elle t'aime bien ? avait bêtement lancé Peter, perdant aussitôt tout crédit aux yeux de ses amis : maintenant, ceux qui le pensaient proche de Kate n'y croyaient plus.

— Je le sais, c'est tout, avait répondu Sean.

— Et comment tu le sais ? J'en serais pas si sûr, à ta place.

Il s'était exprimé avec l'autorité de celui qui détient des informations privilégiées, comme si Kate lui avait fait des confidences. Il espérait ainsi leur rappeler que personne ne connaissait Kate Gleeson mieux que lui. Et c'était vrai, non ? Elle aurait très bien pu lui faire ces confidences-là. C'est ce qu'il pensait, du moins.

Il n'y avait rien que Kate aimât davantage qu'une information livrée sous le sceau du secret, surtout si cette information lui permettait de savoir ce que se racontaient les garçons quand les filles n'étaient pas là. Peter aurait pu lui parler de Sean Barnett, mais il préféra s'abstenir, de peur qu'elle ne soit tentée de l'aimer en retour si elle découvrait qu'elle était l'objet de son affection. Alors, tout en gardant un œil sur le thuya des Maldonado, il passa du plus petit rocher au rocher suivant en lui confessant que les garçons de leur classe s'étaient tous entendus pour lancer gentiment la balle à Laura Fumagalli pendant la prochaine partie de stickball, ce qui l'inciterait à l'envoyer derrière la Mercedes noire de Mgr Repetto, la seule voiture autorisée sur le parking du collège pendant la récréation. Et pendant qu'elle courrait de toutes ses forces d'une base à l'autre, eux pourraient voir ses seins tressauter sous sa chemise.

Allongée dans l'herbe, Kate hocha la tête avec un sérieux égal à celui qui se lisait sur son visage en cours d'histoire ou d'arithmétique. Peter vit briller une étincelle de jalousie dans son regard, mais elle fut vite chassée par une vive admiration : que les garçons déploient tant d'astuce et de solidarité pour parvenir à leurs fins la fascinait. Elle semblait parfaitement d'accord avec leur raisonnement et leurs méthodes.

— Tu ne diras rien à Laura, hein ? s'enquit-il.

— Bien sûr que non ! se récria-t-elle, comme s'il l'avait insultée.

Elle se leva d'un bond et grimpa sur le rocher du milieu en exécutant un saut parfait, comme si ses jambes étaient montées sur ressorts. Elle lança un regard derrière elle pour voir si Peter était impressionné. Il haussa les épaules, mais ne put s'empêcher de sourire. Elle se pencha pour lui donner un petit coup de poing dans le ventre.

— Pas mal, non ? Avoue !

Peter la rejoignit sur le rocher du milieu, où elle entreprit de lui raconter que la mère de Laura avait acheté son premier soutien-gorge à sa fille quand elle était en dernière année d'école primaire. Le récit touchait à sa fin quand ils sautèrent en même temps sur le rocher le plus haut. Kate ne s'y attendait pas. Elle perdit l'équilibre, glissa et se cogna le menton contre la pierre. Peter bondit aussitôt à terre pour la rejoindre.

— Ça va ? demanda-t-il.

— Je crois que je me suis cassé une dent.

— Montre, dit-il en plaçant son pouce sur sa lèvre inférieure.

Elle ouvrit la bouche. Il fit courir son doigt sur ses incisives. Kate sentit les grains de sel restés collés au bout de ses doigts. Quand il leva les yeux, il s'aperçut qu'elle le dévisageait avec attention, cherchant son regard sous la visière de sa casquette.

— Tu saignes beaucoup, déclara-t-il en retirant précipitamment la main, comme si elle l'avait mordu.

Kate s'assit, puis se pencha sur le côté pour cracher le sang qui envahissait sa bouche. Elle essuya ses lèvres avec son avant-bras et cracha encore.

— Oh, merde. Peter ! dit-elle lentement, d'une voix sourde, comme si elle sortait de chez le dentiste.

Elle désigna la maison de Peter d'un signe de tête. Il se retourna. Anne se tenait sur le seuil de la cuisine : elle les observait en plissant les yeux. Le temps que Peter se redresse, sa mère avait déjà traversé le jardin. Elle fondit sur eux avant qu'il ait eu l'occasion de réfléchir. Non seulement elle paraissait avoir vu ce qui s'était passé, mais elle semblait aussi savoir ce qu'ils pensaient, ce qui commençait à éclore dans leurs têtes et dans leurs cœurs.

— Kate vient de...
— Rentre immédiatement, ordonna-t-elle.
— Mais je voulais seulement...
— Ne discute pas.
— Attendez, dit Kate, et Peter se tourna vers elle.

Il sentait monter la colère de sa mère. Dans quelques instants, elle serait incontrôlable.

— Il voulait juste m'aider, expliqua Kate en se relevant à son tour. On discutait et je suis tombée. Je me suis cogné le menton. Regardez : je saigne !

Tout en parlant, elle avait posé une main sur le bras de Peter pour l'empêcher de partir.

Tais-toi, pensa Peter. Il lui adressa un signe de tête, aussi discrètement que possible. Kate comprit le message, mais elle fit mine de n'avoir rien vu.

— Vous êtes infirmière, non ? reprit Kate.

Elle se pencha et cracha un filet de sang dans l'herbe. Son raisonnement était si limpide qu'elle aurait aussi bien pu l'énoncer à voix haute. *Ce serait gentil de vous inquiéter pour moi.*

Anne s'approcha. Un pas, puis un deuxième. Kate recula, Peter tressaillit. Il pensa d'abord que sa mère allait la frapper, puis il espéra brièvement qu'elle venait l'aider, aussi folle soit-elle. Qu'elle examinerait son amie pour s'assurer qu'elle n'avait rien de cassé. Mais elle se figea à moins de 20 centimètres de Kate sans manifester la moindre inquiétude à la vue de sa bouche pleine de sang. Puis elle se pencha vers elle comme si elle voulait lui murmurer un secret au creux de l'oreille. Kate suivit son regard tandis qu'Anne la détaillait de la racine de ses cheveux blonds à ses baskets en toile blanche, fermées avec des lacets bleus. Enfin, elle ouvrit la bouche.

— Tu te crois plus maligne que tout le monde ?

Quelques jours plus tôt, au petit déjeuner, elle avait sorti ses deux pilules habituelles des flacons en verre fumé, mais, au lieu de les avaler avec un grand verre d'eau, elle les avait placées dans la coquille de l'œuf qu'elle venait de casser au-dessus de la petite poêle à frire. Ensuite, elle avait assemblé les deux moitiés de la coquille pour que l'œuf paraisse entier, et elle avait jeté le tout à la poubelle. « Tu es censée faire ça ? » avait demandé Peter. « Je suis censée faire quoi ? » avait-elle répliqué en se dirigeant vers lui. Elle avait posé une main sur sa joue. Il avait d'abord cru à un geste tendre, mais elle avait appuyé de plus en plus fort – jusqu'à ce qu'il recule d'un pas.

— Pardon ? marmonna Kate, visiblement interloquée.

— J'ai dit : tu te crois plus maligne que tout le monde. Je me trompe ?

Kate lança un regard interrogateur à Peter, comme si elle s'attendait à ce qu'il traduise les propos de sa mère. Ils entendirent la porte moustiquaire des Gleeson s'ouvrir et se refermer dans un claquement sonore. Un instant plus tard, Lena arrivait en courant.

— Que s'est-il passé ? s'écria-t-elle d'une voix pressante où se mêlaient l'amour, l'inquiétude et le reproche.

Elle prit la mesure de la situation si rapidement, sans même attendre leur réponse, que Peter en fut mortifié. En fait, tout le monde savait exactement de quoi souffrait sa mère. Personne n'avait rien dit, c'est tout.

— Rentre à la maison, ordonna Lena à Kate.

— On n'a rien fait de grave, protesta-t-elle. Pourquoi tu nous grondes ?

— J'ai dit : rentre à la maison. Tout de suite.

— C'est nul.

Sa mère fit volte-face et la gifla.

— Maman ! cria Kate avec indignation, les poings serrés pour ne pas pleurer.

— Eh, madame Gleeson, renchérit Peter, vous n'avez pas vu qu'elle est déjà blessée ?

— La ferme ! intervint sa propre mère.

Un jour, on les quittera tous. On partira loin d'ici et on n'aura plus à les écouter, se dit Peter. Et ce n'était pas la première fois qu'il se faisait cette promesse.

Chacun rentra chez soi. Anne fit les cent pas dans la cuisine tandis que Peter se tenait devant la table, les mains crispées sur le dossier d'une chaise, refusant de s'asseoir. Lorsqu'elle parla enfin, ce fut pour décréter que l'incident montrait à quel point les Gleeson étaient peu fréquentables.

— Des vauriens, asséna-t-elle. Quel manque d'éducation ! Frapper sa fille en public, devant les voisins, tu imagines ?

Peter pensa à tout ce qu'il pourrait lui rétorquer. Il pensa aussi aux centimètres qu'il avait gagnés depuis l'année précédente : il était aussi grand que son père, maintenant. Assez fort pour arracher les portes des placards de la cuisine, si ça lui chantait. Et pour se ruer vers la porte du jardin (en bousculant sa mère si nécessaire) et courir retrouver Kate. Ils n'auraient qu'à monter ensemble dans le premier bus qui descendrait l'avenue. C'était un truc que faisaient des tas de gens, il en était certain. Il avait déjà 14 ans, et Kate fêterait les siens cet été.

— Tu n'iras plus, déclara Anne, interrompant ses pensées.

— Aller où ?

— Au collège. Si c'est pour que des morveuses comme Kate Gleeson te mettent le grappin dessus, non merci !

— OK ! Comme tu voudras. De toute façon, on n'ira plus, Kate et moi. La remise des diplômes a lieu dans trois semaines.

— Non, je veux dire que tu n'iras plus jamais. Ni demain. Ni pour la remise des diplômes. Ni pour quelque raison que ce soit.

— Qu'est-ce que tu racontes ? dit-il en la regardant fixement.

— Ah ! Maintenant, tu m'écoutes.

— J'appelle papa.

— Certainement pas !

Elle traversa la cuisine en courant pour s'emparer du combiné du téléphone. Le soleil de fin d'après-midi projetait un carré de lumière sur la table. Peter sentait ses jambes et ses doigts se réchauffer.

— D'accord, maman, reprit-il, et il leva les mains. Disons que je n'irai plus. Ça te dérange pas que tout le monde te déteste ?

— Monte dans ta chambre.

— Non.

Elle lui lança le téléphone à la figure, mais Peter l'esquiva d'un mouvement d'épaule. La rage qui l'animait était si vive qu'il se sentait pousser des ailes. Dans un moment, il s'envolerait.

— Monte dans ta chambre.
— Non.

Elle ouvrit le tiroir où ils rangeaient les couverts de service, les cuillères en bois, le fouet, quelques spatules et un lourd maillet en fonte qu'Anne utilisait pour attendrir la viande. Elle souleva ce maillet au-dessus de sa tête et se précipita vers Peter. Il la saisit par le poignet et la maintint fermement face à lui.

— Ça suffit, ordonna-t-il.

Sa mère lâcha le maillet, qui s'écrasa bruyamment au sol. Elle promena un regard hébété autour d'elle, comme si elle avait perdu ou oublié quelque chose d'important. Peter remit les chaises autour de la table. Bien à leur place. L'une après l'autre.

— Je t'interdis de revoir cette fille.
— Je la verrai quand même, répliqua-t-il.

Et il quitta la pièce.

Brian semblait résolu à désamorcer le moindre conflit domestique, quitte à ne jamais contredire son épouse. « D'accord, Anne », disait-il, et son visage se vidait de toute expression tandis qu'il regardait droit devant lui, s'attaquant à la tâche qu'elle lui avait confiée afin de pouvoir quitter la scène et s'éloigner le plus rapidement possible. Une fois sa mission accomplie, il s'éclipsait quelques heures au pub, allumait la télévision ou disparaissait dans le garage. « Tu as raison », concédait-il, et ses gestes devenaient évanescents, comme s'il n'était déjà plus tout à fait là, comme si rien ne s'était passé. Lorsqu'il parlait (ce qui lui arrivait rarement), c'était pour évoquer le prix de l'essence ou la population de cervidés dans le comté : avait-elle réellement augmenté ou était-ce seulement une impression ? se demandait-il à voix haute.

Il n'avait dérogé à cette attitude fuyante qu'une seule fois, le jour de Thanksgiving, lorsque son frère George, l'oncle de Peter, les avait gratifiés d'une de ses rares visites, quittant son quartier de Sunnyside, dans le Queens, pour venir leur présenter son épouse. George Stanhope avait dix ans de moins que Brian et lui ressemblait si peu qu'on avait peine à les croire parents : Brian était grand et mince ; George était petit et brun, bedonnant, les épaules carrées, les bras musclés par les poutres métalliques qu'il soulevait toute la journée. Sa femme ne semblait guère plus âgée que Peter. Elle travaillait dans les bureaux du Syndicat des ouvriers du bâtiment : elle s'occupait des dossiers d'assurance et de l'indemnisation des accidents du travail. Avant cela, Peter n'avait vu son oncle George que trois fois : un soir, dans un restaurant du Bronx ; chez eux, à Gillam ; et à un enterrement où son père l'avait emmené parce que c'était un jeudi d'été et que sa mère travaillait. Au restaurant, George avait fait mine de découvrir un paquet de cartes à collectionner flambant neuf au fond de sa poche. « Ça t'intéresse ? » avait-il demandé à Peter en lui montrant les images de ses joueurs de base-ball favoris. Au cimetière, alors que tous les adultes discutaient sur le parking, George avait plié un billet de 20 dollars et l'avait glissé dans la poche de chemise de Peter. Celui-ci n'avait que 6 ou 7 ans à l'époque, et aucune idée de ce qu'il ferait d'une telle somme d'argent. « Je parie que t'aimerais être ailleurs », avait chuchoté George en se penchant vers lui. Un après-midi, en rentrant de l'école, Peter avait trouvé son oncle dans le jardin. George aidait Brian à déterrer une vieille souche d'arbre. Peter se souvenait encore de la joie qu'il avait ressentie : il n'aurait pas été plus heureux si une star les avait honorés de sa visite. Leur travail achevé, les hommes avaient commandé une pizza, qu'ils avaient mangée tous les trois, assis sur les marches du perron, et Peter avait prié pour que George reste longtemps, pour qu'il passe la nuit chez eux et soit encore là au petit déjeuner le lendemain, mais il semblait entendu que George partirait avant le retour d'Anne – et c'est ce qu'il avait fait.

Cet automne, quand Brian lui avait annoncé que George et sa femme viendraient pour Thanksgiving, Peter s'était interdit de céder à l'enthousiasme : il craignait d'être déçu au cas où le repas serait annulé. Jamais personne ne venait chez eux à Noël ou à Thanksgiving. Combien de fois avait-il observé avec une pointe de jalousie le ballet des voitures qui remontaient l'allée des Gleeson et des Maldonado les jours de fête, tandis que la leur demeurait vide ? George arriverait-il les bras chargés de victuailles, comme les invités des Gleeson ? Il s'était imaginé son oncle disparaissant derrière une pyramide de boîtes en carton remplies de petits-fours.

En arrivant (car il était bel et bien venu), George avait posé la main sur l'épaule de Peter avant même de présenter sa femme à ses hôtes. Et Peter avait eu le sentiment de l'avoir toujours connu.

— Comment tu vas, mon beau ? lui avait-il demandé. T'as sacrément grandi, dis-moi ! Ton père met de l'engrais dans tes baskets ou quoi ?

Tout s'était bien déroulé pendant un moment. Les adultes avaient parlé de la campagne électorale pour l'élection présidentielle : chacun y était allé de son couplet sur le pauvre Michael Dukakis – sa fille Kitty avait-elle vraiment brûlé le drapeau américain, ou était-ce un coup monté par les équipes de George Bush pour le discréditer ? Peter était sorti dans le jardin pour essayer le bâton sauteur que George lui avait offert. Kate avait crié « Salut ! » depuis la fenêtre de sa chambre, et Peter avait répondu d'un signe de la main. Quand il avait regagné le salon, l'atmosphère n'était plus du tout la même. En moins de quinze minutes, sa mère semblait s'être prise de dégoût pour Brenda, la femme de George : elle tordait la bouche d'un air révulsé chaque fois que la jeune femme prenait la parole. Ses grimaces n'avaient pas échappé à George, bien sûr. Peter avait deviné qu'ils n'étaient pas vraiment mariés, Brenda et lui, mais il ne voyait pas en quoi cela posait problème.

George avait été le premier à hausser la voix.

— Calme-toi, avait-il dit à Anne en levant la main pour indiquer qu'il en avait assez.

Elle avait répliqué d'un ton vif, puis s'était mise à hurler. Ensuite, elle s'était dirigée vers le placard du salon, elle avait sorti l'aspirateur et l'avait hissé au-dessus de sa tête. La femme de George avait crié. Anne avait crié plus fort et lancé l'aspirateur sur eux. Ils l'avaient tous esquivé, mais le serpent de plastique avait heurté trois verres d'eau, des couverts et un plat de purée de pommes de terre. Le tout était tombé au sol et s'était répandu sur le tapis. Brian avait rugi, d'une voix que Peter n'avait jamais entendue, et Anne avait fermé les yeux. Peter avait fait un pas en arrière, puis un autre, et encore un, jusqu'à sentir le mur dans son dos. Il était resté là à les observer, jusqu'à ce que sa mère monte enfin à l'étage. Elle avait claqué si violemment la porte de sa chambre que toute la maison avait tremblé. Les trois adultes s'étaient regardés, puis ils avaient contemplé le désastre : le repas de Thanksgiving était éparpillé au sol.

— Bon sang, Brian, qu'est-ce qui lui prend, de se mettre dans des états pareils ? s'était exclamé George. J'ai raté un truc ?

— On ne peut pas raisonner avec quelqu'un d'irrationnel, avait répondu Brian d'un ton posé.

Sa manière à lui de reconnaître qu'il se passait quelque chose qui échappait à son contrôle, qu'il ne comprenait pas, mais dont il allait devoir s'occuper très rapidement. Sa manière aussi de couper court à la conversation.

— Je t'avais pas prévenu ? avait insisté George. Je te l'avais pas dit, il y a quinze ans de ça ?

— George, avait soufflé Brian en lançant un regard éloquent vers Peter, toujours adossé au mur.

Au lieu de lâcher prise, de feindre l'harmonie retrouvée comme le faisaient souvent les adultes, George s'était tourné vers Peter et l'avait dévisagé avec attention.

— T'es un dur à cuire, toi, pas vrai ?

Qui avait été le premier à éclater de rire ? George, sans doute. Brian avait sorti une bouteille d'alcool du buffet et quand son frère en avait versé un demi-centimètre au fond d'un verre à eau qu'il avait tendu à Peter, il ne s'y était pas opposé. Anne ne semblait pas près de redescendre.

— Ça va, mon lapin ? avait demandé Brenda à Peter au bout d'un moment.

Les frères Stanhope étaient de plus en plus bruyants. Brian avait tapé du poing sur la table pendant qu'il racontait un souvenir d'enfance. Peter avait écarquillé les yeux. Soudain, il ne le reconnaissait plus.

— Oui, ça va. Pourquoi ? avait répliqué Peter d'un air désinvolte, comme s'il ne comprenait pas qu'elle lui pose la question.

La première gorgée d'alcool avait tracé un chemin

brûlant de sa gorge à son ventre. Son haleine lui paraissait plus chaude quand il expirait. Il avait avalé le reste d'un trait, comme il avait vu George et son père le faire.

— Entendu, gros dur. Parfait.

La purée de pommes de terre gisait encore sur le tapis, près des verres renversés. Peter avait été tenté de les ramasser. Il lui aurait suffi de remettre la purée dans le plat et de la jeter à la poubelle ; quant aux verres, il aurait pu les prendre discrètement, en une seule fois, et les poser dans l'évier pour que personne ne risque de marcher dessus et de se blesser. Il avait baissé les yeux : aucun des convives n'avait ôté ses chaussures. Il avait hésité encore un instant, puis avait renoncé à son opération de nettoyage : il craignait de plomber l'atmosphère. Il n'avait jamais entendu son père rire et parler si fort. Il ne l'avait jamais vu taper du poing sur une table. Il le regardait, sans bien savoir si ce spectacle l'effrayait ou le réjouissait. George se balançait sur sa chaise, faisant reposer tout son poids sur deux pieds au lieu de quatre. Ils avaient quitté la salle à manger pour s'installer dans la cuisine, sans rien ranger ni nettoyer. George avait versé un autre demi-centimètre d'alcool dans le verre de Peter. Cette fois encore, Brian avait observé son geste et ne s'y était pas opposé.

— Je vais juste…, avait marmonné Peter en prenant plusieurs feuilles d'essuie-tout pour nettoyer les dégâts causés par sa mère.

Brenda l'avait rejoint, une éponge humide à la main.

Une fois rentrée chez elle, Kate tenta de comprendre ce qui s'était passé, tandis que sa mère enveloppait un glaçon dans un torchon très fin. Elle le tendit à Kate, qui le glissa entre ses lèvres. Elle n'avait pas perdu une seule dent : elle s'était juste mordu la langue – si fort qu'elle y avait creusé deux plaies violacées qui se rouvraient chaque fois qu'elle bougeait la tête. Ce n'était pas grave, mais ces blessures venaient s'ajouter aux autres incidents de l'après-midi qui les rendaient plus accablantes. « Tu te crois maligne ! » avait soufflé Mme Stanhope au creux de son oreille. Et Kate avait blêmi. Parce que la mère de Peter avait visé juste ? Peut-être. Kate s'estimait intelligente, c'est vrai. Elle avait l'impression que Mme Stanhope avait ouvert sa boîte à secrets et y avait plongé le doigt, remuant son contenu de manière à faire émerger la part la plus gênante d'elle-même.

Déjà, leur bref échange (l'incident n'avait duré qu'une minute à peine) semblait irréel. S'était-il vraiment produit ou l'avait-elle rêvé ? Mme Stanhope avait peut-être la capacité de voir en elle ce que Kate, privée du recul et de l'expérience que confère l'âge adulte, ne pouvait discerner – pas plus que sa propre mère, aveuglée par l'amour qu'elle lui portait. Kate se souvint d'une matinée au collège, quelques semaines plus tôt. Afin de collecter des fonds pour acheter de nouvelles tenues de base-ball aux équipes du collège, le directeur avait instauré la « journée sans uniforme » : ce matin-là, ceux qui le souhaitaient pouvaient, pour un dollar, se présenter en jean et en baskets, comme les élèves des collèges publics du comté s'habillaient chaque jour. Avant de partir, Kate avait appliqué un peu de fard à joues sur ses pommettes, en espérant que certains garçons le remarqueraient. La première heure de la matinée avait été consacrée au cours mensuel d'éducation sexuelle, assuré par le diacre et son épouse, Mme Gallagher. Naturellement, les garçons et les filles ne suivaient pas le cours ensemble, mais dans deux salles séparées, de part et d'autre du couloir. M. et Mme Gallagher avaient neuf enfants ; le plus jeune avait été en classe avec Sara. Les voyant côte à côte, occupés à disposer les polycopies sur les tables du premier rang, Kate n'avait pu s'empêcher de penser que ces deux-là – Mme Gallagher, petite et trapue telle une bouche d'incendie montée sur pattes ; son époux, grand et anguleux, sans un cheveu sur le crâne – avaient fait ce que Kate savait qu'il fallait faire pour avoir neuf enfants.

Cette nuit-là, longtemps après que ses sœurs et ses parents se furent endormis, longtemps après que les élancements causés par ses morsures à la langue se furent atténués, Kate aperçut un cercle de lumière sur le mur de sa chambre, face à la fenêtre. À peine l'eut-elle remarqué qu'il disparut. Pour revenir un instant plus tard. Et s'évanouir de nouveau. Quand le cercle lumineux réapparut au milieu du mur, Kate se leva et s'approcha de la fenêtre. Campé derrière la sienne, par-delà les deux jardins mitoyens plongés dans l'obscurité, Peter lui faisait face. Il orienta la lampe de poche vers son visage, puis vers ce qu'il tenait à la main – un petit objet de couleur blanche. Il ouvrit la fenêtre et lança dans la nuit ce qui se révéla être un avion en papier. Il tâcha de braquer vers lui le faisceau de la lampe pour montrer sa trajectoire à Kate, mais le papier blanc et le cercle de lumière se poursuivirent et se croisèrent sans jamais se rencontrer, trouant la nuit de leurs envolées graciles et endiablées. L'avion atterrit dans l'herbe, chez les Gleeson. Peter le repéra et l'éclaira pendant une poignée de secondes, puis il fit un signe à Kate, qui hocha la tête à son tour. Ils s'étaient compris : elle avait vu l'avion et savait qu'il lui était destiné.

5

Pendant toute la durée du trajet en bus à travers les rues de Gillam et jusqu'à la fin des cours ce jeudi-là, Kate garda secret son projet de rendez-vous avec Peter comme on serre une pierre précieuse au creux de la main. Au petit matin, lorsqu'elle était allée ramasser l'avion en papier dans le jardin, elle l'avait trouvé gorgé de rosée, mais le message était resté parfaitement lisible : Peter avait veillé à l'écrire au stylo à bille, et non à l'encre. Kate s'était glissée dehors par la porte de la cuisine. Personne ne l'avait vue sortir. Et personne n'avait remarqué le petit avion blanc tombé près du buisson de houx.

— Tu es allée faire un tour dans le jardin ? demanda sa mère quand Kate revint, en baissant les yeux vers les brins d'herbe collés à ses pieds nus.

— J'ai cru que j'avais oublié un livre dehors, mentit Kate, et sa mère hocha la tête, les yeux encore bouffis de sommeil, pressée d'avaler sa première tasse de café de la journée.

Demain soir à minuit, indiquait le message. Il devait lui parler. Il ne pourrait sans doute pas venir au collège pendant quelques jours. Il espérait qu'elle n'avait plus mal aux dents. Il l'attendrait près de la haie qui séparait son jardin du sien.

Au petit déjeuner, Natalie et Sara voulurent savoir ce qui s'était passé la veille. Elles avaient participé à des courses de relais dans l'après-midi, étaient revenues tard du stade et avaient dû finir leurs devoirs. Elles s'étaient doutées que quelque chose ne tournait pas rond quand Kate avait refusé de descendre dîner. Puis, sitôt leur repas englouti, leur mère les avait chassées de la cuisine afin de parler avec leur père, mais elles n'avaient pas réussi à comprendre de quoi il s'agissait.

— C'était complètement dingue…, commença Kate à voix basse.

— Ah ouais ? fit Natalie en prenant une pomme dans le compotier.

— Je suis tombée du rocher et je me suis mordu la langue. J'ai perdu des tonnes de sang. Mme Stanhope est sortie de chez elle comme une furie. Elle m'a demandé si je me croyais maligne. Puis maman est arrivée et m'a giflée…

Kate s'interrompit : ses sœurs la regardaient d'un air perplexe. Elles ne voyaient manifestement pas en quoi l'incident était « complètement dingue ». Comment le leur expliquer ? Comment résumer en quelques mots une scène aussi surréaliste ?

— Peter et toi, vous sortez ensemble ? demanda Natalie.

— Pas du tout ! se récria Kate, tout en sentant une vague de chaleur se répandre dans sa poitrine.

Le simple fait que Kate soit encore à St Bart', alors que Nat et Sara étaient en terminale et en première à Gillam High, la condamnait à une position subalterne : jamais ses histoires ne seraient aussi intéressantes que celles de ses sœurs, tout simplement parce qu'avant le lycée rien ne comptait à leurs yeux.

Sara se pencha au-dessus de son bol pour s'approcher de Kate.

— Nat sort avec Damien Reed.

— Sara ! protesta Natalie.

— Elle ne dira rien, assura Sara.

— Cool, dit Kate, consciente que sa propre histoire était déjà relayée au second plan.

Elle ignorait qui était Damien Reed.

— Nat dit que si jamais elle tombe enceinte, continua Sara, elle louera une voiture pour aller au Texas. Là, elle se fera avorter et elle racontera à papa et maman qu'elle s'est rendue à une compétition d'athlétisme.

— Sara ! répéta Natalie, avec plus de conviction cette fois. Je vais te tuer.

— Pourquoi le Texas ? demanda Kate.

— Ce sera pas forcément le Texas, dit Nat en soupirant. Du moment que c'est loin d'ici…

— Tu voudrais pas qu'on vienne avec toi ? reprit Kate avec une désinvolture étudiée – pas question de passer pour une sainte-nitouche aux yeux de ses sœurs.

— Sara viendrait, souffla Natalie en regardant celle-ci pour confirmer ses dires. Tu pourrais venir aussi, si tu voulais, mais dans quelques années, ajouta-t-elle en se tournant vers Kate. Enfin ! Rien de tout ça ne se produira, de toute façon.

Kate demeura silencieuse, tournant toutes ces informations dans son esprit.

— Et si vous avez besoin d'une excuse, vous pourrez dire que vous venez me rendre visite à la fac, conclut Nat.

Elle avait été admise à l'université de Syracuse, dans l'État de New York, et partirait vivre sur le campus à la fin de l'été.

L'arrivée de leur mère mit un terme à la conversation.

Lena entreprit de rassembler sur le plan de travail les ingrédients dont elle avait besoin pour préparer leurs casse-croûte. « Messes basses, messes basses », chantonna-t-elle en sortant six tranches de pain, trois prunes noires et trois bouteilles de Snapple du réfrigérateur.

Puis elle ouvrit un récipient en plastique rempli de thon à la mayonnaise.

— Je vous conseille d'être prêtes à monter dans le bus. Je n'ai envie de conduire personne ce matin.

Au cours de l'appel, Mme O'Connor quitta la liste des yeux et répéta son nom à deux reprises, avant d'appeler l'élève suivant. Au gymnase, M. Schiavone annonça que c'était au tour de Peter Stanhope d'être capitaine, puis il promena un regard étonné autour de lui et désigna un autre garçon. Kate sentait un frisson de peur et de joie mêlées la parcourir chaque fois qu'un enseignant ou un élève remarquait son absence, comme s'il se cachait derrière elle. Elle porta distraitement la main à sa joue tout au long de la journée, frôlant l'endroit où il l'avait touchée moins de vingt-quatre heures plus tôt.

— Où est Peter ? demandèrent quelques garçons en montant dans le car après les cours.

— Il a dû choper un truc, j'imagine, répondit Kate en réprimant un sourire.

En descendant du bus, elle veilla à ne pas regarder trop longtemps la maison de Peter au cas où quelqu'un suivrait son regard. La voiture de Mme Stanhope était garée dans l'allée. Leur porte d'entrée était fermée. Lena Gleeson se tenait sur le seuil de leur maison, un paquet de courrier à la main. Elle adressa un signe amical au chauffeur du car lorsqu'il reprit sa route.

— Peter n'est pas venu en classe aujourd'hui ? demanda Lena quand elles furent rentrées à l'intérieur.
— Non.
— Je vois.

Devoirs, dîner, vaisselle : soucieuse de ne pas attirer l'attention, Kate se montra plus docile et réservée qu'à l'accoutumée.

— Tu te sens bien ? Montre-moi ta langue, ordonna sa mère quand elle annonça qu'elle montait lire dans sa chambre avant de se coucher.

Kate ouvrit grande la bouche et tira la langue le plus loin possible.

— C'est beaucoup mieux qu'hier, commenta Lena, puis elle lissa les cheveux de Kate en arrière et posa son front contre le sien, comme elle le faisait quand Kate était petite. Tu t'inquiètes pour ton ami ?
— Comment ça ?
— Il ne sera peut-être plus autorisé à jouer avec toi, ma chérie.
— Maman ! J'ai presque 14 ans. Il y a longtemps qu'on ne joue plus, Peter et moi.
— D'accord, vous ne jouez plus, mais vous continuez à vous voir, non ? Eh bien, je suis sûre qu'elle l'empêchera de te voir à partir de maintenant. Mais ne t'en mêle pas, Kate, d'accord ? Peter est un gentil garçon, mais je ne veux pas d'ennuis avec sa famille.

Kate s'allongea sur sa couette en attendant l'heure du rendez-vous. Depuis sa naissance, Natalie et Sara partageaient la même chambre : leurs heures de veille et de sommeil étaient si différentes, à l'époque, qu'elles n'auraient pu cohabiter sans se gêner mutuellement. En grandissant, les deux aînées étaient restées ensemble, et Kate avait gardé pour elle seule la chambre qui lui avait été attribuée lorsqu'elle était bébé. Ce soir-là, elle se demanda pour la première fois si cette répartition n'était pas un signe du destin : le seul fait qu'elle puisse retrouver Peter dans le jardin à minuit sans risquer de réveiller ses sœurs n'était-il pas la preuve que des bonnes fées veillaient sur leur histoire depuis le départ ?

Son père travaillait de 16 heures à minuit : il ne serait donc pas de retour à la maison avant au moins 1 heure du matin. Vers 22 heures, quand ses sœurs montèrent se coucher, elle sentit ses nerfs se tendre, comme si une décharge électrique la parcourait de la tête aux pieds. À 23 heures, Lena éteignit la télévision. Son émission de variétés venait de s'achever. Les rires enregistrés qui jaillissaient des enceintes de l'appareil s'arrêtèrent abruptement, et la maison fut plongée dans le silence. Kate songea qu'à moins de 15 mètres de son lit Peter faisait la même chose qu'elle : il attendait, couché dans le noir. Si les murs de leurs chambres s'écroulaient, ils pourraient passer directement d'une maison à l'autre et se rejoindre en un instant. Bientôt, l'enfance de Kate prendrait fin. Elle le savait et s'en réjouissait. Bientôt, plus personne ne lui dirait ce qu'elle pouvait ou ne pouvait pas faire, et plus personne ne le dirait à Peter non plus. Ils iraient au restaurant, commanderaient ce qu'ils voulaient et discuteraient tranquillement, heureux de se raconter leur journée. Elle enfila un cardigan sur son pyjama. Parfois, l'âge adulte lui semblait hors de portée, mais cette nuit-là, alors que le cadran de son réveil indiquait enfin 23 h 58, il lui parut tout proche. Elle était prête. Cette certitude la fit presque trembler lorsqu'elle descendit sur la pointe des pieds l'escalier menant à la cuisine. Elle posa la main sur la poignée de la porte et la poussa. Une fois dehors, elle courut vers la haie qui séparait les deux jardins. Peter l'attendait déjà.

— Allons-y, chuchota-t-il en la prenant par la main.

Ils remontèrent Jefferson Street en courant côte à côte – les pans du cardigan de Kate battaient dans son dos comme deux petites ailes, les lacets dénoués de Peter frappaient le bitume – et tournèrent sur Madison Street. Là, ils coururent encore, jusqu'à l'ancienne maison de la famille Teague avec sa pancarte « À vendre », fichée de travers dans le jardin de devant. Ils firent le tour de la propriété pour s'approcher du vieux portique que les Teague avaient abandonné en partant. Leurs enfants étaient plus âgés que Natalie. Ils étaient allés vivre dans le sud des États-Unis quand leur plus jeune fils était entré à l'université, et la maison était restée inhabitée depuis. On pouvait s'asseoir au sommet du portique, sur une sorte de plateforme assez large pour deux. Ils grimpèrent l'un après l'autre à l'échelle rouillée, et Peter écarta les cannettes de soda vides oubliées par les précédents visiteurs. Kate sentit son pouls battre dans sa langue meurtrie.

— J'ai envie de faire pipi, avoua-t-elle.

— Tu es nerveuse, c'est tout, répliqua Peter.

Kate le regarda. Soudain, le corps tout entier de son ami lui semblait éminemment viril : la largeur de ses mains, le dessin de ses lèvres, et même la couleur bleue de ses prunelles. Pourtant, ils comparaient la taille de leurs mains et de leurs pieds depuis leur plus jeune âge. À quel moment Peter était-il devenu si grand, si fort ? Son corps avait dû travailler à plein régime pour gagner une telle puissance – elle imagina ses cellules se multipliant à un rythme effréné, ses muscles s'allongeant, se densifiant. Lorsqu'elle se mettait debout, Kate lui arrivait à peine au menton.

— Tu n'es pas nerveux, toi ? s'enquit-elle.

Qu'était-elle censée faire, au juste ? Où poser les yeux ? Peter se pencha vers elle, prit sa main, puis encercla son poignet avec ses doigts. Quand il saisit son autre poignet dans sa main et remonta vers ses coudes, Kate posa ses avant-bras sur les siens. Ils semblaient prêts à sauter dans le vide. Ils gardèrent le silence pendant un bon moment – un temps si long, à vrai dire, qu'ils s'en firent un allié, aucun d'eux n'éprouvant plus le besoin de meubler la conversation. Peter portait le tee-shirt des Mets qu'il mettait au moins deux fois par semaine depuis deux ans. Il était trop petit pour lui maintenant : le tissu se tendait sur ses épaules.

— Si, un peu, admit-il.

Kate remarqua que leur relation avait changé, elle aussi : ils ne se parlaient plus tout à fait comme avant. Les circonstances y étaient pour beaucoup, bien sûr. Jamais Peter ne s'était ainsi agrippé à elle, à ses bras, comme pour s'assurer qu'elle était bien là.

— T'es sûr que tes parents dormaient quand t'es parti ? demanda-t-elle. Moi, je ferais mieux d'être de retour avant minuit et demi si je...

— Kate, l'interrompit-il, et il posa sa main sur la sienne pour les comparer, comme autrefois.

Puis il se pencha et embrassa les jointures de ses doigts, une à une, avant de retourner sa main et de déposer un baiser au creux de sa paume. Kate vit défiler sa vie devant ses yeux et pensa : je n'ai vécu que pour cet instant, pour sentir ses lèvres chaudes sur ma peau. Elle aperçut deux trous de la taille d'une pointe de crayon sur son tee-shirt des Mets, le long de la couture. Il se redressa et l'embrassa sur la bouche.

Ils s'écartèrent pour reprendre leur souffle et Kate fut saisie d'un frisson. Pourtant, elle se sentait beaucoup plus calme, maintenant que c'était arrivé. Elle s'essuya les lèvres du plat de la main, puis croisa le regard faussement indigné de Peter.

— Oh, désolée ! dit-elle.

Une voiture longea Monroe Street. Ils suivirent des yeux le faisceau blanc des phares ricochant d'un arbre à l'autre. La voiture tourna dans Central Avenue.

— Mon père s'en va, annonça Peter. Il part vivre dans le Queens avec mon oncle.

— Vous allez déménager ?

— Pas moi. Seulement mon père.

— T'es sérieux ? Quand est-ce qu'il te l'a dit ?

— Hier soir, après dîner. Ma mère a pété les plombs quand elle nous a vus dehors, toi et moi. Alors elle a appelé mon père au boulot. Ils en ont reparlé quand il est rentré à la maison et puis... Je ne sais pas ce qu'il y a eu entre eux. Elle a dû lui dire un tas de trucs qui l'ont énervé. Je suppose qu'il a pris sa décision à ce moment-là.

— Il t'a demandé d'aller avec lui et tu n'as pas voulu, ou il ne te l'a pas proposé ?

Peter passa la main sur la plateforme en bois et tira machinalement sur une écharde.

— Pour moi, c'est moins difficile que pour lui. Avec ma mère, je veux dire.

— Et elle, qu'est-ce qu'elle a dit ?

Il s'attaqua à une autre écharde.

— Peter ? insista Kate. T'es sûr que tu ne veux pas essayer de convaincre ton père de t'emmener vivre avec lui ? Tu me manquerais, mais...

— Le truc, c'est que... Je suis pas certain que ma mère tiendrait le coup si je partais. Tu comprends ?

— Mais...

Kate s'interrompit pour tenter de trouver les mots

justes, mais elle n'y parvint pas mieux qu'autrefois, des années auparavant, quand elle avait demandé à Peter pourquoi sa mère était *comme ça*.

— Qu'est-ce qu'elle a, exactement ? On ne s'est peut-être pas comprises, elle et moi. On pourrait...

Peter secoua la tête. Il lui révéla ce qui s'était passé au Food King en toute fin d'année. C'était à cause de cette histoire qu'ils allaient faire leurs courses à l'Evergood, maintenant. Kate avait sûrement vu les sacs de ce supermarché dans leur poubelle, non ? Evergood ne vendait même pas de noix et de raisins secs dans des emballages scellés : les clients devaient les prendre dans de grands bacs en plastique. En tout cas, cinq mois s'étaient écoulés depuis l'épisode du Food King, et Kate n'en avait toujours pas entendu parler. Du coup, ce n'était peut-être pas aussi important que Peter le prétendait ? Elle émit la question à voix haute, mais au fond d'elle-même une petite voix lui chuchotait le contraire : les faits étaient si graves que les adultes avaient veillé à ne pas les évoquer devant les enfants, justement.

— Peter...

— Je voulais seulement te dire que les choses ne seront plus tout à fait pareilles maintenant.

Il l'embrassa de nouveau – plus longuement, cette fois. Elle sentit ses larges mains glisser du haut de son dos vers sa taille. Elle posa les siennes sur ses épaules, doucement d'abord, puis plus fermement. Si Mme Stanhope avait pété les plombs la veille en voyant son fils s'inquiéter pour Kate après sa chute, comment réagirait-elle si elle entrait dans sa chambre cette nuit et s'apercevait de son absence ? Kate s'écarta et leva les yeux vers lui :

— Tu peux tout me dire, tu sais. Je le raconterai à personne.

— Je sais, répondit-il tout en s'asseyant sur ses talons. Quand on était petits, c'était différent, mais maintenant... Je voudrais tout partager avec toi, tu vois ? Des fois, quand ça va mal à la maison, je repense à un truc drôle que t'as dit, et ça me remonte le moral. Je pense aussi à la façon dont vous vivez ensemble, tes parents, tes sœurs et toi. Avant, je me demandais souvent à quoi aurait ressemblé ma vie si j'avais été ton frère au lieu d'être ton voisin, mais, depuis un petit moment, je m'aperçois que je n'ai plus envie d'être ton frère, parce qu'on ne pourrait pas se marier plus tard.

— Se marier ! répéta Kate en éclatant de rire.

— Je le pense vraiment.

La lumière extérieure s'alluma brusquement au-dessus de la porte d'entrée de la maison voisine. Ils sursautèrent comme s'ils avaient été pris sur le vif.

— On ferait mieux d'y aller, chuchota Peter.

Kate se précipita vers l'échelle tandis qu'il se laissait glisser sur le toboggan. Ils s'élancèrent vers le trottoir (au passage, Kate tapa dans le panneau « À vendre ») et descendirent Madison Street en courant, avant d'obliquer sur Jefferson. Là, Peter s'arrêta, prit Kate dans ses bras et la fit tournoyer – une fois, deux fois, trois fois – avant de la reposer au sol. Ils reprirent leur course en trébuchant, tout étourdis. Quand ils furent près de chez eux, ils s'accroupirent un moment derrière la haie de buis des Nagles.

— Je suis désolé de ce qui s'est passé hier, dit Peter.

Kate l'observa avec attention sous la pâle lumière de la lune. Elle vit alors, ou crut voir, à quoi il ressemblerait quand il serait un homme. Elle posa une main derrière sa nuque. Il ferma les yeux.

— C'est pas grave.

Les incidents de la veille n'avaient plus d'importance,

à présent. Ils étaient liés par ce que Peter lui avait confié, par leur baiser, par le fait qu'ils se connaissaient depuis toujours. Ils émergèrent en silence des buissons comme deux jeunes renards et rentrèrent chez eux – Peter dans la maison de droite, Kate dans celle de gauche.

Ils s'en seraient tirés sans encombre si Lena Gleeson ne s'était pas souvenue qu'elle avait laissé ouvert le robinet qui alimentait l'arrosage du jardin. Elle n'avait laissé couler qu'un filet d'eau, mais tout de même… L'hortensia qu'elle venait de planter serait noyé au petit jour si elle n'allait pas fermer ce robinet. Cette pensée s'était immiscée dans son esprit, la tirant brusquement du sommeil. En entrant dans la cuisine, elle fut stupéfaite de trouver la porte entrouverte. Elle la regarda fixement, puis elle se tourna vers le salon pour voir si Francis était rentré. Ce n'était pas le cas. Elle reporta son attention sur la porte. Avait-elle vraiment oublié de la fermer à clé ? Elle sortit en pantoufles dans l'air froid de la nuit et coupa l'eau. Le sol était déjà détrempé. En regagnant la cuisine, elle tourna et retourna le petit loquet qui permettait de verrouiller la poignée. Tout semblait fonctionner normalement. Quand elle entra dans la chambre de Kate, un moment plus tard, elle fut presque soulagée de s'apercevoir qu'elle avait raison : sa fille était sortie.

— Où étais-tu ? demanda-t-elle quand Kate surgit enfin des ténèbres.

Assise sur le perron, Lena la vit contourner le buisson de houx et s'approcher à pas de loup de la porte de la cuisine. Kate tressaillit en l'apercevant.

— Maman !

— Je t'ai posé une question. Où étais-tu ?

Elle semblait si calme que Kate espéra avoir évité les ennuis. Mais Lena aperçut la silhouette de Peter qui traversait la pelouse pour rentrer chez lui, et les ennuis commencèrent.

— Attends un peu ! cria Lena en s'élançant sur la pelouse mouillée.

Ses pantoufles blanches semblaient scintiller dans la nuit. Elle passa près de Peter sans s'arrêter et tapa du poing contre la porte de la cuisine des Stanhope.

— Qu'est-ce que tu fais ? Maman ! Arrête. S'il te plaît ! supplia Kate en la tirant par la manche de sa robe de chambre, comme lorsqu'elle avait 3 ans. Tu ne peux pas comprendre. Qu'est-ce que tu veux leur dire ?

Une lumière s'alluma à l'étage. Puis ce fut au tour de la cuisine. Kate se tourna vers Peter, espérant une intervention de sa part, mais il se contenta de soupirer.

— Vous savez quoi ? lança Lena à Brian quand il ouvrit la porte. Vous pouvez dire à votre femme que son fils n'est pas un ange, lui non plus. Ce rendez-vous à minuit, c'était son idée, figurez-vous !

Elle resserra les pans de sa robe de chambre autour d'elle, puis plongea la main dans sa poche et en sortit l'avion en papier. À cet instant, une voiture remonta l'allée des Gleeson. C'était Francis. Il se gara puis descendit, faisant claquer la portière. Ils entendirent le bruit de son pas sur le gravier, ainsi que le cliquetis de ses clés lorsqu'il s'arrêta devant la porte. Il alluma la lumière dans le salon et traversa la maison jusqu'à la porte de la cuisine, restée grande ouverte.

— Que se passe-t-il ? demanda-t-il en s'approchant de leur petit groupe.

Kate le regarda. Il avait déjà tout compris.

— Elle va te le dire, répliqua Lena en saisissant Kate

par la partie la plus tendre de son bras, juste au-dessous du coude.

Elle la tira vers leur maison tandis que Brian enjoignait à Peter d'entrer dans la sienne. Il passa devant son père sans un mot, tête basse.

— Aïe ! cria Kate en essayant d'échapper à sa mère.

— Je te fais mal ? demanda Lena en la tirant plus fort.

Au cours des nombreuses années qu'ils avaient vécues côte à côte, les Gleeson n'avaient jamais entendu les Stanhope crier. Aussi les clameurs qui leur parvenaient à présent de la maison voisine – la voix d'une femme, stridente, rageuse, celle d'un homme et celle de Peter – les réduisirent-elles au silence pendant quelques instants. Francis et Lena tendirent l'oreille, offrant à Kate un répit bienvenu. Sara apparut en bas de l'escalier.

— Il y a du bruit chez les voisins, dit-elle, puis elle aperçut Kate, debout au milieu du salon. Mon Dieu ! souffla-t-elle en se laissant choir sur le canapé.

Elle promena un regard intrigué autour d'elle, attendant la suite des événements avec un intérêt non dissimulé.

— Il a décidé de les quitter, annonça Kate, dans l'espoir de détourner plus longtemps l'attention de ses parents. M. Stanhope. Il va s'installer chez son frère. Peter voulait juste me dire ça.

— Et alors ? Ça ne te regarde pas ! cria Francis en frappant du poing sur la table avec une telle force que même Lena sursauta. Fais-toi un nouvel ami, bon sang. Et cesse de fréquenter ces gens.

C'était sa faute, il en avait conscience. Alors même qu'il grondait sa fille, il savait qu'il était seul responsable de la situation. Il avait senti venir le danger dès sa première rencontre avec Anne Stanhope. Pourtant, il n'avait rien tenté pour empêcher les enfants de se lier d'amitié. Parce qu'il appréciait Brian. Parce que les gosses avaient le même âge et jouaient gentiment. Où était le mal ? Et puis, tant qu'ils étaient encore petits, un copain en chasse un autre, non ? C'est à cette époque que Francis aurait dû intervenir : s'il avait remplacé Peter par un autre gamin du voisinage, Kate ne s'en serait même pas aperçue. Oui, Lena et lui auraient dû l'encourager à inviter ses camarades de classe à dormir à la maison. Ça se faisait beaucoup, selon Lena. Francis, lui, n'avait jamais bien compris cette coutume, qu'il jugeait terriblement américaine : pourquoi faire venir un gosse de l'autre bout de la ville alors qu'il y en avait tant d'autres à courte distance de chez eux ? Mais ils auraient dû prendre cette habitude, c'est sûr. Parce que Kate, contrairement à Natalie et à Sara qui se suffisaient à elles-mêmes, avait besoin de compagnie extérieure. Aurait-elle délaissé Peter s'ils l'avaient incitée à aller plus souvent chez les Maldonado ? Susannah n'était pas bien maligne et son frère aîné semblait toujours prêt à inventer un sale coup, mais leurs parents étaient normaux, au moins ! Tandis que les Stanhope… Le souci, c'était que Lena n'était guère plus lucide que lui, à l'époque : elle n'arrêtait pas de répéter que les gosses étaient adorables, qu'ils passaient leurs après-midi ensemble dans le jardin, à jouer et à parler, à parler, à parler. Elle se penchait vers la fenêtre de la cuisine pour les regarder et murmurait : « Ce qu'ils sont mignons, tous les deux ! » Par la suite, elle s'était confortée dans son opinion, expliquant à Francis à quel point il était important pour un enfant d'avoir de vrais amis. « De toute façon, ils finiront par se lasser l'un de l'autre. Tu verras, disait-elle souvent, ils passeront à autre chose ! »

« Qu'est-ce que tu en sais ? » avait-il rétorqué après l'incident survenu au Food King. Car Peter et Kate ne donnaient aucun signe de lassitude. Brian, en revanche, se montrait nettement moins amical avec Francis depuis les événements du nouvel an. À quelques reprises, il lui avait même témoigné une franche hostilité – une attitude fréquente, hélas : on devient tous un peu bizarres quand on sait qu'on a tort. « Parce qu'ils entrent dans l'adolescence, avait répliqué Lena. Parce que la vie les appelle. »

Kate paraissait si menue dans son pyjama trop grand ! Son petit corps mince n'avait pas changé depuis la maternelle : il s'était seulement allongé. Elle me ressemble, pensait souvent Francis, même s'il veillait à témoigner une affection égale à chacune de ses filles. Son cœur se gonflait de tendresse quand il voyait Kate courir dans le jardin par tous les temps, pendant que ses sœurs se vernissaient les ongles à l'étage. Elle seule acceptait de l'accompagner au magasin de bricolage le samedi matin, même si elle savait pertinemment que Francis consacrerait la moitié de son temps à discuter avec d'autres flics chargés, comme lui, de réparer ou d'installer des trucs chez eux. Vêtus de bermudas à carreaux, leurs chaussettes noires tirées sur leurs mollets, leurs armes de service glissées sous leurs chemises à manches courtes, ils arpentaient les allées du magasin par petits groupes, scrutant les mèches, les clous et les vis avec perplexité. Ils avaient tous grandi à New York, où on faisait venir le plombier ou l'électricien au moindre pépin. Né dans la campagne irlandaise, Francis n'était guère mieux loti : là-bas, personne n'ambitionnait d'ajouter une terrasse en cèdre à l'arrière de son pavillon.

« Qu'est-ce que vous aviez, chez vous, en Irlande ? lui avait demandé Kate à l'issue d'une de ces virées au magasin de bricolage. Un patio ? » Il avait ri. Quelques années plus tôt (elle venait d'avoir 3 ans), il l'avait trouvée dans l'escalier, ses animaux en peluche rassemblés autour d'elle. « À quoi tu joues, ma chérie ? » avait-il demandé. Elle lui avait expliqué que c'était l'heure de la réunion d'équipe au commissariat.

À présent, elle avait dix ans de plus. Il la regarda s'essuyer le nez du plat de la main, une mauvaise habitude contre laquelle Lena bataillait depuis toujours.

— Écoute, Kate, dit-il. Le monde est bien assez compliqué comme ça. Inutile d'aller chercher des complications supplémentaires, tu ne crois pas ?

Lena intervint pour dresser la liste de tout ce dont Kate serait privée au cours des semaines à venir. La soirée dansante prévue à l'issue de la remise des diplômes, par exemple : elle pouvait y renoncer tout de suite. Et aussi : pas de téléphone, pas de télévision jusqu'à nouvel ordre. Kate croisa les bras, un sourire narquois au coin des lèvres. Elle ne se servait quasiment jamais du téléphone. Et elle regardait à peine la télé.

— Pas de sortie après l'école, ajouta Francis, faisant cette fois vaciller le sourire de sa fille. Et tu ne prendras plus le bus. On te conduira et on viendra te chercher, maman ou moi.

Natalie fit irruption dans la pièce. Elle demanda en se frottant les yeux :

— Qu'est-ce qui se passe ici ?

Laissant retomber sa main, elle regarda fixement la porte de l'entrée en fronçant les sourcils.

— Mais... C'est Peter ? Qu'est-ce qu'il fait là ?

Kate se retourna d'un bond. Peter se tenait effectivement sur le seuil, de l'autre côté de la porte vitrée.

Il semblait hésiter à toquer contre le battant. Quand il vit leurs regards braqués sur lui, il leva timidement les mains en l'air, comme pour se rendre. Francis ouvrit la porte.

— Quoi encore ? grommela-t-il en regardant, derrière Peter, le jardin plongé dans l'obscurité.

— On ferait mieux d'en rester là pour ce soir, non ? renchérit Lena.

Peter acquiesça d'un signe de tête. Visiblement nerveux, il déglutit, faisant saillir sa pomme d'Adam dans son cou maigre. Puis il jeta un coup d'œil vers la maison qu'il venait de quitter, prit une profonde inspiration, comme s'il s'apprêtait à plonger en eaux profondes, et entra chez les Gleeson.

— Vous pouvez appeler la police, s'il vous plaît ? demanda-t-il, les yeux rivés sur Kate.

Mais, au lieu d'attendre leur réponse, il passa devant toute la famille Gleeson, traversant le salon puis la salle à manger pour se rendre dans la cuisine, où le téléphone était accroché au mur, au même endroit que chez lui. Ses hôtes ne bougèrent pas, tandis que leur parvenait aux oreilles le son creux et familier du combiné lorsqu'on le décrochait de sa base.

Lena ouvrit la bouche, prête à intervenir, mais Francis l'arrêta d'un geste.

— Tu peux m'expliquer ? demanda-t-il à Peter en le rejoignant dans la cuisine.

Le jeune garçon le regarda droit dans les yeux tout en répondant à son interlocutrice, qui venait de prendre l'appel :

— Oui. Bonsoir. Pouvez-vous envoyer quelqu'un au 1711, Jefferson Street ? Oui. Dépêchez-vous, s'il vous plaît. Ma mère a pris l'arme de mon père.

Lena plaqua une main sur sa bouche tandis que Sara

et Natalie couraient vers la fenêtre. Kate ne bougea pas, les yeux fixés sur Peter. Francis secoua la tête. C'était impossible. Le gamin n'avait pas bien vu, ou pas compris ce qu'il avait vu. Voilà pourquoi les passants font de très mauvais témoins. Anne Stanhope avait déjà mis la main sur l'arme de Brian quelques mois auparavant, et Peter craignait sans doute qu'elle répète son geste cette nuit, au plus fort de la crise familiale. Après l'incident du nouvel an, Brian et lui avaient estimé qu'ils pourraient cacher ce détail à leurs enfants, tout comme ils l'avaient caché aux habitants de Gillam, mais les enfants avaient fini par le savoir. On ne pouvait rien leur dissimuler très longtemps.

— Reste là. Je vais aller voir, annonça Francis.

— Attendez ! dit Peter. Juste une seconde.

Il tenait le combiné bleu dans sa main comme un moine faisant l'aumône. Tout, dans son expression, indiquait à Kate qu'il espérait encore minimiser la gravité des événements : certes, il avait dû se résoudre à utiliser leur téléphone, mais il voulait les tenir à l'écart du drame en cours. Tandis qu'il s'efforçait de trouver les mots justes, Kate fut frappée par sa ressemblance avec son père. Brian et lui avaient la même stature, mais aussi la même manière d'endosser les difficultés avec une apparente légèreté.

Le bref instant de réflexion qu'il avait réclamé à Francis s'achevait déjà. Francis sortit et s'approcha de la maison des Stanhope. Une seconde plus tard, il se tenait sur leur paillasson, très droit, les jambes écartées, dans une posture que Kate ne lui avait jamais vue auparavant.

— Brian ! cria-t-il en frappant violemment contre le battant. Anne !

Il tourna la poignée, sans résultat : la porte était

verrouillée. Il frappa de nouveau. Même si Anne avait trouvé le revolver, elle ne pourrait pas s'en servir : Francis avait donné un verrou à Brian le jour de l'an – un système très simple qui permettait de bloquer la détente à l'aide d'un code à plusieurs chiffres, comme les cadenas à combinaison. Les magasins spécialisés étaient fermés ce jour-là mais, par chance, Francis s'était souvenu qu'il avait un verrou de ce genre, tout neuf, dans la remise. Ils y étaient allés ensemble, Brian et lui. Quand Francis avait ouvert la porte, ils avaient été assaillis par l'odeur de gazole et d'herbe coupée qui se dégageait de la tondeuse à gazon. Il avait trouvé le verrou tout de suite, encore dans son emballage – un vrai miracle –, et il avait regardé Brian le sortir du paquet pour l'examiner. En refermant la porte de la remise derrière eux, Francis lui avait recommandé de ne pas écrire le code n'importe où. Brian l'avait regardé d'un air offensé, l'air de dire : « Tu me prends pour un idiot ou quoi ? », et Francis avait haussé les épaules, soudain fâché. N'était-ce pas Brian qui avait laissé traîner une arme chargée chez lui, sans même prendre la peine de verrouiller la détente ?

Donc, le gamin avait dû se tromper : il était absolument impossible que sa mère se soit de nouveau emparée du revolver de Brian et qu'elle les ait menacés de s'en servir. Près de cinq mois s'étaient écoulés depuis l'incident du Food King, depuis qu'il avait donné ce verrou à Brian. Tout en réfléchissant à ce qu'il devait faire, Francis se pencha et passa la main sur son mollet comme si le revolver que Peter avait vu pouvait être le sien. Il ouvrit l'étui, puis le referma. Impossible. Il se souvint alors d'un drame survenu chez lui, en Irlande, peu de temps avant son départ. Une famille du voisinage avait perdu deux enfants, tombés dans le puits par accident, à trois ans d'intervalle. D'abord le premier, puis le second, trois ans plus tard, de la même façon, à peu près au même âge. « Paix à leur âme ! avait chuchoté sa mère à son père dans la cuisine, les yeux rougis par les larmes. Quelle horreur... Un truc pareil, ça aurait pu arriver à n'importe lequel d'entre nous ! » À présent, près de trente ans plus tard, Francis aurait voulu retourner dans cette cuisine et ressusciter ses parents d'entre les morts pour leur dire que non, maintenant qu'il avait eu le temps d'y réfléchir, il n'était pas d'accord : ce genre de chose n'arrivait pas à n'importe qui.

— Francis ! cria Lena depuis le seuil de leur maison.

Une lumière s'alluma dans la maison des Maldonado. Les Nagles s'étaient réveillés, eux aussi. À l'autre bout de la ligne, la standardiste avait demandé à Peter de patienter. Il se tourna vers Kate. Combien de temps devrait-il encore attendre ? Il vaudrait mieux raccrocher. Son appel avait été pris en compte, c'était sûr. Et puis, la situation s'était peut-être améliorée ? Il s'était affolé et avait réagi de façon excessive. Quel idiot ! Il n'avait fait qu'aggraver les choses. Son père avait prévu de partir le week-end suivant. « Ce ne sera peut-être pas pour longtemps », avait-il assuré, et Peter avait décidé de ne pas le contredire, de le laisser débiter ses âneries et de n'en faire qu'à sa tête, lui aussi. Sa décision prise, il avait envoyé l'avion en papier par la fenêtre. Il se fichait pas mal d'être pris sur le vif ou même d'être puni.

L'opératrice revint en ligne. Elle lui demanda des précisions, quel type d'arme, si elle était chargée..., mais Peter l'interrompit :

— Dites-leur de venir ! supplia-t-il. Aussi vite que possible.

Un bruit de pas résonna chez les Stanhope.

— J'arrive ! cria Anne d'un ton chantant, comme s'il était 15 heures, un samedi après-midi.

Francis se tourna vers Lena et lui adressa un signe de la main pour la rassurer. Anne ouvrit la porte et recula. Elle n'avait rien dans les mains. Vêtue d'une chemise de nuit à motif cachemire – les petites larmes colorées tombaient sur ses jambes minces –, elle semblait en proie à une vive douleur. L'espace d'un instant, Francis crut que les craintes de Peter étaient fondées, mais à moitié seulement : et si c'était Brian, et non Anne, qui avait cédé à la colère et s'était emparé du revolver ?

— Vous êtes blessée ? demanda-t-il en faisant un pas à l'intérieur.

Anne tomba lentement à genoux, puis s'assit sur ses talons. Francis inspecta la pièce du regard : l'escalier, le recoin sombre derrière la porte ouverte. Une sirène de police se fit entendre au loin.

— Où est Brian ? s'inquiéta-t-il en s'avançant vers le salon.

— Je suis vraiment désolée, dit Anne.

Francis la regarda. Elle semblait navrée, effectivement. Le teint gris, les yeux cernés. Elle glissa une main sous le coussin du canapé à côté d'elle. Puis, vive comme l'éclair, elle sortit le revolver de sa cachette, le braqua sur lui et tira.

LE QUEENS

6

Chez George, ils mangeaient dans des assiettes en carton. Tous les deux ou trois mois, Peter accompagnait son oncle chez les grossistes de Long Island City, où George se procurait, par paquets de six, les débardeurs blancs qu'il portait tous les jours, ainsi que ces assiettes en carton, ultra résistantes, de qualité supérieure, vendues par paquets de deux mille. De retour à la maison, George les déballait et formait deux grandes tours de taille égale qu'il posait sur le comptoir. En l'absence de table, tous trois mangeaient devant la télévision, leur assiette en carton sur les genoux. Pour les couverts, ils étaient mieux lotis : ils utilisaient l'argenterie que Brenda avait omis d'emporter lorsqu'elle était retournée vivre chez ses parents. Il y avait toujours un tas de fourchettes, de couteaux et de cuillères éparpillés au fond de l'évier. Brenda avait aussi laissé un pot de crème pour le visage sur la tablette au-dessus du lavabo dans la salle de bains. George l'avait poussé contre le mur, où il avait peu à peu disparu derrière un amas de produits cosmétiques masculins – mousse à raser, eau de Cologne, lotion Clearasil, bain de bouche et brosses à dents abandonnées çà et là dans de petites flaques d'eau mousseuse. Parfois, après sa douche, Peter ouvrait le pot de crème et inhalait son parfum délicat. Une odeur de concombre et d'assouplissant pour le linge. Le couvercle argenté du pot demeurait étonnamment brillant, comme s'il n'accrochait pas la poussière. À croire que Brian et George l'ouvraient en secret, eux aussi.

Après le drame, Brian avait été affecté à des tâches subalternes au sein du commissariat, puis muté à la régulation du trafic automobile une fois l'affaire réglée. Leur maison avait été vendue à un jeune couple originaire de Rockaway, dans le Queens. Avant leur installation, l'agent immobilier avait pris les dispositions nécessaires pour qu'une marchande de biens se rende chez les Stanhope et mette tous les meubles en vente. La vaisselle aussi. Le linge de maison. Les Tupperware. Le porte-parapluies et les trois parapluies qui s'y trouvaient. Le vélo de Peter avait vite trouvé preneur, comme son jeu de construction – une boîte remplie de petites poutres en bois servant à construire un chalet. Les recettes, aussi minimes soient-elles, avaient servi à payer les frais de justice et les frais médicaux : le moindre dollar arrivant sur le compte en banque de Brian en ressortait aussitôt, comme s'il était pris dans une porte à tambour. Un soir, Brian avait commis l'erreur de parler de la vente à son fils, et Peter, qui était resté stoïque de bout en bout, imperturbable pendant toute la durée du procès de sa mère – d'abord envoyée en détention préventive à la prison du comté, puis inculpée, jugée, avant d'être déclarée irresponsable et internée à l'hôpital psychiatrique –, avait craqué, bouleversé à l'idée que des inconnus se promenaient peut-être en ce moment même dans leur maison de Gillam, qu'ils scrutaient sa collection d'autocollants et s'asseyaient sur son vieux fauteuil de bureau pendant que son père et lui regardaient « Jeopardy ! » à la télé, affalés sur le canapé de George, dans le Queens.

Brian remarqua son trouble. Ils étaient presque de la même taille, à présent. Avec de grandes mains, larges et puissantes. Peter rougit violemment, et Brian détourna les yeux, embarrassé. Ce n'était encore qu'un enfant, il avait tendance à l'oublier.

— Et mes affaires ? demanda Peter. Les trucs qui ne valent pas d'argent. Mes cahiers. Mes…

— On ira chercher tout ça, Pete. Ne t'inquiète pas. La dame de l'agence les mettra de côté pour nous.

— Et mes cassettes audio ?

— Tes cassettes aussi. Je lui en ai parlé. Elle sait qu'il ne faut pas les vendre.

— Elles sont dans une boîte à chaussures dans mon placard. Tu lui as dit ça ?

— Non, mais je lui dirai. Je vais l'appeler.

— Il y a mes livres, aussi.

Peter possédait une splendide édition reliée du *Hobbit*, agrémentée de deux épaisses feuilles de papier doré, la première après la page de titre, l'autre à la toute fin du roman. Il l'avait gagnée en sixième, lors d'un concours d'affichettes pour la prévention des incendies. Fasciné par la beauté de l'ouvrage, il s'était promis de ne jamais casser la reliure. Au bout d'un moment, la curiosité l'avait emporté (il avait très envie de savoir de quoi parlait l'histoire imprimée entre les feuilles d'or) : il s'était alors rendu à la bibliothèque pour emprunter le roman en édition de poche, qu'il laissait ouvert sur son oreiller toute la journée. Kate avait remporté le deuxième prix, un exemplaire de *Anne : la maison aux pignons verts*, de Lucy Maud Montgomery.

— Ouais. Tes livres, tes cassettes, toutes tes affaires. Pas d'inquiétude. On ira chercher tout ça.

— Quand ?

— Je sais pas, p'tit gars. Très bientôt.

Peter acquiesça en silence. Il reposa avec soin sa fourchette sur le carré d'essuie-tout qu'il avait utilisé en guise de serviette, tendit le bras pour attraper son blouson tombé derrière la télé et sortit. Le patron de la supérette située en bas de l'immeuble avait installé deux jeux vidéo dans son arrière-salle. Peter y allait souvent pour jouer à *Duck Hunt* ou à *Pac-Man*. Il aimait aussi s'asseoir à l'entrée du resto de nouilles asiatiques, sur Queens Boulevard, et regarder les trains de la ligne 7 bringuebaler au-dessus de sa tête.

— Qu'est-ce que j'ai dit ? marmonna Brian après son départ, en s'adossant plus confortablement au dossier du canapé.

— Il veut ses affaires, c'est tout, répondit George. Tu vas vraiment aller les chercher ?

— Bien sûr. Pourquoi j'irais pas ?

George haussa les épaules. Il lança un coup d'œil éloquent vers la porte de l'appartement, avant de reporter son attention sur les candidats du quiz.

Brian en était conscient : certaines personnes estimaient qu'il aurait dû être viré. Parce qu'il s'était montré désinvolte, voire incompétent… Un pauvre type incapable de contrôler les agissements de sa femme. Pourtant, ce n'était pas lui qui avait commis un crime : c'était elle. Brian en avait été le témoin, peut-être même la victime. D'après ce qu'il avait entendu dire, le visage de Francis Gleeson commençait à reprendre forme : il n'était pas encore tout à fait revenu à la normale, mais on pouvait le regarder sans être horrifié. Francis avait aussi recommencé à parler et à s'alimenter normalement. Et il marchait sur ses deux jambes. Les médecins avaient su presque tout de suite qu'il survivrait à ses blessures. Passé les douze premières heures, ses proches s'étaient autorisés à espérer. Douze heures plus tard, il était clair pour tout le monde que cet homme était bien plus robuste qu'on ne l'aurait pensé – mais que ferait-il de cette force vitale dans un corps brisé, désarticulé ? Il vivrait, certes, mais dans quel état ? Parmi les centaines de documents que Brian avait reçus après le drame – rapports d'enquête et de contre-enquête, d'expertise et de contre-expertise dûment expédiés chez George pendant des mois, jusqu'à ce que les poursuites judiciaires soient closes –, l'un d'eux avait particulièrement retenu son attention : il s'agissait du récit de la première nuit de Francis à l'hôpital et du détail des soins qui lui avaient été prodigués. Alors qu'on l'emmenait au bloc opératoire, une infirmière avait annoncé à Lena que son mari venait de recevoir une première transfusion sanguine ; acceptait-elle qu'il en reçoive une autre si cela se révélait nécessaire ? D'abord perplexe, Lena avait marqué une pause, puis, lorsqu'elle avait saisi la question qui sous-tendait la question de l'infirmière, elle s'était emportée et lui avait ordonné sèchement d'utiliser son propre sang s'il le fallait – « Saignez-vous aux quatre veines, je m'en fiche, du moment que vous le sauvez ! » s'était-elle écriée. Ensuite, elle avait attendu devant les portes du bloc pendant six, sept, huit heures d'affilée, à l'issue desquelles elle avait enfin pu voir son mari durant une dizaine de minutes. Elle était restée là toute la nuit, toute la journée du lendemain et la suivante, et toutes celles qui avaient suivi pendant trois mois, jusqu'à ce qu'il soit transféré dans un centre de rééducation situé au nord de l'État. Son acharnement avait fini par agacer une partie du personnel infirmier, irrité par la méfiance qu'elle manifestait envers les soins qu'on dispensait à son mari. D'autres affirmaient que c'était sa détermination qui avait sauvé Francis : il était robuste, il avait eu de la chance, mais sans la présence de sa femme, ces deux facteurs n'auraient pas suffi à le maintenir en vie.

À l'issue du procès, la pile de paperasse mesurait 15 centimètres de haut. Brian ne s'y était jamais vraiment intéressé. Les seuls documents qu'il avait relus à plusieurs reprises étaient ceux qui relataient les faits et gestes de Lena. Au commissariat, un de ses collègues lui avait raconté qu'elle effectuait plusieurs fois par semaine le long trajet jusqu'au centre de rééducation, non pour rendre visite à Francis sur place, mais pour l'emmener passer la journée au bord du lac, à Gillam. À l'époque, il était encore en fauteuil roulant. Lena le conduisait vers un banc, face à l'eau ; elle le coiffait d'un large chapeau de paille et dépliait une couverture sur ses genoux. Puis elle s'asseyait près de lui, sur le banc, et elle lui parlait. Brian n'avait aucun mal à imaginer la scène. Pour les passants qui les observaient de dos, ne voyant d'eux que leurs silhouettes à contre-jour face au lac, Francis et Lena ne ressemblaient-ils pas à n'importe quel couple assis sur un banc dans un joli coin de nature ? Et pour ceux qui les connaissaient, pour ceux qui s'approchaient d'eux et les saluaient, cherchant à savoir comment il allait, pour tous ceux-là, Lena réservait son plus charmant sourire et se tournait vers Francis afin de l'inclure dans la conversation, comme si son visage n'était pas un champ de bataille, comme s'il était en pleine possession de ses moyens et pouvait ajouter son grain de sel à la discussion : oui, quel temps superbe aujourd'hui ! Lorsque Francis avait été en mesure d'aller à la messe (donc de se lever, de s'asseoir et d'effectuer quelques pas sans l'aide de personne), Lena l'y avait emmené chaque dimanche en le tenant par la main. À présent, il pouvait marcher sans s'appuyer sur son bras – c'est ce qu'un collègue avait dit à Brian, en tout cas. Récemment, il avait même effectué seul le tour du lac. La dernière fois que Brian l'avait vu, c'était au tribunal. Cheveux très courts. Un bandeau sur l'œil gauche. Sa peau, encore très rouge, semblait tendue à l'extrême sur ses os. L'une de ses joues cédait place à son cou sans être interrompue par sa mâchoire, du moins était-ce ainsi que Brian l'avait perçu en l'observant depuis l'autre extrémité de la salle d'audience.

Bêtement, il avait pensé que tout reviendrait à la normale quand Francis serait tiré d'affaire. Il l'imaginait sortant de son silence et expliquant au monde entier qu'en fait, lui, Francis Gleeson, était en grande partie responsable du drame. Et n'était-ce pas le cas ? Francis n'avait-il pas usé de son influence – à Gillam, tout le monde le connaissait, tout le monde l'appréciait – pour étouffer l'incident du Food King ? Alors qu'il aurait dû faire exactement l'inverse : avertir leurs supérieurs hiérarchiques et emmener Anne au poste. Elle aurait passé un mois à l'hôpital et serait revenue en bien meilleure forme.

Et maintenant ? Voilà plus d'un an que Brian régulait la circulation sur le pont de Queensboro, côté Manhattan. Un flot ininterrompu de voitures et de camions défilait sous ses yeux du matin au soir. « Oh, très bien », répondait-il invariablement quand Peter ou George lui demandait comment s'était passée sa journée. Ou « Plutôt bien, sauf quand cette méchante averse m'est tombée dessus ». Ou ce satané blizzard. Ou cette fichue vague de chaleur. Il s'en plaignait en plaisantant, ou du moins il s'efforçait de garder le sourire, comme tous ceux qui se plaignaient de la pluie, du froid et de la chaleur. Presque tout le monde, en somme. C'était un sujet de conversation parmi d'autres. Un truc à dire. Même Peter l'avait remarqué : il avait confié à Brian qu'il avait plus conscience de la météo et de la température extérieure maintenant qu'ils étaient dans le Queens (il ne disait jamais qu'ils s'étaient *installés* dans le Queens, seulement qu'ils y *étaient*), parce qu'il passait beaucoup plus de temps dehors à attendre le bus, à marcher vers la station de métro, à revenir à pied du supermarché, les doigts sciés par les poignées en plastique des lourds sacs. Un matin, Brian avait pris le bus Q32 pour se rendre à Manhattan comme d'habitude, mais, au lieu de descendre sur la 2e Avenue, il était resté debout dans la travée centrale avec les autres passagers, tandis que le conducteur fonçait vers la 3e Avenue, puis traversait Lexington et Park Avenue, avant de tourner sur Madison. Brian avait fini par descendre à la 32e Rue, où il s'était acheté un hot-dog, qu'il avait mangé avant de prendre le Q32 en sens inverse pour rentrer à Sunnyside. Là, il s'était allongé en travers du rectangle de lumière dorée qui tombait sur le parquet usé de l'appartement de George. Qu'est-ce qui lui avait pris ? Il n'en avait pas la moindre idée. Le lendemain, il avait prétendu qu'il s'était trompé en lisant son emploi du temps. Il avait appelé sa caisse de retraite et demandé à calculer son nombre d'annuités. Eh bien, lui avait répondu l'employé, il ne lui manquait qu'une petite année pour totaliser vingt ans de carrière. Ne voulait-il pas attendre encore un peu ? Brian aurait dû attendre, en effet, mais à la pensée de passer un an de plus au milieu du vacarme et des gaz d'échappement de la 59e Rue, il avait senti une partie de lui-même se recroqueviller et disparaître. Quelques semaines plus tard, sans en avoir discuté avec son fils, ni même avec son frère – qui les hébergeait, Peter et lui, depuis leur départ de Gillam –, Brian présenta sa démission à son supérieur hiérarchique et lui remit son insigne. Il avait toujours pensé qu'il attendrait un vendredi pour démissionner, mais, le moment venu, il n'avait pas été capable de patienter un jour de plus : il avait quitté ses fonctions un jeudi. En sortant du commissariat, il avait pris le bus pour rentrer à Sunnyside, puis il était monté dans sa voiture (alors qu'il était très bien garé, sur une place gratuite, jusqu'au samedi) et s'était rendu au Shea Stadium, où il était resté un long moment, assis près de l'entrée du champ droit, les yeux tournés vers les gradins qui surplombaient la troisième base.

Ce soir-là, pendant que Peter faisait ses devoirs, Brian se leva et, tournant le dos à la télévision, il leur dit qu'il avait une grande nouvelle à leur annoncer. Peter leva les yeux, constatant une fois de plus à quel point son père avait maigri ces derniers temps. Tous ses pantalons étaient maintenant trop larges pour lui, et sa manière de serrer sa ceinture ne faisait que souligner sa perte de poids. Nerveux, agité, il était prompt à sourire, mais un sourire factice, presque hystérique, qui mettait Peter mal à l'aise. Ce soir-là, tandis que Brian s'éclaircissait la gorge comme s'il s'apprêtait à discourir devant un large public, Peter vit danser une étincelle de joie au fond de ses yeux. C'était la première fois depuis la nuit où sa mère avait tiré sur M. Gleeson.

— Eh bien, comme vous le savez, commença Brian, j'ai toujours voulu vivre dans le Sud…

George et Peter échangèrent un regard interloqué, tandis que Brian poursuivait son récit, détaillant les démarches qu'il avait entreprises (quelques appels sur place) afin de « mettre la main » sur un appartement en Caroline du Sud. Il avait également contacté une personne de confiance susceptible de le recommander auprès d'une société spécialisée dans la sécurité, pour un poste de vigile. Le gars en question était lui-même retraité du NYPD – autant dire que le boulot était quasiment garanti. Brian toucherait sa retraite anticipée, qui viendrait compléter ses revenus. Et puis, là-bas, la vie était beaucoup moins chère qu'à New York ! Naturellement, conclut-il, Peter serait le bienvenu s'il voulait venir avec lui.

Peter perçut chez son oncle une surprise égale à la sienne. Il avait 15 ans. Quand son père avait pris la parole, il était en train de relire son cours d'histoire sur la prise de Fort Ticonderoga pendant la guerre d'Indépendance : le prof avait laissé entendre qu'il les soumettrait le lendemain à un petit quiz sur le sujet. Peter venait d'entrer au lycée, un grand établissement public et prestigieux situé dans le quartier de Dutch Kills, à l'ouest de Sunnyside. Il n'était pas encore tout à fait certain d'y être à sa place. Mme Quirk, sa professeure de sciences au collège de Gillam, s'était chargée de son inscription au cours de l'été précédent : elle lui avait donné rendez-vous à New York et l'avait présenté à un groupe d'enseignants manifestement chargés de l'évaluer. Peter avait toujours supposé que les profs passaient l'été dans leur tanière, à l'abri des regards : il avait été stupéfait de voir Mme Quirk descendre du bus en provenance de Gillam sous le soleil implacable de la fin juillet. « Viens, Peter », avait-elle ordonné, et il l'avait suivie. Après l'entretien, les adultes avaient longuement discuté entre eux. Peter, lui, n'arrivait pas à se défaire du choc que lui avait causé l'apparition de Mme Quirk, avec ses cheveux laqués et ses bas de contention, dans les rues de New York. Sa première pensée avait été pour Kate : il devait absolument lui raconter ça ! Puis il avait senti son estomac se crisper, comme s'il se préparait à recevoir un coup de poing dans le ventre. Une douleur désormais familière : Peter la ressentait chaque fois qu'il pensait à Kate. Son père était très occupé cet été-là – les avocats et les médecins le sollicitaient tous les jours. Alors c'était George qui l'avait conduit à ses entretiens d'évaluation ; c'était George qui avait demandé à Mme Quirk les numéros de téléphone, les adresses et les dates de remise des dossiers d'inscription ; et c'était George qui lui avait suggéré de remercier Mme Quirk lorsque Peter avait appris qu'il était admis au lycée de Dutch Kills. « C'est un bon lycée ? » avait demandé Peter. Les adultes lui avaient répondu que oui, c'était un peu comme une école privée, sauf qu'il n'y avait pas de frais de scolarité à régler. D'après George, c'était même un des meilleurs établissements scolaires de New York, toutes catégories confondues. Peter était resté perplexe. Il avait encore du mal à admettre qu'ils *vivaient* dans le Queens, à présent. Et que c'était donc dans le Queens qu'il devrait aller au lycée. Lorsqu'il imaginait son entrée dans le secondaire, il se voyait au pied de la belle façade en pierre de Gillam High, et nulle part ailleurs.

Plus d'un an s'était écoulé depuis ce premier été. Peter s'était fait quelques amis au lycée, mais aucun d'eux ne savait de quoi souffrait sa mère ni ce qui s'était passé à Gillam. Et il ne fréquentait aucun d'eux en dehors de l'établissement. Il aurait pu traîner à la sortie des cours, aller au parc ou chez l'un d'entre eux le samedi après-midi, mais il préférait décliner. Ses copains évoquaient souvent des événements qu'ils avaient vécus ensemble après la classe ou après l'entraînement. Quelques-uns de ses coéquipiers de cross-country avaient vu un type qui promenait plusieurs chiens à Central Park se prendre les pieds dans leurs laisses, échouer à les démêler, et se faire traîner sur l'allée cavalière par les animaux surexcités – un spectacle si comique qu'ils en avaient parlé pendant des semaines, Rohan imitant la façon dont l'homme avait trébuché, tandis que Drew et Matt aboyaient et jappaient avec enthousiasme. « T'aurais pleuré de rire, Peter ! » assuraient-ils, pour qu'il sache qu'ils ne l'excluaient pas, qu'ils l'aimaient bien, et ça lui suffisait. Il n'avait pas le courage d'aller chez eux, de s'asseoir dans leur chambre, de manger des chips avec leurs frères et sœurs, comme ils le faisaient tous les uns avec les autres. Il aurait trouvé ça trop dur. Alors il refusait leurs invitations. Eux pensaient qu'il était accaparé par d'autres activités et qu'il retournait « à la campagne » en fin de semaine, puisqu'ils savaient que Peter était originaire du New Jersey. Un soir, pendant l'entraînement, peu après la rentrée des classes, à l'époque où ses nouveaux camarades l'assaillaient encore de questions (que Peter esquivait la plupart du temps), il leur expliqua qu'il avait une petite amie à Gillam, et qu'ils essayaient de se voir le week-end. Tantôt c'était lui qui prenait le bus pour y aller, tantôt c'était elle qui venait à New York. Tout en continuant de s'échauffer avant de courir, ses copains lui demandèrent alors à quoi elle ressemblait, non par curiosité, mais parce qu'ils hésitaient encore à le croire. Cette fois, Peter leur dit la vérité : de taille moyenne, elle avait de longs cheveux blond foncé et des yeux noisette.

— Et des gros nichons ? lança un garçon du nom de Kevin, et tous éclatèrent de rire.

Peter sourit avec eux, mais il sentit un frisson glacé le traverser et, l'espace d'un instant, il crut qu'il allait pleurer.

Maintenant, alors qu'il venait d'entamer sa deuxième

année à Dutch Kills, il s'était hissé à la deuxième place dans l'équipe de cross-country du lycée. En juin, quand Barry Dillon les quitterait pour entrer à l'université, Peter lui succéderait et deviendrait le meilleur coureur de l'équipe. L'entraîneur voulait le faire passer des 4 kilomètres aux 6 kilomètres pour les championnats d'hiver, avant de l'inscrire aux 5 kilomètres pour les championnats de printemps. Pendant l'été, il lui avait expliqué que Barry Dillon était loin d'être aussi performant que lui lorsqu'il avait son âge. « En bossant dur, avait-il ajouté, tu pourrais devenir le meilleur coureur de cross court de la ville. » Peter avait aussitôt envisagé d'envoyer à Kate la date et l'horaire de la compétition : elle comprendrait qu'il s'agissait d'une invitation de sa part, non ? S'il glissait le programme dans une enveloppe sans mentionner son nom ni son adresse, Francis et Lena ne se douteraient de rien, et Kate pourrait l'ouvrir à l'abri des regards. Ensuite, elle trouverait un moyen de venir à New York. Et ils se reverraient enfin !

Contrairement à ce que croyaient ses amis, Peter n'avait pas revu Kate depuis la nuit où il était entré chez les Gleeson pour appeler la police.

Ce que Peter comprit ce soir-là, c'est que son père partirait quoi qu'il arrive. Sa décision était prise : il avait démissionné du NYPD, pris sa retraite et signé un bail de location pour un appartement en Caroline du Nord (ou en Caroline du Sud ? Peter les confondait sans cesse). S'il y avait eu un débat quant à l'avenir de Peter et à sa place dans la nouvelle vie de son père, Peter n'avait pas été convié à y participer : le débat avait eu lieu dans l'intimité, entre Brian et Brian. Il invitait

Peter à le suivre, mais il l'invitait également à rester à New York. Au fond, Peter avait l'impression que son père lui avait fait cette proposition par simple courtoisie, en hommage au fait qu'ils avaient cheminé ensemble jusqu'à présent. Et si le séjour prolongé de Peter à Sunnyside présentait un inconvénient pour George, il appartenait à George et à Peter de régler cette question. Brian, lui, ne se sentait pas concerné.

— Et pour voir maman, tu feras comment ? demanda Peter.

— Pour voir maman ? répéta Brian d'un air perplexe, comme si la réponse s'imposait d'elle-même.

Il passa une main dans ses cheveux et parut chercher la suite de son propos dans l'épais buisson de ses pensées.

— Là-bas, poursuivit-il, il fait en moyenne 12 degrés de plus qu'ici. Il y a une piscine dans la résidence. Et une salle de fitness.

— Et une salle de fitness, reprit George, puis il se tourna vers Peter. Tu peux rester ici aussi longtemps que tu veux, fiston.

George passait l'essentiel de ses journées de travail assis à califourchon sur des poutres métalliques, à plusieurs dizaines de mètres au-dessus du sol. À force de regarder sans cesse autour de lui pour s'assurer qu'il ne risquait rien, il avait développé une sorte de sixième sens qui l'avertissait de l'imminence d'un danger.

— Je t'emmènerai à Westchester quand tu voudras, ajouta-t-il.

— Je vais rester, alors, dit Peter. Au moins pour un moment. En attendant de voir comment ça évolue.

Il observait son père avec attention.

— Entendu ! s'exclama Brian. Marché conclu.

Trente minutes plus tard, George descendit la rue

jusqu'au boulevard et vint s'asseoir près de Peter, à l'entrée du resto de nouilles asiatiques.

— Je suis content que tu restes, fiston. On va bien s'amuser, toi et moi. Ça va ? demanda-t-il en posant sa large main sur la tête de son neveu.

— Moi ? Oui. Pas de souci.

— J'sais pas pour le golf, mais ce qui est sûr, c'est que c'est pas un endroit pour moi, là-bas. Et pour toi non plus. Et puis, t'es vraiment dans un bon lycée ici. Tu sais qu'il y a des gamins qui se damneraient pour y entrer ? Sans parler de tes médailles en cross-country : c'est à tomber sur le cul, tu sais !

— Merci du compliment, George. Ça fait plaisir à entendre.

Son oncle éclata d'un rire si tonitruant que plusieurs passagers du métro aérien lui lancèrent, depuis le quai, des regards intrigués.

— T'es un vrai sage, ma parole. Ils n'ont pas ça dans le Sud, crois-moi.

Brian les quitta quelques semaines plus tard, le jour de la plus importante compétition de cross-country de la saison. Les préparatifs du départ avaient mis Peter à rude épreuve : il détestait le sentiment qui l'envahissait quand il revenait du lycée et trouvait son père occupé à faire ses valises ou à organiser son déménagement. Un sac marin tout neuf fit son apparition dans le salon. Peu après, une pile de chemises de golf aux couleurs vives tomba d'un grand sac en plastique. Peter n'était pas fâché – pas exactement. Seulement, il préférait aller boire un Coca sur le perron de l'immeuble en regardant les habitants du quartier rentrer du travail ou promener leurs chiens. Un après-midi, alors que son père était au téléphone, il descendit dans la rue et vit une femme garer son break en trois coups de volant, exécutant un créneau parfait de façon si magistrale qu'il faillit applaudir. Un lycéen de Dutch Kills longeait le trottoir d'en face, mais il n'était ni dans l'équipe de cross-country ni dans la classe de Peter. Il se contenta de le saluer d'un bref signe de la main, avant de détourner les yeux.

Le matin du départ, Brian jeta deux gros sacs à l'arrière de sa voiture et claqua la portière.

— J'ai donné de l'argent à George, dit-il à Peter, qui était descendu dans la rue avec lui. Alors ne t'inquiète pas pour ça.

Peter ne s'inquiétait pas pour ça. En revanche, il s'inquiétait de n'avoir pas le temps de digérer son bagel avant le coup de pistolet qui donnerait le départ de la course. Puis il se souvint d'où venait ce bagel, celui qu'il avait mangé au petit déjeuner : c'était George qui le lui avait acheté en prévision de la compétition. Combien gagnait-il par mois ? Peter n'en avait aucune idée, mais il se promit de participer autant que possible aux dépenses courantes. Un type qui bosse dans le bâtiment ne roule pas sur l'or, c'est sûr.

— Sois prudent, dit Peter à son père.

Il avait entendu George lui dire la même chose plus tôt ce matin-là, avant de partir travailler. Mais l'heure tournait, à présent. Il ne pouvait pas se permettre de rater le van qui conduirait l'équipe au stade. Et une fois arrivé, il faudrait qu'il s'échauffe, qu'il aille aux toilettes. L'air matinal était frais et sentait la pomme. Ils le gaspillaient en restant là, sur le trottoir.

— Sois sage, dit Brian. On se voit bientôt. D'accord, Pete ?

— Ouais. Je sais. Tu l'as déjà dit.

Peter demeura sur le trottoir tandis que son père manœuvrait pour sortir sa voiture de l'espace restreint

Peter obtempéra. Peu de temps après, le chauffeur gara le van à sa place habituelle, devant l'entrée du gymnase. Peter jeta son sac sur son épaule et se dirigea vers l'arrêt de bus situé près du cimetière.

Il voyait sa mère le dimanche. Pas tous les dimanches, mais presque. Dans les premiers temps, il y allait en voiture avec son père, puis il commença à s'y rendre en train, sans lui. La solitude ne lui pesait pas. Il empruntait la ligne 7 jusqu'à Grand Central, où il prenait le train de banlieue qui longeait l'Hudson vers le nord. Soixante-dix minutes de trajet qu'il effectuait en musique, son Walkman vissé sur les oreilles, de manière à décourager les importuns qui seraient tentés d'engager la conversation. Les yeux tournés vers la fenêtre, il regardait défiler les petites villes du comté de Westchester, si rapprochées qu'elles semblaient se fondre les unes dans les autres, puis plus espacées à mesure que la nature reprenait ses droits : les parcelles devenaient des champs cernés de murets en pierre, dont Peter apercevait de loin en loin le tracé sinueux ; les enclos et les chevaux l'emportaient sur les jardins, et partout les chemins de terre remplaçaient les rubans d'asphalte. Aucune des localités que traversait le Metro North ne ressemblait à Gillam. Malgré tout, Peter ne pouvait s'empêcher de les comparer à sa ville natale. Parfois, une vache apparaissait dans son champ de vision. Une fois descendu du train, il parcourait à pied, sur une petite route de campagne, les 3 kilomètres qui le séparaient encore de l'hôpital psychiatrique du comté. Un jour, comme il pleuvait à verse, il se résolut à prendre un taxi. La femme qui était au volant voulut savoir à qui il rendait visite.

où il avait réussi à la garer. Ensuite, il agita la main dirigea vers Woodside Avenue et tourna à droite. Ava même que le feu ne repasse au rouge, une autre voiture avait pris la place qu'il venait de quitter.

Deux heures plus tard, après un trajet tendu vers Van Cortlandt Park avec le reste de son équipe, Peter abandonnait la course. Il n'avait parcouru qu'1,5 kilomètre et n'avait pas la force de continuer. Pourtant, il avait pris un bon départ et s'était placé dans le peloton de tête, comme d'habitude. C'est ensuite que les choses s'étaient gâtées : il s'était fait distancer en arrivant dans la forêt. Impossible de trouver son rythme de croisière. Il se sentait lourd, terriblement lourd. Les gamins des équipes de minimes commençaient à le doubler. Peter ralentit, puis s'arrêta sur le bord du chemin pour les laisser passer.

— Tu as une crampe ? lança l'entraîneur en courant vers lui.

Il voulait comprendre. Ce genre d'attitude ne ressemblait pas à Peter. Il insista pour qu'il s'assoie à côté de lui dans le van pendant le trajet du retour.

— Ça va mieux ? demanda-t-il. Qu'est-ce qui t'est arrivé ?

— J'sais pas, répondit Peter en haussant les épaules. Je me sentais pas très bien.

— Tu veux que j'appelle ton père ?

— Non, je lui dirai plus tard. Quand il viendra me chercher.

Il se sentait essoufflé comme s'il avait un poids sur la poitrine. Il s'étira, en vain : la douleur était toujours là. Il baissa la vitre et ferma les yeux, savourant le courant d'air frais qui lui balayait le visage.

— Ferme la fenêtre, on gèle ! protesta l'un de ses coéquipiers à l'arrière.

— À ma mère, répondit-il avec franchise.

Lorsqu'elle se gara devant l'entrée, elle se tourna vers lui d'un air navré :

— Désolée, mon gars ; j'suis obligée de te demander les 5 dollars de la course. Pas moyen de faire autrement. Je l'ai déclarée au central d'appels quand t'es monté. Et puis, la vie, c'est pas facile pour moi non plus, tu sais.

Après le drame, plusieurs mois s'étaient écoulés sans que Peter puisse voir sa mère. Brian lui avait rendu visite à plusieurs reprises lorsqu'elle était détenue dans une unité psychiatrique du Bronx, mais les avocats comme les médecins s'étaient opposés à ce que Peter l'accompagne : pas avant que l'affaire soit réglée, estimaient-ils. « Si tu venais maintenant, ça risquerait de la fragiliser, avait expliqué Brian à son fils. Elle commence tout juste à retrouver un semblant d'équilibre. On ne peut pas prendre de risques, tu comprends ? » Tous ces hommes impliqués dans le destin d'Anne avaient présenté ce veto comme leur décision, mais le lui avaient-ils expliqué à elle aussi ? Savait-elle que Peter n'avait pas eu voix au chapitre ? Plus le temps passait, plus il s'inquiétait de ce que sa mère penserait de lui s'il continuait à ne pas venir la voir. Un soir, peu de temps après la clôture du procès et le transfert d'Anne à l'hôpital public de Westchester, Brian posa une main sur la tête de Peter et lui annonça que sa mère allait mieux.

— Je suis sûr qu'elle va bientôt changer d'avis, ajouta-t-il. Enfin, je veux dire qu'elle...

Il s'interrompit, visiblement gêné.

— Tu veux dire que c'est elle qui ne voulait pas me voir ?

— Elle ne sait pas ce qu'elle veut, Pete. Honnêtement.

Je voulais juste dire que... Oh, et puis rien. Je ne sais plus.

Peter ressassa ces propos dans sa tête. Il avait l'impression d'avoir changé de point de vue, comme s'il avait traversé la pièce pour regarder le monde depuis une autre fenêtre.

— Si je viens avec toi la prochaine fois, elle acceptera de me voir. J'en suis sûr.

— OK, p'tit gars, acquiesça son père. Tu viendras avec moi la prochaine fois. On fera l'essai.

Peter avait raison. Sa mère ne se détourna pas lorsqu'elle le vit assis près de Brian sur le canapé du salon réservé aux visiteurs. Elle portait une robe aux formes floues coupée dans un imprimé à fleurs de couleurs vives, un cardigan noir, des pantoufles. Elle semblait fatiguée. Elle avait pris beaucoup de poids. Elle sentait la soupe.

— C'est l'effet des médicaments, lui expliqua son père par la suite. Ces trucs la font gonfler de partout. Ils changent même la couleur de sa peau. C'est pour ça, entre autres, qu'elle déteste ces médocs. Ils sont vraiment très puissants, tu sais. Les infirmières doivent lui faire une prise de sang tous les deux jours pour s'assurer qu'elle n'est pas en train de s'empoisonner.

Ce jour-là, comme Anne ne posait pas de questions à Peter, il se mit à parler. De tout et de rien. Du lycée. De Sunnyside. Elle le dévisagea pendant quelques minutes, puis elle leva le doigt à hauteur de sa bouche et lui signifia de se taire. Son père consulta sa montre et annonça d'un ton enjoué qu'il était l'heure de rentrer, qu'il y aurait probablement du monde sur la route. Il sourit plus largement en se dirigeant à petits pas vers la porte.

— Tu devrais aller à l'atelier dont nous a parlé le

Dr Evans la semaine dernière, ajouta-t-il. Ça te plaira, j'en suis sûr ! N'est-ce pas génial que Peter soit venu aujourd'hui ? Il avait tellement envie de te voir !

— Sors d'ici, répondit Anne. Je regrette le jour où je t'ai rencontré.

Elle s'enveloppa dans son cardigan d'un geste si impérieux, si élégant, que Peter se sentit rassuré : ce geste lui confirmait que sa mère, celle qu'il avait toujours connue, était encore là, bien cachée sous ces dehors maladifs.

Brian sourit avec indulgence, comme si elle avait parlé sans réfléchir. Il sourit pour Peter, pour lui-même et pour l'infirmière assise près de la porte.

— Mais *toi*, dit-elle à Peter, et ses yeux s'emplirent de larmes ; elle retenait son souffle. Toi...

Elle appuya fortement sur les épaules de son fils, puis laissa retomber ses bras le long de son corps.

— ... ne reviens plus jamais !

— C'est l'heure, madame Stanhope, déclara l'infirmière en surgissant derrière elle. C'est tout pour aujourd'hui.

Elle l'entraîna vers le couloir.

— Encore une idiote, murmura Anne.

Brian espaça ses visites au fil des mois. « J'ai trop de boulot, disait-il. Mes horaires ont changé. » Ou bien il prétendait être allé la voir pendant que Peter était en classe. Puis il lui suggéra d'y aller seul.

— Tu verras, en train, c'est simple comme bonjour ! affirma-t-il.

George buvait nettement moins qu'auparavant : il s'autorisait deux bières pendant les matches des Mets et, pour ne pas se laisser tenter, il achetait ses Budweiser à l'unité à l'épicerie du coin. S'il avait vraiment envie d'un whisky, il proposait à Brian d'aller boire un verre au Banner, le pub du quartier. Peter était d'autant plus sensible à ces changements de comportement que son père lui en avait parlé quelques semaines après leur arrivée chez George. « Il a tout foutu en l'air, tu sais, avait-il confié à Peter. Avec Brenda. C'est ce qui se passe quand on boit trop : on ne sait plus comment s'arrêter. D'ailleurs, ce qui est arrivé à ton oncle devrait te servir d'avertissement », avait-il ajouté. Parce que Brenda avait fini par le quitter. Et George avait fini par se priver de tout : il ne s'autorisait même plus à aller voir un match au Shea Stadium avec ses potes, ni même à descendre le regarder au pub du quartier où il avait grandi. « Franchement, j'ai pitié de lui », avait conclu Brian.

Et toi, tu as fini où ? faillit répliquer Peter. Si George avait à ce point raté sa vie, que penser de son frère aîné qui squattait son canapé-lit depuis des mois ? Et qui préférait passer ses dimanches au Banner à discuter avec le barman plutôt que d'emmener son fils voir sa mère à l'hôpital ?

La première fois, le personnel hospitalier n'apprécia guère de voir Peter se présenter seul à l'accueil : il était encore mineur. Mais, après une brève discussion avec ses collègues, la réceptionniste lui permit d'entrer. L'équipe d'infirmières variait peu d'un dimanche à l'autre : Peter apprit bientôt à connaître certaines d'entre elles par leur prénom tandis qu'elles mémorisaient le sien. Certains jours, il ne fut autorisé à voir sa mère qu'à travers un étroit panneau de verre encastré dans une porte verrouillée. En y collant son front, il la découvrait, assise à même le sol, dans une petite pièce capitonnée. La première fois qu'il la vit ainsi, l'infirmière qui l'avait conduit devant la porte sembla prendre conscience après coup de ce qu'elle venait de faire. Peter n'était-il pas trop jeune pour un tel spectacle ? Inquiète, elle lui offrit une cannette de soda tirée du réfrigérateur des infirmières, auquel les visiteurs n'avaient pas accès.

— Tu es tellement grand ! dit-elle. Tu es en quelle classe ? En terminale ?

Quand il répondit qu'il venait d'entrer au lycée, elle devint toute pâle. Quelques semaines plus tard, il remarqua que sa mère avait une écorchure sur le front. Bien qu'il s'efforçât habituellement de se montrer le plus discret possible, il ne parvint pas, ce jour-là, à faire taire les questions qui le hantaient : comment s'était-elle blessée ? quelqu'un lui avait-il fait mal ? Il s'approcha en tremblant du bureau des infirmières et demanda ce qui s'était passé, et pourquoi sa famille n'avait pas été prévenue. Il se sentait très adulte.

— Je suis sûre que ton père a été informé, répliqua l'infirmière prénommée Sal, avant de se pencher vers lui d'un air de conspirateur. Tu sais, elle s'est probablement blessée toute seule.

Un dimanche d'hiver, il constata qu'on lui avait coupé les cheveux. Peu après, elle refusa de sortir de sa chambre pour l'accueillir, et il parcourut en sens inverse les 3 kilomètres qui le séparaient de la gare en regrettant de ne pas lui avoir laissé un message pour la rassurer, lui dire que ce n'était pas un problème, et qu'il la verrait la semaine suivante. Parfois, elle arrivait en traînant les pieds et s'asseyait avec lui sur le canapé, mais refusait d'ouvrir la bouche.

À présent, il était porteur d'une nouvelle qui risquait de la bouleverser. Il craignait tant sa réaction qu'il se promit de ne rien dire avant qu'elle n'aborde elle-même la question. Oui, il attendrait qu'elle l'interroge.

Sa résolution prise, il se sentit plus confiant, mais rien ne se déroula comme prévu. Ce dimanche-là, vingt-quatre heures après le départ de son père pour la Caroline du Sud (ou du Nord), elle était déjà installée au salon quand il arriva. Elle l'attendait. Les cheveux peignés. Propre et bien habillée, moins bouffie que d'ordinaire.

— Il est parti ? lança-t-elle alors que Peter n'était même pas encore assis.

— Oui, dit-il. Comment le sais-tu ?

— Il est venu ici. Au début, je ne saisissais pas de quoi il parlait, puis j'ai compris. Et toi, tu es resté chez George ?

Elle était parfaitement lucide. L'esprit vif. Comme si une série d'ajustements avait été effectuée et que sa vraie mère lui était rendue.

— Ouais.

— Et tu continues au lycée ? Tu as de bonnes notes ?

— Pas trop mal.

— Bien. OK, Peter, écoute-moi. Tout va s'arranger. Pour commencer, je vais sortir d'ici. Ils vont bientôt me laisser partir. Et j'ai pensé qu'on pourrait ouvrir un magasin, toi et moi. Pas à New York. Peut-être à Chicago. Ou à Londres. Un magasin de décoration, par exemple. Un endroit où les gens pourraient acheter des objets rares ou très spécialisés – des articles qui sont difficiles à trouver. Bien sûr, il faudra d'abord obtenir un logement social, puis on pourra avoir notre propre appartement. On rencontrera des tas de gens, tous ceux qui viendront dans notre boutique, des gens cultivés, intelligents, qui apprécient les belles choses. Et si George est gentil avec toi – il est gentil avec toi ? –, nous l'inviterons à nous rejoindre. Il pourra investir dans notre commerce, s'il le souhaite.

Peter ne sachant quoi répondre, il ne répondit rien.

Le silence s'étira. Sa mère se leva et s'approcha d'une étagère sur laquelle s'empilaient des jeux de société.

— Je ne crois pas que tu vas bientôt sortir, maman, déclara-t-il enfin.

Il était assez grand pour lui dire la vérité. C'était son rôle. Et mieux valait la confronter à la réalité que de lui dire ce qu'il ressentait – à savoir que ce projet d'ouvrir un commerce l'inquiétait, qu'il le jugeait fantaisiste et qu'il n'avait aucune envie de s'impliquer dans la création d'un magasin d'objets spécialisés. D'ailleurs, il ne savait même pas vraiment ce que c'était. Les infirmières et les membres du personnel administratif entraient et sortaient du salon. Meublée de manière faussement conviviale – un canapé, une table basse, des fauteuils –, la pièce était censée donner l'impression aux patients et à leurs proches qu'ils étaient assis chez eux, dans leur propre salon.

Anne noua ses bras autour de sa poitrine et fixa un coin du plafond, les yeux plissés, comme si elle venait d'y apercevoir une toile d'araignée.

— Tu as des nouvelles de cette fille ? lança-t-elle au bout d'un moment.

— Quelle fille ? demanda Peter, bien qu'il sût pertinemment de qui elle parlait. Non, je n'ai pas de nouvelles.

— Et son père ? Il est rétabli, j'imagine ?

— Aucune idée, maman. Je sais qu'il est chez lui parce que j'ai entendu papa et George en parler une fois. Je ne pense pas qu'il ait repris le travail, mais je n'en sais rien, en fait. Vraiment rien.

Sa mère demeura silencieuse pendant un long moment.

— J'en ai connu, des filles comme ça, dit-elle pensivement. Ma sœur en était une. Elles doivent être un peu sorcières, à mon avis. Elles savent envoûter ou jeter des sorts – ce genre de choses, tu vois ? Mais tu es fort, Peter. Tu es intelligent. Fais marcher ta cervelle. Et ton esprit critique. Franchement, cette fille n'a rien d'exceptionnel. Tu en conviens, non ? Elle est banale à tous points de vue. Banale et ordinaire.

Peter se raidit. Devait-il prendre la défense de Kate ? Faisait-il preuve de lâcheté en gardant le silence ? Non. À quoi bon s'opposer à sa mère dans un moment pareil ? Où cette discussion les mènerait-elle ? À cet instant, il se souvint de la façon dont Kate le dévisageait quand elle le savait troublé ou déconcerté. Puis il revit le geste qu'elle faisait (coincer et recoincer ses cheveux derrière ses oreilles) quand elle lui annonçait une grande nouvelle, un projet, une idée – tout ce qui l'enthousiasmait. Et maintenant ? Elle le détestait, probablement.

— Je ne savais pas que tu avais une sœur.

— Tu m'écoutes ? Dis-le. Répète après moi : « Je suis fort. Je suis intelligent. »

— Où vit ta sœur, maintenant ? Comment s'appelle-t-elle ?

Peter savait que sa mère avait grandi en Irlande, qu'elle y avait de la famille, mais elle n'en avait jamais parlé.

— Tu m'écoutes ? répéta-t-elle d'un ton sec.

Une des infirmières leva les yeux et se dirigea vers eux.

— Je suis fort. Je suis intelligent, murmura Peter sans conviction.

Sa mère sembla s'en contenter. Elle lui demanda d'aller lui chercher un verre d'eau et un biscuit (rassis, avec une cerise confite au milieu) sur la petite table dressée dans l'angle de la pièce.

— Maintenant, dit-elle quand il revint s'asseoir près d'elle, parle-moi de la course d'hier.

L'infirmière qui s'était avancée sur le terrain regagna le banc de touche. Peter ignorait que sa mère s'intéressait à ses performances sportives. Il avait même parfois l'impression qu'elle oubliait, d'une visite à l'autre, qu'il avait intégré l'équipe de cross-country de son lycée. Il se revit le matin même, enroulant son bras autour d'un arbre après avoir quitté le peloton de tête. À cet instant, Jim Bertolini l'avait frôlé de si près que Peter avait aperçu la chair de poule qui hérissait la peau très pâle de ses cuisses. Dutch Kills s'était classé troisième. Ils étaient partis favoris.

— Ça s'est bien passé, mentit-il. J'ai bien couru.
— Tu vois ? Qu'est-ce que je t'ai dit ? Tu es fort. Tu es intelligent.

En arrivant à Sunnyside cet après-midi-là, Peter découvrit que l'appartement avait été réaménagé. George se tenait au milieu de la pièce d'un air satisfait, comme s'il surveillait son royaume. La plus grande nouveauté était une table, petite et bancale, mais flanquée de deux chaises assorties. Le canapé avait été poussé contre le mur d'en face, et la télé dans le coin. Le fauteuil inclinable avait disparu. L'énorme chaîne stéréo aussi. La pièce paraissait deux fois plus grande. Les boîtes en plastique que Peter utilisait pour ranger ses vêtements avaient été remplacées par une petite commode en rotin. Une casserole de sauce bolognaise mijotait sur la cuisinière. Peter sentit son cœur gonfler dans sa poitrine, mais il s'empêcha de prononcer le moindre mot, de peur de briser la magie de l'instant. Il lâcha son sac, serra les poings et retint son souffle.

— C'est bien, non ? Plutôt réussi, hein ? dit George en s'avançant vers Peter.

Devinant son trouble, il le prit dans ses bras, le souleva et le fit tourner sur lui-même jusqu'à ce qu'il éclate de rire.

— Doux Jésus ! ahana George en reprenant son souffle et en lui tendant une serviette en tissu. Regarde, j'ai acheté de vraies serviettes.

Quand le dîner fut prêt, son oncle remplit deux assiettes de pâtes qu'il posa sur la table, avec deux sodas au gingembre. Ils s'assirent l'un en face de l'autre. La table était si petite que leurs genoux se touchaient. Ils reculèrent et positionnèrent leurs chaises en biais pour pouvoir allonger les jambes. George parla des Mets, de la construction de la FDR Drive, d'une fille qu'il avait rencontrée des années auparavant et qu'il regrettait de ne pas avoir invitée à dîner, de l'hiver qui s'annonçait – serait-il froid ou doux ? Peter l'écoutait en priant pour qu'il ne cesse jamais de parler.

— Eh bien, tu n'as rien dit ! déplora George quand ils eurent fini de manger. Et tu n'as même pas remarqué…

— Quoi ? s'alarma Peter.

— Calme-toi, fiston. Y a pas de souci. Je voulais juste dire que tu n'as pas remarqué ça.

Il ouvrit la porte du buffet : une pile de six assiettes en porcelaine blanche flambant neuves trônait sur l'étagère.

7

Comme promis, les médecins autorisèrent Francis à bénéficier d'une hospitalisation à domicile dès qu'il fut en mesure d'effectuer sans s'arrêter un tour complet des couloirs du quatrième étage. Depuis le drame, il se représentait son cerveau comme une pierre précieuse sertie dans une couronne de métal – une pierre qu'il devait protéger à tout prix, car elle régissait la totalité de son être. Francis le savait déjà, mais maintenant il le savait vraiment : les pensées, les émotions, tout ce dont on parlait d'ordinaire comme venant du cœur ou des entrailles résultait en fait de processus physiques, d'un ensemble de réactions mécaniques et chimiques aussi concrètes que la fabrication des os ou des tendons. Un des neurochirurgiens qui l'avaient opéré lui avait confié avoir un jour posé le doigt sur l'endroit précis où se créent les pensées d'un homme. Francis l'avait écouté avec stupeur. Comment ce patient avait-il ensuite pu reprendre le cours normal de son existence – vider le lave-vaisselle, faire ses comptes, nettoyer son linge ? Le cerveau de Francis avait été endommagé, mais la bonne nouvelle, c'est que la balle n'avait pas traversé les hémisphères cérébraux. Lena et lui avaient vite compris qu'une « bonne nouvelle » se présentait toujours comme telle, alors que les mauvaises n'étaient jamais appelées par leur nom.

La balle était entrée sous le côté gauche de sa mâchoire et sortie par son œil gauche, détruisant la paroi interne et la majeure partie de la paroi latérale de l'orbite. Francis était maintenant capable de tracer le schéma en coupe d'une orbite oculaire et d'une arcade sourcilière avec autant d'aisance que le plan des rues à emprunter pour se rendre du Food King à son domicile. Après chaque intervention, les médecins lui avaient expliqué, à l'aide de photos et de modèles en 3D, en quoi consisteraient les étapes suivantes. Afin de se familiariser avec la topographie de cette région de son corps, Francis avait pris l'habitude de porter la main à son visage pendant leur exposé, suivant du bout des doigts le déroulement des opérations à venir. Certains jours, la douleur se chargeait de dessiner la carte à sa place, tendant des fils affûtés entre son nez et ses oreilles, comme si des lames de rasoir chauffées à blanc se déplaçaient sous sa peau.

Pour avoir moins mal, disaient les kinés, décomposez chacun de vos gestes en une succession de petits mouvements. Francis obtempérait. Plier le genou droit, se pencher vers l'avant, faire un pas. Balancer le bras gauche. Et relâcher. Marcher, se tourner dans son lit, porter le téléphone à son oreille – le moindre mouvement propageait des ondes électriques sous sa peau, ébranlant la fragile architecture de son visage. Les chirurgiens avaient prélevé des bandes de peau sur d'autres parties de son corps et les avaient greffées sur sa joue gauche, qui ne se couvrirait jamais plus de barbe naissante. Pour mieux se représenter les différentes étapes du processus, Francis comparait les opérations de chirurgie plastique aux travaux de rénovation qu'il avait effectués dans sa propre maison : réparation de cloison en Placo avec des bandes grillagées, pose d'enduit, ponçage, peinture. Quand une infection au staphylocoque se déclara dans sa nouvelle pommette, les chirurgiens furent contraints de l'enlever et de tout recommencer. Le côté gauche de son corps fonctionnait normalement. La plupart du temps, le côté droit imitait le côté gauche, mais lorsque sa démarche était trop chaotique, l'empêchant d'avancer dans le couloir, il s'imaginait qu'un pont mobile reliant les deux parties de son cerveau avait été levé et qu'aucune voiture ne pouvait plus le franchir. Parfois, lorsqu'il était couché, il jetait un coup d'œil vers le pan de lumière jaune que les infirmières traversaient lorsqu'elles venaient s'occuper de lui ; il voyait alors des formes et des motifs dériver dans l'espace, se chevaucher les uns les autres comme s'ils craignaient d'être repérés. Chaque après-midi ou presque, le tracé longiligne d'un currach, un petit canot irlandais, apparaissait sur le mur en face de son lit. Le currach stationnait à cet endroit pendant de longues minutes, mais si Francis détournait la tête pour regarder ailleurs, puis revenait lentement vers lui, le canot disparaissait corps et biens. Parfois, des silhouettes se dressaient de l'autre côté de la fenêtre, alors que sa chambre était située au quatrième étage. Ces étranges personnages portaient des chapeaux noirs et lui tournaient le dos. Francis avait l'impression qu'ils jouaient aux cartes. Un jour, se sentant bien, il se pencha pour remonter l'une de ses chaussettes tombée sur sa cheville. Un flot de sang lui monta au visage, faisant palpiter les frêles coutures qui sillonnaient sa joue, et il s'évanouit de douleur. Lorsqu'il reprit connaissance, il était étendu sur le sol en lino de sa chambre, et l'une des infirmières disait à l'autre que les sels odorants n'auraient pas d'effet sur lui, car son nerf olfactif avait été endommagé. Personne ne l'en avait informé. Cette lésion expliquait pourquoi les plats en sauce qu'on lui apportait soir après soir lui paraissaient insipides, seule la texture de la nourriture variant d'un repas à l'autre. Parfois, alors qu'il était en train de dîner, une odeur de feu de camp se répandait dans sa chambre sans raison apparente.

Il ne confiait à Lena et aux médecins qu'une infime partie de ce qu'il ressentait, de ce qu'il remarquait. Il avait perdu son œil gauche, et le droit avait la berlue : il voyait des choses et des gens qui n'existaient pas. L'équipe médicale le savait. Dès lors, pourquoi entrer dans les détails ? À quoi bon analyser ces phénomènes ? On lui répétait sans cesse qu'il avait eu de la chance. La balle avait épargné les vrais trésors : son tronc cérébral et son thalamus. Le fait qu'il ait pu parler si peu de temps après qu'on avait retiré le tube de sa trachée prouvait que les fonctions cognitives et langagières de son cerveau étaient intactes. Les neurochirurgiens avaient commencé par lui ouvrir le crâne et ôter une petite partie de sa masse cérébrale pour faire baisser la pression sanguine. Quand l'inflammation s'était calmée, ils avaient refermé son crâne, mais ils avaient dû le rouvrir lorsque Francis avait contracté une infection, et le refermer de nouveau une fois qu'il avait été guéri. Ce type d'opération, qui l'aurait effrayé auparavant, lui semblait maintenant parfaitement banale. Quand ses filles étaient petites, elles s'amusaient à cueillir des pissenlits dans l'herbe en chantonnant : « Maman a eu un bébé, mais sa tête est tombée. » Et elles pressaient leurs petits pouces sur les tiges pour arracher les fleurs.

Il savait qu'il bénéficierait d'une prothèse oculaire pour remplacer son œil gauche, mais la greffe ne pourrait avoir lieu tant que la cicatrisation ne serait pas achevée. En attendant, l'un des médecins avait équipé Francis d'un cache-œil censé renforcer son œil droit en l'incitant à travailler pour deux. Lorsqu'il s'était observé dans un miroir, Francis s'était demandé si le cache-œil n'était pas également destiné à soulager ses proches, contraints d'affronter le spectacle de son visage dévasté chaque fois qu'ils le regardaient.

La salle de bains de sa chambre était dépourvue de miroir. Le soir, une fois la nuit tombée, il pouvait discerner son reflet en se tournant vers la fenêtre, mais le néon au plafond projetait une lumière trop brillante sur la vitre, réduisant son visage à une ombre aux contours flous. Lorsqu'il se vit vraiment pour la première fois depuis le drame (assise sur le lit d'hôpital, Lena sortit un miroir de poche de son sac et le lui tendit), il eut l'impression de regarder une tête façonnée à la hâte dans de l'argile encore trop humide. Du haut de son front jusqu'à sa mâchoire, la partie gauche de son visage ressemblait à un pare-chocs cabossé. Sa peau décolorée était émaillée de taches bleutées, jaunes et grisâtres. On l'avait retapé petit à petit, au fil des semaines. Il savait que ce qu'il voyait avait été bien pire : il avait déjà parcouru une bonne partie du chemin qui le ramènerait à une apparence quasi normale.

— C'est pas si mal, non ? dit doucement Lena. Rien qui ne puisse être réparé, tu vois ?

Elle n'avait pas pleuré une seule fois depuis la catastrophe, mais ce jour-là elle fondit en larmes.

— Dis quelque chose ! supplia-t-elle.

Francis demeura muet. Que dire ? Il n'avait jamais estimé qu'il était bel homme et son apparence lui importait peu, mais la dernière fois qu'il s'était regardé dans un miroir, il s'était reconnu. Ce n'était plus le cas.

Une semaine avant sa sortie de l'hôpital, le kiné l'avait

conduit dans la cage d'escalier et lui avait demandé de gravir dix marches sans s'arrêter. Francis avait obéi. Chaque pas se répercutait dans son visage, sous sa peau, de son front à sa mâchoire. Lena le tenait par le coude, le kiné le suivait de près, les mains en avant, prêt à le retenir s'il tombait. L'assistante sociale assistait au spectacle, elle aussi. Elle les avait interrogés, pour la énième fois, sur l'aménagement de leur maison : combien de marches dehors, combien de marches dedans ? Y avait-il des rampes, et si oui, à quel endroit ? Les portes s'ouvraient-elles vers l'intérieur ou vers l'extérieur ? Une fois venu à bout des dix marches requises, Francis s'accorda un moment de répit. Il fixa son œil valide sur un point précis pour endiguer la sensation de vertige qui l'envahissait. Il s'agrippa à la rampe. Lena souhaitait qu'il reste plus longtemps à l'hôpital. C'est plus sûr, disait-elle. L'hôpital lui offrait tout le nécessaire : une douche à l'italienne, du personnel attentif et qualifié. Les infirmières prenaient sa température, lui donnaient ses antalgiques et ses antibiotiques au bon moment, sans se tromper ; elles surveillaient ce qu'il mangeait et ce qu'il évacuait. Rien ne leur échappait. Au tout début de son hospitalisation, Francis avait contracté une infection urinaire, mais il était si faible, si engourdi, qu'il n'avait pas ressenti la moindre douleur. Par chance, une infirmière s'était aperçue du problème en vérifiant son cathéter : la présence d'un filet de sang l'avait alertée.

— Nous n'aurions rien su si tu avais été à la maison, avait décrété Lena.

— La mutuelle prend tout en charge ? s'était enquis Francis dès qu'il avait pu parler. Tout ça ?

La façon dont Lena avait esquivé la question ce jour-là lui avait indiqué qu'elle n'en avait aucune idée, et qu'elle s'en fichait. Ils se soucieraient des factures plus tard, quand Francis serait rétabli.

En sortant de l'hôpital, il avait passé trois semaines dans un centre de rééducation, puis il était rentré chez lui pour de bon. Le dispositif de soins incluait la visite quotidienne d'une infirmière, d'un kinésithérapeute, d'un ergothérapeute et d'un orthophoniste – tous à des moments différents de la journée, bien entendu. Entre chacune de ces visites, il incombait à Lena de l'aider à monter à l'étage pour aller aux toilettes ou dans leur chambre. Il n'y avait ni W-C ni salle de bains au rez-de-chaussée de la maison. « Quand je pense que je réclame des travaux depuis dix ans ! plaisantait Lena. Maintenant, Francis n'y coupera pas ! » En attendant les rénovations prévues, elle posait la main de son mari sur son épaule, glissait un bras autour de sa taille et l'aidait à monter l'escalier, une marche après l'autre. La douche posait un autre problème : le bac était trop haut pour que Francis parvienne à l'enjamber seul. Alors elle l'aidait, là aussi. Elle l'enlaçait étroitement, appuyant sa joue contre son torse nu, avant de se pencher pour soulever son genou droit, puis, quand il était prêt, son genou gauche, comme le lui avait montré le kiné. Avant d'ouvrir les robinets, elle orientait le pommeau de la douche vers son torse ou son ventre : il fallait à tout prix éviter que l'eau, même à faible pression, ne vienne éclabousser son visage. En cas contraire, la douleur était si intense qu'il ne pouvait s'empêcher de hurler, surtout si les effets de son dernier antalgique commençaient à s'estomper et qu'une ou deux heures devaient encore s'écouler avant qu'il puisse en prendre un autre. Au cours des premières semaines qui suivirent son retour à la maison, Lena craignait tant le moindre incident qu'elle entrait dans la cabine de douche avec lui pour l'aider à se laver. Elle se dévêtait, mais pas complètement : elle gardait sa culotte, son soutien-gorge et une combinaison à fines bretelles.

— Tu vas mouiller tes habits, dit-il la première fois.
— Ce n'est pas grave, répondit-elle.
— Pourquoi tu les gardes ?
— Je ne sais pas.

Au bout d'un mois, elle lui permit de se laver seul, mais resta sous la douche avec lui. Nu près de sa femme habillée, Francis se sentait étrangement exposé, plus nu que nu. Encore quelques semaines, et Lena consentit à sortir de la cabine de douche : elle s'asseyait sur le couvercle fermé des toilettes tandis qu'il se lavait. Rassurée par ses progrès, elle s'enhardit au fil des mois : elle le laissa d'abord se déplacer dans la maison, puis elle s'absenta le temps de courir au supermarché, à la banque ou à la pharmacie. Alors seulement, tandis qu'elle patientait dans la file d'attente, plantée devant la caisse ou le comptoir, transpirant sous son manteau, pressée de le retrouver, elle s'autorisait à méditer sur le caractère étriqué de sa nouvelle existence. Irait-elle jamais plus loin que le supermarché ou la pharmacie de Gillam ? Lorsqu'elle longeait le salon de coiffure qu'elle fréquentait avant le drame, elle avait l'impression de voir surgir sous ses yeux les reliques d'un lointain passé.

Ses filles avaient du mal à regarder Francis. Nat et Sara se débrouillaient, chacune à sa manière, pour lui parler sans poser les yeux sur son visage. Kate était plus courageuse. Pâle, l'air grave, elle semblait mettre un point d'honneur à fixer non seulement son œil valide, mais aussi les endroits précis où il avait été blessé :

son front, le côté gauche de son visage, son cou. Il en fut ainsi pendant des semaines, chaque fois qu'elles lui rendaient visite à l'hôpital, chacune d'elles semblant endosser le rôle qu'elles s'étaient assigné au préalable. Nat et Sara meublaient les silences en lui parlant du lycée ou de leurs voisins avec une gaieté presque forcenée (de toute évidence copiée sur Lena), tandis que Kate l'observait sans rien dire. Au vu de son expression, Francis était convaincu que sa benjamine n'écoutait pas un mot du joyeux babil de ses sœurs aînées.

Elle ne sortit de sa réserve qu'une seule fois, alors que Sara avait entrepris de raconter l'audition qu'elle venait de passer pour décrocher un rôle dans la pièce de théâtre qui se montait au lycée de Gillam. Francis allait déjà beaucoup mieux : les médecins lui avaient laissé entendre qu'il pourrait bientôt rentrer chez lui.

— En regardant papa, déclara Kate, interrompant sa sœur, on peut calculer l'endroit où elle se tenait quand elle a tiré.

— Pardon ? fit Lena.

Kate se leva et s'accroupit près de Francis pour observer le point d'entrée de la balle, derrière sa mâchoire.

— Tu as tourné la tête à droite, je parie. Du coup, tu as exposé le côté gauche de ton visage. Ou alors tu as essayé de faire un pas de côté. Elle se tenait probablement...

Kate traversa la petite pièce et se figea sous le téléviseur fixé au mur.

— ... à cette distance, conclut-elle.

— Voyons, Kate ! souffla Nat.

Sara paraissait nerveuse.

— Quoi ? protesta Kate. On ne doit pas en parler ? Je ne vois pas pourquoi.

Silence.

— Et où était M. Stanhope ce soir-là ? Ça non plus, faut pas en parler ?

— Arrête, Kate, intervint Lena.

Tout le monde regardait Francis.

— Mais non, il n'y a pas de souci, assura-t-il.

Pourquoi sa dernière-née avait-elle tant besoin de comprendre ce qui s'était passé ? Contrairement à ses sœurs et à sa mère, elle ne se contentait pas de connaître l'histoire dans ses grandes lignes : elle voulait entrer dans les détails. Anne Stanhope avait tiré sur son père. Elle avait été arrêtée. Mais entre ces deux événements, que s'était-il produit ? Kate voulait le savoir. Elle s'était interrogée dès le premier jour. Qu'avait fait Anne après avoir tiré ? Avait-elle tenté de stopper l'hémorragie ? Où était Brian Stanhope ? Où se trouvait Anne, à présent ? Francis et Lena avaient cherché à protéger leurs enfants : ils les avaient tenues à l'écart des avocats et de l'enquête, ils avaient empêché les journalistes d'entrer chez eux. Peut-être était-ce une erreur.

— Oui, c'est à peu près ça, confirma Francis ce soir-là. À quelques centimètres près.

Kate revint s'asseoir sur le lit. Elle paraissait soulagée, comme si le simple fait que Francis ait validé sa version de cette petite partie de l'histoire suffisait à apaiser ses angoisses. Pour le moment, du moins. Elle écouta la fin du récit de Sara, puis elle regarda la télévision avec eux, sans émettre d'autres remarques.

Les nouveaux propriétaires qui avaient emménagé dans l'ancienne maison des Stanhope ne savaient peut-être pas grand-chose du drame lorsqu'ils avaient signé l'acte de propriété, mais, une fois installés, ils ne purent guère y échapper : les voisins se chargeaient de leur en parler dès qu'ils sortaient de chez eux. Ils avaient une fillette de 10 ans prénommée Dana, dont Kate se fichait royalement, jusqu'au jour où elle songea que la gamine savait peut-être où se trouvait Peter. Pour la séduire, elle accepta de jouer avec elle plusieurs après-midi d'affilée. Dana voulut dessiner à la craie sur le trottoir, et Kate obtempéra. Dana ne lui permit d'utiliser que du blanc (parce que c'était la couleur la plus ennuyeuse) et du vert (parce que c'était celle qu'elle aimait le moins), et Kate ne protesta pas. Puis Dana exigea que Kate trace son prénom en grosses lettres à côté du sien, et Kate obéit, inscrivant encore et encore les deux syllabes du prénom « Dana » jusqu'à ce qu'elles recouvrent le ruban de bitume qui menait chez elle. Après ça, s'estimant en terrain conquis, Kate se risqua à demander à l'enfant si elle avait rencontré le garçon qui vivait chez elle auparavant.

— Non, je l'ai jamais vu, répondit Dana. Mais j'ai trouvé des trucs à lui dans la maison.

— Quels trucs ? demanda Kate.

— Des jouets. Des cartes de base-ball. Des petits soldats. Quelques voitures de course. Pas des trucs précieux, tu vois ? C'est dans une grande boîte à chaussures.

— Et tu l'as trouvée où, cette boîte ?

— Dans le placard de ma chambre.

Kate pointa le doigt vers la fenêtre de l'ancienne chambre de Peter.

— C'est là-haut que tu dors ?

La gamine hocha la tête.

— Je peux voir cette boîte ?

— Si tu veux, concéda Dana en haussant les épaules.

Lorsqu'elles gravirent les marches du perron, Kate se sentit aussi nerveuse qu'elle l'aurait été si

183

Mme Stanhope occupait encore les lieux. Dana ouvrit la porte et envoya valser ses baskets dans un coin de l'entrée. Kate aperçut une rangée de grandes photos en noir et blanc encadrées sur le mur du salon, un canapé en cuir au dossier orné de gros boutons. Des effluves de vanille flottaient dans l'air. La mère de Dana sortit de la cuisine en s'essuyant les mains sur un torchon.

— Oh, bonjour. C'est Kate, n'est-ce pas ? Entre, je t'en prie.

Kate se tenait devant la porte d'entrée, incapable de bouger, comme si ses pieds étaient collés au paillasson. Elle n'avait plus envie de monter à l'étage. Pas question de faire un pas de plus dans cette maison.

— Dana m'a dit qu'elle avait peut-être trouvé des jouets qui appartenaient à Peter.

— Ah oui ? Le garçon qui vivait ici ? répondit gentiment la mère de Dana, tandis que Dana elle-même foudroyait Kate du regard.

— C'est rien, maman. Juste une boîte pleine de vieux trucs.

— Je vais la prendre, dit Kate. Je la lui donnerai quand je le reverrai.

— Non, protesta Dana, alarmée. C'est à moi. Je l'ai trouvée dans ma chambre.

— C'est à Peter, tu le sais très bien, rétorqua Kate en se penchant vers la gamine. Donne-la-moi.

— Dana, chérie, va chercher cette boîte, ordonna sa mère.

— Ça va pas la tête ? cria l'enfant.

— Dana !

Quand la fillette, furieuse, s'engouffra dans l'escalier, sa mère se tourna vers Kate.

— Je sais que tu étais très amie avec leur fils.

Kate veilla à demeurer impassible.

— Pauvre gamin ! reprit la voisine d'un ton larmoyant, invitant Kate à s'épancher.

Kate n'en fit rien, restant obstinément muette. La mère de Dana laissa échapper un petit rire.

— Bien sûr, l'agent immobilier ne nous a pas vraiment raconté toute l'histoire. Il s'est contenté de nous dire qu'il y avait eu un incident domestique et un départ précipité.

Kate comprit alors que les nouveaux propriétaires en savaient encore moins qu'elle sur les Stanhope. Elle n'obtiendrait rien d'eux.

Dana revint avec la boîte.

— Tiens, maugréa-t-elle en la fourrant dans les mains de Kate.

— Dana, s'il te plaît, plaida sa mère. Sois gentille.

Kate glissa la boîte sous son bras et se pencha de nouveau vers la gamine.

— T'es une vraie peste, Dana, tu sais ça ? lança-t-elle.

Puis elle sortit en claquant la porte.

Lorsque tout le monde fut certain que Francis s'en remettrait – avec le temps et beaucoup de kiné –, les trois filles Gleeson reprirent le chemin de l'école : Kate au collège, Nat et Sara au lycée. Il restait à peine trois semaines de cours avant la fin de l'année scolaire. Par la suite, Kate se rendit compte qu'elle n'avait gardé aucun souvenir de ces dernières semaines de collège : avait-elle seulement discuté avec ses camarades ? Avait-elle rattrapé les cours qu'elle avait manqués, ou ses profs avaient-ils fermé les yeux, compte tenu des circonstances ? Impossible de se le rappeler. La remise des diplômes se déroula dans une sorte de brouillard.

De son côté, Nat boucla ses études secondaires et décrocha son diplôme, elle aussi. Personne ne pensa à prendre des photos. Personne n'acheta de gâteau. Avant le drame, Lena avait évoqué l'idée d'organiser une fête conjointe pour ses deux filles à l'issue des cérémonies, mais le projet fut enterré, évidemment.

Le jour de la remise des diplômes à Gillam High, Lena avait renoncé à sa visite quotidienne à l'hôpital pour assister à la cérémonie de Nat et emmener ensuite ses trois filles au restaurant. Elle n'en fit pas autant pour Kate le lendemain, jour de la cérémonie à St Bart. À ses yeux, le lycée comptait plus que le collège. Levée à l'aube, Lena serra sa plus jeune fille dans ses bras, la félicita, puis courut au chevet de Francis. L'oncle et la tante de Kate avaient accepté de la remplacer à St Bart. : ils vinrent de New York pour assister à la cérémonie, mais ne se mêlèrent pas aux autres parents endimanchés, trop soudés, et peut-être trop provinciaux, à leurs yeux. Sœur Michael chantonna doucement en retirant les deux épingles à chignon que Kate avait utilisées pour attacher sa toque ; elle les remplaça par deux jolies barrettes blanches, qu'elle coinça entre ses lèvres le temps d'ajuster la toque selon l'angle requis, avant de la fixer avec soin. La promotion fut privée de major cette année-là : depuis leur entrée en sixième, tous savaient que ce rôle incomberait à Peter, et comme aucun élève dans l'histoire de St Bart. n'avait cessé de venir en classe un mois avant les grandes vacances, le directeur s'était trouvé démuni, incapable de prendre une décision. Kate en conçut quelques espoirs : M. Basker avait peut-être envisagé la possibilité de voir revenir Peter au dernier moment ? Oui, songea-t-elle, c'était sans doute la raison pour laquelle il n'avait pas désigné de major à sa place. Forte de cette intuition, elle passa la majeure partie de la cérémonie à guetter l'arrivée de Peter dans la salle des fêtes. En vain. Lorsque chaque élève fut monté sur l'estrade pour recevoir son diplôme, M. Basker demanda à Vincent O'Grady de prononcer le discours d'adieux. Vincent n'était pas spécialement brillant, mais il était scout, il servait la messe et il avait tenu un des premiers rôles dans la comédie musicale montée à Noël. Les profs l'adoraient. Bien qu'aucun enseignant ou membre de l'administration du collège n'ait jamais abordé en détail ce qui s'était passé, se contentant de suggérer aux élèves de prier pour la famille Gleeson et pour la famille Stanhope, Vincent se sentit autorisé à débiter au micro un tas d'âneries sur les cartes qui leur étaient données dans la vie, sur le fait que grandir, c'est apprendre à affronter les difficultés, et qu'avec l'aide de Dieu, et en s'appuyant sur les solides bases acquises à St Bart., ils avanceraient tous vers l'avenir en honorant ce don merveilleux qu'ils avaient reçu de Notre Seigneur : la vie.

À la fin du discours, Mélissa Romano se pencha vers Kate.

— Ça va ? chuchota-t-elle d'un air inquiet.

Alors seulement Kate se rendit compte qu'elle bouillait de rage. Comment pouvait-il en être autrement après avoir été contrainte d'écouter la bonne parole de Vincent O'Grady, un gamin dont la mère continuait à éplucher et à couper l'orange qu'elle glissait chaque matin dans sa lunch-box ?

Cet été-là, les températures battirent des records de chaleur. Nat travailla comme vendeuse chez le glacier de Gillam, et Sara fit régulièrement du baby-sitting chez des voisins au bout de la rue. Elles se rejoignaient généralement à la maison en fin d'après-midi. Au lieu de profiter de l'absence de leurs parents pour faire les folles ou inviter tous leurs amis comme elles en avaient toujours rêvé, elles se préparaient rapidement à dîner et mangeaient en regardant la télévision. Elles finissaient par s'endormir sur le canapé, où Lena les trouvait en rentrant de l'hôpital.

Natalie partit pour l'université un samedi matin, à la fin de l'été. Ce jour-là, M. Maldonado traversa la rue au volant de son break et vint se garer, en marche arrière, dans leur allée. Il ouvrit le coffre et entreprit de charger les valises et les cartons de Nat. Il avait proposé de la conduire à Syracuse parce que Lena était occupée (Francis devait être transféré au centre de rééducation dans la journée), alors que lui n'avait rien de prévu. Quand Nat comprit que les enfants de M. Maldonado ne les accompagneraient pas, elle supplia Sara et Kate de venir – ce serait bien trop ennuyeux de passer quatre heures avec lui en tête à tête dans sa voiture, décréta-t-elle –, ce qu'elles acceptèrent volontiers. Mais le break était si chargé que Kate dut s'asseoir à l'avant, coincée entre Nat et M. Maldonado, tandis que Sara s'installait à l'arrière, à demi enterrée sous un grand sac-poubelle qui contenait les draps, les serviettes et les oreillers de sa sœur. Une fois parties, Kate et Sara se rendirent compte qu'elles devraient effectuer le voyage en sens inverse quelques heures plus tard, sans Nat cette fois. Nul doute qu'il leur demanderait une bonne trentaine de fois, comme à l'aller, si elles avaient envie de « faire pipi ». Elles ne se trompaient pas : lorsqu'ils repartirent pour Gillam en fin d'après-midi, M. Maldonado leur posa la question deux fois en quelques minutes à peine. Kate se mordit les lèvres. S'il s'avisait de recommencer et qu'elle croisait le regard de sa sœur, elle ne pourrait plus retenir son fou rire – ou ses larmes. En début de soirée, M. Maldonado s'arrêta sur une aire de repos et leur acheta des hamburgers chez McDonald's, qu'il les invita à manger dehors tandis qu'il effectuait des mouvements de gymnastique suédoise sur la pelouse à côté du parking. Sara attendit poliment qu'il ait terminé, mais Kate l'assaillit de questions sur ce type de pratique sportive : lui semblait-elle bénéfique ? Avait-il conçu lui-même la série d'exercices ? Était-il très sportif autrefois ? Mme Maldonado pratiquait-elle aussi ? Aimaient-ils s'entraîner ensemble ? Lorsqu'elle fut à court de questions, elle poussa un grand soupir et déclara :

— J'ai hâte que mon père rentre à la maison !

Sara lui lança un regard réprobateur, comme si elle venait de proférer une grossièreté.

Francis rentra à la maison en octobre de la même année, accompagné d'une batterie d'aides-soignants et de thérapeutes qui se succédaient à longueur de journée. Soucieuses de préserver son intimité, Sara et Kate veillaient à se retirer dans leurs chambres ou dans la cuisine pendant les soins. Il leur arrivait parfois de tendre l'oreille, assises toutes deux à la table de la cuisine à l'heure du goûter. « Poussez fort ! » ordonnait le kiné d'une voix encourageante. « Encore ! » Elles savaient que leur père prenait alors une grande inspiration avant de pousser sur ses pieds pour se lever du fauteuil sans chanceler. N'empêche, la consigne prêtait à sourire. Et Kate aurait aimé se moquer gentiment du kiné, de son jogging moulant et de ses fesses qui ressemblaient à deux petits poings serrés l'un à côté de l'autre. Mais les Gleeson nouvelle version n'avaient plus le cœur à rire – ou du moins, ils s'évertuaient à agir comme si la vie n'avait rien de drôle.

Jour après jour, Kate espérait un appel de Peter. Il finira par téléphoner, se répétait-elle. Ses sœurs semblaient avoir oublié jusqu'à son existence : jamais elles ne parlaient de lui, jamais elles ne mentionnaient son prénom, ce qui incitait Kate à faire de même. Elle n'était pas certaine de ce qui arriverait si Peter appelait et tombait sur ses sœurs ou ses parents. Aussi s'efforçait-elle de décrocher le téléphone aussi souvent que possible. Parfois, lorsqu'elle s'élançait vers l'appareil dès la première sonnerie, elle croisait le regard entendu qu'échangeaient Nat et Sara. En août, le jour de son anniversaire, elle courut vers la boîte aux lettres en frémissant d'excitation. Mais elle n'y trouva qu'un prospectus publicitaire et un courrier du collège.

Peter lui manquait en permanence. Leurs retrouvailles quotidiennes lui manquaient. Le simple fait de l'attendre, de le chercher, de le voir sortir sur le seuil de sa maison lui manquait. Elle tentait de l'imaginer vêtu de son sweat à capuche vert (dont il montait et descendait distraitement la fermeture Éclair), arpentant les rues du Queens – puisque c'était là que Brian Stanhope avait prévu d'aller après avoir quitté sa femme, c'était sans doute là qu'il avait emmené son fils, non ? Mais c'était grand, le Queens. Vraiment très grand. Et Peter n'avait pas précisé dans quelle partie du quartier habitait son oncle. Kate avait regardé une carte de New York. Plus elle y pensait, plus elle se demandait si Peter n'avait pas mentionné Brooklyn, en fait. Ou le Bronx. Elle n'était plus sûre de rien. Parfois, elle remettait même en question le fait qu'il était parti vivre chez son oncle. Elle commençait alors à l'imaginer ailleurs. Ne lui avait-il pas dit qu'il avait de la famille à Paterson ? À quoi ressemblait Paterson, au juste ? Elle tentait de se représenter cette ville (où elle n'avait jamais mis les pieds), puis elle plantait Peter dans ce décor imaginaire. Était-ce plausible ? Si c'était le cas, se disait-elle, elle le saurait, elle le sentirait dans tout son corps. Son esprit s'apaiserait, lui aussi, et elle serait enfin capable de se remettre à lire. Mais elle ne trouvait pas la quiétude. Pas même au petit matin, dans les premières secondes qui succédaient au réveil, avant même que son esprit ait formé sa première pensée consciente : en ouvrant les yeux, elle se trouvait déjà tournée vers la fenêtre, attentive au moindre bruit. Un matin d'été, avant l'arrivée de Dana et de ses parents, Kate crut entendre le container à ordures des Stanhope rouler sur le trottoir. Elle repoussa la couette et se précipita vers la fenêtre, mais le bruit s'était évanoui et la rue était déserte. Certains soirs, quand elle décrochait le téléphone pour prendre un appel et découvrait, une fois de plus, que Peter n'était pas au bout de la ligne, elle se persuadait qu'il se tenait malgré tout près d'un téléphone en cet instant précis, frôlant du doigt les touches du clavier, incapable de composer son numéro.

Elle allait parfois s'asseoir sur les rochers au fond du jardin, toujours avec un livre au cas où sa mère ou ses sœurs l'observeraient par la fenêtre. Un jour, elle crut voir une enveloppe blanche, coincée entre le troisième et le quatrième rocher. Elle se hissa sur la pointe des pieds et étira son bras si loin qu'elle sentit craquer les articulations de ses épaules – en vain. Le morceau de papier était hors de portée. Elle fit une nouvelle tentative, munie d'un bâton, cette fois, mais lorsqu'elle parvint enfin à dégager le papier de la fente où il était tombé, elle découvrit que ce n'était pas une enveloppe, mais un ticket de caisse plié en deux, attestant de l'achat d'une cannette de Coca et d'un paquet de chewing-gums.

Un soir – Nat était à la fac, Sara lisait dans sa chambre, Francis dormait (enfin) dans son propre lit –, Lena s'assit près de Kate sur le canapé du salon.

— Ton ami te manque, dit-elle.

Un flot de larmes roula sur les joues de Kate avant qu'elle puisse les arrêter. C'était une semaine avant Thanksgiving. Elle n'avait pas vu Peter depuis six mois. Son père était revenu à la maison, bien sûr, et c'était merveilleux, mais pas tout à fait comme elle l'avait imaginé. Parfois, lorsqu'il entrait dans une pièce, elle brûlait de lui raconter ce qui lui traversait l'esprit. Mais cette envie la quittait presque aussitôt, la laissant affreusement triste. Que lui arrivait-il ? Son père était là, bien vivant. Il se préparait un en-cas. Il se grattait l'épaule. Il lisait le journal. Il n'avait plus le même visage, mais elle le remarquait à peine.

— C'est ma faute, ce qui est arrivé ? Ma faute et celle de Peter ?

— Oh, ma chérie ! Bien sûr que non.

— On est sortis en cachette, pourtant. Et sa mère me détestait. Elle était furieuse contre moi parce que Peter m'aimait bien.

— Vous êtes sortis en cachette parce que vous aviez l'âge de faire ce genre de bêtises. Un jour, dans cent ans, je te raconterai ce que j'ai fait, moi aussi, quand j'avais 14 ans.

Elles gardèrent le silence pendant un long moment, puis Lena reprit :

— Sa mère te détestait, c'est vrai. Je pense que tu dois savoir ce qu'elle a dit à l'audience. Francis préférerait que tu ne le saches pas, mais moi si.

— Ce qu'a dit Mme Stanhope ?

— Oui.
— Elle a parlé de moi à l'audience ?

Lena caressa les cheveux de Kate, les rassembla dans sa main et les déploya de nouveau sur ses épaules.

— Tu es tellement jolie, ma chérie ! Tu le sais, n'est-ce pas ?

Kate fit la moue.

— Jolie et intelligente. Et… comment dire ? Rude n'est pas le bon mot, mais quelque chose comme ça. Solide et tenace, en tout cas. Tu ressembles plus à ton père qu'à moi.

Kate sentit de nouveau les larmes affluer à ses paupières. Elle en convenait : son père était solide et tenace. Mais que lui réservait l'avenir, désormais ? Son existence semblait privée d'horizon. Comme sa femme et ses filles, pressées d'arriver à l'étape suivante, il attendait la fin de cette période – mais peut-être n'y aurait-il pas d'autre étape ? Devraient-elles passer le restant de leurs jours à l'observer avec inquiétude ? Pendant combien de temps encore faudrait-il lui rappeler de sortir les mains de ses poches quand il marchait ?

Lena prit Kate dans ses bras.

— Mme Stanhope a dit qu'elle te tuerait si tu t'approchais encore de son fils. Elle a dit qu'elle avait tiré sur papa parce que s'il mourait, on quitterait Gillam, et que tu ne pourrais plus fréquenter Peter.

Elle laissa à Kate le temps d'assimiler ce flot d'informations, puis elle reprit :

— Ce n'est pas tout. Écoute-moi bien, ma chérie : je ne veux pas que tu te sentes coupable. Elle a mentionné des tas d'autres gens ! Les Nagles, par exemple. D'après elle, ils ont repeint leur maison en bleu rien que pour lui prouver que la teinte qu'ils avaient choisie était plus belle que la sienne. Et Mgr Repetto, qui avait la sale manie de s'adresser à elle, et uniquement à elle, pendant la messe. Ensuite, elle a dit qu'elle en avait assez de sortir dans Gillam, parce que tout le monde, absolument tout le monde, pensait qu'elle était responsable de l'explosion de la navette *Challenger*. Elle a aussi mentionné sa sœur cadette, qu'elle n'a pas vue depuis des siècles, mais qui aurait essayé de saboter un de ses projets quand elles étaient petites, et une de ses collègues qui complotait pour la faire virer. Et ainsi de suite.

Elles restèrent silencieuses pendant quelques minutes.

— Elle s'en est prise à tant de gens pour tant de raisons différentes que tu n'étais plus qu'un nom sur la liste, tu comprends ? Malgré tout, elle n'arrêtait pas de revenir vers toi, elle t'accablait de reproches, comme si tu avais comploté pour lui voler son fils... C'était tellement fou que j'avais parfois du mal à la prendre au sérieux. L'explosion de la navette *Challenger*, pour l'amour du ciel ! Puis je me rappelais ce qu'elle avait fait, jusqu'où elle était allée dans sa folie... et je me disais que tout ça était très sérieux, malheureusement.

Kate se revit, courant main dans la main avec Peter sur Jefferson Street.

— Elle est malade, ma chérie. Gravement malade.

Kate hocha la tête sans bien savoir pourquoi.

— Je te raconte tout ça pour que tu comprennes que personne n'est vraiment coupable dans cette histoire. Pas même Mme Stanhope, quand on y pense. Nous sommes parvenus à un accord avec ses avocats cette semaine : au lieu d'aller en prison, elle restera à l'hôpital. Enfermée pendant des années. Il me semblait que c'était la meilleure solution. Papa l'a acceptée pour moi. Sinon, l'affaire n'aurait jamais été close. Et moi, je n'ai plus la force. Je ne veux plus les voir. Je ne veux plus en parler. Ton pauvre père… Tu imagines ce qui serait arrivé si… ?

— Vous savez où est Peter ? l'interrompit Kate.

— Chérie…

— Je veux juste savoir où il est. Je te promets de ne pas le contacter.

— Je ne peux pas te répondre. Vraiment. Je n'ai aucune idée de leur nouvelle adresse.

— Quelqu'un la connaît ?

— Eh bien… Les avocats, certainement. Et les médecins de sa mère, j'imagine. Peut-être aussi l'assistante sociale qui s'occupe de son dossier. Et les collègues de Brian au commissariat. Je crois qu'il travaille toujours à New York.

Kate jeta un coup d'œil à sa mère en priant pour qu'elle ne l'oblige pas à le dire à voix haute. Au bout d'un moment, Lena secoua lentement la tête.

— Oublie-le, suggéra-t-elle, mais avec tendresse, comme si elle avait compris qu'elle devait le lui demander, et non le lui ordonner.

— Ils sont sans doute restés à New York, avança Kate. Puisqu'elle y est aussi.

Lena demeura de marbre.

— Écoute, Kate. Je connais Peter depuis qu'il est né. C'est un gentil garçon. Personne ne dit le contraire. Mais tu dois l'oublier. De toute façon, il ne vit plus ici. Je sais que c'est difficile à croire, mais je te promets que tu te feras un autre ami que tu aimeras autant que tu aimes Peter. Et puis, toute cette histoire, c'est beaucoup trop de soucis pour une fille de ton âge. Tu as la vie devant toi !

Kate ne répondit pas.

— Ne cherche pas les ennuis, ma chérie. Tu entends ? Je te le demande pour ton père. D'accord ?

Le téléphone sonna. Natalie, sans doute. Le prix des appels interurbains baissait après 21 heures.

— D'accord ? répéta Lena.

— D'accord.

8

Kate ne chercha pas les ennuis. À vrai dire, elle veilla si soigneusement à les éviter (ou du moins à éviter le genre d'ennuis dont parlait sa mère) qu'elle finit par trouver injuste le peu de reconnaissance que lui témoignaient ses parents au regard des efforts consentis.

Elle se liait d'amitié avec une telle aisance qu'elle s'étonnait qu'il puisse en être autrement. Il suffit d'avoir de la repartie, pensait-elle. De sortir une blague ou un compliment au bon moment. Elle retrouva plusieurs camarades de St Bart. à Gillam High et forma avec elles une petite bande de filles soudées, toutes membres de la section de football féminine du lycée. Kate intégra même l'équipe des cadettes dès son arrivée, au lieu de rejoindre le groupe des joueuses de première année. Elle portait son uniforme toute la semaine, déjeunait chaque jour à la même table avec sept autres filles et suivait toutes les classes d'excellence proposées par l'établissement. Elle levait la main quand elle avait quelque chose à dire – un comportement qui n'avait à ses yeux rien d'exceptionnel, jusqu'au jour où M. Behan confia à Lena, lors de la première réunion parents-professeurs, à quel point il était ravi de voir une fille lever la main. En décembre, les amies de Kate décidèrent d'assister toutes ensemble au bal de fin d'année. Le soir de la fête, elles se retrouvèrent chez Marie Halladay pour se préparer.

— Comme tu vas bien t'amuser ! s'exclama Lena à plusieurs reprises tandis qu'elle conduisait Kate chez Marie.

La robe de bal était posée près d'elle sur la banquette arrière, soigneusement pliée dans un grand sac de chez Macy's. La perspective de cette soirée mettait Lena dans une telle joie que Kate lui confia les détails des préparatifs, allant jusqu'à en inventer certains de toutes pièces pour lui faire plaisir.

— On va sans doute s'échanger des bijoux, dit-elle. Jeannie a fait une compil qu'on écoutera en se préparant. Et Marie va maquiller tout le monde.

— Ah oui ? lança son père depuis le siège passager. Tu es sûre que vous avez le droit d'y aller maquillées, à votre âge ?

Il venait de subir une énième opération – pour reconstruire sa mâchoire, cette fois. La moitié de son visage était enveloppée dans des bandages. Il prenait des pilules pour atténuer la douleur, mais l'effet ne durait pas assez longtemps, semblait-il, et les médecins l'avaient mis en garde contre le risque de surdosage. Bien qu'il eut encore des difficultés d'élocution, Kate devina, au ton de sa voix, qu'il la taquinait. Il était aussi ravi que sa mère.

— Kate, dit celle-ci. Nous sommes si fiers de toi !

Sans Peter, les après-midi semblaient s'étirer en longueur, mais Kate parvint à instaurer une routine qui les rendait plus supportables : le lycée, le foot, les devoirs, une émission ou un film à la télé, et au lit. Sara était rédactrice en chef du journal de Gillam High, ce qui l'obligeait à rester tard au lycée, la veille des publications. Ces soirs-là, Kate rentrait seule à la maison. Le ciel lui semblait plus vaste, plus vide, depuis la rentrée. Pour la première fois, elle percevait Gillam comme une petite ville, entourée d'autres petites villes. Elle brûlait de savoir ce qu'il y avait plus loin, au-delà des limites de la ville voisine, et de celle d'après ; elle s'imaginait marchant droit devant elle jusqu'à ce que ce désir soit satisfait. Elle se voyait comme un minuscule point sur la surface du globe, un point perdu dans Gillam, qui, si la caméra effectuait un mouvement de travelling arrière comme Kate l'avait vu dans certains films, ne serait lui-même guère plus qu'un point, perdu parmi les lumières scintillantes des villes voisines. Et si la caméra élargissait encore l'angle de vue, même New York, même les États-Unis, même l'Amérique tout entière ne seraient guère plus grands qu'une tête d'épingle dans l'immensité du cosmos.

Parfois, Kate tentait de se remémorer les sensations qu'elle éprouvait quand Peter marchait à son côté – la forme de son corps, son odeur. De temps à autre, généralement le vendredi, l'une de ses amies venait passer un moment chez elle après les cours. Elles bavardaient sans discontinuer en se dirigeant vers Jefferson Street. Une fois arrivées, elles avalaient les biscuits et les sodas que Lena avait préparés à leur intention, et poursuivaient leur babillage jusqu'à ce que leurs mères viennent les chercher à l'étage ou dans le jardin. L'amie de Kate traversait alors la pelouse des Gleeson en courant pour rejoindre la voiture de sa mère garée le long du trottoir. « On se voit lundi ! » criait-elle avant de claquer la portière. « Tu t'es amusée ? » demandait Lena en l'observant avec attention, et Kate répondait par l'affirmative. Pourtant, lorsqu'elle faisait de grands signes d'adieu à son amie depuis le seuil de la maison, sous la faible lumière du crépuscule, elle se sentait à la fois soulagée et totalement épuisée. « C'est pas trop tôt ! » se disait-elle en regagnant le havre de sa chambre.

À l'issue de sa première année de lycée, Kate fut embauchée pour l'été comme monitrice au centre aéré de Gillam. Du lundi au vendredi, elle se réveillait en retard, enfilait un soutien-gorge sous le tee-shirt qu'elle avait porté pour dormir, se brossait les dents et attrapait une pomme ou une banane dans la cuisine avant de longer en courant les dix pâtés de maisons qui la séparaient des aires de jeux de Central Avenue, où se trouvaient les locaux du centre aéré. Certains jours, les enfants pouvaient rester plus tard s'ils le souhaitaient. Il fallait alors des moniteurs supplémentaires, un peu mieux payés qu'en temps normal. Kate se porta volontaire dès le début de l'été. « Eh bien, tu t'occupes ! » commentait sa mère d'un ton jovial lorsque Kate rentrait à la maison à la fin de ces longues journées de travail. Son père ne disait rien, mais souriait en la regardant s'affairer dans la cuisine pour se préparer à dîner. Vers la fin de l'été, une des amies de Kate, une fille nommée Amy, qui bossait aussi au centre aéré, qui jouait au football dans son équipe et qui était venue à plusieurs reprises chez elle, déclara devant les autres moniteurs que Kate était « comme une sœur » pour elle. Après quoi, Amy la regarda avec un sourire radieux. Kate remplissait des bouteilles d'eau à la fontaine quelques pas plus loin. Troublée, elle sentit son estomac se nouer. Elle toussa, puis s'empourpra en s'apercevant qu'Amy et les autres la regardaient, attendant sa réaction.

— Mais... Tu as déjà des sœurs ! répliqua-t-elle, énonçant la première pensée qui lui venait à l'esprit.

— C'est juste une expression, objecta Amy en levant les yeux au ciel.

Les autres, embarrassés, détournèrent le regard.

— Je sais bien, acquiesça Kate. Je voulais juste dire que tu as deux sœurs. Moi aussi. C'est pas ce que tu crois.

Le visage d'Amy se ferma et une lueur de colère brilla dans ses yeux.

— Qu'est-ce qui t'arrive aujourd'hui ?

Ce soir-là, Kate se sentit obligée de revenir sur l'incident. Elle prétendit qu'elle n'avait pas vraiment suivi la conversation, qu'elle ne savait pas de quoi ils parlaient, qu'elle avait mal compris.

— Tu es l'une de mes meilleures amies, assura-t-elle à Amy. Et je préfère une amie à une autre sœur, je te le garantis. Si tu savais comme les miennes peuvent être casse-pieds !

Sa compagne acquiesça et l'incident fut oublié, mais Kate passa le reste du trajet à se demander si la sœur aînée d'Amy s'appelait Kelly ou Callie.

Au cours de l'automne suivant, deux événements intéressants se produisirent en même temps : Kate fut admise dans l'équipe des juniors, et elle apprit qu'elle plaisait à Eddie Marik. Cette dernière information mit ses copines en ébullition, parce qu'Eddie était en terminale, qu'il était plutôt mignon, et qu'il avait deux grands frères assez séduisants, eux aussi, ce qui le rendait plus attirant encore. Personne ne demanda à Kate si Eddie lui plaisait : la question ne fut même pas débattue, tant la réponse semblait couler de source. Kate pensa d'abord qu'il l'avait confondue avec Sara, qui était dans la même promotion que lui. Kate était très différente de son aînée, mais elles avaient la même façon de marcher – c'est ainsi que plusieurs de leurs camarades de classe avaient compris qu'elles étaient sœurs. Eddie Marik avait peut-être repéré Sara, et non Kate ? On dépêcha un émissaire. La réponse ne se fit pas attendre : Eddie ne s'était pas trompé de prénom. C'était bien Kate qui lui plaisait, et non sa sœur. Dès lors, les rumeurs ne cessèrent d'enfler. Chaque jour, au déjeuner, ses copines lui narraient leurs dernières découvertes en se penchant au-dessus de leurs assiettes jusqu'à ce que leurs fronts se frôlent : Eddie avait dit à Joe Cummings que Kate Gleeson était vraiment jolie ; Eddie la trouvait géniale au foot ; Eddie envisageait de l'inviter à sortir avec lui un de ces soirs.

— Qu'est-ce que tu vas faire ? demandèrent-elles.

L'affaire durait depuis quelques semaines, maintenant.

— Rien de spécial, répondit Kate. Je verrai bien comment ça tourne.

À 18 ans, Eddie semblait en avoir 25. D'après ce que Kate savait de lui, il était plutôt gentil et sympathique, mais elle ne lui avait jamais adressé la parole. En fait, elle ne comprenait pas pourquoi il avait jeté son dévolu sur elle. Il y avait tant d'autres filles plus jolies à Gillam High ! Sara ne comprenait pas, elle non plus. Les quelques fois où elle lui avait parlé, elle ne l'avait trouvé ni supérieurement intelligent ni atrocement bête. Il se contentait d'être là. Ni drôle ni sérieux. Il avait travaillé à la rédaction du journal pendant un moment, puis il avait démissionné. Il avait ensuite rejoint l'équipe qui concevait les albums de fin d'année, mais il n'était pas resté non plus. Ce qui était sûr, avait poursuivi Sara, c'est que les filles l'aimaient bien. Kate n'émit aucun commentaire. Qu'il soit apprécié des autres filles ne lui faisait ni chaud ni froid. Ce n'était qu'une information supplémentaire, au même titre que la couleur brune de ses cheveux.

Il l'attendit un soir après l'entraînement. Quand les filles de l'équipe l'aperçurent au bout de l'allée qui menait au terrain de foot, elles ralentirent le pas, laissant Kate seule en tête de leur petit groupe. Elle fit semblant de ne pas le voir, contourna le lycée et se glissa dans les vestiaires des filles par la loge du gardien. Le lendemain matin, Eddie l'attendait près de son casier. Elle eut l'impression d'avoir déjà vu cette scène des dizaines de fois sur petit écran.

— Salut, dit-il.
— Salut, répondit-elle.

À l'heure du déjeuner, tout le lycée savait qu'ils étaient ensemble.

Eddie n'avait pas de voiture, mais quand il sortait, il pouvait emprunter celle de sa mère. Il emmena plusieurs fois Kate au cinéma, toujours avec des camarades du lycée. Aucun d'eux ne se souciait de la programmation puisqu'ils passaient l'intégralité de la projection à s'embrasser au dernier rang, tandis que les ados qui n'étaient pas en couple leur lançaient du pop-corn à la figure. Un soir, Eddie dut repasser par chez lui après être allé la chercher : il avait oublié son portefeuille. Kate comptait l'attendre dans la voiture, mais il la regarda comme si elle était folle et insista pour qu'elle entre avec lui.

— Bonsoir, dit-elle en tirant sur l'ourlet de sa jupe quand Mme Marik descendit dans la cuisine pour l'accueillir. Je suis contente de vous rencontrer. On a dû...

— Assieds-toi, voyons ! la coupa Mme Marik. Vous

ne voulez pas manger quelque chose avant le film ? Tu es la fille de Francis Gleeson, non ?

Quand Kate acquiesça, elle comprit que Mme Marik savait très précisément ce qui s'était passé sur Jefferson Street un an et demi auparavant. Eddie le savait-il, lui aussi ? Elle ne s'était jamais posé la question.

Les matches de leurs équipes respectives étaient souvent programmés aux mêmes dates, ce qui les empêchait l'un et l'autre de jouer les supporters dans les gradins. Eddie parvint tout de même à assister à quelques-uns des matches à domicile de Kate. Il amena ses amis avec lui, à la plus grande joie des filles de l'équipe. Il l'invita peu après à manger un hamburger au Gillam Diner. Rien qu'eux deux. Puis, au lieu de la raccompagner directement chez elle, il conduisit le break de sa mère jusqu'au bureau de poste et se gara dans le recoin le plus sombre du parking. Là, il prit sa main pour la glisser dans son pantalon.

— Comme tu es sérieuse ! chuchota-t-il tandis qu'elle le caressait comme il le lui avait montré.

Au clair de lune (pleine et lumineuse cette nuit-là), elle vit combien il était beau, combien il l'aimait, et pourtant, après quelques heures en sa compagnie, elle se sentait parfois plus seule qu'auparavant. Il ôta doucement le chouchou qui retenait ses cheveux et se pencha, les yeux fermés, pour humer leur parfum.

La seule dispute qui les opposa n'en fut pas vraiment une – à peine quelques heures très tendues. Ils dînaient à la pizzeria, ce soir-là. L'écran au-dessus de leurs têtes diffusait à plein volume un match des Giants. Eddie continuait de sucer sa paille alors qu'il avait terminé son soda. Il fit tourner les glaçons qui subsistaient au fond du gobelet, jeta un regard à Kate et se lança soudain dans une série de questions sur Peter et les événements survenus au cours des dernières semaines de leur dernière année de collège.

— Quand t'es arrivée au lycée, tout le monde savait que tu étais la petite sœur de Sara et de Natalie, et que votre père avait été blessé par la voisine. Donc, ce gars était vraiment fou de toi, j'imagine ? demanda-t-il en posant ses coudes sur la table. Et sa mère a pété les plombs ?

Kate sentit une part d'elle-même se fermer. Et une autre frémir de colère. Comment Eddie osait-il lui poser ce genre de questions ? Pour qui se prenait-il ? Il ne savait rien, strictement rien, sur ce qui s'était passé !

Elle renonça à manger sa part de pizza et repoussa son assiette en carton.

— J'ai entendu différentes versions de l'histoire au lycée, alors j'ai préféré t'en parler, se justifia-t-il.

— Ça ne regarde personne.

— C'est vrai, répondit Eddie en souriant. Mais la mère de ton ex a tiré sur ton père. Un truc pareil peut alimenter les ragots pendant des années, Kate. Regarde le visage de ton père. Tu crois vraiment que ça ne fait causer personne en ville ?

— Ne parle pas de mon père, répliqua-t-elle en se levant.

— Je peux parler de qui je veux.

Il s'appuya contre le dossier de sa chaise et croisa les bras sur son torse.

— Qu'est-ce qui te prend ? Pourquoi tu réagis comme ça ? reprit-il.

— Et ce n'était pas mon petit copain !

Elle traversa la salle du restaurant et sortit. Elle tourna sur Central Avenue et, tête baissée, passa à grands pas devant le studio de danse, le bureau de tabac et la caserne des pompiers.

Eddie la rattrapa un instant plus tard.

— OK, OK, je suis désolé. J'ai lu ça dans le journal. Ils disaient que vous sortiez ensemble.

Kate accéléra le pas. Il ne lui était jamais venu à l'esprit que le drame avait fait l'objet d'articles dans la presse locale. Sa mère avait dû empêcher les reporters de venir chez eux. Et cacher les journaux.

— C'était mon meilleur ami.
— Eh bien, dans ce cas...
— Je veux rentrer chez moi.
— Allons, Kate. On n'a même pas fini de dîner !
— Je vais marcher. Tu peux me laisser.

Sauf qu'Eddie ne pouvait pas la laisser, bien sûr : il était trop bien élevé. Ses parents lui avaient appris qu'il faut toujours raccompagner chez elle une fille qu'on a invitée à sortir en ville. Il la suivit donc jusqu'à Jefferson Street, en veillant à demeurer quelques pas derrière elle pour ne pas la fâcher davantage. Puis il regagna le centre de Gillam pour récupérer la voiture de sa mère.

En arrivant chez elle, Kate déclara à Sara qu'elle n'adresserait plus jamais la parole à Eddie. Puis elle annonça à sa mère qu'elle ne se sentait pas bien, et elle monta se coucher. Elle entendit le téléphone sonner, et sa mère demander à Sara d'aller voir si elle était réveillée. Elle ferma les yeux et tira la couette sur sa tête. Le lendemain matin, comme chaque dimanche, Kate et ses parents partirent à l'église en milieu de matinée. Sara avait prétendu être allée à la messe la veille, mais Kate savait qu'elle avait passé la fin de l'après-midi à comparer les rouges à lèvres au rayon cosmétiques du supermarché de Gillam. En ouvrant la porte, ils trouvèrent un pot de chrysanthèmes sur le paillasson, avec un mot d'Eddie.

— De qui ? demanda son père.

Lena lui donna un coup de coude pour le faire taire, mais il poursuivit :

— Le fils de John Marik ? N'est-il pas plus âgé que Kate ?

— Qu'est-ce que je vais faire d'un pot de chrysanthèmes ? bougonna Kate.

— Tu devrais l'inviter à dîner à la maison, suggéra Lena.

— Oh oui, ce serait génial ! s'exclama Sara.

Ils se réconcilièrent sans grande difficulté. Parce que c'était plus simple et que tout le monde le souhaitait. Paul Benjamin invita Sara au bal de fin d'année et, pendant quelques jours, tous deux envisagèrent de dîner à la même table qu'Eddie et Kate. Cette perspective réjouit Kate, mais pas Sara : elle semblait gênée, voire agacée, à l'idée de passer la soirée avec sa sœur cadette. Finalement, tout s'arrangea : la tablée devenant trop nombreuse, il fallut diviser le groupe en deux. Pendant le bal, quand Sara sortit fumer, Kate laissa Eddie l'embrasser sur la piste de danse sous les yeux de leurs professeurs. Eddie la tenait serrée contre lui, sa main pressant le corsage empesé de sa robe, la lumière réfléchie par la boule à facettes dansant sur son visage, sur la chemise de smoking blanche qu'il avait louée et sur la ceinture violette choisie après que sa mère avait appelé Lena pour connaître la couleur de la robe de Kate. Eddie avait abandonné sa veste sur sa chaise, mais il avait déjà mouillé de sueur le dos de sa chemise. Il demandait constamment à Kate si elle voulait boire quelque chose. Il est nerveux, comprit-elle, et ce constat l'emplit d'une vive affection pour lui. Après le bal, il suggéra aux convives qui se trouvaient encore à leur table de rentrer sans eux. Sara lança un regard vers Kate, comme pour lui demander si tout allait bien. Kate fit signe que oui, et sa sœur quitta le gymnase au bras de Paul.

Lorsqu'ils arrivèrent sur le parking, Eddie proposa à Kate de lui montrer l'appartement de son frère aîné, et Kate accepta. Fraîchement diplômé, le frère d'Eddie partait travailler à New York tous les matins. Il avait rénové seul une partie du garage de ses parents afin d'y aménager un petit studio. Les Marik vivaient à deux pâtés de maisons du lycée – si près qu'ils décidèrent de s'y rendre à pied. Kate se plaignit bientôt de ses chaussures à talons, qui lui faisaient terriblement mal.

— Grimpe sur mon dos, proposa Eddie en souriant.

Elle s'exécuta. Il cria « Hue, dada ! » lorsqu'elle s'accrocha à son cou. Elle lui botta les fesses pendant qu'il galopait sur le trottoir, sa robe traînant sur le sol. Quand ils arrivèrent au studio, le frère d'Eddie n'y était pas, et Kate comprit aussitôt ce qui se tramait.

— Il est à Boston jusqu'à dimanche, précisa Eddie d'un ton faussement désinvolte. Il est allé voir des copains de fac.

Les lumières de la maison principale étaient éteintes, et Kate se demanda si seuls les parents ayant des filles attendaient qu'elles soient rentrées pour s'endormir. À moins que Francis et Lena ne soient les seuls parents de Gillam à veiller, toutes lumières allumées, jusqu'à son retour au bercail ? Quand Eddie descendit la fermeture Éclair de sa robe, elle le laissa faire. Tout va bien, pensa-t-elle. Mais quand il la guida vers le canapé-lit (déplié à l'avance et revêtu de draps propres), elle sentit son estomac se nouer – un peu seulement. Elle portait des sous-vêtements neufs. Elle avait vaporisé du parfum sur son ventre. Une fille qui se prépare ainsi, elle le savait, ne pouvait pas feindre la surprise. « Fais attention », lui avait dit sa mère quand Eddie était venu la chercher, accompagné d'un autre couple, tous deux en terminale, assis à l'avant d'une voiture que les Gleeson n'avaient jamais vue. Lena avait regardé Kate comme si elle avait quelque chose d'essentiel à lui dire, mais qu'elle manquait de temps. Bien que Kate ne soit pas opposée à ce qui était en train de se produire, elle se surprit à penser à sa maison, si chaleureuse et familière, et à la soirée qu'elle y aurait passée si elle n'était pas allée au bal avec Eddie. Tandis qu'il se redressait pour ouvrir un sachet contenant un préservatif (sans doute piqué à son frère) et l'enfiler d'un air concentré, elle s'imagina assise sur le canapé du salon près de Sara, un mug de thé au miel à la main, une pile de cookies sur les genoux. À 21 heures, le téléphone aurait sonné. Natalie, bien sûr, pressée de savoir ce qu'elles faisaient. Elles auraient appuyé sur la touche du haut-parleur pour qu'elle puisse écouter les bruits de la maison pendant une bonne minute.

Après, Eddie voulut connaître sa réaction. Appuyé sur ses coudes, il la dévisagea en la bombardant de questions. Il voulut savoir si ça faisait mal. Quand elle répondit par l'affirmative, il voulut savoir si la douleur était prédominante.

— Ça t'a fait seulement mal, ou juste un peu ? demanda-t-il. Est-ce que ça t'a fait du bien aussi ?

Kate répondit que oui, mais ce n'était pas le cas. Il semblait très sobre, malgré les longues gorgées de whisky qu'il avait avalées à même la flasque d'un de ses amis, à l'arrière du gymnase.

— Je t'aime, Kate, déclara-t-il.

— Arrête ça, Eddie. Arrête tout de suite.

Elle pensait aux draps qu'ils avaient tachés. Le studio était-il équipé d'une machine à laver ? Ou Eddie devrait-il les emporter dans la maison de ses parents et les laver discrètement sans que sa mère s'en aperçoive ?

— Je suis sérieux, insista-t-il. Ne réponds pas si tu ne le penses pas, mais je pense que tu m'aimes aussi.

Kate se redressa pour l'embrasser.

Elle n'en parla à personne. Ni à Sara et Nat. Ni aux amies avec lesquelles elle déjeunait tous les jours à la cantine du lycée. Ça ne lui paraissait pas très important – du moins, pas aussi important que certains le prétendaient. Ce n'était qu'un fait parmi d'autres, un petit événement dans la longue suite de ceux qui jalonnaient sa vie. Et cet événement ne modifia en rien le cours de son existence. Seules les visites d'Eddie se firent plus fréquentes : il venait la voir quasiment tous les jours, maintenant, et ne se donnait plus la peine de téléphoner au préalable. À peine apercevait-elle sa haute silhouette derrière la porte vitrée de l'entrée qu'elle se sentait épuisée. Elle aurait voulu se cacher, lui échapper ; mais déjà il sonnait, et elle allait ouvrir. À Noël, il lui offrit une paire de boucles d'oreilles. Quand elle ouvrit l'écrin, elle sut qu'elle avait acquis un minimum de savoir-vivre au cours de l'année écoulée, car elle se retint de bougonner qu'elle n'avait pas les oreilles percées. Sara et Nat l'avaient avertie qu'il lui offrirait probablement quelque chose. Alors elle s'était munie d'un cadeau, elle aussi : un bouquin sur le football américain, parce que c'était son sport préféré, et parce que le livre était exposé dans la vitrine de la librairie.

— Tu t'entends bien avec lui ? demanda son père un soir, après les fêtes.

Il était assis dans son fauteuil inclinable, un verre dans une main, la télécommande dans l'autre, et l'espace d'un instant, Kate se surprit à penser qu'il venait de rentrer du travail. Il était question qu'il reprenne le boulot dans quelques mois, un poste dans les bureaux spécialement conçu pour lui, d'après ce qu'elle l'avait entendu dire à Lena. Mais sa vue continuait de lui poser des problèmes, même avec la prothèse oculaire. De toute façon, il toucherait bientôt sa retraite, complétée par une pension d'invalidité (bien qu'il n'ait pas été en service quand Mme Stanhope l'avait blessé). Parfois, des collègues venaient lui rendre visite, par groupes de deux ou de trois. Kate les identifiait à leur manière de regarder autour d'eux en sortant de leur voiture : seuls les flics scrutaient les alentours ainsi. Ce soir-là, Francis coupa le son de la télévision avant de se tourner vers elle. Il attendait sa réponse.

— Oui, on s'entend bien, dit-elle. Il est sympa.

Le silence les enveloppa. Dans la cuisine, Lena écrasait des bananes pour faire un gâteau tout en regardant un épisode de *Days* qu'elle avait enregistré.

— Kate, murmura simplement Francis.

Une réprimande et une question tout à la fois.

Et soudain, sa grand-mère mourut. Celle que Kate appelait Busha, la mère de sa mère. Elle commença par tousser, puis la toux se mua en grippe, et la grippe en pneumonie. La camarade avec laquelle Kate faisait équipe en cours de chimie avait eu une pneumonie l'automne précédent, mais elle était revenue en classe après une semaine d'absence. Kate n'avait pas supposé un instant qu'il en serait autrement pour Busha – que sa grand-mère ne retrouverait pas sa petite cuisine et son réfrigérateur rempli de vieux restes de nourriture soigneusement emballés dans de la cellophane. Lena partit le jour même à Bay Ridge afin d'aider son frère et sa sœur à trier les affaires de Busha et, surtout, à trouver une solution pour Nonno, désormais veuf et incapable de vivre seul. Lorsqu'elle revint à Gillam, elle discuta avec Francis de l'organisation des obsèques et des démarches à entreprendre. Kate entendit alors pour la première fois ses parents parler d'argent sans détour, si ouvertement qu'elle en conçut une vive inquiétude. En auraient-ils assez pour faire face à ces dépenses imprévues ? Tout semblait exorbitant. Le cercueil : acajou ou contreplaqué ? La collation qu'ils serviraient après l'enterrement : les invités s'attendraient-ils à manger chaud ou se contenteraient-ils d'un buffet froid ? Faudrait-il leur servir des alcools forts ou seulement du vin et de la bière ? Lena se montra catégorique : elle ne voulait pas que son père se sente gêné. Francis soupira. Dans quelle mesure Karol pourrait-il contribuer aux frais en économisant sur son salaire de barman ? Et Natusia ? « On a tout prévu. Il n'y aura pas de mauvaises surprises », assura Francis à Lena lorsqu'ils eurent calculé et recalculé le budget des obsèques, assis côte à côte à la table de la salle à manger. Comment éviter ce qu'on ne voit pas venir ? se demanda Kate avec anxiété. Elle se souvint du désarroi qui s'était peint sur le visage de sa mère quand elle lui avait annoncé que ses chaussures à crampons ne lui allaient plus, et qu'il lui en fallait de nouvelles.

Si Kate avait pu relier sur un graphique, tels des points sur une courbe, les instants où elle pensait à Peter, la courbe aurait atteint un pic lors de la veillée funèbre et pendant les funérailles de Busha – deux réunions de famille qui se déroulèrent à Bay Ridge. New York s'étendait sur un territoire immense, Kate en avait bien conscience, et Bay Ridge n'en recouvrait qu'une petite partie. Malgré tout, elle ne put s'empêcher d'espérer voir Peter surgir pendant le service funèbre. Elle imagina la scène plusieurs jours à l'avance : assise au premier rang dans l'église, avec ses parents, elle jetterait un regard par-dessus son épaule et l'apercevrait à l'entrée de la nef, près du bénitier. Mais le jour de la cérémonie, lorsqu'elle se retourna pendant la messe, elle ne vit personne près du bénitier. Les rangs les plus éloignés de l'autel étaient vides : les Teobaldo et leurs invités n'occupaient que la moitié de l'église, une dizaine de rangs, tout au plus. Et parmi ces invités, Kate reconnut surtout des amis d'enfance de sa mère, de sa tante et de son oncle. Après les funérailles, Kate et Sara passèrent deux nuits dans l'appartement de Bay Ridge pour tenir compagnie à leur Nonno, pendant que Lena et Natusia s'acquittaient des démarches administratives, installées dans la petite cuisine de Busha. Kate fut très affairée mais, lors de ses rares moments de solitude – un après-midi, elle se rendit à la cafétéria du quartier, réputée pour son *egg cream*, une boisson chocolatée dont elle raffolait ; le lendemain, elle marcha jusqu'au bord du fleuve pour contempler les oiseaux et le pont de Brooklyn –, ses pensées se dirigeaient naturellement vers Peter. Ce sera dans un moment comme celui-ci, se disait-elle. Par une journée ordinaire, sous un ciel gris. Il passera par là et me reconnaîtra de loin. « Kate ? » dira-t-il en revenant sur ses pas.

Eddie l'attendait devant chez elle quand ils rentrèrent à Gillam. Ses parents avaient déjà fait livrer des fleurs au salon funéraire. Maintenant, Eddie se tenait sur le seuil avec un plat d'aubergines farcies cuisinées par sa mère. Il embrassa Lena.

213

— Salut, Eddie, dit Sara en passant devant lui pour entrer.

— Tu n'es pas fâchée que je ne sois pas venu ? demanda-t-il à Kate quand Francis et Lena furent entrés à leur tour. Je voulais venir, mais ma mère avait besoin de sa voiture, et le trajet en bus puis en métro m'aurait pris des heures.

— Venir où ? demanda Kate.

— À l'enterrement.

— Non, bien sûr que non. J'étais occupée avec ma famille, de toute façon.

— Ah oui ? Bon, tant mieux, dit-il, l'air soulagé. Devine quoi ? Je suis admis à Holy Cross.

Il avait la lettre dans sa poche.

— Qui sait, j'aurai peut-être une chambre pour moi tout seul ? Et l'an prochain, il se peut que tu sois admise là-bas, toi aussi.

Il la prit par la main et l'entraîna doucement vers sa voiture – avec l'intention de l'emmener chez son frère, sans doute. On était samedi et Jack passait, apparemment, la plupart de ses week-ends loin de chez lui.

— Oui, qui sait ? répéta Kate.

Pour la première fois depuis des semaines, elle fut submergée de soulagement. Dans quelques mois à peine, Eddie partirait étudier à Holy Cross, une université privée du Massachusetts. Ensuite, si elle se montrait discrète pendant les vacances scolaires, elle ne le reverrait peut-être jamais.

— Kate ? appela son père depuis l'entrée de la maison. Ta mère a besoin de toi.

Il avait laissé la porte ouverte, ne fermant que la moustiquaire. Kate rougit. Depuis combien de temps se tenait-il sur le seuil ?

Eddie tressaillit et lâcha sa main.

— Je dois y aller, déclara Kate.

Elle passa devant son père et s'engouffra dans la maison. Francis demeura sur le seuil. Comme il ne bougeait pas, Eddie resta dans l'allée, sans bien savoir s'il était congédié ou non.

— Elle est géniale, affirma-t-il au bout d'un moment. Kate, je veux dire. On parlait justement de...

— Oui. C'est une fille formidable, confirma Francis. C'est la meilleure de toutes.

Il ne bougeait toujours pas, les yeux rivés sur Eddie comme s'il attendait quelque chose de sa part. Dana passa à vélo en faisant tinter la sonnette fixée sur le guidon.

— Elle a beaucoup souffert de toute cette affaire, confia Francis. Et elle continue d'en souffrir, même si ça ne se voit pas.

— Je sais, répondit Eddie avec une pointe d'agacement.

Pourquoi lui dire ça à lui ? N'était-il pas le mieux placé pour le savoir ?

9

À Sunnyside, George et Peter ne répondaient jamais au téléphone.

— Ne décroche pas, disait George à son neveu. J'suis sûr que c'est encore des gens qui veulent nous vendre un truc !

— Et si c'est quelqu'un que tu connais ? répondait Peter.

— Impossible. Les gens qui me cherchent vraiment savent qu'il vaut mieux me joindre au boulot.

Anne n'avait jamais appelé, absolument jamais. Tous les deux ou trois mois, l'assistante sociale de l'hôpital leur laissait un message pour les informer qu'Anne avait besoin d'un pull, d'une paire de pantoufles ou d'un savon hypoallergénique parce que celui de l'hôpital lui donnait de l'eczéma. Avant de partir, Brian avait omis de remplir le document officiel avertissant le personnel administratif de Dutch Kills qu'il confiait la garde de son fils à son frère. Alors, quand Peter avait besoin de la signature d'un de ses parents, George imitait celle de Brian. En cas d'urgence, la secrétaire du lycée savait qu'elle devait composer l'un des deux numéros que lui avait donnés Peter : celui du Syndicat des ouvriers du bâtiment ou celui du bureau du chantier où bossait George. Une fois par semaine, tous deux écoutaient la bande magnétique du répondeur, effaçant chaque message avant que leur correspondant ait fini de parler. « Bla, bla, bla ! » grommelait George à la machine d'un ton excédé, comme s'il regrettait déjà le temps perdu à écouter le boniment des démarcheurs. De temps à autre, la voix de Brian jaillissait du haut-parleur : il s'époumonait comme s'il appelait de Beyrouth avec un vieux téléphone, affirmant qu'il était désolé de les avoir manqués et qu'il les rappellerait très bientôt. Ces messages-là, George les écoutait jusqu'au bout, puis il demandait à Peter, d'un air impassible, s'il souhaitait les réécouter ou les sauvegarder. « Non, tu peux effacer », répondait invariablement Peter. Et George appuyait sur la touche comme il l'avait fait avec les messages précédents. La voix métallique de l'horodateur indiquait toujours une heure de la journée où Peter était en classe. Pendant longtemps, il en voulut à son père de se montrer si négligent : comment pouvait-il avoir oublié que Peter n'était jamais à la maison en milieu de matinée ou l'après-midi ?

La cassette de l'appareil rendit l'âme un an après le départ de Brian. Un soir, alors qu'ils écoutaient les messages comme à leur habitude, elle se rembobina trop vite. La bande magnétique se rompit et la cassette jaillit violemment de l'habitacle.

— C'est pas vrai ! maugréa George en tirant sur la bande pour l'arracher à la bobine.

Il jeta le tout à la poubelle. Ensuite, il répéta périodiquement qu'il devait aller acheter une nouvelle cassette, mais cela lui sortait constamment de la tête.

— Personne n'appelle jamais, de toute façon, disait-il en haussant les épaules.

Au cours du premier trimestre de l'année suivante, M. Bell, l'entraîneur de l'équipe des juniors de Dutch

Kills, commença à avertir ses poulains de la présence de recruteurs envoyés par les équipes universitaires pour assister aux principales compétitions sportives organisées par les lycées de New York. Il s'agissait généralement de grands types maigres, anciens coureurs eux-mêmes, en chemise et pantalon de toile. Baskets aux pieds, ils se tenaient un peu à l'écart, chronomètre en main et calepin dans la poche.

— Ne va pas prendre la grosse tête, déclara l'entraîneur à Peter à la fin d'une rencontre d'athlétisme, mais tu fais une sacrée bonne saison. Ça ne passera pas inaperçu.

Pourtant, l'automne puis l'hiver s'écoulèrent sans qu'aucun des types en chemise vienne parler à Peter. M. Bell s'était sans doute fait des idées, pensa-t-il : ces types-là avaient d'autres chats à fouetter ! Puis, au printemps, il reçut une lettre manuscrite de l'entraîneur d'une université de Pennsylvanie, dont l'équipe était classée en première division. Peter venait de battre son propre record au 800 mètres en dépassant Bobby Obonyo, qui avait décroché le titre de coureur de fond le plus rapide de New York dans sa catégorie, et dont le père avait représenté le Kenya lors des épreuves de demi-fond des JO. Une semaine plus tard, il reçut une nouvelle lettre d'un autre entraîneur, accompagnée d'une série de questions sur ses projets d'orientation post-lycée, et sur les objectifs qu'il souhaitait atteindre, tant sur le plan académique que sportif. La semaine suivante, l'entraîneur qui lui avait écrit de Pennsylvanie vint assister à une compétition, à l'issue de laquelle il se déclara impressionné par les performances de Peter. Il lui demanda s'il avait commencé à réfléchir à ses études universitaires.

— Tes parents sont là ? ajouta-t-il en lançant un regard vers les gradins.

L'air hébété et affamé, les parents des autres gamins attendaient depuis le début de la matinée que leur rejeton participe à une course, dont certaines ne duraient qu'une trentaine de secondes.

— Ils n'ont pas pu venir aujourd'hui, répondit Peter. Mais on discute de mes études, eux et moi, c'est sûr.

Cette semaine-là, la conseillère d'orientation du lycée avait demandé à Peter, lors d'un entretien individuel, de dresser la liste des métiers qu'il aimerait exercer plus tard, afin que ses parents et lui puissent envisager la marche à suivre : quel dossier remplir, dans quelle université postuler – ce genre de choses. Tout en parlant, elle s'était approchée du présentoir rempli de brochures placé contre le mur de l'entrée. Ses mains avaient volé comme deux petits oiseaux autour des documents. Elle en avait saisi plusieurs à différents endroits, comme autant de fruits sur un arbre, et les avait empilés avec soin avant de les lui donner.

Sitôt l'été arrivé et la saison sportive terminée, le téléphone se mit à sonner. L'un des correspondants les plus acharnés fut M. Bell, l'entraîneur. Quand il parvint enfin à parler à Peter, il lui ordonna de réparer son foutu répondeur : voilà des jours qu'il cherchait à le joindre, aboya-t-il. Il avait autre chose à faire que de l'appeler vingt fois de suite. Et il n'était pas son secrétaire personnel ! Peter tenta de se justifier : grâce à George, il avait été embauché pour l'été comme apprenti dans une équipe de soudeurs. Son oncle avait prétendu qu'il avait 18 ans, alors qu'il n'en avait que 17. Peter partait tôt le matin et ne rentrait que dans l'après-midi.

— Ah bon ? fit M. Bell. Les entraînements commenceront début juillet, tu sais.

— J'essaierai de venir, mais tout dépendra de mes horaires de travail. Ça change chaque semaine.

Il gagnait 9,20 dollars de l'heure, bien plus que ses camarades de classe qui avaient décroché des jobs d'été, et il avait l'intention de tout donner à George. M. Bell demeura silencieux pendant un long moment.

— Entendu, dit-il enfin. Je fixerai l'horaire des entraînements en fonction de ton emploi du temps. Mais, Peter, je t'en prie… Ne te blesse pas, d'accord ? Je ne suis pas certain que tu aies bien mesuré l'importance des enjeux.

— Quels enjeux ?

— Eh bien, la poursuite de tes études, mon gars. C'est ça qui est en train de se décider, tu comprends ? Tu as de fortes chances d'être admis dans une très bonne université. Je ne veux pas te donner de faux espoirs, mais certains établissements mettent pas mal d'argent dans leurs cursus sportifs. Si tu te débrouilles bien, tu n'auras peut-être pas à débourser beaucoup plus que pour aller à l'université du comté.

— C'est-à-dire ?

— Je ne sais pas. Peut-être 3 000 dollars l'année.

Peter divisa 3 000 par 9,20.

— Ça fait quand même une sacrée somme. Combien coûte la scolarité dans une université privée ?

— Tu n'as pas de conseiller d'orientation au lycée ? C'est le genre de trucs qu'ils sont censés t'expliquer, non ?

— Justement, Mme Carcara n'arrête pas de me dire qu'elle voudrait parler à mon père, admit-il brusquement.

Puis, sentant qu'il était au milieu du gué et, surtout, qu'il aurait besoin d'aide, il poursuivit :

— Mon oncle est allé à la réunion parents-profs cette année et tout le monde l'a pris pour mon père, alors il n'a rien dit. Quand les recruteurs m'envoient des questionnaires, je laisse en blanc les parties qui concernent mes parents. Je ne sais pas quoi répondre.

— Je m'en occupe, assura l'entraîneur. Mais où est ton père, Pete ? Je sais que ta mère n'est pas… en mesure de s'occuper de tout ça. Mais j'ai déjà croisé ton père, non ?

— En première année, peut-être.

— Il bosse beaucoup ?

— Il est parti vivre ailleurs. Donc si les recruteurs veulent parler à quelqu'un, il faudra qu'ils s'adressent à mon oncle.

Sur le chantier, personne ne s'intéressait à ses performances au 800 mètres ni à ses heures d'entraînement. Les gars se contentaient de lui crier des ordres : mets-toi de l'autre côté ! Non, au bout de la poutre ! Bouge de là, tiens-moi ça, attache ce truc, refais du café, va chercher des bouteilles de Gatorade à la supérette ! Ils lui recommandaient de ne pas monter trop haut sur l'échafaudage : Peter était si maigre qu'un coup de vent le ferait tomber, assuraient-ils. Les ouvriers de l'équipe lui posaient des questions sur les filles, sur le genre de fille qui voudrait d'un gars sans rien sur les os, puis l'un d'eux leur rappela que Peter était élève dans un lycée de garçons, et ils s'en donnèrent à cœur joie sur le sujet. Deux d'entre eux n'avaient qu'un an de plus que Peter et travaillaient déjà à plein temps. Le plus costaud des deux s'était laissé pousser la barbe. Bâti comme George, il était si baraqué que Peter le regardait à la dérobée, incapable de croire qu'il n'avait qu'un an de plus que lui. Ces jeunes avaient arrêté leurs études en sortant du lycée et s'étaient fait embaucher sur les chantiers (et encarter au syndicat) grâce à des proches – un père, un oncle – déjà dans la partie. Ils gagnaient deux fois plus que Peter et mettaient chaque mois pas mal d'argent de côté pour réaliser leurs rêves. Pendant la pause déjeuner, ils asticotaient Peter sur ses projets d'avenir, convaincus que ses études supérieures ne le mèneraient nulle part.

— Si tu t'imagines finir tes jours dans un manoir parce que tu vas suivre de grandes études, tu te fourres le doigt dans l'œil ! s'exclama l'un d'eux d'un air goguenard.

Peter ne répondit pas. De toute façon, quoi qu'il dise, les deux gars échangeaient des regards entendus, comme s'ils avaient affaire à un imbécile. Ils affirmaient que les meilleurs diplômés du pays ne gagnaient pas mieux qu'eux à l'année, et qu'en plus ils devaient passer leurs journées assis derrière un bureau. Sans compter qu'il leur avait fallu attendre d'avoir terminé leurs études, à 22 ans, parfois plus, pour commencer à gagner leur vie ! « Franchement, Pete, l'université, c'est une perte de temps », concluaient-ils en mordant dans leurs sandwiches au poulet pané, avant de se raconter leurs projets pour la soirée. Chacun d'eux avait une petite amie. Après avoir passé quelques semaines sur le chantier, Peter commença à penser qu'ils avaient peut-être raison.

Les ouvriers savaient tous qu'il était le neveu de George. Or George, Peter le comprit vite, était très apprécié. Un peu bougon, certes, mais loyal. Ses collègues l'invitaient souvent à boire un coup après le boulot, mais George refusait systématiquement.

— Je ne mets plus les pieds dans un bar depuis que Brenda est partie, expliqua-t-il à Peter. Ça m'a servi de leçon.

— J'suis pas sûr de vouloir poursuivre mes études, en fait, confia Peter à George un après-midi, alors qu'ils quittaient le chantier en voiture à l'issue de leur journée de travail. Je ferais mieux de bosser à plein temps avec toi quand j'aurai fini le lycée, tu crois pas ? Et dès que j'aurai assez de sous pour me payer une chambre, je te laisserai tranquille. Jimmy me disait l'autre jour...

Ils n'avaient pas encore franchi les grilles du chantier. George freina si fort que Peter bascula vers l'avant et se cogna le menton contre le tableau de bord.

— Jimmy McGree ? Il ne sait même pas combien font deux et deux, Pete.

— Ah oui ? Il m'a pas l'air si bête que ça, pourtant. Il a presque assez d'argent de côté pour s'acheter une Camaro.

George le dévisagea.

— Et alors ? Tu veux une Camaro ?

Peter prit le temps d'y réfléchir et convint, en son for intérieur, que les voitures ne l'intéressaient pas vraiment. Peut-être parce qu'il n'avait jamais envisagé d'en acheter une ?

— Bon, t'as raison, admit-il. Mais John m'a dit qu'il avait presque assez pour s'acheter une maison qu'il a vue à Staten Island. Et il va demander sa copine en mariage.

— John Salvatore aurait dû aller à l'université, poursuivit George en soupirant. Il pourrait encore y aller, s'il le voulait. J'espère qu'il le fera. Et s'il veut revenir sur les chantiers, on lui fera une place. Un gamin comme ça, c'est précieux ! Mais, Peter, ne me fais pas regretter de t'avoir trouvé du boulot ici. Tu aurais peut-être dû te faire embaucher comme serveur à Coney Island. Je bossais là-bas chaque été, quand j'avais ton âge. Et ça m'a pas donné de mauvaises idées.

Il redémarra et se dirigea vers la sortie du chantier.

— Écoute-moi bien. Je débine pas mon métier. J'aime ce que je fais. Et les gens avec qui je bosse

On est bien organisés, et le syndicat veille au grain. Et puis, c'est pas rien de voir monter un immeuble que t'as construit. De le repérer parmi les gratte-ciel de New York et de savoir que t'as contribué à le faire sortir de terre. Si tu veux toujours bosser dans le bâtiment après l'université, je ferai mon possible pour t'aider.

— À quoi bon faire des études, alors ? Si c'est pour revenir sur les chantiers après ?

— Parce que tu auras reçu de l'instruction, voilà pourquoi ! Tu auras vu du pays, d'autres façons de faire, d'autres façons de penser… Et t'auras rencontré des gens qui bossent dans des domaines tellement spécialisés que la plupart d'entre nous ne savent même pas que ces métiers existent. Tu sais ce que j'ai vu l'autre jour à la télé ? Une émission sur les types qui créent les sons dans les feuilletons. Quand une porte claque, quand on renverse un truc, quand un gars frappe un autre gars… Tu le savais, toi, qu'il y a des gens dont le travail est de rendre ces bruits le plus réalistes possible ?

Peter fut pris de court par la force de conviction de son oncle. Il garda le silence tandis que ses propos se frayaient un chemin dans son esprit.

— Et puis, t'es pas comme eux, Pete. Ces gars-là supposent que tu leur ressembles, mais c'est faux. Vous avez le même âge, c'est tout. À part ça, tu n'as rien en commun avec Jimmy McGree. Avec John Salvatore, par contre…

George laissa sa phrase en suspens.

— … si c'était mon gosse, je l'enverrais à l'université.

— Et toi, pourquoi t'as pas fait d'études ?
— Parce que je suis une andouille.
— C'est pas vrai.
— Bon, disons que je suis pas complètement crétin,

si tu veux. Mais y a différentes façons d'être bête, et je t'assure que j'en tiens une couche. Ou que j'en tenais une sacrée couche quand j'étais plus jeune.

— Tu penses que je ressemble à mon père, alors ?

— Ton père était très différent quand il avait ton âge, tu sais ! dit George en éclatant de rire. Je pense plutôt que tu ressembles à ta mère, en fait. Je ne la connais pas très bien, mais j'ai l'impression qu'elle est sacrément maligne. Il en fallait, là-dedans, pour faire l'école d'infirmières ! Et quitter son pays si jeune. Je crois qu'elle avait de grosses responsabilités au Montefiore Hospital. Elle gérait une équipe, ce genre de trucs. Faudrait que t'en parles à ton père, il s'en souvient forcément.

En réfléchissant à cette conversation au cours des jours suivants, Peter sentit son esprit s'ouvrir, ses pensées s'élargir dans le temps et l'espace. Pour la première fois depuis longtemps, des images de Gillam lui revinrent en mémoire. Allongé sur le canapé-lit de George, il tenta de se représenter son ancienne chambre à coucher dans ses moindres détails : quelles étaient ses dimensions ? Dans quelle nuance de bleu étaient peints les murs ? Y avait-il vraiment des étagères au-dessus de la commode pour accueillir ses livres, ses albums et ses figurines ? Il essayait aussi de se rappeler la sensation qu'il éprouvait lorsqu'il fermait la porte et se trouvait totalement seul dans un espace rien qu'à lui. À présent, il n'était vraiment seul que les soirs où George allait au bowling ou au cinéma « avec une amie ». À Gillam, la maison semblait constamment plongée dans le silence. Un silence épais, presque trop intense. George s'efforçait de respecter son intimité, bien sûr ; il se retirait dans sa chambre vers 22 heures et regardait les informations télévisées depuis son lit, au lieu de s'asseoir dans le salon. Une fois seul, Peter sentait ses pensées se tourner

225

vers Kate : comment était-ce de la voir tous les jours ? De n'avoir qu'à s'approcher de la fenêtre pour la découvrir dans son jardin, les joues rougies par le froid ou par le soleil ? Au début de leur séparation, quand il était en première ou même en deuxième année de lycée, il pensait à Kate aussi souvent que possible. Il fermait les yeux et tentait de communiquer avec elle par la pensée. Chaque fois qu'il croisait des filles venues d'autres lycées lors des rencontres d'athlétisme, il les observait dans l'espoir d'en trouver une qui lui évoquerait Kate, mais aucune d'elles ne lui ressemblait. Quand il s'approchait d'un téléphone, il brûlait d'envie de l'appeler – puis il se ravisait. Parce qu'il n'aurait pas su quoi dire. Parce que, si elle le haïssait, il préférait ne pas le savoir. À la fin de la deuxième année de lycée, ces sensations s'étaient émoussées. Il pensait à elle moins souvent, et de manière moins dramatique. Dernièrement, quand un souvenir lui traversait l'esprit, il se raisonnait : même s'ils se revoyaient, rien ne serait comme avant. Kate avait grandi ; lui aussi. Peut-être n'avaient-ils plus rien à partager. Tout change, se répétait-il, les choses comme les gens. Mais lorsqu'il tentait de s'en convaincre, de se dire que Kate était devenue une étrangère, un frisson le parcourait. Un frisson qui ressemblait à de la peur.

— Comment étaient mes parents avant ma naissance ? demanda-t-il à George.

Son oncle secoua la tête.

— Je n'en sais rien, Pete. C'est de l'histoire ancienne, de toute façon. Ils ont eu un bébé mort-né quelques années avant ta naissance. J'ai tendance à l'oublier. Pourtant, j'étais à l'hôpital quand c'est arrivé. Tes parents savaient que le bébé était mort, mais, pour une raison ou une autre, le médecin a fait accoucher ta mère. C'était plus sain pour elle, ou quelque chose comme ça.

Anne était d'accord. En tant qu'infirmière, elle savait que c'était la procédure à suivre dans ces cas-là. Je me souviens qu'après elle a pris le bébé dans ses bras. Ton père a refusé tout net. Il n'est même pas entré dans la salle d'accouchement. Il m'avait appelé pour que je vienne attendre avec lui. Ensuite, il m'a emmené boire un verre. Je ne suis pas sûr d'avoir bien compris ce qui se passait. J'étais trop jeune, à l'époque. J'arrivais tout droit de l'entraînement de base-ball, je m'en souviens très bien. Notre mère était encore en vie, mais Brian ne l'avait pas mise au courant. Et puis, elle ne s'entendait pas très bien avec ta mère. Brian a sorti la petite flasque qu'il gardait dans sa botte. Il n'arrivait pas à admettre que ta mère avait voulu prendre le bébé mort dans ses bras ; et elle, elle ne comprenait pas pourquoi il n'avait pas voulu le faire. J'étais si jeune que tout ça m'est passé au-dessus de la tête. Je n'y ai repensé que des années plus tard. Je n'avais que…

George s'interrompit pour faire un rapide calcul.

— … 14 ans, peut-être ? Mince ! J'étais vraiment minot. Je me souviens avoir eu l'impression que Brian était beaucoup, beaucoup plus vieux que moi. Quand on a bu au goulot de la flasque, il n'a pas cherché à se cacher. Pour lui, c'était normal. Pour moi, c'était un truc d'adulte.

Il se tut, laissa planer un long silence, puis ajouta :

— La mort de ce bébé a aggravé les choses, mais ça n'allait déjà pas fort entre eux.

Ils approchaient d'un carrefour. Alors qu'à l'intersection le feu passait à l'orange, puis au rouge, George jeta un coup d'œil à Peter.

— Tu le savais pas ? Pour le bébé ?

— Non, répondit Peter.

Il pensa à la seule photo de bébé qu'il avait vue de lui-même, puis il s'imagina mort, la peau grise et froide.
— C'est à cause de ça qu'ils se sont mariés ?
— Je pense qu'ils se seraient mariés de toute façon. Ils sont aussi barjos l'un que l'autre, si tu veux mon avis.

Malgré les compétitions, malgré les devoirs à la maison, qui s'étaient multipliés depuis son entrée au lycée, Peter s'efforçait d'aller voir sa mère au moins deux fois par mois. Lors de ces visites, il ne parlait ni de son job d'été sur les chantiers, ni des recruteurs qui cherchaient à l'attirer dans leur université. Il parlait très peu de lui, en fait. Elle avait commencé à prendre un nouveau médicament qui la plongeait dans une sorte de transe : elle l'accueillait d'un air absent et paraissait complètement indifférente à ce qu'il disait. Parfois, elle semblait presque fâchée de le voir arriver dans le couloir, ses écouteurs autour du cou et son sac à dos accroché à l'épaule.

— Pourquoi es-tu venu ? lui demanda-t-elle à la fin de l'été.

C'était lors d'un long week-end, le premier lundi de septembre, jour de la fête du Travail, étant férié. Assis sur une des chaises de la salle réservée aux visiteurs, Peter avait l'impression qu'une vive chaleur irradiait de tout son corps. Cet été-là, il était plus bronzé qu'il ne l'avait jamais été. Plus costaud aussi : les poutres métalliques qu'il avait soulevées sur le chantier avaient renforcé ses muscles, il le sentait à chacun de ses gestes. Ses cheveux avaient poussé, et le soleil les avait un peu éclaircis. Sa mère était assise sur une chaise identique à la sienne, son cardigan bien serré sur les épaules,

les jambes croisées – ou plutôt entortillées l'une avec l'autre comme un pied de vigne autour d'un poteau. Les grandes vacances s'achevaient : Peter rentrerait au lycée le lendemain, pour sa dernière année d'études secondaires. Il avait sorti un jeu de questions de la boîte de *Trivial Pursuit* posée sur l'étagère (d'ordinaire, sa mère aimait y répondre, même si elle détestait les jeux de société), mais, ce jour-là, elle n'avait pas voulu jouer. Les yeux plissés, la tête tournée vers le coin de la pièce, elle refusait aussi de le regarder.

— Tu n'avais rien d'autre à faire ? Je t'ai demandé pourquoi tu es venu. Tu ne sais pas quoi répondre ?

Elle m'aime, pensa Peter. Elle est mal lunée, c'est tout. Ça lui arrive. C'est sa manière de se protéger quand elle a peur.

— Parce que je voulais te voir, répondit-il.

Elle se détourna et enfonça sa joue dans le dossier rembourré de la chaise. S'il ne venait plus la voir, qui lui rendrait visite ? Qu'éprouverait-elle si personne ne se souciait assez de son sort pour lui tenir compagnie une heure ou deux ? Il n'avait pas le choix : il devait rester. Pendant cinquante minutes, il demeura assis sur cette chaise. Il lisait à voix haute les questions qu'il jugeait susceptibles de l'intéresser, marquait une légère pause, puis retournait la carte et lisait la réponse. Quand vint le moment de partir, elle s'approcha de la fenêtre et refusa de se retourner pour lui dire au revoir.

— Je m'en vais maintenant, dit-il, et il attendit.

Son comportement ne le dérangeait pas – pas vraiment –, mais il se sentait gêné. Il ne savait pas quoi dire ni quoi faire de ses mains. Il devinait que son indifférence, ou son hostilité, n'était pas dirigée contre lui, mais certains jours, lorsqu'il s'y attendait le moins, il reprenait toute la compassion qu'il avait pour elle et s'en faisait un manteau dans lequel il pouvait s'envelopper. Parfois, son hospitalisation et sa maladie lui semblaient temporaires – une épreuve à surmonter, et ils en auraient fini. Parfois Peter avait l'impression, au contraire, qu'il en serait toujours ainsi, que toute sa vie il devrait se taire, bien faire son travail et être un bon garçon, dans l'espoir d'un changement qui ne viendrait jamais.

Cet après-midi-là, alors qu'il se dirigeait vers la sortie, une femme munie d'un badge frappé du logo de l'hôpital l'aborda poliment, déclara qu'elle était administratrice en chef et lui demanda si son père venait le chercher. Peter répondit qu'il avait prévu de rentrer en train, comme d'habitude. La femme le pria alors d'informer son père que le directeur de l'hôpital souhaitait lui parler dès que possible.

— On a essayé de vous appeler, mais…
— Bien sûr. Je lui dirai, assura Peter.

À quand remontait sa dernière conversation avec son père ? Il fit un effort de mémoire. C'était avant que George remette l'air conditionné en marche dans l'appartement. Avant l'arrivée de l'été.

Ce soir-là, quand son oncle sortit pour aller acheter quelques parts de pizza, Peter ouvrit le petit répertoire rangé dans un tiroir près du téléphone. Il feuilleta les pages couvertes de l'écriture maladroite de son oncle pour trouver le prénom de son père et ses coordonnées. Puis il composa le numéro. Pas de réponse. Il raccrocha et essaya de nouveau. Toujours pas de réponse. Il essaya encore. Il attendit, le combiné vissé à l'oreille. Toujours rien. Une vague de panique lui noua l'estomac, aussitôt suivie d'une colère irrépressible. Il reposa le combiné sur la base, le décrocha de nouveau, réessaya. En vain.

— Qu'est-ce qu'il y a ? demanda George en rentrant, deux sachets tachés de gras à la main.

Peter fut incapable de répondre : penché au-dessus du téléphone, il le décrochait, composait le numéro, attendait, puis raccrochait. Et recommençait.

— Qu'est-ce que tu fais ? insista George.

— J'dois parler à mon père, marmonna-t-il, et il retourna sa colère contre lui-même en s'apercevant qu'il pleurait malgré ses efforts désespérés pour serrer les dents. Faut vraiment réparer cette putain de machine, George, ajouta-t-il d'une voix éraillée par les sanglots. Si ça se trouve, il essaie de nous appeler depuis des mois. Il doit se faire du souci.

George posa les pizzas sur le comptoir de la cuisine.

— T'as raison, fiston. Je le ferai demain. D'accord ? T'as complètement raison : j'aurais dû m'en occuper plus tôt. Je suis désolé. Je remets sans cesse à plus tard, c'est une sale manie chez moi.

En se réveillant le lendemain, prêt à reprendre le chemin du lycée, Peter découvrit que le téléphone et le répondeur avaient été débranchés et flanqués à la poubelle. Il enfila le nouveau pantalon et la nouvelle chemise achetés la semaine précédente avec l'argent qu'il avait gagné au cours de l'été (George avait insisté pour qu'il garde son salaire et promis de lui réclamer des sous s'il venait à en manquer) et jeta son vieux sac à dos sur son épaule. George était parti depuis longtemps. À Dutch Kills, Peter commença par rencontrer ses nouveaux professeurs, puis il prit possession de son casier dans l'aile réservée aux élèves de terminale et remplit le formulaire qui lui permettrait d'obtenir ses manuels scolaires, mais il avait l'esprit ailleurs : il ne parvenait pas à oublier sa conversation avec l'administratrice de l'hôpital. Pourquoi le directeur voulait-il parler à Brian de toute urgence ? Cette question le titilla toute la journée. Pendant l'entraînement, M. Bell les soumit à des exercices fractionnés si exigeants que quelques élèves furent pris de vomissements à l'issue d'un des cycles d'effort. Deux lycéens de première année s'approchèrent de Peter en rougissant et lui confièrent qu'ils l'avaient vu courir lors des épreuves finales de la saison, au printemps précédent.

Quand il regagna l'appartement en fin d'après-midi, il découvrit qu'un nouveau téléphone avait pris la place de l'ancien. Un appareil sans fil. Dernier cri. Il brillait comme une nouvelle voiture. George lui expliqua qu'ils n'auraient plus besoin de cassette parce que tous les messages seraient désormais stockés dans une « boîte vocale » à l'intérieur du téléphone. Il avait attendu le retour de Peter pour configurer le code d'accès, car il fallait choisir une combinaison à quatre chiffres dont ils se souviendraient facilement tous les deux. En l'écoutant, Peter se sentit peu à peu libéré du poids qui pesait sur ses épaules.

— Au fait, poursuivit George en se grattant la tête. Ton père a… Il a déménagé. D'après ce que j'ai compris, il s'est installé en Géorgie. Il m'a contacté il y a un petit moment pour me le dire, mais j'ai préféré attendre qu'il ait un nouveau numéro de téléphone pour t'en parler. Sauf qu'il n'a pas rappelé. Et son numéro en Caroline du Sud sonne dans le vide, maintenant.

— Mais les médecins de ma mère ont besoin de le joindre ! s'écria Peter. Ils ont quelque chose d'important à lui dire.

— Je sais, fiston. Tu m'en as parlé hier soir. Alors j'ai appelé l'hôpital aujourd'hui. Ils voulaient nous avertir que ta mère serait bientôt transférée dans un autre établissement, au nord de l'État. Il n'y avait plus assez de places dans celui de Westchester.

— Ils vont l'emmener où, exactement ?
— À Albany.
— C'est loin ?
— À deux heures d'ici.
— On peut y aller en train ?
— Je suis sûr que oui. Mais j'ai pensé que tu pourrais passer ton permis et prendre ma voiture si tu...
— Quand est-ce qu'elle part ?

George fit un pas vers lui comme s'il voulait le serrer dans ses bras, sans bien savoir comment s'y prendre.

— Elle est partie aujourd'hui.

Peter tressaillit. L'information avait balayé son visage comme un souffle d'air.

— Alors elle le savait. Quand je l'ai vue hier, elle savait qu'elle allait partir !
— Je n'en suis pas sûr, dit George.

Peter hocha la tête à plusieurs reprises, puis noua ses bras autour de sa poitrine quand il sentit qu'il se mettait à trembler.

— J'aurais dû te dire que ton père avait déménagé, fiston. J'aurais dû...
— Je me fiche de ce que fait mon père.

Sitôt énoncés, ces propos lui parurent terriblement sincères.

— Et je me contrefiche de le revoir ou non !

Maintenant, c'est George qui hochait la tête en l'écoutant.

— OK, je comprends. C'est vrai que ton père s'est montré très égoïste. Il traversait une mauvaise passe, et il a tenté de s'en sortir en ne pensant qu'à lui. Moi aussi, je me suis montré égoïste. Et toi aussi, tu feras probablement des tas de trucs égoïstes pour t'en sortir.

Mais il t'aime, Peter. J'te le garantis. Quand t'étais petit et qu'on ne se voyait pas beaucoup, lui et moi, il m'appelait pour me raconter les expressions que tu lançais quand tu commençais à parler. Tu le faisais rire, tu l'épatais aussi. Il était si fier de toi !

— Pourquoi il n'a pas aidé ma mère ? Il savait qu'elle avait un problème. Il le savait ! S'il avait réagi à temps, tout ça… (Peter désigna le canapé qui lui servait de lit, son petit portant à roulettes, ses manuels scolaires empilés sur le sol)… aurait pu être évité.

— S'il avait su ce qui allait se passer, il aurait peut-être pu l'éviter, Peter. C'est vrai. Mais il ne le savait pas. Toi non plus. Même ta mère ne le savait pas.

— Il aurait pu l'empêcher de prendre son revolver, au moins ! Au tout début de l'année, après l'incident au Food King, il avait pris l'habitude de le planquer dans le petit placard au-dessus du frigo. On ne l'ouvrait jamais, et il pensait que maman ne le trouverait pas. En plus, il cachait les balles ailleurs et mettait le verrou que lui avait donné M. Gleeson. Mais, à un moment donné, il a arrêté de le verrouiller et de planquer les munitions. Je m'en suis aperçu assez vite. Elle aussi, sûrement, tu penses bien ! Ce soir-là, ils se sont disputés pendant des heures. À la fin, ma mère a poussé une chaise devant le frigo pour atteindre le placard. Mon père l'a très bien vue. Et tu sais ce qu'il a fait ? Il est monté se coucher. Tu crois qu'il n'a pas imaginé ce qu'elle avait derrière la tête ? À ce moment-là, quand il est monté, quand il l'a laissée seule dans la cuisine avec son revolver, j'ai deviné qu'il ne ferait rien pour l'empêcher de s'en servir. Alors je suis allée chez Kate pour appeler la police. Je ne voulais pas appeler de chez nous parce qu'il aurait fallu que je passe près de ma mère dans la cuisine pour décrocher le téléphone.

Évidemment, je ne pouvais pas savoir que M. Gleeson viendrait sonner deux minutes plus tard pour essayer de régler le problème.

Confier à George ce qu'il n'avait jamais révélé à personne fit resurgir dans son esprit leur maison de Gillam avec une telle acuité qu'il revit la vieille lampe du salon, éclairant faiblement le coin de la pièce. Et aussi ses boîtes de jeux de société, bien rangées sur l'étagère, ses chaussures alignées au sol, dans le placard de sa chambre. Il pensa aux gros rochers qui séparaient leur jardin de celui des Gleeson, à la façon dont il sautait de l'un à l'autre pour épater Kate ; et il se souvint de la douceur de ses cheveux quand il avait glissé la main dans leur masse souple et tiède, une fois assis près d'elle sur la plateforme du portique abandonné sur Madison Street.

— Je croyais que tu avais dit à la police que ton père avait passé la plus grande partie de la soirée à l'étage, et qu'il ne savait pas qu'Anne s'était emparée de son arme.
— C'est ce que je leur ai dit, oui.
— C'est lui qui te l'a demandé ?
— Non. J'ai juste compris qu'il valait mieux présenter les choses comme ça.

Une alarme se déclencha dans la rue, aussitôt suivie d'une autre. George se pencha et ferma la fenêtre d'un coup sec.

— Tu vois, Peter, le problème, c'est que les adultes n'en savent pas tellement plus sur la vie que leurs mômes : eux aussi, ils foncent droit devant sans réfléchir. C'est malheureux, mais c'est comme ça.

En octobre, pas moins de quatre universités de bonne réputation proposèrent à M. Bell de leur rendre visite en compagnie de Peter. Il s'agissait d'institutions dotées d'un cursus sportif doublé d'un solide programme académique. L'entraîneur expliqua à Peter que ces visites lui permettraient de voir les installations, de rencontrer l'équipe administrative et les entraîneurs de chaque discipline. Il pourrait ainsi se faire une idée plus précise de ce qu'ils attendraient de lui – et lui, d'eux. Comme Peter n'avait pas la moindre idée de ce qu'il attendait d'une université, il se contenta de suivre M. Bell lors de ces visites comme un gamin de maternelle. Chaque fois, l'entraîneur veilla à le laisser un moment seul avec les jeunes coureurs, afin qu'il puisse leur poser les questions qui lui passaient par la tête, y compris celles qu'il n'aurait pas osé poser en présence des entraîneurs, mais même alors, à bonne distance des adultes, Peter ne sut pas trop quoi dire.

« À combien s'élèvent les frais de scolarité ? » demandait-il à M. Bell lorsqu'ils repartaient vers le Queens à la fin de ces visites, mais l'entraîneur était incapable de lui répondre. Tout juste savait-il que la moitié de ses frais de scolarité pourrait être prise en charge – au maximum. Peut-être aussi ses manuels. « On verra bien », concluait-il d'un ton encourageant. Seulement la moitié ? songeait Peter, mais il se gardait d'énoncer ses réserves à voix haute : il avait compris qu'il avait déjà beaucoup de chance de se voir offrir une telle somme en échange de ses performances sportives.

Puis, juste après Halloween, il fut contacté par l'entraîneur d'une petite fac du New Jersey. L'équipe d'athlétisme était classée en troisième division, et la fac n'avait même pas les moyens d'offrir de vraies bourses d'études aux jeunes qui portaient ses couleurs. Mais cet entraîneur était bien renseigné : il connaissait tous les résultats scolaires et sportifs de Peter – ses notes aux SAT, les tests d'entrée à l'université, et celles qu'il avait obtenues dans ses classes d'excellence, les diverses compétitions d'athlétisme auxquelles il avait participé avec l'équipe de Dutch Kills, ainsi que ses records personnels au 1 500 mètres, au 800 mètres et au 400 mètres. Il expliqua à Peter que son établissement pourrait le faire bénéficier d'un ensemble complexe de subventions et de bourses d'études au mérite et sur conditions de ressources, dont le montant cumulé couvrirait l'ensemble de ses frais de scolarité et de logement, ainsi que ses repas au restaurant universitaire. Pour améliorer ses fins de mois, ajouta l'entraîneur, il n'aurait qu'à compléter ses revenus à l'aide d'un petit boulot : son emploi du temps serait aménagé de façon à lui permettre à la fois de travailler et de participer aux compétitions organisées à l'extérieur. En outre, puisqu'il n'était plus à la charge de ses parents, il pourrait prétendre à des aides financières supplémentaires. En somme, il ne lui restait qu'à remplir quelques dossiers, et le tour serait joué.

D'un point de vue académique, Elliott College n'était pas la meilleure université de la région, loin de là – contrairement à celle de Dartmouth, dont l'entraîneur avait également pris contact avec Peter. Il repensa au dépliant présentant le campus et les cursus proposés : quand l'entraîneur de Dartmouth le lui avait remis, Peter l'avait glissé dans son manuel d'histoire américaine, où il était resté. L'histoire était sa matière préférée. Il s'y plongeait comme dans un long roman captivant et riche en rebondissements. Avant les devoirs sur table, tandis que ses camarades de classe révisaient leurs leçons jusqu'à la dernière minute, Peter ouvrait souvent la brochure de Dartmouth College et regardait les photos du campus. Mme Carcara lui avait assuré

237

qu'il avait encore toutes ses chances, que M. Bell avait discuté avec l'entraîneur de Dartmouth College, et que ce monsieur avait affirmé, sans aucun doute possible, que Peter se verrait offrir une bourse d'études soumise à conditions de ressources, laquelle couvrirait une partie de ses frais de scolarité. Une partie seulement – pour le reste, Peter pourrait souscrire un prêt étudiant à un taux avantageux. Quand il évoqua l'offre de financement que lui avait faite l'entraîneur d'Elliott College, Mme Carcara parut déçue.

— Ils ont un nouveau président, lui expliqua-t-elle quelques jours plus tard, après s'être renseignée sur l'établissement. Ils essaient d'être plus compétitifs. Alors ils sont prêts à de gros sacrifices pour faire venir quelqu'un comme toi.

Aucune autre université ne lui avait offert la possibilité d'étudier à si peu de frais : s'il s'inscrivait à Elliott College, il sortirait diplômé dans quelques années, sans un dollar de dette à la banque. Pourtant, quelques semaines s'écoulèrent sans qu'il parvienne à se décider. L'entraîneur le rappela. La direction de l'université était prête à ajouter une allocation supplémentaire à son package financier, annonça-t-il. Peter n'aurait même pas à travailler, en plus de ses études, pour couvrir ses dépenses courantes.

— Pardon ? s'exclama George ce soir-là, lorsque Peter lui apprit la nouvelle.

Il posa son couteau et sa fourchette de part et d'autre de son assiette. Il avait invité une amie au cinéma, à la séance de 19 h 15. Sitôt rentré du boulot, il s'était précipité sous la douche, puis il avait mis à réchauffer le plat de lasagnes qu'il avait acheté chez le traiteur pour leur dîner. Peter avait hâte d'être seul dans l'appartement. « C'est vraiment une chouette fille, avait confié

George en boutonnant sa chemise à la hâte au sortir de la douche, mais elle est ambulancière : elle n'est libre que les mardis et mercredis soir. » Peter avait tenté de lui parler d'Elliott College à travers la porte de la salle de bains, puis de nouveau pendant qu'il s'habillait, mais son oncle ne l'avait écouté que d'une oreille. Lorsqu'ils s'assirent enfin de part et d'autre de la petite table, Peter retenta sa chance.

— Es-tu en train de me dire qu'une fac t'a proposé une bourse d'études qui prendrait en charge toutes tes dépenses ? Absolument toutes ? s'écria George. Et c'est maintenant que tu m'en parles ?

Peter haussa les épaules.

— Je suis vraiment désolé de te demander ça, mais peux-tu prendre un jour de congé pour m'accompagner là-bas ? M. Bell irait, s'il le faut, mais l'équipe est en troisième division, et je sais qu'il vise plus haut. J'aurais pu y aller en bus, bien sûr, mais ils ont vraiment insisté pour qu'un adulte vienne avec moi. L'entraîneur s'est débrouillé pour que je dorme sur place : je partagerai une chambre avec un gars de l'équipe d'athlétisme. Et pour toi, j'ai pensé réserver une chambre d'hôtel avec l'argent que j'ai gagné cet été.

— Peter. Je peux me payer une chambre d'hôtel, quand même ! Tu t'inquiètes trop, tu sais. Alors t'es si doué que ça ? J'aurais dû venir à l'une de tes courses. Et les tests SAT, je ne savais même pas que tu les avais passés. C'était quand, fiston ?

Deux jours plus tard, à l'heure où les lycéens de Dutch Kills jouaient des coudes pour entrer en classe, George et Peter quittèrent Sunnyside au volant de la voiture de George, une Ford Fiesta vieille d'une quinzaine d'années qui perdit de l'huile jusqu'au péage du New Jersey. George s'était acheté de nouveaux vêtements pour l'occasion. Lorsqu'ils s'arrêtèrent chez McDonald's, il déploya une serviette en papier sur ses genoux et fit mine d'en nouer une autre autour de son cou pour protéger sa chemise et son pantalon tout neufs. Peter portait l'un de ses polos habituels. George lui avait suggéré d'enfiler un chandail par-dessus, afin d'avoir l'air « plus étudiant ». Après deux bonnes heures de trajet, ils s'engagèrent sur une longue route boisée qui les mena devant les grilles en fer forgé d'Elliott College.

George se gara sur le parking, puis ils se rendirent ensemble au bureau des admissions, où une jeune femme les accueillit chaleureusement et leur offrit des rafraîchissements – « Merci, ma belle », dit George lorsqu'elle leur apporta une corbeille de fruits et des biscuits – avant de détailler les conditions d'admission, notamment en termes de dossier scolaire. Sur ce point, Peter fut rassuré : la plupart des notes qu'il avait obtenues dans ses classes d'excellence ainsi qu'aux cours préparatoires d'entrée à l'université répondaient aux exigences de l'établissement. Tandis que leur interlocutrice poursuivait son exposé, abordant la partie administrative de l'inscription, Peter jeta un regard contrit à son oncle, mais ce dernier, visiblement captivé, ne semblait pas s'ennuyer le moins du monde. À l'issue de l'entretien, la jeune femme les accompagna jusqu'au stade d'athlétisme, où les attendait l'entraîneur de demi-fond.

George se présenta et serra la main de l'entraîneur.

— Comme vous le voyez, je ne cours pas beaucoup, ajouta-t-il, puis il s'effaça devant Peter, qui se présenta à son tour.

L'entraîneur les invita tous deux à le suivre dans son bureau, mais George déclina d'un geste.

— Allez-y sans moi. Je vais jeter un œil aux installations. À demain, Peter.

Et il se plongea dans la lecture d'un panneau d'information affiché près des vestiaires. Dès que Peter et l'entraîneur se furent engouffrés dans les locaux administratifs, George s'approcha du gardien du stade et lui posa une série de questions afin de se faire sa propre idée sur l'établissement. Quel genre de gamins étudiaient à Elliott College ? Des bons gars, pour la plupart, ou des fils à papa ? Le gardien répondit qu'il y avait beaucoup de cinglés, mais qu'ils étaient plutôt sympas. De bons p'tits gars, dans l'ensemble. Était-il satisfait de son boulot ? demanda George. Le type haussa les épaules. La paie n'était pas plus élevée qu'ailleurs, malgré les beaux discours de la direction sur la grille des salaires. Plus équitable, mon œil ! Avec un peu de chance, il se ferait embaucher à Toms River. Il y avait du boulot là-bas, et c'était plus près de l'océan.

— Comment c'était ? demanda George quand Peter monta dans la voiture le lendemain matin.

Arrivé au stade avec un peu d'avance, George avait vu Peter s'échauffer au sein d'un groupe de jeunes gens à peine plus âgés que lui. Il les avait vus enlever leurs vêtements mouillés de sueur dans l'air froid de novembre et plonger leurs mains dans leurs sacs de sport pour trouver des vêtements secs identiques aux précédents, qu'ils avaient enfilés en bavardant. Torse nu, Peter était d'une pâleur de statue, mais plus musclé qu'il n'en avait l'air en chemise, constata George en l'observant avec attention. Sitôt habillé, Peter se détacha du groupe d'étudiants, saisit son sac et courut à petites foulées vers la voiture de George. À présent, il était tel qu'en lui-même, avec son pantalon de survêtement, son vieux col roulé, ses joues rouge pomme. Dans quelques mois, il quitterait le lycée pour l'université. Avait-il apprécié ses camarades et ses enseignants à Dutch Kills ? S'était-il amusé pendant cette période ? C'était la première fois que George se posait la question. Le temps avait filé si vite ! En trois ans de lycée, Peter avait grandi, bien sûr, mais il n'était jamais rentré tard, ni saoul – pas une fois. Et il n'avait jamais amené de fille à la maison. Était-ce normal ? Les gosses ne fumaient plus, de nos jours ? Ils ne séchaient pas les cours ? Quand Peter se servait d'une casserole, il la lavait ensuite. Quand il terminait le dernier rouleau de papier-toilette, il allait en racheter au supermarché. Au début, il lui arrivait de laisser son linge sale s'accumuler dans la corbeille, et ses maillots de sport empestaient, pour sûr, mais quand George l'avait taquiné à ce sujet, Peter avait paru si embarrassé qu'il avait aussitôt regretté sa boutade. Le soir même, le tas de linge sale avait disparu. Peter l'avait emporté à la laverie, où il était resté un bon moment avec un bouquin, comme il avait prévu de le faire depuis le début (ainsi qu'il l'avait affirmé en rougissant). Quand il était arrivé de Gillam, il ne savait même pas comment fonctionnait une machine à laver. George lui avait tout expliqué : les différents programmes, la lessive, l'assouplissant. Les dames qui venaient régulièrement à la laverie le lui avaient expliqué, elles aussi. Maintenant, Peter était une vraie fée du logis : il détachait, faisait tremper, lavait, repassait et pliait ses vêtements à la perfection. Avait-il encore l'impression d'être un invité dans l'appartement de Sunnyside ou s'y sentait-il enfin chez lui ? Il n'avait jamais demandé à punaiser un poster ou des photos sur les murs. George se troubla. Il aurait dû lui dire qu'il n'y voyait pas d'inconvénient, pour qu'il se sente libre de le faire s'il en avait envie.

— C'était sympa, déclara Peter en jetant son sac sur la banquette arrière.

Il avait passé la journée de la veille en compagnie d'un groupe de coureurs de deuxième année, et il avait eu la même impression que dans toutes les facs qu'il avait visitées précédemment : les étudiants se la jouaient un peu devant lui. Au cours de la soirée, ils avaient longuement évoqué une nuit mémorable de l'année passée, au cours de laquelle ils s'étaient tous saoulés et rasé la tête. Puis ils avaient demandé à Peter de leur raconter ses meilleurs moments au lycée – en plus de ses performances sportives, bien sûr. Quand il avait répondu, déclinant ses résultats et ses records personnels, ils avaient cessé de plaisanter et gardé le silence. Au bout d'un moment, l'un d'eux avait demandé à Peter ce qu'il fichait là, à Elliott College. « Avec des temps pareils, tu pourrais viser mieux ! » s'était-il écrié.

— Bref, conclut Peter tandis que George franchissait les grilles de l'université, c'était sympa pour une soirée, mais je ne suis pas sûr de vouloir y aller tout de suite. Je me suis dit que je ferais peut-être mieux de rester à New York l'année prochaine. De faire un break entre le lycée et la fac, tu vois ? Le temps de trouver une meilleure solution aux questions d'argent.

Il pensait – bien qu'il n'en ait encore parlé ni à M. Bell ni à Mme Carcara – qu'il pourrait travailler sur les chantiers avec l'équipe de soudeurs pendant un an ou deux, mettre de l'argent de côté, puis s'inscrire dans une des meilleures universités sans devoir s'endetter trop lourdement.

George se tut pendant un long moment. Il cherchait à comprendre. Pour quelles raisons Peter souhaitait-il soudain rester à New York ? Était-ce à cause de sa mère ? Il ne l'avait pas vue depuis qu'elle avait été transférée à Albany, dans le nord de l'État. Anne ne voulait pas le recevoir – ou plutôt, elle avait refusé d'inscrire son fils sur la liste des personnes qu'elle acceptait de recevoir pendant les heures de visite. Pour tout dire, elle n'avait inscrit aucun nom sur cette liste ; c'est ce que le psychiatre avait annoncé à George au téléphone quelques mois auparavant. Peter était-il conscient de ce refus ? George en doutait. Le gosse ne le saurait pas tant qu'il n'aurait pas tenté de rendre visite à sa mère. Ce qu'il n'avait pas fait jusqu'à présent. George aurait pu l'en informer, mais il ne parvenait pas à s'y résoudre. Comment annoncer une si triste nouvelle ? Valait-il mieux dire tout de suite à Peter que sa mère ne voulait plus le voir, ou attendre qu'il prévoie de s'y rendre et l'en dissuader ? Ou mieux encore, l'accompagner à Albany afin d'être à ses côtés quand le personnel de l'hôpital refuserait de le laisser entrer ? Le règlement intérieur du Capital District Psychiatric Center était bien plus strict que celui de l'hôpital de Westchester : d'après ce que George en avait perçu, l'établissement semblait presque géré comme un centre de détention. Peter trouvait-il un certain réconfort à vivre dans le même État que sa mère, qu'il n'avait pas vue depuis la fin de l'été ? Cela expliquerait ses réticences envers Elliott College, situé dans le New Jersey. Il se pouvait aussi que Peter s'inquiète pour lui – qu'il soit réticent à l'idée de l'abandonner, qu'il l'imagine rongé par la solitude après son départ, ou un truc du genre. Il s'efforça de se mettre à sa place, essayant de ressentir ce qu'éprouvait Peter à l'issue de cette visite à la fac. Un gamin comme lui, tout juste sorti d'une enfance pas facile, ne serait-il pas, plus qu'un autre, rétif au changement ? Enclin à rester dans son environnement familier ? Mais, à 18 ans, on regarde droit devant soi, non ? On ne se retourne pas. Troublé, George pensa à son frère, et une vive colère l'envahit. Depuis des années, il remontait dans ses souvenirs pour essayer d'y trouver les signes avant-coureurs de l'égoïsme monumental dont Brian avait fait preuve envers son fils. En gros, il avait regardé la photo d'un terrain de golf, pris ses cliques et ses claques, et il était sorti de leur vie. Au moment précis où son gosse avait le plus besoin de lui.

Les champs de maïs et les vergers de pêchers qui occupaient le centre du New Jersey s'étiraient dans le rétroviseur. Peter, qui ne s'attendait pas à une réponse de la part de son oncle, regardait par la fenêtre, le menton appuyé sur son poing.

Le temps que George se décide à reprendre la parole, ils avaient quitté la route de campagne pour s'engager sur l'autoroute.

— Peter, je ne suis pas ton père, c'est sûr. Mais, à mon humble avis, faut être une sacrée andouille pour laisser filer une chance pareille.

George commençait tout juste à se soucier du montant des frais de scolarité à l'université : il savait que ce serait un problème, mais il pensait que rien ne serait décidé avant la fin de l'année scolaire. Or, on était seulement en novembre ! Tout s'accélérait. Il tenait à aider Peter du mieux possible, mais lorsqu'il avait demandé conseil au comptable du syndicat, le gars lui avait répondu qu'il pourrait sans doute se porter garant pour un prêt étudiant – rien de plus. Par-devers lui, George avait aussitôt rayé cette possibilité de la liste : impossible de se porter garant pour un emprunt alors qu'il avait déjà largement entamé sa réserve de crédit. Il l'avait grignotée peu à peu, faisant tout ce qu'il aurait dû faire des années plus tôt pour convaincre Brenda de rester. Il pouvait la reconstituer, mais il n'y parviendrait pas assez tôt pour aider son neveu.

Peter sentit le rouge lui monter aux joues.

— Une andouille ? Comment ça ? marmonna-t-il.

— Eh bien, je me pose la question, Pete : t'es vraiment une tête ? C'est ce qu'on dit de toi, non ? Ou une pauvre andouille ?

— Tu me le demandes vraiment ?

— Oui.

— Tu penses que je suis une tête ?

— Bien sûr que je le pense. Alors fais marcher la cervelle que Dieu t'a donnée !

10

C'est Francis qui avait décidé d'organiser une fête. L'hiver s'était achevé en l'espace d'une petite semaine. Les températures commençaient à grimper et, comme chaque année, ils s'étaient écriés qu'il n'y avait plus de saisons. Le jour où il envisagea d'accueillir des amis à la maison, ils ouvrirent les fenêtres pour profiter de la douceur de l'air et ne les refermèrent pas avant le lendemain. Le lundi matin, Kate était partie au lycée emmitouflée dans un épais sweat-shirt ; le vendredi, elle ne portait plus qu'une petite chose sans manches, avec des bretelles aussi fines que des lacets de chaussure. Francis demanda si elle avait l'intention de mettre une chemise par-dessus, si c'était comme une sorte de... Il s'interrompit, incapable de prononcer le mot « soutien-gorge » devant elle. Amusée, sa fille lui offrit un sourire espiègle.

— C'est un débardeur, papa, expliqua-t-elle. Ça se porte comme ça, sans rien par-dessus.

— Ah bon ? Ça me paraît un peu léger, protesta-t-il, mais elle éclata de rire et sortit sans l'écouter.

Quant Natalie et Sara étaient au lycée, Francis était trop occupé pour faire attention à ce genre de choses. Maintenant, il avait le temps devant lui. Il lui semblait parfois avoir franchi une porte à tambour : d'un côté, son ancienne vie, faite de mouvement et de précipitation ; de l'autre, sa vie actuelle, infiniment plus lente et désœuvrée. Avant, il se pressait du matin au soir, accomplissant le moindre geste à la hâte : se doucher, se raser, boire un café, aller au boulot, remplir des papiers, assister à une réunion puis à une autre, se garer, répondre au téléphone, remonter en voiture, aller chercher un suspect, procéder à une arrestation, remonter en voiture, repartir, boire un autre café, et ainsi de suite. Désormais, ses journées s'écoulaient dans un profond silence que seuls venaient ponctuer quelques bruits familiers : le battement d'ailes d'un oiseau dans le jardin, le fracas du camion-poubelle effectuant sa tournée dans le quartier, la croissance muette des bulbes de tulipe qu'il avait plantés avant Halloween et qui fendaient la terre dure comme autant de lames vertes.

Cette fête, il y tenait pour faire plaisir à Lena, bien qu'il ait affirmé vouloir célébrer dignement la fin des études secondaires de Kate et sa remise de diplôme.

— Toi ? s'était écriée son épouse. Toi, Francis Gleeson, tu me suggères d'organiser une fête à la maison ?

Elle semblait aussi stupéfaite que s'il lui avait proposé une balade sur la Lune, ce qui amena Francis à se demander s'il n'était pas un mari et un père plus grognon qu'il ne le pensait.

— Oui, avait-il confirmé. Une vraie fête.

Ils inviteraient tout le monde : les amis des filles, leurs voisins, les gens qu'ils fréquentaient à la paroisse de St Bart. et les collègues de Lena (depuis le début de l'année scolaire, elle travaillait à plein temps pour une petite compagnie d'assurances basée à Gillam). Ils loueraient un barnum où se replier en cas d'averse. Ils convieraient bien plus de gens que la maison ne pouvait en contenir, et c'est ça qui ferait tout le sel de la fête.

Le départ de Kate pour l'université à l'issue de son année de terminale semblait annoncer le début d'une nouvelle ère – pire ou meilleure que la précédente ? cela restait à voir – qu'il serait bon de célébrer. La fête leur offrirait aussi l'occasion de remercier leurs amis et leurs voisins pour les cadeaux, les plats cuisinés, l'aide, le soutien et les vœux de prompt rétablissement dont ils les avaient inondés au cours des années écoulées.

— Nous les avons remerciés depuis belle lurette ! répliqua Lena en l'observant comme elle avait l'habitude de le faire depuis le drame.

Elle lui demandait moins souvent s'il se sentait bien, mais la question flottait toujours entre eux.

— Enfin, ça ne nous empêche pas de faire la fête, reprit-elle. J'adore cette idée. Tu es sûr d'en avoir envie ? Ça va coûter cher.

— J'en suis sûr. Invite tout le monde.

Ils n'avaient pas fait l'amour depuis deux ans, et avant cela il s'était écoulé deux années aussi – c'était avant qu'il soit blessé. Francis passait maintenant assez de temps à la maison pour savoir que c'était le genre de « problème » dont on discutait abondamment d'un air sérieux, voire tragique, lors des débats télévisés de la mi-journée. Pourtant, il ne parvenait pas à se résoudre à en parler avec Lena – à moins de mettre la question sur le tapis en plein milieu du dîner ou pendant qu'ils regardaient le journal du soir, ce qui n'aboutirait qu'à aggraver la situation. De toute façon, il avait raté le coche depuis longtemps. Un soir, il s'était levé de son fauteuil, s'était approché du canapé où elle lisait et lui avait retiré le livre des mains. Avant, il n'en aurait pas fallu davantage. Ce soir-là, Lena l'avait regardé d'un air perplexe. « Tu ne te sens pas bien ? » avait-elle demandé en tendant la main vers son livre.

Qu'il lui avait rendu. Deux ans. Sur le papier, cela semblait terriblement long, mais sur le moment le temps avait filé sans que Francis s'en aperçoive, les jours succédant aux jours, les semaines aux semaines, les mois aux mois, jusqu'à ce que le temps s'arrête et qu'ils finissent par s'habituer à la situation. Il n'avait jamais vraiment tenu les comptes de leurs relations intimes. Lena et lui avaient toujours eu une vie sexuelle satisfaisante, faisant parfois l'amour plusieurs jours d'affilée, puis pas du tout pendant une semaine entière, voire davantage, sans que ce soit un problème, puisqu'ils parvenaient toujours à se retrouver. La dernière fois, ils étaient dans leur chambre, les filles venaient de partir au lycée, Francis était assis au bord du lit, Lena accroupie à ses pieds. Elle l'aidait à enfiler ses chaussettes – à cette époque, deux ans auparavant, Francis était encore pris de vertige chaque fois qu'il se penchait. Un désagrément que ses médecins imputaient aux médicaments, et non à une partie de son cerveau qui ne se serait pas rétablie. Lena s'était appuyée sur sa cuisse pour se relever et il l'avait attirée vers lui. Il avait posé une main sur sa nuque, l'autre sur le croissant de peau visible entre le haut de sa jupe et l'ourlet de son pull. Plus il sentait sa peau nue sous ses doigts, plus il se souvenait de sa vie d'avant. Pendant quelques minutes, il avait même eu l'impression qu'il pouvait la ressusciter, que chaque geste, chaque caresse, chaque mouvement de ses hanches pouvait l'y ramener. Lena s'était forcée, il l'avait senti, mais il s'en fichait. Elle ne l'avait pas embrassé comme avant. Elle n'avait pas caressé son visage. Elle s'était contentée d'ôter ses sous-vêtements et de ramper prudemment sur le lit pour le chevaucher. « Ne crains rien, avait-il murmuré, tout va bien se passer. » Mais elle avait tant veillé sur lui au cours des deux années écoulées qu'elle demeurait inquiète. Très vite, il avait reconnu sur son visage l'expression qu'elle arborait autrefois, quand leurs filles étaient bébés et qu'elle consacrait ses journées à les suivre dans l'escalier en ôtant les objets dangereux qui se trouvaient sur leur passage.

Il ne l'avait pas vue nue depuis le drame. Maintenant, elle s'habillait et se changeait dans la salle de bains. Pendant les mois d'hiver, elle se glissait dans le lit conjugal en pyjama à carreaux à manches longues, les cheveux peignés, le visage démaquillé. L'été, elle portait un tee-shirt qui lui arrivait aux genoux. Elle se montrait prévenante et soucieuse de son bien-être – plus prévenante qu'avant. Si elle pressentait qu'il s'endormirait aussitôt couché, elle ne lui demandait plus, comme autrefois, de laisser la lampe allumée pour qu'elle puisse lire.

Cette fois-là, leur dernière fois, elle s'était immobilisée en même temps que lui, après qu'il eut terminé. Puis elle s'était penchée, appuyant son front contre le sien. Sans rien dire, sans rien demander. Autrefois, il lui fallait toujours un peu plus de temps, et elle l'incitait à continuer. Pas cette fois-là. Il avait alors compris qu'elle avait accepté pour lui, et non pour elle. « Lena, mon amour », avait-il chuchoté en comprenant qu'elle pleurait, et il avait cherché à lui attraper les mains. Mais elle s'était levée, elle avait remis ses sous-vêtements et s'était dirigée vers la salle de bains, où elle avait fait couler de l'eau pendant quelques minutes. Puis elle était descendue au rez-de-chaussée.

Depuis lors, il guettait chez elle, chez lui aussi, les signes d'un renouveau : un geste, un mot susceptibles de raviver la flamme, de lui prouver qu'elle ne s'était pas complètement éteinte. Parfois, lorsqu'il la voyait remuer les hanches au rythme d'une chanson qui passait à la radio dans la cuisine, ou enrouler le cordon du téléphone autour de son doigt tout en bavardant, il sentait un désir puissant, presque douloureux, s'ouvrir comme une fleur dans sa poitrine. On lui répétait sans cesse qu'il avait eu de la chance, et il savait que c'était vrai. Lena s'était occupée de lui dès la première nuit ; elle n'avait pas quitté son chevet pendant des mois. Au cours des premières semaines, avant qu'il puisse marcher, elle ne le laissait pas en paix : elle prenait constamment ses jambes ou ses pieds dans ses mains et les massait pour activer la circulation sanguine. Elle le nourrissait, l'habillait et étalait de la pommade sur ses lèvres sèches ; elle vérifiait que sa perfusion était bien en place, que les pansements avaient été changés correctement, et lorsqu'elle n'était pas d'accord avec une infirmière ou un médecin, elle demandait à parler à quelqu'un d'autre. « Tu vas t'en sortir », répétait-elle encore et encore, et grâce à elle Francis n'en avait jamais douté. Il s'en était sorti, en effet. Mais, entre-temps, elle s'était habituée à cette répartition des rôles : elle était son infirmière, il était son patient. Elle ne blêmissait plus quand il se dirigeait vers l'escalier, mais elle l'avait rangé dans la même catégorie que leurs filles et l'emprunt immobilier : il était devenu un sujet d'inquiétude.

Sur la plupart des points, Francis était redevenu lui-même. La reconstruction avait duré quatre ans, mais elle l'avait ramené à son point de départ, moins un œil, et avec une certaine paralysie faciale. Un côté de son corps se fatiguait plus vite que l'autre. Chez lui, un simple rhume prenait des proportions démesurées. Mais il s'était remis à bricoler et à jardiner. Il avait recommencé à tondre la pelouse, à tailler les arbres et à transporter les déchets végétaux jusqu'au bout de l'allée pour que le camion-poubelle vienne les chercher. Quand il transpirait et qu'une goutte de sueur coulait de son front, il éprouvait une sensation complètement différente selon qu'elle roulait sur le côté gauche ou sur le côté droit de son visage. Il avait pelleté la neige au cours de l'hiver, semé de l'herbe au printemps et à l'automne, il avait enfin réparé le tuyau du sous-sol qui fuyait depuis des années. Quand il avait voulu fixer les guirlandes de Noël sur la façade, Lena était sortie pour tenir l'échelle. À peine avait-il commencé à travailler qu'elle le couvrait déjà de reproches : il n'aurait pas dû monter, ça n'en valait pas la peine ; et s'il était pris de vertige ? Vraiment, rouspétait-elle, il ferait mieux de descendre tout de suite. Francis ne l'avait pas écoutée, et tout s'était bien passé.

Pourtant, ils peinaient à trouver le chemin qui les ramènerait l'un vers l'autre. Pas une fois, depuis qu'il était rentré de l'hôpital, elle ne s'était blottie contre lui dans son sommeil, pas une fois elle n'avait glissé la main sur son torse avant de la laisser posée sur son cœur, comme elle le faisait auparavant. Ce constat le troublait plus qu'il ne l'aurait souhaité. Il s'interdisait d'y penser trop souvent, jugeant puéril le chagrin qui le saisissait alors. « Serre-moi fort ! » avait demandé Kate à Lena des années auparavant, quand elle avait 4 ou 5 ans. Un berger allemand avait échappé ce jour-là à la surveillance de son maître et poursuivait les enfants du voisinage en essayant de leur mordre les mollets à travers sa muselière. Terrifiée, Kate s'était réfugiée dans la cuisine. « Serre-moi fort ! » avait-elle imploré sa mère en courant vers elle. Et Lena, souriante, l'avait enveloppée de ses bras.

De temps en temps, la nuit, il tentait d'entrer sur le

territoire de Lena dans l'espoir d'y être accueilli, mais il se heurtait à des difficultés croissantes. Tout récemment, il avait frôlé la pointe de ses cheveux étalés sur l'oreiller. Une caresse légère comme une plume dans l'obscurité de la chambre conjugale. Il n'attendait pas de réponse de sa part. Si elle s'était contentée de rester immobile, il aurait hasardé un geste plus audacieux. « Désolée, avait-elle marmonné sans se retourner, en écartant ses cheveux d'un geste. Tu ne dors pas ? »

Bientôt, Kate quitterait le nid et ils se retrouveraient seuls dans la maison, comme au début de leur mariage. Le temps avait filé si vite ! Pendant vingt ans, ils s'étaient interrogés sur la nécessité de construire une extension, comme tant de leurs voisins. Puis, un beau jour, ils avaient ouvert les yeux et constaté qu'ils n'en avaient plus besoin. Francis se souvenait encore des soirs où il rentrait du boulot et criait aux filles de ranger leurs feutres, leurs cahiers, leurs sweat-shirts, leurs cartables. Maintenant, plus rien ne traînait dans la maison. Plus de feutres, plus de cartables. Et dans la journée il n'y avait même plus Lena. Elle travaillait pour la compagnie d'assurances de 9 heures à 17 heures. Quand elle rentrait, elle fonçait préparer le dîner. Lorsqu'il était jeune homme, puis jeune père, il était loin d'imaginer qu'il passerait une longue période de sa vie d'adulte seul chez lui du matin au soir. Ces derniers temps, il pensait plus souvent à l'Irlande : il essayait de se rappeler si son propre père était constamment occupé, ou s'il lui arrivait d'être désœuvré, lui aussi. Parfois, il laissait la télévision allumée en guise de compagnie. Un jour, en zappant d'une chaîne à l'autre, il était tombé sur une scène montrant un homme et une femme en train de s'embrasser dans ce qui semblait être une chambre d'hôtel. Il était resté le doigt en suspens sur la télécommande. L'homme avait commencé à déshabiller sa partenaire, puis il l'avait retournée, plaquée sur le lit et pénétrée par-derrière. Francis n'avait jamais été adepte du porno, mais là, c'était différent : il était sur une chaîne câblée. Il ne voyait pas grand-chose, d'ailleurs : l'acte était seulement suggéré. Tout en fixant l'écran, il avait glissé la main dans son pantalon et s'était caressé pour se faire jouir, entamant une période de plusieurs mois qui lui avait rappelé l'année de ses 14 ans, lorsqu'il allait se cacher dans les champs pour exécuter ce geste en toute intimité – alors que chez lui, dans leur maison bondée, il n'était jamais seul.

Il continuait de prendre un antidouleur par jour. Lorsque son médecin lui avait affirmé que ce comprimé quotidien ne changeait sans doute pas grand-chose, au point où il en était, Francis s'était senti autorisé à doubler la dose. Parfois, il en avalait deux le matin et deux autres l'après-midi. Il ne se passait rien de spécial, si ce n'est qu'il se sentait plus calme, comme s'il abritait une grande paix intérieure. Il prenait aussi un antidépresseur, moins efficace que deux antidouleurs, et même un peu embarrassant, mais son médecin l'avait rassuré : c'était un traitement standard. Il n'y avait aucune honte à avoir.

Parfois, quand il se tenait devant l'évier de la cuisine, les yeux tournés vers la fenêtre, il entendait le ronronnement d'un taille-haie. Il s'attendait alors à voir apparaître la tête de Brian Stanhope près des rochers qui séparaient leurs propriétés. Puis le souvenir des événements lui revenait à l'esprit, et il secouait la tête, tout étonné. Que pensait-il d'Anne Stanhope avant le drame ? Il fouillait sa mémoire, cherchant à mettre le doigt sur ses sentiments. Elle ne lui inspirait pas grand-chose, en fait. Il la voyait comme un drôle d'oiseau, rien de plus. Il préférait l'éviter pour ne pas s'attirer des problèmes. Il savait qu'il serait amené à la côtoyer pendant quelques années, le temps que les enfants grandissent, puis ce serait terminé. Il pouvait l'ignorer, se contenter de la saluer de loin. Et maintenant ? Il s'était montré gentil avec elle. Plus gentil qu'un autre l'aurait été à sa place. Et pourtant. Il laissait parfois vagabonder son imagination : et si c'était Kate, et non lui, qui était allée frapper chez eux ce soir-là ? Et si Anne avait tué son enfant ?

Il savait qu'elle avait été transférée dans un autre hôpital. Là encore, il s'était montré généreux, en acceptant de revoir à la baisse les chefs d'inculpation, ce qui avait permis à Anne de sortir de prison. Il lui arrivait de penser que cette générosité aurait mérité une plus grande reconnaissance. Un autre que lui, plus vindicatif, aurait insisté pour qu'elle reste incarcérée. Or, il savait ce qui arrivait aux fous dans les prisons d'État. Quand leur avocat les avait appelés à l'issue de la procédure, Francis avait craint que ce ne soit pour leur annoncer qu'Anne avait été libérée et placée dans un centre de réadaptation pour anciens détenus, ou une ineptie du même genre, mais il avait vite été rassuré : le nouvel hôpital semblait plus strict que le précédent. Francis en avait éprouvé une certaine satisfaction. Il s'était interrogé : était-ce une joie mauvaise ? Que racontait-elle de lui ? Comme Lena l'avait déclaré à plusieurs reprises, ils se fichaient de savoir où Anne se trouvait, du moment que ce n'était pas près de chez eux. Francis en convenait, mais, par-devers lui, il en arrivait toujours à la même conclusion : il avait le droit de lui souhaiter du mal. Si elle ne lui avait pas tiré dessus, il serait capitaine, peut-être plus, à l'heure qu'il était. Et si la vie s'était déroulée comme prévu, quand Francis serait rentré chez lui à la fin de sa journée de travail, sa femme aurait posé sur lui un regard bien différent de celui qu'elle lui réservait depuis quatre ans. « Flic un jour, flic toujours », disaient ses anciens collègues quand ils lui rendaient visite. Mais plus ils le disaient, moins il les croyait.

Quand Lena avait commencé à ranger dans le frigo et les placards les bouteilles de soda, les packs de bière, les paquets de chips, les sauces, le bœuf haché pour les hamburgers, les paquets de macaronis pour les salades et les bonbonnes de gaz pour le gril, elle s'était avoué que c'était ainsi qu'elle avait imaginé sa vie à Gillam. Lorsqu'ils avaient emménagé, elle pensait organiser des fêtes, des barbecues, ouvrir grandes les portes de leur maison et inviter tous ceux qui voulaient venir. Elle s'était imaginé les rires, la musique, les bouteilles de vin qu'on débouche, les conversations avec les voisins tandis que les gamins courraient autour de la maison. À l'époque, elle avait même choisi une grande table à deux rallonges pour la salle à manger, parce qu'elle pensait qu'ils recevraient souvent des amis à dîner et qu'il leur faudrait pouvoir accueillir jusqu'à douze convives – même si, pour cela, la table devrait occuper toute la longueur de la pièce et s'étirer jusqu'au salon. Mais lorsqu'elle avait sorti les rallonges du grenier, elle avait constaté qu'elles étaient désormais un peu plus sombres que la table. Les chevilles en bois étaient encore recouvertes du film plastique posé par le fabricant. Lena avait demandé à Francis de l'aider à les descendre au rez-de-chaussée – elles étaient très lourdes –, mais il avait failli trébucher en s'engageant dans l'escalier à reculons.

— Fais attention ! avait-elle crié, avant d'insister pour qu'il prenne sa place, et elle la sienne.

La cérémonie de remise des diplômes se déroula un samedi matin au lycée de Gillam. Kate avait obtenu le premier prix en sciences : elle monta sur l'estrade pour serrer la main du proviseur, qui lui remit le document. Une semaine plus tôt, Natalie avait décroché son diplôme à l'université de Syracuse. Quant à Sara, elle était à mi-parcours dans ses études à Binghamton University, l'un des établissements publics de l'État de New York. Avec la retraite de Francis, le salaire de Lena et quelques emprunts, les Gleeson seraient en mesure de financer la première année d'études supérieures de Kate. Lena supposait que leur petite dernière s'inscrirait dans une des universités publiques de la région, comme Sara. Seul Francis avait remarqué les brochures et les enveloppes frappées du sigle NYU – New York University – qui arrivaient pour elle dans leur boîte aux lettres.

— Tu veux faire tes études dans le coin ? lui demanda-t-il un soir.

Elle mangeait un bol de céréales avant d'aller se coucher. Lena était déjà montée. Soudain, il songea au 9e district et à Brian Stanhope – pourquoi lui, à ce moment précis ? À peine eut-il le temps de se poser la question que la pensée s'était déjà envolée. Kate haussa les épaules et Francis sentit son cœur se serrer. Depuis quand sa fille n'osait-elle plus exprimer ce qu'elle désirait vraiment ?

— Si tu devais choisir une université, ce serait laquelle ? insista-t-il.

— Le privé, c'est trop cher, non ?

— Je ne te demande pas ce qui est possible, Kate, mais ce dont tu rêves. Alors ?

Elle se tut un instant, puis désigna l'enveloppe qu'il tenait entre ses mains.

— Tu as les notes nécessaires pour être admise ?
— Je crois, oui.
— Alors postule, et nous verrons bien.

Les festivités débutèrent à 15 heures, et la plupart des invités arrivèrent en même temps. Certains d'entre eux sonnaient à la porte avant de faire le tour de la maison. D'autres se contentaient de suivre le son de la hi-fi et débouchaient dans le jardin, les bras chargés de fleurs, de bouteilles, de tartes et d'assiettes de biscuits. Francis ne se souvenait pas précisément de l'attitude que lui réservaient leurs amis avant l'accident – de quelle manière le saluaient-ils ? – mais, à présent, ils se livraient à une sorte de rituel plein d'affection et de déférence, comme si le seul fait de lui parler leur donnait l'impression d'être vertueux et d'avoir accompli une bonne action. Il percevait leur embarras à la manière dont ils évitaient de regarder son œil fixe – leurs propres yeux parfaitement synchronisés virevoltaient plusieurs fois de sa prunelle gauche à sa prunelle droite, avant d'opter pour l'une ou l'autre. La plupart des invités avaient apporté un cadeau pour Kate. Francis en éprouva une vive culpabilité : après tout ce que ces gens avaient fait pour eux, ils s'étaient aussi démenés pour acheter un présent à leur fille ? C'était à peine croyable. Ravie, Kate les remerciait avec effusion. Depuis son poste d'observation, à l'autre bout du patio, il se souvint de la petite fille qu'elle avait été, dressant soigneusement l'inventaire des cadeaux qu'elle recevait tout au long de l'année. Ses amies la serraient dans leurs bras en arrivant ; les garçons de leur classe tournaient autour d'elles, les bras ballants, l'air timide.

Francis alluma le barbecue à 16 heures. Il entreprit d'aligner sur la grille les steaks, les saucisses et les épis de maïs emballés de papier aluminium. Il but une bière. Deux bières. Quatre bières. Il partit en chercher d'autres pour les mettre au frais dans les glacières. Les hommes lui tenaient compagnie, tandis que les femmes discutaient par petits groupes près du buffet. En fin d'après-midi, Lena conduisit plusieurs voisines à l'étage pour leur montrer la penderie de leur chambre et glaner leurs conseils sur les rénovations à envisager. Elle semblait enchantée d'accueillir autant de monde et s'exprimait avec excitation, d'un ton plus léger, plus enfantin que d'ordinaire. Elle avait préparé quelques pichets de margarita, qui furent descendus dès la première heure. Les trouvant vides, Lena sortit de la cuisine les bouteilles qui avaient servi à les préparer, ainsi qu'une dizaine de citrons verts, et remplit promptement les verres de leurs invités. Ils mangèrent, se resservirent, burent davantage, et pendant tout ce temps les gens continuaient d'arriver et de se presser devant le barbecue, où Francis s'activait toujours. D'autres familles organisaient des fêtes de fin d'année ce jour-là, et les invités papillonnaient d'une maison à l'autre, transformant Gillam en une gigantesque garden-party.

Une femme s'approcha du barbecue et demanda à Francis si elle pouvait avoir un hamburger sans fromage. Il acquiesça et mit la viande à griller. Restant à son côté, elle l'interrogea sur sa santé. Souffrait-il toujours de douleurs aiguës le long de sa paroi orbitale ? Il lui lança un regard surpris. Elle sourit et posa la main sur son bras.

— Vous ne vous souvenez pas de moi. Je venais d'être embauchée à l'hôpital de Broxton quand vous y avez été transféré. Je ne travaillais pas à votre étage, mais je suis venue vous voir parce que nos filles étaient dans la même classe.

— Bien sûr ! Ça me revient, maintenant.

— C'est faux, dit-elle en riant. Mais vous êtes très poli. Vous receviez beaucoup de visites, à l'époque : il y avait constamment des flics qui entraient et sortaient de votre chambre. Dans mon équipe, les plus jeunes infirmières se mettaient du rouge à lèvres avant d'aller dans votre service, au cas où l'un de vos collègues aurait été célibataire. Elles étaient tristes quand vous êtes parti.

— Ah oui ? Si je l'avais su plus tôt, j'aurais certainement mis cette information à profit !

Il la regarda de nouveau. Elle était menue, avec de longs cheveux auburn et une jolie robe à fleurs.

— Votre fille est au lycée ? Vous semblez si jeune !

Il rougit, conscient d'avoir parlé trop vite. Il ne voulait pas lui donner l'impression qu'il flirtait avec elle.

— Ma fille était au lycée de Gillam, comme la vôtre. Elle s'appelle Casey. Vous la connaissez ? Elle est...

Elle se retourna, cherchant sa fille des yeux.

— Eh bien, elle est quelque part par ici.

Francis posa le hamburger dans son assiette. Elle mit une fois de plus la main sur son bras. Il eut l'impression de recevoir une petite décharge électrique.

— C'est un plaisir de vous voir en si bonne santé, ajouta-t-elle, puis elle se fraya un passage parmi les invités et rejoignit le groupe de femmes qui bavardaient près de la remise.

Le jour commençait à décliner quand Francis éteignit le barbecue, et la nuit était tombée quand il put enfin s'asseoir. D'autres invités continuaient d'arriver. Ils se mêlaient dans la pénombre à la petite foule massée dans le jardin, apportant un regain de vie aux conversations déclinantes. Francis discutait avec un policier de Gillam, dénommé Dowd, quand Kate surgit derrière lui.

— Y a une fille qui est en train de vomir dans les rhododendrons, chuchota-t-elle au creux de son oreille.

Francis et Lena avaient demandé à leurs enfants d'être vigilantes et de garder l'œil sur leurs camarades, mais ce genre d'incident était inévitable, supposait-il. Ils auraient dû se montrer plus prévoyants et cacher les glacières remplies de cannettes de bière. Quoi qu'il arrive, ce ne serait pas bien grave, avait assuré Lena, en rappelant à Francis qu'à leur époque on avait le droit de boire de l'alcool à 18 ans. Comme quoi, la loi était arbitraire, non ? Et puis, à cet âge-là, Francis était déjà en partance pour l'Amérique : il était loin d'être un gamin. « De toute façon, avait-elle conclu, la plupart des ados qui viendront samedi seront accompagnés de leurs parents. »

Il s'excusa auprès de Dowd. En traversant la terrasse, il chercha Lena du regard et ne la trouva pas. Elle avait dû rentrer à l'intérieur. Par la fenêtre, il aperçut un groupe d'hommes attablés dans la cuisine autour d'Oscar Maldonado : un jeu de cartes à la main, il les distribuait à ses partenaires. Étrangement, quelques-unes des chaises de la salle à manger avaient migré dans le jardin, tandis que la chaise longue trônait maintenant au milieu de la cuisine. Kate le précédait d'un pas vif, l'air résolu. Lorsqu'ils contournèrent la maison, Francis s'attendait à voir un petit groupe d'adolescents dans la pénombre, mais cette partie du jardin était déserte.

Quand il s'arrêta près de Kate devant le massif de rhododendrons, il eut l'impression que la fête avait lieu loin derrière lui.

— Elle a beaucoup bu ? demanda-t-il à Kate.

— Aucune idée. Je l'ai vue faire le tour de la maison, alors je l'ai suivie.

Il dut plisser les yeux pour repérer la silhouette à quatre pattes dans l'obscurité. Ses longs cheveux sombres pendaient, dissimulant son visage.

— OK, je m'en occupe, déclara-t-il, soudain dégrisé. Et pour vous, Kate, c'est fini, d'accord ? Vous avez assez bu. Aucun de tes amis ne quittera cette maison sans que j'aie pu juger de son état. À moins qu'il ne soit accompagné de ses propres parents. C'est compris ?

— Compris, répéta Kate, mais elle lui jeta un regard courroucé avant de s'éloigner en courant.

Il s'agenouilla et réunit les cheveux de la jeune fille dans sa main pour dégager son visage. Elle se pencha et vomit pendant plusieurs secondes, en gémissant abondamment. Beaucoup de bruit pour rien, estima-t-il, au regard de la faible quantité de liquide qui jaillissait de son estomac.

— C'est bien, dit-il en lui tapotant le dos. Viens te rafraîchir, maintenant.

Il la saisit fermement par le bras et l'aida à se relever. Alors seulement, il la reconnut.

— Oh ! s'exclama-t-il, surpris.

— C'est affreux, dit-elle en se balançant d'avant en arrière. Je suis terriblement gênée.

Elle avait égaré ses chaussures, et une des bretelles de sa robe avait glissé, révélant son épaule nue. Elle s'appuya contre son torse et ferma les yeux. Elle s'endormit un instant plus tard. Ses cheveux sentaient le thé.

Son corps était plus mince que celui de Lena. Il la repoussa doucement.

— Comment vous appelez-vous ? J'ai oublié de vous le demander tout à l'heure.

Elle fit glisser ses mains le long de ses bras, puis elle enserra ses épaules. Il ne comprit pas un mot de ce qu'elle disait.

— Oh, la pauvre ! C'est Joan Kavanagh, s'exclama Lena quand Francis tourna à l'angle de la maison, un bras passé autour de la taille de leur invitée pour l'aider à mettre un pied devant l'autre.

La partie de cartes se poursuivait autour de la table de la cuisine. Lena se faufila entre les joueurs pour remplir un verre d'eau et sortir du tiroir deux comprimés d'aspirine, que Francis fit tomber l'un après l'autre dans la bouche de Joan. Lena ne se sentait pas très bien elle-même, et après avoir demandé deux fois à Francis s'il s'estimait capable de gérer la situation, elle monta s'allonger sur leur lit, tout habillée, sans même ôter ses sandales. La fille de Joan était déjà partie, heureusement. Elle s'était rendue à une autre fête avec une demi-douzaine de jeunes gens.

— Ça va aller ? demanda Kate en surgissant derrière son épaule.

Francis comprit qu'elle avait préféré rester auprès d'eux, renonçant à poursuivre la soirée avec ses amis. Sara était à l'étage. Natalie était partie Dieu sait où – c'était une femme adulte maintenant, diplômée de l'université.

— Elle a trop bu, reprit Kate.

Elle avait formulé cette évidence avec une certitude prudente qui trahissait son manque d'expérience. Il était clair qu'elle venait de faire une découverte : jusqu'à ce soir, elle pensait que l'abus d'alcool était réservé aux gamins de son âge.

— Elle a peut-être mangé un truc qui ne passe pas, ajouta-t-elle d'un air perplexe en observant longuement la femme assoupie. Elle peut dormir ici, non ? Tu ne vas pas l'obliger à rentrer chez elle ?

— Non, je ne l'obligerai à rien, mais il se peut qu'elle préfère se réveiller dans sa propre maison. Sais-tu où vivent les Kavanagh ? demanda-t-il, soudain conscient d'être face à un problème supplémentaire.

— Près du terrain de jeu, mais je ne connais pas leur adresse exacte, dit Kate en secouant la tête.

Elle jeta un coup d'œil à la mère de son amie, comme pour s'assurer qu'elle ne suivait pas la conversation.

— Je crois qu'elle vit seule avec Casey. Enfin, j'en suis pas sûre... Je pense que son mari n'habite plus avec elles.

Francis contempla l'inconnue qui dormait, recroquevillée sur elle-même sous une grande serviette de plage. Elle ronflait doucement, la bouche ouverte.

— Je m'en occupe, Katie, d'accord ? Va te coucher.

Depuis combien de temps discutaient-ils sur la terrasse ? Un à un, sans qu'il s'en aperçoive, tous leurs invités étaient partis. Hormis la lampe fixée au-dessus de la gazinière, la cuisine était plongée dans l'obscurité. Francis entra, prit les plaids étalés sur le canapé et le fauteuil, puis il éteignit la télévision, qui diffusait des clips à plein volume. Quand il regagna la terrasse, il plaça deux fauteuils de jardin l'un en face de l'autre, s'assit dans l'un et posa ses pieds sur l'autre. Puis il recouvrit Joan d'un plaid et s'enveloppa dans le second.

Je suis saoul, comprit-il en regardant fixement des papillons de nuit se précipiter vers la lampe accrochée au-dessus de l'entrée. Il tenta de se souvenir de sa rencontre avec Joan à l'hôpital de Broxton, puis renonça : trop fatigant. Il y penserait demain.

Quand il s'éveilla dans l'air bleuté du petit matin, elle le regardait par-dessus le plaid remonté jusqu'à son menton. Quelques serviettes tachées ainsi qu'une mare de chips écrasées gisaient entre leurs fauteuils respectifs.

— Je suis mortifiée, chuchota-t-elle.

Le soleil n'était pas encore levé. Francis porta la main à sa nuque, raide et glacée. Sa langue et son palais semblaient tapissés de fourrure. Joan se leva, plia le plaid et le drapa avec soin sur le dossier du fauteuil où elle avait dormi.

— Je m'en vais, murmura-t-elle. Je rentre chez moi. Ce n'est pas loin. Vous devriez aller vous coucher.

Elle passa un moment à chercher ses sandales et, quand elle les trouva, elle enroula deux doigts autour des brides avant de le rejoindre, toujours pieds nus. Il saisit son poignet, puis se tourna vers elle et posa les mains sur ses hanches. Pendant un bref instant, une demi-seconde peut-être, elle s'inclina vers lui, ses muscles se tendant sous ses paumes. L'air glacé du petit jour semblait fragile, prêt à se rompre. Si Francis lui posait une question, elle en amènerait une autre. Et encore une autre. Et ainsi de suite.

— Je m'en vais, répéta-t-elle.

Un instant plus tard, elle avait disparu.

11

George était parti jouer au basket sur Skillman Avenue pendant que Peter bouclait ses valises. Son oncle avait prévu de l'aider, mais, ce matin-là, quand ils s'étaient penchés au-dessus du canapé, épaule contre épaule, pour plier et empiler les quelques vêtements de Peter, ils avaient compris que ce n'était pas un travail pour deux. Au début du mois d'août, George l'avait emmené chez Sears, à Long Island : là, il lui avait acheté plusieurs serviettes de toilette assorties et une paire de draps à carreaux rouges et bleus, extralongs, pour le lit de sa chambre d'étudiant. Puis il lui avait demandé s'il aurait besoin d'autre chose. Peter savait que certains gamins se faisaient offrir un petit frigo ou un téléviseur, mais il avait répondu par la négative : de quoi pourrait-il avoir besoin, puisque tous ses repas seraient inclus dans sa scolarité ? Sur le chemin du retour, ils s'étaient arrêtés dans leur cafétéria habituelle. George s'était éclairci la gorge, avant de se lancer : puisque Brian n'était pas là, avait-il déclaré, c'était à lui d'expliquer deux ou trois trucs à Peter avant qu'il vole de ses propres ailes. Peter avait senti son estomac se nouer, persuadé que George allait soudain le submerger d'informations sur la sexualité, infos que Peter connaissait déjà, mais qu'il n'avait aucune envie d'entendre de la bouche de son oncle. Quelques mois plus tôt, en milieu de semaine, Peter avait souffert d'une terrible migraine et quitté l'entraînement plus tôt que prévu. Il était arrivé à l'appartement avec deux heures d'avance sur son horaire habituel. Il avait d'abord cru que George n'était pas là. Puis il avait entendu du bruit derrière la porte de la chambre, des mouvements précipités, une conversation feutrée. Il s'était figé, ses clés toujours à la main, et il était reparti. Il avait descendu Queens Boulevard en direction de Manhattan. Quand il était arrivé devant le cinéma, il avait fait demi-tour. En entrant de nouveau dans l'appartement, il l'avait trouvé vide. La porte de la chambre de George était grande ouverte.

Ce soir-là, au retour de Long Island, George ne lui parla pas d'éducation sexuelle, mais d'alcool. Il savait que la bière coulait à flots dans les facs, et que la plupart des étudiants buvaient abondamment le samedi soir.

— Et ça, c'est peut-être possible pour d'autres, mais pas pour toi, décréta-t-il. Je veux dire… Tu peux boire un peu, bien sûr, quelques bières de temps en temps, mais tu as sans doute le gène, Peter. Certains l'ont, d'autres non. Si tu tiens des Stanhope, alors tu l'as.

George faisait référence à ce fameux « gène » depuis quelques années, mais Peter ne savait pas s'il parlait d'un véritable gène, porteur d'informations héréditaires et localisé sur un chromosome, ou s'il s'agissait seulement d'une notion inventée par des gens qui cherchaient à se comprendre eux-mêmes.

— Mon père avait-il un problème ? En ce sens, je veux dire…

George écarquilla les yeux.

— Oh, que oui, fiston. Il avait un sacré problème avec ça.

— Je ne l'ai jamais remarqué.

— C'est normal. T'étais un gamin, à l'époque.
— Quand même... Je l'aurais remarqué. Mais je n'ai rien vu.
— Si tu le dis.

Peter ôta sa serviette de ses genoux et la replia avec soin. Il se rendit aux toilettes, puis il se lava les mains sans regarder son reflet dans le miroir et, quand il regagna sa place, il se força à avaler les deux tiers de son hamburger pour que George ne lui demande pas pourquoi il n'avait pas faim.

Au lieu de remplir sa valise avec ses tee-shirts, ses débardeurs et ses leggings en Thermolactyl, Peter y rangea ses livres et ses manuels parce qu'ils étaient plus lourds et que la valise avait des roulettes. George le félicita en disant que c'était le genre d'idée qui permet de faire fortune. Peter entassa ses vêtements dans son vieux sac de sport. Comme il avait porté un uniforme pendant toute sa scolarité, il ne possédait qu'un jean, deux bermudas et quelques pulls. Il passa en revue ses affaires de sport, fourra dans un grand sac plastique les tee-shirts qui avaient jauni sous les aisselles, et descendit le jeter dans le container à ordures en bas de l'immeuble. L'espace qu'il avait occupé pendant quatre ans commençait à se vider de sa présence, laissant entrevoir ce qui adviendrait après son départ : la pièce se refermerait autour des quelques souvenirs qu'il abandonnerait derrière lui, comme si on y avait posé des scellés.

Ses camarades de classe avaient organisé des fêtes de fin d'année tout au long de l'été, et Peter s'était rendu à la plupart d'entre elles – sans bien savoir pourquoi, d'ailleurs. Il y croisait invariablement un mélange incongru d'amis, de vieilles tantes et de voisins bizarres, qui avaient tous une conception bien à eux de ce qu'ils attendaient de ce genre d'événement. Peter prenait la pose avec ses camarades pour les photos de groupe, mais il savait que son sourire forcé se lirait sur les tirages et qu'il n'aurait aucune envie de les voir. Chez les Finley, les parents d'Henry s'étaient procuré un fût de bière non alcoolisée et l'avaient offert à leur fils en prétendant l'avoir rempli de Budweiser. Ensuite, tous les adultes s'étaient moqués des adolescents persuadés d'être fin saouls. À la même fête, Rohan, l'un des amis de Peter, lui avait demandé s'il continuait à voir sa petite copine – celle qu'il fréquentait avant de s'installer dans le Queens.

— De temps en temps, avait répondu Peter. Pas souvent.

— Mais elle te plaît toujours autant, avait asséné Rohan. C'est pour ça que tu n'as jamais voulu traîner avec les filles du lycée.

Est-ce la seule explication ? se demanda Peter.

Il devait se présenter à Elliott College pour commencer l'entraînement de cross-country une semaine avant les journées d'intégration des étudiants de première année. Les cours commenceraient la semaine d'après. Au lycée, le jour de la remise des diplômes, il avait pensé que peut-être, savait-on jamais, il apercevrait son père au fond du gymnase, ou sa mère, encadrée par deux aides-soignants venus avec elle dans une camionnette stationnée sur le trottoir. Trois mois plus tard, le jour où il hissa sa valise et son sac de sport dans le coffre de la voiture de George, il fut saisi d'un sentiment similaire : il s'imagina que ses parents allaient surgir au coin de la rue, à pas pressés, comme s'ils craignaient d'arriver trop tard pour lui dire au revoir. Parfois, il avait l'impression qu'une éternité s'était écoulée depuis la dernière fois qu'il les avait vus. La veille de son départ, George l'invita à dîner dans un restaurant italien. Au cours du repas, il lui raconta l'histoire d'un homme qu'il avait connu autrefois – un type incapable de faire ce qu'il fallait. Le pire, c'est que plus il attendait, plus cela devenait difficile. Le type était vraiment désemparé, parce qu'il avait l'intention de bien faire. Seulement, il n'y arrivait pas.

C'est une parabole, comprit Peter. Et il renonça à entendre la suite.

— C'est bon, George. Je sais ce que tu cherches à me dire.

Le lendemain après-midi, après avoir visité la chambre de Peter et s'être promené un moment sur le campus, George annonça qu'il devait se mettre en route. Il lui tendit une enveloppe.

Peter tapa sur l'épaule de son oncle et lui serra la main.

— Merci pour tout, dit-il en empochant l'enveloppe.

Il avait comme un poids sur la poitrine.

— Eh, protesta George en le serrant dans ses bras, fais pas cette tête, fiston ! Tu as l'air mort d'inquiétude. Tout va bien se passer, d'accord ? Tu as toujours l'air tellement inquiet, Peter. Y a rien de grave, pourtant. Que des bonnes choses à partir de maintenant. On se retrouve pour Thanksgiving. Ça viendra rudement vite, tu verras.

Quelques heures plus tard, Peter se souvint de l'enveloppe qu'il avait glissée dans la poche de son short. Elle contenait cinq billets de 100 dollars tout neufs.

Les entraînements se déroulaient à peu près de la même manière qu'avec M. Bell, et Peter se rendit compte très vite qu'il était le meilleur de l'équipe.

En revanche, il n'avait pas l'habitude de s'entraîner avec des filles – avec l'équipe féminine, comme l'appelait son nouvel entraîneur. Il eut vite fait de s'y accoutumer, d'autant que ce temps commun ne durait guère : les garçons et les filles se séparaient sitôt l'échauffement terminé. Ce qu'il appréciait le plus, c'était l'anonymat : ses nouveaux coéquipiers ne savaient rien de lui, hormis le fait qu'il s'appelait Peter Stanhope, qu'il venait du Queens, et qu'il avait battu tous ses concurrents au 800 mètres lors des interclasses d'athlétisme du printemps précédent. Non, il n'avait pas de petite amie. À quels cours allait-il s'inscrire ? Aucune idée. Il hésitait encore. Et ses parents, ils habitaient dans le coin ? Oui, mais ils s'étaient séparés quelques années plus tôt. Sa mère vivait à Albany maintenant. Oui, il la voyait de temps en temps. Quand il en avait l'occasion.

Au cours de la troisième journée d'entraînement, il entendit une des filles de l'équipe senior raconter qu'elle avait passé l'été chez elle, à Riverside, la ville voisine de Gillam. Peter fit aussitôt le calcul : l'année du drame, elle était en première année au lycée de Riverside. Il était donc possible qu'elle ait eu vent de l'affaire. Les jours suivants, il veilla à s'échauffer le plus loin possible de cette fille, et à baisser la tête au cas où elle jetterait un coup d'œil dans sa direction quand l'entraîneur l'interpellait. Il constata avec soulagement qu'elle ne paraissait ni le reconnaître ni même savoir son nom. Il sentit alors s'alléger, puis glisser au sol, le lourd manteau d'inquiétude qui pesait sur ses épaules. Peu à peu, un espace rassurant s'ouvrit devant lui, modeste encore, mais assez grand pour qu'il puisse s'y tenir et nourrir un nouvel état d'esprit.

Les autres étudiants de première année arrivèrent sur le campus le vendredi pour s'installer et prendre possession de leur chambre. En partant à l'entraînement ce matin-là, Peter laissa un mot à son futur colocataire : bien qu'il ait déjà choisi un des deux lits et la commode qui l'accompagnait, écrivit-il, il serait prêt à en changer si nécessaire. Il se relut. Le message lui parut trop formel. Il le déchira et recommença. Trop brusque, cette fois. Il ajouta quelques points d'exclamation et posa la feuille de papier sur le lit inoccupé. Un moment plus tard, alors qu'il traversait la cour, il regretta son geste : les points d'exclamation ne risquaient-ils pas de le faire passer pour un gay ? Depuis son arrivée à Elliott College, il observait les deux lits, chacun poussé contre un mur de la chambre mais si proches l'un de l'autre, en essayant de ne pas penser au fait qu'il n'avait jamais – pas même dans l'appartement de George – dormi si près de quelqu'un. Il ne savait pas si sa manière de vivre était normale : était-il trop soigneux ou trop désordonné ? Trop silencieux ou trop bruyant ? Il ne savait pas non plus comment il devrait se comporter en présence de son voisin de chambre : devrait-il parfois faire mine de ne pas le voir pour lui accorder une sorte de fausse intimité ? Ou s'efforcer, au contraire, d'entretenir la conversation, quitte à parler pour ne rien dire ? Parviendrait-il seulement à « bavarder » tout au long de l'année avec ce type, alors qu'ils dormiraient, qu'ils étudieraient, qu'ils se reposeraient côte à côte, dans un espace d'à peine 4 mètres sur 3 ? Si ça se trouve, songeait-il, on n'aura plus rien à se dire dès le mois de novembre ! Il était conscient depuis longtemps que son tempérament anxieux et précautionneux l'isolait des jeunes de son âge. Les gars de l'équipe se douchaient ensemble après l'entraînement, se baladaient en caleçon dans les vestiaires, s'envoyaient des vannes sur leurs anatomies respectives et partaient ensuite manger ou jouer à des jeux vidéo.

Cette nuit-là, peu de temps après que le dernier des parents avait dit au revoir à son petit chéri, un rituel que Peter avait observé d'un bout à l'autre du campus tout au long de la journée, un violent orage éclata, comme souvent à la fin de l'été. Le vent malmena les arbres du parc, faisant tomber des branches, et arracha les lignes électriques le long des bâtiments. Quand leur résidence universitaire se trouva, comme les autres, privée d'électricité, Andrew, son voisin de chambre, un gars costaud fraîchement débarqué du Connecticut (dont les premiers mots avaient été : « Qu'est-ce que t'écoutes en ce moment ? Du hip-hop ? Du métal ? Par pitié, pas de la country ! »), se mit à répéter en boucle que sa mère aurait dû mettre des bougies dans sa valise ou une lampe de poche, au moins – pourquoi n'y avait-elle pas pensé, purée ?

— Allez, viens ! l'appela Peter.

Et il l'entraîna dans la salle commune, où les autres étudiants de première année arrivaient les uns après les autres. Quand ils furent une bonne quinzaine, Peter suggéra une chasse au trésor dans le noir et, pour la première fois depuis longtemps, il pensa à Kate : elle aurait adoré cette idée, c'est sûr. Où était-elle ce soir ? Il tenta d'imaginer ce qu'il ferait, ce qu'il dirait, s'il la trouvait installée dans la salle quand il se rendrait à son tout premier cours. Est-ce qu'il la reconnaîtrait ? Serait-elle heureuse de le voir ou lui reprocherait-elle ce qui s'était passé, et le long silence qu'il avait observé depuis ?

Lors des journées d'intégration, Peter se hérissa, en même temps que ses camarades, face aux stratégies déployées par les adultes pour rompre la glace : les enseignants et le personnel administratif enchaînaient les blagues ringardes, mimant l'hilarité dans l'espoir de créer du lien. Il fit équipe avec trois autres étudiants de première année pour un exercice censé mettre à l'épreuve leur confiance mutuelle. L'animateur eut à peine le temps de leur indiquer les consignes qu'une des membres de son groupe, une blonde dont il ignorait le prénom, lui tombait littéralement dans les bras.

— Tu as failli me lâcher ! protesta-t-elle.

— Je n'étais pas prêt, répliqua-t-il, sur la défensive.

Après l'exercice, l'autre garçon de leur quatuor se pencha vers lui pour chuchoter :

— T'as rien compris ou quoi ? Elle te draguait, mec.

Une fois l'intégration terminée, il ne leur restait plus qu'à s'inscrire aux cours et à acheter les bouquins figurant au programme. Un matin, alors que Peter se rendait à la librairie du campus, il dut ralentir avant de traverser, pour laisser passer un autobus. La destination était affichée au-dessus du pare-brise : Port Authority Bus Terminal. Peter le suivit du regard jusqu'à ce qu'il s'aperçoive qu'une voiture s'était arrêtée devant le passage pour piétons, et que le conducteur lui faisait signe de traverser.

Le jour suivant, le bus était de nouveau là. Affichant la même destination : la gare routière de Port Authority, située sur la 41e Rue, à Manhattan. Le chauffeur se gara, quelques minutes avant 9 heures, dans la contre-allée aménagée devant la librairie. Ce qui n'était encore qu'un projet embryonnaire commença alors à prendre forme dans l'esprit de Peter. Les étudiants de deuxième et troisième années arrivaient maintenant en grand nombre, occupant toutes les tables de pique-nique et les espaces verts du campus. Les cours commenceraient le lendemain matin. Peter grimpa dans le bus et vérifia auprès du chauffeur qu'il se rendait bien à Manhattan.

— Ouais. C'est un express, indiqua le type. Je m'arrête dans une autre université du New Jersey, puis sur deux parkings relais le long de l'autoroute. Après ça, je file jusqu'à la gare routière de Port Authority.

Peter tapota la poche arrière de son jean pour s'assurer qu'il avait pris son portefeuille et acheta son billet. Il n'avait pas emporté de livre ou de magazine. Il n'avait prévenu ni son voisin de chambre, ni son entraîneur, ni le surveillant de sa résidence universitaire.

C'était un mardi matin de septembre, en 1995. Le lendemain de la fête du Travail. Les routes étaient désertes. À Port Authority, Peter prit le métro jusqu'à Penn Station. Il s'approcha d'un guichet pour consulter les horaires des trains de banlieue. Celui qu'il souhaitait prendre partait quatorze minutes plus tard.

L'après-midi était bien entamé quand il arriva à Albany. Il prit un taxi depuis la gare pour se rendre à l'hôpital, puis se rendit compte qu'il était trop angoissé pour entrer. Alors il fit le tour du bâtiment, s'assit sur un banc et tenta de se calmer. Toute la journée, toute la semaine, tout l'été, il s'était senti comme une girouette plantée au sommet d'une maison : il vacillait et tournait chaque fois que le vent changeait de direction. Aujourd'hui, il allait se camper face au courant glacé qui soufflait entre ses omoplates depuis quatre ans, et régler la situation une bonne fois pour toutes : il dirait à sa mère qu'il l'aimait et lui demanderait si elle l'aimait, elle aussi. Quand il se sentit prêt, il s'avança dans le hall, se présenta à l'homme de la réception et déclina l'identité de la patiente qu'il voulait voir. Il s'était acheté une cannette de Coca dans un distributeur automatique à la gare et l'avait serrée entre ses doigts tout au long du trajet en taxi, puis lors de ses déambulations autour de l'hôpital. À présent, il craignait de l'ouvrir : elle risquait d'exploser. Il la posa prudemment sur l'étroit rebord qui courait le long du comptoir de la réception, tandis que l'employé fixait l'écran de son ordinateur en plissant les yeux.

— C'est votre première visite ? demanda ce dernier, ne laissant pas à Peter le temps de répondre. Pas d'appareil photo, pas de magnétophone, pas de tabac, pas de drogues ni d'accessoires permettant d'en consommer. Ni médicaments sur ordonnance, ni stylos à insuline, ni seringues. Pas d'armes, pas de produits chimiques ni de biens personnels ; vos clés et votre carte d'identité vous seront retirées. Pas de cassettes ni de DVD, pas de baladeur ou de casque audio. Ni brosses à dents ni rasoirs électriques. Pas de couverts en métal, pas de boissons contenant de la caféine...

Il lança un regard vers la cannette de Coca, avant de poursuivre :

— Pas de vêtements de couleur unie, ou avec de grandes bandes de couleur unie. Pas de peinture, de stylos, de surligneurs, de ciseaux, d'aiguilles à tricoter, d'haltères ni d'appareils magnétiques. Alors, conclut-il après avoir observé un moment de silence, qu'est-ce que vous avez ?

— Rien, répondit Peter.

Il lança le soda non ouvert dans une poubelle, où il atterrit avec un bruit sourd. Il transpirait tellement qu'il craignait de lever les bras.

L'homme se pencha vers son écran d'ordinateur.

— Pouvez-vous répéter le nom de la patiente ?

Peter obtempéra, puis tenta de déchiffrer l'attitude de l'employé, qui se pinça l'arête du nez en fermant les yeux.

277

— Allez vous asseoir là-bas, ordonna-t-il. Je dois appeler le médecin référent.
— Il y a un problème ?
— Allez vous asseoir.
Une femme plus âgée que sa mère attendait également, deux énormes sacs de biscuits posés sur les genoux. Elle tenait à la main un autre sachet transparent qui contenait du dentifrice, du fil dentaire et quelques rasoirs jetables. Peter s'inquiéta aussitôt pour elle : allait-on lui confisquer les rasoirs ? Il patienta quelques minutes, puis se rendit dans les toilettes pour hommes et s'épongea le front, la nuque et les aisselles avec une liasse de serviettes en papier. Avant de regagner son siège, il demanda à l'accueil s'ils l'avaient appelé pendant qu'il était aux toilettes. Ce n'était pas le cas. Il s'assit et attendit quarante minutes en regardant les autres visiteurs franchir les doubles portes de sécurité, escortés par les vigiles. Une fois passés de l'autre côté des vitres fumées, ils devaient présenter leurs sacs aux gardes, qui les tournaient vers la lumière, les fouillaient et en sortaient parfois quelques objets qu'ils mettaient de côté. Peter se leva et retourna à l'accueil, où l'employé lui annonça qu'il devait encore attendre. L'après-midi touchait à sa fin. Bientôt, ce serait l'heure du dîner. Les patients étaient-ils autorisés à recevoir de la visite aux heures des repas ? Peter tendit l'oreille, attentif aux moindres bruits, pour tenter de percevoir la présence de sa mère dans le bâtiment – un signe, un son qu'il saurait venir d'elle. Chaque fois qu'il pensait à elle, il l'imaginait seule dans une pièce. Il se souvint du soir où elle s'était assise sur son lit à Gillam, des années auparavant, et lui avait parlé d'un coq qui chantait toute la journée. En l'entendant, elle avait d'abord trouvé ça étrange, puis elle avait appris que la majorité

des coqs se comportaient ainsi. Les hommes ne sont attentifs qu'à leur premier chant, celui qui accompagne le lever du soleil, parce que le monde est encore calme à cette heure-là.

— Mais toi, tu as remarqué que ce coq ne chantait pas seulement le matin, avait souligné Peter. Tu es la seule ?

— Oui. Je suis la seule.

Enfin, le buzzer retentit. Un homme aux yeux enfoncés dans leurs orbites, un badge autour du cou, franchit la double porte et appela Peter.

L'homme posa la main sur son épaule et le conduisit vers une grande plante verte, sans doute pour conférer un semblant d'intimité à leur entretien.

— Je crains que vous ne puissiez pas voir votre mère aujourd'hui, annonça-t-il.

Peter hocha vigoureusement la tête, comme s'il s'attendait depuis toujours à être éconduit. L'homme ajouta qu'ils étaient prêts à assouplir les règles (Peter n'avait pas demandé au préalable à être inclus sur la liste des visiteurs autorisés, et il n'avait pas respecté la période d'attente requise), mais sa mère ne se sentait tout simplement pas prête à le recevoir.

— Elle n'est pas prête, ou elle ne veut pas me voir ?

— Réessayez dans quelques semaines, éluda l'homme. Fixez une date à l'avance, ça lui permettra de se préparer.

— Est-ce qu'elle va bien ? J'aimerais avoir de ses nouvelles.

— Revenez dans quelque temps. Enregistrez-vous d'abord sur la liste. Suivez le protocole. D'ici là

Peter cessa de l'écouter. Il savait qu'il ne tenterait pas de nouveau sa chance dans quelques semaines. Le désir obscur, mais puissant, qui l'avait poussé à grimper dans le bus ce matin-là ne renaîtrait pas de sitôt. Déjà, le trajet du retour lui semblait terriblement long, d'autant qu'à cette heure tardive le bus n'irait même pas jusqu'à Elliott College : Peter devrait descendre dans la localité voisine, puis prendre un taxi ou rentrer à pied. Il remercia le médecin, sortit et traversa la vaste pelouse à grands pas. Il marcha comme volent les oiseaux, en ligne droite, coupant à travers les barres d'immeubles, les centres commerciaux, les parkings, les yeux rivés sur les tours du centre-ville qui se dressaient à l'horizon. Il emprunta une passerelle et longea un bar où les gens étaient tranquillement assis, les yeux tournés vers la télévision. Ils regardaient un match de base-ball. Les joueurs de la Major League venaient de reprendre la compétition après une longue période de grève. Lorsque Peter s'approcha d'un autre bar, un peu plus loin, il décida d'y entrer. Il n'avait rien mangé de la journée, hormis un sachet de M&M's dans le train. Il s'assit sur un tabouret à l'extrémité du comptoir, commanda un soda et une assiette de frites. Puis il se ravisa, rappela le barman et demanda une pression à la place du soda. Il jeta un coup d'œil à la rangée de poignées de tirage et choisit une marque au hasard – il n'en avait jamais bu aucune. Le barman ne chercha pas à savoir s'il avait l'âge requis. Aussi, lorsque Peter eut fini sa bière, il en commanda une autre. Puis encore une autre. Trois pintes de bière brune, plutôt lourde et peu rafraîchissante pour un soir d'été, mais une fois qu'il eut fait son choix, il jugea préférable de s'y tenir. Le barman le servit sans protester. Il ne lui accorda aucune attention particulière, sauf quand Peter, prêt à partir, lui tendit un des billets de 100 dollars de George. Visiblement surpris, le type tendit le billet vers la lumière pour inspecter le filigrane.

Peter arriva à la gare d'Albany avec vingt minutes

d'avance. Il se sentait bien, le corps léger, comme s'il flottait dans une douce tiédeur – sans doute parce qu'il était un peu ivre, comprit-il. Il ignorait que c'était si agréable.

— Je sais ce que je vais faire, articula-t-il à voix haute, et il se dirigea vers la rangée de téléphones publics installés au fond du hall.

Il décrocha un combiné et inséra quelques pièces dans la machine, jusqu'à ce que la tonalité soit établie. Puis, le doigt posé sur le clavier, il s'aperçut qu'il ne l'avait jamais appelée, pas une seule fois, et qu'il ne connaissait pas son numéro. À quoi bon l'apprendre, quand il pouvait se contenter de la héler depuis son jardin ou la fenêtre de sa chambre ?

En revanche, il connaissait son adresse : c'était la même que la sienne à Gillam, à un chiffre près. Il se dirigea vers le kiosque à journaux, acheta un petit carnet à spirale, un paquet d'enveloppes et un stylo. Ils ne vendaient pas de timbres, mais une vieille dame, qui l'avait entendu faire sa requête, lui en proposa un pour 25 cents.

Il s'interdit de réfléchir longuement à ce qu'il voulait dire ou ne pas dire, et se força à écrire vite, penché sur le carnet, griffonnant ses pensées telles qu'elles se présentaient – une suite d'idées vagabondes, mais qu'elle saurait démêler. Il lui parla de sa vie dans le Queens, de George, de l'entraînement et des compétitions ; il avoua qu'il avait du mal à se faire de vrais amis au lycée ou au sein de son équipe de coureurs ; il confia qu'elle lui manquait, qu'il avait essayé à plusieurs reprises de communiquer avec elle par télépathie, quelques années plus tôt. Parfois, précisa-t-il avec sincérité, une semaine ou deux s'écoulaient sans qu'il pense à elle. À certains moments, il était convaincu qu'elle le haïssait ;

à d'autres, il avait la certitude qu'elle lui avait pardonné. Le plus étrange, c'était qu'il avait l'impression de bien la connaître, et qu'elle-même le connaissait tout autant, alors qu'ils ne s'étaient pas vus depuis plus de quatre ans. Tu ne trouves pas ça bizarre ? insista-t-il. Emporté par son élan, il écrivit aussi qu'il avait envie de la revoir. Quand il eut terminé, il arracha la liasse de pages, la plia et la glissa dans une enveloppe. Il écrivit son nom et son adresse. Il était passé devant une boîte aux lettres de l'US Postal Service, reconnaissable à sa couleur bleue, fichée dans le trottoir à deux ou trois pâtés de maisons de la gare. Il leva les yeux vers le tableau des départs : en courant vite, il y arriverait. Il piqua un sprint comme si l'entraîneur était là, son chrono à la main, poussa les portes battantes et se faufila entre les voyageurs pressés de rentrer chez eux. Il remonta l'avenue comme une flèche, un pâté de maisons, puis deux, traversa la rue et glissa l'enveloppe dans la boîte aux lettres. Moins de trois minutes plus tard, il était de retour sur le quai.

Pendant tout le voyage du retour, deux heures de train jusqu'à Manhattan, puis deux heures de bus vers Elliott College sous une clim tournant à plein régime malgré la douceur de l'air, Peter pensa à la lettre qu'il avait écrite à Kate. Il l'imagina, mêlée à d'autres dans le ventre obscur de la boîte aux lettres bleue. Il feuilleta le carnet à spirale, caressant les pages restantes comme si elles pouvaient l'aider à se rappeler ce qu'il avait écrit. Il avait quelques doutes, mais dans l'ensemble il était content d'avoir franchi le pas, et il attendait la suite des événements avec impatience. Bien que relative, cette assurance ne dura pas : une vive panique le gagna après deux heures de voyage, et ne le quitta plus. Sur le moment, cette lettre lui avait semblé une excellente idée, et il s'était laissé porter par son enthousiasme.

À présent, il se sentait noué d'angoisse. Il convoqua la voix de George à sa mémoire, lui chuchotant au creux de l'oreille : « Tu t'inquiètes trop, fiston. »

Il était plus de minuit quand il descendit du bus dans une rue déserte. Il s'attarda un moment sur le trottoir, dans le halo de lumière d'un réverbère, écoutant les criquets qui bruissaient dans la campagne du New Jersey. L'air sentait la pêche – en arrivant avec le bus, Peter avait vu de chaque côté de la route des dizaines de panneaux indiquant l'entrée de grands vergers. Les maisons qui bordaient la rue principale étaient modestes, mais coquettes. Il imagina les enfants qui vivaient là, endormis dans leurs chambres garnies de jouets et de livres, des étoiles phosphorescentes collées au plafond. Au loin, vers Elliott College, quelques voitures klaxonnaient ; chaque appel était suivi d'une réponse.

Il posa le pied sur le bord du cercle de lumière et lutta contre l'envie de hurler, de tirer du sommeil tous les habitants de cette petite ville tranquille. Pour se retenir, il croisa les bras sur sa poitrine. Puis il quitta le halo du réverbère et entama la longue marche de retour vers le campus. J'aurais dû faire les quatre cents coups, pensa-t-il soudain. Pourquoi n'avait-il pas profité de l'absence de ses parents pour sortir toutes les nuits quand il était au lycée, casser des trucs, en voler d'autres, écouter de la musique si fort que les voisins seraient montés se plaindre ? Il aurait dû fumer des joints, comme tous ses copains. Il aurait même dû essayer la coke, la fois où Rohan s'en était procuré : pour ça, il lui aurait suffi de suivre sa bande de potes dans les toilettes du Pizza Hut de Kew Gardens, où ils s'étaient attablés. Au lieu de quoi, il était resté sagement assis à sa place, soucieux de rassurer le serveur : s'ils partaient tous aux toilettes, le gars risquait de croire qu'ils s'étaient fait la malle sans payer l'addition, non ? Et puis il aurait dû se trouver une petite amie, voire plusieurs en même temps, une dans chaque lycée du quartier, comme certains de ses camarades – et, comme eux, il aurait pu s'en vanter aux interclasses. Oui, il aurait dû faire des tas de conneries, tellement que George aurait été obligé de retrouver son père (qui serait revenu vivre à New York) et de contacter l'avocat de sa mère, pour décider avec eux de la stratégie à suivre. Au lieu de quoi, il avait été sage. Infiniment sage.

Et tout à l'heure, à Port Authority, il aurait dû prendre un bus pour Gillam et rejoindre Kate. Si ses parents lui avaient interdit d'entrer, il aurait défoncé la porte. Ou il se serait posté sous la fenêtre de sa chambre et il aurait crié son nom.

Il marchait vite, veillant à demeurer sur l'étroit accotement de la route. Quand il voyait surgir au loin les phares d'une voiture, il se dissimulait dans les bosquets en attendant qu'elle soit passée.

En arrivant devant la porte de sa chambre, il inséra la clé dans la serrure et tourna la poignée lentement, très lentement, pour ne pas réveiller Andrew.

DEUX FOIS DEUX

12

Anne était détenue depuis quatre ans à l'hôpital psychiatrique de district de l'État de New York quand son médecin référent, le Dr Abbasi, inscrivit son nom sur la liste des patients susceptibles de bénéficier d'un élargissement de leurs conditions d'internement.

— Qu'est-ce que ça veut dire ? demanda-t-elle d'une voix plus dure qu'elle ne l'aurait souhaité.

Le Dr Abbasi avait les paupières tombantes et la peau sombre. Il était indien, sans doute. Ou pakistanais. Anne abordait sa deuxième année à l'hôpital quand il avait rejoint l'équipe des psychiatres. Il s'exprimait avec un fort accent britannique, qui teintait de distinction le moindre de ses propos. Son esprit vif et pince-sans-rire l'avait surprise dès leur première rencontre. Il ne semblait pas aussi las que les autres médecins. De quoi avait-il l'air, chez lui, quand il troquait sa blouse pour une tenue décontractée ? Et le week-end, à quoi consacrait-il son temps ? Jamais elle ne s'était posé ce genre de questions au sujet de ses autres médecins. Il faut dire qu'aucun d'eux ne lui avait permis de retrouver un peu d'espoir en l'avenir et en elle-même, comme le Dr Abbasi s'y était attelé dès son arrivée.

Au cours d'un entretien, il avait commencé sa phrase par l'expression suivante :

— Quand cette période de votre vie sera derrière vous, Anne...

Abasourdie, elle avait perdu le fil de ses propos. Avant lui, personne n'avait fait référence à un moment de sa vie où tout cela serait derrière elle. Ses interlocuteurs se comportaient comme si un mur se dressait entre sa vie personnelle et sa vie à l'hôpital. Mois après mois, le mur devenait plus haut, plus solide. Si le Dr Abbasi n'était pas arrivé avec une catapulte, elle n'aurait jamais réussi à passer de l'autre côté.

— Cela signifie que la commission d'admission, dont je fais partie, va évaluer votre dossier et vos progrès, pour savoir si vous êtes prête à aborder l'étape suivante.

— C'est-à-dire ?

— Un environnement où vous seriez plus autonome, mais où vous pourriez bénéficier d'un soutien, si nécessaire. Un centre d'hébergement et de réinsertion sociale me semblerait approprié. Pour commencer.

— Une maison relais, vous voulez dire ? s'enquit Anne, la gorge nouée.

Des années auparavant, elle avait signé une pétition qui visait à empêcher l'ouverture d'un centre d'accueil pour anciens détenus à Gillam.

— Nous évoquerons plusieurs options.

— La plus probable étant que je ne sois pas jugée apte à quitter l'hôpital.

Depuis son arrivée, elle avait vu des dizaines de patients soumettre leur dossier à cette commission dans l'espoir de bénéficier d'une semi-liberté. La plupart d'entre eux étaient toujours là, avalant tristement leurs omelettes reconstituées chaque matin au petit déjeuner.

— Je ne dirais pas ça. Je vous en parle parce que

je ne veux pas que vous soyez prise de court si votre dossier reçoit un accueil favorable.

— Ce ne sera sans doute pas le cas, insista-t-elle. Certains patients sont ici depuis vingt ans. Ou davantage.

— C'est vrai, mais je n'aborde pas tout à fait les choses de la même manière que mes prédécesseurs. Les perspectives commencent à changer. La façon de penser aussi.

— De penser quoi ?

— Tout ceci, répondit le Dr Abbasi en faisant un geste vers les murs et les fenêtres grillagées, avant d'écarter les bras pour évoquer le monde du dehors. Vous avez commis un crime, c'est vrai, mais vous n'en avez pas été jugée responsable, en raison de votre état mental : au moment des faits, vous ne preniez pas votre traitement de façon régulière, et ce que vous preniez n'était pas adapté à votre cas. Les circonstances ont changé, Anne. À présent, vous vous en sortez très bien. Si la commission acceptait de vous placer en milieu ouvert, vous seriez toujours soumise à une obligation de soins : vous verriez régulièrement un psychiatre en consultation externe, et votre prescription de médicaments serait réévaluée de façon périodique. Cependant, je ne vois pas pourquoi vous devriez prolonger votre séjour parmi nous au-delà du temps que vous auriez passé en prison si vous aviez été jugée responsable de vos actes. Votre dossier est solide. Commencez à y réfléchir.

L'arrivée du Dr Abbasi avait coïncidé avec la dernière visite de Peter à l'hôpital. Au moment où le docteur avait hérité de son cas, à la suite du passage à temps partiel d'un psychiatre de l'équipe, Anne venait d'être privée de thérapie de groupe et transférée au cinquième étage. Le Dr Abbasi, qu'elle voyait pour la première fois, était entré dans sa chambre d'un air hésitant, avec courtoisie, comme si c'était à elle de lui demander de partir ou de rester.

— J'ai entendu dire que vous aviez eu des problèmes cette semaine, avait-il déclaré.

Les mains nouées dans le dos, il n'avait ni carnet ni bloc-notes.

— C'est à cause de mon fils, avait répliqué Anne d'une voix tendue.

Elle savait qu'ils la surveillaient. Elle savait qu'elle devait rester calme. Ce jour-là, quand l'assistante sociale était entrée et lui avait annoncé que son fils était en bas, qu'elle serait autorisée à le voir si elle le souhaitait, Anne avait senti l'énergie de Peter emplir les tuyaux qui serpentaient discrètement sous leurs pieds, faisant ronronner et briller les sols de l'hôpital. L'air avait immédiatement pris des reflets d'or et d'argent. Elle avait perçu sa présence plusieurs secondes avant l'annonce, elle en était certaine.

Pourtant, elle avait manqué de courage et demandé qu'il soit congédié. Aussitôt après, elle avait senti son horloge interne s'accélérer – une agitation accrue qui indiquait toujours, chez elle, le début d'une mauvaise passe. Elle s'était efforcée de dissimuler cette tension en gardant un air placide, en mettant des aliments dans sa bouche lors des repas et en s'asseyant, le dos bien droit, dans la salle commune, le tout sans dire un mot, de peur de se trahir, mais elle savait qu'ils la scrutaient. Pire encore : plus elle se montrait silencieuse, plus ils l'observaient de près. C'était éreintant. Aussi, quelques jours après la visite de Peter, quand une infirmière l'avait escortée jusqu'à la salle de thérapie de groupe (il fallait tout faire en groupe dans cet hôpital, un groupe sans fin, chacun évoquant ses petits soucis tandis que le monde tournait sur lui-même, que des guerres étaient gagnées et d'autres perdues, et que le fils d'Anne se trouvait là, tout près – un homme adulte déjà, espérant voir sa mère), Anne avait soudain aperçu des lumières : des sortes de lucioles voletaient autour de l'infirmière. Elle avait voulu les chasser, abattant ses mains sur leurs corps volatils. L'infirmière avait appelé du renfort, affirmant avoir été attaquée. Les antécédents d'Anne avaient été évoqués : n'était-elle pas sujette à des accès de violence ? La suite des événements avait été déplaisante. Mais ce qu'Anne avait franchement détesté – plus encore que d'être soulevée par des mains puissantes, plus encore que de sentir le souffle chaud d'un inconnu près de son oreille, plus encore que d'être droguée et mise à l'isolement –, c'étaient les sourires narquois qui avaient fleuri sur les visages des autres patients.

Alors que tous les autres médecins de l'hôpital lui auraient demandé : « Pourquoi croyez-vous qu'ils vous souriaient ? », le Dr Abbasi lui avait posé une question très différente :

— Pourquoi leur sourire vous dérangeait-il à ce point ? Compte tenu de tout ce que vous alliez devoir affronter après avoir été emmenée par les aides-soignants ?

— Vous admettez donc qu'ils me souriaient d'un air narquois ?

Le Dr Abbasi avait pris le temps de réfléchir avant de répondre.

— J'admets que la nature humaine peut autoriser ce type de comportement, en effet.

Le jour où Anne apprit que son dossier avait reçu un avis favorable était un mardi, plus de deux ans après la dernière visite de Peter. Le vendredi matin, un ambulancier la conduisit à bord d'un minibus vers un centre d'hébergement situé au nord d'Albany, près du comté de Saratoga. Elle s'installa sur la banquette vide, juste derrière le chauffeur, en se forçant à avaler le jet acide qui remontait dans sa gorge. Elle n'avait dit au revoir à personne : elle ne considérait aucun des patients de l'hôpital comme un ami, hormis une femme près de laquelle elle s'asseyait parfois pendant les repas.

— Belle journée, dit gentiment le chauffeur en jetant un coup d'œil dans le rétroviseur, puis un autre.

La journée était splendide, en effet : le ciel était d'un bleu éblouissant, mais les flaques d'eau qui brillaient sur le bas-côté de la route indiquaient qu'il avait plu récemment. Le Dr Abbasi était venu lui serrer la main. Comme Anne la gardait dans la sienne, il avait posé son autre paume sur leurs mains jointes, et ils étaient restés ainsi quelques instants. Pourtant, il n'était pas monté dans le minibus avec elle. Et il ne lui ferait pas visiter sa nouvelle maison.

Alors qu'ils contournaient la petite ville de Malta, Anne aperçut une voile blanche à travers les arbres. Elle fronça les sourcils. Plus de 300 kilomètres les séparaient de l'océan.

— Qu'est-ce que c'est ? demanda-t-elle en pointant le doigt vers la tache blanche.

— Pardon ? fit le chauffeur.

— Ça. On dirait une voile.

— Avec un temps pareil, les bateaux sont à l'eau depuis l'aube, c'est sûr !

— Quelle eau ?

— Le lac Saratoga, répondit l'homme. Ils ne vous ont rien dit, à l'hôpital ?

Anne n'ayant jamais manifesté de tendance à l'addiction, elle fut autorisée à reprendre l'exercice de son métier d'infirmière. Et si elle trouvait rapidement un emploi, elle aborderait aussitôt la phase 2 de son protocole de soins : elle serait libre de ses mouvements et échapperait aux obligations de formation professionnelle qui incombaient aux anciens détenus. Eirene House, le centre d'hébergement qui avait accepté de l'accueillir, se trouvait à 50 kilomètres au nord de l'hôpital – une chance, d'après le conducteur du minibus. De nombreux patients étaient transférés à Buffalo, expliqua-t-il, ou plus loin encore, tout au sud de l'État de New York. Pourtant, Anne se préparait au pire : des rumeurs terribles circulaient sur les centres de réinsertion et les maisons relais. À l'hôpital, plusieurs patients l'avaient invitée à la prudence : « Fais gaffe à toi et à tes affaires », l'avait notamment avertie une femme qui y avait effectué un court séjour avant de réintégrer l'unité de soins psychiatriques. Selon elle, c'était un univers encore plus déshumanisé que celui de l'hôpital. Son arrivée à Eirene House sembla d'abord confirmer ses craintes : d'allure déprimante, la bâtisse de deux étages évoquait un gros cube posé trop près du trottoir. La directrice du centre, une femme prénommée Margaret, lui montra aussitôt sa chambre, qu'Anne devrait partager avec une autre résidente. Quand elle ouvrit la porte, Anne se prépara à voir une colonie de cafards se faufiler sous les plinthes. Elle fut agréablement surprise : la pièce était simple mais propre, petite mais étonnamment lumineuse, malgré la moquette couleur vert mousse. Margaret lui suggéra de s'installer et de prendre une douche si elle le souhaitait : sa colocataire ne serait pas de retour avant l'heure du dîner. Elle remit une clé à Anne et sortit en refermant juste la porte derrière elle. Restée seule, Anne appuya sur le bouton de la poignée de porte pour la verrouiller, puis elle tourna la poignée pour la déverrouiller. Une fois. Deux fois. Dix fois. Chaque fois qu'elle appuyait sur le bouton, un long frisson la parcourait.

Elle était là depuis quelques jours lorsqu'elle reçut une offre d'emploi : une maison de retraite pour personnes dépendantes, située à Ballston, recherchait une aide-soignante. Elle était surqualifiée pour ce poste mais elle l'accepta. Lorsqu'elle fit part de ses réserves à Nancy, son assistante sociale, une femme d'allure spectrale, mince comme un fil et dont les cheveux luisaient comme du cirage, cette dernière la gratifia d'un regard courroucé : elle estimait manifestement que l'offre était une aubaine et qu'Anne n'était pas en position de faire la fine bouche. Vous n'obtiendrez jamais mieux, semblait-elle asséner en la toisant par-dessus ses lunettes.

Sa mission ne serait pas compliquée : elle devrait aider les personnes âgées à se laver et à s'habiller, et veiller à les hydrater fréquemment en les faisant boire dans des gobelets en plastique munis de pailles. Nancy l'invita à se tenir sur ses gardes vis-à-vis des autres résidents d'Eirene House : certains d'entre eux avaient des antécédents d'addiction. S'ils découvraient qu'Anne avait accès à des médicaments dans le cadre de son travail, ils seraient tentés d'en réclamer. Dans ce cas, poursuivit-elle, Anne devrait aussitôt en informer Margaret. Dûment avertie, Anne se promit de révéler le moins d'informations possible aux résidents sur sa vie actuelle, comme sur son passé. D'ailleurs, il était sans doute préférable de ne rien dire du tout.

Lors de leur dernier entretien, le Dr Abbasi lui avait expliqué qu'elle pourrait se sentir un peu déconcertée par certains changements survenus depuis 1991. Il s'était écoulé six années depuis son internement, au cours desquelles Anne avait effectué plusieurs sorties avec le personnel soignant de l'hôpital : deux fois par an, les patients jugés suffisamment stables étaient emmenés, en petits groupes, dans un centre commercial, sur un marché de producteurs ou dans un institut de beauté. Une fois sur place, ils devaient acheter une douzaine de tomates ou demander la monnaie sur un billet de 20 dollars.

— Même si vous vous êtes montrée très attentive lors de ces excursions, insista le Dr Abbasi, vous ne vivrez pas les choses de la même manière lorsque vous serez seule et que vous ne pourrez plus compter que sur vous-même.

Quelques jours avant de commencer à travailler à la maison de retraite, Anne entra dans une banque pour la première fois depuis plus de six ans, déterminée à s'enquérir du peu d'argent qui lui restait après la vente de leur maison à Gillam.

— Il n'y a pas eu d'activité sur ce compte depuis 1991, constata le guichetier.

Brian avait depuis longtemps vendu leur maison et la voiture d'Anne pour payer les frais judiciaires et médicaux. Quand le dossier avait été clos, il avait divisé en deux parts égales le solde de leurs actifs et versé celle d'Anne sur son compte bancaire. S'il avait continué à veiller sur Peter, il aurait eu le droit de s'en servir pour régler les dépenses liées à l'éducation de leur fils – mais il n'avait pas veillé sur Peter. Aujourd'hui encore, après tant d'années, quand elle tentait de comprendre pourquoi il avait laissé leur enfant, leur fils unique, aux soins de son imbécile de frère (alcoolique, qui plus est !) dans son minuscule appartement du Queens, elle sentait un poids s'écraser sur sa cage thoracique, entraînant une douleur aiguë à l'endroit où se trouvait son cœur. Par chance, ils avaient réussi à l'inscrire dans un bon lycée. C'était déjà ça. Ensuite, Peter était entré à l'université – Anne le savait parce qu'elle avait été contactée, par l'intermédiaire de son avocat, pour signer un document certifiant que Peter n'était plus à sa charge. Le formulaire émanait d'un établissement du New Jersey. Elle l'avait signé, naturellement. Si bien que, à l'époque où elle était arrivée à Eirene House, Peter avait déjà deux années d'études supérieures à son actif.

Alors Anne s'autorisait à rêver. À imaginer l'avenir de Peter. Toutes les portes s'ouvriraient devant lui, bien sûr. Il n'aurait qu'à choisir. Président des États-Unis, pourquoi pas ? Ou P-DG d'une multinationale. Ou neurochirurgien. Professeur d'université, peut-être ? Les psychiatres l'avaient souvent mise en garde : chez elle, les pensées grandiloquentes signifiaient toujours le début d'une phase maniaque. Aussi s'efforçait-elle d'examiner les perspectives d'avenir de son fils de la manière la plus objective possible. Et même alors, tout ce dont elle rêvait pour Peter se vérifiait à l'épreuve des faits. Comme quoi, elle n'était pas folle. Ce garçon était intelligent. Il avait été admis à l'université.

D'un point de vue légal, Brian était toujours son mari, bien qu'il ait perdu toute réalité à ses yeux. Ces derniers temps, il était plus une idée qu'une personne : il se confondait dans son esprit avec la famille qu'elle avait laissée derrière elle en Irlande plusieurs années avant de l'épouser. L'idée qu'il vivait encore quelque part dans le monde, occupé à accomplir tous ses petits gestes habituels – se doucher, se raser, glisser sa ceinture dans les passants de son pantalon –, lui faisait l'effet d'une simple ondulation dans l'espace-temps. Cinq mille deux cent trente et un dollars : voilà ce qui restait de leur vie commune. Toutes ces années à faire la navette entre Gillam et Montefiore Hospital ; tous ces vendredis après-midi où elle se précipitait pour déposer son salaire à la banque ; toutes ces années à balayer l'allée et le seuil de la maison, à tailler les haies pour qu'elles soient bien droites... Et voilà ce qu'il en subsistait ? Elle fit un retrait de 4 000 dollars pour s'acheter une voiture d'occasion. Elle savait qu'elle n'avait aucune raison de se plaindre. Grâce à cette auto, elle pourrait se rendre sur son lieu de travail sans devoir attendre le bus. Elle aurait un abri, un endroit rien qu'à elle. « Comme on fait son lit, on se couche », lui avait asséné son avocat après une audience. Il faut dire qu'il ne pouvait plus la supporter, à l'époque.

Anne avait été admise à Eirene House pour un an. Quand l'année s'était achevée et que personne ne lui avait demandé de partir, elle était restée. À présent, Margaret lui annonçait qu'elle devait céder sa place. La commission avait examiné son dossier et déclaré qu'elle était tout à fait capable de vivre seule. Elle n'avait manifesté aucun symptôme alarmant lors de son séjour à Eirene House, en grande partie parce qu'elle n'avait plus à compter chaque matin les pilules et les comprimés qu'elle devait avaler (et qu'elle choisissait de prendre ou de glisser sous la grille d'évacuation de la douche des femmes, selon son humeur) : elle était maintenant soumise à une injection mensuelle. Depuis lors, elle se sentait plus stable, moins hantée par l'impression qu'une catastrophe était sans cesse sur le point de se produire.

Anne n'avait jamais vécu seule. Lorsqu'elle regagna sa chambre après son entretien avec Margaret, elle s'assit sur son lit, fait au carré comme à l'armée, et s'efforça de surmonter la peur panique qui commençait à lui nouer l'estomac. « C'est dans l'ordre des choses, se dit-elle fermement. Tout va bien se passer. » Oui, tout allait bien se passer. Elle se répéta cette phrase une bonne cinquantaine de fois.

Elle trouva assez rapidement un studio à louer. Il était petit, mal isolé (les deux fenêtres à simple vitrage laissaient filtrer les courants d'air) et plutôt cher : le loyer monopolisait 60 % de ses revenus. Et alors ? Elle n'avait besoin de presque rien. Elle avait un appétit d'oiseau. Un yaourt au petit déjeuner, une pomme au déjeuner. Et puis, le cuisinier de la maison de retraite lui donnait souvent le pain de la veille et le lait qui avait atteint sa date de péremption mais restait parfaitement buvable. Ou les coupelles de fruits au sirop qu'il fallait jeter à la fin des repas même si les résidents n'avaient fait que les toucher, laissant intact l'opercule en papier aluminium. Le studio offrait l'avantage de se trouver à quelques rues du cabinet de son psychiatre. En revanche, le trajet qu'elle devait effectuer pour se rendre à la maison de retraite était plus long qu'au temps de son séjour à Eirene House. Anne l'acceptait sans déplaisir : ces longues courses en voiture lui donnaient un objectif. C'était aussi une bonne manière d'occuper les heures où elle ne travaillait pas. Une télévision lui aurait sans doute permis de se distraire davantage, mais la dépense lui semblait extravagante – pour le moment, du moins. Elle attendrait.

Le Dr Oliver n'était pas le Dr Abbasi, mais Anne s'en accommodait. Elle finissait même par l'apprécier. De son côté, il se montrait encourageant, affirmant qu'elle s'en sortait très bien. Depuis son arrivée à Eirene House, elle se rendait une fois par semaine au laboratoire pour effectuer une prise de sang, l'équipe médicale souhaitant s'assurer qu'elle ne prenait aucune substance susceptible de contrecarrer les effets de son traitement. Et le traitement fonctionnait bien : les mois se succédaient sans qu'elle éprouve les prémices des troubles qui l'avaient menée à la catastrophe. Une seule fois, elle avait frôlé le pire. C'était à Eirene House, à la suite d'une vilaine gastro-entérite qui l'avait affaiblie et déshydratée. En fin de journée, elle avait senti l'agitation familière s'emparer de son esprit. Margaret l'avait trouvée dans la salle commune à 3 heures du matin. Anne regardait un jeu télévisé. Chaque fois que les participants appuyaient sur le bouton pour donner leur réponse, elle abattait violemment sa main sur la table basse en criant la sienne. Voyant surgir Margaret, elle lui avait ordonné de regarder l'émission avec attention : n'avait-elle pas l'impression qu'un des participants essayait de tricher ? Margaret l'avait ramenée jusqu'à sa chambre et lui avait souhaité bonne nuit. Le lendemain matin, à la première heure, elle avait frappé à la porte.

— Lève-toi et habille-toi, avait-elle exigé. Je t'accompagne chez le docteur.

Un moment plus tard, quand Anne s'était trouvée seule face au Dr Oliver, une voix intérieure lui avait conseillé de garder les lèvres closes jusqu'à la fin de l'entretien. Elle avait donc refusé de dire un mot. Ils s'étaient regardés fixement, puis le Dr Oliver lui avait annoncé qu'elle allait entrer à l'hôpital le plus proche, pour quelques jours seulement, le temps de stabiliser son traitement.

Anne avait tendu ses poignets, s'attendant à être menottée.

— Pas de menottes, Anne, avait-il gentiment répliqué. Vous n'avez rien fait de mal.

Elle conserverait son emploi, avait-il assuré. Tout irait bien. Ils garderaient pour eux le récit de cette seule et unique semaine un peu troublée. Elle s'en sortait à merveille. Vraiment.

Lorsqu'elle prit possession de son studio, elle songea brusquement, en glissant la clé dans la serrure pour la première fois, que Peter était sans doute en train de terminer le premier cycle de ses études universitaires, à 100 ou 200 kilomètres de là. Quand il était au lycée, elle ne se réjouissait pas de penser qu'il vivait avec George, mais, au moins, elle savait où il se trouvait. Quand il était entré à l'université, elle avait senti croître la distance qui les séparait, parce qu'ils ne vivaient plus dans le même État – mais là encore, elle savait où il se trouvait, au moins. Maintenant qu'il était sur le point de décrocher son diplôme – on était en mai, les trottoirs de Saratoga étaient jonchés de fleurs de cerisier qui vous donnaient l'impression de marcher sur du velours –, Anne se représentait son fils sous la forme d'une toupie tournoyant sur un plateau, zigzaguant d'un bord à l'autre des États-Unis, frôlant le Canada et le Mexique dans sa course folle. Elle observait les étudiants qui déambulaient dans les rues de la ville, publicités vivantes pour les universités de Colgate, de Bucknell et de Syracuse. Les garçons, en particulier, attiraient son attention. De retour chez leurs parents pour les vacances d'été, ils lui paraissaient terriblement grands. Des hommes, plus des enfants. Peter leur ressemble, maintenant, se répétait-elle pour s'habituer à cette idée. Il avait le même âge que Brian quand Anne l'avait rencontré.

À la fin de l'été 1999, ce qui n'était qu'une forme de rêverie commença à occuper ses pensées de manière quasi permanente, comme si le fait de ne pas savoir où vivait Peter la démangeait atrocement, sans qu'elle puisse se gratter. Peut-être était-il parti à Dubaï ? À moins qu'il ne se soit installé en Russie ou en Chine ? Elle avait lu que beaucoup d'hommes d'affaires doivent être prêts à voyager et à vivre de longues périodes à l'étranger. Peter avait peut-être appris le japonais pour aller signer des contrats à l'autre bout du monde ? Elle aurait pu appeler George. Il aurait répondu à toutes ses questions.

— Eh bien, pourquoi ne l'appelez-vous pas ? demanda le Dr Oliver.

Parce que ça en rajouterait une couche, voulut-elle crier. Une couche de plus ! Ce type n'écoutait donc rien de ce qu'elle lui racontait ? Elle le consultait pourtant une fois par semaine !

— Le Dr Abbasi me manque, lâcha-t-elle au lieu de répondre à sa question, dans le vague espoir d'éveiller chez lui une pointe de jalousie professionnelle.

À la mi-octobre de cette même année 1999, alors que des pots de chrysanthèmes et de grosses citrouilles fleurissaient sur le seuil des maisons à travers tout le comté de Saratoga, Anne s'arrêta pour prendre de l'essence dans la station-service la plus proche de son domicile, avant de partir au travail. Tandis qu'elle patientait, debout près de sa voiture, son regard tomba sur la vitrine de la petite boutique située de l'autre côté de la rue. Transformée en bureau, apparemment. Une pancarte avait été accrochée sur la devanture : « Détective privé, discrétion garantie ». À d'autres époques, ce même local avait abrité un médium, un thérapeute, un expert-comptable. Et maintenant, un détective privé. Elle traversa la chaussée à pas vifs et longea la boutique sans s'arrêter, se contentant de jeter un rapide coup d'œil à l'intérieur. Parvenue à l'angle de la rue, elle fit volte-face et revint vers la boutique, qu'elle longea de nouveau. Lors de son troisième passage, un homme sortit sur le seuil. Il avait une bonne tête de moins qu'elle. Une serviette en papier était glissée dans l'encolure de sa chemise, comme elle en mettait autrefois à Peter quand il mangeait de la soupe. Elle voulait se renseigner, rien de plus. Elle n'était pas prête à engager qui que ce soit. Mais tout de même… Combien ça coûterait ? Une simple adresse suffirait, affirma-t-elle, au cas où il y aurait différents niveaux de prix pour différents niveaux d'information. Elle aurait peut-être pu trouver cette information par elle-même si elle avait su utiliser Internet, comme certaines de ses jeunes collègues à la maison de retraite. D'ailleurs, elle avait prévu de demander à la plus gentille d'entre elles, une grosse infirmière prénommée Christine, de lui montrer comment ouvrir un compte de messagerie électronique.

Anne raconta tout au petit homme, hormis la raison pour laquelle elle ne savait pas où habitait son fils. Elle lui remit un chèque de 100 dollars, comme il le lui demanda, parce que le geste ne lui semblait pas inconsidéré : le type lui assura qu'il ne l'encaisserait pas avant de lui avoir fourni les renseignements qu'elle désirait. Mais sitôt remontée dans sa voiture, elle se sentit bête. Terriblement bête. Ce type passait sans doute ses journées à glaner des chèques de 100 dollars auprès de toutes les imbéciles qui s'aventuraient par là ! Une fois fortune faite, songea-t-elle, il bouclait ses valises et filait tenter sa chance ailleurs. En arrivant à la maison de retraite, elle faillit contacter sa banque pour faire opposition sur le chèque. Mais elle y renonça.

Le petit homme la rappela moins de trois jours plus

tard. Le montant de la facture qu'il lui présenta, en complément des arrhes déjà versées, se révéla bien moins élevé que celui auquel elle s'était préparée. Qu'elle n'hésite pas à le recontacter, dit-il, si elle voulait en savoir plus. Mais ce qu'elle voulait savoir, c'était si son fils allait bien, s'il était heureux. En cas contraire, qu'y pourrait-elle ? L'inviter à partager son studio de 30 mètres carrés ? Autant de questions auxquelles le petit homme ne pouvait pas répondre. Il lui remit une pochette cartonnée qu'elle rapporta chez elle et posa sur le lit en arrivant. Elle évita soigneusement de la regarder tandis qu'elle faisait réchauffer un bol de soupe pour le dîner.

Un moment plus tard, quand elle se trouva désœuvrée, elle se décida à l'ouvrir. L'enveloppe contenait une feuille de papier et quelques photos. En haut de la feuille, une adresse tapée à la machine. Des informations sur l'immeuble où habitait Peter, sur le montant de son loyer. Suivies du nom et de l'adresse du syndic qui gérait la location des appartements.

Puis venait une photo du bâtiment.

Et, tout de suite après, une photo de Peter en train de marcher. Il tenait quelque chose à la main. Et portait un sac à dos sur l'épaule. Il avait été photographié à 15 mètres de distance. Une autre photo, prise dans les mêmes circonstances, le montrait en gros plan – le zoom avait été effectué d'encore plus loin. Anne approcha le cliché de son visage, pour essayer de le regarder de plus près, de le respirer, ce jeune homme qui avait été un bébé, celui qu'elle avait mis au monde vingt-deux ans plus tôt. Aussitôt après l'expulsion, il était resté silencieux, lui aussi, comme son frère. Une seconde de silence. Deux secondes, trois secondes (les infirmières étaient penchées vers lui, les traits crispés, et le manipulaient avec une brusquerie alarmante). Quatre secondes, cinq secondes. À six, Anne avait laissé sa tête retomber sur l'oreiller et accepté ce que la sage-femme s'apprêtait à lui annoncer – elle en était certaine : cette grossesse venait de s'achever de la même façon que la précédente, à ceci près que la mort du bébé leur paraîtrait plus cruelle encore, car la fois d'avant Brian et elle avaient été avertis, et ils avaient eu le temps de se préparer.

Puis, soudain, Peter avait arqué le dos et poussé un long cri, son petit visage prenant une teinte violacée à mesure qu'il s'époumonait, et la sage-femme l'avait posé sur sa poitrine. Il était pâle, couvert de cette matière blanche et visqueuse qui tapissait son ventre, et dont il s'était nourri pendant ces quarante semaines. Quand elle l'avait touché, son petit corps s'était raidi sous sa paume.

— Regardez ! s'était exclamée la sage-femme. Il essaie déjà de lever la tête.

— C'est un beau bébé, avait dit Anne.

D'étranges vibrations la parcouraient. Elle avait d'abord cru qu'elles venaient du lit, avant de constater qu'elles émanaient de son propre corps, secoué de sanglots. Elle avait serré les dents pour cesser de trembler.

— Un très beau bébé, avait confirmé la sage-femme.

Anne pensait pouvoir contenir son impatience jusqu'au vendredi soir et se rendre à l'adresse indiquée dès la fin de sa semaine de travail. Mais ce matin-là, moins d'une heure après le début de son service, elle comprit qu'elle serait incapable d'attendre si longtemps et commença à feindre les symptômes d'un vilain rhume – son plan prit forme à mesure qu'elle le mettait en pratique. Elle toussa dans son poing à plusieurs reprises. Tout au long de la matinée, les élèves de troisième et quatrième année des écoles primaires de Saratoga, déguisés pour Halloween, vinrent défiler pour les résidents. À l'issue de ces parades, ils répondaient poliment à diverses questions sur leurs costumes et tendaient leurs sacs pour obtenir des bonbons – dont ils comprirent vite qu'ils provenaient des infirmières et non des pauvres hères qui observaient d'un air perplexe l'incessant cortège de petits fantômes et de squelettes, de sorcières et de vampires. Anne portait sa paume à son front quand elle était certaine qu'on la regardait. Son manège finit par porter ses fruits : l'infirmière en chef la prit à part, l'interrogea et la renvoya chez elle. Anne se précipita dans son studio pour se changer et se recoiffer, puis elle remonta en voiture et fila sur l'autoroute. Il lui fallut trois heures et demie pour parvenir à destination : un immeuble en brique jaune au croisement d'Amsterdam Street et de la 103e Rue. Une volée de marches menait à la porte d'entrée. L'ampoule de la lampe extérieure était brisée.

Que s'attendait-elle à trouver ? Lui, bien sûr. Moins flou que sur la photo, assis sur le perron ou tournant à l'angle de la rue à l'instant précis où elle se garait le long du trottoir. Il lui aurait alors suffi d'observer sa posture et la carrure de ses épaules pour savoir s'il allait bien. Quand il était enfant, vers 9 ou 10 ans – un âge où les garçons rêvent d'être plus grands, plus forts –, Peter avait brusquement cessé de pleurer : au lieu de fondre en larmes lorsqu'il était chagriné ou contrarié, il s'évertuait à carrer les épaules pour avoir l'air plus costaud. La tête haute, il posait un pied devant l'autre avec une détermination qui l'effrayait – son petit garçon, soudain si résolu à avancer, à ne pas pleurer, quoi qu'il arrive !

Pourtant, il avait beau chercher à paraître plus âgé, il obtenait toujours, absolument toujours, l'effet inverse. Ses efforts, extraordinaires chez un si jeune enfant, cette application qu'il mettait à endosser un costume trop grand pour lui, auraient dû suffire à la faire sortir de sa coquille, mais cela ne suffisait pas. Les bons jours, elle le prenait doucement par les épaules et le faisait pivoter vers elle pour qu'il la regarde, pour lui faire comprendre qu'elle était sa mère et qu'elle l'aimait, même si elle ne parvenait pas à le lui dire. Les mauvais jours, quand Peter en venait à plaquer son visage contre le sien pour attirer son attention, quand il s'agenouillait à côté du lit et qu'il pressait son index crasseux sous son nez pour s'assurer qu'elle respirait encore, elle ne parvenait même pas à ouvrir les yeux. Et les très mauvais jours, elle prenait un malin plaisir à lui saper le moral, juste pour voir. Allait-il enfin baisser les épaules et se recroqueviller sur lui-même ? Y avait-il une limite à ce qu'il pouvait endurer ?

Ces souvenirs-là étaient les pires de tous.

« Je regrette d'avoir eu un enfant », lui avait-elle lancé un soir, sans aucune raison, alors qu'il faisait ses devoirs. « C'est le plus grand regret de ma vie. » Un profond silence régnait sur la maison. Ils étaient seuls : Brian travaillait de nuit cette semaine-là. Deux grosses pommes de terre rôtissaient dans le four, répandant une odeur douce et sucrée dans la cuisine. Peter venait d'avoir 10 ans, peut-être 11. Il avait tressailli, stupéfait. Encore aujourd'hui, une décennie plus tard, il lui suffisait de fermer les yeux pour revoir ce geste bref, la manière dont l'ovale blanc de son visage s'était levé vers elle. Puis il s'était replongé dans ses exercices, comme s'il n'avait rien entendu. Sa posture, cependant, trahissait son émotion : il avait perdu la concentration qui l'animait un instant plus tôt. À présent, il faisait semblant. Le bout de ses doigts avait blanchi là où ils s'agrippaient au crayon. Et la mine de plomb planait au-dessus de la page, inutile et désœuvrée.

Anne avait mis du temps, beaucoup de temps, avant de se résoudre à raconter cet incident au Dr Abbasi. Pour elle, c'était le pire de tous, pire que les fois où elle avait frappé Peter, pire encore que la nuit où elle avait tiré sur Francis Gleeson.

Et chaque fois qu'elle y repensait (les images surgissaient à son esprit sans prévenir et lui faisaient toujours l'effet d'un coup de poing dans la mâchoire), elle se demandait s'il était possible qu'elle ne souffre d'aucune des pathologies que les psychiatres avaient diagnostiquées chez elle – troubles paranoïdes, schizophrénie, troubles schizoïdes, personnalité borderline, troubles bipolaires ; le diagnostic changeait chaque année, de nouveaux noms pour des symptômes identiques –, et qu'elle les ait en fait tous bernés en se pliant à leurs injonctions, en prenant leurs médicaments, en assistant à leurs séances de thérapie ; bref, en les menant en bateau comme Brian l'accusait de l'avoir mené en bateau pour qu'ils se marient, pour qu'ils aient un deuxième enfant, alors que lui ne s'était jamais remis d'avoir perdu le premier. Dans ces moments-là, elle se demandait si elle n'était pas, tout simplement, très méchante.

— Je vais ranger, avait déclaré Peter lors de cette longue et terrible nuit de mai 1991, en observant le désordre qu'elle avait répandu dans la maison.

Il avait 14 ans déjà. À cet instant, qui aurait pu prédire la tournure que prendraient les événements ? Cinq minutes de plus et, trop profondément endormie, Anne n'aurait pas entendu Lena Gleeson marteler la porte de derrière à coups de poing. Car elle avait pris un somnifère – ou plutôt, la moitié d'un : elle avait cassé le comprimé en deux en le pressant fortement dans le creux de sa main. Oui, cinq minutes de plus, et Brian serait allé leur ouvrir, il aurait réglé le problème avec les Gleeson et ne lui en aurait probablement pas parlé le lendemain. Mais quand Lena avait frappé à la porte, Anne ne dormait pas encore. Tout était parti de là. Elle s'était approchée de la fenêtre et avait jeté un coup d'œil en bas : Francis, Lena et leur fille se tenaient dans le halo de la lampe extérieure, fixée au-dessus du perron. Anne avait aussi aperçu le bras de Brian, qui maintenait ouverte la porte moustiquaire. Le temps qu'elle descende l'escalier, les Gleeson étaient partis. Et Brian sermonnait Peter.

— Qu'est-ce qui t'a pris de quitter ta chambre en pleine nuit ? maugréait-il, mais avec un tel manque de fermeté et de conviction qu'Anne avait éprouvé le besoin d'intervenir.

Il ne savait décidément pas s'y prendre avec ce gamin. Elle s'était avancée pour flanquer une raclée à Peter.

— Ça, c'est pour avoir traîné avec cette petite peste, s'était-elle écriée après la première gifle. Et ça, c'est pour être sorti en douce !

Elle avait essayé de le frapper une seconde fois, mais il avait esquivé le coup. La main plaquée sur sa joue, il s'était tourné vers le mur comme un enfant envoyé au coin.

C'est alors qu'elle avait croisé le regard de Brian. Elle y avait lu du dégoût, mais aussi la confirmation d'une décision qu'il avait déjà annoncée, et dont il n'était pas encore complètement certain. C'est pour entendre cette confirmation qu'elle avait relancé la dispute qui couvait entre eux depuis des semaines. Elle se sentait pourtant très fatiguée, accablée par un mal de crâne lancinant, mais elle s'était tournée vers lui pour l'invectiver : désirait-il toujours « faire une pause » dans leur relation ? Partir seul, pour réfléchir ? Elle avait repensé au matin où elle avait affirmé à Brian que le bébé était mort. Elle n'avait pas encore vu le médecin. Elle l'avait senti, c'est tout. Une douleur sourde dans le bas du dos. Et pas le moindre mouvement dans son ventre depuis vingt-quatre heures. Elle l'avait senti sous la douche. Elle l'avait senti en buvant son thé. Elle l'avait senti quand le vent avait balayé le trottoir – ils vivaient encore à New York, à l'époque, dans un appartement au premier étage – et soufflé vers eux les odeurs de la ville, entrées par les fenêtres ouvertes dans la pièce où ils se trouvaient, prêts à partir au travail. Elle l'avait senti si fort qu'elle lui avait tout raconté : ce qu'elle savait, et comment elle le savait. Mais Brian avait secoué la tête : il n'y croyait pas. Anne ne pouvait pas en être sûre, seul le médecin le leur dirait avec certitude. Quelques heures plus tard, quand le médecin leur avait confirmé la mort du bébé, Brian l'avait regardée comme il la regardait maintenant, d'un air réprobateur, à croire qu'elle avait précipité les événements par le seul fait de les énoncer à voix haute.

La nuit où elle avait tiré sur Francis Gleeson, elle n'allait vraiment pas bien, mais elle ne l'avait compris que bien plus tard. Depuis des mois, elle peinait à suivre les conversations : les voix de ses interlocuteurs devenaient inaudibles, comme une station de radio perturbée par des parasites. Alors elle parlait plus fort, elle écoutait avec plus d'attention. Rien n'y faisait : elle finissait toujours par perdre le fil. Parfois, elle s'entendait parler comme si elle se trouvait à l'autre bout de la pièce. Ses mouvements devenaient plus lents, plus malhabiles – elle avait l'impression d'être plongée dans une cuve remplie de ciment humide. Ou plutôt, c'est ainsi qu'elle l'avait formulé après coup, quand les parasites s'étaient tus, quand le ciment s'était évaporé. Sur le moment, elle n'avait pas conscience de ses symptômes ni de la distance qu'ils instauraient entre elle et le monde extérieur.

— C'est à peu près pareil pour tout le monde, avait assuré le Dr Abbasi.

Par « tout le monde », il voulait dire : tous ceux qui souffraient des mêmes troubles qu'Anne. Des hommes, des femmes incapables de prendre du recul et d'observer avec le détachement nécessaire les situations les plus explosives. C'était sa façon à lui de l'inciter à plus de compassion envers elle-même.

Au cours de cette période, elle avait pourtant connu quelques moments de lucidité – rares, mais bien réels. Soudain, la certitude qu'elle n'allait pas bien s'imposait à son esprit, aussi clairement que si elle avait lu le diagnostic tapé à la machine sur une feuille de papier glissée sous sa porte.

« Brian ! » s'était-elle exclamée un matin, peu de temps avant les événements de mai 1991. Elle s'était éveillée pleine d'énergie, les idées claires. Un matin de rare lucidité, donc. Elle se voyait en haute définition, dans des couleurs éclatantes. Ils étaient encore couchés. Dehors, la pluie faisait rage et, chaque fois qu'une voiture passait sur Jefferson Street, Anne percevait le gargouillis de l'eau qui s'infiltrait dans les rainures des pneus. Qu'avait-elle de si important à annoncer à son mari ? Qu'elle était consciente de se montrer pénible ces derniers temps. Qu'elle était prête à retourner voir le médecin, celui qui lui avait prescrit les médicaments après qu'elle était entrée au Food King avec le revolver dans son sac. Elle avait ouvert la bouche, mais avant qu'elle ait pu dire quoi que ce soit, elle avait vu Brian grimacer. Elle avait posé la main sur son bras, elle l'avait appelé, et il avait grimacé tout en faisant mine de dormir – lui, si mauvais comédien ! Anne n'était pas dupe : elle savait qu'il était réveillé. Il avait gardé les yeux clos et, tandis qu'elle voyait frémir ses paupières, elle avait dû lutter contre le désir d'enfoncer ses pouces dans ses orbites pour lui crever les yeux.

Peter voulait s'occuper de tout, tout le temps. Cette nuit-là, alors qu'elle se disputait avec Brian, Peter s'était penché pour redresser la lampe qu'elle avait fait tomber. Puis il s'était mis à quatre pattes pour ramasser les magazines et le courrier, ainsi que le petit panier en osier qui les contenait, et les figurines qu'elle avait balayées d'un revers de main sur la tablette de la cheminée. Les lumières s'étaient allumées chez les Gleeson. Et chez les Maldonado. Anne s'était représenté les habitants de Jefferson Street, tapis dans la pénombre, l'oreille tendue vers les éclats de voix qui s'échappaient de leur maison. Elle avait déversé sur Brian toutes les insultes qui lui venaient aux lèvres, puis elle s'était tournée vers Peter et elle les avait déversées de nouveau – à son intention, cette fois. Elle avait employé des mots qu'elle ne supportait pas d'entendre chez d'autres, des mots qui lui faisaient horreur. Sale pédé. Tarlouze. Connard. Pourquoi ? Elle n'en savait rien. Pourtant, quelle que soit l'insulte qu'elle employait, Peter demeurait impassible, le regard vide de toute émotion. Pourquoi était-il si certain qu'elle ne pensait pas ce qu'elle disait ?

Ce qui s'était produit ensuite restait flou. Même dans l'intimité de ses conversations avec elle-même, cette absence de souvenirs lui semblait trop facile.

Elle se forçait à fouiller dans sa mémoire, à la sonder en profondeur, afin de savoir si elle était totalement honnête envers elle-même et envers ceux que cette affaire concernait au premier chef. Elle parvenait alors à exhumer quelques images, mais elles étaient de piètre qualité, comme si quelqu'un avait étalé de la vaseline sur l'objectif de l'appareil. Elle se rappelait avoir porté la main à sa bouche et avoir violemment refermé les dents sur le bourrelet de chair qui courait le long de son petit doigt. Elle se rappelait avoir senti le sang couler sur sa lèvre inférieure. Le rapport de police stipulait qu'une des chaises de la cuisine avait été poussée contre le frigo, ce qui avait certainement permis à Anne d'ouvrir le placard du haut. Pourtant, elle ne se rappelait pas avoir traîné une chaise à travers la pièce. Et elle ne se rappelait pas l'avoir approchée du frigo pour grimper dessus. Mais puisque l'arme avait fini entre ses mains, c'est qu'elle était grimpée sur cette chaise, non ?

— De quoi vous souvenez-vous ? lui avaient demandé le procureur puis un autre avocat, d'un air sceptique.

Elle se souvenait du rire moqueur qu'elle sentait monter en elle chaque fois que Brian s'engouffrait dans la cuisine en revenant du travail. Comme si elle n'avait pas deviné qu'il cachait le revolver dans le placard du haut (il avait beau changer de cachette, elle les perçait à jour en moins de temps qu'il n'en fallait à Brian pour les choisir). Ensuite, il sortait de la cuisine avec une bière, comme s'il venait juste d'aller chercher une cannette dans le frigo.

— De quoi vous souvenez-vous, Anne ? lui avaient demandé ces deux hommes, tous deux en costume marron.

Rien ne les distinguait l'un de l'autre, si ce n'est que le premier était un peu moins laid que le second.

En revanche, elle se souvenait de ce que Brian avait fait. Elle s'en souvenait si bien qu'elle pouvait passer la séquence dans sa tête, l'arrêter, la rembobiner et la regarder de nouveau comme une cassette vidéo. L'arme était posée bien à plat sur la paume de sa main. Dans son souvenir, la main semblait appartenir à quelqu'un d'autre. Pourtant, quand elle se concentrait, elle se remémorait le poids de l'arme dans sa paume – preuve que c'était bien la sienne. À ce moment de la soirée, elle ne pointait l'arme sur personne. Elle se contentait de la tenir, de l'observer. Le revolver était inerte, inanimé, mais un simple geste de sa part le ramènerait à la vie. Peter s'était passé la main dans les cheveux lorsqu'il l'avait vu, et Anne s'était demandé si ce geste était inscrit dans son code génétique ou s'il l'avait appris par mimétisme, à force de côtoyer Brian.

— Maman, avait dit Peter avec calme, avec courage, et il s'était tourné vers son père pour obtenir son aide.

Mais Brian n'avait pas prononcé un mot. Pas un seul. Il avait tourné les talons et s'était engagé dans l'escalier. Voilà la séquence qu'Anne pouvait voir défiler sur l'écran de sa mémoire à toute heure du jour et de la nuit, quel que soit le médicament qu'elle prenait, quel que soit l'état d'esprit dans lequel elle se trouvait. Avocats et procureur, médecins et psychiatres auraient pu visionner cette séquence, eux aussi, si seulement ils avaient eu les moyens de se connecter à son cerveau. Par la suite, et peut-être aussi sur le moment, Anne avait compris ce que Brian espérait provoquer cette nuit-là. Ses intentions étaient claires comme de l'eau de roche. Et le pire, c'est qu'il n'avait même pas eu la décence d'emmener Peter avec lui à l'étage.

Le gamin s'était donc précipité chez les Gleeson pour leur demander du renfort.

Après avoir attendu deux heures dans l'air glacé du crépuscule, elle mourait d'envie d'aller aux toilettes. Elle décida de se rendre au Dunkin' Donuts du coin de la rue. Le hasard (ou la loi de Murphy) ferait sans doute arriver Peter à l'instant précis où elle fermerait la porte des toilettes, mais elle devait y aller – pas moyen de se débrouiller autrement. Après sa longue station assise, elle sortit de la voiture sur des jambes raides, puis marcha d'un bon pas jusqu'au carrefour et entra dans l'établissement. Elle se sentit obligée de commander un espresso pour que la vendeuse derrière le comptoir lui remette la clé, attachée à une raquette de ping-pong miniature.

Elle tira la chasse d'eau, rinça ses mains sous le robinet et se précipita vers la porte. La petite cafétéria s'était remplie au cours des quelques minutes qu'Anne avait passées aux toilettes. Un policier du NYPD se tenait devant le comptoir, en compagnie d'une jeune femme costumée en écolier – ou ce qui en tenait lieu : une perruque sombre coupée court sous un béret rouge, et de grandes lunettes à monture noire. Derrière eux se trouvait une personne déguisée en cookie au chocolat, suivie d'une autre en brique de lait. Puis venaient une assiette d'œufs au bacon, Wonder Woman, Bill et Hillary Clinton. Dehors, la température avait chuté, ajoutant à la tension du soir qui accompagne la tombée du jour. Sur le trottoir, Fifi Brindacier marchait main dans la main avec le Chat du Cheshire.

La fille déguisée en écolier avait mis sa perruque de travers : une mèche de cheveux blond foncé tombait dans sa nuque. Quand elle se retourna pour partir après avoir payé sa commande, Anne dut reculer de quelques pas, tant l'espace était restreint. La jeune femme passa d'abord, suivie de son compagnon – le gars costumé en flic. Anne sentit le tissu grossier de sa veste d'uniforme effleurer sa main. Elle frissonna et tendit instinctivement la raquette de ping-pong devant elle, comme un bouclier.

En arrivant devant la porte, la jeune femme habillée en garçon se pencha pour dire quelque chose au flic. Tout en parlant, elle posa les yeux sur Anne. Distraitement, sans vraiment la voir. Puis elle la regarda de nouveau. Avec attention, cette fois. Le flic lui tenait la porte, mais elle ne la franchit pas : figée sur le seuil, elle ôta ses fausses lunettes et soutint le regard d'Anne à travers la pièce remplie de monde, tandis qu'à l'extérieur les feuilles d'automne dansaient sur le trottoir. Kate Gleeson, comprit Anne. Kate Gleeson. Les syllabes vibraient dans sa tête comme des coups de gong.

— Ça alors ! marmonna-t-elle, puis elle observa le jeune flic qui se tenait près de Kate et se crut revenue en 1973, le soir de sa rencontre avec Brian Stanhope.

— Vous ne vous sentez pas bien, madame ? demanda Bill Clinton en tirant sur la partie inférieure de son masque. Quelque chose ne va pas ?

Anne le rassura d'un geste et fit un pas de côté pour ne pas perdre de vue Kate et Peter. Ce n'était pas ainsi qu'elle avait imaginé leurs retrouvailles. Peut-être les deux jeunes gens ne s'étaient-ils rencontrés qu'une heure plus tôt, de manière fortuite ? Ou bien les anciens élèves de St Bart. avaient organisé une soirée costumée où Peter avait été invité ? Anne secoua la tête. Sous ses fragiles hypothèses, elle sentait tourner les rouages d'un mécanisme plus complexe, dont le sens lui échappait. Elle s'était figée, elle aussi, attendant que Peter se retourne et l'aperçoive à son tour. Quand il le ferait, en dépit de la présence de Kate, Anne se forcerait à dire ce qu'elle voulait lui dire. Peu importe qu'il l'écoute ou non, elle aurait atteint son but : elle serait venue vers lui. Ensuite, ce serait à lui de décider de la suite des événements : voudrait-il continuer à la voir ? Elle espérait qu'il en aurait envie. N'était-ce pas ce qu'elle souhaitait depuis le début ? En embauchant ce détective privé, puis en venant attendre Peter en bas de chez lui, elle ne voulait pas seulement savoir s'il allait bien, mais aussi parler avec lui et – pourquoi pas ? – faire à nouveau partie de sa vie. Elle allait beaucoup mieux maintenant, et ils auraient le temps de se réconcilier... Oui, ce n'était pas impossible, rien n'était impossible ! S'il le fallait, elle s'excuserait auprès de cette fille d'avoir blessé son père. C'était un accident. Il était venu leur proposer son aide au pire moment.

Mais quand Kate lâcha enfin son regard, ce ne fut pas pour avertir Peter de sa présence, comme Anne l'espérait, mais pour quitter la cafétéria : la jeune femme franchit la porte derrière lui comme si de rien n'était. Et tous deux s'éloignèrent dans la nuit de novembre.

Deux heures plus tard, alors qu'elle approchait de Saratoga à 130 km/h, après avoir longtemps tourné à l'aveugle dans New York pour trouver l'entrée de l'autoroute, Anne réalisa deux choses : primo, que le costume de Peter n'était peut-être pas un costume ; secundo, qu'elle tenait entre ses cuisses une mini-raquette de ping-pong crasseuse – la clé des toilettes du Dunkin' Donuts.

13

Cette histoire n'a rien à voir avec toi. Elle ne signifie rien pour moi. Voilà les mots que Francis ne pouvait pas dire à Lena, quand bien même (il le savait maintenant) ils étaient d'une sincérité absolue, ces mots que les acteurs de cinéma servent à leurs fidèles et patientes épouses sur grand écran tandis que, dans la salle, les spectateurs s'indignent de leur mauvaise foi : quel connard, ce mec ! pensent-ils. Ne te laisse pas embobiner, ma belle. Il te mène en bateau. Tu es trop bien pour lui.

C'est pourtant vrai, se répétait Francis. Ce qui s'était passé entre Joan et lui n'avait rien à voir avec Lena et ne signifiait rien pour lui. Il avait sa part de responsabilité, bien sûr. Et, pour être franc, c'est lui qui avait commencé. Ce matin-là, après la fête qu'ils avaient organisée pour Kate, quand Francis avait vu Joan approcher, pieds nus, ses sandales à la main, un sourire espiègle aux lèvres, il s'était senti électrisé. Littéralement. Ensuite, il y avait repensé pendant des semaines, quasiment du matin au soir, sans se départir de sa stupeur : comment expliquer qu'un tel événement survienne dans sa vie à ce moment précis, après l'agression qui l'avait défiguré ? Et d'où lui venait cette certitude, celle d'un désir partagé, alors qu'aucun mot n'avait été échangé entre eux ? Ces questions demeuraient sans réponse : il ne revit pas Joan pendant des mois, et ne chercha pas à la revoir. À ses yeux, il n'y avait donc pas de mal à penser à elle, puisqu'il ne passait pas à l'acte.

À l'automne de la même année, quelques jours avant Halloween, il trouva le nom de Joan, mêlé à plusieurs autres, sur une pétition lancée pour favoriser la désignation d'une femme à la tête des instances dirigeantes du comté. Il tressaillit à la seule vue de son nom comme si elle était brusquement entrée dans la pièce.

Puis il la revit – c'était à un marché de Noël, à Gillam. Lena tenait un stand de pâtisseries au profit de l'association des parents d'élèves de St Bart. Avant de partir, elle lui avait demandé à deux reprises si ça ne l'ennuyait pas de l'accompagner et de dîner plus tard que d'habitude, puisqu'elle serait sans doute réquisitionnée pour remballer le stand à la fin du marché – et puis, était-il vraiment sûr de vouloir sortir sans sa canne ? Francis l'avait aperçue, cette canne, appuyée contre le mur près de la porte, lorsqu'ils avaient quitté la maison. Pourtant, il avait décidé de s'en passer : il n'avait pas souffert de vertiges depuis plusieurs mois. Il savait que Lena aurait préféré qu'il la prenne, au cas où. La nuit tombait si vite, à présent, et les trottoirs étaient glissants, avec toutes ces feuilles mortes… Mais elle avait gardé ses arguments pour elle : attentive, à l'écoute, elle savait qu'il n'aimait pas se servir d'une canne – à vrai dire, il se hérissait à la simple mention de l'objet honni. Aussi s'était-elle défendue de suggérer qu'il puisse en avoir besoin.

Lorsque Lena fut installée derrière son stand de pâtisseries, Francis remonta la rue bordée d'étals bariolés. Il passa d'abord quelques minutes à regarder les élèves de l'Académie de danse, qui venaient de sortir du studio pour exécuter une chorégraphie en plein air. Les plus petites avaient encore le ventre rond sous leur justaucorps, et leur peau délicate rougissait dans l'air glacé. Quelle folie ! pensa-t-il. Elles auraient dû mettre un blouson. Quelques mètres plus loin, il accepta de tester du chili con carne dans le cadre d'une compétition culinaire : il goûta quatre préparations différentes, servies dans de minuscules gobelets en carton, puis il inscrivit son vote sur une fiche qu'il glissa dans une boîte. Ensuite, il s'arrêta devant l'un des stands du « Village des entrepreneurs » et discuta avec un flic à la retraite reconverti dans le bâtiment : le gars vendait et installait des lambris extérieurs en PVC. Il comptait sur le marché de Noël pour élargir sa clientèle. La conversation s'orienta vite sur leurs connaissances communes, les flics du quatre-un et du deux-six, dont Francis prit volontiers des nouvelles.

— Tu ne vois personne ? demanda le type à Francis d'un air hésitant. Je sais que des collègues du quatre-un sont passés à l'hôpital. Ils continuent à te rendre visite, non ?

Francis acquiesça. Trois de ses collègues étaient venus à l'hôpital à plusieurs reprises, puis chez lui, après son retour à la maison. Lena l'avait installé sur le canapé du salon, parce qu'il ne voulait pas les recevoir dans leur chambre. Les gars étaient restés debout, en blouson, l'air gêné. Ils ne savaient pas quoi dire. Ni quoi faire.

— Oui, ils viennent de temps en temps, affirma-t-il. Ils sont super pour ça. Mais tout le monde est si occupé, maintenant !

Le flic à la retraite se lança ensuite dans une longue histoire à propos de ses gamins, qui jouaient au base-ball

319

dans la même équipe universitaire et s'étaient fâchés parce que l'entraîneur en avait choisi un, mais pas l'autre, pour disputer le premier match.

— Estime-toi heureux d'avoir des filles ! conclut le type. Tu n'auras jamais à régler ce genre de problème.

Francis ne le contesta pas, mais pensa : ma Kate est meilleure au foot que tes fils au base-ball.

Il aperçut Joan un instant plus tard, tandis qu'il longeait la caserne des pompiers. Devant l'entrée, le père Noël distribuait aux enfants des coloriages sur la sécurité incendie. Elle observait la scène, un verre entre ses mains gantées. Elle le vit une seconde après lui. Elle jeta un coup d'œil par-dessus son épaule, comme si elle cherchait un endroit où se cacher.

Quand Francis arriva à sa hauteur, elle lança une boutade au lieu de lui dire bonjour.

— Je sais ce que vous pensez, dit-elle. Voilà une femme qui ne devrait pas boire.

— Pas du tout ! se récria-t-il.

Il reconnut dans sa voix ce je-ne-sais-quoi qui l'avait troublé à la fête de Kate. Chaleureux. Amusant. Ce qu'il n'était pas toujours.

Il souffla dans ses mains.

— Ça fait plaisir de vous voir, assura-t-il, puis, ne trouvant rien à ajouter, il souffla de nouveau dans ses mains.

— Vous êtes gelé, dit-elle. Vous voulez entrer ?

Elle désignait le bar sur le trottoir opposé. Francis n'y était jamais allé : l'établissement venait d'ouvrir. Debout derrière un grand faitout posé sur un réchaud, deux serveurs vendaient du vin chaud – 3 dollars pour un gobelet en polystyrène.

À l'intérieur, personne ne s'étonna de voir Francis Gleeson s'installer au bar en compagnie d'une femme qui n'était pas son épouse : il y avait tant d'animation ce jour-là qu'ils passèrent presque inaperçus. Et puis, une grande partie des clients le connaissait, et connaissait Joan. Si ces deux-là voulaient sortir du droit chemin, auraient-ils choisi ce café, en plein centre-ville, à 100 mètres du stand de Lena, pour se donner rendez-vous ? Bien sûr que non. Voilà pourquoi nul ne sourcilla en les voyant entrer. Le bar était bondé (la température extérieure avait chuté de manière inattendue), mais deux tabourets se trouvaient vides à l'extrémité du comptoir, comme s'ils les attendaient.

Plus tard, Francis songea à tout ce qui aurait pu l'empêcher de sauter le pas. S'il avait croisé le regard d'Oscar Maldonado, par exemple (attablé dans la salle, Oscar avait aperçu Francis au comptoir et lui avait demandé quelques jours plus tard ce qu'il pensait de ce nouvel établissement). Ou si Joan lui avait annoncé que son ex-mari avait enfin accepté de signer la convention du divorce plus tôt dans la semaine, et que le vin chaud qu'elle s'était offert devant la caserne des pompiers était sa manière à elle, la première, de célébrer sa victoire (mais elle ne le lui raconta que plus tard). Ou si Lena lui avait confié qu'elle ne se sentait pas bien, qu'elle pensait avoir de la fièvre, qu'elle avait pris une aspirine avant de partir. Lena était rarement malade. Si elle avait informé Francis de son état en arrivant au marché de Noël, il serait probablement resté avec elle pour l'aider à tenir le stand (mais elle ne lui avait rien dit).

De quoi parlèrent-ils pendant cette heure et demie ? Une fois assis, ils se réchauffèrent si vite qu'ils se débarrassèrent à la hâte de leurs manteaux et leurs écharpes, et les empilèrent sur leurs genoux, les tabourets de bar étant dépourvus de dossier. Lena ne l'aurait jamais laissé s'asseoir sur un siège pareil : c'était bien trop risqué. Et s'il perdait l'équilibre ? Francis remarqua que le genou de Joan frôlait le sien ; il remarqua aussi que l'encolure de son chemisier était un peu de travers, révélant sa clavicule. Il l'interrogea sur son travail. Lorsqu'il lui posa deux fois la même question, elle rit, plongeant son menton vers son torse comme si elle essayait de le lui cacher. Quand elle le regarda de nouveau, il eut le sentiment qu'elle lisait dans ses pensées – absolument toutes ses pensées.

Entre eux, la simplicité semblait de mise. Nulle complication, nulle hésitation. Il s'en étonna, d'abord. Il se sentait jeune et fort, complètement détaché de la personne sur laquelle Lena veillait avec tant de zèle depuis des années. Joan se montra franche et directe, ce dont il lui fut reconnaissant, au début. Plus tard, ce fut cette même franchise qui le dégoûta le plus de lui-même.

— J'ai déménagé, dit-elle. Je loue un appartement, pas loin d'ici. En attendant que tout soit réglé.

Elle effleura son coude. Elle tapota son index sur son avant-bras, une seule fois, si vite qu'il pensa l'avoir imaginé. Seul le sang qui bouillonnait dans ses veines, à l'endroit où elle l'avait touché, attestait de la réalité de son geste. Un moment plus tard, elle remit son manteau, ses gants. Lui proposa une petite marche. Une centaine de mètres en ligne droite. Un virage. Une autre centaine de mètres. Le cœur de Francis battait de plus en plus fort dans sa poitrine – si fort que Joan devait l'entendre, il en était persuadé. Le brouhaha qui s'élevait du marché de Noël couvrait leur escapade, dissimulant leur destination. Comme toujours à la mi-décembre, la lumière déclina rapidement : le ciel se teinta d'orange, puis de bleu violacé, avant de s'assombrir. Joan poussa la porte d'entrée et s'avança dans le hall, où ils se tinrent côte à côte sans se regarder, sans se parler, jusqu'à l'arrivée de l'ascenseur.

— Qu'est-ce qu'on fait, maintenant ? marmonna-t-il une fois à l'intérieur, mais Joan se contenta de le regarder en souriant.

Elle ouvrit un placard, en sortit deux verres, puis elle alluma la télévision et baissa le volume. Inutile de faire semblant, songea-t-il, bien qu'il tremblât comme un écolier. Il effleura le haut de son visage – il avait une nouvelle prothèse depuis le début du mois, peinte à la main par un « artiste oculaire » du Connecticut, un type aux tarifs exorbitants que Francis avait d'abord refusé de consulter. Mais Lena l'avait convaincu, assurant que la dépense en vaudrait la peine. Le résultat était fabuleux, en effet. Les filles avaient été ébahies : la prothèse semblait si réelle, si vraisemblable ! Ils n'avaient pas encore réglé la totalité de la facture, et Francis s'était promis de juger, le jour de la dernière échéance, si la dépense en valait bien la peine. Ce qui était certain, c'est que ce nouvel œil lui avait rendu une certaine sérénité : il était heureux de parler aux gens comme avant, sans devoir faire mine de ne pas remarquer que ses interlocuteurs l'observaient d'un air gêné, évitant de s'attarder sur son œil de verre pour ne pas paraître impolis. L'ancienne prothèse était si inconfortable, si peu ressemblante, que Kate lui avait conseillé de remettre le cache-œil : « C'est moins terrible », avait-elle décrété. Par la suite, il s'était tellement accoutumé à ce cache-œil que son visage lui semblait nu, à présent.

Joan posa les mains de chaque côté de son cou – des mains froides, malgré les gants qu'elle venait d'ôter, et les fit courir de manière parfaitement symétrique le long de ses bras. Francis frissonna et posa à son

323

tour les mains sur elle : de part et d'autre de sa taille, comme il l'avait fait à l'aube, ce matin de mai, sept mois auparavant.

Cette histoire n'avait rien à voir avec Lena ni avec l'amour qu'il lui portait, aussi puissant que le jour de leur mariage. Cette histoire ne regardait que lui, les émotions, les sensations et les parties de lui-même qui lui manquaient et qu'il désirait retrouver. Ce qui venait de se produire chez Joan, ce qui se produirait de nouveau, il l'espérait, n'avait aucune raison de modifier en quoi que ce soit sa relation avec Lena, car ces événements s'étaient déroulés dans un monde à part, distinct de son univers familier. Voilà ce dont il essayait de se convaincre, moins d'une heure après avoir franchi le seuil de l'appartement de Joan, tandis qu'il se dépêchait de rejoindre le marché de Noël, qu'il approcha par l'entrée sud, comme s'il revenait d'une balade vers la mare aux canards. Ces certitudes vacillèrent lorsqu'il vit Lena postée au milieu de la chaussée, les débris du marché éparpillés autour d'elle, le visage blême d'angoisse. Il se demanda alors si ces deux univers prétendument distincts n'étaient pas entrés en collision. Depuis combien de temps l'attendait-elle ? Il avait été un bon flic, un bon mari, un bon père. Plus que bon, même, songea-t-il sans avoir l'impression de manquer de modestie. Mais un soir, parce qu'il était serviable et attentionné, parce qu'il était fiable et responsable, il était allé sonner chez son voisin et il avait été propulsé dans une nouvelle réalité, une réalité où il n'était plus flic et pas très bon mari. Était-il toujours un bon père ? Il l'espérait, mais depuis une petite heure, il commençait à en douter.

— J'ai entendu dire qu'il y avait du verglas près de la caserne, déclara Lena. Puis le bruit a couru que quelqu'un avait glissé et s'était blessé.

Elle lui confiait son inquiétude sur un ton accusateur.

— Ce n'était pas moi, assura-t-il en lui prenant les sacs des mains – la nappe et les plateaux qu'elle avait emportés pour dresser le stand.

— Les gens renversent leurs boissons sans penser aux conséquences. Ça gèle si vite, par un temps pareil !

Elle s'interrompit un instant, puis reprit :

— Tu te sens bien ? Tout s'est bien passé ?

— Lena, pour l'amour de Dieu, cesse de me demander si je vais bien, d'accord ? dit-il, paraissant plus en colère qu'il ne l'était réellement. Je suis allé au nouveau bar, près de la caserne. J'ai rencontré un tas de gens.

Lena hocha la tête, l'air soulagé.

— Désolée, s'excusa-t-elle, et elle toucha ses tempes du bout des doigts. Je ne me sens pas très bien. Je croyais que c'était un petit rhume, mais c'est peut-être la grippe.

Par la suite, Francis revit Joan à deux reprises. Deux rendez-vous en dix jours. Le premier, dans son appartement. Le second, dans un parc situé au nord de l'État, où Lena n'aimait pas l'emmener parce qu'elle jugeait le sentier trop inégal : il risquait de trébucher sur une racine ou un pavé fissuré. Il prit un bus jusqu'à Riverside, où Joan l'attendait sur le parking d'un centre commercial. Lorsqu'ils descendirent de voiture, il pressa son corps mince contre le mur en béton des toilettes du parc, fermées pour la saison. Elle lui suggéra d'aller au Holiday Inn le plus proche, d'y rester quelques heures, puis elle se moqua de lui parce qu'il semblait choqué.

— Quoi ? dit-elle en riant. C'est moi qui régale. Ce n'est pas le Plaza.

À la réception, mortifié, il repoussa les billets qu'elle tendait à l'employé et sortit sa carte de crédit.

— Tu veux que je prenne le volant ? demanda-t-il ensuite, quand ils regagnèrent sa voiture, et elle lui remit les clés sans l'ombre d'une hésitation.

Il conduisit jusque chez elle et, de là, il revint à pied jusqu'à Jefferson Street. Il n'avait pas conduit depuis plus de quatre ans. Le simple fait de se glisser derrière le volant lui donna l'impression d'être plus jeune, plus proche de lui-même qu'il ne l'avait été depuis l'accident. Et Joan ne manifesta aucune crainte au cours du trajet. En s'insérant sur l'autoroute, il jeta, par réflexe, un coup d'œil par-dessus son épaule gauche. Après un bref instant de perplexité, il regarda droit devant lui, et tout rentra dans l'ordre.

Le jour où il prévoyait de voir Joan pour la quatrième fois, Lena resta à la maison parce qu'elle ne s'était pas débarrassée du vilain rhume qu'elle couvait le jour du marché de Noël. Elle avait pris rendez-vous chez le médecin et proposa à Francis de l'accompagner – pas pour assister à la consultation, précisa-t-elle en le voyant hausser les sourcils. Le cabinet du médecin se trouvait à deux pas du magasin de bricolage : peut-être voudrait-il y faire un tour ? Ils n'étaient pas allés dans ce coin-là depuis un petit moment. Francis acquiesça. Il n'eut pas l'occasion d'appeler Joan avant de partir. Elle l'attendrait en vain. Comprendrait-elle qu'il avait eu un contretemps ?

Après le rendez-vous de Lena chez le médecin, alors qu'ils étaient installés près de la vitre dans une cafétéria de Gillam, Lena s'interrogea à voix haute sur l'origine de certains cancers. Le médecin avait fait une radio de ses poumons. Il avait diagnostiqué une bronchite et lui avait prescrit du repos.

— À ton avis, est-ce qu'une personne peut se fabriquer un cancer à force de se faire du mouron ?

Elle tourna les yeux vers la vitre. Elle avait lu un livre à ce sujet, ajouta-t-elle.

Francis ne se souvenait pas de sa réaction, mais lorsqu'il repensait à cette conversation, au soleil qui tapait contre la vitre, au film graisseux qui flottait à la surface de leur café, à l'agitation des serveurs et des clients autour d'eux, il imaginait une petite graine sèche tombant sur Lena, quelque part près de son poumon gauche, puis grossissant doucement, se faisant une place parmi les tissus, s'enracinant et s'enroulant sur elle-même – le tout pendant qu'il regardait fixement son assiette en pensant à Joan Kavanagh, à la manière dont ses longs cheveux roux rendaient plus pâle encore la peau laiteuse de son dos.

— Tu le savais, répliqua-t-il quand Lena se résolut enfin à lui annoncer la nouvelle. Tu le savais et tu ne me l'as pas dit.

Il était en colère contre elle. Et contre lui-même. Incapable de la réconforter, il croisa les bras et fit un pas de côté. Le médecin avait diagnostiqué une bronchite, c'est vrai, mais il avait aussi remarqué autre chose, et demandé des examens complémentaires.

Lena s'excusa. De nouveau, Francis fut incapable de prononcer les mots qu'il était censé prononcer – à savoir qu'elle n'avait rien fait de mal, qu'elle n'avait pas à s'excuser, qu'elle allait s'en sortir et que tout irait bien. Il resta silencieux, ruminant sa colère. N'était-elle pas un peu responsable de ce qui lui arrivait ? À quel moment avait-elle éprouvé pour la première fois cette gêne dans la poitrine ? D'après le médecin, les prémices de la maladie remontaient à plusieurs mois. Quand Lena avait protesté, affirmant qu'elle ne présentait aucun symptôme, l'homme avait souri gentiment. Le fait qu'elle n'ait rien remarqué ne signifiait pas qu'elle n'était pas malade. Certaines personnes sont plus à l'écoute de leur corps que d'autres, avait-il ajouté. Plus tard dans la semaine, quand Francis surprit Lena en train de tousser sur le palier de l'étage, la main appuyée sur le mur pour ne pas tomber, il céda à la colère, cette fois encore.

— Je pensais que tu étais plus maligne que ça ! s'écria-t-il, posté en bas de l'escalier. Bon sang ! Pourquoi as-tu attendu si longtemps avant d'aller voir le médecin ?

Même lorsqu'elle s'assit sur la dernière marche, en larmes, il ne put se résoudre à monter l'escalier pour la prendre dans ses bras et lui dire ce qu'il aurait fallu pour la tranquilliser.

— Tu vas t'en sortir, reprit-il, elle en haut de l'escalier, lui en bas.

C'était un ordre. Au commissariat, il dirigeait une brigade d'une douzaine d'hommes.

Les filles revinrent à Gillam la veille de l'opération, pour aider leur mère à faire son sac et à se préparer.

— Lena, murmura-t-il dans ses cheveux ce matin-là.

La maisonnée dormait encore. Elle avait mis son réveil à 6 heures du matin, mais il n'avait pas sonné. Elle devait se dépêcher, à présent.

— Lena, mon amour, répéta-t-il, et il la serra contre lui en disant qu'il était désolé de s'être montré si rude, qu'il était sous le choc.

Il ne pouvait pas la perdre, ajouta-t-il, c'était hors de question. Elle glissa un bras autour de sa taille.

— Je sais, répondit-elle. Ne t'inquiète pas. Tout va bien se passer, tu verras.

Francis s'habilla rapidement tandis que les filles s'affairaient. Munies de la liste fournie par l'assistante du chirurgien, Sara et Natalie vérifiaient le contenu du sac de Lena ; Kate proposa d'entrer sous la douche avec elle pour l'aider à se laver avec le savon spécial, prévu avant l'opération, et Lena éclata de rire :

— Oh, chérie ! dit-elle.

Puis Francis décida de faire un saut à l'épicerie du coin pour acheter le journal et un café à emporter, comme chaque matin. Il leur restait un peu de temps avant de partir pour l'hôpital. Et le fait de s'en tenir à sa routine quotidienne, même un jour comme celui-ci, lui semblait rassurant. En regardant son souffle former un nuage dans l'air froid, il eut pour la première fois la conviction, timide encore, que tout irait bien. Son visage lui faisait mal et les mouvements de son corps n'étaient pas encore bien synchronisés, mais ces désagréments s'estomperaient peu à peu. Dans quelques heures, le chirurgien exécuterait sur Lena une série de gestes mystérieux et nécessaires ; elle souffrirait, sans doute, mais elle était solide. Et tout finirait par s'arranger.

Quand il tourna à l'angle de la rue pour rejoindre Main Street, il aperçut Joan Kavanagh dans son manteau bleu. Lâchés sur ses épaules, ses longs cheveux prenaient des reflets cuivrés au soleil. Elle le regardait approcher comme si elle le connaissait depuis assez longtemps pour qu'il puisse la faire souffrir. Or ce n'était pas le cas : elle ne le connaissait pas depuis assez longtemps pour avoir le droit de le regarder ainsi, et Francis ne la connaissait pas depuis assez longtemps pour éprouver autre chose que de la honte. Il pensa à sa mère, pour la première fois depuis très longtemps. Il pensa à son père. Morts et enterrés depuis vingt-cinq ans. Aussi incapables l'un que l'autre de se représenter

329

l'Amérique au-delà du peu qu'ils avaient vu ensemble, quand Francis était bébé. Incapables de formuler ne serait-ce que la fausse promesse de venir lui rendre visite « un de ces jours », comme le disaient parfois d'autres parents pour faciliter les choses. Incapables de mentir, même quand leur mensonge aurait été une bénédiction.

— Je reviendrai vous voir dans très peu de temps, avait affirmé Francis le jour où ils l'avaient serré dans leurs bras sur le seuil de la maison.

Sa mère avait appuyé sa joue sèche contre la sienne, encore et encore.

— Allons donc ! Ne dis pas de bêtises, avait bougonné son père.

Avant le départ, son père lui avait dit qu'à New York on trouvait des boulangeries à tous les coins de rue.

— Tu risques de grossir si tu ne fais pas attention ! avait-il ajouté.

Ce fut là son unique conseil. Sa mère n'avait pas été plus prolixe. Pas un mot sur les problèmes d'argent, les femmes, l'alcool ou les bagarres – autant de pièges qui guettaient les jeunes gens, mais pas leur fils. Francis était un bon gars, robuste et bien portant, avec la tête sur les épaules. S'ils le regardaient maintenant depuis là-haut, le reconnaîtraient-ils ? Pas sûr, songea-t-il en approchant de l'épicerie. Il n'avait pas revu Joan depuis leur dernier rendez-vous au Holiday Inn. Et il n'avait pas répondu à ses appels depuis qu'il avait appris la maladie de Lena.

C'était un lundi matin. L'opération était prévue à 11 heures, mais Lena devait se présenter à l'hôpital à 9 heures. Il était encore tôt, 7 heures et des poussières, et des ouvriers du bâtiment se pressaient devant l'épicerie. Ils passaient devant Joan, entraient et sortaient à grands pas en poussant vivement la porte battante, qui se refermait derrière eux dans un grand bruit de métal. Elle garda les yeux rivés sur Francis. Il n'était plus très loin, à présent. Une voiture de police se gara sur l'aire réservée aux livraisons. Les flics se précipitèrent vers l'épicerie, pressés, eux aussi, de boire un café.

— Pardon, pardon ! Bonjour, tout le monde ! lancèrent-ils en s'engouffrant dans la boutique – un, deux, trois.

Francis n'avait pas oublié ce que c'était d'être flic : monter les escaliers en courant, sillonner la ville au volant d'une voiture de patrouille, savoir qu'il était sur le point d'empêcher un sale coup – un plaisir enivrant auquel succédait souvent la déception écrasante d'arriver quelques minutes trop tard. En ce matin glacial de la fin janvier, alors que Lena chuchotait ses prières dans leur chambre et que Kate venait d'achever le premier semestre de ses études universitaires (bien trop jeune pour perdre sa mère), Francis se souvint d'avoir réglé une affaire de tapage nocturne dans le deux-six en convoquant l'un après l'autre les membres de la famille incriminée sur le palier du cinquième étage de leur immeuble. Là, il leur avait poliment demandé s'ils s'aimaient et, le cas échéant, s'ils voulaient bien cesser de se lancer des objets à la figure, histoire que leurs voisins puissent enfin dormir sur leurs deux oreilles. Après ça, ses collègues l'avaient surnommé « Lieutenant Love » pendant un moment.

Au début du mois, Joan avait téléphoné chez eux, pensant que Francis était seul, mais Lena avait répondu. Elle était déjà en arrêt de travail, à ce moment-là. Francis s'était figé sur le seuil de la chambre, tendant l'oreille pour écouter leur conversation, les poings serrés si fort qu'il en avait eu mal aux bras.

— Joan Kavanagh, avait annoncé Lena en raccrochant, l'air perplexe. Casey veut l'adresse de Kate pour l'inviter à une fête, si j'ai bien compris.

Elle avait marqué une pause, avant de reprendre :

— Elle était pompette, à mon avis.

Francis avait marmonné quelques mots d'un air faussement intéressé, avant de se réfugier dans la salle de bains. Il avait scruté son visage dans le miroir : sa cicatrice s'était enflammée, prenant une teinte violacée.

— J'ai appris, pour Lena, déclara Joan devant l'épicerie ce matin-là, quand il parvint à sa hauteur.

Entendre le nom de Lena dans sa bouche faisait aussi partie de son châtiment, supposait-il. Joan n'avait pas le droit de le prononcer, mais c'était sa faute à lui si elle ne le voyait pas ainsi.

— On fait quoi, maintenant ? souffla-t-elle en le regardant comme si elle méritait une réponse.

Comment dire ce qu'il fallait sans aggraver la situation ? Il préféra se taire. Il la frôla pour entrer, comme l'avaient fait les ouvriers du bâtiment, comme l'avaient fait les flics, et ressortit peu après, son café à la main, son journal sous le bras.

Une minute plus tard, Joan passa en voiture près de lui, à petite allure, et le traita de tous les noms qu'il s'était déjà attribués lui-même : lâche ; tricheur ; connard. Il aurait pu changer de trottoir pour l'entendre moins distinctement, mais il resta où il était. Chacune de ses insultes était méritée. Elle le suivit et continua de l'injurier jusqu'à ce qu'il tourne sur Madison Street.

À l'hôpital, Sara et Natalie entraient et sortaient constamment de la salle d'attente. Pour aller chercher du café ou des sandwiches dont personne ne voulait, pour se dégourdir les jambes, pour prendre l'air. Kate adopta l'attitude inverse : elle se campa debout, près de Francis, comme si elle avait été clouée sur place.

L'opération semblait durer des siècles. Parfois, des chirurgiens venaient rassurer les autres familles, mais jamais la leur.

— Katie, soupira Francis en la prenant par les épaules pour la blottir contre son torse, comme lorsqu'elle était petite.

Kate lui assura que tout était normal. Le chirurgien leur avait expliqué en quoi consisterait l'opération et leur avait donné un délai qui n'était pas encore dépassé.

— Donc, tout est normal, répéta-t-elle gentiment.

Elle ajouta que l'opération de Francis, la toute première – celle dont il n'avait gardé aucun souvenir –, s'était prolongée bien au-delà de ce que les médecins leur avaient annoncé. Il imagina alors Lena à la place qu'il occupait maintenant, dans la salle d'attente, tandis que lui était au bloc, et comprit enfin pourquoi elle n'avait jamais réussi à se défaire de l'angoisse née cette nuit-là.

— Papa, reprit Kate. Ce n'est peut-être pas le bon moment, mais il faut que je te dise un truc.

Bien que légèrement inquiet, Francis se félicita du tour que prenait la conversation : la révélation de Kate lui offrirait une distraction bienvenue. Il détourna les yeux de la pendule avec un vif soulagement. Si Kate lui annonçait qu'elle était enceinte, il serait déçu, mais il ne lui dirait pas ce qu'elle devait faire. Si elle avait échoué à ses examens, il serait surpris, mais il la laisserait volontiers revenir à la maison, le temps qu'elle retrouve ses marques. Dans tous les cas, ce ne serait pas la fin du monde, et il le lui dirait. L'essentiel, c'était que Lena guérisse de cette fichue maladie. Le reste passait au second plan.

Il l'observa, son enfant, sa fille chérie. Ses cheveux blonds brillaient sous la lumière des néons.

— J'ai reçu une lettre de Peter, dit-elle. Elle est arrivée chez nous, à Gillam. Maman a deviné de qui elle venait, mais elle me l'a fait suivre quand même. Elle m'a seulement dit que je devais t'en parler. Alors je t'en parle. Je voulais le faire plus tôt, mais je n'ai pas trouvé le bon moment.

Il retira le bras qu'il avait passé autour de ses épaules.

— Tu as reçu une lettre de Peter Stanhope, répéta-t-il lentement. Et que disait-elle, cette lettre ?

Kate haussa les épaules.

— Rien d'important. Juste des trucs dont on parlait avant. Alors j'ai répondu. Maintenant, on s'écrit de temps en temps. Il aimerait me revoir. J'ai accepté. Je l'ai annoncé à maman, et elle m'a demandé de te le dire.

Elle s'interrompit, l'air hésitant.

— Il va très bien, reprit-elle. Il a obtenu une bourse d'études dans une université du New Jersey. Tous frais payés, tu te rends compte ?

Francis se laissa tomber sur une chaise. Sara et Nat allaient revenir d'un moment à l'autre.

— J'aimerais le revoir cette année, quand maman ira mieux. C'était mon meilleur ami. On a passé tant de temps ensemble ! J'ai juste envie de le voir, de savoir comment il va. On se donnera rendez-vous à New York. Ça m'aidera à tourner la page. Je te le promets. Tu dois comprendre ! Peter est parti du jour au lendemain. Tout est arrivé si vite, et nous étions si jeunes !

Tourner la page. Une expression qu'elle avait apprise à l'université, sans doute. Avait-il « tourné la page », quand il avait quitté l'Irlande à l'âge de Kate ?

— Papa, tu m'écoutes, au moins ? Dis quelque chose, voyons !

Plusieurs mois s'étaient écoulés depuis que son avocat l'avait appelé pour l'informer du transfert d'Anne Stanhope dans un autre hôpital psychiatrique, au nord du New Jersey. Quant à Brian, personne n'avait de ses nouvelles depuis des lustres. Ses anciens collègues ignoraient ce qu'il était devenu. Il percevait sa retraite, tout de même. Elle devait bien lui être adressée quelque part, mais Francis n'avait jamais cherché à savoir où. Et maintenant, leur fils. Que voulait-il, ce gosse ? Pourquoi avoir écrit à Kate ?

— On veut juste se revoir pour discuter. Ça ne fera de mal à personne, insista Kate.

— Regarde-moi, ordonna Francis. Tu sais ce que je serais devenu, à l'heure qu'il est, si Anne Stanhope ne m'avait pas tiré dessus ? Je serais capitaine. Peut-être plus. Aucun doute là-dessus. J'ai eu un mauvais pressentiment à son sujet dès le début. J'aurais dû écouter ta mère. Et cette nuit-là, j'aurais dû laisser les flics de Gillam s'en charger. J'aurais dû renvoyer Peter chez lui pour qu'il les attende sur le seuil de sa maison. Mais je n'ai pas attendu. Maintenant, c'est envers lui que j'ai un mauvais pressentiment.

— La dernière fois que tu l'as vu, il n'avait que 14 ans. Ce n'est pas juste.

— La vie n'est pas juste, Katie. Je ne veux pas que tu le revoies. Point final.

— Tu ne peux plus me traiter comme une gamine, papa.

C'était tellement grotesque que Francis se mit à rire, en dépit des circonstances.

— Oh, Kate ! dit-il.

Lena survécut à l'opération. Elle survécut à la chimio et aux séances de radiothérapie. Francis préparait les repas pour deux. Quand elle n'avait pas la force de manger, il la nourrissait à la cuillère comme il le faisait avec les filles autrefois, si Lena était occupée. Certains jours, lorsqu'elle s'endormait sur le canapé du salon, il la soulevait dans ses bras – son corps était si léger qu'il semblait creux – et la portait jusqu'à leur chambre. Il n'avait plus de vertiges. Il ne vacillait pas. Les jours défilaient, l'un après l'autre. Il s'affairait, tête baissée, toutes ses pensées tournées vers elle, vers ce dont elle aurait besoin dans l'heure qui suivrait. La première fois qu'il l'installa sur le siège passager de la voiture, avant de prendre place au volant, elle faillit protester, puis elle se ravisa. Et le laissa faire.

Elle perdit tous ses poils et tous ses cheveux. Quand ils commencèrent à repousser, elle ressemblait à un oisillon. Elle ne s'embarrassait ni d'une perruque ni d'un foulard. Quand elle avait froid, elle se contentait d'enfoncer un des vieux bonnets des filles sur son crâne chauve.

Les jours où elle se sentait assez vaillante pour marcher un peu, elle s'appuyait sur lui. Une fois, elle dut s'asseoir sur le trottoir et l'attendre tandis qu'il repartait en courant vers leur voiture, garée dans l'allée, puis faisait le tour du pâté de maisons pour venir la chercher.

Enfin, le printemps arriva. Lena allait beaucoup mieux, et tous deux avaient le sentiment que le pire était derrière eux. Aussi longue soit-elle, la convalescence ne serait pas plus pénible que tout ce qu'ils avaient traversé. Bientôt, Kate achèverait sa première année d'université.

— Et si on allait à la jardinerie, aujourd'hui ? proposa Francis en entrant dans la cuisine. On pourrait acheter des annuelles et les planter ce week-end, tu ne crois pas ?

Assise à la table, Lena buvait du thé. Des volutes de vapeur s'échappaient du bec de la bouilloire.

— Francis ? Est-ce que quelque chose s'est passé entre toi et Joan Kavanagh cet hiver ?

Elle arborait une expression calme et paisible, tout juste teintée de curiosité, comme si la réponse n'avait pas d'importance à ses yeux. Un demi-sourire aux lèvres, elle semblait vouloir le rassurer, l'inciter à surmonter ce moment difficile.

Il ferma les yeux et agrippa le comptoir à deux mains. Un flot de sang afflua à son visage.

— C'est bien ce que je pensais, dit Lena.

Lorsqu'il trouva le courage de la regarder, il vit qu'elle pleurait, la main plaquée sur sa bouche.

— Ce qui me tue, énonça-t-elle d'un ton égal, dépourvu d'émotion, c'est que moi, je ne t'aurais jamais, jamais, fait une chose pareille.

C'était parfaitement vrai, et Francis le savait.

Il lui fallut un certain temps pour comprendre ce qui l'avait trahi. Et chaque fois qu'il se surprenait à chercher la clé du mystère, il se réprimandait – quelle importance ? Il s'interrogeait, malgré tout. Le relevé de sa carte de crédit, peut-être ? Avaient-ils été vus ensemble, à Gillam ? Il n'aurait jamais dû conduire la voiture de Joan dans le centre-ville et la raccompagner jusqu'en bas de son immeuble. C'était imprudent de sa part.

En fait, c'était Casey Kavanagh qui l'avait raconté à Kate, qui l'avait répété à ses sœurs, qui l'avaient dit à leur mère. Casey avait appelé Kate à New York. La fille de Joan était dans une colère noire, parce que sa mère souffrait et que Francis en était responsable, Francis et sa petite famille, si parfaite, si respectée et adorée des bonnes gens de Gillam – et tout ça pourquoi ? avait crié Casey. Parce que le père de Kate, cette commère, ce fouille-merde, avait mis son nez là où il ne fallait pas, et s'était fait tirer dessus.

Le terme « commère », associé à son père, avait d'abord fait rire Kate. Les commères étaient plutôt des femmes, non ? Des femmes d'un certain âge, qui plus est. Indiscrètes et volubiles. Rien à voir avec son père, cet homme quasi mutique, qui était allé sonner chez les voisins cette nuit-là parce qu'il était courageux, parce qu'il était formé à ce type d'intervention et que c'était la réaction appropriée dans ces circonstances. Casey avait perdu la boule ou quoi ? Qu'est-ce qu'elle racontait – ou plutôt hurlait – à l'autre bout du fil ?

Kate n'avait pas cru à l'infidélité de Francis jusqu'à ce que, sur l'insistance de Natalie, elles en parlent toutes les trois à leur mère. Elles lui présentèrent la nouvelle comme une rumeur, une rumeur absurde que Lena risquait d'entendre en ville.

— On préfère t'avertir, pour que tu ne sois pas prise de court, affirmèrent-elles.

Loin d'être choquée, Lena ne dit rien. Dans le silence qui suivit, elle se souvint du coup de téléphone de Joan, en plein milieu de la journée, et du prétexte étrange que cette femme avait invoqué pour justifier son appel. Elle se souvint aussi de l'après-midi où elle avait vainement cherché à joindre Francis à la maison pour lui demander d'allumer le feu sous la cocotte (elle l'avait remplie de viande et de légumes pour le dîner). Elle avait laissé sonner le téléphone une dizaine de fois, avant de raccrocher. Plus tard, quand elle lui avait demandé ce qu'il avait fait ce jour-là, il avait répondu qu'il n'était pas sorti.

— Maman, dit Sara, tu dois le foutre dehors. Ne te laisse pas faire.

Natalie abonda dans le même sens. Kate éleva la voix, furieuse : comment pouvaient-elles croire si facilement à de telles horreurs ? Il y avait forcément une explication.

— Les filles, intervint Lena. Cette histoire ne regarde que votre père et moi.

Les filles revinrent à la maison pour la fête des Mères, et Francis planta les fleurs avant leur arrivée. La journée s'étira lentement. Sara et Natalie le battaient froid, mettant un soin particulier à l'éviter, mais Kate ne le quittait pas des yeux. En fin d'après-midi, elle le suivit jusqu'à la remise pour tirer les choses au clair.

— Alors c'est vrai, ce que Casey m'a dit ?

Il aurait pu mentir : elle l'aurait cru. Elle paraissait prête à accepter la première fable venue, du moment qu'elle se substituait à la vérité.

Il rangea les cisailles à leur place, sur le crochet fixé au mur de la remise, puis lança le petit râteau dans le bac de jardinage.

— Ce ne sont pas tes affaires, répliqua-t-il sans la regarder.

— C'est tellement répugnant que ça me donne envie de vomir ! hurla-t-elle, s'avançant vers lui comme si elle avait l'intention de le frapper. Qu'est-ce qui t'a pris ? Après tout ce que maman a fait pour toi... Tu devais bien te douter qu'elle en souffrirait, non ? Comment as-tu pu lui faire une chose pareille ?

— Je ne sais pas, répondit-il, et c'était vrai.

— Tu ne sais pas ? Tu ne sais pas ?

La voix de Kate vibrait de rage contenue. Elle sembla sur le point de s'éloigner, puis se figea et se retourna vers lui.

— J'ai revu Peter, déclara-t-elle. Il est venu chez moi, et je suis allée le voir sur son campus. Je l'aime. J'avais des scrupules, vis-à-vis de toi, mais plus maintenant. Il ne me ferait jamais ça, lui. Ce que tu as fait à maman.

Elle l'observait pour tenter de déchiffrer sa réaction. Ce fut au tour de Francis d'être furieux. Il n'avait jamais frappé aucune de ses filles, mais aujourd'hui sa main le démangeait. Il dut se retenir pour ne pas la gifler.

— Kate. Grandis un peu, tu veux ?

— Et tu sais quoi ? Maman est au courant. Et elle n'est pas fâchée.

— Bien sûr !

— C'est vrai, je t'assure. Demande-le-lui. T'en fais, une tête ! Tu es vexé qu'elle ne t'ait rien dit ? Tu vois, elle a ses petits secrets, elle aussi !

L'après-midi suivant, lorsque les filles reprirent le bus pour New York, Francis monta dans la chambre de Kate, où Lena se reposait. Souhaitait-elle le voir entrer ? Il n'en était pas certain. Alors il se tint sur le seuil d'un air gêné et lui raconta ce que Kate lui avait avoué.

— Elle prétend que tu es au courant, ajouta-t-il. C'est vrai ?

— Rien ne prouve que cette histoire va durer, répliqua Lena sans le regarder, en faisant courir ses doigts sur le couvre-lit de Kate, un patchwork qu'elle possédait depuis qu'elle était toute petite.

— Elle affirme qu'elle est amoureuse de lui.

— Je l'ai mise en garde. Je lui ai dit que l'amour n'aide que jusqu'à un certain point. Mais elle est têtue. Plus on s'y opposera, plus elle s'obstinera.

Une vague d'angoisse le submergea.

— Après tout ce que j'ai enduré ! s'écria-t-il. Comment peut-elle être aussi stupide ? Ce gamin ? Pourquoi ? Elle refuse de m'écouter. Parle-lui, toi ! On ne lui a jamais reproché d'avoir fait le mur cette nuit-là.

Lena le regarda droit dans les yeux pour la première fois depuis plusieurs jours.

— Tu lui en veux ?

— Non. Bien sûr que non.

Ils sont si jeunes encore ! songea-t-il. Ce ne sera peut-être qu'un feu de paille ? Lena semblait se réjouir de savoir sa benjamine amoureuse, et le fait que Peter soit l'heureux élu ne la troublait pas outre mesure. Elle-même aimait si facilement, si entièrement… Kate tenait peut-être d'elle, qui sait ? Vingt-cinq ans plus tôt, Lena lui avait avoué son amour avant qu'il ne se déclare. À l'époque, c'était inhabituel, et Francis avait été choqué. Ils marchaient dans la rue, à Bay Ridge, quand Francis s'était arrêté pour l'embrasser, son nez froid frôlant le sien. « Je t'aime », avait dit Lena. Elle ne cherchait pas à obtenir une réponse de sa part, elle l'informait simplement que son amour était à prendre ou à laisser.

— Lena, murmura Francis.

Il s'approcha du lit sans avoir la moindre idée de ce qu'il voulait dire.

— Je...

Mais Lena était comme un poing qui refuse de s'ouvrir. Elle tira la couverture sur son menton et se plaqua contre le mur.

— Ça va bientôt s'arranger, Francis. Mais pas tout de suite.

14

Au cours de la dernière année de Peter à Elliott College, les membres de son équipe d'athlétisme prirent l'habitude de venir le consulter au lieu d'interroger l'entraîneur. Ce dernier visait un poste dans une université plus prestigieuse, en Pennsylvanie, et cette candidature requérait toute son attention. En son absence, Peter se chargeait de donner les consignes : où et comment s'échauffer, quelle distance parcourir, combien de foulées effectuer... Il lui arrivait aussi de faire basculer certains coureurs d'une discipline à l'autre, invitant des gars qui avaient toujours couru le 5 000 mètres à tenter le 1 500 mètres, tenant des réunions brèves mais pertinentes dans les gradins qui surplombaient la piste, comme s'il s'agissait de son bureau personnel. La plupart des étudiants couraient sans grâce et sans génie : au lycée, ils avaient opté pour le cross-country ou l'athlétisme faute de mieux, après avoir échoué dans d'autres sports. La course à pied, c'est tellement plus simple ! se disaient-ils. Aller vite, c'est tout ce qu'on vous demande – mais aller vite pendant longtemps requiert des compétences particulières, dont aucun d'eux, ou presque, n'était pourvu. Dans ce domaine, ils laissaient le champ libre à Peter et à la poignée d'autres étudiants que le coach avait recrutés en leur offrant une bourse d'études.

Un jour, un des membres de l'équipe de marche athlétique s'amusa à sauter quelques haies après l'entraînement, et Peter se rendit compte qu'il était doué pour le 3 000 mètres steeple. Cette fois-là, comme les fois précédentes, il fit mine de suggérer ces changements à l'entraîneur en lui proposant d'observer le coureur pour se forger sa propre opinion. L'entraîneur acquiesça. Et le changement fut entériné lors de la compétition suivante. Il en fut ainsi tout au long de l'année. L'équipe s'améliora peu à peu. À l'issue de chaque course réussie, quand les coureurs relevaient la tête après avoir franchi la ligne d'arrivée, c'était Peter qu'ils cherchaient des yeux parmi les spectateurs.

Le coach finit par en prendre ombrage. Un matin, il lança à Peter qu'il ferait bien de passer moins de temps à analyser ses coéquipiers, et plus de temps à s'analyser lui-même. D'ailleurs, comment pouvait-il améliorer ses performances s'il filait voir sa petite copine à New York dès qu'il en avait l'occasion ?

— Et pendant que j'y suis, Pete, ajouta-t-il, ta sueur empeste l'alcool. Calme-toi un peu sur la boisson, tu veux bien ?

Kate était à la fois exactement la même et tout à fait différente. Quand elle entra dans le bar le soir de leurs retrouvailles, elle haussa les sourcils de la même manière que le jour où leur professeur de cinquième avait annoncé la première interrogation-surprise de l'année, et Peter fut englouti sous les eaux tumultueuses de leur longue histoire commune. Plus tard, elle lui confia qu'elle avait failli ne pas venir. Le contexte familial ne s'y prêtait pas (sa mère venait d'entamer une chimio et son père lui avait carrément interdit de le voir) et, surtout, elle était dévorée par le trac. Elle avait changé de vêtements au moins dix fois, et fini par emprunter une tenue à sa colocataire. Quand elle arriva, Peter terminait une pinte de bière. Il se leva pour la serrer dans ses bras sans avoir la moindre idée de ce qu'il fallait dire. Kate chercha ses mots, elle aussi.

Il était arrivé une heure plus tôt. Après avoir fait le tour du pâté de maisons pour tuer le temps, il s'était arrêté dans un autre bar, où il avait avalé deux shots de whiskey, du Jameson, l'un après l'autre, en renversant la tête en arrière comme le faisait son père autrefois. L'alcool ne l'avait pas aidé sur le moment – il avait toujours l'impression de sentir ramper des centaines d'araignées sous sa peau – mais lorsqu'il s'était remis en route quelques minutes plus tard pour rejoindre le bar où ils avaient rendez-vous, il s'était détendu peu à peu. En entrant, il était moins nerveux, moins inquiet, plus calme.

— Peter, dit Kate en reculant d'un pas pour scruter son visage. Je n'arrive pas à y croire.

Les pointes de ses cheveux étaient teintes en violet. Une épaisse couche de vernis noir couvrait ses ongles mordillés, ses longs doigts fins disparaissaient sous de lourdes bagues en argent et elle portait des Doc Martens lacées jusqu'aux genoux, mais elle avait gardé intacts ses yeux brillants, son sourire malicieux. Il observa le mouvement de ses lèvres tandis qu'elle parlait.

— Je suis tellement contente que tu aies repris contact ! déclara-t-elle en s'asseyant, comme si elle ne l'avait pas déjà dit et redit dans la dizaine de lettres et de courriels qu'ils avaient échangés au cours de l'hiver.

Maintenant, les vacances de printemps approchaient. Peter s'était déjà présenté à deux épreuves partielles et n'avait plus que deux devoirs à rendre avant de retourner dans le Queens, chez son oncle George. Kate passerait son premier partiel quelques jours plus tard.

Un large sourire éclaira son visage.

— Alors, dit-elle, c'était comment, le lycée ?

Ils se rendaient souvent visite et se téléphonaient presque tous les jours. Par une sorte d'accord tacite, ils veillaient à ne pas mentionner Gillam, ou leurs parents, ou quoi que ce soit qui puisse leur rappeler les événements qui avaient eu lieu entre leurs familles respectives au mois de mai, pendant leur dernière année au collège.

Bien qu'ils aient tous deux beaucoup changé depuis ce temps-là, ils avaient le sentiment de revenir en terrain familier et de réintégrer un univers qui avait toujours été le leur. Peter avait, sur le cou, deux taches de rousseur qui ressemblaient à une morsure de vampire. Les taches n'avaient pas disparu, mais son cou n'était plus le même : plus épais, plus fort, plus rugueux aussi, maintenant qu'il se rasait chaque matin. Ils étaient tous deux grands et minces, mais le torse de Kate se rétrécissait à la taille, tandis que celui de Peter était aussi droit et massif qu'un tronc de chêne. Si le nez et les épaules de Kate étaient parsemés de taches de rousseur, sous ses vêtements sa peau était d'un blanc laiteux. Peter, qui s'entraînait en plein air vêtu d'un tee-shirt à manches courtes, avait le cou, le visage et les avant-bras tannés par le soleil. Le jour où elle découvrit que des poils avaient poussé sur son torse et que d'autres cheminaient vers son bas-ventre, elle eut un mouvement de recul embarrassé.

Et puis, il y eut ces menus détails, ces petits événements qui déclenchèrent en elle des émotions dont l'intensité la surprit : les yaourts préférés de Peter voisinant avec sa bouteille de jus d'orange dans son minuscule frigo d'étudiante ; son caleçon échoué au sol, à côté de son soutien-gorge. Un matin, elle confondit son jean avec celui de Peter et l'enfila, avant de s'apercevoir de sa méprise. Elle se figea, bouleversée. Avait-elle jamais été aussi heureuse ?

Ils n'eurent qu'un seul différend ce printemps-là, et ce fut à propos de leurs parents. Ils marchaient sur Broadway quand Kate avait commencé à parler de son père : elle confia à Peter que Francis avait trahi et blessé sa mère en entamant une liaison. C'était, d'après elle, la plus grosse erreur de sa vie. Pire encore que le soir où il était allé sonner chez les Stanhope.

Peter ne réagit pas.

— J'espère que tu ne te sens pas coupable, hasarda Kate, que son silence laissait perplexe.

— Coupable ? Non. Je me disais juste qu'il y a eu beaucoup de victimes cette nuit-là. Beaucoup trop. Ton père, ta mère, ma mère...

— Ta mère ? Tu estimes que ta mère est une victime ? l'interrompit Kate en lui lançant un regard acéré.

— Eh bien... Oui.

— Tu es sérieux ?

— Tout à fait.

— Explique-moi ça, ordonna Kate, les poings sur les hanches.

— C'est très clair : elle n'était pas dans son état normal. Et pour autant que je sache, elle est toujours à l'hôpital. Si elle avait été soignée correctement...

Kate leva la main comme un agent de police pour arrêter la circulation.

— En fait, je ne veux pas d'explications. Autant admettre maintenant que nous ne serons jamais d'accord sur ce sujet et laisser tomber, tu ne crois pas ?

Peter acquiesça, mais elle reprit aussitôt :

— Ce qui est sûr, c'est qu'elle est toujours à l'hôpital. L'avocat de mon père nous aurait appelés si elle avait été libérée.

— Ah bon ? marmonna Peter, interloqué ; l'information lui avait fait l'effet d'une gifle.

— En raison des blessures qu'elle lui a infligées, l'administration judiciaire est tenue d'informer mon père chaque fois qu'elle change d'établissement ou de régime pénitentiaire.

— J'avais compris, merci, s'agaça-t-il, et il marqua une pause. Mais ce n'est pas comme si ma mère l'avait agressé volontairement – je veux dire, comme si elle avait un truc contre lui en particulier. Ton père a eu le malheur de venir sonner chez nous à ce moment-là, tu comprends ? Pourquoi l'administration devrait-elle le tenir informé ? Ma mère n'a pas l'intention de se lancer à ses trousses dès qu'elle pourra sortir de l'hôpital !

— Elle lui a tiré dessus parce qu'elle me détestait. Maman me l'a dit quelque temps après.

Peter ouvrit des yeux ronds. Il était si incrédule qu'il dut étouffer un rire.

— C'est un peu plus compliqué que ça, Kate.

— Tu aimerais la revoir ? C'est ça que tu essaies de m'expliquer ? Tu m'as pourtant dit que vous n'étiez plus en contact. Je croyais que tu avais rompu définitivement avec elle.

— C'est ma mère, quand même !

— Et alors ?

— Et alors... Non, je n'ai pas envie de la revoir.

Il se questionna intérieurement : était-il sincère ? L'affirmation lui semblait vraie, en tout cas. Il lui suffisait de s'imaginer dans la même pièce que sa mère pour avoir l'impression de renouer avec le chaos.

— Peter, dit Kate, en portant les doigts à ses tempes comme pour s'exhorter au calme. Tu te rends compte de ce qui nous est arrivé ? De ce que nous avons traversé quand mon père était à l'hôpital ? Quand on se demandait si son cerveau était intact ? Et ensuite, pendant tous ces mois de convalescence ? Maman devait le nourrir à la cuillère, le laver et l'habiller comme un bébé !

— Je suis certain que c'était terrible. Cette discussion ne rime à rien. Nous n'avons aucune raison de nous disputer.

— Et pas un mot de toi, poursuivit-elle. Pas le moindre message. Quand j'ai choisi de venir étudier à New York, c'était en partie parce que j'espérais te croiser. Tu as parlé du Queens, cette nuit-là, tu te souviens ? Mais je n'avais aucune certitude... Tu t'étais volatilisé ! Alors que toi, tu pouvais reprendre contact à tout moment : je n'avais pas bougé d'un iota. Pourquoi ne l'as-tu pas fait ?

— Je l'ai fait, protesta-t-il à mi-voix.

Elle haussa les épaules.

— Tu as attendu quatre ans et demi pour m'envoyer une lettre griffonnée sur un coup de tête !

Sur ce point, Peter ne parvenait pas mieux à se justifier qu'il ne parvenait, à l'époque, à expliquer ses sentiments pour Kate aux membres de l'équipe d'athlétisme du lycée. Ses actes avaient du sens dans son cœur et dans ses tripes, mais ils perdaient toute logique lorsqu'il les examinait avec sa tête.

Ils marchaient toujours sur Broadway, mais Kate avait accéléré le pas, le devançant de quelques mètres, avant de s'arrêter devant la vitrine d'un chocolatier. Quelques affichettes annonçaient les événements à venir. Mardi soir : accords mets et vins. Jeudi soir : atelier de fabrication de truffes.

Kate enroula ses bras autour de sa poitrine. Son profil semblait de marbre.

— Tu as raison, concéda-t-il. J'aurais dû te contacter plus tôt. Je t'en ai parlé dans ma première lettre : je me disais que je devais t'écrire, mais plus le temps passait, plus j'avais peur que tu me détestes. Pourtant, je pensais à toi tout le temps ! Je ne sais pas pourquoi je n'ai pas écrit plus tôt. Je crois que…

— Quoi ?

— C'était dur à gérer, tout ça. D'abord, je me faisais du souci pour ma mère, puis mon père est parti, et j'ai commencé à me faire du souci pour mon oncle : je me sentais de trop, j'avais peur de lui imposer ma présence. Alors je prenais la vie au jour le jour, sans regarder trop loin en arrière ou en avant, parce que ça aussi, c'était dur à gérer. Je me répétais que je t'écrirais quand la situation serait plus simple, plus tranquille, mais ça n'est jamais arrivé.

Elle resta immobile, sans le regarder, pendant un long moment.

— Parlons d'autre chose, dit-elle enfin.
— D'accord, acquiesça-t-il.

Ils ne se sentaient ni l'un ni l'autre comme un jeune couple ordinaire, ni même comme des étudiants ordinaires, mais ils jouaient le jeu.

Une nuit, après avoir fumé un demi-paquet de cigarettes et vomi sur les marches qui menaient à la résidence universitaire de Peter, Kate déclara que leur couple avait déjà connu le pire – pourquoi ne pas profiter du meilleur, à présent ? Peter en convint : il était temps de s'amuser. En outre, il avait compris que le plaisir ne vient pas seulement de l'événement lui-même

– une soirée réussie, une beuverie entre copains, une course-poursuite, nus et en pleine nuit, jusqu'à la mare aux canards du campus –, mais aussi du récit qu'on en fait, de la joie qu'on éprouve à revivre ces exploits, à les décrire et à en rire devant un auditoire qui aurait aimé en être. Durant toute son enfance, il avait fait partie du public, écoutant les autres depuis les gradins, déçu de ne jamais être au bon endroit au bon moment. Depuis qu'il était entré à l'université, depuis qu'il sortait avec Kate, il avait quitté les gradins pour la scène : il se trouvait au cœur de l'histoire.

Un jour, dans un futur proche, il devrait travailler pour gagner sa vie. Il devrait aussi décider s'il souhaitait, ou non, revoir ses parents, mais, pour le moment, il se fondait dans la masse. Lorsqu'il sentait monter en lui les prémices d'une angoisse familière – il était, et resterait, de nature inquiète –, il appelait ses amis et leur proposait une sortie. Quand Kate lui rendait visite à Elliott College, ils enchaînaient les matches de foot, les pique-niques entre copains et les soirées dans les résidences universitaires. Quand Peter se rendait chez elle, sur le campus de l'université de New York, ils écumaient les bars et les boîtes de nuit avec d'autres étudiants, avant d'aller manger un morceau à la cafétéria de St Mark's Place. Peter se disait souvent que ses années de lycée auraient été très différentes s'il avait recroisé Kate par hasard, au coin d'une rue ou dans un bus ; si elle s'était tenue à son côté, jour après jour, partout où il allait. Ils buvaient comme s'ils étaient payés (pour reprendre l'expression de Kate), avalant tout ce qui passait à leur portée : Bud Light, Zima, vin en cubi, whisky, vodka, rhum.

— Je déteste le rhum, décréta Peter un soir, alors qu'il s'en servait un verre.

L'assemblée éclata de rire. À ceux qui demandaient où Kate et lui s'étaient rencontrés, ils répondaient qu'ils avaient grandi ensemble. « Vous vous êtes connus au lycée ? Comme c'est mignon ! » s'écriaient leurs nouveaux amis, et ils ne prenaient pas la peine de rectifier.

Cette période bénie ne dura pas. À peine Peter commença-t-il à se sentir plus à l'aise sur le campus, à maîtriser les arcanes de son fonctionnement comme ceux des innombrables tunnels du terminal de Port Authority dans lesquels il s'engouffrait pour rejoindre la ligne de métro qui le déposait quasiment au pied de la résidence universitaire de Kate, à peine commença-t-il à apprécier sa nouvelle vie et à profiter du moment présent sans trop penser au passé ou à l'avenir, que ses proches se mirent à lui demander ce qu'il voulait faire ensuite. Travailler ou poursuivre ses études ? Et s'il travaillait, dans quel secteur ? Son tuteur universitaire au département d'histoire, à Elliott College, fut le premier à lui poser la question. Puis ce fut au tour de George : il annonça à Peter qu'il serait le bienvenu, une fois diplômé, s'il souhaitait revenir vivre chez lui. Il pourrait rester aussi longtemps que nécessaire. George avait emménagé dans un nouvel appartement avec sa petite amie, Rosaleen. Un trois-pièces, à deux pas de son ancien immeuble. Peter aurait sa chambre, s'il le souhaitait. Il y avait déjà passé plusieurs semaines au cours de l'été précédant sa dernière année d'études. L'appartement, bien rangé, décoré dans un camaïeu de beiges, regorgeait de bibelots et de plantes vertes. On n'y trouvait aucune trace de George, hormis les résidus de mousse à raser qui constellaient chaque matin le lavabo de la salle de bains. Un soir, la petite amie de George téléphona à Peter pour réitérer leur offre d'hébergement, afin qu'il ne s'imagine pas qu'elle émanait uniquement de son oncle.

— Tu n'as pas eu une enfance facile, déclara Rosaleen, et Peter sentit la lente brûlure de l'embarras monter de sa gorge à ses joues.

George avait tout raconté à sa compagne, bien sûr. Ça ne le dérangeait pas. Seulement, il avait été pris de court.

— Au fait, Peter ? reprit Rosaleen. J'organise un dîner d'anniversaire pour ton oncle. Ce serait chouette si tu pouvais venir. Et puis... George pense que tu as une petite amie, maintenant, mais que tu n'as pas encore osé lui en parler... Amène-la aussi, si tu veux. Il va avoir 37 ans et ça ne le réjouit pas. Alors j'ai décidé de faire une petite fête pour lui remonter le moral – rien d'extraordinaire : juste un dîner dans son resto thaï préféré. Tu viendras ?

— Excuse-moi... Tu as bien dit 37 ans ?

Peter fit rapidement le calcul : si George avait 37 ans cette année, cela signifiait qu'il en avait à peine 29 lorsqu'ils avaient débarqué, Brian et lui, dans son appartement du Queens. Il savait que George avait dix ans de moins que son père, mais son entraîneur, qui avait fêté ses 40 ans, semblait plus jeune que lui. La plupart de ses profs aussi, d'ailleurs. Oui, ils semblaient tous plus jeunes que George, alors qu'ils avaient cinq à dix ans de plus que lui.

— Oui, confirma Rosaleen. C'est difficile à croire, hein ? Il n'a pas eu une vie facile, lui non plus.

Au cours de ses études à Elliott College, Peter s'était spécialisé en histoire, mais son diplôme se révéla moins porteur qu'il l'espérait sur le marché du travail. Il pouvait poursuivre ses études, comme les anglicistes qui s'orientaient vers la faculté de droit ou les diplômés en philosophie qui se tournaient vers la médecine, mais il fallait, pour cela, avoir suivi des cours préparatoires, ce qui n'était pas le cas de Peter. Il devait donc dire adieu aux carrières médicales. La finance ne l'intéressait guère. Et l'ambiance ultra compétitive qui régnait dans les séminaires d'économie lui rappelait les vestiaires de Dutch Kills. La comptabilité ? Trop ennuyeux. Qu'y avait-il d'autre ? L'enseignement, peut-être. Au mois de décembre de sa dernière année d'études, il se rendit à un Salon des métiers. Il déambula parmi les stands : marketing, publicité, conseil en communication, santé, hôtellerie, assurances, garde d'enfants, justice, transports publics. On pouvait postuler chez Starbucks. Chez Sears. Plus loin, les services publics du New Jersey voisinaient avec l'aquarium de Camden. Les stands étaient tous plus attrayants les uns que les autres : affiches colorées, bonbons à gogo et représentants souriants. Mais les emplois proposés, qu'ils soient à New York ou dans le New Jersey, lui faisaient l'effet d'un piège. On allait lui couper les ailes. L'épingler sur la côte Est comme un papillon sur une planche. Il n'avait rien vu des États-Unis. Tout un pays à explorer ! se disait-il. L'Oregon, par exemple (il venait de terminer une biographie de Steve Prefontaine, le coureur de fond qui s'était entraîné à l'université de l'Oregon pendant plusieurs années). Le Colorado. La Californie.

Parfois, dans ses rêves, il posait à sa mère des questions auxquelles elle refusait de répondre. Il rêvait également qu'il lui apportait son relevé de notes, comme un gamin désireux de montrer ses bons points. Anne le laissait glisser au sol sans même le regarder. Récemment, alors qu'il se rendait à une rencontre d'athlétisme à Syracuse, le chauffeur du van s'était arrêté à Albany pour que les membres de l'équipe puissent aller aux toilettes, se restaurer et s'étirer avant la compétition. En s'approchant des sanitaires, Peter avait, malgré lui, jeté un coup d'œil par-dessus son épaule, comme s'il s'attendait à croiser un regard familier. Pendant que l'équipe finissait de manger, il s'était rendu dans le hall de l'aire de repos pour observer le plan de la ville – un enchevêtrement de lignes brisées figurant les routes qui entraient dans Albany et celles qui en sortaient.

Il ne proposa pas à Kate d'assister au dîner d'anniversaire de George – parce qu'il n'était même pas sûr de pouvoir y aller lui-même, se dit-il en guise de justification. Il avait parlé de Kate à George une fois, l'air de rien, en confiant qu'il l'avait revue ; George lui avait lancé un regard alarmé.

— Qu'est-ce qui t'a pris de la contacter ? Tu tiens à ouvrir la boîte de Pandore ? Et si c'était le genre de fille qui aime remuer les vieilles histoires ? Elle est peut-être sous l'influence de son père... Imagine qu'elle décide de poursuivre tes parents au pénal !

Il vivait encore dans son ancien appartement à l'époque, et tous deux essayaient de réparer la clim : l'appareil fuyait et la condensation avait déformé le parquet. Couché sur le dos, George examinait les dégâts.

— Non, elle n'est pas du genre dramatique, avait assuré Peter, et il avait changé de sujet.

Kate coupa les pointes violettes de ses cheveux blonds, ôta le vernis noir qui couvrait ses ongles et passa un entretien d'embauche pour un poste de technicienne au sein de la police scientifique de New York. Elle fut retenue sur-le-champ. Elle avait d'abord pensé devenir ingénieure. Ou biochimiste. Pendant une semaine ou deux, elle avait envisagé de se lancer dans l'agriculture, avant de constater que les emplois dans ce domaine étaient extrêmement rares à New York. Le jour de l'entretien, lorsqu'elle entra dans le laboratoire de la police scientifique du NYPD, situé sur Jamaica Avenue, dans le Queens, vêtue d'un affreux tailleur marron qui avait d'abord appartenu à Natalie avant d'atterrir chez Sara, qui le lui avait donné, elle se sentit aussitôt comme un poisson dans l'eau.

— Le labo de la crim', c'est toute une culture, déclara le Dr Lehrer en l'invitant à s'asseoir parmi les microscopes et les brûleurs benzène. Quand on n'a pas l'habitude, ça peut faire un choc.

Kate secoua la tête. Elle avait grandi dans cette culture. Elle parlait cette langue.

Peter éprouva un pincement de jalousie : comment s'y prenait-elle pour être si sûre de ses choix ? Même les différentes options qu'elle avait envisagées relevaient d'une seule catégorie de métiers. Elle savait ce qu'elle voulait et se donnait les moyens de l'obtenir. De son côté, il oscillait sans cesse entre des rêves contradictoires : s'il se réveillait un matin certain de vouloir devenir entraîneur sportif, il se couchait en envisageant de reprendre ses études d'histoire, de passer sa thèse et de devenir professeur d'université.

— Et j'ai accepté, conclut-elle. Je commence le 1er juin.

— À New York ?

— Oui, au labo de la police scientifique, dans le Queens.

— Tu as vraiment accepté ?

— Mais oui ! Qu'est-ce qui t'arrive ? Tu n'as pas l'air content pour moi.

— Si, je suis très content. Seulement... ça veut dire que nous allons rester ici.

Elle haussa les sourcils.

— Pourquoi ? Tu pensais partir ?

Ils n'avaient jamais discuté de ce qu'il adviendrait de leur couple une fois leurs études terminées. Ils supposaient tous deux, à juste titre, qu'ils souhaiteraient se rapprocher l'un de l'autre, se voir plus souvent.

— Je ne sais pas. Je me disais qu'on pourrait vivre ensemble, toi et moi, dans un endroit où nous ne connaissons personne.

— Ah bon ? fit Kate sans chercher à dissimuler son désarroi. Et pourquoi aller vivre dans un endroit où on ne connaît personne ?

Peter fut incapable de répondre. Parfois, il s'imaginait en montagne, sur un sentier de randonnée dans un paysage inconnu. Lorsqu'il atteignait le sommet, il ne reconnaissait aucun des points de repère situés dans la vallée. C'était puissamment exaltant.

Kate et Peter furent convoqués le même jour à l'université pour la remise des diplômes – un hasard du calendrier qui leur permit de repousser encore davantage les retrouvailles tant redoutées avec leurs familles respectives. Ils en furent tous deux soulagés. George et Rosaleen accompagnèrent Peter à Elliott College pour assister à la cérémonie. Ensuite, Peter déclina les invitations de ses amis et de ses coéquipiers, qui partaient faire la fête, en prétextant qu'il allait déjeuner avec son oncle. « Je vous appelle bientôt ! » assura-t-il, avant de rejoindre George et Rosaleen. À qui il raconta qu'il sortait avec ses amis. « Comme ça, vous pourrez déjeuner tranquillement en amoureux », ajouta-t-il. Une fois seul, il parcourut à pied les 3 kilomètres qui séparaient le campus du bourg le plus proche, où il avait l'intention de passer l'après-midi au bar pour regarder tranquillement le match des Yankees. En chemin, il aperçut un stand de limonade abandonné. Une caisse enregistreuse Fisher Price était tombée dans l'herbe. Dans son petit tiroir béant, les enfants avaient oublié un billet d'un dollar.

Peter emménagea pour l'été chez George et Rosaleen et se présenta dès le lendemain à l'embauche sur le chantier où travaillait George, histoire de bosser un peu en attendant de savoir ce qu'il voulait vraiment faire de sa vie.

— Ce n'est qu'un job d'été, répéta-t-il une bonne dizaine de fois au cours de son premier week-end chez George.

Rosaleen finit par poser sa main fraîche sur son bras pour l'interrompre.

— Arrête, dit-elle doucement. Il n'y a pas de souci. Ne t'inquiète pas.

Sa chambre sentait le pot-pourri. Il couvrit d'un torchon le bol de fleurs séchées et le poussa au fond du petit placard, mais rien n'y fit : le parfum lui donnait mal à la tête. George semblait plus perplexe que déçu par le fait que Peter, maintenant diplômé, n'avait pas de projet d'avenir. Le matin, lorsqu'ils se hâtaient de rejoindre la camionnette pour aller travailler, leur gamelle à la main, il se réjouissait de faire le trajet avec son neveu, affirmant qu'il était ravi d'avoir de la compagnie, mais, en chemin, il posait un tas de questions à Peter sur les cours d'économie et de gestion qu'il avait suivis à l'université, comme pour le rappeler à ses véritables priorités.

En arrivant sur le chantier, le premier jour, Peter chercha ses anciens coéquipiers du regard. Il ne les trouva pas. Au bout de quelques jours, il demanda de leurs nouvelles à l'un de ses collègues. Le type parut surpris que Peter ne sache pas que John Salvatore avait été gravement blessé et qu'il ne reprendrait sans doute pas le travail. Peter se demandait s'il avait acheté la maison qu'il avait en vue, et s'il avait épousé sa petite amie. Quant à Jimmy McGree, il était toujours là – à vrai dire, il avait travaillé à quelques encablures de Peter pendant toute la semaine, mais Peter ne l'avait pas reconnu. Jimmy semblait bien plus âgé que lui, à présent. Il avait pris du poids. Le regard terne, il paraissait hagard, abîmé par les aléas de la vie. Un matin, Peter s'approcha et se présenta, rappelant à Jimmy que la dernière fois qu'ils s'étaient parlé, il mettait de l'argent de côté pour s'acheter une Camaro.

— Ouais, je me souviens de toi, répliqua Jimmy. T'es le fils du chef d'équipe.

— Pas son fils. Son neveu.

— Laisse-moi te poser une question, mon neveu. Combien de fois tu t'es présenté à l'embauche avant d'être recruté ? J'ai un cousin qui poireaute depuis des semaines. Il vient d'avoir un gamin. Et mon frangin s'est pointé chaque matin pendant un mois avant de décrocher un jour de boulot. Un seul jour, t'entends ça ?

Peter avait procédé comme George le lui avait indiqué : il avait fait la queue devant la barrière du chantier. Et quand on l'avait appelé, il s'était avancé.

— Désolé, dit-il, bien qu'il ne fût pas très sûr de la raison pour laquelle il s'excusait.

Ce soir-là, il empocherait plus de 300 dollars, avant impôts, et il en avait vraiment besoin : il ne pourrait pas rester éternellement chez George, dans cette odeur de pot-pourri. Jimmy lui décocha un sourire narquois, dépourvu de joie. Ses dents, pointues et brunies, lui donnaient l'air d'un chacal.

George revit Kate le 31 août 1999, lorsqu'elle quitta le campus de l'université de New York, où elle avait pu loger gratuitement pendant l'été en échange de plusieurs heures de tutorat hebdomadaires, pour emménager dans l'appartement qu'elle avait loué à Manhattan avec quelques amies. Peter espérait qu'ils vivraient ensemble à l'automne mais, à la fin de l'été, il ne savait toujours pas ce qu'il voulait faire. Alors, quand ses coéquipiers d'Elliott College lui avaient annoncé qu'ils avaient trouvé un grand appart dans un immeuble miteux, au coin d'Amsterdam Avenue et de la 103ᵉ Rue, il avait accepté de se joindre à eux. Kate l'avait encouragé, affirmant que c'était une bonne affaire, qu'il serait heureux d'habiter avec ses amis, qu'il s'amuserait bien et que, une fois réparti entre les différents colocataires, le loyer ne serait pas excessif. En outre, Peter la soupçonnait d'être secrètement soulagée : s'il s'installait avec ses amis, elle n'aurait pas à annoncer à ses parents qu'ils vivaient ensemble. Pas encore, du moins. Au début de leur relation, Kate avait avoué à son père qu'ils sortaient ensemble. La conversation, houleuse, s'était mal passée, et ils n'en avaient jamais reparlé depuis. Francis n'en avait pas non plus soufflé mot aux sœurs de Kate : Sara l'avait découvert par hasard, en surgissant à l'improviste dans la chambre d'étudiante de Kate alors que Peter était venu pour le week-end. « Je suis passée au resto mexicain. Je t'ai apporté un burrito », avait dit Sara quand Kate avait ouvert la porte – puis elle avait jeté un œil dans la pièce et aperçu Peter, assis au bureau de Kate en short et en tee-shirt. C'était au début du mois de novembre, pendant leur première année d'études. Sara venait de commencer un nouveau boulot sur Bleecker Street, non loin de la résidence universitaire de Kate. « Nom de Dieu ! » avait-elle marmonné, le visage blême, en tendant à sa sœur le sac en papier qui contenait le burrito encore brûlant. Puis elle avait tourné le dos et s'était éloignée sans un mot. Natalie avait téléphoné peu après : Kate avait vu s'afficher son numéro sur l'écran de l'appareil. « Autant prendre le taureau par les cornes », avait-elle lancé à Peter avant de décrocher. Elle lui avait fait signe de quitter la pièce. « Va te promener, tu veux bien ? » avait-elle chuchoté en se hissant sur la pointe des pieds pour l'embrasser.

Quand il l'avait rejointe une heure plus tard, elle avait les yeux rougis. « Ça va, avait-elle assuré. Ça s'est bien passé. Tout ira bien. » Par la suite, chaque fois que ses sœurs lui téléphonaient en sa présence, Peter devinait, en écoutant les réponses de Kate, qu'elles lui demandaient de ses nouvelles. « Oui, il va bien », répliquait-elle, avant de changer de sujet.

De son côté, Peter n'était pas pressé de revoir Natalie et Sara, mais si Kate y tenait, il accepterait volontiers de passer un moment avec elles, et personne n'en ferait un drame. La perspective de revoir Francis, en revanche, le plongeait dans l'angoisse – mais il faudrait bien qu'il la surmonte si Kate et lui emménageaient ensemble.

Lorsqu'il apprit que Kate cherchait à louer une

camionnette pour vider sa chambre d'étudiante, Peter lui proposa d'emprunter le van de George : pour quelques heures, un samedi, son oncle n'y verrait pas d'objection, affirma-t-il. Il avait parlé un peu vite. George n'était pas contre le fait que Peter emprunte l'utilitaire ; en revanche, il n'était pas certain d'accepter que Peter le conduise : il n'avait obtenu son permis que quelques mois plus tôt et manquait encore d'expérience. Certes, il avait conduit le break d'un de ses coéquipiers, qui acceptait parfois de le lui prêter pour qu'il aille voir Kate à New York sans devoir prendre le bus, mais ça ne suffisait pas à faire de lui un bon conducteur.

— Attends, j'ai pas bien compris... Pour qui ? Tu as besoin du van pour aider qui ? s'exclama George.

Il avait promis à Rosaleen de poser des étagères au-dessus de la télé et venait de rentrer du magasin de bricolage avec deux grandes planches en chêne massif et un sac rempli d'équerres, de vis et de chevilles. Quand Peter répéta le prénom de Kate, il vit la stupeur se peindre sur le visage de son oncle.

— De toutes les filles du monde, fallait que tu choisisses celle-là ? Y en avait pas une qui te plaisait à la fac, pas une seule ?

George posa les planches et laissa tomber le sac dessus. Les traits de son visage se déformèrent comme s'il était en proie à un processus douloureux, mais nécessaire pour donner du sens à la nouvelle surprenante qu'il venait d'apprendre.

— Non, dit Peter.

George hocha la tête, prit le temps d'assimiler l'information, puis se dirigea vers l'évier de la cuisine où, tournant le dos à son neveu, il remplit un verre d'eau et le vida d'un trait.

— Je n'aime pas ça. Il y a quelque chose qui me gêne dans cette histoire.

— Je sais.

— C'est rien que des ennuis. T'avais aucune raison d'aller les chercher, tu sais ?

— Je sais.

— Mais pourquoi, alors ? Pourquoi cette fille-là ? Tu aurais pu choisir n'importe quelle autre fille, ça n'aurait eu aucune importance. Il n'y avait qu'une seule fille au monde qui posait problème et... Vraiment, Peter, je t'assure : c'est une très mauvaise idée.

— Je ne suis pas d'accord.

Là, il l'avait dit. George devait comprendre : sa relation avec Kate n'était pas une mauvaise idée. Son père était sorti de sa vie. Sa mère aussi. Dans ces conditions, qui pouvait s'opposer à ce qu'il sorte avec Kate ? Ses parents à elle, peut-être ? S'il avait l'occasion de leur parler, il parviendrait à les convaincre. Et s'ils refusaient de se laisser convaincre, tant pis pour eux. Kate et lui n'avaient jamais rien fait de mal. Peter était navré du tort que sa mère avait causé à M. Gleeson, mais ce dernier ne pouvait pas raisonnablement en rejeter la faute sur lui.

George cherchait ses mots, mais il tenait à mener la discussion à son terme.

— Parce que... si tu revois cette fille, ça veut dire que toute cette histoire n'est pas terminée. Tu lui donnes une suite.

Non, pensa Peter, mais il garda le silence. Il ne voulait pas le contredire. Toute cette histoire, comme disait George, était arrivée à leurs parents. Ou du moins, leurs parents en avaient été les principaux protagonistes. Ou, pour être encore plus précis, les seuls protagonistes à pouvoir arrêter le cours des événements. Ou... Il se figea, saisi par la sensation d'étouffement qu'il éprouvait chaque fois qu'il pensait à cette nuit-là. S'il n'avait pas suggéré à Kate de descendre le rejoindre une fois leurs parents couchés. S'ils n'avaient pas été surpris par Lena au retour de leur escapade nocturne. Un événement en amène un autre, qui en amène un autre – c'est bien connu. Et ça porte un nom : l'effet domino. Mais qui aurait pu prédire que le tout dernier domino tomberait si loin des autres, cette nuit-là ? Pas les deux adolescents de l'histoire, c'était certain. Quand Kate et lui avaient renoué, ils avaient décidé de laisser ces lourds fardeaux derrière eux et de prendre un nouveau départ. Peter était maintenant en âge d'évaluer ce qu'il avait subi. Kate aussi. Ils avaient été séparés assez longtemps pour connaître la forme que prenait l'absence de l'autre dans leur existence.

— Tout ce que je sais, c'est que c'est la bonne personne. La femme que j'aime.

George rouvrit le robinet d'un coup de poignet et remplit de nouveau son verre. Il but comme s'il venait de traverser un désert.

— Tu es sacrément têtu, Peter. T'es un gamin génial, mais têtu comme une mule.

— Je ne suis plus un gamin, répliqua Peter, bien que le fait de le dire lui donnât l'impression d'avoir dix ans de moins.

— Tu l'aimes. Entendu. C'est un sentiment puissant, mais réfléchis bien. Que va-t-il se passer maintenant ? Tu vas l'épouser ? Avoir des enfants avec elle ? Ta mère et Francis Gleeson vont avoir les mêmes petits-enfants ? Ils vont s'asseoir à la même table le jour du baptême ?

— Pardon ? fit Peter.

Personne n'avait encore parlé de bébés, pour l'amour

de Dieu ! Pour le moment, il rêvait de partager un appartement avec Kate, de la retrouver chaque soir en rentrant du travail, de lui raconter sa journée et de l'écouter parler de la sienne, de se coucher nu près d'elle, les couvertures remontées jusqu'au menton, de sentir sa peau chaude contre la sienne quand il se réveillerait le matin. Mais rien de tout ça ne se produirait tant qu'il ne saurait pas ce qu'il voulait faire de sa vie.

— C'est d'accord pour le van, dit George en soupirant. Samedi, c'est ça ? J'irai avec toi. Kate aura sûrement besoin de bras supplémentaires pour porter les cartons. Et, de toute façon, il faut bien que je la rencontre, non ?

Lorsqu'ils arrivèrent devant la résidence universitaire de Kate, Peter était si nerveux qu'il tremblait des pieds à la tête, comme avant les compétitions sportives, quand il sillonnait les États voisins à bord du van d'Elliott College. Kate portait un vieux jean coupé aux genoux, des baskets et un débardeur – la tenue idéale pour soulever et transporter des cartons. Elle avait rassemblé ses cheveux au sommet de sa tête, révélant le filet de transpiration qui assombrissait le dos de son tee-shirt, une ligne droite qui épousait sa colonne vertébrale. Il faisait chaud. Peter lui avait recommandé d'attendre son arrivée pour se mettre au travail, mais elle ne l'avait pas écouté : une douzaine de cartons s'alignaient déjà sur le trottoir.

— C'est elle ? demanda George en se garant près du bâtiment.

— N'oublie pas : elle ne s'attend pas à te voir, répliqua Peter.

Il lança un regard vers Kate : elle ne l'avait pas

encore repéré dans la circulation. Normal, puisqu'elle n'avait jamais vu le van de son oncle.

George portait un short noir, un débardeur noir trop serré qui remontait sur sa bedaine, et des baskets blanches. Il vérifia la propreté de ses dents dans le rétroviseur et adressa un clin d'œil à Peter.

— Je suis bien coiffé ? demanda-t-il.

Peter vit Kate poser les yeux sur lui, puis sur l'homme qui marchait à son côté.

— George ! s'exclama-t-elle quand ils furent à portée de voix. Je suis ravie de vous rencontrer.

Elle le remercia d'être venu, de lui prêter à la fois son camion et ses bras. George accueillit ses remerciements avec enthousiasme, mais se montra plus réservé que d'ordinaire – un détail que Peter fut seul à percevoir. Puis Kate lui demanda si son neveu l'avait renseigné sur le déménagement qu'ils allaient entreprendre. George jeta un coup d'œil à Peter.

— L'appartement se trouve bien sur la 79e Rue ? Pas loin de l'intersection avec la 2e Avenue ?

— Exactement. A-t-il mentionné autre chose ? Non ? Parfait. Allons-y.

L'appart était au cinquième sans ascenseur – voilà le détail qu'ils s'étaient gardés de mentionner à George.

— Bon sang de bonsoir ! s'exclama-t-il en posant le premier carton dans l'appartement. T'as rien trouvé au douzième étage, alors tu t'es contentée du cinquième, c'est ça ?

— Vous vous en sortez très bien, répliqua Kate. Et pensez aux gros biscotos que vous aurez quand on aura fini.

George sourit et Peter sentit s'apaiser l'angoisse qui lui nouait le ventre depuis le début de la matinée.

Chaque fois qu'ils s'engageaient ensemble dans

l'escalier, George et Kate en profitaient pour discuter. Ils passèrent au tutoiement dès le deuxième voyage. Ils montaient, ils descendaient, et la cage d'escalier bruissait des questions que Kate posait à George. Elle l'interrogeait sur lui-même et sur ce qu'il pensait des sujets les plus variés : Bill Clinton, Monica Lewinsky, l'Église catholique, la monnaie européenne. Ils firent une pause après avoir vidé la moitié de la camionnette. George en profita pour expliquer à Kate la signification de chacun de ses tatouages. Puis il lui parla de Rosaleen, sa compagne, en confiant qu'il l'avait longtemps admirée de loin avant d'oser l'inviter à dîner.

Lorsqu'ils eurent monté les derniers cartons au cinquième étage, ils s'étendirent tous trois sur le sol de la cuisine dans un silence épuisé. L'appartement sentait le renfermé. Peter détestait déjà la perspective de rendre visite à Kate dans cet endroit, dans sa nouvelle vie, et de l'accueillir dans la sienne.

— Qui veut une bière ? lança Kate, sans esquisser un geste pour se lever.

George déclina : il avait des cannettes de soda dans la camionnette. Peter se redressa, ouvrit la porte du frigo et savoura un instant le contact de l'air froid sur sa peau moite, avant de s'emparer du pack de bière que la colocataire de Kate avait laissé à leur intention. Il l'ouvrit et en sortit une bouteille, qu'il vida en deux longues gorgées.

— Eh ! se plaignit Kate. Laisses-en un peu pour nous.

— C'est vrai, ça ! renchérit George.

En regagnant le van, Peter et George virent un flic rudoyer un jeune livreur qui avait accroché la commande de son client (un plat à emporter, glissé dans un sac en papier) au guidon de son scooter. Le flic était énorme, avec des bras si épais qu'ils menaçaient de faire craquer les coutures de sa chemise d'uniforme.

— Pardon, dit George en les contournant.

Il s'était garé en double file, en laissant les feux de détresse allumés. Le flic le fusilla du regard comme pour lui faire savoir qu'il pouvait lui coller une amende si ça lui chantait.

George attendit d'être engagé dans le flot de la circulation pour commenter l'incident. D'après lui, le métier de policier n'attirait pas le même type de personnes qu'autrefois. C'était ça, le problème. Bien sûr, le NYPD continuait de recruter des gars – et des femmes, ajouta-t-il – formidables. Et ils embauchaient maintenant des candidats de tous horizons et de toutes les couleurs. Sur ce point-là, rien à redire : ils avaient vraiment fait des progrès. Malgré tout, on trouvait parmi eux beaucoup trop de jeunes gens qui s'étaient engagés par ivresse du pouvoir. Et pour avoir le droit de porter une arme. C'était peut-être pour ça que les flics n'étaient pas aussi respectés qu'avant, d'ailleurs. Dans un monde idéal, les gamins rêveraient de devenir flics, comme on rêve de devenir banquier ou médecin. Ce serait prestigieux. Valorisé. Parce que, tout compte fait, qu'y avait-il de plus important ? Protéger les gens, être celui ou celle vers qui ils se tournent au plus fort de leur désespoir, n'était-ce pas la mission la plus noble qui soit ? Et pourtant...

— Tu sais ce que j'ai vu l'autre jour ? poursuivit George. Sur Broadway, près de la station de Bowling Green ? Une manif d'étudiants contre la police. Ils étaient une petite trentaine. Une des filles brandissait une pancarte « J'emmerde la police ». Tu l'as vue, toi aussi ? C'était un lundi, la semaine où on a bossé sur le chantier de la Standard & Poors – tu te rappelles ? Une fille blanche. Une femme, je veux dire. Très propre sur elle. Le genre de bourgeoise issue d'une banlieue chic qui se paie des études au City College. Elle était sans doute arrivée de New Canaan en train ce matin-là... Bref, d'après toi, quel problème cette nana peut avoir avec la police ? Et si un type lui sort son engin sous le nez dans le bus qui traverse Manhattan, elle appellera qui pour se plaindre ?

Ce jour-là, Peter avait vu les manifestants, mais il ne leur avait pas prêté attention. Les arguments de George lui semblaient à la fois pertinents et incorrects.

— L'histoire du maintien de l'ordre est aussi une histoire politique : il y a toujours eu des manifestations contre les flics, rappela-t-il. Les étudiants qu'on a croisés l'autre jour réagissaient sûrement à ce qui s'était passé à Bedford-Stuyvesant pendant le week-end – ce gosse tabassé par un flic... Quel âge avait-il ? 13 ans ? Ils ont failli le tuer.

— Ouais, 13 ans. Mais il paraissait plus vieux que son âge.

— Et alors ? Il ne faisait rien de mal.

— Peter, dit George en le regardant. Je ne nie pas que certains flics sont des connards, racistes au dernier degré. Je dis seulement que cette fille de New Canaan s'est mis en tête que *tous* les flics sont des connards racistes. Pourtant, c'est pas parce qu'un connard du sept-neuf a frappé un gamin qu'ils sont tous coupables ! D'après moi, ce flic-là n'aurait jamais dû obtenir un badge – encore moins un flingue.

Peter laissa échapper un petit rire.

— Les préjugés dont tu parles, toutes les minorités de cette ville les endurent au quotidien, tu ne crois pas ?

Des communautés entières sont jugées sur la base des actions de quelques-uns. C'est un problème global !

Il s'était un peu échauffé, mais il peinait à entrer dans le débat. En fait, il pensait encore à Kate, et à l'appartement surpeuplé dans lequel il allait emménager. La perspective de partager une petite salle de bains avec quatre gars le faisait frémir. Pourquoi avait-il accepté, bon sang ?

— Je suis prêt à parier que la plupart de ces manifestants n'ont jamais rencontré un flic de leur vie, reprit George. Pour revenir à la police, l'un des plus gros problèmes, à mon avis, c'est que les salaires sont trop bas. Pour un boulot aussi dangereux, c'est vraiment mal payé. L'autre problème, c'est que les bons flics se font muter dans une banlieue tranquille à la première occasion. J'ai lu un article à ce propos.

— À propos de quoi ?

— À propos des flics de New York. Allô, Peter, tu rêves ou quoi ? Je te parle ! Ce qu'il faudrait, c'est que les jeunes considèrent la police comme un métier où on fait travailler ses méninges. Et ça, on en est loin !

Peter se redressa brusquement sur le siège passager, mû par une force si puissante qu'elle paraissait extérieure à lui-même.

— C'est un boulot important, murmura-t-il.

— Exactement, répondit George en lui lançant un coup d'œil.

Cette nuit-là, alors que Kate dormait sans doute à poings fermés dans son nouvel appartement, Peter fixait le plafond de sa chambre, incapable de trouver le sommeil. Il se sentait plus vieux que son âge, et nettement plus que le jour où il était arrivé à Elliott

College, certain d'emprunter une route qui le mènerait loin, très loin de New York. Pour le moment, l'université ne l'avait mené nulle part. Vers minuit, il renonça à dormir. Il glissa les pieds dans ses vieilles baskets, se faufila hors de l'appartement et sortit dans l'obscurité que transperçait une bruine légère.

Il s'accouda au comptoir du pub irlandais comme s'il était nouveau dans le quartier. Au bout d'un moment, il demanda au barman s'il se souvenait d'un habitué, un grand type aux cheveux ondulés qui venait souvent, quelques années plus tôt. Un flic. Il était parti vivre dans le sud du pays.

Le barman haussa les épaules.

— C'est trop vague, votre truc. Vous pourriez pas être plus précis ?

— Non, laissez tomber. Ça n'a pas d'importance.

Une heure plus tard, quand Peter posa son verre sur le comptoir et tira quelques billets de son portefeuille, il vit ses mains trembler. Sur le chemin du retour, sous une pluie maintenant battante, il eut la sensation de nager vers une côte familière, de suivre un chenal qu'il pourrait faire sien, et du mieux possible. Il se demanda si les bleus étaient payés pendant leur formation. Et s'ils bénéficiaient d'une mutuelle dès leur première affectation, ou seulement au bout d'un an de travail.

Il se promit d'en parler à Kate dès qu'il aurait passé les épreuves écrites. Puis il se jura de lui annoncer la nouvelle dès qu'il connaîtrait les résultats – s'ils étaient positifs, bien sûr. Entre-temps, il continua de bosser sur les chantiers, se présentant chaque matin à l'embauche pour rejoindre l'équipe des métallos. Il tâcha aussi de continuer à courir tous les jours en rentrant du travail, parce que ça lui donnait l'impression d'être encore étudiant. En outre, ce petit rituel lui permettait d'arriver une heure plus tard à l'appartement : pour George et Rosaleen, c'était mieux, non ? L'été laissa place à l'automne, puis à l'hiver. Bientôt Noël. Le soir, aux infos, on ne parlait que du bug de l'an 2000. L'humanité n'avait plus que quelques semaines pour s'organiser avant d'entrer dans le XXIe siècle, sans quoi, elle perdrait toutes ses données. Les métros s'arrêteraient de fonctionner. Les avions tomberaient du ciel. Et tout ça parce que les programmateurs des années 1960 n'avaient pas prévu que la vie humaine se poursuivrait au-delà de l'année 1999 !

En janvier, le nouveau millénaire succéda au précédent. Et la Terre continua de tourner.

En février, Peter reçut un courrier du service de traitement des candidatures lui annonçant qu'il avait réussi les épreuves écrites. Il devait maintenant remplir un certain nombre de documents, parmi lesquels figurait une autorisation de vérification de ses antécédents. Il signa le formulaire, comme tous les autres. Un enquêteur fut donc chargé d'éplucher son dossier de candidature. Tandis que cet homme menait son enquête, Peter se soumit à un test de personnalité, puis à un test psychologique, à un entretien de motivation et à une batterie d'examens médicaux : on évalua sa vision, son audition, sa tension artérielle, l'état de son cœur. Quand le médecin prit son pouls au repos, il haussa les sourcils, étonné.

— Soit vous courez le 5 000 mètres, commenta-t-il, soit vous êtes déjà mort.

À l'issue de ce long processus, il reçut une convocation à l'entretien d'admission, confié à l'enquêteur qui avait « vérifié ses antécédents ».

George avait compris de quoi il retournait en voyant arriver les enveloppes frappées du logo de la police de New York. Il lui confia qu'il se souvenait très bien de l'époque où il trouvait, parmi le courrier destiné à sa mère, des enveloppes similaires au nom de Brian.

— J'ai l'impression que c'était hier, ajouta-t-il en souriant.

Puis il demanda à Peter s'il était sûr de lui, à quel stade il en était dans le processus de recrutement, comment s'était passé l'entretien d'admission. Avait-il parlé à l'enquêteur chargé de vérifier ses antécédents ? Peter secoua la tête.

— Pas encore. Je suis convoqué la semaine prochaine.

— Ah, parfait, dit George, mais il semblait inquiet.
— Quoi ?
— Rien.

L'enquêteur se présenta comme un membre du bureau des détectives. En arrivant, il se montra plutôt jovial, et Peter comprit qu'il s'efforçait de le mettre à l'aise. Il lui confia des détails personnels – comme quoi il avait eu des ennuis avec sa voiture ce matin-là, puis il évoqua son épouse, « une vraie râleuse, mais elle a toujours raison ». Peter l'écoutait poliment. Rasé de près, il portait une chemise et une cravate sous une veste sombre. Les tests précédents s'étaient tous déroulés à LeFrak City, dans le Queens, mais celui-ci se tenait dans un immeuble de bureaux de la 20e Rue Est, à Manhattan. Peter avait rassemblé l'ensemble des documents requis dans un gros dossier cartonné, depuis sa carte de Sécurité sociale jusqu'à ses relevés de notes. Il avait renoncé à utiliser son vieux sac à dos, en piteux état.

Comme il ne possédait pas de mallette, ou quoi que ce soit d'autre qui puisse faire office de cartable, il avait gardé le dossier à la main pendant le trajet, ce qui lui avait donné des sueurs froides : il avait passé la matinée à s'assurer que la pochette était bien fermée et qu'aucun document n'était tombé sans qu'il s'en aperçoive. Il les avait comptés et recomptés.

Lorsqu'il s'était présenté à l'accueil dans les bureaux du NYPD, une jeune femme l'avait orienté vers la salle d'entretien. Elle l'invita à s'asseoir et lui apporta un verre d'eau. L'enquêteur entra peu après. Il prit place en face de Peter, derrière une table bancale. L'homme commença par une série de questions auxquelles Peter s'attendait, des questions auxquelles il s'était entraîné à répondre pendant qu'il courait, le soir, une fois rentré du chantier. Pourquoi Peter voulait-il s'engager dans la police ? Quelle vision avait-il de ce métier ? Comment envisageait-il ses journées de travail, par exemple ? L'enquêteur l'interrogeait d'un ton amical, presque badin, comme s'ils faisaient connaissance autour d'un barbecue chez des amis ou dans les gradins d'un terrain de base-ball, mais Peter n'était pas dupe : sous ses dehors chaleureux, l'homme cochait avec soin les différents sujets inscrits sur sa liste. Enfin, il en vint à des questions plus personnelles – sur ses parents, évidemment. Peter énonça la réponse qu'il avait répétée, la réponse qu'il donnait à ses interlocuteurs depuis des années : ses parents s'étaient séparés dix ans plus tôt ; sa mère vivait dans le nord de l'État, son père dans le sud du pays, et il n'avait plus aucun contact avec eux. Il hocha la tête pour indiquer qu'il n'avait rien à ajouter. L'enquêteur laissa passer un silence, puis il se pencha vers lui.

— Votre père. Il était dans la police, non ?

— Oui. À New York. De 1973 à 1991.

— Dix-huit ans. Pourquoi a-t-il arrêté ? Il a été blessé ? Que s'est-il passé ?

Il feuilleta ses notes et Peter sentit battre son pouls jusque dans ses paumes. Il était possible que cet homme soit déjà au courant de toute l'affaire, mais il était aussi possible qu'il n'en sache rien : la police de New York employait tant de gens, dans tellement de services différents, qu'il avait pu passer à côté. D'autant que ce qui s'était produit à Gillam était resté dans le cadre privé : l'incident n'avait pas eu lieu pendant les heures de travail de Brian, ni dans son secteur.

— Mon père a pris sa retraite anticipée à la suite d'une affaire personnelle.

— Ah oui ? De quoi s'agissait-il ?

Peter savait qu'il n'y aurait pas de limite à son indiscrétion. Il avait été prévenu. Lors de l'évaluation psychologique, il avait été interrogé sur sa vie et ses convictions intimes : sortait-il avec quelqu'un ? Un homme ou une femme ? Comment réagirait-il si son éventuel coéquipier était une femme ? Et s'il s'agissait d'une personne homosexuelle ? Ou d'un Noir, d'un Hispanique, d'un Asiatique ? Peter avait répondu à contrecœur. Les psys n'avaient certainement pas le droit de lui poser de telles questions : c'était illégal.

— Je ne suis pas proche de mon père. Nous ne nous sommes pas vus depuis plusieurs années.

— Ce n'était pas la question.

— Il a pris sa retraite anticipée parce qu'il voulait changer de vie. C'est ce que j'ai cru comprendre, en tout cas, mais je ne suis pas le mieux placé pour répondre. J'avais 15 ans quand il a quitté New York. Je suis resté vivre chez mon oncle après son départ.

375

— Votre oncle George, compléta l'enquêteur, et Peter sentit son estomac se nouer.
— Oui.
— Et votre mère ? Elle habite bien à Saratoga, sur la 6e Rue ?
— Ça, je ne pourrais pas vous le dire, je n'en sais rien, répliqua Peter, et c'était entièrement vrai.
— Elle a été arrêtée en 1991 et accusée de tentative de meurtre. L'homme sur lequel elle a tiré était un voisin, lieutenant de la police de New York, qui n'était pas en service au moment des faits. Votre mère a plaidé non coupable pour cause de maladie mentale. L'affaire est close depuis plusieurs années. C'est exact ?

Peter observa un court silence, tandis que son cœur battait à tout rompre.

— J'avais 14 ans. Je n'ai pas été informé des détails de l'affaire.
— Votre mère a fait feu avec l'arme de service de votre père, n'est-ce pas ?
— Je crois, oui.
— Vous le croyez ? insista l'enquêteur tout en mettant ses notes de côté. Vous avez brillamment réussi les épreuves écrites. Vous ne présentez aucune contre-indication médicale et vous êtes en excellente forme physique. Vous avez obtenu des notes tout à fait satisfaisantes à l'université...

Peter attendait la suite. Elle ne tarda pas.

— ... mais l'évaluation psychologique nous a mis la puce à l'oreille, poursuivit l'enquêteur. Je parle de votre évaluation psychologique, Peter. Pas de celle de votre mère. Ni de votre père. La vôtre.

Peter s'exhorta au calme. Ce type pouvait bluffer. Ça faisait partie de leurs méthodes. L'évaluation psychologique avait duré six heures, au cours desquelles il avait répondu à un bon millier de questions. À mi-parcours, on lui avait demandé de dessiner une maison, un arbre, puis de se représenter lui-même. En y repensant par la suite, il s'était souvenu qu'il avait oublié de dessiner une poignée sur la porte d'entrée de la maison. Comment entrer par une porte dépourvue de poignée ? Le détail n'avait sûrement pas échappé aux psys du service de recrutement. Quant à l'autoportrait, il s'était représenté en coureur de fond, vêtu d'un short et d'un débardeur. Il aurait peut-être mieux valu qu'il crayonne un costume et une cravate ?

— Et le dossier de votre père contient quelques informations troublantes. Des soucis avec l'alcool, apparemment. Il a été surpris en train de boire pendant ses heures de service. En janvier 1989.

— Je ne suis pas mon père. Je n'ai plus aucune relation avec lui.

— Et votre oncle George a un casier. Quelques délits mineurs, mais qui valent la peine d'être mentionnés.

Peter tourna les yeux vers l'étroite fenêtre et s'efforça de rassembler ses pensées éparses.

— Je n'ai jamais rien fait de mal. C'est moi qui pose ma candidature aujourd'hui. Pas ma mère. Pas mon père. Pas mon oncle. Ce n'est donc pas leur histoire qui compte : c'est la mienne !

— Peut-être, répondit l'enquêteur. Vous avez peut-être raison. Ça dépend.

Peter attendit quinze jours. Un mois. Six semaines. Il avait entendu dire que l'école de police s'apprêtait à accueillir une nouvelle promotion. Si son nom n'était pas ajouté très rapidement à la liste des recrues éligibles, il ne pourrait pas entamer la formation avant l'ouverture d'une autre session. De son côté, Kate aimait son travail, malgré les horaires décalés, malgré les horreurs auxquelles elle était confrontée lorsqu'elle devait s'avancer à quatre pattes sur le lieu d'un crime, sa lampe torche à lumière ultraviolette à la main, pour collecter des empreintes, des gouttelettes de sang, de salive ou de sperme.

— Qu'est-ce que t'as ? chuchota-t-elle dans l'obscurité.

Ils étaient au cinéma. La séance avait commencé depuis une bonne quarantaine de minutes, mais Peter ne regardait pas l'écran. Pour toute réponse, il lui prit la main et l'entraîna vers la sortie. Ils traversèrent le hall et poussèrent les portes vitrées qui donnaient sur la rue. Le froid était glacial.

— Quand allons-nous enfin habiter ensemble, Kate ? s'exclama Peter. Et nous marier ? Peux-tu me dire à quel moment nos vies ressembleront enfin à ce dont nous avons rêvé, à quel moment on vivra vraiment ensemble, au lieu de nous limiter à deux, trois nuits par semaine ? Tu le sais, toi ? Parce que moi, j'en sais rien. Et ça ne me va pas du tout.

Kate éclata de rire. Ils se tenaient à 2 mètres l'un de l'autre sur un trottoir constellé de chewing-gums. La femme assise au guichet du cinéma, derrière la vitre, était plongée dans un bouquin.

— Je suis sérieux, insista-t-il. Tu ne veux pas te marier ?

— Eh bien... Je crois que tu es d'abord censé me demander si j'ai envie d'être ta femme.

— Je l'ai fait, non ? Il y a dix ans ?

— Si mes souvenirs sont exacts, tu m'as annoncé qu'on se marierait un jour, mais tu ne m'as pas demandé mon avis, dit-elle en secouant la tête. De toute façon, j'étais une gamine, à l'époque.

— Et maintenant, qu'est-ce que tu en penses ? Ça te plairait ?

— Bien sûr que oui, affirma-t-elle, riant toujours, mais que ça ne t'empêche pas de me faire une proposition en bonne et due forme !

Elle s'interrompit, puis reprit :

— Peter, qu'est-ce qui ne va pas ?

Enfin, il se décida à parler. Il arpenta le trottoir de long en large en lui racontant les différentes étapes du processus, depuis la nuit où il avait décidé de devenir flic jusqu'à l'entretien avec l'enquêteur et aux longues semaines d'attente passées à se demander s'il serait admis. Il ajouta qu'il était désolé de ne pas en avoir parlé plus tôt, mais qu'il tenait à lui faire la surprise. Kate ne le quittait pas des yeux. Elle l'écoutait en frissonnant, les bras enroulés autour de sa poitrine.

Que ferait-il s'il n'était pas admis ? La question le hantait. Parce que, maintenant, il savait ce qu'il voulait devenir – il en était absolument certain. Et pour en revenir à son père... Il y avait mille façons d'être flic, non ? Aucune carrière ne ressemblait à une autre. Aujourd'hui pourtant, on lui reprochait des faits qui remontaient à des années et qui n'avaient rien à voir avec lui. C'était insensé ! Il avait même envisagé de contacter l'enquêteur pour lui demander un autre entretien. Que pensait Kate de cette idée ?

— Quand il t'a dit que ton évaluation psychologique leur avait mis la puce à l'oreille, est-ce qu'il t'a donné des détails ? Il t'a expliqué pourquoi ?

— Non. D'après moi, il a sorti ça pour me déstabiliser.

Kate hocha la tête. Peter comprit qu'elle réfléchissait,

qu'elle analysait une à une les informations qu'il venait de lui fournir et les classait soigneusement dans les cases de son cerveau.

— Si je ne suis pas pris, je me suis dit qu'on pourrait déménager. Aller vivre à Boston ou dans le Connecticut. Hartford. Stamford. Il y a certainement moins de candidats là-bas pour l'école de police. En plus...

— Peter, l'interrompit Kate, en décroisant les bras.

Elle s'approcha et se blottit contre lui. Il sentit la chaleur de son corps à travers son épais manteau matelassé.

— Tu es sûr de toi ? demanda-t-elle. Tu es sûr que c'est bien ce que tu veux ?

— Oui, affirma-t-il.

Il serait un meilleur flic que son père. En fait, il ressemblerait à Francis Gleeson. Il grimperait les échelons pour arriver là où Francis aurait achevé sa carrière si elle n'avait pas déraillé. Il suivrait le règlement à la lettre, il se montrerait respectueux de sa mission et de ses supérieurs. Et il monterait en grade. Une trajectoire irréprochable. Il la voyait déjà se dérouler sous ses yeux.

— J'ai une idée, reprit Kate. Tu peux attendre encore un peu ? Comment s'appelle ce type ? L'enquêteur, je veux dire ?

Le dimanche suivant, Kate prit le premier bus pour Gillam. En arrivant au terminus, elle décida de marcher jusqu'à Jefferson Street, au lieu d'appeler ses parents pour qu'ils viennent la chercher en voiture comme à l'ordinaire. Parvenue à destination, elle se figea au milieu de la rue en apercevant, aux fenêtres de la maison familiale, les cœurs en papier que ses sœurs et elle avaient découpés pour la Saint-Valentin quand elles étaient petites. Elle imagina sa mère ouvrant la trappe qui menait au grenier, puis grimpant à l'échelle pour aller chercher ces décorations défraîchies tandis que son père tenait les montants de l'échelle à deux mains pour la stabiliser, en disant, comme toujours, « Fais bien attention, Lena » – et l'émotion la fit chanceler. Les joues mouillées de larmes, elle se souvint des petits cadeaux que Francis leur avait offerts, des années auparavant, pour la Saint-Valentin : il travaillait de nuit cette semaine-là, mais il avait acheté des gommes en forme de cœur, une pour chacune de ses filles. Et pour Lena, une douzaine de roses. Tout en coupant l'extrémité des tiges, elle l'avait grondé gentiment : « Quelle folie d'acheter des roses aujourd'hui, tu aurais dû attendre la fin du mois, quand elles sont à moitié prix ! » Puis elle s'était mise en quête d'un vase adéquat, ouvrant fébrilement les placards, avant d'ajouter qu'elle n'était pas le genre d'épouse à faire un esclandre si son mari oubliait la Saint-Valentin.

Kate frappa doucement à la porte d'entrée. Elle attendit puis, comme personne ne répondait, elle fit le tour de la maison pour aller chercher la clé cachée sous un gros caillou. L'herbe gelée crissait sous les semelles de ses baskets. Quand elle ouvrit la porte de la cuisine, son père sortait un mug du placard pour lui servir un thé.

— Je t'ai vue arriver, dit-il.
— Où est maman ?
— Elle dort encore.

Il n'était pas tout à fait 8 heures. Les cheveux de Lena avaient repoussé : ils étaient aussi bouclés et abondants qu'autrefois, mais elle ne se donnait plus la peine de teinter les fils argentés, de plus en nombreux, qui se mêlaient à ses mèches brunes. Son cancer était en rémission depuis quelques années. Elle n'évoquait jamais ce qui s'était passé entre Francis et Joan Kavanagh. Pourtant, la blessure n'était pas encore refermée. Kate l'avait compris moins d'un an après l'opération de Lena (ses cheveux, courts encore, se dressaient malicieusement sur son crâne), alors qu'elles traversaient toutes deux le parking d'un restaurant italien pour regagner leur voiture. Soudain, Lena avait rebroussé chemin.

— J'ai oublié un truc ! avait-elle lancé à Kate par-dessus son épaule en trottinant vers le restaurant.

Amusée, Kate avait souri. Puis elle avait vu Joan Kavanagh traverser le parking situé de l'autre côté de la rue, et son sourire s'était figé. Lena n'avait reparu qu'un moment plus tard, quand Joan était entrée dans une boutique.

— Maman, avait dit Kate. Tu ne devrais pas...

— Je n'aime pas la croiser, l'avait interrompue Lena. Je ne sais pas pourquoi, mais ça me gêne.

— Tu n'as aucune raison d'être gênée. C'est à elle de l'être.

Lena avait haussé les épaules.

— Je suis gênée quand même, avait-elle murmuré.

Francis remplit le mug d'eau bouillante et se tourna vers Kate.

— Ta mère se réveille plus tard qu'avant, dit-il.

Kate posa son sac près de la porte et prit le mug qu'il lui tendait. Il lui passa la bouteille de lait en silence.

— Alors comme ça, tu nous fais la grâce d'une visite ? reprit-il, l'air de rien.

Il avait deviné que quelque chose la tracassait. Il en avait toujours été ainsi, depuis que Kate était petite. Il plia son journal en quatre. Levé tôt, il s'était rendu, comme chaque matin, à l'épicerie du coin. Un sachet vide reposait près de son mug de café ; un autre attendait sur le comptoir : il contenait le croissant qu'il avait acheté pour Lena.

— Oui. Ça fait longtemps que je ne suis pas venue.
— Tu es très occupée, j'imagine. Tout va bien, au boulot ?

Elle tendit l'oreille, guettant les pas de sa mère dans l'escalier, mais aucun bruit ne parvenait de l'étage. Le chauffage d'appoint grésillait dans le coin, près de la cuisinière.

— J'ai une faveur à te demander, avoua-t-elle.
— Ah bon ? Laquelle ?
— Peter a passé les tests pour entrer à l'école de police.

Francis resta un moment silencieux.

— Peter Stanhope ?
— Oui, acquiesça-t-elle.

Son père l'observa sans rien dire, attendant la suite. Kate soupira.

— Bref. Il n'a pas encore reçu ses résultats, alors que les épreuves ont eu lieu il y a plusieurs semaines. C'est ça qui l'inquiète. D'autant que l'enquêteur a émis quelques réserves au cours de l'entretien d'admission.
— À propos de ses antécédents et de son évaluation psychologique, ajouta Francis. Il t'en a parlé ?

Kate s'était raidie.

— Oui, bien sûr qu'il m'en a parlé, mais c'était peut-être du bluff de la part de l'enquêteur. Pour le déstabiliser.
— Non, il était sincère. L'évaluation les a vraiment alertés sur certains points. Rien de grave, mais combiné à ses antécédents familiaux, c'est troublant.
— Comment le sais-tu ?

383

— Un de mes amis bosse au service du recrutement. Il m'a appelé pour me mettre au courant et m'a demandé ce que j'en pensais.

Kate lui lança un regard interrogateur.

— Et alors ? Tu as répondu quoi ?

— C'est ça que tu es venue me demander ? Tu veux que je recommande Peter auprès de mes collègues ?

— Oui.

— Pourquoi ?

— Parce qu'il souhaite vraiment s'engager dans la police et qu'il a toutes les qualités requises. Et parce que je l'aime et que nous avons décidé de nous marier. Pas tout de suite, mais bientôt.

Francis laissa échapper un long soupir.

— Tu es en train de gâcher ta vie, asséna-t-il.

Kate reposa son mug aussi doucement qu'il venait de le faire.

— C'est ma vie, pas la tienne, répliqua-t-elle. Et, de toute façon, je ne crois pas que tu sois le mieux placé pour me faire ce genre de remarque : tu as bien failli gâcher ta vie, toi aussi, il y a quelques années, non ? Si maman n'était pas aussi indulgente, tu ne serais même pas là aujourd'hui pour en parler !

Francis ne fit aucun commentaire. Il laissa passer l'orage, avant de reprendre :

— Crois-tu vraiment que Peter ait pu sortir indemne d'une enfance pareille ? Il est forcément marqué par son histoire familiale. Or, quand on se marie, c'est pour longtemps. Il y a des hauts et des bas. C'est une mécanique complexe. Tous les rouages sont mis à rude épreuve.

— Ah, ça, tu es bien placé pour le savoir ! rétorqua-t-elle.

Francis lui jeta un regard d'avertissement. Qu'elle lui retourna sans ciller.

— Pourquoi lui ?
— Parce que je l'aime.
— L'amour ne suffit pas. Pas du tout.
— Pour moi, c'est bien assez. Pour lui aussi.

Francis sourit tristement.

— Tu n'as pas la moindre idée de ce dont tu parles.

Kate demeura parfaitement immobile et s'interdit de réagir. Comment son père osait-il lui donner des leçons sur l'amour et le mariage, lui qui avait failli briser le sien ? Des pots de confiture remplis de terre et de jeunes pousses étaient alignés sur le rebord de la fenêtre. Francis s'était levé et approché. Dos tourné, il semblait les observer. Kate remarqua qu'il avait maigri : son jean pendait sur ses hanches. Même ses épaules paraissaient moins larges qu'auparavant. Elle se demanda, comme cela lui arrivait de temps en temps, pourquoi il n'était jamais retourné en Irlande. Il y avait passé la première partie de sa vie, avant d'émigrer, de se marier et de devenir père. Ce n'était pas rien ! Pourquoi ne s'étaient-ils jamais rendus là-bas tous ensemble ? Une profonde tristesse l'envahissait parfois à la pensée qu'il avait quitté ses parents pour toujours alors qu'il sortait à peine de l'adolescence, mais elle comprenait maintenant ce qu'il avait gagné : une immense liberté. La possibilité de mener sa vie comme il l'entendait, sans personne pour lui dicter sa conduite.

— Que ça te plaise ou non, papa, tu n'y peux rien : c'est en train de se produire. Nous sortons ensemble. Je l'aime. Tu peux accepter ou refuser de faire partie de notre vie, c'est toi qui décides. Peter veut s'engager dans la police, mais si ça ne marche pas, il continuera peut-être de bosser sur les chantiers, ou bien il s'inscrira en fac de droit. Il verra bien... De toute façon, même s'il creusait des tranchées pour gagner sa vie, ça ne changerait rien à notre relation !

Francis soupira. Il sortit le bac à glaçons du congélateur et le tordit, dans un sens, puis dans l'autre, pour retirer les cubes de glace, qu'il fit tomber un à un dans les pots de confiture. Quand il eut terminé, il resta face à la fenêtre.

— Je leur ai conseillé de poursuivre le recrutement et de l'inscrire sur la liste des candidats admis à la prochaine session de l'école de police, énonça-t-il lentement. Je leur ai dit que c'était un garçon honnête, brillant et sympathique, très différent de ses parents. Et je leur ai assuré que sa candidature ne me posait pas de problème.

Kate se leva si brusquement que sa chaise bascula et tomba au sol.

— Je leur ai dit qu'il n'était pas responsable de ce qui s'est passé cette nuit-là, poursuivit Francis. Qu'il s'était bien débrouillé au lycée, qu'il était devenu champion de course à pied et qu'il avait obtenu une bourse d'études – bref, tout ce que tu m'as raconté dans la salle d'attente de l'hôpital, quand ta mère était au bloc, tu t'en souviens ? Les gars du service de recrutement savaient déjà tout ça, bien sûr.

— Alors tu lui pardonnes ? Tu ne lui en veux pas ?

Elle faillit l'enlacer par la taille et se blottir contre lui comme autrefois, quand elle avait 10 ans.

— Et tu ne m'en veux pas non plus ?

— Je ne lui en ai jamais voulu, dit Francis en se retournant. Il avait 14 ans. De quel droit l'aurais-je accusé de quoi que ce soit ? Et pourquoi diable t'en voudrais-je ? Le problème n'est pas là, Kate, mais j'ai l'impression que tu ne le vois pas. Et que tu n'es pas près de le voir. Ou de le comprendre.

C'est lui qui ne comprend pas, pensa-t-elle. Maintenant, tout se passerait bien. Les Gleeson et les Stanhope avaient traversé une sale période, mais elle était derrière eux, à présent. Et la vie leur souriait de nouveau. N'était-ce pas fabuleux ? Le destin est si facétieux, parfois ! Kate imagina Peter chez eux pour Thanksgiving, pour Noël, pour les fêtes d'anniversaire, assis entre ses sœurs sur le canapé du salon, se levant pour aller refaire du café, distribuant les cadeaux empilés sous le sapin. George serait là, lui aussi. Et Rosaleen. Leur histoire à tous, qui avait si mal commencé, se finirait bien. C'était un vrai drame, plein de rebondissements et de héros maudits, mais la tragédie s'était arrêtée à temps. Et personne n'était mort.

— Je continue de me faire du souci, reprit Francis. Je ne me sens pas tranquille. Ta mère non plus. Maintenant que cette femme vit seule, notre avocat n'est plus tenu de nous informer de sa situation.

— Tu parles de la mère de Peter ? Il ne l'a pas vue depuis des années. Il n'en parle jamais. Elle ne compte plus pour lui.

— Elle ne compte plus ? Katie, ma chérie... Cette femme lui a donné la vie. Elle ne cessera jamais de compter pour lui.

Kate ferma résolument son esprit au souvenir de la femme qu'elle avait aperçue au fond de la salle d'un Dunkin' Donuts, le soir d'Halloween, quelques mois auparavant. Une femme au visage pâle et décharné, au regard fou. Elle chassa tout aussi fermement les autres images venues s'ajouter à cette première vision au fil des semaines suivantes : Anne Stanhope assise dans une voiture garée sur la 103ᵉ Rue, un paquet de pistaches sur les genoux (Kate avait tiré sa capuche sur sa tête et longé l'immeuble de Peter sans entrer, préférant lui téléphoner depuis le resto thaïlandais situé un peu plus bas pour lui demander de la rejoindre) ; Anne debout près d'un arbre à Riverside Park, enveloppée dans un épais manteau matelassé, bien trop large pour ses frêles épaules. Kate l'avait repérée juste avant que Peter n'arrive à leur point de rendez-vous à la fin de son jogging quotidien, sa peau moite fumant légèrement dans l'air froid. « Quelque chose ne va pas ? » lui avait-il demandé, troublé par son expression soucieuse. « Non, tout va bien », avait-elle répondu en jetant un coup d'œil par-dessus son épaule. Puis elle l'avait saisi par le bras et entraîné vers le fleuve, sous prétexte de lui montrer les décorations de Noël qu'on voyait scintiller le long des berges jusqu'au New Jersey.

Avait-elle eu raison de l'éviter ? Évidemment. Cette femme avait voulu lui faire du mal et, pour l'atteindre, elle avait blessé son père. Elle l'avait blessé si gravement que le père dont Kate se souvenait, celui qui l'avait élevée, avait brutalement disparu, remplacé par un homme qu'elle peinait souvent à reconnaître. Pire encore, ce premier père n'était jamais revenu. Elle l'avait attendu, attendu, mais il n'était jamais revenu – du moins pas complètement. Et cette disparition, Anne Stanhope en portait l'entière responsabilité. Alors, en toute logique, Kate aurait dû avoir peur de cette femme. Elle aurait dû s'en méfier. Pourtant, elle ne la craignait pas. En tout cas, pas autant que son père l'aurait souhaité.

Elle l'avait de nouveau aperçue quelques semaines plus tôt : cette fois, Anne s'était postée en bas de chez elle, à plusieurs kilomètres du domicile de Peter. Kate l'avait repérée en rentrant du travail : assise sur un banc devant la boulangerie hongroise, elle regardait les passants d'un air renfrogné. Elle avait levé les yeux en voyant Kate tourner à l'angle de la rue, sur le trottoir d'en face, comme si elle avait perçu sa présence à 50 mètres de distance. Kate se figea, prête à faire demi-tour, puis se ravisa : pourquoi devrait-elle prendre la fuite ? Une vive colère la submergea. Quatre files de voitures les séparaient – deux vers le nord, deux vers le sud –, mais Kate s'engagea sur la chaussée avant que le feu passe au rouge. Bras tendu pour arrêter le flot de la circulation, elle se sentit comme Moïse fendant les eaux, retenant d'un geste les vagues prêtes à déferler sur lui.

Quand Anne se leva en la voyant approcher, Kate fut saisie d'un regain d'anxiété, mais elle carra les épaules et continua d'avancer. Elle se redressa et s'étira vers le ciel, aussi haut que possible pour paraître plus grande, comme l'avait fait son père cette nuit-là, lorsqu'il avait sonné chez les Stanhope. Le froid était mordant, à peine réchauffé par un pâle soleil d'hiver. En enjambant le caniveau, elle remarqua des emballages de bonbons, des mégots de cigarettes et un crayon pris dans la glace.

— Qu'est-ce que vous faites là ? lança-t-elle quand elle fut assez près du banc pour qu'Anne puisse l'entendre.

Elle tenta de se rassurer : la bouche de métro se trouvait à quelques mètres. Si nécessaire, elle pourrait s'y engouffrer, disparaître dans les méandres des tunnels et resurgir dans une autre partie de la ville. Personne, et surtout pas Peter, ne saurait que cette rencontre s'était produite. Elle prendrait un taxi pour rentrer chez elle et éviterait ce carrefour pendant quelques jours.

— J'aimerais parler à Peter, répondit Anne. J'ai pensé que vous pourriez m'aider.

— Moi ? Vous aider ? dit Kate, et elle faillit éclater de rire. Vous avez un sacré culot, vous savez !

Elle fit un pas vers Anne, puis un autre.

— Ne l'approchez pas, ordonna-t-elle d'une voix sourde. Et fichez-nous la paix. Il ne veut pas vous voir.

Anne n'eut pas le temps de répondre : Kate était déjà repartie, fendant de nouveau le flot de la circulation, sans même attendre que le feu passe au rouge.

RASSEMBLEMENT

15

Ce qui avait été fait à Anne par leur voisin lorsqu'elle avait 12 ans continua d'être fait jusqu'à ce qu'elle quitte l'Irlande pour l'Angleterre, à 16 ans. La première fois, M. Kilcoyne avait surgi dans la cour de leur ferme avec une poignée de rubans et une robe à raccommoder, en lui demandant si elle pouvait l'aider à habiller et à coiffer ses petites filles. Il n'arrivait ni à nouer ni à tresser ces fichus rubans, expliqua-t-il. Mme Kilcoyne était morte d'une maladie d'estomac en 1964, la même année que la mère d'Anne qui, elle, était entrée tout habillée dans les eaux tumultueuses de la mer d'Irlande, sur la plage de Killiney, à trois jours des fêtes de Noël. Avant de partir, elle avait pris soin de laisser sa broche en nacre et quelques billets d'une livre sur la tablette de la cheminée. Cette première fois, quand M. Kilcoyne était venu chercher Anne, il s'était arrêté sur le chemin, juste après avoir dépassé la pierre qui marquait l'entrée sur ses terres. « Attends une minute, Anne », avait-il dit, puis il avait plaqué une main sur son épaule, une autre sur sa hanche, et l'avait vivement attirée contre lui. C'était un peu comme une étreinte, sauf qu'Anne ne l'étreignait pas en retour, et qu'il tremblait, et qu'il la serrait de plus en plus fort à mesure que ses tremblements s'intensifiaient. Et puis quelque chose d'autre, quelque chose qu'elle ne voyait pas, se produisait sous ses vêtements.

« Vos filles nous attendent », bredouilla Anne quand il la lâcha enfin, et dans son désarroi (elle avait la tête qui tournait, le cœur au bord des lèvres ; pourtant il ne s'était rien passé, n'est-ce pas ? ou presque rien), elle s'élança vers la ferme, piétinant un massif d'orties qui enflammèrent cruellement ses jambes nues.

Peu après son arrivée en Angleterre, Anne avait sympathisé avec Bridget, une Irlandaise de son âge. Quelque temps plus tard, elle lui avait parlé de M. Kilcoyne, de cette première étreinte, si violente, par-dessus ses vêtements, et de sa manière d'aller chaque fois un peu plus loin, jusqu'au jour où il lui avait demandé de la suivre dans le grenier à foin.

— Mais, Anne, pourquoi acceptais-tu de le suivre ? Tu ne pouvais pas trouver un prétexte pour refuser quand il venait te chercher ? avait répliqué Bridget. Quand j'étais gamine, l'épicier du quartier ressemblait à ton M. Kilcoyne. Eh bien, chaque fois qu'il essayait de s'approcher, je lui disais que ma mère m'attendait. Qu'elle allait venir me chercher d'une minute à l'autre. Et je partais en courant.

Ce jour-là, elles étaient assises sur un muret dans une cour d'école de la banlieue de Londres. Toutes deux infirmières stagiaires à l'hôpital et récemment arrivées d'Irlande, elles avaient emménagé avec d'autres jeunes Irlandaises rencontrées grâce à une annonce passée dans le journal.

Pourquoi acceptais-je de le suivre ? se demandait Anne. C'était une bonne question, une question à laquelle, quarante ans plus tard, elle n'avait toujours pas de réponse. Un jour, elle y avait presque envoyé sa sœur, d'un an sa cadette. M. Kilcoyne avait frappé à la porte, comme d'habitude, mais au lieu de se lever et d'enfiler son cardigan, Anne avait dit qu'elle ne se sentait pas bien. « Bernadette peut y aller », avait-elle ajouté. Son père avait baissé le volume de la radio et s'était frotté les sourcils. Bernadette, qui se curait les ongles, avait levé les yeux d'un air surpris. Pendant une seconde ou deux, chacun s'était figé, comme sur une scène de théâtre. Puis Anne s'était reprise, sans même laisser à sa sœur ou à M. Kilcoyne le temps de répondre. « Mais les filles se sont habituées à moi, maintenant », avait-elle affirmé en se dirigeant vers la porte.

Quand elle revenait à la maison, ensuite, son père lui demandait toujours des nouvelles des trois petites Kilcoyne, dont deux portaient encore des couches quand tout avait commencé. Entre-temps, Bernadette avait préparé le dîner. Assise dans un coin de la pièce, elle tapotait du pied sur le sol d'un air morose. Anne avait failli tout raconter le soir où M. Kilcoyne avait pour la première fois glissé sa main sous ses vêtements, cette main froide qui avait, ce matin-là, aidé une vache à mettre bas. Ils étaient à table, tous trois, et son père écoutait distraitement la radio, comme toujours. Le temps qu'elle se décide à parler, son père s'était déjà levé : il avait pris sa pipe et il était sorti dans la cour. En le regardant s'engager sur le sentier qui menait à l'étable, Anne avait compris que, même si elle lui disait ce qui s'était passé, ça ne changerait rien. Ils n'en discuteraient pas. L'aveu resterait en suspens dans l'air lourd, comme la mort de sa mère. L'instant d'après, Bernadette était sortie à son tour : elle s'était élancée vers la porte pour aller parler à l'une de ses camarades de classe qu'elle venait d'apercevoir sur la route.

Anne avait presque immédiatement regretté de s'être confiée à Bridget. Lui parler, évoquer cette histoire en

Angleterre, avait gâché l'Angleterre pour elle. Deux ans plus tard, lorsqu'elle avait décidé de partir aux États-Unis, elle s'était promis d'être plus avisée : cette fois, elle n'apporterait pas l'Irlande avec elle. Elle entamerait une formation d'infirmière à New York, s'achèterait deux ou trois chemisiers, se ferait couper les cheveux à la Jackie Kennedy et ne penserait plus jamais à son pays natal.

Elle avait un peu révisé son opinion par la suite, après toutes ces années passées à s'asseoir face à des psychiatres, d'abord dans le premier hôpital, puis dans le second, qui était nettement moins agréable. À force de les côtoyer, elle avait retenu la leçon : les premières années d'une vie sont celles qui comptent le plus. Sinon, pourquoi les médecins se seraient-ils acharnés à la questionner sur son enfance, encore et encore, alors que les événements qui l'avaient conduite à l'hôpital psychiatrique étaient survenus plus récemment ? Elle avait tourné le dos à l'Irlande le jour de son départ, mais son pays natal était toujours là : il la suivait comme son ombre d'un endroit à l'autre. Le corps qui avait effectué, en novembre 1999, le long trajet de Saratoga à New York pour aller voir un fils auquel elle n'avait pas parlé depuis des années était le même que celui qui avait traversé un massif d'orties à St Dymphna en 1967 ; ce corps était aussi celui qui avait donné naissance à deux garçons et celui qui se muait en statue quand le souffle brûlant de M. Kilcoyne se précipitait à son oreille.

Les premières années de sa vie avaient aussi compté pour Peter, qu'il le sache ou non. Et les mois qu'elle avait passés à arpenter en silence la maison de Gillam l'avaient marqué, d'une manière ou d'une autre.

À certains moments, Anne effectuait jusqu'à trois fois par mois les quatre heures de route qui la séparaient de New York, restant sur place six, huit, voire douze heures d'affilée dans l'espoir d'entrevoir Peter. Elle se garait le long du trottoir, puis elle allumait l'autoradio, écoutant d'une oreille l'interview d'une célébrité, une recette de dinde pochée ou les mesures à prendre en cas d'inondation, tout en gardant l'œil sur les passants qui surgissaient au coin de la rue. Les jours de grand beau temps, elle s'arrêtait au bord du fleuve, sur le parking du Palisades Park, à la frontière entre l'État de New York et celui du New Jersey, et s'asseyait sur un banc pour contempler l'Hudson. Souvent, que ce soit à l'aller ou au retour, elle avait l'esprit si plein de Peter qu'elle éprouvait le besoin de faire une pause. Elle se forçait alors à dévier le cours de ses pensées, comme une locomotive qui libère un peu de vapeur avant de reprendre de la vitesse. Les yeux tournés vers le fleuve, si large à cet endroit, elle tentait d'imaginer à quoi ressemblaient ses berges autrefois, avant l'arrivée des premiers colons. Puis elle pensait à Henry Hudson, à l'exaltation mêlée d'angoisse, à la frustration aussi, qu'il avait dû ressentir en naviguant sur ces eaux sombres quatre cents ans auparavant. Cela semblait à la fois si lointain et si proche ! L'un des résidents de la maison de retraite, un homme qui avait été professeur à l'université, lui avait parlé de l'ancêtre commun de l'humanité, une femme nommée Lucy qui avait vécu plus de trois millions d'années avant notre ère. Sur l'échelle du temps, si Lucy était le point de départ de l'histoire humaine, le voyage d'Henry Hudson sur la partie nord du fleuve semblait dater de quelques jours à peine. Et le temps écoulé depuis qu'Anne avait cessé de vivre avec Peter était infiniment bref. Une seconde peut-être. Voire moins.

À d'autres moments, elle laissait passer un mois entier sans y aller, en se répétant qu'elle avait vu ce qu'elle voulait voir : son fils semblait heureux et en bonne santé. N'était-il pas temps pour elle de le laisser tranquille ? Elle savait où il se trouvait. N'était-ce pas suffisant ? Mais, au bout de quelques semaines, elle sentait monter en elle une agitation familière, ce mélange de colère et d'impatience qui la submergeait autrefois, lorsqu'elle vivait à Gillam. Et ses pensées commençaient à tourner en boucle. Kate Gleeson n'est qu'une gamine ordinaire, se disait-elle, issue comme des millions d'autres d'une banlieue pavillonnaire américaine. Est-elle particulièrement jolie ? Non. Particulièrement intelligente ? Sans doute pas. Alors comment expliquer l'attirance de Peter pour cette fille ? Comme chaque fois qu'Anne s'attardait sur cette question, ses rouages internes tournaient de plus en plus vite. Peter aurait pu étudier dans une université plus prestigieuse. Il serait devenu médecin ou sénateur, et lorsqu'elle l'aurait regardé, elle aurait mesuré avec fierté le chemin parcouru depuis la ferme de son père, à St Dymphna. Pour l'heure, le chemin n'avait rien de glorieux. À quoi bon être venue de si loin et avoir fait tous ces efforts pour élever correctement son fils dans un pays neuf, s'il se contentait de devenir flic et de tomber amoureux de la voisine ? Sans compter que, pour un descendant d'Irlandais, faire carrière dans la police n'avait rien d'original : le NYPD les recrutait par centaines. Lorsque ses pensées prenaient cette direction, elle passait des nuits entières sans dormir, les yeux rivés au plafond.

Quand Peter était petit, au moins, Anne pouvait lui interdire d'aller voir Kate. Maintenant, Kate se dressait entre eux deux du matin au soir, et elle n'y pouvait rien.

Elle s'efforçait de lâcher prise, d'inspirer et d'expirer le plus lentement possible, pour laisser les informations se figer dans son esprit, mais elle y revenait sans cesse, cherchant à comprendre. Kate avait une face sombre, un côté cruel que Peter ne percevait pas, mais qui n'avait jamais échappé à Anne. Et qu'elle avait revu ce jour-là, devant la boulangerie hongroise de Lexington Avenue : son regard furieux, son visage rouge de colère l'avaient trahie. Soudain, le masque était tombé, et Anne avait pensé qu'elle la voyait enfin exactement telle qu'elle était – mais n'en était-il pas ainsi depuis la nuit des temps ? Les hommes et les femmes ne se voient clairement que lorsqu'il est trop tard. Pourtant, ce jour-là, Kate l'avait impressionnée. À quoi bon le nier ? Anne n'avait pu s'empêcher d'admirer la façon dont la jeune femme avait marché droit sur elle et planté ses yeux dans les siens. « Fichez-nous la paix », avait-elle grondé. Elle l'aime, avait pensé Anne. Elle l'aime plus que tout au monde. Et elle a du cran. Cette fille était-elle moins ordinaire qu'elle le paraissait ? Anne commençait à le penser.

En tout cas, si elle n'avait pas le courage d'aborder Peter, de tenter de renouer avec lui, à quoi bon continuer à l'épier ? Elle n'avait pas besoin du Dr Oliver pour savoir qu'il s'agissait là d'une question cruciale. Le plus fou, dans cette histoire, c'est que Kate la repérait quasiment à chaque fois. Elle la cherchait du regard quand elle arrivait dans la rue ou lorsqu'elle sortait de l'immeuble de Peter, comme si elle avait deviné sa présence. Bien sûr, il était possible qu'elle ait toujours cet air de bête traquée, mais Anne n'en démordait pas : quand elle venait à New York, Kate le savait.

Kate et Peter finirent par s'installer ensemble. Dans un appartement miteux situé au rez-de-chaussée d'un immeuble d'Alphabet City, à Manhattan. Anne avait perdu leur trace pendant quelques mois. Après plusieurs trajets effectués en pure perte, elle s'était résolue à faire appel au détective pour les retrouver. Un après-midi, alors qu'aucun d'eux n'était à la maison, Anne s'était approchée de l'immeuble et avait jeté un œil dans l'appartement par la fenêtre fermée. Elle avait vu de la vaisselle dans l'évier, des bouteilles vides dans la poubelle près de la porte, et deux paquets de céréales sur le comptoir.

Le 11 septembre 2001, elle céda à la panique. Peter était-il sain et sauf ? Elle n'était pas allée à New York depuis plusieurs semaines. Les consignes des autorités étaient claires : inutile d'essayer de se rendre en ville. Que ce soit en train, en bus ou en voiture, nul ne pouvait accéder à Manhattan. Anne resta donc rivée à son poste de télévision (qu'elle avait fini par acheter), cherchant le visage de son fils parmi ceux des policiers qui tentaient de lutter contre le chaos. Il n'est pas mort, se répétait-elle. S'il l'était, elle le saurait. Mais elle voulait entendre sa voix pour en être sûre. Alors, toutes les deux ou trois heures, elle descendait l'appeler depuis la cabine téléphonique de Perry Street, avec une carte prépayée. Le détective lui avait donné le numéro de leur ligne fixe. Chaque fois, l'appel résonnait dans le vide. Enfin, le 13 septembre, il décrocha.

— Peter ? dit-elle.

— Oui ? répondit-il après une seconde d'hésitation.

Il semblait fatigué. Il attendit longtemps, laissant le silence s'étirer entre eux. N'y va pas, voulut-elle crier. Laisse faire les autres. Les bâtiments continuaient de s'effondrer, des gravats tombaient des toits ou des appartements éventrés.

Elle l'entendait toujours respirer à l'autre bout de la ligne quand elle raccrocha.

Kate et Peter vivaient ensemble depuis près d'un an quand Anne comprit qu'ils avaient officialisé leur relation. Un soir, elle vit Kate tourner à l'angle de la rue, un paquet de vêtements fraîchement repassés jeté en travers de l'épaule – elle était manifestement passée les chercher chez le teinturier. Elle se dirigeait vers leur immeuble quand elle croisa une femme qu'elle semblait connaître. Elle s'arrêta, la salua, puis lui montra sa main. L'expression sérieuse qu'elle arborait un moment plus tôt s'évanouit, cédant la place à un sourire radieux. Elle hocha la tête à plusieurs reprises, les sacs du pressing glissant peu à peu au sol tandis que son interlocutrice la félicitait. Elle souriait encore dans l'encolure de son manteau quand elle prit congé et s'approcha de la porte d'entrée de l'immeuble. Elle plongea la main dans son sac pour chercher ses clés. Peter apparut alors au coin de la rue, en tenue de sport. Il ralentit en apercevant Kate, qui ne l'avait pas vu, se glissa discrètement derrière elle et la prit par la taille. La jeune femme poussa un cri de joie. Anne sentit son cœur se recroqueviller dans sa poitrine.

Marié, comprit-elle. Peter s'est marié. Elle le scruta avec attention, plissant les yeux pour mieux distinguer sa main gauche, comme si cet examen pouvait apporter des réponses aux questions qui la taraudaient. Avaient-ils organisé une grande réception ? Les Gleeson étaient-ils tous présents ? Avaient-ils invité George ? Elle demeura toute la nuit dans sa voiture. Au petit matin, elle vit sortir Peter. Il était seul. Ses joues couvertes de barbe naissante la renseignèrent, comme toujours, sur son emploi du temps : il était manifestement en repos pour quelques jours. Dès qu'il cessait de se raser, sa barbe repoussait, épaisse et drue, comme celle de son père. Elle le suivit à bonne distance jusqu'au square le plus proche, où il effectua quelques tractions sans grande conviction avant de s'asseoir, puis s'étendit de tout son long sur le bitume, bras et jambes écartés. Il avait un peu forci depuis qu'elle l'avait revu pour la première fois, le soir d'Halloween, quelques années plus tôt. Les yeux levés vers le ciel, il cilla, un peu ébloui, puis baissa les paupières. Sa respiration s'apaisa peu à peu, formant de petits nuages blancs dans l'air froid. Elle ne l'avait pas vu revenir d'une course depuis longtemps.

Kate travaillait, elle aussi, et son emploi du temps semblait tout aussi variable que celui de Peter. En sortant de l'université, elle avait d'abord trouvé un job dans le Queens, apparemment. À présent, elle bossait à Manhattan et prenait le métro jusqu'à la 26e Rue. Quand Peter travaillait de nuit, il rentrait au moment où Kate partait. Ils se croisaient dans le hall de leur immeuble, échangeaient un baiser et discutaient quelques instants avant de se séparer de nouveau.

Ils quittèrent le quartier en 2004. Au cours des semaines précédant leur déménagement, Anne sentit que quelque chose se préparait : ils semblaient tous deux plus agités, plus préoccupés qu'auparavant. Elle les voyait aussi discuter plus longuement dans le hall de l'immeuble mais, comme toujours, elle ne pouvait discerner le sens de leurs propos. Puis elle vint plusieurs fois sans les voir. Finalement, rassemblant son courage, elle s'approcha de la fenêtre de leur appartement et jeta un œil à l'intérieur – avant de reculer, effarée. Campé devant la gazinière, un homme bedonnant faisait la cuisine. Il était torse nu. Et la regardait fixement.

— Vous appréciez le spectacle ? demanda-t-il en s'approchant de la fenêtre.

Anne ne se laissa pas intimider.

— Je pensais que quelqu'un d'autre vivait ici.

— Quelqu'un d'autre ? Eh bien, maintenant, c'est moi ! répondit le type dans un éclat de rire, et il la toisa de la tête aux pieds. Vous voulez entrer ?

Anne s'éloigna à grands pas.

Le détective privé qu'elle sollicitait depuis quelques années ayant cessé son activité, Anne dut en trouver un autre. Comme son confrère, il obtint assez rapidement leur nouvelle adresse, à Floral Park, sur Long Island. La photo jointe au dossier montrait une petite bâtisse de style Tudor. Avec sa façade à colombages et son toit pentu, elle ressemblait à une maison en pain d'épices. Le détective lui confirma également que Peter et Kate étaient mariés. Ils n'avaient versé que 10 % d'acompte sur l'achat de la maison.

— À quoi ressemble la rue ? Et le quartier ?

Ce déménagement lui avait fait un choc, même si elle ne pouvait pas s'attendre à ce qu'ils restent dans cet appartement miteux jusqu'à la fin des temps.

Le détective haussa les épaules.

— Que voulez-vous savoir, exactement ?

— Je ne sais pas, répondit Anne.

Pendant plusieurs mois, elle s'interdit de se rendre sur place, mais elle chercha Floral Park sur un plan de New York, repéra leur rue et mémorisa le chemin qu'elle devrait prendre. Au début de l'année 2005, elle ne parvenait toujours pas à imaginer Peter dans une autre maison que celle de Gillam. Elle laissa passer encore un peu de temps, puis elle se résolut enfin à effectuer les trois heures de voiture nécessaires pour aller à New York, franchir le pont et atteindre Long Island. En lisant les panneaux indicateurs, elle se souvint brusquement qu'elle était déjà venue sur l'île, des dizaines d'années plus tôt, avec Brian. Ils avaient passé une journée à la plage, avant leur mariage – ce devait être leur deuxième ou leur troisième sortie ensemble. Des souvenirs totalement oubliés surgirent soudain à son esprit : elle revit Brian, assis dans le sable, l'invitant à aller se baigner tandis qu'il resterait près de leurs affaires. En Amérique, il faut toujours avoir l'œil, avait-il précisé.

La maison, aussi petite que sur la photo, était adorable, avec son toit et son jardinet couverts de neige, et ses fenêtres nimbées d'une douce lumière orangée. Le revêtement de l'allée était fissuré par endroits. Anne se gara le long du trottoir et coupa le moteur. Elle observa minutieusement les abords de la propriété pour savoir ce que voyait son fils chaque matin quand il sortait de chez lui. Elle espérait aussi déceler des signes de sa présence dans les quelques objets traînant à l'extérieur – sa vieille bicyclette, par exemple –, mais elle ne trouva rien de marquant. Peu après, elle vit Kate à travers une fenêtre du rez-de-chaussée. Les volets étaient encore ouverts, et les lampes allumées à l'intérieur l'éclairaient aussi nettement que si elle se tenait sur une scène de théâtre. Les bras chargés de linge, elle se dirigeait sans doute vers un placard. Un instant plus tard, elle repassa devant la fenêtre. Anne comprit alors que Kate ne tenait pas une pile de linge dans ses bras, mais un bébé.

Son bébé.

Et donc, aussi, le bébé de Peter.

Elle descendit de voiture et fit quelques pas sur le trottoir pour s'approcher de la maison, tout en veillant à rester dans l'obscurité. Elle les revit passer – Kate Gleeson et son enfant. Le petit-fils ou la petite-fille d'Anne. Une toute nouvelle personne, née quelques semaines plus tôt. Anne se souvint de Peter quand il était bébé, de la rapidité avec laquelle il avait grandi. Pendant longtemps, il pouvait à peine bouger, puis, un matin, il s'était mis debout. Peu après, il marchait. Bientôt, il connaissait tous les mots dont il avait besoin pour trouver son chemin dans l'existence.

Quelques voitures longèrent la rue dans sa direction. Chaque fois, Anne veilla à faire un pas de côté pour ne pas être prise dans le faisceau des phares. Si je vois Peter arriver, se promit-elle, je l'aborderai. N'était-ce pas devenu crucial, à présent ? Puis elle pensa à son père, pour la première fois depuis des années. Il était mort bien avant la naissance de Peter, mais cette petite personne toute neuve, qui habitait un endroit appelé Long Island, aux États-Unis d'Amérique, n'existerait pas si Anne n'avait pas existé, et ses parents avant elle, et leurs parents avant eux, et ainsi de suite jusqu'à l'aube des temps. Elle pensa aux bottes crottées de son père, à sa manière de cracher dans la cour de la ferme. Elle pensa aux brins de tabac qui tombaient en pluie autour de lui quand il se levait de table, et aux taches qu'ils laissaient sur le sol si elle ne les balayait pas assez vite. Elle pensa à la sensation de vide qui l'avait sans doute étreint, et Bernadette aussi, quand elle était brusquement partie pour l'Angleterre – elle leur avait annoncé son départ un jeudi et les avait quittés le samedi suivant.

Elle pensa à sa mère, à tout ce qui venait d'elle et se trouvait maintenant contenu dans ce petit corps. Et cette pensée la glaça d'inquiétude.

Mais Peter ne se trouvait dans aucune des voitures qui longeaient la rue, et personne ne sortit de la maisonnette, ni en début de soirée ni au milieu de la nuit. Ni même au petit matin, quand les premières lueurs du jour déchirèrent le ciel nocturne.

Lorsqu'elle quitta Floral Park après avoir découvert l'existence du bébé, elle se promit d'y retourner le plus vite possible. Rien ne la retenait à Saratoga : pourquoi ne pas déménager et chercher du travail près de chez eux ? Ainsi, elle pourrait venir garder le bébé une heure ou deux dans la journée, si Kate avait besoin de sortir. D'ailleurs, son appartement était quasiment vide : elle possédait si peu de choses ! Elle ferait ses cartons en un rien de temps, estima-t-elle en s'engageant sur l'autoroute. Elle continua de réfléchir à ce projet pendant tout le trajet, mais à peine eut-elle garé sa voiture et monté l'escalier jusqu'à l'appartement que son enthousiasme commença à décliner. Et lorsqu'elle ouvrit la porte et s'assit sur son lit, elle réalisa que Kate ne la laisserait jamais s'occuper de ce bébé. Elle se força à rester parfaitement immobile, le temps que cette pensée se pose dans son esprit. Elle reconnut alors qu'elle ne pourrait pas en vouloir à Kate : il serait naturel que la jeune femme souhaite la tenir à l'écart de sa vie de famille. Les décisions prises une heure plus tôt s'effondrèrent – fini, les cartons, le déménagement, la recherche d'un emploi à Long Island –, cédant la place à une autre vision des choses. En fait, comprit-elle, la naissance de ce bébé allait compliquer la situation. Elle savait que les années passaient, bien sûr, mais elle s'était toujours dit qu'à un moment donné, quand toutes les conditions seraient réunies, elle se déciderait à recontacter Peter.

Ils pourraient alors reprendre le fil de leur histoire commune là où elle s'était interrompue. Il s'était marié, certes, mais avec Kate Gleeson. Avec elle, il n'avait pas fait un grand saut dans l'inconnu. La naissance du bébé était plus troublante : en devenant père, Peter se montrait plus avancé dans la vie qu'Anne l'avait imaginé. Elle fit un rapide calcul : il avait fêté ses 28 ans. Sans doute aurait-il d'autres enfants après celui-ci. Ce qui était déjà douloureux deviendrait vite insupportable.

Elle attendit plusieurs semaines avant de se rendre de nouveau à Floral Park, puis elle prit l'habitude d'y aller tous les deux ou trois mois. Elle n'aperçut son fils qu'une seule fois, et cet instant fut si bref qu'il lui parut presque irréel. Ce jour-là, elle était garée depuis un bon moment sur le trottoir d'en face, un peu plus haut dans la rue, quand Peter ouvrit la porte du garage et apparut sur le seuil. Il prit le container à ordures poussé contre le mur et le fit rouler dans l'allée jusqu'au trottoir. Il semblait fatigué, inquiet. Il leva les yeux vers le toit de sa maison et se frotta les paupières. Puis il plongea la main dans sa poche, en sortit un trousseau de clés, monta dans sa voiture et partit en laissant la porte du garage grande ouverte. Son enfant, dans le corps de cet homme adulte. Anne avait crispé les mains sur le volant. C'était son enfant. Son enfant dans un corps d'homme.

Elle ne le revit jamais au cours des visites suivantes. Sa femme, en revanche, apparaissait presque à chaque fois – sur le perron, dans le jardin ou derrière les fenêtres. Seule, ou avec ce bébé, qui devint vite un bambin. Un garçon. Des boucles brunes. Il se tortillait dans ses bras. Puis, peu de temps après que le bambin eut commencé à marcher, Anne vit Kate installer un autre bébé dans sa voiture, à côté du premier. Pour les emmener chez la nounou, sans doute, avant de partir travailler. Il y avait

407

presque toujours deux voitures garées dans l'allée, signe que Peter était là – mais où ? Anne ne voyait que Kate, encore et toujours Kate, passant d'une pièce à l'autre, énonçant des phrases qu'elle ne pouvait pas entendre. « Ces bébés sont mes petits-enfants, disait-elle à voix haute, seule dans l'habitacle de sa voiture. Mes petits-enfants. » Alors qu'auparavant ces visites la laissaient triste, mais quelque peu rassurée (Peter allait bien ; il avait du travail, même si c'était dans la police ; il vivait en couple, même si c'était avec Kate Gleeson), depuis la naissance de ce premier bébé, elle se sentait anxieuse.

Anne aperçut George à deux reprises, mais il avait tellement changé qu'elle ne le reconnut pas tout de suite. Il semblait plus grand qu'avant. Plus jeune, aussi. Étrange, non ? Elle le vit remonter l'allée avec une aisance qui ne trompait pas : il venait souvent. Si souvent qu'il en avait sans doute perdu le compte.

Toutes ces pensées se bousculaient dans son esprit. Pour souffler un peu et éviter de se rendre trop souvent à Long Island, elle chercha de quoi s'occuper à Saratoga. Elle commença par rejoindre chaque semaine l'équipe de bénévoles qui distribuaient gratuitement des repas aux plus démunis ; puis elle se chargea de sortir les chiens des gens qui partaient en congé ; elle accepta aussi d'animer un atelier de lecture pour enfants à la bibliothèque municipale, mais renonça rapidement, fatiguée par les interruptions incessantes de son auditoire : les gamins semblaient plus enclins à lui raconter des histoires (sur eux-mêmes, leurs chats, leurs chiens, leurs frères, leurs sœurs et leurs grands-parents) qu'à écouter sagement celles qu'Anne leur lisait. Elle n'oubliait jamais l'âge de ses petits-enfants, bien qu'elle ne connût pas leur date d'anniversaire. Quand elle les revoyait après une interruption de quelques mois, elle s'émerveillait des changements qu'elle observait chez eux. Parfois, lorsqu'elle se sentait trop lasse pour entreprendre le trajet du retour vers Saratoga, elle prenait une chambre pour la nuit dans un motel à Jericho Turnpike, sur la côte nord de Long Island. Un matin, elle vit Peter arriver dans sa direction, au volant de sa voiture, alors qu'elle se dirigeait vers sa maison. Il ne la reconnut pas : il avait le soleil dans les yeux.

À qui ressemblaient les enfants ? Pas à Peter, sincèrement. Pas à Kate non plus. L'aîné allait sur ses 8 ans, sa sœur en avait 5 ou 6. Au printemps, ils abandonnaient leurs vêtements trop chauds comme des peaux d'oignon, jetant leurs blousons, puis leurs sweat-shirts, sur la haie ou les marches du perron. L'été, ils se mettaient en maillot de bain, invitaient les petits voisins et jouaient à s'asperger avec le tuyau d'arrosage. Connaissaient-ils leurs grands-parents maternels ? se demandait-elle. Bien sûr que oui. Comment avaient-ils surnommé Lena Gleeson ? Mamie ou mémé ? Peter et Kate leur avaient-ils parlé de leur autre grand-mère ? Et si oui, en quels termes leur avaient-ils décrit ce qui s'était passé cette nuit-là, à Gillam ? Anne réfléchissait, puis secouait la tête. Trop compliqué. Ils avaient sans doute choisi la facilité et raconté à leurs enfants que leur grand-mère paternelle était morte. Chaque fois qu'elle se garait le long du trottoir et coupait le moteur, elle se disait que le moment était venu, qu'elle allait enfin s'approcher de la petite maison et sonner à la porte. « Je suis profondément désolée de ce qui est arrivé, déclarerait-elle. J'aimerais renouer avec vous sur de nouvelles bases. » Elle énonçait cette phrase à voix haute, la reformulait des dizaines de fois, débattait des heures durant avec elle-même sur la meilleure façon de s'y prendre, puis renonçait. La prochaine fois, décidait-elle. Mieux vaut attendre la prochaine fois.

Puis elle se rendit à Long Island un soir d'orage. C'était à la fin du mois de juin 2016. Elle dépassa leur maison et se gara à sa place habituelle, un peu plus loin dans la rue, sous les longues branches d'un saule pleureur. Elle inclina le rétroviseur de manière à voir leur porte d'entrée sans se retourner, se carra contre le dossier du siège et guetta leur arrivée. Le soir tombait. Elle fit un rapide calcul, comme toujours avant d'entamer ces longues heures de guet. Peter avait 39 ans ; Kate, 38 ans, pendant quelques semaines encore. Anne alluma l'autoradio, baissa le volume, puis déballa le sandwich qu'elle avait apporté. Quand il fit nuit noire, elle s'autorisa une courte marche pour se dégourdir les jambes et s'approcher de la petite maison. Elle rabattit sur son front la capuche de son sweat-shirt en coton, pour dissimuler son visage au cas où ils sortiraient dans le jardin. Elle observa leurs voitures, leurs parterres de fleurs et leurs serviettes de plage étendues sur la balustrade de la terrasse. Peter était rentré. Sa berline était garée dans l'allée, devant celle de Kate. Une voiture apparut à l'angle de la rue. Anne accéléra le pas, rentra le menton dans sa poitrine et fit demi-tour. Le véhicule ralentit devant la maison de Peter. Anne parcourut une dizaine de mètres, puis elle se baissa et fit mine de refaire ses lacets. Et si c'était Peter, déposé par un collègue après leur dernière ronde ? Elle risqua un coup d'œil par-dessus son épaule, juste à temps pour voir un homme sortir de la voiture. Ce n'était pas Peter, mais la silhouette lui parut familière.

Il lui fallut quelques secondes pour le reconnaître.

— Francis Gleeson, chuchota-t-elle, mêlant sa voix au chant des cigales et au sifflement des systèmes d'arrosage automatique qui venaient de se mettre en marche dans les jardins environnants.

Elle regarda Francis traverser la pelouse sans se donner la peine d'emprunter l'allée de gravier. Elle tenta de discerner les traits de son visage, d'évaluer les dégâts qu'elle avait causés, mais il faisait trop sombre pour qu'elle distingue quoi que ce soit. Il frappa trois coups à la porte, puis tourna la poignée pour entrer sans attendre. Il se tramait quelque chose.

Quand elle regagna sa voiture un instant plus tard, elle dédaigna le rétroviseur, préférant se tourner complètement, dos au volant, pour mieux suivre les événements. Francis allait-il ressortir, accompagné de Kate ou de Peter ? Si c'était le cas, elle tâcherait de mesurer la gravité de la situation au vu de leur expression. Qu'était-il arrivé ? L'un des enfants avait-il eu un accident ? Pitié, pas les enfants ! pria-t-elle.

Elle attendit, attendit, attendit, mais la porte d'entrée demeura obstinément close. Et la voiture de Francis resta garée le long du trottoir. Il s'était donc remis à conduire. Il se déplaçait normalement, d'un bon pas. Seul le balancement un peu raide de son bras gauche pouvait sembler inhabituel, et encore ! On ne le remarquait pas si on ignorait qu'il avait essuyé un coup de feu à bout portant des années auparavant. Elle se souvint qu'il l'avait portée dans ses bras jusqu'à sa chambre, après l'incident du Food King. Il l'avait soulevée comme si elle ne pesait rien. Comment avait-il réussi à ouvrir la porte sans la poser au sol ?

Elle s'était sans doute assoupie un bon moment car, lorsqu'elle s'éveilla, le quartier était plongé dans le profond silence qui s'abat sur les petites villes au milieu de la nuit. On n'entendait pas âme qui vive – hormis un coup sec, puis un autre, sur le toit de sa voiture.

Elle ouvrit les yeux. Et constata que la voiture de Francis Gleeson avait disparu. Puis elle se tourna et vit le visage de Kate Gleeson dans l'encadrement de la fenêtre, côté conducteur. Elle avait baissé la vitre pour laisser entrer un peu d'air. Il faisait chaud.

— Seigneur ! s'écria Anne en portant la main à son cœur.

— Je ne voulais pas vous faire peur, assura la jeune femme.

Anne se demanda si sa belle-fille l'avait repérée devant chez elle chaque fois qu'elle venait.

— Il faut qu'on parle, dit Kate.

16

Ça ne veut pas dire que je lui ai pardonné, se répétait Kate. Ni que le passé ne comptait plus. Cela voulait seulement dire qu'elle était prête à tout pour aider Peter.

En outre, elle avait besoin de savoir certaines choses sur Peter, sur Brian, sur Anne, sur l'Irlande, sur toutes les personnes ayant un lien de parenté biologique avec lui, afin de mieux cerner la nature du problème. George était bien placé pour la renseigner, mais chaque fois qu'elle tentait d'aborder le sujet, il se montrait soudain très pressé d'aller aux toilettes, de partir chercher un truc dans le frigo ou dans sa voiture. Avec Peter, c'était différent : George lui accordait le temps nécessaire. Il l'écoutait, il lui parlait, il essayait de le convaincre. Combien de fois Kate les avait-elle vus discuter, assis côte à côte dans le jardin ou affairés près du barbecue ? « Pete n'a pas de problème. C'est son boulot qui veut ça », affirmait George avant même que Kate ait énoncé une phrase complète. Elle hochait la tête. C'était vrai, son boulot le stressait beaucoup. La météo aussi, renchérissait George. Ce sale temps, ça n'aidait pas. Sans compter l'emprunt qu'ils avaient contracté pour acheter la maison. Et puis, le seul fait d'être un homme le prédisposait à ce type de comportement, non ? Tout en parlant, il suivait son neveu du regard et fronçait les sourcils en le voyant vaquer aux préparatifs dans la cuisine, proposer à boire ou à manger à leurs invités. Peter buvait toujours de la bière sans alcool quand George était là. Il vidait une bouteille après l'autre sans jamais parvenir à étancher sa soif.

— Prends-en une vraie, lui avait suggéré George au cours de l'été précédent.

Ce soir-là, ils étaient sur la terrasse. Dans le jardin, les enfants tentaient d'attraper des lucioles.

Peter avait balayé sa proposition d'un geste.

— Non, ça ira.

— Mais tu as descendu quelques cannettes de blonde avant que j'arrive, non ? Et tu en boiras d'autres après notre départ ?

— George, avait protesté Rosaleen, tu...

Il l'avait interrompue, catégorique :

— Brian faisait toujours ça.

Peter avait levé les yeux vers lui. George avait soutenu son regard pendant si longtemps que même Kate s'était sentie mal à l'aise.

Depuis quand Peter était-il sur une mauvaise pente ? Cette question la hantait. Si elle disposait de toutes les données nécessaires, elle parviendrait à se faire une meilleure idée de la situation, à mettre le doigt sur le moment critique où tout avait basculé. Elle était analyste scientifique. Face à un problème, elle formulait des hypothèses et proposait des solutions. Depuis qu'elle vivait avec Peter, ils buvaient toujours un verre ou deux en fin de journée. S'il travaillait de nuit, il se couchait à l'aube en rentrant à la maison, dormait quelques heures, puis se levait et prenait parfois un verre après le déjeuner, histoire de patienter avant que Kate rentre du travail. Trop fauchés pour s'offrir une bonne bouteille dans les bars de Manhattan, ils buvaient surtout chez eux. Et quand Peter travaillait de jour, ils se servaient tous deux un verre de vin pendant qu'ils préparaient le dîner, puis un autre pendant le repas. Avec le temps, ils étaient devenus plus difficiles : ils avaient appris à reconnaître un bon vin, à distinguer les cépages, à savourer certains millésimes. Peter faisait maintenant la différence entre le gin et la tequila. Ils se souvenaient en riant de la piquette dont ils se contentaient quand ils étaient étudiants, de leur manière de la déguster comme s'il s'agissait d'un grand cru. Quand Kate avait une vingtaine d'années, le fait d'accompagner son dîner d'un verre de vin rouge un soir de semaine lui apparaissait comme le comble du chic – sans doute parce que sa propre mère buvait du Coca light à chaque repas.

Dans le cadre de son travail, Kate savait analyser un problème, aussi complexe soit-il, afin d'en tirer les conclusions qui s'imposaient. Depuis qu'elle avait découvert la biochimie en première année d'université, elle concevait le monde comme une gigantesque machine employée à secouer, broyer et transformer la matière depuis la nuit des temps. Le jour où elle s'était aperçue qu'elle était peut-être enceinte – elle avait plusieurs jours de retard et ses seins débordaient de son soutien-gorge –, elle s'était armée d'une seringue et d'un coton imbibé de désinfectant, puis elle s'était juchée sur son tabouret de laboratoire préféré et s'était piqué le bras, tenant le garrot entre ses dents. Elle avait d'abord effectué un test qualitatif, qui avait détecté la présence de l'hormone HCG dans son sang. Le test quantitatif, lui, avait indiqué qu'elle était enceinte d'environ sept semaines. Elle avait jeté la seringue et le coton, rangé le garrot et le matériel d'analyse, et tranquillement repris le fil de sa journée, avec le sentiment d'avoir été frappée par une étoile filante.

Son travail consistait à délimiter les contours d'un univers invisible, puis à le cartographier afin que d'autres puissent le voir. Elle effectuait des analyses médico-légales sur des cheveux, des fibres, des fluides corporels, des empreintes digitales, des résidus d'explosifs, des accélérateurs de feu, des morceaux de papier, de verre ou de métal, des particules de terre, des polymères. Elle était capable de lire une saga sur un col de chemise et de résoudre une énigme à partir d'un cheveu. Alors pourquoi butait-elle sur le problème que lui posait Peter ?

Après la naissance de Frankie, Kate remarqua que Peter se servait un premier verre de plus en plus tôt au retour du boulot, mais elle refusa de s'appesantir sur la question. Sans doute était-elle un peu jalouse : il pouvait s'en tenir à leurs petites habitudes, alors qu'elle avait basculé dans une autre réalité, épuisée par l'allaitement et le manque de sommeil. Et puis, quel mal y avait-il à siroter un bon vin à la fin d'une longue journée de travail ? Lorsqu'il était encore en activité, Francis buvait toujours deux whiskys en regardant le journal de fin de soirée. Le matin, la vue des traces que laissait son verre sur le programme télé réconfortait l'enfant qu'elle était : elle y voyait le signe que son père était bien rentré.

À quel moment le tintement d'une bouteille sur le comptoir de la cuisine, aussitôt suivi d'un second tintement indiquant que Peter posait un verre juste à côté, avait-il commencé à l'agacer ? Elle tentait d'analyser cet agacement pendant ses rares moments de solitude – dans sa voiture en allant au travail, ou sous la douche quand la maisonnée dormait encore –, mais elle finissait toujours par écarter ses craintes. Pourquoi lui en vouloir de boire un verre de trop, alors qu'il n'avait rien d'un ivrogne ? Il est bien plus costaud que moi, se rappelait-elle – Peter pesait trente kilos de plus, à l'époque. Il pouvait ingérer davantage d'alcool sans se mettre en danger. Et puis, n'était-il pas un époux et un père parfaits ? Il rangeait toujours la cuisine après le dîner, il donnait leur bain aux enfants, il leur racontait des histoires après les avoir couchés. Quand ils étaient bébés, il les calmait de son mieux quand ils s'éveillaient en pleurant au milieu de la nuit. Il posait une main sur la hanche de Kate. « Rendors-toi », murmurait-il, puis il prenait Frankie ou Molly dans ses bras, les berçait en leur donnant un biberon ou en fredonnant une chanson à voix basse. Le plus souvent, les enfants refusaient de s'apaiser tant qu'elle ne les serrait pas contre elle – mais était-ce sa faute à lui ? Absolument pas.

Une nuit, alors que Molly approchait de son premier anniversaire, elle s'était brusquement réveillée en hurlant – une habitude, chez elle. Kate était si épuisée qu'elle s'était redressée sur un coude pour demander à Peter d'aller la chercher, mais Peter n'était plus là. Son côté du lit était vide. Kate s'était donc rendue dans la chambre de leur fille et l'avait mise au sein dans l'espoir de la rendormir, mais Molly l'avait repoussée, rouge de colère. C'était un biberon qu'elle voulait. Kate était descendue à la cuisine pour le préparer. En arrivant sur la dernière marche de l'escalier, elle avait aperçu une ombre sur le tapis du salon. Intriguée, elle avait allumé la lumière. Et poussé un cri : une grande tache de vin rouge maculait le tapis couleur crème. Elle avait redressé la bouteille qui gisait au sol et tenté de réveiller Peter, assoupi sur le canapé. En vain. Il n'avait pourtant pas bu tant que ça – si ? Elle avait fait le compte : deux vodkas sodas en rentrant du travail ; une bouteille de vin au cours du repas (ils étaient censés la partager, mais Kate n'avait bu qu'un seul verre, Peter avait ingurgité le reste) ; quelques bières après le dîner… et cette autre bouteille, renversée sur le tapis. Cela faisait tout de même beaucoup, surtout pour un mardi soir. D'autant qu'il avait bu une quantité similaire d'alcool la veille et qu'il remettrait ça le lendemain soir. Combien de verres s'autorisaient ses collègues ou leurs amis au sein de leur foyer les soirs de semaine ?

Les amis, justement. Avec eux, Peter ne buvait pas énormément. Pas en quantité excessive, en tout cas. Et si Kate lui annonçait à l'avance qu'elle ne souhaitait pas prendre le volant au retour, il acquiesçait de bonne grâce et restait sobre. C'était à la maison qu'il buvait beaucoup, et seulement à la maison. Mais, quoi qu'il arrive, il se levait à l'heure le lendemain matin et partait travailler. Il honorait toujours ses rendez-vous à la minute près. Il se montrait patient avec les enfants (même quand ils se lançaient dans des récits interminables) et il faisait de drôles de grimaces pour les amuser en enfournant des cuillères de purée dans leur gosier. N'était-ce pas la preuve qu'il allait bien ? S'il avait un problème – un vrai problème –, il se ferait porter pâle au boulot de temps à autre, non ? Et il ne passerait pas une heure par jour à courir dans le jardin, son fils hilare sur les épaules ! Cette nuit-là, alors qu'elle pressait une montagne d'essuie-tout sur le tapis pour tenter d'absorber la tache de vin, elle repensa à une autopsie récemment pratiquée par son laboratoire de police scientifique : un homme retrouvé mort sur un ponton du quai 57. Le décès avait été jugé suspect, bien qu'il n'y ait aucun signe de violence sur le corps. Les proches du défunt avaient affirmé que l'homme n'était pas usager de drogues ; il buvait beaucoup de bière artisanale, il se considérait même comme un connaisseur en la matière, mais pas de vin, pas d'alcool fort. Dans son rapport d'autopsie, le médecin légiste avait signalé la présence d'une stéatose hépatique et d'une fibrose portale aiguë.

— Il était alcoolique, avait conclu Kate à la lecture des documents. Pourtant, d'après ses proches, il ne consommait que de la bière. Tu crois qu'il buvait en cachette ?

— Pas nécessairement, avait répliqué le médecin légiste. Son ex-femme a indiqué qu'il buvait jusqu'à huit ou dix bières par jour, tous les jours.

— Mais pas d'alcool.

— La bière, c'est de l'alcool, Kate.

— Je sais, mais…

Elle s'était interrompue, troublée, sans bien savoir pourquoi.

Tandis qu'elle frottait la tache de vin sur le tapis en s'efforçant de ne pas écouter le vacarme qui jaillissait des haut-parleurs de la télévision restée allumée, les ronflements de Peter et les cris d'impatience de Molly, Kate s'était brusquement interrogée sur sa capacité à cerner et à résoudre les problèmes.

Le lendemain matin, au petit déjeuner, elle s'aperçut qu'elle ne savait pas comment aborder la question. Adossé au plan de travail, Peter venait de mettre la machine à café en marche. Elle lui demanda d'un ton léger s'il avait la gueule de bois. Puis elle lui raconta qu'elle avait trouvé la tache sur le tapis en descendant préparer un biberon pour Molly.

— J'ai d'abord cru que c'était du sang ! poursuivit-elle sur le même ton.

— La gueule de bois ? répéta-t-il, les bras croisés sur son torse.

— Tu as beaucoup bu hier soir.

Il lui lança un regard perplexe. Et secrètement, elle le comprenait : il n'avait pas bu davantage la veille qu'un autre soir. Il ne voyait donc pas où était le problème. Elle seule le voyait – ou plutôt, commençait à le voir. Sa perception des choses avait changé pendant qu'elle frottait le tapis, le cœur battant à tout rompre : d'abord flou et insaisissable, le problème lui était soudain apparu en pleine lumière.

— Est-ce que la tache est partie ? demanda-t-il. J'essaierai avec du vinaigre tout à l'heure.

C'était le genre d'astuce qu'il connaissait : pour venir à bout d'une tache de vin rouge, frottez avec de l'eau chaude et du vinaigre, additionnés d'un peu de liquide vaisselle.

— Il est peut-être trop tard pour le vinaigre, répliqua Kate. Mais, Peter…

Il la regarda comme s'il savait déjà ce qu'elle allait dire.

— Tu bois pas mal, ces temps-ci. Était-ce vraiment nécessaire d'ouvrir cette deuxième bouteille de vin ? Tu savais qu'on devait tous se lever tôt ce matin. Il faut emmener les enfants chez la nounou. Et je dois être au labo à 8 heures.

— Et alors ? Je suis debout, non ? J'ai dit que je les déposerai, et je le ferai.

Il se pencha au-dessus d'elle pour attraper son mug préféré dans le placard tout en soulevant la cafetière. Il ne mentait pas : avec lui, elle savait qu'elle n'aurait jamais à s'inquiéter. Il conduirait toujours les enfants à l'heure voulue là où ils devaient être.

Après cet incident, Kate le surveilla de plus près. Résultat : il se montra encore plus discret. Il buvait moins quand elle était éveillée, et plus quand elle dormait.

Chaque soir, la quantité d'alcool qu'il avait avalée dans la journée demeurait en suspens entre eux. Il buvait, elle comptait. Elle prit aussi l'habitude de jeter un œil à leur container à verre, ce qu'elle n'avait jamais fait auparavant. Le jeudi matin, quand elle soulevait le couvercle, elle le trouvait plein à ras bord.

Un jeudi, il surprit son geste. Il l'observait depuis le garage, sans doute curieux de savoir pourquoi elle était sortie de sa voiture. Elle pointa le doigt vers la poubelle.

— C'est trop, Peter. Je sais que tu sais que c'est trop.

Aux premiers temps de leur mariage, ils s'adonnaient aux mathématiques élémentaires : deux plus deux font quatre. Puis les enfants avaient grandi, étaient entrés à l'école, et les calculs s'étaient complexifiés. Peter dormait toujours avec Kate, sauf lorsqu'il travaillait de nuit. Ils cuisinaient toujours du steak le dimanche et des pizzas le vendredi soir. Ils continuaient d'aller et venir dans l'escalier, de se croiser aux mêmes endroits dans la maison, d'effectuer les mêmes gestes depuis toujours, ou à peu près, mais, dernièrement, Kate avait eu le sentiment que leur vie manquait d'éclat – ou de bonheur, qui sait ? –, et ce manque avait creusé un vide sous ses côtes. Elle ne sentait plus la joie déborder et se répandre dans ses veines. Les engagements qu'ils avaient pris l'un envers l'autre tenaient toujours, à ses yeux du moins. Elle désirait partir travailler le matin, le retrouver le soir, discuter de leur journée, dîner avec lui et se glisser ensemble sous les draps. Le week-end, elle souhaitait regarder un film, faire une longue promenade, peut-être aller dîner en ville ou voir des amis. Elle voulait pouvoir tout lui dire, et qu'il lui dise tout. Parfois, pendant une à plusieurs semaines, il en allait encore ainsi. Tous deux avaient un job qu'ils aimaient, ils gagnaient décemment leur vie, payaient leurs factures, partaient travailler sans crainte et se réjouissaient de rentrer chez eux le soir. Que demander de plus ? N'était-ce pas une belle vie – une vie merveilleuse, même ? S'ils continuaient de chérir ces joies simples, alors, additionnées les unes aux autres, elles suffiraient à leur bonheur. Voilà ce qu'ils s'étaient promis des années plus tôt en gravissant les marches de la mairie, un mardi matin – le premier mariage de la journée. De la joie, de la simplicité. De la droiture et de l'honnêteté. Beaucoup de tendresse. Une vie entière menée main dans la main. En partenaires.

Mais, depuis que les calculs s'étaient complexifiés, Kate se heurtait à un problème si abstrait, si nébuleux, qu'elle ne parvenait même pas à le nommer. À peine croyait-elle l'avoir cerné qu'il lui échappait de nouveau.

Quand elle rencontrait une difficulté professionnelle, elle pouvait s'adresser à un collègue, lui montrer les données du problème et solliciter son avis. Dans ce cas précis, elle ne pouvait demander l'avis de personne ; ce serait trahir Peter, révéler ses troubles les plus secrets, divulguer leur intimité. Elle ne pouvait en parler ni à ses sœurs ni à sa mère. Encore moins à son père. Chaque fois qu'elle se montrait vaguement critique envers Peter, Francis lui rappelait qu'elle pouvait le quitter, revenir chez eux : sa chambre l'attendait, inchangée depuis son départ. Frankie et Molly s'installeraient dans l'ancienne chambre de Nat et de Sara. Ce ne serait pas un souci.

— Tout va bien ? Tu es heureuse ? lui avait demandé sa mère quelques mois plus tôt.

Kate était venue passer la journée à Gillam avec les enfants. Sans Peter, bien sûr. Il y allait le moins souvent possible. Ce matin-là, il avait dit ce qu'il disait toujours, à savoir qu'il avait des choses à faire dans la maison. Ou dans le jardin. Souvent, il répétait que ça ne le dérangeait pas de revenir si près de chez lui et de revoir la maison de son enfance, maintenant peinte en beige alors qu'elle était bleue autrefois ; ça ne le dérangeait pas de voir les marches en ciment du perron, coulées par son père, remplacées par de longues dalles de pierre. Et Kate le croyait. Ses arguments étaient convaincants : la maison avait beaucoup trop changé pour que ses émotions soient intactes. Il était normal qu'il n'éprouve rien de particulier en l'apercevant depuis les fenêtres des Gleeson. Et puis, tout cela remontait à tant d'années ! Pourtant, chaque fois qu'ils s'y rendaient ensemble, Peter y laissait une partie de lui-même. Le fait que les habitants du quartier le reconnaissent et qu'ils s'arrêtent pour le saluer n'arrangeait rien, au contraire. Ces gens lui demandaient gentiment de ses nouvelles, se réjouissaient de le revoir. « T'étais un bon p'tit gars ! » s'exclamaient les plus âgés d'entre eux, avant de le féliciter du tour qu'avait pris sa vie : n'était-ce pas merveilleux de le voir maintenant, entouré de sa femme et de ses enfants – un homme accompli ! Debout à ses côtés, Kate jubilait. C'était vrai, ils étaient nés là, tous les deux, et même si la vie les avait éloignés de Gillam, ils y seraient toujours bien accueillis. Ravie, elle se tournait vers Peter, mais il semblait embarrassé. Un sourire forcé aux lèvres, il écoutait les voisins à contrecœur, visiblement pressé de leur échapper. Pourtant, ils avaient la courtoisie de ne jamais évoquer Anne ou Brian.

Une fois, Peter avait expliqué à Kate que c'était la raison pour laquelle il trouvait épuisantes ces conversations de voisinage : trop de non-dits planaient entre eux. Kate lui avait lancé un regard surpris.

— À mon avis, c'est plutôt par respect envers toi

qu'ils n'en parlent pas, avait-elle répliqué. Ils ne veulent pas donner l'impression qu'ils te mettent dans le même sac que tes parents.

Certains flics à la retraite savaient que Peter était entré au NYPD. En apprenant qu'il avait été promu capitaine, ils le félicitaient, bien sûr. Et se réjouissaient que Francis Gleeson l'ait pris sous son aile. « Quelle chance t'as eue ! » ajoutaient-ils.

— Ils sont heureux pour toi, soulignait Kate.

— Je sais, répondait Peter, assurant que ces commentaires ne le dérangeaient pas.

Ce qui n'était pas tout à fait vrai, puisque ces bavardages le laissaient morose, perdu dans ses pensées.

Ses relations avec Francis restaient distantes. Les deux hommes se trouvaient souvent dans la même pièce, mais rarement en tête à tête. S'ils étaient assis côte à côte lors d'une réunion de famille, ils gardaient le silence ou abordaient des sujets fédérateurs : le maire de New York, le football ou les terrasses en bois composite – pourquoi ne pas se contenter de lames en bois naturel ?

Quand Peter venait à Gillam, il évitait de quitter la maison des Gleeson. Un samedi, Lena lui demanda d'aller faire une course au Food King – ils étaient à court de sucre ou de farine, et Kate et ses sœurs s'affairaient en cuisine. Peter avait blêmi.

— J'y vais, avait aussitôt dit Kate en prenant ses clés de voiture sur le comptoir.

Elle l'avait embrassé sur la joue avant de sortir. Ensuite, comme après chacune de leurs visites à Gillam, Peter était resté quasi mutique pendant plusieurs jours. Alors Kate avait pris l'habitude de s'y rendre sans lui. Et d'organiser les repas de Noël et de Thanksgiving à Floral Park ou chez l'une de ses sœurs.

— Tout va bien, ma chérie ? Ton père et moi, on... on se demande si tu es vraiment heureuse, avait lancé Lena à la fin de la journée, au moment où Kate s'apprêtait à partir.

— Bien sûr que je suis heureuse ! avait-elle rétorqué d'un ton sec.

La première fois que Peter était rentré ivre à la maison en milieu de journée, Kate, stupéfaite, avait éclaté de rire, malgré son inquiétude croissante. Par la suite, elle fut hantée par ce rire, par ce qu'il disait d'elle. Molly allait sur ses 4 ans, Frankie en avait 6. C'était un samedi. Peter était sorti faire une course au magasin de bricolage – il avait besoin d'un truc pour les guirlandes de Noël, apparemment. Parti à pied, il était resté absent pendant plus de quatre heures. À son retour, il lui avait raconté qu'il était tombé sur un ami et qu'ils avaient pris un verre ensemble. Tendre et volubile, il l'avait attrapée par la taille.

— Tu es saoul ou quoi ? s'était-elle écriée, amusée malgré elle.

Où était le mal, après tout ? Peter avait rencontré un ami. Les fêtes de Noël approchaient. N'était-ce pas normal, presque sain, de boire un verre au pub avec un collègue ou une connaissance, dans une ambiance festive et chaleureuse ? Ce genre de sortie n'était-il pas préférable à toutes ces nuits où il buvait seul, au rez-de-chaussée de la maison, sans même allumer les lumières ?

Plusieurs semaines s'écoulèrent sans autre incident de ce type, puis il se répéta de manière quasiment identique, à intervalles plus rapprochés. Kate prit l'habitude d'accueillir Peter sur le seuil de la maison pour s'assurer qu'il était sobre et que son comportement ne risquait pas de perturber les enfants. Un dimanche, elle lui demanda d'aller se coucher au beau milieu de l'après-midi et de rester dans leur chambre jusqu'au soir, parce qu'elle attendait la visite de ses sœurs. Quand Sara et Nat étaient arrivées, Kate n'avait pas su trouver les mots pour expliquer l'absence de Peter. Faute de mieux, elle avait prétendu qu'il était souffrant. Peu après, en le regardant mettre la table pour le dîner, elle s'était rappelé une remarque qu'il avait faite quelques années auparavant, à propos des automobilistes.

— Tu sais comment les flics repèrent ceux qui ont un coup dans le nez ? lui avait-il demandé.

— Ils roulent trop vite ? avait-elle hasardé.

— Non. Ils sont trop prudents. Les deux mains sur le volant, ils s'évertuent à ne pas dépasser la vitesse autorisée, jusqu'à ce que... oups ! ils se mettent à zigzaguer sur la chaussée pendant quelques secondes.

Peter adoptait une vigilance similaire lorsqu'il se sentait observé. Il mettait le couvert avec un soin excessif. Une fourchette après l'autre. Tout doucement. Et quand Kate lui demandait comment s'était déroulée sa journée, il répondait en détachant chaque mot, arrondissant et étirant les lèvres au bon moment pour prononcer les syllabes de la manière la plus intelligible possible.

Quelques années s'écoulèrent ainsi. Puis, un jeudi, à la fin du mois de juin, Peter rentra avec dix heures de retard. Ne le voyant pas arriver, Kate pensa d'abord qu'il avait enchaîné les heures de service et oublié de la prévenir. Lorsqu'il rentrait à l'aube après une patrouille de nuit, il prenait généralement son dîner à l'heure du petit déjeuner. Ce matin-là, elle sortit une côtelette de porc du congélateur et la laissa pour lui sur le comptoir de la cuisine avant de partir travailler. De retour à Floral Park avec les enfants, en fin d'après-midi, elle aperçut la viande à la même place, posée sur une assiette près de la gazinière. Peter n'était pas rentré ? Son estomac se noua d'inquiétude. Lorsqu'il revint enfin, les pans de sa chemise flottant sur son pantalon froissé, l'air hagard, prématurément vieilli, elle comprit qu'un drame était survenu.

— Katie, marmonna-t-il.

Il faillit trébucher sur le seuil, porta les mains à ses cheveux, puis les tendit vers elle.

— Que s'est-il passé ? dit-elle. Raconte-moi. Vite !

Francis arriva peu après, sans avoir annoncé sa visite, ce qui ne lui ressemblait pas. Kate était installée avec les enfants dans le gros fauteuil club du salon. Elle leur lisait une encyclopédie sur les animaux, que Frankie avait rapportée de l'école, d'un ton enjoué, comme si tout était normal, alors que son cœur battait à tout rompre, que ses mains étaient moites et qu'elle peinait à respirer. Elle leur avait menti, affirmant que Peter était encore au travail. Elle leva les yeux en voyant la silhouette voûtée de son père apparaître sur le perron de la maison. Sans doute laissa-t-elle échapper un soupir, parce que les enfants lui lancèrent un regard intrigué. De nouveau, elle fit comme si de rien n'était, alors qu'elle bandait tous ses muscles pour ne pas fondre en larmes. Un vieux briscard du NYPD avait probablement appelé Francis pour le mettre au courant des frasques de son gendre. Était-ce une habitude, chez eux ? Francis avait peut-être des informateurs jusque dans la brigade de Peter, des anciens collègues qui lui établissaient des rapports hebdomadaires ? Et Lena, comment avait-elle réagi ? Kate imaginait sans peine l'angoisse de sa mère, quand Francis lui avait annoncé qu'il allait passer la soirée à Floral Park. Elle se faisait toujours un sang d'encre quand son mari prenait le volant – de nuit, qui plus est.

Francis frappa à la porte, puis l'ouvrit sans attendre. En entrant, il paraissait si calme que Kate se demanda, l'espace d'une seconde, s'il n'était pas venu pour une autre raison.

— Quelle surprise, dit-elle en s'efforçant de maîtriser le ton de sa voix.

La visite de son père ne résoudrait rien, elle le savait. Pourtant, un vif soulagement l'envahit lorsqu'il mit un genou à terre et tendit les mains vers les enfants, un grand sourire aux lèvres. Comme toujours.

— Papily ! crièrent Frankie et Molly en se jetant dans ses bras.

Plus tard, après avoir couché les enfants, elle lui fit une tasse de thé, mais il refusa de s'asseoir.

— On va s'en sortir, dit-elle en sirotant son thé comme s'il s'agissait d'une soirée parfaitement ordinaire.

— Où est-il, au fait ?

— Je ne comprends pas pourquoi tu as fait tout ce chemin. Peter a passé une sale journée. Il est épuisé. Oui, il a déchargé son arme dans l'exercice de ses fonctions. Il n'en est pas fier, mais personne n'a été blessé.

— Par la grâce de Dieu. Ou le plus grand des hasards. Appelle ça comme tu veux. En tout cas, c'est une sacrée chance.

Kate en convint, mais garda le silence. Toute la soirée,

elle s'était demandé à quoi ressemblerait leur vie si Peter avait blessé – ou tué – quelqu'un.

— Qu'est-ce qui ne va pas, Kate ? Il a des soucis en ce moment ?

— Non.

Elle passa un coup d'éponge sur la table et fit tomber les miettes de pain dans sa paume.

— Je ne sais pas pourquoi tu fais tant d'histoires.

Francis lui lança un regard indigné.

— Et s'il avait tué quelqu'un ? Je ne suis pas sûr que tu te rendes bien compte de la gravité du problème. Si l'affaire avait mal tourné, son nom serait en première page de tous les journaux demain matin. Il y aurait des manifs devant la mairie. Les gens réclameraient sa tête. Et ils auraient raison. Ils auraient absolument raison.

— Je sais, papa. Mais ça ne s'est pas produit. Il n'a blessé personne.

Kate s'assit sur ses mains pour que son père ne les voie pas trembler.

— Où est-il ? Je veux lui parler.

Francis avait jeté un œil dans leur chambre quand il était monté embrasser les enfants pour leur souhaiter bonne nuit. Il avait regardé dans le petit bureau attenant au salon, où ils avaient installé un canapé. Puis il avait ouvert la porte du garage et allumé la lumière. En vain. Il ne lui restait plus qu'une porte à ouvrir, celle qui menait au sous-sol. Il posa sa tasse de thé sur le comptoir.

— Laisse-le tranquille, dit Kate.

Elle fit un pas vers la porte pour lui bloquer le passage, mais Francis la repoussa, ouvrit le battant et s'engagea dans l'étroit escalier en s'appuyant lourdement sur la rampe.

— Peter, dit-il en se penchant au-dessus de lui

L'air sentait le renfermé. La télévision était réglée sur la chaîne sportive qui diffusait à longueur d'année les mondiaux d'athlétisme de 1986 – la compétition qui, comme Peter l'avait un jour confié à Kate, lui avait appris que tout était possible. Pour l'heure, étendu de tout son long sur le canapé, il dormait profondément, la bouche ouverte. Une bouteille de vin entamée était posée au sol, près du fauteuil.

Francis promena un regard autour de lui.

— Ça lui arrive souvent de dormir ici ?

Kate refusa de répondre.

— D'après le fils de Bobby Gilmartin, ça fait un moment que ses hommes le couvrent.

Peter remua dans son sommeil et continua de ronfler.

— C'est faux. N'en rajoute pas, je t'en prie.

— C'est la vérité, Kate. Crois-moi, dit Francis en fixant sur elle son œil valide.

Elle soupira. Ces policiers à la retraite lui rappelaient les anciennes opératrices du téléphone : ils savaient tout et se mêlaient de tout, alors que certains d'entre eux, dont Francis, avaient rendu leur insigne une vingtaine d'années plus tôt ! Elle sentit une vive colère la submerger, contre son père, contre tous ces vieux flics. Une colère injuste, elle le savait, mais qui faisait écran à sa honte.

— Il ne boirait jamais pendant ses heures de travail, affirma-t-elle. C'était un accident. Il a sorti son arme comme ses coéquipiers, et il a trébuché.

Francis appuya la paume de sa main sur la paupière fermée de sa prothèse oculaire.

— Il était comment, quand il est parti travailler hier ?

Fatigué, faillit répondre Kate. Peter était de service l'après-midi, cette semaine-là. Chaque jour, elle avait pensé qu'il ne parviendrait pas à se lever, qu'il se ferait porter pâle (ce qu'il n'avait jamais fait, pas une seule fois depuis le début de sa carrière). Et chaque fois, il l'avait détrompée, se levant à la dernière minute pour s'engouffrer sous la douche, dont il sortait rasé de près, avant d'enfiler une chemise propre. Puis il remplissait son Thermos de café noir et s'en allait. Ce jour-là, sur le pas de la porte, il lui avait lancé un regard agacé quand elle avait insinué qu'il ferait peut-être mieux de rester se reposer à la maison. Il s'était dirigé vers sa voiture de fonction, une imposante Ford Explorer, sans se donner la peine de répondre. Et sur le moment, Kate avait regretté sa remarque. Il semblait en forme, après tout. Mais quand elle était entrée dans la salle de bains encore emplie de vapeur d'eau – Peter venait de partir –, elle avait levé le nez, gênée par une odeur persistante. Une odeur de gin.

— Normal, mentit-elle. Il était normal.

— Peter ! répéta Francis.

Il se pencha, prit son gendre par l'épaule et le secoua vigoureusement. C'est de l'arrogance, estima-t-il. Une arrogance criminelle. Peter la tenait de Brian, sans doute. Oui, de Brian plus que d'Anne. Chez Anne, au moins, la maladie servait de justification. Mais chez Brian... Seule l'arrogance pouvait expliquer son comportement. Le père, comme le fils aujourd'hui, croyait toujours pouvoir s'en tirer, même lorsqu'il était clairement responsable du pire.

— Je l'ai recommandé, tu te souviens ? J'ai dit qu'il était digne de confiance.

— Et c'est le cas, assura Kate.

— Cette affaire est plus compliquée que tu ne le penses. J'en suis sûr.

Le téléphone se mit à sonner. Kate gravit les marches deux à deux pour aller répondre, soulagée de ne pas avoir à écouter la suite. C'était Lena. Elle avait deviné que Francis s'était rendu à Floral Park. Elle supplia Kate de l'héberger pour la nuit.

— Il n'y voit pas assez bien pour conduire, dit-elle. De jour, ça va encore, mais de nuit il est ébloui par les phares des voitures. Il le reconnaît lui-même, d'ailleurs. Je n'arrive pas à croire qu'il ait décidé de faire un si long trajet tout seul !

Quand Kate raccrocha et regarda son père qui l'avait suivie dans l'escalier, elle ne reconnut pas l'homme fragile dont parlait Lena. Celui qui se tenait en face d'elle semblait capable de conduire jusqu'au bout du monde.

— Tu n'as pas dit à maman que tu venais ici. Et tu ne lui as pas raconté ce qui s'est passé aujourd'hui.

— Non. C'est à toi de le faire. Moi, je suis trop en colère.

— Contre qui ?

— Contre Peter. Contre tous ces gens.

— Contre les flics qui bossent avec lui ? Ou sa famille ? Est-ce sa faute s'il est né parmi eux ? C'est ça dont tu veux parler ? Avec toi, on en revient toujours à cette question, non ?

Francis secoua la tête d'un air las.

— Tu entends, Kate ? Tu entends ce que tu dis ?

Il prit ses clés de voiture sur le comptoir et jeta un regard vers la porte du sous-sol, laissée entrouverte, avant d'ajouter qu'elle pouvait venir vivre à Gillam à tout moment. Avec les enfants, bien sûr. Elle pouvait même venir dès ce soir, si elle le souhaitait.

Si je le souhaite ? pensa Kate. Bien sûr. Ce serait tellement facile. Ils monteraient ensemble réveiller les enfants, ils les installeraient sur la banquette arrière, boucleraient leurs ceintures et rouleraient jusqu'à Gillam, où ils les coucheraient à l'étage, dans l'ancienne chambre de Nat et de Sara. Les draps étaient toujours propres et frais, la maison toujours pimpante et accueillante. Au petit matin, Lena leur préparerait du porridge, un grand bol bien chaud pour chacun, puis elle leur proposerait de l'aider à éplucher des pommes de terre pour le déjeuner. « Regarde, Frankie, il faut plaquer bien fort la lame de l'économe sur la pomme de terre. Et Molly, quand tu as fini, tu les mets dans cette bassine d'eau froide, d'accord ? » Pendant ce temps, Francis, assis près d'eux, lirait le journal à voix haute. Oui, ce serait tellement facile. Elle prendrait ses enfants par la main et les conduirait à l'endroit où tout avait commencé pour elle, loin, très loin de ses soucis actuels. Ses enfants. Francis les adorait. Il les avait chéris dès l'instant où le ventre de Kate avait commencé à s'arrondir sous ses tee-shirts, mais il ne les avait jamais vraiment considérés comme ceux de Peter : il se comportait comme si Kate les avait conçus toute seule. Quand Lena faisait remarquer que Frankie ressemblait à Peter au même âge, Francis observait son petit-fils d'un air préoccupé, comme s'il se demandait quelle autre catastrophe allait lui tomber sur la tête.

Kate savait que son père resterait si elle le lui demandait. Il s'installerait sur le canapé pour une nuit, voire pour une semaine entière. Il veillerait à la déranger le moins possible. Pas de couverture, pas de douche. Il se contenterait d'être là pour elle, quand elle aurait besoin de lui, et il partirait une fois l'orage passé. Le simple fait de l'imaginer près d'elle, dans la maison, la rassura. Elle eut le sentiment de s'agripper à une corde tendue au-dessus du vide. De vivre dans une demeure plus solide. Elle désirait tant le garder pour la nuit qu'elle dut s'asseoir et lui tourner le dos un instant – sans quoi, il risquait de deviner le cours de ses pensées.

— Tu es épuisée, dit-il.
— Pas du tout.
— Peter rencontrera son représentant syndical demain, j'imagine.
— Ils se sont vus aujourd'hui.
— Veux-tu que je reste dormir ici ?
— Non, mentit-elle, un flot de sang affluant vers ses tempes. Ça ira.
— Peter n'en saura rien. Je partirai avant qu'il se réveille.
— Non. Va rejoindre maman.

Elle lui demanda d'être prudent. Et de lui téléphoner sitôt arrivé à Gillam.

— Laisse sonner une fois, ajouta-t-elle. Je saurai que tout va bien.

Il acquiesça, mais ne bougea pas.

— Kate…
— Vas-y, insista-t-elle. Je t'en prie. Je t'appellerai demain.

Elle ne fit pas un geste avant d'avoir entendu sa voiture démarrer et remonter la rue.

Alors seulement elle se dirigea vers la porte, la verrouilla pour la nuit, puis elle éteignit toutes les lumières et jeta un coup d'œil à l'extérieur. Elle aperçut aussitôt la petite berline noire garée à son emplacement habituel, sous le saule pleureur des Harrison. Cela faisait un moment qu'elle ne l'avait pas vue. Le fait qu'Anne soit venue ce soir, plus que tout autre soir, lui parut chargé de sens – mais lequel ? Elle observa la voiture pendant quelques minutes, écartant les lamelles des stores du bout des doigts, comme le font les espions dans les romans policiers. Quand elle en eut assez de rester debout, elle prit une chaise et s'assit.

Elle aurait dû monter se préparer pour la nuit, mais

elle s'en sentait incapable. La seule perspective d'enchaîner ses gestes habituels – se laver les dents, se démaquiller, se déshabiller et se mettre au lit – la hérissait. Pas cette nuit. Jamais elle ne parviendrait à s'endormir. Ni à se dire « Tout ira mieux demain », comme elle se le répétait chaque soir. Peter lui avait raconté à plusieurs reprises ce qui s'était déroulé dans la journée, mais elle avait jugé son récit bancal, comme s'il lui cachait un détail, une information cruciale. Peter et ses coéquipiers surveillaient ce réseau depuis des mois. Quand ils avaient eu toutes les cartes en main, ils étaient intervenus. Tout avait été planifié, organisé. L'itinéraire de certaines patrouilles avait été modifié pour que les bonnes personnes puissent se trouver aux bons endroits. Peter et ses hommes avaient pris possession des lieux, ils procédaient déjà aux premières arrestations. Le pire était passé. C'est alors que Peter avait tiré.

— Que veux-tu que je te dise d'autre ? avait-il rétorqué quand Kate lui avait demandé de reprendre l'histoire depuis le début. Personne n'a été blessé. C'est l'essentiel, non ?

Appelé sur les lieux, le chef de district avait signé le procès-verbal d'intervention, signe que la hiérarchie de Peter n'y trouvait rien à redire. Pourtant, il avait été placé en service restreint quelques heures plus tard. Pour quelle raison ? Une bavure est vite arrivée, Kate le savait aussi bien que n'importe quel flic. Mais pourquoi le placer en service restreint, autrement dit en arrêt de travail, au lieu de modifier sa fiche de poste, comme s'ils craignaient pour sa sécurité et pour la sécurité de ceux qui l'entouraient ? Qu'avait-il fait dans les heures qui avaient suivi la fusillade ? Quels propos, quels gestes avaient incité ses supérieurs à le mettre en arrêt ?

— Je vais te poser une question. Une seule, et je ne la répéterai pas, avait-elle insisté calmement en rassemblant ses forces pour affronter la réponse. Est-ce que tu avais bu ?

— Non, avait-il répondu d'un air offensé, outré, puis il était descendu au sous-sol.

Je pourrais le quitter, pensa-t-elle, les yeux toujours rivés sur la petite voiture noire garée de l'autre côté de la rue. S'ils ne parvenaient pas à résoudre ce problème ensemble, peut-être devrait-elle le résoudre seule ? Ce serait très simple. Elle n'aurait qu'à préparer une valise pour chaque enfant, et partir. Ou mieux encore, lui tendre une valise, lui demander de la remplir et de partir. Elle avait un bon job. Les enfants étaient en âge d'aller à l'école. Ses parents et ses sœurs la soutiendraient en cas de besoin.

Mais tout de même, que s'était-il passé ? Les enquêteurs du Bureau des affaires internes, la police des polices de New York, avaient interrogé les personnes présentes sur les lieux et, selon Peter, toutes avaient corroboré sa propre déposition. La pièce était dans un désordre insensé. Il avait trébuché sur un objet tombé au sol. Après la fusillade, il s'était rendu à l'hôpital universitaire de la NYU, à Brooklyn, où l'attendait son représentant syndical. Rien d'anormal : c'était la procédure de routine quand un agent utilisait son arme de service. Là, Peter avait été examiné par l'équipe médicale, afin de s'assurer qu'il ne présentait ni lésion ni traumatisme consécutifs aux échanges de tirs. Une infirmière avait testé sa vue et son audition. Était-ce à ce moment-là qu'il avait eu un comportement alarmant ? Peter ne lui avait rien dit de tel, mais Kate pouvait le supposer.

Pendant longtemps, elle avait eu l'impression d'attendre que quelque chose se produise. C'était chose faite, à présent. Elle plissa les yeux pour essayer d'apercevoir la conductrice de la berline noire. De l'autre côté de la rue, Anne Stanhope lui rendait peut-être son regard.

Kate n'avait jamais dit à personne qu'Anne les traquait, les espionnait depuis des années. Elle n'avait même jamais été tentée de le dire. Un jour, sa mère lui avait demandé ce qu'elle éprouvait lorsqu'elle pensait à Anne : cherchait-elle à savoir où vivait cette femme ? Craignait-elle de la croiser ? En l'écoutant, Kate avait compris que sa famille considérait toujours sa belle-mère comme une personne instable, capable de basculer à tout moment dans la violence, de sortir un revolver de son sac et de leur tirer dessus. Kate la percevait différemment. Elle n'avait plus peur d'elle. En tout cas, pas de cette façon-là. Elle éprouvait parfois de la colère envers Anne, mais, la plupart du temps, elle se sentait nerveuse, embarrassée, comme si elle avait mal agi, elle aussi – mais pourquoi ? C'était absurde. Elle n'avait rien à se reprocher : elle aimait Peter et l'avait épousé. George lui avait confié, des années auparavant, qu'Anne Stanhope avait perdu un bébé avant la naissance de Peter. Elle l'avait perdu si près du terme qu'il était prêt à naître. « Elle a mis au monde un enfant mort », avait ajouté George, et Kate avait imaginé une pièce nue, emplie d'un silence sinistre, alors que des bébés bien vivants hurlaient à pleins poumons dans les chambres voisines.

Peter est au courant, avait affirmé George. Kate était restée perplexe. Il ne lui en avait jamais parlé.

Un après-midi, en voyant la voiture noire garée sur le trottoir d'en face, peu de temps après que Molly avait commencé à marcher, Kate avait envoyé les enfants s'amuser sur la pelouse devant la maison. Ils étaient à un âge où ils ne jouaient jamais à cet endroit, du moins pas seuls, mais ce jour-là elle leur avait proposé d'y aller, puis elle les avait surveillés depuis l'intérieur du garage, pour s'assurer que Molly ne s'aventurait pas sur la route. Elle s'était félicitée d'avoir pris cette initiative. Anne pourra les voir, avait-elle pensé. Ce sont ses petits-enfants, après tout. Plus tard, elle s'était interrogée sur la nature de son geste. Était-ce gentil ou cruel de sa part ? La question l'avait hantée longtemps.

Elle sortit et s'engagea à pas vifs dans l'allée, le cœur battant, sans bien savoir ce qu'elle faisait. Au fond, elle n'avait plus qu'une certitude : s'il y avait une responsable aux démons que Peter affrontait depuis des années, c'était elle. Sa mère. Il fallait bien la mettre au courant, non ? Qu'elle assume ses responsabilités, pensa Kate en traversant la rue. Qu'elle mesure enfin les conséquences de ses actes, au lieu de les observer de loin, tranquillement assise dans sa petite auto ! Et surtout, qu'elle les aide à sortir du bourbier dans lequel elle les avait plongés. Kate s'approcha du côté conducteur de la berline noire. C'était bien elle. Anne Stanhope, profondément endormie, le visage tourné vers leur maison. Le sol et les sièges de la voiture étaient jonchés de coques de cacahuètes, de reçus de carte bleue et de gobelets de café usagés.

Kate tapa deux fois sur le toit de la voiture pour réveiller sa conductrice, puis elle se dirigea vers le côté passager et ouvrit la portière avant qu'Anne ne puisse s'y opposer. Elle fit tomber au sol les détritus qui encombraient le siège et s'assit sans un mot. L'air nocturne était tiède, et la voiture sentait la banane trop mûre.

Anne l'observait. Kate se lança.

— Votre fils, dit-elle d'un ton ferme.

Elle ne venait pas pour faire la causette ou rattraper le temps perdu. Elle leva les yeux vers la maison des voisins, plongée dans l'obscurité, et s'exhorta à continuer. En regardant droit devant elle, comme si elle parlait toute seule. Ce n'était pas facile. Maintenant qu'elle était là, assise à côté de cette femme, si près qu'elle frôlait son coude, elle ne savait plus quoi dire. Leur vie de couple, leur vie de famille ne la concernaient pas. Inutile d'entrer dans les détails.

— Qu'y a-t-il ? demanda Anne. Un problème, un accident ?

— Une sale journée au boulot.

Kate marqua une pause que son interlocutrice ne troubla pas.

— Il a fait usage de son arme. Par accident. Personne n'a été blessé, mais c'est tout de même assez grave.

Anne posa ses mains sur le volant, à 10 h 10.

— Vous parlez comme un flic. Vous êtes flic ?

Kate fixa son reflet dans le rétroviseur latéral. Anne ne la quittait pas des yeux.

— Non, répondit-elle, et elle se força à poursuivre. Je crois que...

— Oui ?

— Il charge la mule en ce moment. Et c'est peut-être ce qui a causé l'incident d'aujourd'hui.

Toute personne normale aurait deviné ce qu'elle insinuait, mais pas Anne. Un seul regard vers elle suffit à Kate pour comprendre qu'elle devait mettre les points sur les « i ». Et dire à cette femme, à cette inconnue, ce qu'elle n'avait pas dit à sa propre mère, à son père, à ses sœurs ni à ses amis. Mais avant cela :

— Il se débrouille bien, vous savez. Il a été promu capitaine. Nous avons deux enfants.

— Je sais.

— C'est un père formidable. Il est merveilleux avec eux. Les enfants l'adorent. C'est remarquable...

... vu l'enfance qu'il a eue, faillit-elle ajouter, mais elle se tut. La fin de sa phrase flottait entre elles, de toute façon. Kate appuya son front contre la paume de sa main. Sa peau était brûlante.

— Je n'arrive pas à y croire, chuchota-t-elle.

— Y a-t-il autre chose qui ne va pas ?

— Il boit beaucoup.

Anne secoua la tête.

— Impossible. Peter ressemble à Brian, mais, sur ce point, il tient de moi. Il ne boit pas.

Elle s'était exprimée avec un tel sérieux que Kate sentit un rire enfler dans sa gorge. Elle le laissa jaillir et rit longtemps. Si longtemps qu'elle finit par sangloter, la tête entre les genoux. Anne tenait toujours le volant à deux mains, les doigts crispés, comme si elle roulait sous des cieux déchaînés. Était-elle vexée ? Kate ne chercha pas à le savoir. Dès l'instant où elle s'était approchée de la voiture, elle avait décidé de dire tout ce qui lui traversait l'esprit.

— Je ne sais vraiment pas comment faire.

Voilà ce qu'elle n'avait jamais dit à personne. Ni à son père. Ni à Peter. Ni à elle-même.

Anne lâcha le volant et s'enfonça dans son siège.

— Où est-il maintenant ?

— À la maison. Il dort.

Après quelques minutes de silence, Anne reprit :

— Comment s'appellent les enfants ?

— Frankie. En hommage à Francis, répondit Kate. Et Molly.

— Quel âge ont-ils ?

— Frankie a 10 ans. Molly en a 8.

— Vous la surnommez Molly, mais elle s'appelle Mary, n'est-ce pas ?

— Non. Elle s'appelle vraiment Molly.

— Y a-t-il une sainte Molly ?

Kate lui lança un regard perplexe.

— Aucune importance, décréta Anne. C'est juste que... Il ne me serait jamais venu à l'idée de donner un prénom pareil à un nouveau-né. Votre mère n'a rien dit ? Ça ne la dérange pas qu'il n'y ait pas de sainte Molly ?

Lena n'avait pas approuvé leur choix, c'est vrai, mais Anne n'avait pas besoin de le savoir.

— Je ne le déteste pas – ce prénom, je veux dire.

Kate haussa les épaules. Elle se fichait pas mal de savoir si Anne aimait ou non le prénom qu'ils avaient choisi pour leur fille. Dès que cette conversation cesserait de l'intéresser, elle sortirait de cette voiture aussi vite qu'elle y était entrée. Mais ensuite ? Peter n'avait pas vu sa mère depuis plus de vingt ans. Il était devenu un adulte qu'Anne ne connaissait pas – mais elle avait connu l'enfant qu'il était. Elle l'avait connu en premier. Avant Kate. Et c'est en cela qu'elle pouvait leur être utile.

Anne tournait et retournait un objet entre ses doigts. Le livret d'un vieux CD.

— Je ne sais pas comment aider Peter, dit-elle. Mais j'aimerais le faire. J'aimerais lui parler.

Kate tapota le rythme d'une chanson sur la portière de la voiture. Une chanson pop qui passait en boucle à la radio cet été-là. À quoi s'attendait-elle ? Anne ne pouvait pas résoudre tous leurs problèmes d'un coup de baguette magique et disparaître comme par enchantement, sans rien demander en échange !

Elle pensa à Peter, ivre mort sur le canapé de la cave. À sa manière de se hérisser chaque fois qu'elle tentait d'aborder la question qui fâche.

— D'accord, acquiesça-t-elle. Vous viendrez déjeuner à la maison. Mais j'ai besoin de temps. Pour le prévenir, pour qu'il s'habitue à l'idée. Il doit aussi gérer ce qui s'est produit au boulot aujourd'hui. Ça fait beaucoup. Je préfère ne pas lui parler de vous avant un petit moment. Ensuite, vous pourrez venir.

— Quand ?

— Disons… dans deux semaines ? Il faudrait que ce soit un samedi. On sera le… 16 juillet. Oui, c'est ça. Le samedi 16 juillet.

Kate prit une profonde inspiration.

— Lui avez-vous dit… que je venais dans le coin ? demanda Anne.

— Non.

— Je me suis souvent posé la question.

— J'ai préféré ne rien dire. Ça l'aurait chamboulé.

Anne regarda la femme de son fils, la mère de ses petits-enfants, et fut traversée d'une pensée similaire à celle qui l'avait saisie des années plus tôt, après leur rencontre devant la boulangerie de Lexington Avenue. « Il ne veut pas vous voir », avait affirmé Kate ce jour-là. Elle l'aime, avait pensé Anne. Et comme la plupart des gens, elle est persuadée de détenir la vérité.

— Venez à 13 heures, ajouta Kate en ouvrant la portière.

Ça ne se reproduira pas, se promit-elle. Il n'y avait donc aucune raison d'en parler à son père, à sa mère ou à ses sœurs. Cette invitation à déjeuner n'avait rien à voir avec eux : seul Peter était concerné. Et puis ses parents en feraient une montagne. Ils ne comprendraient pas. Au loin, des feux d'artifice éclatèrent dans le ciel nocturne. Le 4 juillet approchait, les gens s'entraînaient à lancer leurs fusées. Kate retint un frisson – il faisait chaud, pourtant. Une nuit d'orage. Dans deux semaines, Anne Stanhope serait assise à sa table. C'était insensé. Pourtant, pendant ces quelques minutes passées dans sa voiture, Kate n'avait pas eu l'impression de côtoyer une inconnue – au contraire. Son profil. Sa mâchoire posée sur son long cou. Son prénom (elle l'entendait depuis qu'elle était dans le ventre de Lena). Même la façon dont cette femme tenait le volant lui avait paru familière. *Un peu comme si j'avais retrouvé un parent perdu de vue depuis des années*, songea-t-elle distraitement, avant de se ressaisir. Un parent perdu de vue… N'était-ce pas précisément ce qu'Anne était pour eux ?

17

Le Bureau des affaires internes diligenta une enquête disciplinaire. La commission médicale fixa l'audience au mois de septembre. En attendant, Peter reçut l'ordre de consulter un psy deux fois par semaine.

— Deux fois ? s'étonna Kate quand il le lui annonça. C'est dingue.

Il aurait pu dire qu'on lui avait prescrit une séance hebdomadaire, et y aller deux fois sans qu'elle le sache. Mais il n'aimait pas lui mentir.

La fusillade s'était déroulée un jeudi, à la fin du mois de juin. Le soir même, sa hiérarchie l'avait mis en arrêt : deux semaines de congé maladie. Mi-juillet, il enchaînerait avec deux semaines de vacances, posées de longue date. Quand viendrait le moment de reprendre le travail, il serait affecté à un emploi de bureau dans un autre district. À partir de là, il n'aurait plus que quelques semaines à attendre avant l'audience.

— Je ne comprends pas, répétait Kate. Pourquoi cette audience ? Quel est le problème ? Puisque ton chef de service a signé le P-V sur les lieux et que personne n'a été blessé, je ne vois pas pourquoi tu dois passer en conseil de discipline.

Elle tentait de comprendre – il le devinait à l'expression de son visage, perpétuellement troublé. Soucieux.

Sa perplexité était bien naturelle, d'ailleurs : mis bout à bout, les incidents qu'il avait relatés ne suffisaient pas à expliquer la gravité des sanctions dont il faisait l'objet. Kate ne savait pas tout. En réalité, c'était à l'hôpital, et non sur les lieux de la fusillade, que son comportement avait alarmé sa hiérarchie. D'autant qu'il avait déjà écopé d'un avertissement quelques années auparavant : il s'était présenté au centre de dépôt, à Brooklyn, l'haleine chargée d'alcool. Un avocat de l'aide juridictionnelle s'en était plaint à son chef adjoint. Peter avait été convoqué dans son bureau dès le lendemain. Il avait expliqué à son supérieur qu'il était allé déjeuner à l'Old Town, près du centre de dépôt. Là, il était tombé sur une connaissance, et ils avaient bu un verre ensemble.

— Une incartade, avait assuré Peter. Je ne bois jamais pendant ma journée de travail.

Le chef adjoint avait renchéri : ce genre d'écart ne devait pas se reproduire. Sous aucun prétexte. Puis il avait ajouté qu'il avait, une fois, cru détecter la présence d'alcool dans son haleine.

— J'ai mis ça sur le compte de mon imagination, dit-il. Maintenant, j'en suis moins sûr.

À quoi bon lutter ? Peter n'avait rien contesté. L'avertissement avait été porté à son dossier, il avait renoncé à quelques jours de vacances et n'en avait parlé à personne. Là aussi, il était seul à connaître la totalité des faits : il avait poussé la porte du pub parce qu'il aimait cet établissement et qu'il passait par là. Le barman lui avait offert un second verre après qu'il avait payé le premier. Et ça s'arrêtait là. Peter pesait près de 90 kilos. Deux verres d'alcool, pour lui, ce n'était rien. L'effet aurait été le même s'il avait avalé deux limonades !

En quittant le bureau du chef adjoint, il se demanda pour la première fois s'il était apprécié par ses collègues.

445

Il avait été promu, il était respecté, mais était-il apprécié ? Il avait la réputation d'appliquer le règlement à la lettre. Il allait aux soirées organisées entre collègues et payait sa tournée, mais il se montrait discret. Ses coéquipiers lui tenaient-ils rigueur du fait qu'il ne les appelait jamais pendant les vacances, qu'il ne les invitait pas à dîner chez lui, n'organisait pas de barbecues ni de matches de base-ball ? Parfois, juste avant le rassemblement du matin, quand ses collègues entraient dans la salle de réunion, il se postait à l'entrée et feignait de feuilleter ses documents pendant quelques secondes pour qu'ils continuent à bavarder, le croyant occupé. Il éprouvait alors la même sensation qu'autrefois, quand il s'étirait avant l'entraînement avec les autres coureurs de l'équipe d'athlétisme de Dutch Kills : les voix de ses camarades, tantôt montantes, tantôt descendantes, roulaient sur lui comme les eaux d'un fleuve sur un banc de sable. Les yeux baissés sur ses papiers, il entendait l'officier Vargas remercier l'officier Fischer de l'avoir aidé à installer une nouvelle salle de bains. Et tandis que les deux hommes se congratulaient mutuellement, Peter s'étonnait, une fois de plus, de la propension de ses collègues à partager leur vie, jusque dans ses détails les plus intimes. Certains d'entre eux partaient ensemble chaque année, le temps d'un week-end, au lac George ou à Long Beach Island. Leurs enfants se connaissaient. Leurs femmes se téléphonaient régulièrement. C'est trop, pensait Peter. Il préférait établir une coupure bien nette entre sa vie professionnelle et sa vie personnelle. Il allait travailler, puis il rentrait chez lui. Il était un bon flic, en ce sens qu'il veillait sur ses hommes et que ses hommes veillaient sur lui, mais il n'y voyait rien d'exceptionnel : c'était le b.a.-ba du métier. Quand ses collègues se trouvaient à l'abri des oreilles indiscrètes, que disaient-ils de lui ? Peter ne s'était jamais posé la question auparavant, mais à présent elle tournait en boucle dans son esprit.

Brian prétendait souvent que la seule différence entre Francis Gleeson et lui tenait à l'accent irlandais de Francis. « Les gens adorent cet accent, ça les rend dingues », assurait-il. Même après le drame, quand Francis se remettait péniblement de ses blessures dans un centre de rééducation et que Brian régulait la circulation sur le pont de Queensboro, il s'en tenait à sa version des faits : Francis Gleeson faisait l'unanimité. Les gens l'adoraient. Puis il levait les mains d'un air dépité, comme s'il ne comprenait pas pourquoi on ne l'adorait pas, lui aussi.

Peter n'avait pas tout dit à Kate. Il lui avait raconté qu'il était allé à l'hôpital pour se soumettre à un examen de routine, comme tous les flics qui font usage de leur arme de service. Ce qu'il n'avait pas mentionné, c'est que pendant l'examen, quand elle avait voulu vérifier l'état de ses tympans, l'infirmière avait dû lui intimer l'ordre de rester immobile : il était si nerveux qu'il arpentait la pièce de long en large, parcouru de tremblements incompressibles. Il ne comprenait toujours pas ce qui s'était passé là-bas, après l'arrestation des prévenus. Comment le coup était-il parti ? C'était ridicule. Lorsque l'infirmière était sortie, il avait demandé à son représentant syndical, un type dénommé Benny, d'aller sur la 1re Avenue lui acheter une mignonnette d'alcool avant l'arrivée du médecin. Au train où allaient les choses dans cet hôpital, ils seraient sans doute coincés en salle d'attente pendant des heures. Et il avait besoin de se détendre.

Benny avait refusé. Et persisté dans son refus – à vrai dire, il pensait que Peter plaisantait. Furieux, Peter avait traversé la pièce et enfoncé le bout de ses doigts dans son torse. En chaussettes et vêtu d'une blouse d'hôpital, il aurait pu être ridicule, mais il était grand, costaud et large d'épaules. Benny, plus frêle, avait une tête de moins. Le médecin était entré à cet instant. Il avait surpris le geste de Peter. En voyant le visage de cet homme se fermer comme s'il ne voulait même pas entendre ses explications, Peter avait senti son corps vrombir, tel un moteur qui passe à la vitesse supérieure. Il s'était emparé du clavier de l'ordinateur posé sur la table et l'avait lancé à travers la pièce comme un Frisbee. Ses yeux étaient si secs qu'ils lui faisaient mal chaque fois qu'il battait des paupières.

Le médecin sortit aussi vite qu'il était entré. Un instant plus tard, six personnes surgissaient dans la pièce. Et Benny, loyal malgré tout, recommandait à Peter de ne pas prononcer un seul mot.

— Écoutez, capitaine… Stanhope, commença le médecin en lisant la fiche qu'il tenait à la main. Nous ne souhaitons pas restreindre vos mouvements, mais nous y serons contraints si vous ne vous calmez pas. Nous apprécions ce que vous faites pour cette ville, et je sais que vous avez eu une journée difficile.

Peter remarqua qu'un des types adossés au mur de la pièce – un jeune homme baraqué – tenait une paire de menottes rembourrées dans chaque main.

Il se calma aussitôt, comme si on lui avait jeté un seau d'eau glacée à la figure. Un autre médecin arriva (un psychiatre, cette fois), et tous les autres sortirent. Les procédures qui s'ensuivirent furent longues et fastidieuses. Peter se surprit à espérer que Benny avait eu pitié de lui et qu'il était allé lui acheter une de ces fameuses mignonnettes sur la 1re Avenue.

Au début de son arrêt maladie, il bricolait toute la journée. Puisqu'il était censé rester chez lui, autant se rendre utile, non ? Il décida de fabriquer un banc et des chaises de jardin. Tout en travaillant, se promit-il, il tenterait de percer à jour les raisons de son comportement – ce qui l'avait conduit jusque-là et pourquoi il ne pouvait s'empêcher de continuer. Mais sitôt les entretoises terminées, il laissa tout en plan et partit s'acheter une bouteille d'alcool. De retour à la maison, il descendit au sous-sol et alluma la télévision. Où qu'il aille, il sentait le regard de sa femme posé sur lui.

Le problème était apparu si longtemps avant que Kate ne commence à l'évoquer qu'il se sentait navré pour elle : il savait qu'elle s'enorgueillissait d'être observatrice, en digne fille de son père. Elle-même ne buvait pas beaucoup, mais elle savait repérer ceux qui buvaient trop – du moins le pensait-elle. Quand elle était enfant (et encore aujourd'hui, d'après ce que Peter avait remarqué), Francis ne boudait pas le whisky : trois verres chaque soir, pas moins. Kate appréciait le bon vin, mais s'endormait systématiquement après le deuxième verre. Or, depuis la naissance des enfants, elle tenait à rester éveillée jusqu'à ce qu'ils soient couchés et profondément endormis – ce qui n'arrivait jamais avant une heure tardive. « J'ai soif ! » criait l'aîné bien après l'extinction des feux, comme s'il était convaincu que Kate se tenait tapie dans le couloir, prête à bondir pour répondre à ses besoins. « De l'eau ! » renchérissait la cadette. « La lumière ! Une histoire ! » Chaque requête était une ruse de plus pour la faire venir et la retenir auprès d'eux dix minutes supplémentaires.

Un soir, près d'un an avant ce fichu jeudi de juin, elle s'était tournée vers les enfants après le dîner et leur avait suggéré d'aller s'asseoir sur le canapé du salon pour regarder la télévision. Les enfants avaient quitté la cuisine, ravis. Kate s'était alors avancée vers Peter, qui s'apprêtait à descendre au sous-sol. Elle s'était postée devant la porte, comme pour l'empêcher de passer. Elle lui avait dit qu'elle n'aimait pas ça, cette manie qu'il avait de se terrer en bas et de boire tout seul. Pendant un court instant, juste avant qu'elle ne parle, il avait cru qu'elle avait envoyé les enfants dans la pièce voisine pour pouvoir l'embrasser, et son cœur surpris avait bondi de joie. Depuis quelque temps, elle tendait la main vers lui dans son sommeil et se serrait contre lui. Ce matin-là, elle s'était appuyée contre le mur de la salle de bains et l'avait observé se brosser les dents. Sous son regard, il s'était redressé, carrant les épaules. Peut-être avait-elle attendu toute la journée le moment où elle serait enfin en tête à tête avec lui ? À cette seule pensée, il se sentit soudain plus vivant, presque pris de vertige. Plusieurs années auparavant, quand Molly était encore bébé (la barrière de sécurité l'empêchait alors de sortir seule de la salle de jeux), Kate avait rangé l'assiette propre qu'elle venait d'essuyer, puis elle avait ôté les mains de Peter de l'évier rempli d'eau chaude, où elles étaient plongées, pour les poser sur ses hanches. Quand il avait frôlé sa clavicule du bout des doigts, un long frémissement l'avait parcourue. « Viens », avait-elle ordonné d'un ton pressant, sans sourire. Abandonnant la vaisselle sale dans l'évier, ils avaient descendu les quelques marches de l'escalier qui menait au sous-sol et refermé la porte derrière eux. Quand elle avait crié, il s'était interrompu, inquiet, mais elle l'avait invité à continuer. Ce n'est que plus tard, lorsqu'ils étaient revenus dans la cuisine, qu'il avait compris le sens de ce cri : après s'être assurée que les enfants étaient toujours sagement assis devant la télévision, Kate avait soulevé son chemisier – d'une manière moins suggestive, cette fois – et lui avait demandé de regarder le bas de son dos, là où elle s'était éraflée contre la marche de l'escalier.

Mais ce soir-là, un an plus tôt, quand elle lui barra le passage vers le sous-sol, ce n'était pas pour l'embrasser.

— Je n'aime pas ça, dit-elle, et il se sentit stupide d'avoir imaginé qu'elle désirait être seule avec lui pour des motifs plus frivoles.

— Kate, je t'en prie. Je descends pour regarder la télé en paix.

Et c'était en partie vrai. Ils avaient banni l'usage de la télévision pendant la quasi-totalité de la journée. Les rares moments où elle était allumée dans le salon, c'était toujours au bénéfice des enfants. Si Peter s'emparait de la télécommande pour regarder une chaîne d'info ou de sport, Frankie et Molly se mettaient à hurler et se roulaient par terre, réclamant le retour de leur dessin animé, et il renonçait à son programme.

— Il est là, le problème, commentait Kate. Tu es leur père, non ? Quand j'étais petite, je n'aurais jamais osé réclamer à mon père de changer de chaîne !

Peter haussait les épaules. Pourquoi se lancer dans d'interminables négociations avec ses enfants quand il pouvait se contenter de descendre l'escalier pour aller regarder la télé en paix ? Au sous-sol, personne ne lui montait dessus, personne ne bondissait sur le coussin voisin du sien, et Kate ne venait pas l'interrompre pour lui demander s'il avait eu l'occasion de réclamer le remboursement de ses frais d'essence. Parfois, à l'instant même où il se garait dans l'allée, il se sentait pris au piège. Il entendait les enfants se disputer avant d'avoir ouvert la porte. Alors il restait sur le seuil, l'oreille tendue vers leurs éclats de voix. Il avait promis de tailler les haies. Frankie aurait peut-être besoin de lunettes : leur assurance-maladie couvrirait-elle les frais ? Leur relevé de carte de crédit indiquait plusieurs dépenses que Kate ne parvenait pas à identifier : pouvait-il s'en charger ? Les mauvaises herbes envahissaient la pelouse. Leurs impôts ne cessaient d'augmenter. Kate insistait pour qu'il aille vérifier l'état des gouttières, et plus elle lui proposait d'appeler un artisan susceptible de le faire, plus il avait l'impression de se trouver sur le banc des accusés.

— Ça ne te dérange pas ? Que la vie se résume à ça ? lui avait-il demandé des années auparavant.

Elle tenait Molly dans ses bras et se balançait d'avant en arrière pour tenter d'apaiser ses pleurs.

— Pardon ? avait-elle répondu. Excuse-moi, je n'entends rien... Tu peux répéter ?

Le bébé avait continué de hurler. Et Peter s'était bien gardé de réitérer sa question. À l'époque, chaque fois que la nounou avait un empêchement, Kate emmenait Molly au labo. Elle passait sa journée penchée sur son microscope, leur fille sanglée contre sa poitrine dans le porte-bébé.

Cette fois, c'était différent. Peter l'avait compris tout de suite. Kate avait préparé son petit laïus – peut-être le tournait-elle dans sa tête depuis le matin.

— Si tu veux boire un verre, pourquoi ne pas le prendre ici, à la table de la cuisine ? Et pourquoi pas avec moi ? J'en ai peut-être envie aussi ! Pourquoi tu t'enfermes tout seul au sous-sol ? Tu y passes des nuits entières, parfois. Explique-moi, Peter. J'aimerais comprendre.

Comment répondre ? Il n'en avait pas la moindre idée. Il ne savait pas pourquoi il s'isolait ainsi, mais le croirait-elle ? S'il engageait la discussion, elle le pousserait dans ses retranchements, posant une question après l'autre, comme si son comportement répondait à une logique qu'ils devaient découvrir ensemble. Dès le début de la soirée, Peter avait deviné qu'elle avait une idée derrière la tête – mais laquelle ? Il avait espéré un baiser, un geste tendre. Il s'était trompé. À présent, sa déception était telle qu'il n'avait qu'une envie : enfiler son manteau et sortir prendre l'air. Kate devina son agacement. Mais loin de battre en retraite, elle décida de jouer le tout pour le tout, comme toujours.

— À propos, peux-tu me dire où sont les deux caisses de vin qui sont arrivées le mois dernier ? Celles que nous avons gagnées en cadeau avec notre abonnement au club d'œnologie. Je n'ai même pas eu le temps de les ouvrir !

— Si tu connais déjà la réponse, pourquoi me poses-tu la question ?

— Je veux que tu admettes que tu as bu deux caisses de vin en deux semaines. Je veux que tu t'entendes le dire à voix haute. En plus de tout ce que tu as bu d'autre.

— Va te faire foutre, Kate ! lâcha-t-il.

Elle blêmit comme s'il l'avait giflée. Elle se laissa tomber sur une chaise et fixa le mur d'un air hagard. Du salon, on entendait la bande-son des *Tortues Ninja*. Il ne s'était jamais adressé à elle sur ce ton. Et il le regretta aussitôt. Ça ne lui ressemblait pas. Il ne parlait jamais ainsi. À personne. Ni aux hommes ni, à plus forte raison, aux femmes. Encore moins à la sienne – Kate, la femme qu'il aimait depuis toujours.

Comment en était-il arrivé là ? Il revint une fois de plus sur les arguments qu'il se répétait à lui même après chacune de leurs disputes : il avait dû se débrouiller seul. Il traçait sa route depuis l'âge de 14 ans. Il était entré au lycée, puis à l'université, puis à l'école de police. Il avait gravi les échelons un à un. Il n'avait jamais rien fait de mal. Il s'acquittait des tâches administratives en temps et en heure. Il percevait un bon salaire. Il effectuait des heures supplémentaires chaque fois que l'occasion se présentait. Kate avait-elle déjà fait des heures supplémentaires ? Pas à sa connaissance. Les enfants, disait-elle. Elle devait aller chercher les enfants à l'école, leur préparer à dîner, les emmener au sport, au parc et aux goûters d'anniversaire, chez le pédiatre ; elle devait aussi aller en cours pour obtenir une maîtrise, ce qui lui permettrait de décrocher une augmentation d'environ 2 % (une somme déjà investie chez la nounou qu'ils avaient dû recruter pour permettre à Kate d'assister à ses cours).

Peter s'excusa sur-le-champ, et une bonne centaine de fois dans les heures qui suivirent. Puis, voyant qu'elle refusait toujours de lui adresser la parole, il décréta que c'était injuste, qu'elle n'aurait pas dû lui crier dessus, alors qu'il n'avait rien fait de mal.

— Moi, crier ? répéta-t-elle, tournant enfin les yeux vers lui. J'étais très calme, au contraire. Je voulais discuter d'un problème important.

Elle soupira. Ils savaient tous deux que cette dispute s'éteindrait d'elle-même au bout de quelques jours : ils étaient incapables de rester longtemps sans se parler.

— En plus, reprit-elle en le regardant calmement, tu te mets toujours en colère quand tu sais que tu as tort. C'est une habitude chez toi. Je déteste me disputer avec toi. Alors écoute-moi bien, Peter : je ne supporterai pas de vivre comme ça pendant des années.

— Qu'est-ce que tu cherches à me dire, au juste ?

— Je veux dire que les enfants et moi, nous avons le choix.

— Quel choix ?

Elle refusa de répondre. Il n'insista pas, mais il vit une porte s'ouvrir, une porte dont il ignorait l'existence. Et il vit son épouse franchir cette porte, tenant chacun de leurs enfants par la main.

Il repensait parfois aux premières années de leur mariage, à Manhattan, puis à Floral Park. Les souvenirs qu'il avait gardés de cette période semblaient presque trop doux pour être réels. Leur arrivait-il de se chamailler ? Sans doute, mais il ne se le rappelait pas. Un jour, peu avant la naissance de Frankie, ils avaient eu du mal à boucler leur fin de mois – ils commençaient tout juste à rembourser l'emprunt qu'ils avaient contracté pour acheter la maison. Ils avaient décidé de casser leur tirelire, ou plus exactement l'énorme bocal en verre dans lequel ils laissaient tomber leurs pièces jaunes depuis des années. Le contenu du bocal était tel qu'ils avaient dû le répartir dans trois sacs à dos. Peter en avait porté deux jusqu'à la banque, tandis que Kate se chargeait du troisième. En arrivant, ils avaient glissé les pièces une par une dans la machine. Le total s'élevait à 857 dollars. Quand le caissier leur avait rendu la somme en billets de 20 dollars, ils avaient eu le sentiment d'empocher un million.

Ils vivaient comme tout jeune couple : ils allaient au cinéma, ils participaient aux soirées « *Trivial Pursuit* » organisées par le bar du quartier, ils partaient en randonnée le samedi matin avec des sandwiches dans leurs sacs à dos. Parfois, ils se souvenaient du rendez-vous secret qu'ils s'étaient donné, griffonné sur un avion en papier que Peter avait envoyé de sa chambre vers celle de Kate, à Gillam. Ils n'avaient rien oublié – comment ils s'étaient retrouvés à minuit, comment ils avaient couru, main dans la main, sur Jefferson Street. Avec le temps, la demi-heure qu'ils avaient passée sur le portique abandonné d'une maison voisine s'était dissociée dans leur esprit de ce qui s'était produit plus tard dans la soirée. Les deux événements s'étaient éloignés l'un de l'autre, à tel point que Peter avait parfois du mal à croire qu'ils s'étaient succédé au cours de la même nuit. Kate évoquait souvent ses rêves d'adolescente, des rêves tout simples qu'elle espérait voir se réaliser à l'âge adulte – aller dîner au restaurant avec lui, sortir les courses de leur voiture et les ranger ensemble dans les placards de leur cuisine. Au début, quand elle le regardait s'habiller, elle repensait à ses rêves de jeune fille. Elle devait avoir 14, 15 ou 16 ans, alors. Ses copines se projetaient dans un univers rose bonbon, peuplé de princes charmants et de mariages en robe longue. Kate, elle, n'avait qu'un désir : revoir Peter. Le voir si souvent que le spectacle de son dos nu lui paraîtrait anodin ; le matin, en ouvrant les yeux, découvrir ses vêtements jetés sur le dossier de sa chaise (qui serait aussi la sienne), sous le toit de leur maison, tandis que leurs enfants dormiraient paisiblement dans la chambre voisine ; sentir la chaleur de son corps contre le sien, matin après matin ; mêler si intimement sa vie à celle de Peter qu'ils ne sauraient plus comment les démêler.

Il comprenait très bien ce qu'elle voulait dire, mais il ne pouvait pas, comme elle, y penser en permanence. Leur histoire commune lui semblait parfois lourde à porter. Ils avaient gagné. Ils s'étaient retrouvés, ils vivaient ensemble. À quoi bon revenir là-dessus ? Kate envisageait leur mariage comme l'aboutissement d'un long processus. Pour lui, c'était le début d'une nouvelle aventure. Ils lisaient la même histoire, mais dans des livres différents.

— Regarde, disait-il en désignant la montagne de linge qui se déversait du panier en osier. Tous tes rêves se sont réalisés.

Si leur mariage était une fin en soi, à quoi bon vivre les jours suivants ?

Un samedi matin de juillet, douze heures après que Kate lui avait annoncé qu'elle avait parlé à sa mère, Peter s'éveilla en sursaut. Il venait de rêver qu'il participait à une compétition de cross-country. Il tendit la main vers sa montre. À peine 5 heures.

— Tu as parlé à ma mère ? avait-il répété la veille, abasourdi.

L'orage approchait. Il le sentait dans ses os, bien que l'horizon soit encore limpide. Il ne se trompait pas : un moment plus tard, un éclair avait zébré le ciel et les enfants étaient rentrés en criant. Kate les avait envoyés jouer dans leur chambre afin de pouvoir discuter avec lui en tête à tête. Elle semblait nerveuse – si nerveuse que Peter s'était préparé au pire. Elle s'était assise en face de lui. Leurs genoux se frôlaient. Puis elle avait pris ses mains dans les siennes, et il avait pensé : elle va me dire qu'elle me quitte. Son dos s'était couvert de sueur sous son tee-shirt, et il avait été saisi de nausée. Quand elle avait ouvert la bouche, il s'était raidi, prêt à être frappé en plein cœur. Mais le coup s'était révélé bien différent de ce qu'il craignait. Il tentait encore de retrouver ses esprits quand Kate lui avait donné des détails : Anne avait fait appel à un détective privé pour trouver leur adresse, puis elle s'était présentée chez eux un soir, deux semaines plus tôt. Le soir où tout avait dérapé pour Peter au boulot. Il dormait au sous-sol quand Kate était sortie lui parler.

— Et merde ! grogna-t-il en se levant d'un bond.

Son esprit butait encore sur ce qu'elle venait de lui raconter. Il n'était pas certain d'avoir tout compris.

— Qu'est-ce que tu racontes ? Où veux-tu en venir ?

— Calme-toi. J'essaie seulement de t'expliquer, répondit-elle en se levant à son tour. Ta mère est venue ici. Je ne pouvais pas la laisser entrer, vu l'état dans lequel tu te trouvais. Alors je lui ai demandé de revenir plus tard.

Peter sortit de la cuisine, poussa la porte de derrière et se retrouva dans le jardin sous la pluie battante. Kate lui emboîta le pas. Elle tenait à poursuivre cette conversation, coûte que coûte. Vaincu, il s'arrêta et se tourna vers elle.

— On parle bien de ma mère, n'est-ce pas ? demanda-t-il en plantant ses yeux dans les siens.

Kate acquiesça. Puis elle reconnut que son apparition, précisément ce soir-là, était troublante.

— Plus que troublante, renchérit Peter.

— C'est vrai, admit Kate. Et pourtant, je… je n'étais pas totalement surprise. J'ai beaucoup pensé à elle ces derniers temps. Et au fait qu'elle t'a porté, comme j'ai porté Frankie et Molly.

Pendant longtemps, poursuivit-elle, Anne avait perdu toute humanité à ses yeux. Elle l'avait réduite à son crime et la voyait uniquement comme la femme qui avait tiré sur son père. Elle avait oublié que cette femme était aussi la mère de Peter. Et pas seulement pour l'état civil : Anne l'avait conçu, porté, mis au monde, nourri, langé et bercé, tout comme Kate l'avait fait pour leurs enfants. On pouvait au moins lui reconnaître ce mérite, non ? demanda-t-elle à Peter en passant la main dans ses cheveux trempés. Elle-même n'y pensait pas avant de devenir mère. À présent, elle mesurait mieux la somme de temps et d'énergie qu'Anne avait consacrée à son fils avant que leurs chemins se séparent.

— Peut-être que le fait de ne pas avoir eu de mère dans ta vie quand tu étais adolescent, puis jeune homme, est la raison pour laquelle tu…

— Quoi ?

— Je ne sais pas. J'essaie juste d'imaginer ce qu'il adviendrait de Frankie si je commettais une terrible erreur qui nous sépare pendant des années. Qu'est-ce qui aurait le plus de poids à ses yeux ? Le bon ou le mauvais ?

— C'est elle qui a choisi de ne plus me voir, pas moi.

— Peut-être, mais j'ai l'impression qu'elle souhaite revenir sur ce choix.

— Et je devrais l'accueillir à bras ouverts ? J'ai presque 40 ans, Kate. Ça fait vingt-trois ans que je ne l'ai pas vue. Vingt-trois ans sans le moindre signe de sa part ! Elle ne s'est jamais intéressée à moi, ni à nous.

— Eh bien…

Kate détourna les yeux, laissant sa phrase en suspens.

— Quoi ? Tu ne m'as pas tout dit ?

— Si, si. Je t'ai tout dit.

— Et ton père ? Tu y as pensé ?

— Bien sûr. Je n'ai pas oublié ce qu'elle lui a fait. Pas du tout. Mais depuis quelque temps, je me sens capable de voir la mère qui est en elle. Tu comprends ? Anne est ta mère. C'est pour ça que nous devons la recevoir. Elle ne restera qu'une petite heure, pas plus ! Je suis convaincue qu'elle t'a aimé, Peter. Et que ça te ferait du bien de la revoir.

Il l'écouta sans l'interrompre. Quand elle se tut,

il retraversa la pelouse, rentra dans la maison, monta dans leur chambre et, pour la première fois depuis des années, et bien qu'il fasse encore jour, il se coucha avant elle.

Parfois, lorsqu'il se réveillait en sursaut, il oscillait pendant une demi-seconde entre rêve et réalité. Pendant ce bref instant, Kate lui apparaissait comme une parfaite inconnue, alors même que tout en elle – la forme de son corps étendu sous les draps, le dessin de son profil, ses cheveux épars sur l'oreiller – lui semblait étrangement familier. Un peu comme dans ces films où le héros se réveille dans la peau d'un autre et ne parvient pas à convaincre ses proches qu'il n'est pas l'homme qu'il paraît être.

— Kate ? chuchota-t-il.

Elle ne répondit pas. Comme il l'observait plus attentivement pour tenter de savoir si elle dormait ou non, il se sentit soudain ivre d'amour pour elle. Fallait-il qu'elle soit désespérée – et qu'elle l'aime – pour avoir invité sa mère chez eux ! Pourtant, tout aurait été tellement plus simple si elle avait renvoyé Anne d'où elle venait. Et, surtout, si elle ne lui avait pas parlé de sa visite.

— Kate ? insista-t-il. Kate ?

— Hum ? marmonna-t-elle, les yeux toujours fermés.

— Tu te rappelles le jour où j'ai escaladé le poteau téléphonique ?

Kate ne répondit pas. Peut-être essayait-elle de s'en souvenir. Ou peut-être s'était-elle rendormie.

— Ça devait être en été, parce que je portais un short. Nous avions 9 ou 10 ans.

— Non, ça ne me dit rien, avoua Kate.

Au fil des ans, chaque fois que Peter évoquait un événement dont elle ne se souvenait pas, elle commençait par lui dire qu'il se trompait, qu'elle n'y était pas, qu'il la confondait avec quelqu'un d'autre. Il devait alors la prendre par la main pour lui faire revisiter ses propres souvenirs, qu'il agrémentait de détails précis destinés à lui rafraîchir la mémoire : tu portais telle robe, c'était ton Frisbee, c'était ma planche Ouija. L'expérience leur avait appris que les souvenirs, comme les vêtements, peuvent devenir méconnaissables à force d'avoir été recoupés, retaillés, teintés ou décolorés. Même pour ceux qui se trouvaient à Gillam ce jour-là, au pied de ce poteau téléphonique.

Kate laissa un grand calme descendre sur son esprit. Seule une petite sonnette d'alarme continuait de tinter au loin, mais elle décida de l'ignorer. Les yeux toujours fermés, elle se revit, assise sur le trottoir devant chez elle, occupée à jeter des bâtons à travers la grille d'égout. Au bout d'un moment, d'autres enfants l'avaient rejointe. L'un d'eux avait lancé une idée : et si on essayait de grimper au poteau du téléphone ?

— Ah, si. Je crois que je m'en souviens, dit-elle à Peter, étendu près d'elle dans leur chambre à coucher de Floral Park.

Elle se revit, gamine de 10 ans à peine, levant les yeux vers le poteau.

— Impossible, avait-elle décrété. Il n'y a aucune prise.

— Moi, je peux le faire, avait répliqué Peter.

C'était le genre de défi que Kate aimait relever, pas lui. En s'engageant sur son terrain, cherchait-il à lui ressembler ? C'était probable. En tout cas, il avait agi sur une impulsion, ce qui ne lui ressemblait guère. Il avait reculé d'une bonne dizaine de mètres, pris son élan et couru vers le pylône, sur lequel il avait bondi en sautant aussi haut que possible. Il s'était agrippé au poteau, l'enserrant de ses bras et de ses jambes, puis il avait commencé son ascension, centimètre par centimètre, comme une chenille sur un tronc d'arbre. Il montait les genoux, puis les bras, pour se hisser vers le sommet. C'est elle qui avait commencé à l'encourager, il s'en souvenait très bien.

— Pe-ter ! Pe-ter ! avait-elle crié, vite imitée par les autres gosses.

Ensemble, ils l'avaient soutenu jusqu'au bout.

Soudain, alors qu'il était parvenu aux deux tiers du poteau, il s'était arrêté. Ses bras lui faisaient mal, et il avait peur de tomber. Là où Kate aurait saisi le premier prétexte venu pour redescendre, il avait dit qu'il craignait d'aller plus haut, tout simplement. Et personne ne s'était moqué de lui. Les épais fils noirs du téléphone se trouvaient à moins de 2 mètres de sa tête.

Il desserra le cercle de ses bras et de ses cuisses et se laissa glisser de quelques mètres le long du poteau. Puis il s'arrêta de nouveau et cria, le corps frémissant de douleur.

— Au secours ! gémit-il d'une voix étranglée.

On aurait dit une fille. Kate avait pouffé. Nat et Sara étaient là. Et les Maldonado. Qui d'autre ? Peu importe. Sans leur laisser le temps de réagir, il avait sauté et atterri dans l'herbe, au pied du poteau.

— Ça va ? avait demandé l'un des enfants, mais Peter avait continué de se lamenter, couché sur le dos, les genoux repliés sur son torse.

Un instant plus tard, Anne était arrivée en courant.

— Montre-moi, avait-elle dit en s'agenouillant près de lui.

Peter avait écarté les jambes de quelques centimètres,

juste assez pour que sa mère puisse voir ce qui le faisait tant souffrir : des genoux jusqu'en haut des cuisses, des dizaines d'échardes étaient plantées dans la blancheur laiteuse de sa peau d'enfant. Kate avait fait courir sa main le long du poteau téléphonique et esquissé une grimace : le bois était lisse dans le sens de la montée, mais hérissé de piquants dans le sens de la descente.

Étendue dans son lit à 150 kilomètres et trente ans de distance, Kate sentit de nouveau le contact du bois, tantôt lisse, tantôt rugueux, contre la paume de sa main – un souvenir si fort qu'elle ferma le poing. Comme un cercle de feu dessiné dans l'air nocturne par une main d'enfant munie d'un cierge magique, le souvenir se déploya devant eux et resta suspendu un bref instant, assez pour qu'ils l'aperçoivent tout entier : les genoux osseux de Peter, l'herbe brûlée par le soleil, Kate au pied du poteau, les yeux levés vers le sommet, en compagnie de quatre ou cinq gamins du quartier. Bientôt un autre cercle lumineux apparut à côté du premier : le père de Kate – cinq minutes plus tard ? le lendemain ? – criant que Peter, ou Kate si elle avait grimpé la première, se serait tué s'il avait effleuré le fil du téléphone une fois parvenu au sommet. Kate avait attendu que son père cesse de crier, puis elle lui avait calmement demandé comment faisaient les oiseaux pour se percher sur le fil, si c'était si dangereux.

— Pourquoi repenses-tu à cette histoire ? demanda-t-elle.

— Je t'ai déjà raconté ce qui s'est passé ensuite ?

Elle secoua la tête. Peter lui confia alors qu'en rentrant à la maison sa mère lui avait souri gentiment, quittant l'expression froide et dénuée de chaleur qu'elle affichait à l'extérieur. Elle avait étendu un drap propre sur le canapé et l'avait invité à s'allonger. Elle avait doucement tamponné chaque éraflure à l'aide d'un coton imbibé de désinfectant, puis elle avait entrepris d'ôter les échardes, une à une, à l'aide d'une pince à épiler. Elle ne l'avait pas grondé, au contraire : elle s'était déclarée admirative de sa force et de son courage. Peter était monté si haut ! Elle-même n'aurait pas réussi à s'agripper à ce poteau plus d'une seconde, avait-elle affirmé. Il lui avait fallu près d'une heure pour enlever toutes les échardes – l'une d'entre elles, se rappela-t-il, était aussi longue que son petit doigt. Anne la lui avait tendue pour qu'il puisse l'examiner. Ensuite, elle avait rempli la baignoire d'eau chaude, déballé un nouveau savon et recommandé à Peter de se laver avec soin pour éviter toute infection. Avant qu'il se déshabille, elle était revenue avec deux bonbons au caramel qu'elle avait posés sur le rebord de la baignoire.

— Tu vois ? Elle voulait me réconforter, conclut-il.

Kate l'avait écouté avec attention, mais elle ne comprenait toujours pas où il voulait en venir.

— Je sais qu'elle m'a aimé, expliqua-t-il. Je le sais déjà.

18

Quand vint le moment d'accueillir Anne Stanhope chez eux, ni Kate ni Peter n'étaient prêts. Comment devaient-ils se comporter ? Comment s'habiller ? Que dire ? En quels termes la présenter aux enfants ?

— Peux-tu l'appeler et annuler ? demanda Peter.

Kate secoua la tête. Elle n'avait aucun moyen de la contacter : ni adresse ni numéro de téléphone.

— Eh bien, quand elle arrivera, dis-lui que je ne suis pas là !

— Vraiment ? fit Kate. C'est ce que tu veux ?

Il réclama dix minutes de répit. Dix minutes de réflexion en tête à tête avec lui-même. Mais réfléchir ne fit que compliquer les choses.

— Il vaudrait mieux que les enfants ne soient pas là, déclara-t-il un peu plus tard.

Il venait d'admettre l'inconcevable : dans quelques heures, sa mère franchirait le seuil de leur maison.

Kate prit son téléphone pour appeler une amie ayant deux enfants du même âge que les leurs, mais raccrocha avant d'avoir composé son numéro : elle ne voyait pas comment expliquer qu'elle avait soudain besoin de faire garder Frankie et Molly un samedi après-midi, en plein mois de juillet. Elle envisagea d'appeler Sara, qui s'était installée à Westchester quelques années plus tôt. Sa sœur accepterait volontiers de venir chercher les enfants, mais là aussi Kate devrait se justifier. Finalement, ils décidèrent de garder les enfants avec eux. Après le petit déjeuner, Kate prit son ton le plus jovial pour leur annoncer la grande nouvelle : la maman de papa, qui vivait très loin depuis très longtemps, leur rendrait visite aujourd'hui. Elle avait hâte de les rencontrer. N'était-ce pas formidable ?

Adossé à l'évier, Peter était pâle comme un linge. Il esquissa un sourire à destination des enfants, et Kate sentit sa gorge se nouer de compassion.

— Tu as une maman ? J'y crois pas ! s'écria Molly en jetant ses bras autour de Peter, comme pour le féliciter de sa bonne fortune.

Quand les enfants quittèrent la cuisine, un moment plus tard, Kate proposa pour la seconde fois d'inviter George à se joindre à eux. Sa présence pourrait faciliter les choses, qui sait ?

Peter secoua la tête.

— Pas sûr. Ma mère n'a jamais eu de sympathie pour lui.

— Elle lui est redevable.

— Exactement. C'est pour ça qu'elle ne sera pas ravie de le voir.

— Mais toi, tu préférerais qu'il soit là. Je me trompe ?

— Non.

Kate avait raison : Peter souhaitait que son oncle soit là, mais il ne voulait pas risquer de contrarier sa mère, qui serait sans doute déjà très nerveuse. C'était une vieille habitude : déjà tout petit, il anticipait ses mouvements d'humeur. Kate lui avait assuré qu'Anne semblait calme quand elle s'était présentée chez eux quinze jours plus tôt, mais cela ne voulait pas dire qu'elle le serait encore quand elle sonnerait à la porte tout à l'heure.

— OK, appelle-le, dit Peter.

George avait tenté de le joindre une bonne dizaine de fois depuis ce fichu jeudi de juin, signe qu'il avait été informé de sa mise à pied. Par Mme Paulino, probablement. Elle vivait au premier étage de l'immeuble de George et de Rosaleen, et son petit-fils était flic dans le 5ᵉ district. Peter imaginait sans peine le regard stupéfait que son oncle avait adressé à cette brave dame. Il avait refusé de la croire, sans doute. Puis il avait voulu en avoir le cœur net. Si Peter continuait de ne pas répondre à ses appels, George viendrait à Floral Park pour avoir une discussion avec lui. Autant prendre les devants.

— Attends, lança-t-il en voyant Kate tendre la main vers le téléphone. Je m'en charge.

George émit un long sifflement quand son neveu lui annonça qu'Anne venait déjeuner chez eux. Peter avait lâché cette petite bombe très tôt dans la conversation, afin de ne pas avoir à évoquer ce qui s'était produit, ou aurait pu se produire, lorsqu'il avait accidentellement fait usage de son arme de service quinze jours plus tôt. Mais George ne se laissa pas prendre au piège : il revint rapidement au point de départ.

— Mme Paulino continue de me demander de tes nouvelles, dit-il. Il est arrivé quelque chose au boulot ?

Peter lui raconta brièvement les faits.

— T'es en service restreint, alors ? Tu dois obtenir l'aval d'un psy pour retourner bosser, c'est ça ?

Seuls quelques New-Yorkais connaissaient les modalités du service restreint au NYPD. George en faisait partie, hélas.

— Oui, acquiesça Peter.

— Il s'est passé autre chose ?

Ce qui s'était aussi passé, répondit Peter en remettant la conversation sur les rails, c'est que sa mère avait resurgi ce soir-là et que Kate l'avait invitée à déjeuner. Le jour fixé était arrivé. Anne serait là dans deux heures à peine. Et Peter apprécierait que George soit là, lui aussi.

— Moi ? s'alarma-t-il. Tu veux que je sois là en même temps qu'elle ? Oh mon Dieu. Rosaleen part sur la côte en début d'après-midi. Elle est invitée chez une amie à Avalon. Un week-end entre filles, si j'ai bien compris.

George cherchait-il un prétexte pour décliner son invitation ? Rien ne l'obligeait à accepter, de toute façon.

— OK, fit Peter. Ne t'inquiète pas, je comprends. Je te raconterai comment ça s'est passé, et on tâchera de dîner ensemble bientôt.

— Mais non, je vais venir ! répliqua George. Je pensais tout haut, c'est tout. Et tu m'as pris de court, avec ton histoire… J'étais un peu sonné, j'avoue. Mais je vais venir. Je disais juste que ce sera sans Rosaleen.

— C'est vrai ? Tu viens ?

Peter baissa la tête et pressa le téléphone à deux mains contre son oreille.

— Tu me prends pour qui ? La dernière fois que j'ai déjeuné avec ta mère, elle m'a lancé un aspirateur à la figure. Ça ne peut pas être pire, cette fois-ci ! Au fait, vous devriez peut-être confier les enfants à une voisine, histoire de les mettre à l'abri ?

Peter éclata de rire. Kate passa la tête dans l'entrebâillement de la porte comme s'il avait crié de douleur.

— Ils vont rester ici. On en a discuté ce matin avec Kate.

— Comme tu veux. Y aura plus de morts sur le champ de bataille, c'est tout.

— George ! protesta Peter, mais il rit de nouveau. Bon Dieu, qu'est-ce qui me prend ? Il n'y a rien de drôle, pourtant.

— Mais si. Ris, mon gars. C'est ce que t'as de mieux à faire.

— Tu as raison. Mais abstiens-toi de ce genre de plaisanterie en présence de Kate, d'accord ? l'avertit Peter tout en jetant un coup d'œil vers la cuisine. Elle donne le change, mais cette histoire l'a mise sens dessus dessous.

— Entendu. Que veux-tu que j'apporte ?

— Rien.

— Et pour le service restreint, alors ? Tu peux m'en dire plus ? Je ne comprends pas bien.

Peter sentit le poids de ses soucis retomber sur ses épaules.

— C'est un malentendu, esquiva-t-il. On est en train de le régler.

Kate lava la vaisselle du petit déjeuner, puis elle passa un coup d'éponge sur le comptoir. Ensuite, elle ouvrit le frigo, vérifia que le steak était bien couvert de marinade, referma le frigo et le rouvrit aussitôt pour s'assurer que la salade de pâtes était bien protégée par un film plastique. Elle réitéra ces gestes à l'identique une bonne douzaine de fois. Elle demanda aussi à Peter ce qu'il souhaitait faire après le déjeuner et comment il envisageait l'après-midi, mais il n'en avait pas la moindre idée et préféra s'abstenir de répondre.

Kate le suivit jusqu'à leur chambre, puis dans la salle de bains, où il ouvrit les robinets pour prendre une douche. Elle s'assit sur l'abattant fermé des toilettes, tandis que la pièce s'emplissait de vapeur, et elle attendit qu'il lui parle, mais il se lava, se sécha et s'habilla en silence.

— Je n'arrête pas de penser à mon père, confia-t-elle enfin. Je me demande vraiment comment il va réagir.

— N'oublie pas que c'est toi qui as invité ma mère. Tu trouvais que c'était une très bonne idée.

— Je sais.

— Alors n'en parle pas à ton père, c'est tout.

— Il le saura.

— Comment ?

Kate haussa les épaules.

— Il finit toujours par tout savoir.

— Parce que tu le lui diras.

— J'ai l'impression d'être coupée en deux, soupira Kate. D'un côté, je sais qu'Anne est ta mère et je souhaite la revoir pour cette raison. Je me dis qu'elle n'a pas tout raté dans la vie, puisque tu es là aujourd'hui.

— Et de l'autre ?

— De l'autre, je la considère comme la voisine complètement cinglée qui a failli tuer mon père. Sans elle, il aurait travaillé vingt ans de plus. Il n'aurait pas eu de liaison. Ma mère n'aurait peut-être pas eu de cancer.

Peter posa le rasoir qu'il faisait glisser sur ses joues.

— Tu le penses vraiment ? Même pour le cancer ?

— Oui. Peut-être. En tout cas, de nombreuses études ont montré que les cellules cancéreuses se multiplient plus vite quand le patient subit un stress intense.

Peter reprit le rasoir et l'appliqua sur son menton.

— Elle a déjà fait beaucoup de dégâts autour d'elle. Je ne suis pas sûr qu'il soit nécessaire de charger la mule.

— C'est ton point de vue. J'ai le mien. Je ne vais pas réduire la liste de mes griefs sous prétexte que tu en as beaucoup contre elle. Ta mère est une personne toxique. Pourtant, nous nous apprêtons à la recevoir pour déjeuner !

— Pourquoi l'as-tu invitée, alors ?

Kate se leva et traça un cercle dans la buée qui couvrait le miroir, afin de voir son propre reflet à côté du sien. Elle croisa son regard, mais ne dit pas un mot.

Toute la matinée, Peter s'était demandé ce qu'il ressentirait si sa mère ne venait pas. Ou si elle les appelait pour annuler. Serait-il déçu ? Soulagé ? Les deux à la fois ? Le problème, c'est qu'il ne savait pas ce qu'il voulait. Ni quelle direction emprunter.

Une heure plus tôt, il avait soudain envisagé d'inviter un tas de gens. Les voisins. Les instituteurs des enfants. Leurs anciens camarades d'université. S'ils remplissaient la maison de convives, Peter devrait s'occuper d'eux, et pas uniquement de sa mère. Il pourrait éviter de lui parler, et même de la regarder. L'instant d'après, il envisageait exactement le contraire : emmener Anne au bord de l'océan et s'asseoir sur la plage avec elle. Rien qu'eux deux au bord de l'eau. Parce qu'elle ne serait pas tout à fait elle-même en présence de Kate et de George. Il pensait sans cesse à l'adolescent qu'il avait été – un jeune gars consultant les horaires de train et faisant le long voyage jusqu'à Westchester pour aller voir sa mère. Maintenant, il comprenait pourquoi il avait renoncé à ses dimanches pour lui rendre visite : il l'aimait. Et il ne supportait pas de la savoir seule. Pourtant, elle n'était pas plus seule que lui, lorsqu'il dormait sur le canapé de George ; elle n'était pas plus seule que lui, le jour où il avait traversé le parking de l'hôpital d'Albany, déjà prêt à lui pardonner d'avoir refusé de le voir.

Ce matin-là, à force de penser à sa mère, il finit par

471

songer à son père. Quand Frankie était tout bébé, Peter avait du mal à le quitter le lundi matin pour aller travailler. En arrivant au commissariat, il sortait son téléphone de sa poche pour regarder les photos de son fils avant de se mettre au boulot. Frankie allait-il tant changer au cours des prochaines années que Peter serait prêt à le quitter pour toujours, comme son propre père l'avait quitté vingt-cinq ans plus tôt ? Brian pensait-il parfois à lui, à Anne, à la vie qu'ils avaient menée ensemble ? Peter tenta de se rappeler le visage de son père, mais il n'y parvint pas. Seul remonta à sa mémoire le souvenir des objets qui lui appartenaient : sa voiture, son arme de service, le coupe-ongles accroché à son porte-clés. Quelques semaines plus tôt, Peter avait recommandé à Frankie de garder le coude levé quand il était à la batte, et de toujours laisser passer le premier lancer. Qui lui avait appris ces trucs-là ? Son père, sans doute, mais quand ? Pas moyen de se le rappeler. Dans la ville où Brian s'était installé, au sud du pays, pensait-il parfois à l'énorme congère qui s'était amassée dans l'allée de sa maison de Gillam après une tempête inattendue, en plein mois de mars ? Se souvenait-il qu'il avait un fils alors, et que ce fils l'avait aidé à dégager le passage ? Peter avait déjà amené ses deux enfants voir un match de base-ball au Citi Field, et il aurait voulu que son père le sache. Qu'il sache que ce n'est pas si difficile d'annoncer qu'on va faire quelque chose, et de s'y tenir. Combien de fois Brian avait-il promis à Peter de l'emmener au Shea Stadium ? Le plus dingue, c'est que Peter y croyait chaque fois – et que, chaque fois, il était déçu.

Quand l'horloge du décodeur numérique indiqua midi, Peter descendit dans la cuisine, Kate sur ses talons. Là, sans la regarder, mais sans se cacher non plus, il glissa une main derrière les paquets de céréales alignés au-dessus du frigo et en sortit une bouteille d'alcool. Puis il ouvrit le placard, attrapa un des verres à liqueur rangés sur l'étagère du haut – une collection hétéroclite, rassemblée au fil des années –, lança un regard à Kate et en sortit un autre. Ensuite, il remplit les verres. Kate fit taire ses scrupules et avala le sien d'un coup sec.

— Encore un, dit-elle en reposant le verre sur le plan de travail. Pour toi aussi. Mais pas plus.

L'alcool produisit l'effet escompté. Kate se montra moins agitée, cessa de le suivre, cessa d'ouvrir et de refermer la porte du frigo. Peter se sentit plus calme, lui aussi. Il vida un verre de plus quand Kate monta se recoiffer pour la énième fois. Il décida alors de passer un moment en tête à tête avec sa mère dès qu'elle arriverait. Ainsi, il éviterait de s'exposer à ce qu'il détestait par-dessus tout : être observé. Puis il se souvint qu'Anne tenait à rencontrer les enfants – elle l'avait dit à Kate. Dans ce cas, peut-être venait-elle pour eux, et non pour lui ? Ce ne serait pas un tort, d'ailleurs. Frankie et Molly étaient des gosses adorables. Drôles, intelligents, originaux. Quand l'horloge afficha 13 heures, ils jouaient à chat dans le jardin avec les petits voisins. Molly tomba de tout son long dans l'herbe en essayant d'attraper l'un des garçons et tacha le devant de sa robe. Kate l'emmena à l'étage pour l'aider à se changer et lui laver la figure. Toutes deux s'y trouvaient encore quand la petite voiture noire ralentit devant leur maison.

— Kate ? appela Peter depuis le salon. Kate ? Je crois qu'elle est là. Tu descends ?

Pas de réponse. Pourtant, il savait qu'elle l'avait entendu. Elle voulait l'obliger à y aller seul. Il se redressa, carrant les épaules. De quoi avait-il peur ? Il avait tout réussi. Il avait Kate et les enfants. Anne ne pouvait pas lui faire de mal.

Il tenta sa chance une dernière fois.

— Kate ?

Toujours pas de réponse.

À l'étage, Kate serrait Molly dans ses bras. Elle enfouit son visage au creux de son cou, puis se risqua à regarder ce qui se passait dehors – il y avait un petit espace entre le rebord de la fenêtre et le bas du store. Elle vit Peter traverser la pelouse. Elle le vit passer les mains dans ses cheveux en attendant qu'Anne ouvre la portière. Il ne sait pas quoi faire de lui-même, se dit-elle, regrettant aussitôt de lui avoir imposé la visite de sa mère : elle avait l'impression de lui avoir tendu une embuscade. Elle serra plus fort Molly contre elle en voyant Anne descendre de voiture et s'engager dans l'allée. Deux semaines plus tôt, lors de leur conversation nocturne, sa belle-mère lui avait paru frêle, presque hagarde. À présent, elle était resplendissante. Son visage rayonnait de lumière, et elle tournait cette lumière vers Peter. Elle s'était fait couper les cheveux. Ses vêtements semblaient fraîchement repassés. Elle s'arrêta face à son fils et lui tapota le dos. Il fit de même. Ils ne s'embrassèrent pas. Ils restèrent là, plantés dans l'allée, à se tapoter le dos, telles deux lointaines connaissances à un enterrement. Plissant les yeux, Kate remarqua que le torse de Peter se soulevait et s'abaissait rapidement, comme s'il manquait d'air. Ou qu'il luttait pour retenir ses larmes. Lorsqu'il se retourna, il arborait une expression qu'elle ne lui avait jamais vue.

— Qu'est-ce qu'on fait, maman ? Pourquoi on attend comme ça ? chuchota Molly.

Kate lui demanda de compter lentement jusqu'à trente, puis elle la libéra. Sa fille descendit l'escalier en courant pour aller saluer cette grand-mère qu'elle n'avait jamais rencontrée.

De manière tacite, comme s'ils s'étaient entendus à l'avance sur les termes du contrat, ils n'évoquèrent pas le passé. Ils savaient qu'ils finiraient par y venir, en pensée sinon en paroles, mais ils convinrent, sans jamais en discuter à voix haute, de s'y rendre lentement, en faisant autant de détours que nécessaire. Ils parlèrent des enfants, de leurs goûts et de leurs talents respectifs. Anne fit remarquer que Frankie ressemblait à Peter, mais aussi à Francis, et Kate tressaillit, troublée d'entendre le prénom de son père jaillir de sa bouche. Peter jeta un coup d'œil dans sa direction. Il était secoué, lui aussi. Mais ils s'en remirent vite et changèrent de sujet. Ils parlèrent de la distance qui séparait leur maison de la plage, de la manière la plus rapide d'y accéder. Peter indiqua qu'ils vivaient à Manhattan au début de leur mariage, et Kate évita de regarder Anne. Ils discutèrent de l'élection présidentielle à venir, du fait que son résultat, qui leur semblait inconcevable un an plus tôt, appartenait maintenant au champ des possibles. Ils ne demandèrent pas à Anne de quoi était faite sa vie, ni à quoi elle occupait ses journées. Elle n'aimait pas qu'on lui pose trop de questions. Lorsqu'ils eurent bavardé quelque temps, assis au salon devant un plateau de fromages et de crackers – un CD passait en sourdine sur la chaîne hi fi, afin que le silence ne soit jamais trop pesant –, Anne jugea le moment opportun pour entrer dans le vif du sujet. Elle se tourna vers son fils.

— J'ai entendu dire que tu traversais une mauvaise passe au boulot. Tu es en arrêt de travail, c'est ça ?

Peter lança un regard à Kate.

— Oui, admit-il. On va régler le problème.

Kate ne s'y trompait pas : il semblait déjà détaché, presque distrait, comme toujours lorsqu'il avait bu. Elle repensa à la bouteille de vodka dissimulée derrière les paquets de céréales et se demanda combien d'autres étaient cachées dans la maison. Peter se leva et se dirigea vers la cuisine. Kate l'entendit ouvrir le congélateur. Elle devina qu'il s'emparait de la bouteille de Stoli, dessinant quatre traces brillantes sur l'étiquette couverte de givre, tandis qu'il dévissait le bouchon et remplissait un verre à liqueur. Elle croisa le regard d'Anne, et le problème qu'elles avaient accepté d'affronter ensemble vint se tapir dans un coin de la pièce.

Kate pensa aux années écoulées, à l'empreinte qu'elles avaient laissée sur le visage d'Anne, et se demanda si elle dressait le même constat à leur égard : lui paraissaient-ils jeunes encore ? Ou déjà vieux pour leur âge ? Les cheveux de Peter grisonnaient sur ses tempes ; Kate teignait les siens depuis des années. Le matin, au réveil, la peau froissée de sa poitrine était sillonnée de fines rides qui, il y a encore quelque temps, disparaissaient rapidement : elle ne les voyait plus quand elle se brossait les dents après le petit déjeuner. À présent, elles demeuraient bien visibles jusqu'en milieu de journée. Le visage de Peter, lui, était creusé de sillons, surtout au coin des yeux. Tous deux s'étonnaient de ces changements, parce qu'ils étaient survenus récemment : ils ne s'étaient pas accoutumés à leur nouvelle apparence. Mais ils étaient encore jeunes et le resteraient pendant quelques années. Anne était si frêle que sa tunique glissait constamment, dévoilant son épaule. Ses clavicules ressemblaient au guidon du vélo de Molly. Elle s'agitait sur sa chaise comme si elle avait mal aux hanches.

Ils étaient toujours dans le salon quand ils entendirent la voix de George dans l'allée. Kate regarda par la fenêtre : l'oncle de Peter distribuait des glaces à l'eau aux enfants. Il les tirait d'une glacière posée à ses pieds. Il avait dû en acheter tout un stock avant de quitter Sunnyside : il y en avait pour Frankie et Molly, pour les enfants des voisins et pour tous les gamins qui s'aventuraient par là.

Anne s'était redressée contre le dossier de sa chaise. Elle entoura nerveusement ses genoux de ses mains.

— Peter ne vous a pas dit que George venait déjeuner ? demanda Kate d'un ton faussement étonné.

— Anne Fitzgerald ! s'exclama George en entrant dans la pièce.

Elle se leva pour le saluer, puis recula d'un pas en le voyant fondre sur elle. L'instant d'après, il la serrait dans ses bras.

— J'ai cru entendre Brian, dit-elle. Ta voix. Pendant une seconde, j'ai pensé…

— Ce mec ? répliqua George en riant. Tu t'en souviens encore ?

Il se tourna vers Kate et la prit dans ses bras en la soulevant de terre. Puis il étreignit Peter comme s'il ne l'avait pas vu depuis des siècles. Les embrassades terminées, il se pencha vers la besace en toile qu'il avait apportée, en sortit un grand bol de salade de fruits soigneusement emballé, ainsi qu'un sac en papier contenant des petits pains achetés dans une boulangerie du Queens. Il avait manifestement décidé de faire comme s'il s'agissait d'une réunion de famille ordinaire. Comme s'ils déjeunaient avec Anne une fois par mois. Comme s'ils avaient oublié tous leurs griefs.

— J'ai une faim de loup ! annonça-t-il.

Ils sortirent de la maison en file indienne et s'installèrent sur la terrasse, où Kate avait rassemblé les chaises de jardin à l'ombre du parasol.

Anne buvait son verre d'eau à petites gorgées. Elle était si émue qu'elle devait la garder dans sa bouche un moment avant de pouvoir l'avaler. Elle en avait d'abord voulu à Peter d'avoir invité George, mais maintenant qu'il était là, elle souhaitait lui parler. En aparté, ce serait mieux. Et vite. Elle avait quelque chose d'important à lui dire. Elle tourna la phrase dans sa tête, réfléchit au moment le plus opportun : avant ou après le déjeuner ? Avant, décida-t-elle. Pour le moment, les enfants jouaient dans le jardin, mais ils risquaient de les accaparer dès qu'on se mettrait à table. Kate coupait des pommes. Peter venait d'ouvrir un paquet de pains à hot-dogs, qu'il alignait sur le gril. Comme il était beau ! Plus large d'épaules que Brian. En fait, il ressemblait au père d'Anne – un homme dont elle n'aurait pu se rappeler le visage si elle ne l'avait pas reconnu dans celui de son fils. Mais il était saoul. Elle le devinait à ses gestes trop amples, à sa manière de se camper sur la pelouse, jambes écartées pour ne pas vaciller. Il cachait bien son jeu. Sa technique était parfaitement au point : Anne n'aurait rien perçu si elle ne l'avait pas scruté avec attention. Il parvenait à suivre la conversation et plaçait même un bon mot de temps en temps. Le repas était presque prêt. George vint s'asseoir près d'Anne, mais se releva d'un bond : la chaise en plastique était brûlante. Il attrapa une serviette de plage, la plia et la posa sur son siège avant de s'y installer de nouveau.

— Je me suis brûlé les fesses, dit-il à la cantonade.

George avait-il remarqué, lui aussi, que Peter était ivre ? Anne aurait aimé le lui demander, mais elle se l'interdit. Elle avait l'impression de marcher sur une corde raide : au moindre commentaire déplacé, elle risquait de basculer. De revenir à la case départ. Elle n'aurait pas dû évoquer Francis Gleeson quand ils étaient au salon : Kate avait tressailli. Une seconde erreur de ce genre, et sa belle-fille estimerait qu'elle n'avait pas besoin de son aide. Une question malvenue, et Anne serait priée de rentrer chez elle. Elle frémit à cette pensée. Son petit studio lui paraissait si morne, à présent ! Quand elle en avait poussé la porte l'autre nuit, après sa conversation avec Kate dans la voiture, elle avait vu l'appartement pour ce qu'il avait toujours été : une zone de transit. Un lieu où s'abriter en attendant de trouver une vraie maison.

Pourtant, elle devait parler à George. Et tant pis si elle commettait une bévue. Elle ne pouvait plus retenir les mots qui se bousculaient à ses lèvres.

— Je te remercie de tout ce que tu as fait pour Peter, dit-elle sans le regarder.

Il était toujours aussi massif. Les pans de sa chemise flottaient sur son short, dévoilant son ventre luisant de sueur.

Peter l'avait entendue : il lui lança un coup d'œil par-dessus son épaule. Et Kate leva les yeux de la planche à découper.

— C'est extraordinaire de l'avoir accueilli comme ça. Je t'en suis très reconnaissante, ajouta-t-elle d'une voix éraillée.

Voilà. C'était dit. Aussitôt après, elle fut prise de vertige, tant elle se sentait légère. Ses thérapeutes lui avaient vanté, chacun leur tour, les bénéfices qu'elle pourrait tirer de ce genre d'aveu : exprimer sa reconnaissance lui ferait un bien fou, affirmaient-ils. Aussi devrait-elle se saisir de la moindre occasion – pour elle, comme pour ceux qu'elle souhaitait remercier. Elle les avait écoutés sans vraiment les croire, jusqu'à ce que George apparaisse sur le seuil cet après-midi. Était-ce là « l'occasion » dont parlaient les psychiatres ? Le moment à saisir pour recoller ce qu'elle avait cassé ? « Nous répétons ce que nous ne réparons pas », avait déclaré le Dr Abbasi lors d'une consultation. Pendant plus de vingt ans, elle avait limité la portée de cette phrase à sa seule personne : elle se rassurait en songeant qu'elle n'aurait guère la possibilité de répéter ses pires erreurs, puisqu'elle n'avait plus de famille, plus d'enfant à abandonner et plus de mari à faire fuir. Mais depuis que le visage de Kate était apparu à la vitre de sa voiture deux semaines plus tôt, elle se demandait si elle n'avait pas commis une erreur d'interprétation. Et si le « nous » dont parlait le Dr Abbasi (elle avait levé les yeux au ciel ce jour-là, tant la formule lui semblait rabâchée) était plus collectif qu'elle ne le pensait ? Elle l'admettait maintenant : ce « nous » incluait Peter, sa femme, ses enfants. Tous ceux qu'un fil invisible reliait à Anne.

George hocha la tête. Rapidement, d'un air stupéfait.

— Tout le plaisir était pour moi, dit-il au bout d'un moment, puis il porta sa grosse patte devant sa bouche et se racla la gorge.

Ils n'évoquèrent ni Gillam ni les parents de Kate. Ils ne se demandèrent pas sur quel terrain de golf pouvait se trouver Brian au même moment. Ils parlèrent de ce qu'ils étaient en train de manger, de la vague de chaleur qui s'était abattue sur la côte Est, et du fait que les enfants semblaient moins sensibles au chaud et au froid que les adultes. Puis, prudemment, de manière détournée, George parvint à questionner Anne sur l'endroit où elle vivait. Quand elle répondit, il lui demanda si elle aimait Saratoga.

— J'y suis allé quelques fois pour assister aux courses de chevaux dans l'hippodrome, mais ça remonte à loin ! ajouta-t-il.

— J'ai passé plusieurs années à l'hôpital d'Albany, précisa Anne, comme s'ils ne le savaient pas. Alors j'étais déjà dans le coin.

Peter se demanda si elle se souvenait de sa dernière visite à Albany, et de la manière dont elle l'avait éconduit.

— Tu rentres ce soir ? demanda George.

Kate et Peter échangèrent un regard paniqué. Devaient-ils l'inviter à rester dormir chez eux ? Ils l'auraient fait avec n'importe quel autre invité, mais avec elle... Par chance, ils n'eurent pas à statuer : Anne répondit à George qu'elle avait réservé une chambre dans un motel à Jericho Turnpike pour rester plus longtemps sur Long Island.

— Ah bon ? dit Kate en posant avec précaution le plateau qu'elle tenait à la main. Combien de temps, exactement ?

— Une semaine ou deux, peut-être.

— Mais... Je croyais que vous aviez du travail à Saratoga ? Et un appartement ?

— Kate, intervint Peter.

— Je suis en vacances, expliqua Anne. J'avais des congés à prendre.

Elle ne précisa pas que c'était la première fois qu'elle partait en vacances. Peter devina, à l'expression de

481

Kate, qu'elle préparait une réplique, bien tournée mais dissuasive. Il décida de prendre les devants.

— Tu as bien fait, dit-il à sa mère. Il faut lever le pied de temps en temps.

D'un geste, il indiqua à Kate qu'ils en discuteraient plus tard. En tête à tête.

C'est ma faute, pensait Kate. Je l'ai invitée à la maison. Comment ai-je pu croire qu'elle se contenterait d'un seul repas de famille ? Elle suivit Anne du regard tandis que celle-ci traversait la terrasse pour aller chercher une boisson fraîche dans la glacière, avant de s'installer à côté de Peter. C'était une vieille dame, maintenant. Frêle. Voûtée. Nerveuse et intimidée en présence de son fils et de sa belle-fille.

Kate se leva pour aller lui chercher un coussin.

— Tenez.

La chaise qu'Anne avait choisie était la moins confortable de toutes.

— Merci, dit Anne.

Elle n'a aucun pouvoir sur nous, pensa Kate en la regardant glisser le coussin dans son dos.

Anne resta jusqu'à ce que les moustiques envahissent l'air nocturne et que les enfants paradent en pyjama sur la terrasse. L'un derrière l'autre, ils firent le tour des personnes présentes, se pendant au cou de George, de Peter, de Kate, et enfin d'Anne. « Bonne nuit », dirent-ils en pressant leur visage chaud contre le sien. Leur haleine sentait la menthe. Molly tendit la main pour échanger une poignée de main avec sa grand-mère.

— J'sais pas d'où tu viens, mais je te souhaite un bon retour, dit-elle.

— Molly ! s'exclama Peter d'un ton réprobateur.

Anne eut aussitôt un faible pour la fillette.

Peter se leva pour allumer les bougies à la citronnelle. La journée s'était bien passée, mais il ne pouvait pas s'attendre à ce qu'elle se déroule aussi bien la prochaine fois – s'il y avait une prochaine fois. Il ne pouvait pas supposer que sa mère serait toujours aussi calme, aussi agréable. Le mieux, songea-t-il, était de profiter pleinement du moment présent sans espérer davantage. Anne s'intéressait à lui aujourd'hui, mais demain ? Peut-être pas. Qu'avait-elle pensé de lui en le retrouvant après tant d'années de séparation ? N'avait-elle pas été déçue ? Lorsqu'il était enfant, elle s'allongeait sur son lit et énumérait les villes qu'elle souhaitait visiter avec lui. San Francisco. Shanghai. Bruxelles. Bombay. Trente ans plus tard, Peter ne connaissait aucun de ces endroits, sa mère non plus. S'ils dépliaient devant eux la plus grande carte qu'ils puissent trouver, le lieu où Peter avait commencé sa vie et celui où il avait jeté l'ancre à l'âge adulte seraient représentés par deux minuscules points. Si proches l'un de l'autre qu'ils n'en formeraient qu'un.

19

Benny pouvait attendre avec Peter jusqu'au dernier moment, mais quand les membres de la commission médicale l'appelleraient, il devrait entrer seul dans la salle de réunion. L'heure approchait. Benny revint une dernière fois sur les sujets que les médecins allaient probablement aborder et sur les réponses que Peter pouvait leur donner sans trop en dire – mais Peter n'écoutait qu'à moitié. Ce matin-là, douze semaines après avoir accidentellement fait usage de son arme de service, il s'était assis sur le lit, près de Kate, et il avait reconnu qu'il avait sans doute un problème, mais qu'il était déterminé à le résoudre.

— Je te demande encore un peu de patience, avait-il plaidé.

Ces derniers temps, il repensait souvent à une remarque qu'elle lui avait faite quelques semaines plus tôt : les problèmes sont tous différents, mais ça ne signifie pas que ce ne sont pas des problèmes. Peter en convenait. Il convenait aussi que les avertissements de Kate, les mises en garde qu'elle lui adressait depuis des années, étaient peut-être justifiés.

— Il se peut que tu aies tort, avait-il avancé, mais il se peut aussi que tu aies raison.

Depuis la visite de sa mère, Peter s'efforçait de se

coucher plus tôt. Il déployait pour cela des tactiques diverses, la dernière en date consistant à programmer son réveil à minuit. La règle était la suivante : quand l'alarme se déclenchait, il devait monter à l'étage. S'il avait un verre à la main, il devait le vider dans l'évier. Cette astuce avait fonctionné pendant une semaine. Ensuite, Peter avait commencé à tricher : il appuyait sur la touche « *snooze* » de l'appareil au lieu de l'éteindre, afin de répéter l'alarme dix minutes plus tard. Puis il avait cessé de le programmer. Il avait aussi tenté de se limiter à la bière. Plus de vin, plus d'alcool fort, s'était-il promis. Il avait tenu trois jours.

La veille encore, il s'était juré de ne boire que deux verres. Mais il s'en était servi un autre. Et encore un autre. Il avait l'impression de dévaler une colline escarpée, courant et trébuchant à la fois, sans pouvoir rien faire. Il avait perdu le contrôle. Il venait de s'en rendre compte. Avait-il réellement essayé de s'arrêter ? Sans doute pas.

La tête sur l'oreiller, Kate l'écoutait en silence. Il se prépara au pire : c'est trop tard, dirait-elle. Je n'y arrive plus.

Elle s'assit et le prit par les épaules. Puis elle se pencha vers lui, collant son front au sien.

— Si tu savais comme j'ai attendu ce moment ! chuchota-t-elle. On en parlera plus tard, d'accord ? Une chose à la fois. À quelle heure es-tu convoqué devant la commission ?

Peter était convoqué à 9 heures. À 8 h 55, un employé vint leur annoncer que l'audience était repoussée d'une heure. Les toilettes étaient au bout du couloir.

La machine à café et le distributeur de confiseries se trouvaient dans le hall.

Benny parlait de la commission chargée d'évaluer les droits à la retraite. Pour Peter, ce serait l'étape suivante si la commission médicale le contraignait à prendre sa retraite de manière anticipée.

— Le mieux, ajouta-t-il, serait qu'ils t'accordent une pension d'invalidité.

— Tu crois vraiment qu'ils vont me mettre à la retraite ? Ils peuvent aussi admettre qu'ils se sont trompés et me réintégrer à mon poste, non ?

— C'est vrai, admit Benny. Théoriquement, c'est possible. Mais, en pratique, ça ne s'est jamais vu.

Tout en attendant, assis près de Benny sur le banc le plus inconfortable de tout New York, Peter tenta de se remémorer ce qu'il avait dit lors des séances de thérapie. Avait-il énoncé des faits susceptibles d'être retenus contre lui ? Benny confirma que les membres de la commission auraient sous les yeux les notes prises par son psychologue, ainsi que les conclusions tirées de leurs entretiens. Peter fronça les sourcils. Était-ce légal ?

— Pas vraiment, reconnut Benny, mais on n'y peut rien. Si tu m'avais dit que tu avais signé le formulaire de renoncement à la protection de la vie privée, je t'aurais mis en garde. Tu te serais montré plus prudent lors de tes entretiens avec ce psychologue. Mais tu ne m'as pas prévenu...

Peter se leva d'un bond, furieux. Il n'avait pas compris que ces notes seraient utilisées contre lui ! L'assistante du thérapeute lui avait même assuré qu'elles seraient traitées de manière anonyme dans le cadre d'une enquête menée par le service des ressources humaines du NYPD. Et son supérieur hiérarchique lui avait clairement stipulé que, s'il ne signait pas l'accord de renoncement, il risquait de perdre ses droits à la retraite. Et puis, il était dans un tel état de nerfs avant cette première séance de thérapie... Il n'était même pas certain d'avoir lu le document jusqu'au bout avant de le signer.

Benny soupira. Il comprenait les arguments des deux parties. Peter était capitaine : il dirigeait une équipe. L'administration était tenue de la protéger, elle aussi. Qu'arriverait-il si l'incident se reproduisait, mais qu'au lieu de faire feu contre un mur, Peter tirait accidentellement sur un de ses hommes ?

— C'est pour éviter ce genre de drame qu'ils prennent des précautions, tu comprends ? conclut-il. Ils ont assez de mauvais flics à gérer comme ça !

— Je ne suis pas un mauvais flic.

— Je sais. Mais je ne pense pas qu'ils prendront le risque de réintégrer un flic instable.

Peter blêmit.

— Je ne suis pas instable. Personne ne peut me reprocher un truc pareil !

— C'est juste une formule, Peter. Tu sais bien qu'ils emploient ce genre de termes.

Benny marqua un temps d'arrêt, comme s'il craignait que sa parole ne devance sa pensée.

— Il n'y a rien dans ton dossier, hormis l'avertissement dont tu as écopé il y a quelques années. Si tu veux mon avis, ta hiérarchie pense que tu es super intelligent, mais que tu leur caches quelque chose.

Peter se remémora une fois de plus ce qu'il avait dit à Kate avant de partir : il aurait aimé se glisser près d'elle sous les draps et y rester jusqu'à ce qu'il comprenne comment il en était arrivé là – et comment en sortir.

— Écoute, poursuivit Benny, je n'ai parlé à personne de ce que tu m'as demandé à l'hôpital juste avant l'arrivée du médecin, mais les membres de la commission l'ont peut-être appris par quelqu'un d'autre. Il y avait tellement de gens qui entraient et sortaient de cette salle, rappelle-toi ! Je suis sûr qu'une infirmière, au moins, nous a entendus. Alors réponds-moi franchement : est-ce que tu avais bu ce jour-là ?

Ce jour-là ? À quelle heure avait commencé sa journée, exactement ? Et quand s'était-elle finie ? Kate avait terminé tard, la veille, au labo. Elle était donc restée à la maison toute la matinée. Elle s'était installée à la table de la cuisine avec une pile de manuels et de fiches cartonnées, qu'elle remplissait de notes avant de les surligner de différentes couleurs. En la regardant travailler, Peter avait pensé que la vie était plutôt belle – quelle ironie, quand on songeait aux événements à venir ! Et c'est vrai que la journée s'annonçait bien : il faisait un temps de rêve, le garage sentait bon la sciure de bois, la radio diffusait son jeu favori, et il venait de dénicher un reste d'India Pale Ale au fond de son frigo à bières. Il avait pris son service à 16 heures. Techniquement, il avait bu quelques verres ce jour-là, mais Benny savait (ou aurait dû savoir) que le temps fonctionne de manière différente pour ceux qui travaillent de nuit : la journée de Peter ne commençait pas quand il ouvrait les yeux le matin, mais quand il sortait de chez lui pour se rendre au commissariat. Il avait quitté Floral Park vers 15 heures. Or, c'était à 21 heures que l'opération avait mal tourné. Admettre qu'il avait bu ce jour-là n'avait aucun sens.

— En fait, je préfère que tu ne répondes pas à cette question, déclara Benny.

La commission médicale était composée de deux orthopédistes et d'un psychiatre. Les orthopédistes étaient chargés d'évaluer les dossiers de policiers mis en arrêt de travail à la suite d'une fracture à la jambe ou de vertèbres cassées. Le psychiatre était là pour Peter.

L'entretien commença par quelques questions anodines. Un des orthopédistes lui demanda aimablement comment il se sentait ces derniers temps, s'il dormait bien, s'il mangeait avec appétit. Jugeant ses réponses trop courtes, il lui demanda de développer. Puis le psychiatre prit le relais : Peter voyait-il toujours son thérapeute ? Avait-il l'impression de faire des progrès ? Et à la maison, tout allait bien ? Quelle relation avait-il avec ses enfants ? Avec sa femme ? Comment gérait-elle la situation, d'après lui ? Peter leur rappela – l'information devait se trouver dans son dossier – que Kate travaillait également pour le NYPD : elle était employée au laboratoire de la police scientifique depuis presque aussi longtemps que son directeur. Les médecins opinèrent, attendant qu'il en dise plus. Le psychiatre fit référence à une note glissée dans le dossier, effectivement.

— Votre consommation d'alcool a-t-elle empiré depuis que vous avez été placé en service restreint ? reprit-il. Nous avons reçu le témoignage d'une employée de l'hôpital, selon laquelle vous auriez tenté d'obtenir de votre représentant syndical qu'il vous apporte de l'alcool ce soir-là, alors que vous étiez sur le point d'être examiné par l'équipe médicale. Vous ne pouviez pas attendre d'être sorti ? Une heure de plus, peut-être deux ?

Peter appuya fortement ses mains sur ses cuisses pour les empêcher de trembler. Puis il énonça les mots qu'il avait répétés.

— Je sortais d'une intervention difficile. Je pense que j'étais en état de choc. Ce qui s'est passé à l'hôpital n'avait rien à voir avec une surconsommation d'alcool.

Néanmoins, si cela peut rassurer la commission, je suis prêt à suivre une cure de désintoxication. Et je me soumettrai à tous les tests que vous jugerez nécessaires.

— Étiez-vous en état d'ébriété lorsque vous avez fait usage de votre arme ?

— Non.

— Croyez-vous qu'il est possible d'exercer vos fonctions en état d'ébriété ?

— Non. Absolument pas.

Ils s'accordèrent un temps de réflexion, mais ne firent aucun commentaire.

— Et vos parents ? Votre père travaillait dans la police, n'est-ce pas ? Au NYPD, lui aussi ? Vous avez dit au Dr Elias que vous n'avez pas vu votre père depuis vingt-cinq ans ? Et que votre mère a passé plus de dix ans en détention dans un hôpital psychiatrique au nord de l'État ?

Peter s'exhorta au calme. Pourquoi lui posaient-ils des questions dont ils connaissaient les réponses ?

— Pouvez-vous nous raconter ce qui s'est produit l'année de vos 14 ans ?

Il s'attendait à cette question, mais maintenant que les médecins l'avaient posée, il ne parvenait pas à formuler une réponse. D'autant que les détails de l'affaire étaient consignés dans son dossier. Pourquoi l'obliger à tout raconter ?

— Vingt-quatre ans. Cela fait vingt-quatre ans que je n'ai pas vu mon père. Pas vingt-cinq ans.

— Parlons de votre mère, si vous voulez bien. Elle a été reconnue coupable d'agression. Une agression violente, n'est-ce pas ? Elle a tiré sur votre voisin ? Vous avez indiqué au Dr Elias qu'elle souffrait de délires paranoïaques. Par la suite, elle a été considérée comme schizophrène, mais il s'agissait peut-être d'une erreur de diagnostic ? Quelle connaissance avez-vous du dossier médical de votre mère et des traitements qui lui ont été prescrits ?

— Oui, dit Peter.

— Pardon ? fit le psychiatre.

— Oui, c'était une agression violente.

— Êtes-vous en contact avec elle ? Est-elle toujours sous traitement médical ?

— Je l'ai revue récemment. Elle va beaucoup mieux. Elle bénéficie d'une meilleure prise en charge et les médicaments sont plus performants qu'autrefois.

— Peter, dit le psychiatre, vous devez répondre à toutes nos questions. Vous ne pouvez pas faire un choix.

Peter soupira.

— Ce qui s'est passé à l'époque, l'agression dont vous parlez, n'avait rien d'anodin : elle a bouleversé notre vie. Mais ma mère était malade et elle ne bénéficiait pas d'un soutien suffisant au sein de son couple. J'étais encore un enfant et je n'y connaissais rien. Mon père, lui, aurait dû comprendre qu'elle avait besoin de soins. Il aurait dû l'emmener à l'hôpital dès les premiers signes de sa maladie. L'important, maintenant, c'est que nous avons tous tourné la page. Même mon beau-père. Alors je ne vois pas en quoi ces événements pourraient éclairer la procédure en cours.

— Votre beau-père ? Quel est son lien avec les faits ?

Peter s'appuya contre le dossier de son siège. Avait-il omis ce détail ? En douze semaines de thérapie, alors qu'il se creusait la cervelle du matin au soir pour trouver quoi dire lors des séances, n'avait-il jamais mentionné cette partie de l'histoire ? Il était convaincu que le psy était au courant. La commission médicale aussi. À les voir se pencher vers lui, l'oreille tendue, il comprit qu'ils ne savaient rien.

— Le père de ma femme, répondit-il. C'était notre voisin. C'est sur lui que ma mère a tiré.

Les trois médecins se hâtèrent de noter cet élément crucial dans leurs carnets.

À la fin de l'entretien, les médecins de la commission ne demandèrent même pas à Peter de quitter la pièce pour les laisser délibérer. Leur décision était prise : il partirait immédiatement en préretraite. Le NYPD continuerait de le payer jusqu'à la fin de l'année.

Benny l'attendait à la sortie de la salle de réunion. Flanqué de Francis Gleeson.

— Que faites-vous là ? demanda Peter à son beau-père.

Francis avait appelé plusieurs fois chez eux pour avoir de leurs nouvelles. Kate l'avait-elle rappelé ? Peter n'en était pas certain.

— Je tenais à venir, répondit Francis.

Il portait sa sempiternelle casquette en tweed vissée sur le front. Il était sans doute le seul homme présent à ne pas avoir ôté son couvre-chef en entrant dans le bâtiment.

— Comment ça s'est passé ? s'enquit-il.

Benny ne posa pas la question : il connaissait déjà la réponse.

— On fera appel, affirma-t-il.

Peter les devança sans s'arrêter et poursuivit son chemin jusqu'aux ascenseurs. Il appuya sur le bouton, attendit un instant, puis se dirigea vers l'escalier.

— Tu leur as dit que tu accepterais le protocole de soins ? cria Benny dans la cage d'escalier. Et pour la cure, tu leur as dit oui ?

Dehors, l'air sentait l'automne – enfin ! C'était sa saison préférée. Dès que les températures commençaient à fraîchir, Peter rêvait de s'asseoir face à une pile de cahiers flambant neufs, de croquer dans une pomme et d'aller courir un 10 kilomètres sans ménager ses forces. La météo n'était jamais mieux adaptée à la course de fond qu'en septembre et octobre, pendant ces glorieuses semaines qui succédaient aux chaleurs oppressantes de l'été et précédaient les premières bises hivernales.

Benny pressait le pas pour rattraper Peter sur le parking. Francis le suivait à quelques mètres de distance.

— Donne-toi une semaine de réflexion, dit Benny en arrivant à sa hauteur. Si tu renonces à faire appel, je leur demanderai de nous fixer un rendez-vous pour discuter du montant de ta retraite.

Il inclina la tête et posa la main sur son épaule.

— Ça va ? Comment tu te sens ?
— Oui, ça va. En fait, je me sens plutôt bien.
— Peter ! appela Francis.

Visiblement fatigué, il avait ralenti l'allure. Peter s'appuya contre le pare-chocs de sa voiture pour l'attendre. Benny prit congé et s'éloigna, laissant le gendre et le beau-père en tête à tête.

— Vous voulez que je vous dépose, Francis ? demanda Peter.

— Non, je te remercie. Je suis venu avec un collègue, il m'attend. Je voulais juste te dire...

— Quoi ?

Francis mit sa main en visière pour mieux discerner le visage de Peter avec son œil valide.

— Du calme. Je suis de ton côté, tu sais.
— Du côté de Kate, vous voulez dire ?
— C'est vrai, admit Francis. Je suis du côté de Kate.

Mais pour autant que je sache, vous êtes du même côté, tous les deux.

— Pourquoi êtes-vous venu ?

Francis promena un long regard sur le parking ensoleillé.

— Pour te dire que ça va aller. Tu es encore jeune. Tu as sans doute l'impression que c'est la fin du monde, mais ce n'est pas le cas. Crois-moi, je sais ce que c'est, de devoir s'arrêter à mi-parcours !

Peter dénoua sa cravate et la roula en boule dans son poing.

— Je suis un bon flic.

— Je sais.

— C'était un accident. Ça arrive assez souvent, d'ailleurs – vous seriez surpris ! Benny avait des statistiques et des exemples à l'appui. D'habitude, tant qu'il n'y a pas de blessés, ils ne forcent personne à partir.

Francis réfléchit un instant.

— Je suis d'accord avec toi là-dessus, mais est-ce vraiment à cause de cet accident que tu dois partir ? Parce que tu as vidé ton chargeur contre un mur ?

Peter fit volte-face, sortit ses clés de sa poche et contourna la voiture pour ouvrir la portière.

— Je voulais aussi te dire que…

— Oui ? répondit Peter en se figeant.

— Tu devrais aller en cure, quoi qu'il arrive. Je t'aiderai à payer la facture si le NYPD refuse de la prendre en charge. Ou si vous n'en avez pas les moyens, Kate et toi. Si tu préfères, on peut garder ça entre nous. Toi et moi.

— Je ne cache rien à Kate.

— Vraiment ? lança Francis par-dessus son épaule, avant de s'éloigner.

Kate était partie travailler ce matin-là, mais lorsque Peter arriva à Floral Park, il trouva sa voiture garée dans l'allée. Les enfants étaient à l'école. Il entra. Elle était assise à la table de la cuisine, un mug de thé entre les mains. Il s'assit près d'elle sans un mot. Elle le dévisagea avec appréhension.

— Je serai payé jusqu'en décembre, indiqua-t-il. Pour la voiture, ils enverront quelqu'un la chercher. Dès demain, sans doute. Benny va plancher sur le dossier de préretraite. On devrait être fixés rapidement sur le montant de la pension.

— OK, dit-elle en laissant échapper un long soupir. C'est derrière nous, au moins.

Elle lâcha le mug fumant et posa sa main sur la sienne.

— Il y a beaucoup de choses que je ne pourrai pas faire, reprit-il. J'avais pensé me reconvertir dans la sécurité, mais aucune entreprise du secteur n'acceptera de recruter un ancien flic démis pour faute.

Kate ne dit rien mais il comprit, à l'expression de son visage, qu'elle n'avait pas anticipé les conséquences de son renvoi. Elle savait maintenant, comme lui, que certaines portes lui seraient fermées.

— Écoute… C'est un peu tôt pour se faire du souci. Tu y penseras demain. En attendant, j'ai quelque chose pour toi.

Elle ouvrit le frigo et en sortit une tartelette au citron vert, achetée dans sa boulangerie préférée. Elle la posa devant lui. Il l'enlaça par la taille et appuya son front contre ses côtes.

J'ai saccagé la chambre d'hôpital, murmura-t-il. Je ne sais pas ce qui m'a pris. J'étais tellement énervé, ce soir-là… Ils ont tout remis en place, puis ils m'ont soumis à des tests psychologiques. Ils ont même apporté des menottes.

En l'écoutant, Kate eut l'impression d'entrevoir un rai de lumière dans l'obscurité où elle se débattait depuis des semaines. Enfin, le mystère se dissipait. Elle se souvint du modèle réduit qu'Anne avait offert à son fils quand ils étaient enfants – un superbe voilier en bois verni. Peter l'avait égaré. Quand Anne l'avait retrouvé, elle l'avait réduit en miettes. En la regardant faire, il avait été submergé, lui aussi, par l'envie de tout casser.

— Ils t'ont passé les menottes ?

— Non, assura Peter en la serrant plus étroitement contre lui.

— Bon, OK. Je préfère ça.

— Je pourrais peut-être m'absenter pendant un moment, reprit-il, et il sentit son corps se tendre. Juste un petit moment, le temps de me ressaisir.

— Et de te soigner, ajouta-t-elle pour s'assurer qu'ils parlaient bien de la même chose, puis elle passa les doigts dans ses cheveux. J'avais tellement peur que tu ne penses pas vraiment ce que tu m'as dit ce matin ! Je suis allée au boulot, mais j'ai fait demi-tour en arrivant, et je suis rentrée ici pour t'attendre.

Le pensait-il vraiment ? Il n'était sûr de rien. La perception qu'il avait de la situation, et de son état de santé, changeait d'heure en heure. Il s'était toujours refusé à employer le mot fatidique, et personne ne l'avait jamais prononcé en sa présence. Parce qu'il n'avait rien à voir avec un alcoolique, tout simplement. Un alcoolique, c'est un type qui vacille, qui trébuche et qui parle trop fort. Il n'en était pas là. Il lui suffirait de respecter quelques règles simples, de se fixer des limites, et tout rentrerait dans l'ordre. Ne pas boire à la maison, mais seulement lorsqu'ils iraient chez des amis ou au restaurant. Seulement le week-end, jamais en semaine. Et seulement de la bière. Ou seulement pendant les matches des Mets, comme George le faisait, avant de cesser complètement de boire. Oui, c'était une bonne idée. Et comme il était en préretraite, il parviendrait mieux à respecter toutes ces règles. Parce qu'une partie du problème était liée à ses habitudes de vie. En changeant d'habitudes, il changerait de vie. Ils pourraient même déménager, qui sait ? Vendre la maison et partir s'installer dans un autre État, où personne ne les connaîtrait.

Il pensa alors à ses enfants, à la manière dont ils percevraient ces nouvelles règles et les contraintes que leur père devrait s'imposer pour les respecter. Puis il pensa à Kate, et à l'avertissement qu'elle lui avait donné quelques mois plus tôt : je te quitterai si tu n'arrêtes pas, avait-elle affirmé.

Kate passa tous les appels. Maintenant que Peter était prêt à se soigner, il n'y avait pas une seconde à perdre. Il eut à peine le temps de se changer qu'elle avait déjà rassemblé les informations nécessaires. Ils bénéficiaient d'une bonne mutuelle, mais ils n'avaient pas souscrit la garantie optimale : ils auraient donc à régler l'essentiel de la facture. Pour savoir précisément à quoi s'en tenir, Kate vérifia le solde disponible sur leurs comptes courants et le montant de leur épargne retraite. Ils ne partaient quasiment jamais en vacances : à partir de maintenant, déclara-t-elle, ils ne partiraient plus du tout. Mais ce n'était pas un problème, assura-t-elle, sourire aux lèvres, en balayant les objections de Peter d'un geste. Pas question qu'il se fasse du souci à ce propos – sans quoi, il pourrait changer d'avis. Le chargé de clientèle de leur mutuelle la mit en contact avec le service spécialisé dans ce genre de prise en charge. Là, une dame patiente et chaleureuse fournit à Kate tous les renseignements, sans émettre le moindre jugement, la moindre critique à l'énoncé des problèmes que rencontrait Peter. Quand tout fut arrangé, Kate la remercia avec effusion.

— Mon mari part tout de suite. Le temps de faire sa valise, et il saute dans la voiture ! ajouta-t-elle.

Elle se sentait euphorique, plus heureuse qu'elle ne l'avait été depuis des mois. La situation allait enfin s'améliorer. Les premières factures n'arriveraient pas avant que Peter soit complètement tiré d'affaire. Ils avaient résolu le problème ensemble, comme ils l'avaient toujours fait, comme ils le feraient toujours.

— Oh, non, madame Stanhope, je suis désolée : votre mari ne peut pas se rendre au centre par ses propres moyens. Il doit être accompagné d'un proche. Qui viendra également le chercher à la fin de la cure.

— Mais... Son permis de conduire est parfaitement valable ! Et il n'a jamais été arrêté pour conduite en état d'ivresse.

Kate faillit préciser que c'était une infraction que Peter avait toujours veillé à ne pas commettre, justement.

— Je n'y peux rien. Ce sont les règles. Voulez-vous que nous fixions une autre date, si vous ne pouvez pas l'accompagner aujourd'hui ? La place vacante dans ce centre ira à quelqu'un d'autre, mais je peux chercher une autre place ailleurs dans la semaine ou les deux semaines à venir ?

— Non, ne changez rien, répondit Kate. Il sera là-bas dès ce soir. On va se débrouiller.

Il était 13 heures passées. Quand Kate était revenue

à Floral Park en milieu de matinée, elle avait aussitôt prévenu l'adolescente qui devait récupérer les enfants à l'arrêt du car de ramassage scolaire : inutile de venir aujourd'hui, avait-elle affirmé. Trois heures s'étaient écoulées. La jeune fille, qui habitait plus haut dans la rue, était peut-être encore disponible ? Hélas, non, répondit la mère de l'adolescente : entre-temps, elle avait pris rendez-vous chez l'orthophoniste. Kate raccrocha, dépitée. L'établissement qui avait accepté d'accueillir Peter se trouvait à deux heures et demie de route – soit cinq heures de trajet aller et retour. Plus une heure avec l'administration et les médecins du centre – il y aurait sans doute des documents à signer. Autrement dit, elle devrait s'absenter pendant six heures. Qui s'occuperait de Frankie et Molly ? « Je suis coincée au boulot », annonça Kate à ses amies qui vivaient à l'autre bout de la ville (et ne pouvaient donc pas voir la voiture de Kate et celle de Peter garées dans l'allée). Le mensonge ne servit à rien : aucune de ses amies n'était disponible. Elle alla ensuite frapper chez les voisins, mais personne ne répondit. Elle appela la garderie où ils emmenaient parfois Molly et demanda si, par chance, l'une des animatrices serait prête à faire du baby-sitting pour un tarif horaire très avantageux. On lui répondit aimablement que personne ne pouvait se libérer dans un délai aussi court. Kate regarda sa montre : bientôt 14 heures. Le temps presse, songea-t-elle, prise de panique. Peter regardait la télévision à l'étage, dans la salle de jeux des enfants, comme s'il craignait d'approcher de la porte qui menait au sous-sol. Kate composa le numéro de Sara, pria pour qu'elle réponde, mais se promit de taire la véritable raison de son appel.

Sa sœur décrocha.

— Je me suis trompée dans mon emploi du temps,

mentit Kate. J'ai une réunion hyper importante. Tu peux venir garder les enfants ? Ça me rendrait vraiment service.

Sara accepta, mais elle ne pourrait pas être chez eux avant 17 h 30.

— Ils rentrent de l'école vers 16 heures, dit Kate en soupirant. Tant pis.

— Peter va bien ? demanda Sara. Tu as l'air bizarre. Il était convoqué ce matin par la commission médicale, non ?

— Il va bien, assura Kate. Très bien, même. Je te rappelle, d'accord ? Je dois vraiment trouver une baby-sitter.

Peter était attendu au centre de cure à 19 heures au plus tard. Sans quoi, il perdrait sa place.

— Essaie de joindre les parents, suggéra Sara. Ils seront peut-être disponibles... Ah, non, attends : maman est allée au magasin d'usine avec une de ses copines. En général, elles dînent ensemble avant de rentrer à Gillam.

Kate remercia sa sœur, lui demanda de ne pas s'inquiéter, et même d'oublier qu'elle l'avait appelée. Elle finirait par trouver une solution.

Après d'autres coups de fil infructueux, elle entendit Peter descendre l'escalier.

— Téléphone à ma mère, dit-il. Elle viendra.

Ils le savaient tous deux : Anne était de retour sur Long Island – peut-être parce qu'elle connaissait la date de l'audience et tenait à être présente pour soutenir Peter. Il l'avait aperçue quelques matins plus tôt : elle attendait que le feu passe au rouge pour traverser un carrefour. Il l'avait raconté à Kate en rentrant, mais il n'avait pas cherché à joindre sa mère par la suite. Tous deux ne lui avaient parlé qu'une fois depuis l'après-midi de juillet où elle avait déjeuné chez eux : elle était venue quelques jours plus tard déposer des livres de jeux pour les enfants. Elle souhaitait aussi prendre des nouvelles de Peter. Kate l'avait invitée à entrer, mais Anne n'avait pas consenti à aller plus loin que le salon, où elle avait refusé de s'asseoir.

Anne Stanhope seule avec ses enfants. Kate tenta de se représenter la scène.

— Es-tu certain qu'elle ne leur fera pas de mal ?

— Évidemment ! déclara Peter. Pourquoi veux-tu qu'elle leur fasse du mal ?

— Ce n'est pas si évident que ça, figure-toi. On ne lui a pas posé beaucoup de questions, mais j'aimerais savoir quels médicaments elle prend, et si elle continue de voir un thérapeute.

— Écoute... Elle avait l'air en forme quand on l'a vue, non ? De toute façon, on n'a pas d'autre solution. C'est pour ça qu'elle est revenue ici, d'ailleurs. Pour être là au cas où on aurait besoin d'elle.

Il croisa les bras et poursuivit en réfléchissant à voix haute :

— Sinon, je pourrais attendre une semaine ou deux... Jusqu'à ce qu'une autre place se libère. On va peut-être un peu trop vite, tu ne crois pas ?

— Non, objecta Kate. Le plus tôt sera le mieux.

Six heures aller et retour. Un peu moins, en roulant vite. Elle lui tendit le téléphone.

— Appelle-la. Si elle peut venir, dis-lui qu'on la paiera. Ou pas. Je n'en sais rien... Fais au mieux. Je vais me changer.

Elle venait de dégrafer son soutien-gorge quand Peter s'adressa à elle depuis le bas de l'escalier.

— Kate ? Elle sera là dans dix minutes.

En arrivant, Anne écouta la liste des instructions avec une gravité digne d'un général recevant les codes nucléaires. Elle ne demanda pas où ils allaient, ni pourquoi, mais Kate eut l'impression qu'elle avait compris. En revanche, elle leur demanda de rester près d'elle pendant qu'elle passait la liste en revue – ce que les enfants mangeraient pour le dîner, où se trouvaient les pyjamas, à quelle heure ils devaient se coucher. Kate lui laissa entendre que Frankie était, à 10 ans, parfaitement capable de raconter ce qu'il avait vu et entendu : il lui ferait un rapport détaillé dès qu'elle franchirait la porte. Anne acquiesça.

— J'aimerais vous demander une faveur, ajouta-t-elle d'un ton solennel.

Kate se raidit. Qu'allait-elle inventer ? Si c'est effrayant, je renonce à partir, se promit-elle.

— Oui ? fit-elle d'un ton hésitant.

— M'autorisez-vous à les emmener manger une glace après le dîner ? demanda Anne. J'ai repéré un bon glacier sur Hillside Avenue.

Elle sortit de sa poche le plan qu'elle avait consulté sur Internet. Un trajet en voiture. On annonçait de la pluie. Peut-être de l'orage. Kate envisagea d'aller acheter deux bacs de crème glacée au supermarché et de les déposer à la maison avant de se mettre en route. Elle achèterait aussi des pépites de chocolat et des coulis de fruits pour qu'ils préparent des coupes glacées. Elle en aurait pour vingt minutes aller et retour.

— Excellente idée, répondit Peter avant que Kate puisse intervenir.

Il sortit son portefeuille, mais Anne secoua la tête.

— C'est bon, alors ? Vous êtes vraiment d'accord ? insista-t-elle.

— Je... Oui. Et toi, tu es vraiment d'accord ? demanda Kate en se tournant vers son mari.

— Bien sûr. Les enfants seront ravis, affirma Peter.

Ils partirent vers 15 heures comme deux enfants qui font l'école buissonnière. Anne les accompagna sur le seuil, puis s'assit sur les marches du perron pour guetter le passage du car de ramassage scolaire, prévu quarante-cinq minutes plus tard – elle préférait s'y prendre à l'avance, assura-t-elle. Peter et Kate se dirigèrent en même temps vers le côté conducteur de la berline de Kate, qui se raidit, redoutant une dispute. Peter tiendrait peut-être à prendre le volant ? Elle fut vite rassurée : il contourna la voiture sans faire de commentaire et se glissa sur le siège passager. Kate manœuvra pour sortir de l'allée et remonta la rue sans quitter le rétroviseur des yeux. L'image d'Anne sur le perron se fit plus petite, puis disparut au premier carrefour. Une fois engagée sur la voie rapide, Kate invita Peter à dormir, mais il resta éveillé.

— Et si on partait au Mexique ? lança-t-il au bout d'un moment. On trouverait un petit hôtel sur la plage pendant quelques jours... J'en reviendrais transformé. Et ma mère s'occuperait des enfants jusqu'à notre retour.

Comme Kate ne répondait pas, il reprit :

— Oh, allez... C'était pour rire !

La circulation s'intensifia près des aéroports, puis se fluidifia, les laissant quasiment seuls sur la voie rapide. Ils longèrent sans encombre l'extrémité nord de Manhattan et empruntèrent le pont George Washington pour traverser l'Hudson.

— Si ça continue comme ça, on y sera en un rien de temps, déclara Kate.

Tous deux se sentaient en paix l'un avec l'autre, portés par une vague d'optimisme sur laquelle Kate surfait avec bonheur. En arrivant à l'échangeur, elle prit la direction du sud. Les collines qui se dressaient à l'ouest de la route abritaient un site d'enfouissement des déchets – Kate le savait, mais en les voyant couvertes d'herbes hautes, elle les jugea splendides. Rien ne s'était produit qui ne puisse être réparé. Et ils n'avaient plus rien à craindre. Parce que Peter avait pris la bonne décision au bon moment. Ils luttaient ensemble contre le mal qui le rongeait. Elle lança un regard vers lui. Penché vers l'autoradio pour trouver sa station préférée, il semblait revigoré, comme s'il avait déjà enclenché le mécanisme qui le mènerait à la guérison. En se mariant, ils s'étaient promis de s'aimer pour le meilleur et pour le pire. Le pire était arrivé. Et ils tenaient bon.

Elle roula vers l'ouest, puis vers le sud, avant d'obliquer de nouveau vers l'ouest. La chaussée défilait sous les roues comme un long ruban. Comment avait-elle pu croire qu'ils n'y arriveraient pas ?

— Alors, que va-t-il se passer une fois qu'on sera là-bas ? demanda-t-il d'un air pensif.

— Les médecins du centre vont t'examiner pour évaluer ton état. S'ils jugent que la cure peut t'être utile, tu seras admis dès ce soir. Tu commenceras par te sevrer, puis tu te mettras au travail. Tu reviendras à la maison dans quelques semaines.

— Et ensuite ?

— Je ne sais pas. Mais considère cette cure comme une opportunité de repartir de zéro. Combien de personnes ont cette chance ? Tu avais 22 ans quand tu as décidé d'entrer dans la police. Avais-tu vraiment exploré toutes les pistes possibles ? Tu te souviens du jour où tu m'as annoncé ta décision ? Tu ne m'avais jamais dit que tu voulais être flic, pas une fois. Aujourd'hui, tu peux revenir sur cette décision. Devenir chef pâtissier. Ou bibliothécaire. Quel que soit ton choix, tu seras toujours un mari et un père. C'est ça qui compte le plus.

— Tu sais que nous aurons beaucoup moins d'argent, hein ?

— J'en suis consciente. Mais un peu plus ou un peu moins, quelle importance ? L'essentiel, c'est que tu te reprennes en main.

— Pour les enfants, dit-il. Ils sont géniaux, tous les deux.

— Pour toi, Peter, rectifia-t-elle. Pas pour eux. Ni pour moi. Pour toi.

Ils étaient sur une route de campagne bordée de petites cahutes offrant des produits locaux. Elles étaient toutes fermées pour la nuit – ou pour la saison, peut-être. De part et d'autre de la route s'étendait une épaisse forêt.

— Tu as vraiment pensé partir avec les enfants ? demanda-t-il finalement. Tu y penses encore ? Ça semble un peu précipité, tu ne crois pas ?

— Précipité ? répéta-t-elle en s'efforçant de ne pas perdre l'espoir qui l'avait portée jusque-là, à plus de 100 kilomètres de chez eux. Ça fait longtemps que ça dure, Peter. Des années, peut-être. Tu ne te demandes pas ce que j'ai ressenti pendant tout ce temps ? Mets-toi à ma place ! Et nous avons moins de temps devant nous. Tout s'accélère, tu n'as pas remarqué ?

Elle se retint d'ajouter que, si l'un d'eux avait dû partir, ç'aurait été lui. Elle n'aurait pas bougé. Les enfants non plus.

— Je n'étais pas à ta place, mais tu n'étais pas à la mienne, répliqua t il.

— C'est vrai.
— Alors tu vois ?
— Je vois.

Anne proposa aux enfants de faire des coloriages. Ils les terminèrent en quinze minutes. Elle leur suggéra de fabriquer des avions en papier. Tout le papier fut utilisé. Ensuite, Frankie fit tomber un crayon par terre. Le chien l'engloutit avant même que Molly ait pu crier. Ils dressèrent alors pendant un moment la liste des choses étonnantes que ce chien avait mangées au cours de sa vie, puis ils demandèrent à Anne si elle avait un chien. Enfin, ils voulurent qu'elle leur explique, une fois de plus, qui elle était exactement.

Frankie s'éclipsa dans sa chambre avec une sorte d'appareil électronique. Anne resta perplexe. Était-elle censée le confisquer ? Si le petit tombait sur des images pornographiques, Peter et Kate lui reprocheraient d'avoir été trop laxiste. Était-elle incapable de surveiller deux gamins pendant quelques heures ? La fillette regarda une émission de télévision sur les éléphants – un bon programme, mais bien trop court : il ne dura que vingt-deux minutes. Quand Molly reparut dans la cuisine, Anne n'avait pas fini de préparer le dîner. Kate avait prévu des escalopes de poulet et des pommes de terre. Il n'y avait qu'à les faire réchauffer, mais c'était la première fois depuis des années qu'Anne se servait d'une vraie cuisinière, pas seulement d'un micro-ondes ou d'une plaque chauffante : tout prenait plus de temps qu'elle ne le pensait. Lorsque le poulet fut cuit et que les pommes de terre eurent un peu refroidi, elle fit asseoir les enfants autour de la table. Elle s'apprêtait à remplir leurs assiettes quand elle entendit une voiture s'engager dans l'allée.

— Qui est-ce ? demanda-t-elle aux enfants, tout en jetant un coup d'œil aux instructions que Kate lui avait laissées. Qui peut venir à une heure pareille ?

Les enfants haussèrent les épaules, la bouche pleine de poulet. Kate n'avait pas évoqué l'éventualité d'une visite. Debout près de la table, Anne hésitait sur la marche à suivre quand elle entendit la voiture faire demi-tour, puis remonter la rue. Un vif soulagement l'envahit, mais il fut de courte durée : on frappa à la porte deux secondes plus tard.

— C'est moi ! lança une voix masculine.

Anne vit tourner la poignée de la porte : l'homme essayait d'entrer.

— Kate ?

Les enfants se redressèrent, tendant l'oreille.

— Papily ! s'écria Molly.

Elle laissa tomber sa fourchette et s'élança vers la porte. Elle tira le verrou, puis ouvrit le battant. Anne recula dans l'angle de la cuisine, le plus loin possible de la porte, et retint son souffle, le dos plaqué contre le mur.

La voix résonna de nouveau. Bien plus proche, à présent.

— Bonsoir, ma chérie ! Maman n'est pas là ?

Frankie et Molly lui annoncèrent la grande nouvelle, se coupant la parole pour lui raconter qu'ils étaient descendus du bus comme d'habitude, mais qu'au lieu de leur baby-sitter habituelle, devine qui était là ? La maman de leur papa ! Elle leur avait permis de regarder la télé, alors qu'on était jeudi, et elle leur avait promis de les emmener manger une glace s'ils finissaient le poulet et les pommes de terre. Leur maman rentrerait très tard ce soir, parce qu'elle devait déposer leur papa quelque part pour le travail.

— Redis-moi, ma chérie... Qui vous garde ce soir ? demanda lentement Francis.

Anne l'entendit s'approcher de la cuisine.

— La maman de papa, répondit Molly.

— Elle a les cheveux tout blancs, précisa Frankie. Coupés court, comme les garçons.

Francis entra dans la cuisine une seconde plus tard. Plus moyen de lui échapper. Anne pressa sa joue contre le mur et compta jusqu'à trois. Puis elle se tourna pour lui faire face.

— Bonsoir, dit-elle.

— Je... Incroyable ! marmonna-t-il, bouche bée.

Elle observa son visage, sa canne.

— Ça fait un bail, hein ? Kate et Peter ont dû partir en urgence. J'étais dans le coin. Alors ils m'ont demandé de venir garder les enfants.

— Oui, c'est pour ça que je suis venu, moi aussi, dit-il en s'avançant vers elle comme s'il souhaitait la voir de plus près. Sara m'a appelé en début d'après-midi pour me prévenir que Kate avait besoin de moi. J'ai pris un taxi. J'en ai eu pour 120 dollars. Plus les péages et le pourboire.

Anne jugea ses explications superflues, mais elle ne dit rien. Les enfants l'appelaient, le tiraient par la main, quêtaient son attention. Ils l'adoraient, c'était évident. Francis promena un long regard autour de lui d'un air soupçonneux, comme si la cuisine recelait d'autres mauvaises surprises.

— Attendez cinq minutes, dit-il aux enfants. Papily a besoin de cinq minutes, d'accord ? puis il reporta son regard sur Anne. Depuis combien de temps avez-vous repris contact ?

Il respirait bruyamment, comme s'il manquait d'air.
— Pas longtemps.
— Je croyais que vous viviez à Saratoga ?

Anne sentit un flot de sang affluer à ses joues. Donc il savait qu'elle avait été autorisée à quitter l'hôpital. Il savait tout, sans doute.
— En effet, oui.

Il croisa les bras sur son torse.
— Vous êtes libre comme l'air, alors.

Il suffisait à Anne de le regarder pour se rappeler qu'il était en droit de faire ce genre de remarques. D'autant que ce n'était pas faux : elle était libre, effectivement. Hormis le lien qui la retenait à Peter, elle ne devait rien à personne.
— Comment allez-vous ? demanda-t-elle d'une voix si ténue qu'elle eut peine à la reconnaître.

Sa question lui parut dérisoire au regard des années écoulées sans prendre de ses nouvelles, mais comment la formuler autrement ? La cicatrice, à la fois rouge et argentée, qui barrait la joue de Francis lui rappelait l'extrémité d'un filet de bœuf – une partie qu'il fallait rabattre sur le reste de la viande pour garantir une cuisson uniforme. Pourquoi ne s'était-il pas fait opérer ? La chirurgie esthétique accomplissait pourtant des merveilles ! Elle avait vu un documentaire à la télévision à propos d'un homme qui avait perdu son nez dans l'explosion d'un feu d'artifice : la chirurgie lui avait permis de retrouver apparence humaine. À l'époque, elle avait pensé que Francis avait sûrement bénéficié d'un traitement similaire. On a dû reconstituer son visage et le renvoyer chez lui, songeait-elle. Elle s'était trompée. Il n'avait pas retrouvé son visage, loin de là. Pourtant, une fois le choc passé, elle reconnut l'homme qu'il était autrefois. Il n'avait pas tant changé que ça, finalement. Il paraissait même plus jeune que son âge – il devait avoir une bonne soixantaine d'années, maintenant. Contrairement à beaucoup d'hommes, il était resté mince. Et même avec un œil en moins, rien ne lui échappait. Comme autrefois.

— Bon sang ! s'exclama-t-il au lieu de répondre. Ils auraient pu me prévenir, quand même !

— Ils étaient pressés, chuchota Anne. Ils sont partis très vite.

Elle ferait mieux de s'en aller, elle aussi. Laisser Francis s'occuper des enfants. Ils le connaissaient bien mieux, de toute façon.

— Pourquoi une telle urgence ? répliqua-t-il. Il voulait se mettre au régime sec, c'est ça ?

Elle frémit. Était-ce vraiment nécessaire d'énoncer ce genre de choses à voix haute ?

— Je vais rentrer, dit-elle. Maintenant que vous êtes là.

Il ne répondit pas tout de suite. Il peinait encore à admettre que cette petite créature était celle qui avait bouleversé le cours de sa vie. La source de tous ses maux. Celle qui avait nourri sa colère pendant toutes ces années. Il ne pouvait s'empêcher de la regarder, même lorsqu'elle détournait les yeux, observant le sol ou les placards tandis que le rouge lui montait aux joues, comme s'il l'avait giflée. Elle ne semblait pas inoffensive, mais pas dangereuse non plus. Elle ne portait pas d'arme sur elle et n'avait pas l'intention de faire du mal. Pendant ses années dans la police, Francis avait aiguisé son sixième sens, et savait pouvoir s'y fier. La femme qui se tenait devant lui était nerveuse. Elle tremblait, ses doigts dansaient sur le devant de son chemisier comme pour s'y accrocher... Il comprit soudain qu'elle n'était pas responsable de ce qui était arrivé cette nuit-là

– pas entièrement, du moins. Que fichait Brian ? Et lui, pourquoi était-il allé sonner chez les Stanhope ? Il se posait la question depuis plus de deux décennies. Ce qui était sûr, c'est qu'Anne ne pouvait plus rien contre lui. Alors à quoi bon tant de haine, tant de colère ? Il aurait voulu lui parler, mais pour dire quoi ? Si elle restait, il finirait peut-être par trouver les mots qui lui manquaient encore.

— Ne partez pas, dit-il. Vous n'avez jamais mis ces enfants-là au lit, j'imagine ? Nous ne serons pas trop de deux, croyez-moi ! En plus, si vous partez maintenant, Peter et Kate penseront que je vous ai chassée.

— Même si c'était le cas, ils ne vous en voudraient pas.

— C'est vrai.

Frankie et Molly resurgirent dans la cuisine, armés de livres et de jeux de société. Ils laissèrent tomber le tout aux pieds de leur grand-père.

— Eh ! Vous voulez me tuer ? s'écria-t-il tandis qu'ils bondissaient en riant aux éclats, oubliant qu'Anne était là.

Francis avait été saisi d'un pressentiment quelques semaines plus tôt, lors d'une conversation téléphonique avec Kate.

— La vie est pleine de surprises, tu ne trouves pas ? avait-elle lancé. On reçoit parfois le soutien de personnes sur lesquelles on ne comptait pas du tout…

Au cours de la même conversation, elle lui avait aussi raconté une anecdote sur Frankie : le petit garçon avait préféré casser son avion télécommandé plutôt que de le prêter au fils des voisins.

— Il me semble que cette histoire en dit long sur son

caractère, avait-elle ajouté. Et ce sera toujours vrai dans quelques années. Mais je peux me tromper... D'après toi, nos enfants sont-ils les personnes que nous connaissons le mieux au monde ? Même plus tard, lorsqu'ils ne sont plus des enfants ?

— Leurs mères les connaissent très bien, c'est sûr, avait-il répondu.

Pour les pères, il était plus circonspect. Lui-même n'aurait pu prédire les orientations que ses trois filles avaient données à leur vie. Le fait que Kate ait épousé Peter Stanhope demeurait une énigme à ses yeux. Ce n'était pas la seule : comment expliquer, par exemple, que Kate, si vive, si intelligente, ait préféré faire comme si de rien n'était pendant des années, au lieu d'aborder de front l'addiction de son mari et les problèmes qu'elle engendrait ?

« Laisse les enfants tranquilles », répliquait Lena chaque fois que Francis tentait d'en parler. Elle se contentait de répéter ce qu'elle disait depuis toujours, à savoir que Peter avait été un gamin adorable et qu'il s'en était bien sorti, compte tenu de ce qu'il avait traversé à l'adolescence. « C'est un miracle qu'il soit si équilibré ! » se réjouissait-elle, avant de lui rappeler l'essentiel : Peter vouait à Kate un amour sincère et profond. Cela seul comptait. Certes, ils lui avaient fait de la peine quand ils s'étaient mariés en secret, sans en informer personne. Il faut dire que c'était audacieux de leur part, de se marier si jeunes... « Aujourd'hui, ça ne se fait plus ! » assurait Lena. Ils étaient venus leur annoncer la nouvelle à Gillam quelques jours après la cérémonie – Francis se souvenait de la scène comme si c'était hier : tous quatre assis autour de la table, la jambe de Peter tressautant sous la nappe. Ce pauvre garçon était si nerveux qu'il avait renversé son verre d'eau sur les factures que Francis et Lena avaient étalées sur la table avant leur arrivée. Lui, si grand, si costaud ! C'en était pathétique. Pour l'aider à se détendre, Francis lui avait servi un verre d'alcool. Il y pensait souvent ces derniers temps. À l'époque, il s'était imaginé qu'une seule gorgée de whisky le mettrait au tapis, mais Peter avait descendu le verre sans frémir, comme s'il s'était agi de limonade. Francis aurait dû comprendre, alors. Se douter qu'il y avait un problème. Comme avec Anne Stanhope. Il savait que cette femme était dérangée – mais le savait-il vraiment ? Sans doute pas. À la question « Cette personne est-elle capable de tirer à bout portant sur quelqu'un ? », il aurait répondu par la négative, bien sûr. Anne aussi, d'ailleurs. Et tous ceux qui la fréquentaient à l'époque. Ce jour-là, après le départ de Kate et Peter, Lena avait versé quelques larmes à la pensée qu'elle n'avait pas assisté au mariage de sa fille (« Elle a sauté ce grand pas sans moi ! » répétait-elle en sanglotant). Le lendemain, elle était allée acheter un service en porcelaine pour huit personnes, parce que c'est ce qu'elle aurait offert à Kate et à Peter s'ils avaient organisé une réception en bonne et due forme après l'échange des vœux. Kate avait éclaté de rire en ouvrant les paquets. Une assiette après l'autre. Des tasses, des soucoupes.

— Nous n'avons même pas d'aspirateur ! s'était-elle exclamée.

— Ça, vous pourrez vous l'acheter vous-même, avait répliqué Lena.

Natalie et Sara leur avaient offert des cadeaux de mariage, elles aussi – mais quoi ? Francis ne s'en souvenait plus. Du linge de maison, peut-être ? De toute façon, le plus important n'était pas le cadeau lui-même, mais ce qu'il signifiait : c'était une manière de dire à Kate qu'elles comprenaient pourquoi elle ne les avait pas conviées à son mariage, qu'elles acceptaient Peter au sein de la famille – et peu importe qu'il soit le fils d'Anne Stanhope ! Et qu'elles l'aimeraient, puisque Kate l'aimait. Fortes de ces convictions, Nat et Sara s'étaient rendues chez Macy's où elles avaient claqué leurs économies dans de splendides babioles qu'elles avaient ensuite emballées avec soin dans du papier blanc serti de rubans argentés, avant de les offrir à leur sœur.

En les regardant, Francis avait compris que ses filles tenaient plus de Lena que de lui.

Ce soir, le fait de trouver Anne Stanhope dans la cuisine de Kate et de Peter ne le surprenait pas tant que ça. Le choc avait été rude, bien sûr, mais il s'était vite ressaisi. Une part de lui avait toujours su qu'il la reverrait un jour. Il ne s'était pas trompé : l'inévitable s'était produit. Mais passé l'effet de surprise, il se sentait épuisé. Anne l'observait à la dérobée – pour admirer son œuvre, sans doute. Il regretta d'être venu avec sa canne.

Frankie apparut sur le seuil de la pièce.

— On n'a pas eu de glaces, dit-il.

Sa lèvre inférieure frémissait, comme s'il était sur le point de fondre en larmes. Anne sentit sa gorge se nouer. Elle ne voulait pas que sa première promesse à ses petits-enfants soit une parole non tenue. Que faire ? Proposer à Francis de venir avec eux ? Les emmener tous les trois dans sa voiture et déguster leurs glaces en riant comme de vieux amis ?

— Je leur avais promis de les emmener manger une glace s'ils finissaient leur dîner, expliqua-t-elle. Kate était d'accord.

— Frankie, dit Francis en se penchant pour que ses yeux soient à la hauteur de ceux du petit garçon.

Il pleut des cordes. On pourrait y aller, mais on devrait manger les glaces dans la voiture – et ça, c'est pas génial. Et puis, regarde ce que je vous ai apporté !

Il sortit de sa poche deux barres chocolatées au riz soufflé, prélevées dans la réserve de confiseries que Lena achetait en prévision des visites de leurs petits-enfants.

Frankie sembla d'abord réticent, puis le désir de croquer dans une de ces barres chocolatées l'emporta.

— OK, mais la prochaine fois que tu viens, on ira vraiment manger une glace ! lança-t-il à Anne sur le ton de l'avertissement.

Quand les enfants eurent englouti leurs barres de chocolat, ils montèrent se brosser les dents – première étape d'un long parcours censé les mener, lentement mais sûrement, vers l'heure du coucher. Francis s'attendait à ce que la mère de Peter en profite pour s'éclipser, mais elle s'installa avec lui dans la cuisine. Et le regarda droit dans les yeux avant de parler.

— Est-il possible de présenter des excuses pour ce que j'ai fait ? Honnêtement, je n'en suis pas sûre.

Francis en resta bouche bée. C'était une bonne question. Il ne pensait pas qu'Anne aurait le courage de la formuler.

— C'est pour ça que je n'ai jamais essayé, poursuivit-elle. Je ne sais pas par où commencer.

Son accent irlandais s'était estompé au fil des ans. Celui de Francis aussi, d'ailleurs.

Il s'attendait à ce qu'elle se cherche des excuses, pas à ce qu'elle lui présente les siennes. Elle aurait pu rejeter la faute sur Brian. Ou sur ses troubles psychiques. Elle n'en fit rien. Les enfants redescendirent. Anne emmena Molly dans sa chambre pour lui raconter une histoire ; Francis monta avec Frankie, qui préférait lire lui-même

515

à voix haute. Après les lectures vinrent les requêtes – de l'eau, des mouchoirs en papier –, puis les questions, auxquelles ils répondirent patiemment. Plus Frankie dissertait sur les chances qu'avait un requin de s'en sortir lors d'un combat contre une orque, plus Francis s'étonnait de se trouver sous le même toit qu'Anne Stanhope. C'était surréaliste. Il faillit se glisser dans le couloir pour s'assurer que c'était bien elle qui bavardait avec Molly. Il se souvenait d'une grande femme. Vigoureuse. Vêtue de couleurs vives, ses longs cheveux rassemblés au sommet de son crâne. Une beauté, vraiment. Celle qui se tenait là ce soir avait perdu ses couleurs et sa prestance. Elle était si chétive qu'elle aurait pu porter les vêtements de son petit-fils.

Francis redescendit le premier et s'installa au salon. Peu après, il entendit son pas dans l'escalier.

— Vous savez, commença-t-il lorsqu'elle fut assise, j'ai grandi en pensant qu'il faut aider ceux qui en ont besoin. Je me disais que c'était la bonne chose à faire. Mais après cette nuit-là, j'ai changé d'avis. J'ai sonné chez vous parce que je craignais un geste malencontreux de votre part, ou de la part de Brian. Ensuite, j'ai regretté d'avoir volé à votre secours. Je me suis dit que j'aurais dû laisser faire. Appeler la police de Gillam et attendre qu'ils interviennent. Garder Peter à la maison et vous laisser vous entre-tuer, Brian et vous. Donc, si j'avais pu reprendre le boulot, j'aurais été un mauvais flic. J'aurais laissé les gens s'entre-tuer au lieu de m'interposer.

— Je ne crois pas, dit-elle.

Ils demeurèrent silencieux un long moment.

— Un de mes professeurs, en Irlande, m'avait suggéré de parler à quelqu'un, reprit-elle. Ma mère était morte subitement et j'avais des problèmes.

— Vous l'avez fait ?

— Non. Il me proposait de me confier au curé de la paroisse. Nous étions dans les années 1960, vous comprenez.

— Ah. Je vois.

— Ce curé n'avait même pas voulu que ma mère soit enterrée au cimetière paroissial. Pourquoi serais-je allée lui confier mes problèmes ? Il y avait un mur autour du cimetière. Ils l'ont enterrée de l'autre côté. En terre « non consacrée », comme ils disaient.

Francis se souvint d'une histoire similaire, survenue dans son enfance : le curé du village avait refusé d'inhumer le corps d'un homme qui s'était donné la mort, privant ses proches de funérailles. Le décès lui-même avait été passé sous silence. La mère de Francis avait apporté une douzaine de brioches à sa veuve, mais elle n'avait pas cherché à savoir où l'homme avait été enterré. Francis non plus, d'ailleurs.

— Ici aussi, après avoir perdu mon premier enfant, j'aurais dû parler à quelqu'un. Mais je ne l'ai pas fait.

— Il faut dire que ça ne se faisait pas trop, à l'époque.

— Tout de même. Ça commençait.

— Oui, dans certains milieux. Pas chez nous.

— Et vous ? demanda Anne. Avez-vous parlé à quelqu'un ? Après... vous savez... ?

— Non. L'idée ne m'a même pas effleuré. Je n'aurais pas su à qui m'adresser.

— Et Peter ?

— Ça m'étonnerait. Pas à l'époque, en tout cas. Il a vu un psy du NYPD, mais seulement ces derniers mois, quand ils ont enclenché la procédure disciplinaire. Et ce n'était pas une thérapie au sens strict du terme.

— Il n'a plus le choix, maintenant. Là où il est parti, il n'y coupera pas.

Ils se turent. Dehors, l'averse redoublait d'intensité : la pluie s'abattait avec violence sur la porte et les fenêtres.

— Écoutez, reprit Francis. Le monde est rempli de gens qui auraient dû parler à quelqu'un et qui ne l'ont pas fait. Pour autant, ils ne sont pas tous passés à l'acte. Vous, si.

Elle l'observa avec attention. L'accusait-il ? Ou lui accordait-il son pardon ? Elle n'aurait su le dire.

— Vous ne saviez pas plus que moi ce que vous alliez commettre cette nuit-là, j'imagine.

Il lui pardonnait. Anne enfouit son visage dans ses mains et se tourna vers le mur. Si Lena était avec nous, songea Francis, elle lui aurait tapoté le dos. Ou elle serait allée lui préparer une tasse de thé. Irait-il jusque-là ? Non, il s'en sentait incapable. Décharger Anne d'une part de sa responsabilité lui semblait amplement suffisant. Elle était stupéfaite, d'ailleurs. Lui-même ne s'attendait pas à se montrer si généreux. Il se leva et s'approcha de la fenêtre pour lui permettre de reprendre ses esprits.

À d'autres moments de sa vie, il lui avait paru important de la détester, voire de la haïr de toutes ses forces. Aujourd'hui, ce n'était plus le cas – et il venait de le comprendre. En fait, il avait de la peine pour elle. Sa vie, dont il ignorait presque tout, semblait si morne, si vide ! Il sentait la solitude irradier de tout son être et emplir l'espace autour d'elle. Cette femme avait si peu de joies, et lui en avait tant ! Trois filles auxquelles il pouvait rendre visite à tout instant. Sept petits-enfants. Lena. Lorsqu'il était tombé dans le jardin au début de l'été, sa femme et ses filles s'étaient réunies dans l'heure qui avait suivi pour discuter de la nécessité, ou non, de l'emmener à l'hôpital. Si Anne faisait une mauvaise chute, qui se préoccuperait de son sort ?

En allégeant le fardeau qui pesait sur ses frêles épaules, Francis avait aussi allégé le sien. Et il ne lui avait pas menti : tout ce qu'il avait dit était vrai.

Il était 21 heures passées quand Kate arriva à Floral Park. Elle faillit repartir aussitôt en voyant la silhouette de son père se dresser derrière la fenêtre du salon. Bien sûr, pensa-t-elle. Elle aurait dû s'y attendre. Sara avait certainement téléphoné à Gillam après lui avoir parlé (alors que Kate lui avait demandé de ne pas le faire), et Francis avait appelé un taxi pour venir – il avait promis à Lena de ne plus jamais conduire seul jusqu'à Long Island. Kate hésita, la main sur le volant. Il était encore temps de faire marche arrière. Elle appellerait Anne pour s'excuser, dire qu'elle arriverait plus tard dans la nuit parce qu'il pleuvait trop fort. Ce n'était pas faux, d'ailleurs : une pluie diluvienne martelait le pare-brise. Elle pourrait dire que… Trop tard : Francis venait de plaquer son visage contre la vitre pour regarder dehors.

Alors qu'à l'aller le trajet avait été nimbé d'espoir – une boule de cristal que Peter et Kate manipulaient tendrement en essayant de distinguer les scènes qui défilaient à l'intérieur –, le trajet du retour avait plongé Kate dans une vive tristesse : le poids qui comprimait sa poitrine devenait si lourd qu'elle avait failli se garer sur le bas-côté à plusieurs reprises pour reprendre son souffle. Au plus fort de l'averse, quand les essuie-glaces ne suffisaient plus à balayer les trombes d'eau qui cinglaient le pare-brise, elle s'était arrêtée devant une pâtisserie pour s'acheter un café et un beignet, mais l'énergie lui avait manqué, et elle était restée dans la voiture en attendant que la pluie se calme.

Peter avait tenu bon pendant toute la durée de l'évaluation psychologique. Il avait souhaité que Kate puisse y assister, et il avait répondu honnêtement à toutes leurs questions. Certaines de ses réponses l'avaient glacée. Elle ne s'en était rendu compte qu'après coup, quand l'une des thérapeutes lui avait pris la main pour la serrer doucement dans la sienne. Parmi les questions qu'on avait posées à Peter figurait celle-ci : avait-il entretenu des pensées suicidaires ? Il avait marqué une pause si brève que seule Kate s'en était aperçue. N'était-elle pas la personne qui le connaissait le mieux au monde ? Non, avait-il affirmé, et ils l'avaient cru, tandis que Kate sentait un abîme s'ouvrir sous ses côtes. À l'issue de l'entretien, les médecins leur avaient demandé de sortir, le temps qu'ils discutent de son cas. Peter avait patienté calmement dans la petite salle d'attente, épuisé d'avoir répondu à tant de questions – pas seulement celles que Kate venait d'entendre, lui avait-il rappelé, mais aussi celles de la commission médicale du NYPD, et celles du psychologue qu'il avait consulté au cours des trois derniers mois. Quand les médecins les avaient rappelés et lui avaient tendu les documents signifiant qu'il serait admis en cure le soir même, Peter s'était tourné vers Kate comme un animal pris au piège. Elle avait failli le prendre par la main et l'entraîner vers la sortie. Après tout, n'étaient-ils pas capables de régler ce problème ensemble, sans l'aide de personne ? Maintenant que Peter avait consenti à admettre la gravité de la situation, maintenant qu'il avait avoué ce qu'elle attendait depuis longtemps – la vérité la plus crue, dans ses moindres détails –, ils pouvaient peut-être se passer de ces gens ? Elle prendrait un congé, ils souscriraient une deuxième hypothèque sur la maison et ils s'enfermeraient chez eux le temps nécessaire pour reprendre le contrôle de la situation.

— Kate ? avait-il murmuré, sa main oscillant au-dessus de la ligne censée accueillir sa signature.

Elle n'avait pas eu le loisir de répondre : une femme nommée Marisol l'avait conduite dans le couloir, où elle s'était évertuée à la rassurer en affirmant qu'ici ils ne se laisseraient pas prendre au « petit jeu » de son mari.

— Ne parlez pas de lui comme ça, avait rétorqué Kate. Vous ne savez pas ce qu'il a vécu. Vous n'en avez aucune idée.

Elle avait regretté de ne pas s'être renseignée davantage sur ce centre de cure. Elle s'était un peu documentée en ligne, mais c'était le seul lit disponible à moins de 300 kilomètres de Long Island, et l'établissement était agréé par leur mutuelle : elle n'avait pas hésité. Elle aurait pourtant dû s'accorder le temps de la réflexion. Peter ne s'était jamais montré désagréable envers quiconque. Il était gentil, généreux et patient. Il ne méritait pas d'être rudoyé, voire traité avec dureté – si telle était l'approche qu'ils allaient adopter envers lui.

Puis elle s'était souvenue de l'incident qui avait tout déclenché au NYPD. Peter aurait pu tuer quelqu'un ce jour-là. Un collègue. Un passant. Un enfant.

— Eh, avait dit Marisol en lui frottant le bras. C'est la première fois ? C'est toujours plus dur la première fois.

Kate s'était raidie. Cette femme insinuait-elle qu'il y aurait une deuxième fois ? Alors que ses collègues venaient de sermonner Peter sur sa « propension à l'échec » ? Elle avait dû se retenir pour ne pas la griffer au visage. Serrant les poings, elle s'était retournée et avait poussé la porte. Une fois dehors, elle avait traversé le parking sous la pluie battante, s'était assise au volant de sa voiture et avait passé une quinzaine de minutes les yeux levés vers les fenêtres du bâtiment, dans l'espoir de voir s'éclairer l'une des pièces plongées dans l'obscurité – ainsi, elle saurait où se trouvait la chambre de Peter.

Après avoir couché les enfants et attendu qu'ils s'endorment, Francis et Anne parlèrent de l'Irlande, de ses hivers doux et de ses étés frais. Ils évoquèrent aussi les fêtes et les processions du 26 décembre, jour de la Saint-Stephen. D'abord assis le dos bien droit, à 2 mètres l'un de l'autre – Francis dans le fauteuil, Anne à l'extrémité du canapé –, ils se détendirent peu à peu, à mesure qu'ils se laissaient envahir par leurs souvenirs. Ils se découvrirent des points communs : tous deux participaient chaque année à la « chasse au roitelet », une parade costumée organisée le jour de la Saint-Stephen ; le dimanche, tous deux allaient à la messe et en revenaient dans une carriole à cheval ; tous deux avaient gardé en mémoire la saveur particulière de certains aliments – le beurre, le lait, les œufs, surtout ; tous deux éprouvaient une certaine nostalgie envers l'Irlande – ou peut-être envers leur enfance, cette période de leur vie où ils ignoraient que des décisions devraient être prises et qu'avec les années les regrets s'accumuleraient. Francis percevait chez Anne un chagrin diffus, identique au sien. Au mal du pays se mêlait une rage sourde, celle d'avoir dû partir si jeunes, avec si peu d'argent et d'expérience, et d'avoir vécu si longtemps loin de chez eux. Mais, aujourd'hui, seraient-ils « chez eux » en Irlande ? Certainement pas, ce qui soulevait bien d'autres questions encore. Anne était originaire du comté de Dublin, mais pas de la ville elle-même, comme Francis l'avait toujours supposé ; tous deux avaient eu un chien nommé Shep ; aucun d'eux n'était retourné en Irlande. Quand Kate entra dans le salon, ils parlaient de leurs compatriotes qui avaient souhaité être enterrés au pays natal après une vie entière menée de l'autre côté de l'Atlantique. Francis se souvint alors, pour la première fois depuis une dizaine d'années, de son oncle Patsy et du prix que ses proches avaient dû payer pour rapatrier son corps dans le Connemara.

— Et vous, Francis, vous ne voulez pas être enterré là-bas ? demanda Anne.

Elle peinait encore à admettre qu'elle se trouvait réellement dans la même pièce que lui. C'était surréaliste. Il avait failli être enterré vingt-cinq ans plus tôt par sa faute.

Kate commença par s'excuser de rentrer si tard. Elle avait interrompu leur conversation. Étaient-ils vraiment en train de parler de leur enterrement ? Elle n'en revenait pas. La fin du trajet avait été épique. Une pluie diluvienne. Un accident sur l'autoroute. Les mains crispées sur le volant, Kate n'arrivait pas à croire que la mère de Peter, cette femme qui lui semblait si terrifiante lorsqu'elle était enfant, l'attendait en ce moment même dans son salon. Elles étaient liées l'une à l'autre par l'amour qu'elles vouaient à Peter et par le souci qu'elles se faisaient pour lui. La tempête qu'il traversait les avait jetées dans le même bateau. Soit elles ramaient à l'unisson contre les flots déchaînés, soit elles se laissaient emporter, tandis qu'il coulerait à pic à quelques mètres de leur embarcation.

Anne s'était levée d'un bond en la voyant entrer.

— Comment va Peter ? s'écria-t-elle.

Francis leva un regard interrogateur vers sa fille.

Il voulait savoir, lui aussi. Le teint pâle, Kate avait le regard hébété de ceux qui viennent de subir une épreuve difficile.

— Ils l'ont gardé, répondit-elle. Il commence la cure demain. On verra bien.

Mission accomplie, pensa Anne. Elle pouvait partir, maintenant. Sa présence n'était plus nécessaire. Elle reviendrait quand Peter serait de retour. D'ici là, les Gleeson prendraient possession du territoire : Lena viendrait sans doute aider sa fille. Les deux aînées – comment s'appelaient-elles, déjà ? – se relaieraient également auprès de Kate. Oui, je vais les laisser tranquilles, se dit-elle. Puis elle pensa aux enfants endormis à l'étage. Ce petit garçon et cette fillette qui portaient son histoire dans leur sang, mêlée à celles de Francis, de Lena, de Brian. Elle se souvint de ses premières nuits à l'hôpital psychiatrique, du temps qu'il lui avait fallu pour s'habituer à dormir avec la lumière allumée dans le couloir, du va-et-vient des infirmières qui entraient à toute heure dans sa chambre, tiraient parfois le drap sur ses épaules ou déplaçaient son lit d'une pièce à l'autre sans lui donner d'explication. Peter devrait-il prendre des médicaments ? Pourvu qu'il ne proteste pas ! pria-t-elle, en se rappelant qu'elle-même cachait les comprimés sous sa langue ou dans ses oreilles – quand elle ne les envoyait pas rouler d'un coup de pied au fond de la pièce. Elle avait compris par la suite que, pour s'en sortir, mieux valait adopter l'attitude inverse : se soumettre rapidement aux injonctions de l'équipe médicale et participer aux thérapies de groupe. Jouer les bons élèves, en somme. Or Peter avait été un bon élève. Sérieux et motivé. Il n'avait pas changé. Il ferait ce qu'on lui dirait de faire, et tout irait bien.

— N'oublie pas que tu as le choix, Kate, intervint

Francis. Rien ne t'oblige à rester ici. Les enfants et toi, vous pouvez venir vous installer à la maison pendant un petit moment. On trouvera une solution. Tes sœurs aussi seraient prêtes à t'héberger. On a tous de la place, tu le sais bien.

Anne le foudroya du regard. Fermez votre grande bouche ! faillit-elle crier. Elle se rappela une fois de plus que cette propension à donner des conseils, à se mêler de ce qui ne les regardait pas, était ce qui, autrefois, l'agaçait le plus chez les Gleeson. Et Peter, avait-il le choix ? Vers qui peut-il se tourner ? se demanda-t-elle. Moi ?

Soudain, une autre pensée la submergea tel un long sanglot surgi du plus profond d'elle-même. Ce fut si violent qu'elle dut s'asseoir. Je t'en prie, Kate. Ne le quitte pas, supplia-t-elle en silence. Ne le quitte pas. On l'a déjà tant abandonné !

20

Un mois. Une page du calendrier.

Quand il était parti, les arbres étaient encore verts. Au fil des semaines, les feuilles avaient changé de couleur. Puis elles étaient tombées. Les enfants les avaient ramassées par poignées et plaquées contre leur torse, avant de les lancer en l'air avec des cris de joie. Le froid s'était installé. La peau si fine de Molly avait gercé en une nuit, entre son nez et sa lèvre supérieure. Deux samedis de suite, Kate avait ratissé les feuilles mortes dans le jardin. Elle les avait entassées sur un drap, qu'elle avait traîné jusqu'au trottoir. Frankie l'avait aidée : il avait soulevé un coin du tissu pour que les feuilles ne s'échappent pas. « Où est papa ? » demandait-il sans cesse. Et même une fois : « Où est mon père ? » Son petit visage s'était froissé, assombri par une inquiétude trop grande pour lui.

Un matin, alors qu'ils s'apprêtaient à partir pour la journée – les assiettes du petit déjeuner éparpillées sur le comptoir, leurs blousons et leurs pulls à capuche empilés dans le coin où ils les avaient jetés la veille au soir –, on frappa un grand coup à la porte. Lorsqu'ils l'ouvrirent tous ensemble, curieux de voir qui leur rendait visite de si bon matin, ils découvrirent un oiseau blessé sur le paillasson. L'une de ses ailes battait encore faiblement sur son corps inerte. Kate devait déposer les enfants à l'arrêt du bus scolaire puis partir au travail, mais ils lâchèrent leurs sacs et se penchèrent tous trois vers l'animal. Frankie partit chercher des graines dans la mangeoire à oiseaux et les déposa dans son bec ; Molly se mit en quête d'un chiffon pour lui faire une couverture. Tandis que ses enfants s'affairaient autour du petit blessé, Kate se demandait comment s'en débarrasser avant qu'ils le voient mourir – il n'avait aucune chance de s'en sortir –, quand l'oiseau se redressa tant bien que mal sur ses petites pattes. Molly tendit l'index vers lui et le caressa doucement. L'oiseau cligna des yeux, sautilla – une fois, deux fois – et s'élança à tire-d'aile vers le gros buisson de buis qui ornait la pelouse des voisins. Frankie, Molly et Kate l'applaudirent à tout rompre, puis rassemblèrent leurs affaires et se mirent en route. Ils passèrent la journée à raconter l'histoire à qui voulait l'entendre.

— J'ai cru que j'allais devoir l'enterrer et vous dire qu'il s'était enfui ! confia Kate aux enfants lorsqu'ils furent installés dans la voiture.

— Tu nous aurais menti ? s'exclama Molly.

— Bien sûr que non, répondit Kate, mais ils lui lançaient tous deux des regards dubitatifs dans le rétroviseur.

Chaque jour de la semaine, chaque semaine du mois, Kate eut l'impression d'attendre des nouvelles qui n'arrivaient jamais. Les enfants dînaient d'une pomme quand elle n'avait pas l'énergie de leur préparer à manger. Ils ne se lavaient plus qu'un jour sur deux. Elle les autorisait à regarder la télé. Si leurs vêtements étaient confortables, elle les laissait dormir tout habillés au lieu de les mettre en pyjama. Pendant les matches de base-ball de Frankie, elle discutait avec les autres parents dans les gradins. À ceux qui demandaient où était Peter, elle répondait qu'il avait eu un empêchement. Mon mari est très déçu de manquer ce match, assurait-elle, il viendra la prochaine fois. Et lors du match suivant, elle inventait autre chose.

Ses conversations avec Peter manquaient de naturel. « Ça se passe bien », disait-il d'un ton contraint. Il allait mieux. Elle lui manquait. Les enfants aussi. Il avait hâte de rentrer. Kate crispait les doigts sur l'appareil et tentait de décoder ses propos. Cherchait-il à lui transmettre un message secret ? Elle prolongeait la discussion, lui demandait de décrire sa chambre, les rideaux, ce qu'il voyait par la fenêtre. « Je veux m'imaginer où tu es », plaidait-elle. Était-il écouté, voire espionné, par le personnel médical ? Avait-il le droit de sortir ? Elle enchaînait les anecdotes comme on lance des cailloux dans un lac pour regarder les ondulations s'approcher du rivage. « On se reparle dans quelques jours », disait-il en guise de conclusion. Il refusait de parler aux enfants.

Fin octobre, une impressionnante tempête de neige s'abattit sur l'État de New York. Les écoles furent fermées pendant deux jours. La radio annonça une baisse record des températures. Dans toute l'île, des centaines de lignes électriques furent coupées par la chute des arbres, et Kate commença à s'inquiéter : que ferait-elle si les tuyauteries gelaient dans la maison ? Elle embarqua les enfants dans la voiture et se mit en quête d'un générateur – elle dut explorer trois magasins de bricolage avant d'en trouver un.

— Ne l'allumez pas à l'intérieur, avertit le vendeur après l'avoir chargé dans le coffre.

Il lui remit le mode d'emploi de l'appareil d'un air

soupçonneux, comme s'il la jugeait capable de tuer accidentellement toute sa famille.

— Vous avez bien compris ? Et chez vous, quelqu'un pourra vous aider à le sortir de la voiture ?

— Oui, oui, dit-elle en balayant la question d'un revers de main.

De retour à Floral Park, elle envoya les enfants jouer à l'intérieur et se posta devant le coffre ouvert. La machine pesait 50 kilos. Elle n'arriverait jamais à la sortir toute seule. Elle alla chercher le diable dans le garage et le plaça contre le coffre de la voiture. Puis elle appuya un pied sur le pare-chocs arrière et tira le générateur vers elle. Il était si lourd que son corps tout entier trembla sous l'effort, mais elle parvint à le hisser sur le rebord du coffre. Elle le maintint en équilibre quelques instants pour reprendre son souffle, puis elle le souleva en faisant appel à toutes ses forces et le posa sur la plateforme du diable.

Sara lui rendit visite. Natalie aussi. Elles demandèrent toutes deux où était Peter, mais n'insistèrent pas quand Kate se contenta d'énoncer les faits : son mari n'était pas à la maison et ne reviendrait pas avant plusieurs semaines. Anne Stanhope était retournée à Saratoga. Elle téléphonait brièvement à Kate une fois par semaine pour demander des nouvelles de Peter. Francis appelait tous les jours après le journal télévisé de 19 heures. Kate ne répondait qu'une fois sur trois ou quatre.

Elle s'abrutissait devant la télévision après avoir couché les enfants. Un soir, elle descendit au sous-sol et s'assit sur le canapé de Peter – celui où il avait passé tant de nuits. Elle frôla les coussins du bout des doigts, puis enfouit son visage dans le plaid. Elle aurait voulu pleurer, mais ses yeux demeurèrent secs.

Peter fut autorisé à sortir fin octobre. Un mardi. Le dimanche précédent, il appela Kate pour lui annoncer la nouvelle.

— Je suis désolé de t'obliger à revenir jusqu'ici, dit-il.

— Ça ne m'ennuie pas du tout, protesta Kate.

Elle fit le calcul. Trente-trois jours s'étaient écoulés depuis son départ. Ils n'avaient jamais été séparés si longtemps depuis leurs retrouvailles. Mais quels que soient la durée de son absence et le montant de la facture, le prix leur paraîtrait dérisoire au regard de ce qu'ils auraient gagné : une vie remise sur ses rails.

Kate posa un jour de congé. Elle fit manquer l'école aux enfants et remplit leurs lunch-box de biscuits, de bonbons et de chips en prévision du long trajet en voiture.

La circulation était plus dense que l'après-midi où elle avait conduit Peter au centre de cure. « Quand est-ce qu'on arrive ? » demandaient les petits toutes les dix minutes. Les étals qu'ils avaient longés sous l'averse en septembre étaient maintenant ouverts. Kate s'arrêta. Elle tenait à acheter un souvenir, une babiole portant le nom de cet endroit mémorable, celui où Peter avait sauvé sa peau. De retour dans la voiture, elle ouvrit le pot de miel qu'elle venait d'acquérir et autorisa les enfants à y plonger le doigt jusqu'à la première phalange.

Peter les attendait dehors, assis sous un érable flamboyant – ses braises rouge vif gisaient à ses pieds. Il se leva en voyant arriver la voiture. Quand il aperçut les enfants assis à l'arrière, son visage s'illumina. Frankie et Molly l'avaient vu, eux aussi. Ils bondissaient de joie en tapant dans leurs mains.

— Coucou, dit-il à Kate tandis que les enfants se jetaient sur lui et l'abreuvaient de paroles.

— Coucou, répondit-elle, mais elle resta en retrait.

Elle savait qu'elle aurait dû s'approcher, jouer le jeu des retrouvailles, mais elle ne pouvait s'y résoudre. Elle se sentait comme paralysée, incapable de l'enlacer, de l'embrasser. C'était pourtant ce qu'elle aurait dû faire, le serrer dans ses bras et lui assurer que tout allait bien se passer. Elle se réprimanda. Qu'arrivait-il ? En elle, une porte se refermait. Déjà s'estompaient l'espoir et l'impatience qui l'accompagnaient depuis qu'elle avait quitté la maison en fin de matinée, après avoir préparé le dîner qu'ils mangeraient ensemble à leur retour.

— Tu as bonne mine, remarqua-t-elle. Tu te sens bien ?

— Oui, dit-il en détournant les yeux.

Elle comprit quelques mois plus tard le véritable sens de sa question : elle ne voulait pas savoir s'il allait bien, mais s'il était guéri. Les mots n'avaient pas franchi ses lèvres. De toute façon, même si elle avait osé l'interroger en ces termes, il aurait répondu par l'affirmative.

Elle avait fait un grand ménage avant son retour. Astiqué les meubles et relevé les stores pour l'accueillir dans une maison pleine de lumière. Elle avait rempli le frigo de fruits et de légumes frais. Pour lui souhaiter la bienvenue, les enfants avaient fabriqué une banderole qu'ils avaient accrochée dans le salon. Malgré tout, pendant des jours, puis des semaines entières, elle avait eu du mal à s'approcher de lui. À le regarder en face, de peur qu'il devine ce qui lui traversait l'esprit. De peur, aussi, de lire en lui des pensées similaires aux siennes. En son absence, elle avait feuilleté leur album de mariage. Alors que Sara et Natalie possédaient de luxueux albums à couverture capitonnée réalisés par des photographes professionnels, les photos de Kate tenaient dans un petit livret en plastique à 1 dollar : elle y avait glissé les clichés pris par les passants qu'elle avait sollicités sur le chemin de la mairie. Vêtue d'une mini-robe rose pâle, un rameau de lilas entortillé dans les cheveux, elle posait au côté de Peter, si mince encore dans un costume trop large pour ses épaules. Tous deux étroitement enlacés, un sourire triomphant aux lèvres.

Quand Peter revint du centre de cure, Kate s'attendait à le voir s'ennuyer et tourner en rond dans la maison. Il parut très occupé, au contraire. Presque débordé. Les premiers jours, il passait la matinée sur son ordinateur portable, puis il se rendait à la bibliothèque, avant de reprendre place devant l'ordinateur.

— Qu'est-ce que tu fais ? demandait Kate avec curiosité.

— Rien, marmonnait-il sans quitter l'écran des yeux.

Benny téléphona pour annoncer que ses droits à la retraite seraient bientôt examinés par la commission des ressources humaines. Peter le remercia distraitement, comme si c'était le cadet de ses soucis. Peu après, Kate le vit prendre un autre appel : cette fois, il discuta longuement en faisant les cent pas sur le trottoir, l'appareil vissé à son oreille. Il s'était mis à la tisane lorsqu'il était « dans le New Jersey » – c'était ainsi qu'ils faisaient référence au centre de cure depuis son retour. À présent, il en buvait jusqu'à dix, douze, voire quinze mugs par jour, qu'il essaimait dans la maison, comme autrefois les bouteilles vides. Kate finit par s'agacer de trouver partout des mugs sales, un sachet détrempé à l'intérieur. Elle faillit s'en plaindre – ne pouvait-il pas au moins jeter les sachets et poser les mugs dans l'évier ? – puis, saisie de remords, elle se promit de ne plus jamais lui faire de reproches s'il s'en tenait au thé jusqu'à son dernier souffle.

Enfin, deux semaines après son retour à Floral Park, il lui annonça qu'il désirait devenir enseignant – ou, plus précisément, enseigner l'histoire à des collégiens. L'idée avait germé quand il était dans le New Jersey, et il avait commencé à se renseigner. Certes, il n'était pas professeur certifié, ni titulaire d'un master en histoire, mais il avait étudié cette discipline pendant ses études universitaires. Et il était très motivé. Une école privée pourrait peut-être envisager de le recruter ? L'aumônier adjoint de son ancien commissariat l'avait mis en relation avec un collège catholique pour garçons situé près de chez eux. Peter serait reçu par le principal de cet établissement fin novembre, juste après Thanksgiving, pour un entretien d'embauche.

— Incroyable ! s'extasia Kate. Tu vas adorer ça, Peter. C'est une excellente idée.

Elle était heureuse pour lui. Sincèrement ravie. Soulagée de comprendre que c'était à ce projet de reconversion qu'il avait consacré ses journées depuis son retour. Mais elle avait l'impression d'avoir été tenue à l'écart. Tout en l'encourageant, en lui répétant qu'il serait heureux dans ce nouveau métier, que c'était exactement le genre de changement radical dont il avait besoin, Kate sentait trembler les bases de leur relation, comme si la plaque sur laquelle ils avaient bâti leur couple se scindait peu à peu, les isolant de part et d'autre d'une ligne de faille. Elle repensait à toutes ces fois où elle avait appelé Peter au centre de cure pour prendre de ses nouvelles, et au peu d'informations qu'il lui livrait d'un ton contraint. Pas une fois il n'avait parlé de ce projet ! Elle en était blessée – mais n'était-ce pas une blessure d'orgueil ? Consciente de se montrer égoïste, elle s'efforçait de surmonter son chagrin.

Maintenant, Peter se levait tôt. Il aidait les enfants à se préparer et les accompagnait jusqu'à l'arrêt du car scolaire. Kate voyait qu'il faisait de son mieux, qu'il s'exhortait à être heureux, à mener une vie plus saine, et elle se sentait transportée d'amour pour lui. En se douchant, en s'habillant, en manœuvrant pour sortir sa voiture du garage, elle se répétait qu'elle avait de la chance. Beaucoup de chance. C'était un truc que sa mère lui avait appris pour se remonter le moral et, jusqu'à présent, la stratégie s'était révélée efficace. Kate tentait de se mettre à la place de Peter : qu'éprouve-t-on quand on vous interdit brusquement d'être ce que vous avez été pendant des années ? Mais dès que l'enthousiasme de son mari pour la vie domestique donnait des signes d'usure, elle oubliait toute compassion et le jugeait terriblement ingrat. « Tu te rends compte de la chance que tu as ? voulait-elle crier. De nous avoir, moi et les enfants ? Je suis sûre qu'un million de personnes aimeraient être à ta place, et toi, tu te permets de faire la tête ? »

Un matin, alors qu'il dissimulait à peine sa lassitude (ou sa déprime ?), elle lança d'un ton acerbe :

— C'était vraiment si important pour toi, d'être flic ?

En posant cette question, elle savait qu'elle négligeait certains aspects, pourtant cruciaux, de son histoire personnelle – ceux-là mêmes qui avaient conduit Peter à s'engager dans la police vingt ans plus tôt –, mais la vie poursuivait son cours, non ? Un chapitre s'achevait. Le suivant allait commencer. Ce n'était pas la fin du monde !

Visiblement choqué, Peter sortit de la cuisine, puis revint cinq secondes plus tard.

— Tu es dure, Kate. Tout le monde dit que tu es forte, mais en fait tu es dure.

Pragmatique. Posée. Psychologiquement solide. Mais dure ? Non.

Abrupte, peut-être. Franche. Pas dure. Comment osait-il ?

La vie s'écoula ainsi pendant des semaines – deux pas en avant, un pas en arrière. Mais, peu à peu, une certaine sérénité s'installa, et Kate sentit vaciller le mur qui les séparait. La nuit, elle dormait plus près de lui. Elle posait la main dans son dos ou sur son torse quand ils se croisaient dans la cuisine. Un soir, comme il lui touchait l'épaule, elle se tourna, prit sa main dans la sienne et posa un baiser au creux de sa paume.

Dans un souci d'économie, ils résilièrent l'inscription des enfants aux activités extrascolaires. Le mercredi après-midi, pendant que Kate travaillait au labo, Peter emmenait Frankie et Molly à la bibliothèque, où ils pouvaient suivre gratuitement un cours de musique et participer au club Lego. Un soir, à table, Molly s'exclama que toutes les mamans adoraient parler à son papa, et Peter sourit à Kate, les yeux pétillants d'espièglerie. Il préparait le dîner quasiment chaque jour. Il avait contacté la section locale des Alcooliques Anonymes peu après son retour du centre de cure et se rendait aux réunions en prenant soin d'indiquer à Kate la date, le lieu et l'heure de chacune d'entre elles, alors qu'elle ne lui posait aucune question. Lorsqu'il revenait, il s'asseyait près d'elle sur le canapé et lui demandait comment s'était déroulée sa journée, avant de lui raconter la sienne. Elle le cuisinait pour qu'il lui parle des personnes qui venaient à ces réunions. Peter y retrouvait-il des connaissances ? Des personnalités connues dans le quartier ? L'instituteur de Frankie, par exemple ? Ou le sénateur de l'État de New York ? Il éclatait de rire.

— Tu ne sauras rien, répliquait-il. Les AA me mettraient en prison si je divulguais leurs petits secrets !

Enfin, une nuit, il écarta ses cheveux et l'embrassa dans le cou, puis sur la bouche. La sentant trembler, il la serra longuement dans ses bras en affirmant que tout irait bien, que tout allait s'arranger. Désormais, quand ils faisaient l'amour, c'était sur une rive si éloignée de celle qu'ils avaient quittée que Kate se surprenait à jeter un regard par-dessus son épaule, comparant encore et encore la façon dont les choses se passaient alors et maintenant. Ce qui semblait si naturel, si fluide autrefois se teintait à présent de gêne et d'opacité. Comme s'ils peinaient à retrouver un langage commun. Ça ne durera pas, assura Peter. Parce que la vie change et que les gens changent. Tant que nous évoluons ensemble, tout ira bien.

Le jour de son entretien d'embauche au collège pour garçons, six semaines après son retour du New Jersey, il décida de porter le costume qu'il avait mis pour son audition devant la commission médicale du NYPD.

Kate ne se faisait guère de souci : elle savait que l'entretien serait concluant. Peter dominait son sujet. Il avait toujours été doué en histoire ; il savait sous quel angle l'aborder, comment affronter sa complexité. Les élèves de ce collège auraient de la chance de l'avoir pour professeur, elle en était convaincue. La suite des événements lui donna raison : séduits par sa prestation, les administrateurs de l'établissement le convoquèrent à un second entretien, puis ils lui proposèrent de rejoindre l'équipe enseignante. Peter avait beaucoup à apprendre

– préparer et donner un cours, évaluer ses élèves selon les compétences requises –, mais il semblait prêt à relever le défi. Il commencerait après les vacances de Noël, quand une des professeurs partirait en congé maternité. Cette femme enseignait l'histoire américaine : Peter reprendrait son cours là où elle l'aurait interrompu. Puis, en septembre prochain, il enseignerait l'histoire européenne moderne. Il mettrait l'été à profit pour compléter sa formation. Et s'il le souhaitait, ajouta le principal du collège, il pourrait entraîner l'équipe d'athlétisme. À l'issue du second entretien, le responsable du département d'histoire, qui se prénommait Robbie et avait à peu près le même âge que Peter, le raccompagna dans le hall. Il lui confia alors qu'il se rappelait l'avoir rencontré des années plus tôt, lors d'une compétition d'athlétisme, quand il était au lycée dans le Queens.

— En fait, nous avons même couru l'un contre l'autre ce jour-là, précisa timidement Robbie, mais je n'avais aucune chance de vous battre ! Vous vous souvenez peut-être de moi ? Je courais dans l'équipe de Townsend Harris.

— Je me disais bien que je vous avais vu quelque part ! répondit Peter, bien qu'il n'ait aucun souvenir d'avoir couru contre l'équipe de ce lycée.

Quelques jours avant Noël, que Peter et Kate fêtaient toujours à Floral Park en compagnie des Gleeson, Kate appela ses parents et ses sœurs pour les informer qu'ils ne serviraient pas d'alcool cette année – ni vin, ni bière, ni whisky.

— Je sais que c'est déprimant, ajouta-t-elle. Si vous préférez aller fêter Noël ailleurs, je comprendrai parfaitement.

Elle s'abstint de répondre à leurs questions. De toute façon, elle savait qu'ils savaient : Francis en avait certainement parlé à Lena, à Sara et à Natalie. Alors autant les avertir, non ? Le jour J, ils répondirent tous présents, ils arrivèrent tôt et partirent tôt, mais Peter semblait mal à l'aise. Il avait pourtant affirmé à Kate qu'il souhaitait fêter Noël avec eux, à Floral Park, comme d'habitude.

— Qu'est-ce qui ne va pas ? demanda-t-elle.

— Rien. C'est juste que... Je n'avais pas compris qu'ils seraient tous au courant, répondit-il. Mais ce n'est pas grave. J'aurais préféré que tu me préviennes. Ou leur en parler moi-même. Parce que c'est mon histoire, pas la tienne.

Kate avait l'impression d'entendre la voix d'un thérapeute sous la sienne, l'encourageant à exprimer ce qu'il ressentait.

— Tu te trompes, protesta-t-elle. Je ne leur ai rien dit. Je n'ai jamais discuté de tes problèmes avec ma famille. Mais tu t'es absenté pendant un mois entier, Peter. Ils ne sont pas idiots.

Anne attendit le retour de Peter, à l'issue de ses trente-trois jours de cure, pour revenir à Floral Park : elle se présenta chez eux un matin, mais refusa d'entrer. Comme Peter insistait, elle expliqua qu'elle venait seulement pour le voir en personne et s'assurer qu'il se portait bien. Puis elle ajouta qu'elle serait ravie de les accueillir chez elle, à Saratoga : ils pourraient se rendre à l'hippodrome tous ensemble, suggéra-t-elle. Elle-même n'y était jamais allée, alors qu'elle vivait là-bas depuis si longtemps ! Frankie et Molly seraient peut-être heureux d'assister à une course de chevaux ? « Pourquoi pas ? C'est une bonne idée », acquiescèrent

Kate et Peter. Mais, un moment plus tard, quand Peter raccompagna Anne jusqu'à sa voiture, Kate la suivit du regard en pensant qu'elle ne mettrait jamais les pieds chez elle à Saratoga.

Puis, le dernier soir des vacances de Noël, alors que Peter s'apprêtait à entamer sa carrière d'enseignant (une nouvelle paire de chaussures et trois pantalons en toile fraîchement repassés l'attendaient dans la penderie de leur chambre), il descendit directement au sous-sol en revenant d'une réunion des AA. En passant devant la porte de la cave, Kate crut entendre le tintement d'un verre contre une bouteille.

— Peter ? appela-t-elle depuis la cuisine. Qu'est-ce que tu fais ?

La cage d'escalier était plongée dans l'obscurité.

— Rien, répondit-il. Je cherche un truc. J'arrive tout de suite.

Elle retenait son souffle. Il s'était figé, lui aussi.

— Pourquoi es-tu dans le noir ? insista-t-elle.

— Attends, je vais allumer. Voilà.

Un flot de lumière inonda la pièce, et elle le vit, en bas des marches, les yeux levés vers elle. Combien de temps resta-t-elle ainsi, à l'observer en silence ? De longues secondes, lui sembla-t-il. Puis elle monta dans leur chambre, ferma la porte derrière elle et se glissa sous les couvertures.

Le lendemain matin, après que Peter eut couru comme un fou à travers la maison pour chercher un « truc » que personne ne pouvait l'aider à trouver, après qu'il eut pesté en découvrant que la cafetière n'avait pas été allumée, après qu'il eut quitté la maison en trombe pour ne pas arriver en retard au collège, Kate entendit Frankie l'appeler. Levant les yeux, elle vit une voiture qu'elle ne connaissait pas stationnée devant chez eux.

Le temps qu'elle sorte de la maison, l'auto avait redémarré et remonté la rue.

— Ah, te voilà ! s'exclama Frankie quand Kate le rejoignit dans l'allée. Un monsieur s'est arrêté pour déposer le portefeuille de papa. Il a dit que papa l'avait laissé sur le comptoir du bar. Il l'a ouvert pour trouver notre adresse.

Kate prit le portefeuille que lui tendait son fils. Elle garda son calme. Elle se rappelait très précisément ce que Peter lui avait dit la veille avant de partir : il se rendait à une réunion des AA qui durerait quatre-vingt-dix minutes et se déroulerait dans un local associatif situé à quinze minutes de route.

Quand il était revenu, deux bonnes heures plus tard, il avait plaisanté, assurant d'un ton badin que ces réunions n'étaient pas bonnes pour sa ligne :

— Si tu avais vu tous les donuts et les bonbons qu'il y avait sur la table ! Ah, ces addicts... Il faut toujours qu'ils remplacent une drogue par une autre.

— Oh là là ! avait répliqué Kate sur le même ton. Ne dis pas ça : les AA vont te mettre en prison, si tu continues.

Elle se sentait si légère, maintenant qu'il était rentré. Elle avait ri, lui aussi. Et il était descendu au sous-sol.

Le portefeuille à la main, elle se souvint du tintement qu'elle avait entendu en passant devant la porte de la cave, et de l'expression qu'elle avait lue sur le visage de Peter quand il avait allumé la lumière. Elle descendit l'escalier et remarqua immédiatement que la petite glacière bleue qu'ils utilisaient l'été, pour aller pique-niquer à la piscine, avait été déplacée. Elle l'ouvrit. Trois petites bouteilles d'alcool étaient cachées sous de vieux numéros de la gazette locale.

Elle commença par appeler le centre de cure, dans

le New Jersey. Elle exposa son problème à la standardiste comme une cliente mécontente qui demanderait à être remboursée. Sur quel type de données scientifiques reposait leur approche ? Combien de médecins travaillaient sur place ? Comment s'appelaient-ils ? Quelles étaient leurs qualifications ? Autant de questions qu'elle aurait dû poser deux mois plus tôt. Elle demanda à parler à Marisol, la thérapeute qui, la première, avait évoqué l'éventualité d'une rechute – et donc la personne la plus fautive, aux yeux de Kate. Mais Marisol se montra sourde à ses protestations : Kate devina, à son intonation froide et polie, que cette femme avait déjà reçu trente appels similaires ce matin-là. Puis elle appela le « parrain » de Peter aux Alcooliques Anonymes, un gars nommé Tim, qui avait griffonné son nom et son numéro de portable sur la page de garde de l'exemplaire du « Gros Livre » que Peter avait acheté dès sa première réunion. Pas de réponse. Alors Kate appela Francis : son père accueillit la nouvelle avec fatalisme, déclarant qu'il n'était absolument pas surpris, que l'abstinence complète du jour au lendemain, ça ne marchait jamais, c'était trop demander. Une exigence à fois inutile et irréaliste, surtout dans le cas de Peter, qui n'était pas du genre à adhérer à l'idéologie des AA ; cette histoire de « puissance supérieure », ça lui passait sûrement au-dessus de la tête. Maintenant, le mieux pour Peter, poursuivit Francis, c'était de se sevrer de nouveau, puis de s'autoriser à boire, mais seulement du whisky ou du rhum ambré (autrement dit, des alcools bruns), et seulement entre 19 heures et 21 heures. Les gars qui avaient vraiment un problème d'alcool buvaient toujours du gin ou de la vodka (des alcools clairs, quoi). D'ailleurs, le goût de Peter pour ce type de breuvage aurait dû leur mettre la puce à l'oreille, conclut-il.

Kate se tourna ensuite vers George, mais elle n'eut pas le temps de lui expliquer quoi que ce soit : sitôt la communication établie, il lui demanda s'il pouvait la rappeler plus tard. Rosaleen n'allait pas bien. Elle avait été admise à l'hôpital Lenox Hill, à Manhattan, la nuit précédente.

— Bien sûr, acquiesça Kate, rappelons-nous plus tard. C'est grave, pour Rosaleen ?

— Je ne sais pas encore. Son cœur a flanché. Je dois y aller.

Kate raccrocha, consciente d'avoir sérieusement manqué d'empathie.

Que faire, à présent ? La trajectoire de leur vie commune lui apparaissait clairement pour la première fois : deux lignes parallèles tracées dans le ciel d'hiver. On naît, on tombe malade, on meurt. Il y a un début, un milieu et une fin. Elle observa sa propre existence comme un fil argenté qu'elle aurait retenu entre ses doigts, un instant seulement, avant qu'il lui échappe. Où souhaitait-elle le voir atterrir ? Elle était au milieu de sa vie. Très exactement au milieu. Peter aussi. Le début était loin derrière eux, à présent. Pourquoi ne l'avait-elle pas remarqué plus tôt ?

Elle ne put se résoudre à attendre son retour : la patience lui manquait. Elle monta en voiture et conduisit jusqu'au collège. Sur le parking de sa nouvelle vie, à côté du break qu'il avait acheté en leasing, elle attendit qu'il sorte, qu'il la voie et qu'il comprenne qu'elle savait. Elle avait envisagé, très brièvement, de ne pas le confronter à sa défaite, pas tout de suite, pas avant qu'il commence à s'habituer à son nouveau métier, mais elle avait rapidement admis que c'était au-delà de ses forces.

« Tu m'as reproché d'être dure… Maintenant, tu vas voir ce que c'est ! » murmura-t-elle dans l'air glacé. Les grilles du collège se dressaient devant elle, sinistres et menaçantes. Elle se sentait vieille et frêle.

Elle pensa à Frankie et à Molly, qui endosseraient leurs chagrins – le sien et celui de Peter – pour le reste de leur vie si tous deux ne parvenaient pas, dès maintenant, à les en préserver.

Puis les grilles s'ouvrirent, les élèves sortirent, mêlés à leurs professeurs, et Peter se détacha de la foule pour se diriger vers elle.

21

Tout en marchant vers Kate, Peter se demandait combien de fois dans sa vie il l'avait aperçue en sortant d'un bâtiment, d'une bouche de métro ou d'un stade. Combien de fois l'avait-elle attendu ainsi ? Des milliers, peut-être. Et combien de fois s'était-il tourné vers elle pour lui faire une confidence, avant de s'apercevoir qu'elle était déjà au courant ? Ce matin-là, en sortant de la douche, les épaules et le dos encore rougis par le jet brûlant, elle avait enroulé ses longs cheveux dans une serviette usée jusqu'à la trame. Un filet d'eau ruisselait au creux de sa poitrine.

— Je suis désolée d'être restée si longtemps, avait-elle dit. J'avais oublié que tu dois te préparer, toi aussi.

Il avait lâché un juron en sentant l'eau se refroidir. Il avait dû se rincer à la hâte avant qu'elle soit glacée.

— Désolée, avait répété Kate quand il était sorti de la salle de bains.

Elle faisait leur lit en sous-vêtements, le temps que sèche la crème qu'elle avait appliquée sur ses jambes et ses bras après sa douche. Peter n'avait jamais vu, ni même entraperçu, sa mère en sous-vêtements, alors que Frankie et Molly voyaient sans cesse Kate en petite tenue : les enfants entraient et sortaient de la chambre à n'importe quel moment, comme si elle était tout habillée.

À présent, c'était à son tour d'être désolé. Il avait été saisi d'une vive nervosité à l'approche de son premier jour de classe – un trac d'autant moins compréhensible qu'il avait tout de même été capitaine d'une brigade d'agents de police pendant des années, mais enseigner, c'était différent. Qui peut mieux qu'une classe de dix-huit adolescents repérer l'imposteur qui se cache sous les habits neufs du professeur ? Il avait commencé à parler devant dix-huit visages ensommeillés – paupières tombantes, tête baissée –, mais quand il leur avait raconté ce qu'il avait répété la veille, seul dans le sous-sol de la maison, ils s'étaient redressés, un à un, tendant l'oreille pour l'écouter plus attentivement. Pour être bon en histoire, avait-il affirmé, il ne suffit pas d'avoir une bonne mémoire. « Je ne vous demanderai pas de passer l'année plongés dans des bouquins et des listes de dates. L'histoire se joue tous les jours, dans notre vie, dans nos têtes. Elle n'est pas seulement dans les livres : elle est à l'intérieur de nous. Et je passerai le reste de l'année à le prouver », avait-il conclu.

Kate tenait son portefeuille à la main. Donc, elle savait où il était allé la veille au soir au lieu de se rendre à une réunion des AA comme il l'avait prétendu. Cette femme, qui connaissait tous ses secrets, était aussi celle à qui il avait menti.

Très pâle sous son épais bonnet d'hiver, elle lui tendit le portefeuille sans dire un mot.

— Je suis désolé, dit-il. Ça ne se reproduira plus.

Il était sincère, mais le croirait-elle ? Même à ses propres oreilles, la promesse semblait dérisoire. Autour d'eux, sur le parking, les portières claquaient.

Elle chercha son regard. Elle s'était préparée à une rude bataille. Maintenant, elle ne savait plus quoi faire.

— C'était la première fois ? Depuis que tu es rentré du New Jersey ?

— Non.

Kate se plia en deux, les mains crispées sur son ventre.

— C'était la troisième fois. Mais seulement cette semaine, plaida-t-il. Je me sentais tellement bien... J'ai pensé que je pouvais entrer dans un bar comme un type normal et commander deux pintes. Deux. Et rien d'autre.

Et c'est ce qu'il avait fait. Il avait bu deux pintes, il avait payé, et il était sorti. Il était si fier de lui ! Puis, le lendemain, alors qu'il venait d'entrer dans la cuisine sans raison particulière, le besoin de recommencer l'avait saisi. Doucement, d'abord, comme une sorte de démangeaison, une envie de se gratter la tête, le bas des joues. Puis l'envie s'était répandue dans sa gorge et sa poitrine, telle une brûlure. Alors il était retourné au bar. Il s'était limité à deux pintes, là encore. Pareil le lendemain soir. Mais en sortant du bar cette fois-là, il était entré dans une supérette pour se procurer des mignonnettes de vodka, ces modèles réduits qu'on achète à la caisse. Comme la plupart des flics, Peter glissait ses petites coupures dans une pince à billets qu'il gardait sur lui. Il ne s'était donc pas aperçu de l'absence de son portefeuille, oublié sur le comptoir du bar. Il avait passé la journée à se demander pourquoi il avait cédé à ses envies. Il n'avait pas vraiment apprécié ces quelques pintes. À vrai dire, il avait eu l'impression de nager à contre-courant, emporté par le flot de retour dont il avait eu tant de peine à s'extraire trois mois plus tôt.

— Je m'étais promis de ne pas recommencer, conclut-il.

— Comment veux-tu que j'en sois sûre ? répliqua-t-elle.

Une question tout sauf rhétorique ; Peter le vit dans ses yeux : elle attendait une réponse précise, un plan d'action.

— Et toi, comment peux-tu en être sûr ? insista-t-elle. Pourquoi devrais-je te croire ?

Comme il tardait à répondre, Kate monta dans sa voiture et partit.

Au dîner, ce soir-là, et au cours des cent soirs suivants, il tenta par tous les moyens de lui faire savoir que c'était fini, qu'il allait mieux, à présent. L'envie de boire n'avait pas disparu – il lui suffisait de fermer les yeux pour s'imaginer en train d'ouvrir une mignonnette de vodka – mais, chaque jour, chaque nuit, il luttait contre cette envie, et il remportait la bataille. Elle se comportait comme à son habitude, mais sans le regarder. Et chaque fois qu'il attirait son attention, elle détournait le regard. Elle demandait aux enfants de lui raconter des anecdotes et réagissait à leurs propos ; elle lui demandait comment s'était passée sa journée et lui offrait une réponse appropriée lorsqu'il s'exécutait. S'il descendait au sous-sol ou se rendait dans le garage, elle se figeait, l'oreille tendue pour guetter ses moindres mouvements et, lorsqu'il revenait, elle vaquait à ses occupations d'un air faussement dégagé, comme si elle n'avait pas craint le pire. Elle rangeait la maison, elle préparait les repas, elle potassait ses cours de criminologie, et le matin, avant de partir, elle montait et descendait l'escalier en courant, à la recherche de ses clés. Comme à son habitude, donc, à une différence près : elle semblait vivre à l'abri d'une paroi de verre. Quand il lui parlait, il avait l'impression de pousser ses mots à travers une fente aménagée dans le verre.

Il avait trébuché pendant quelques jours, c'était vrai. Et ce soir-là, quand elle l'avait surpris dans le noir, au sous-sol de la maison, il avait menti. Mais il n'était pas comme son père. Il n'était pas comme sa mère. Il était une personne à part entière. Et il lui avait fallu plus de temps qu'il ne le pensait, plus que trente-trois jours en tout cas, pour savoir qui était cette personne, cet homme qui se prénommait Peter. Kate écoutait tout cela avec attention, mais elle s'immobilisait derrière sa paroi de verre. Silencieuse. Impassible.

— Que puis-je faire ? demanda-t-il un soir, en attrapant son poignet pour l'empêcher de suivre les enfants dans l'escalier.

Kate eut un mouvement de recul et ses yeux s'emplirent de larmes.

— Je ne sais pas, dit-elle.

Il décida de passer avec elle autant de temps que possible. N'était-ce pas la chose à faire ? Il monta se coucher à la même heure qu'elle, comme avant ; quand elle veillait tard pour ses études, il préparait deux mugs de thé et lui tenait compagnie dans la cuisine, lisant le journal ou rédigeant ses cours ; et quand elle s'asseyait sur le canapé, munie de la télécommande pour trouver un bon programme à la télévision, il s'installait auprès d'elle. Peu à peu, elle recommença à le regarder, parfois juste assez pour lui indiquer qu'elle avait bien compris la manœuvre. Un soir, comme il devait fouiller dans ses vieux manuels d'histoire pour trouver un texte à soumettre à ses élèves, il monta le carton rangé dans la cave et l'ouvrit dans la cuisine.

— Dis-moi ce que tu cherches, déclara-t-elle. Je vais t'aider.

Et ils s'assirent tous deux à même le sol pour feuilleter les ouvrages qu'ils tiraient un à un du carton.

Ce n'est pas qu'elle ne l'aimait pas : c'est qu'elle l'aimait tant qu'elle en était terrifiée. Parfois, il le sentait, elle éprouvait le besoin de se protéger de cet amour. Il tenta de lui signifier qu'elle n'était pas obligée de s'expliquer, car il avait compris. Puis il se rendit compte qu'elle ne le comprenait peut-être pas elle-même.

L'année scolaire s'acheva, et les longs mois d'été s'étirèrent devant eux. Il suivit une formation dont il choisit les matières avec soin, afin de n'y aller que le matin. Il apprit à mieux rythmer et organiser ses cours, à gérer les élèves difficiles. Certaines de ces notions lui rappelaient les conseils qu'il donnait aux jeunes recrues quand il était flic. Kate acheva la rédaction de son mémoire : il ne lui restait plus qu'à le soutenir, et elle obtiendrait son master. À présent, Peter mesurait mieux le temps et l'énergie qu'elle avait consacrés à la reprise de ses études. Quand il bossait au NYPD, il passait si peu de temps à la maison que cette partie de sa vie, pourtant essentielle, lui échappait complètement.

Puis vint leur anniversaire de mariage, début septembre, trois jours avant la rentrée des classes. Ils s'étaient mariés si jeunes que Peter ne cessait de compter et recompter le nombre d'années écoulées pour s'assurer qu'il ne s'était pas trompé.

C'était un samedi. En rentrant d'une séance d'entraînement avec l'équipe d'athlétisme du collège, Peter aida Kate à préparer des sandwiches, puis ils emmenèrent les enfants à la piscine municipale. Ils déjeunèrent au soleil, ils se baignèrent, ils jouèrent tous les quatre, mais elle semblait pensive. Ce n'est qu'une fois rentrés à la maison, après avoir entassé les serviettes mouillées dans la machine à laver et installé les enfants devant la télé

549

(ils y avaient droit, après toutes ces heures passées en plein air), qu'elle lui fit part de ses réflexions : elle lui demanda, presque timidement, s'il souhaitait sortir dîner avec elle. Sans les enfants. Pour fêter leur anniversaire de mariage.

— Quinze ans, ce n'est pas rien, se justifia-t-elle. Et on n'est pas allés au restaurant ensemble depuis des lustres ! Bien sûr, il faudrait que je trouve une baby-sitter, mais... ce serait bien, n'est-ce pas ?

Elle lui prit la main et la posa sur la sienne, paume contre paume.

— Oui, acquiesça-t-il. Ça me plairait beaucoup.

— Ce ne sera pas trop dur à gérer pour toi ? Tu n'auras pas envie de...

— Non, ça ira, coupa-t-il. Aucun problème.

Elle sourit comme autrefois, quand ils étaient enfants. Il comprit qu'elle était soulagée : elle s'était préparée à un refus. Quelques minutes plus tard, il l'entendit déplacer les cintres dans la penderie de leur chambre. Elle cherchait une tenue pour la soirée.

Peter choisit le restaurant, un établissement qu'ils ne connaissaient pas, ouvert pendant la période sinistre précédant son audition au NYPD. Il offrait une belle vue sur le détroit de Long Island, mais Peter et Kate n'arrivèrent qu'après le crépuscule et manquèrent le coucher de soleil. En sortant de la voiture, ils entendirent l'eau clapoter sur le rivage. Une fois assis, après avoir commandé une bouteille de Perrier, ils discutèrent des enfants, puis de la maison. Ils se demandèrent si Kate obtiendrait une promotion au labo, maintenant qu'elle était titulaire d'un master. Ils parlèrent du collège où Peter enseignait, et de son goût pour ce métier. Regrettait-il de ne pas s'être engagé plus tôt sur cette voie ? Pourquoi n'y avait-il pas pensé pendant les longs mois durant lesquels il s'était interrogé sur son avenir professionnel, lorsqu'ils étaient en dernière année de fac ? Parvenus à ce point de la discussion, alors qu'ils terminaient leur repas, ils évoquèrent d'autres projets inachevés ou interrompus – autant de regrets accumulés au fil des années. Ils commencèrent modestement, prudemment, avec les petits renoncements auxquels ils avaient dû consentir : les cours qu'ils auraient voulu suivre, les villes ou les pays qu'ils auraient voulu visiter.

— Mais les grands regrets ? demanda Kate. Tu en as, toi ? Moi, j'avoue que je n'y ai jamais vraiment pensé. À quoi bon s'attarder là-dessus ? J'imagine que je devrais regretter d'avoir fait le mur, l'année de nos 14 ans, pour te rejoindre dans le jardin, mais...

— Tu ne le regrettes pas ?

— Je regrette tout ce qui est arrivé ensuite, bien sûr... mais pas notre rendez-vous. Si nous ne nous étions pas rejoints cette nuit-là, nous ne serions pas ensemble aujourd'hui. Frankie et Molly ne seraient pas nés.

Peter acquiesça pensivement.

Kate prit sa serviette et la plia devant elle. Elle en lissa les bords du plat de la main, puis elle coinça et recoinça une mèche de cheveux derrière son oreille.

— J'ai un aveu à te faire, reprit-elle. Je ne suis pas sûre que ce soit un regret, mais je préfère t'en parler.

Elle détourna les yeux, regardant distraitement le couple assis à la table voisine. Lèvres pincées, elle semblait en proie à une vive lutte intérieure. Une veine palpitait à la naissance de son cou. Peter sentit trembler l'édifice qu'il avait bâti au cours des mois précédents.

— Je t'écoute, murmura-t-il.

Déjà, tout paraissait plus instable, plus précaire – jusqu'au sol, qui cédait sous ses pieds.

— C'est à propos de ta mère. Quand elle est venue chez nous fin juin ; ce fameux soir, tu t'en souviens ? Eh bien... Ce n'était pas la première fois. Je l'avais déjà aperçue à plusieurs reprises. Avant notre mariage, quand on vivait à Manhattan. Et après, à Floral Park.

— Et alors ? Tu lui avais demandé de partir ?

— Non. Pas exactement. Je savais qu'elle était là, mais je ne m'approchais pas. Elle t'observait. C'était sa manière à elle de prendre de tes nouvelles. Elle savait que je savais, mais elle ne cherchait pas à m'aborder, et moi non plus. Ce petit manège a duré des années. Puis, fin juin, quand j'ai vu sa voiture garée sur le trottoir d'en face, j'ai décidé d'aller lui parler. Parce que j'avais besoin d'aide. J'avais besoin de parler à quelqu'un qui t'aimait autant que moi, quelqu'un qui s'inquiétait pour toi. Tu comprends ? Donc, sur ce point, je t'ai menti. Elle n'a pas sonné à la porte : c'est moi qui suis allée la trouver.

Peter l'écoutait attentivement, appuyé sur ses coudes.

— Et pendant toutes ces années, poursuivit Kate, je me répétais que tu n'avais pas besoin d'elle, que tu t'en sortais très bien, et que la revoir t'aurait fait plus de mal que de bien. Maintenant, je me demande si je ne me suis pas trompée... Tu aurais peut-être été content d'apprendre qu'elle venait jusqu'ici pour le seul plaisir de t'apercevoir. Peut-être que ça t'aurait facilité les choses, de savoir qu'elle ne t'avait pas oublié, qu'elle se souciait de toi ? Si tu l'avais su il y a dix ans, voire quinze ans, tu n'aurais peut-être pas été si perdu. Si... malheureux ?

Il resta pensif. Ce qu'elle lui révélait le surprenait, mais pas autant qu'elle l'imaginait. Ainsi qu'il avait déjà tenté de le lui expliquer, il n'avait jamais douté de l'amour que sa mère lui portait. Cependant, comme

Francis l'avait affirmé à Kate vingt ans plus tôt, l'amour ne suffit pas : ce n'est qu'une partie de l'histoire.

— Je me disais que je te protégeais en te cachant les visites de ta mère, ajouta Kate, mais c'était surtout moi-même que je cherchais à protéger. J'en suis quasiment sûre, maintenant.

Elle le dévisagea avec appréhension, guettant sa réaction.

— C'est bon, dit-il. Je comprends.

Qu'aurait-il fait s'il avait su qu'Anne venait régulièrement l'observer depuis le trottoir d'en face ? Rien, peut-être ; tout comme Kate, d'ailleurs. À vrai dire, il se sentait perdu bien avant que sa mère ne sorte de sa vie. Voilà ce qu'il aurait voulu répondre à Kate, mais il préféra se taire : une telle confidence risquait de gâcher la fin de la soirée. Et leur anniversaire de mariage. Il pensa à Frankie et à Molly, qui avaient grandi au sein d'un foyer chaleureux et joyeusement chaotique : ils faisaient leurs devoirs en musique tandis que leurs parents bavardaient dans la pièce voisine ; l'après-midi et le week-end, la sonnette d'entrée tintait fréquemment, annonçant la visite impromptue de leurs camarades ou d'amis de leurs parents ; et quand ils jouaient au salon avant le dîner, ils entendaient leur mère rire au téléphone en préparant le repas. Une ambiance à des années-lumière de celle qui régnait chez lui, à Gillam, lorsqu'il était enfant. Il se revit, à leur âge, gamin solitaire dans une maison silencieuse, écoutant les mouvements de sa mère à l'étage. Attendant son pas dans l'escalier.

— Tu n'es pas fâché ? demanda-t-elle.

— Non, affirma t-il, puis il sonda ses émotions pour s'assurer que c'était vrai. J'ai besoin d'un peu de temps pour assimiler la nouvelle, mais non, je ne suis pas fâché.

Kate fut soulagée. Il vit son visage s'éclairer, ses épaules se détendre.

— Eh bien, moi aussi, j'ai un grand regret, déclara-t-il.

Se souvenait-elle du jour où ils avaient décidé de se marier ? Bien sûr qu'elle s'en souvenait, acquiesça-t-elle en se redressant contre le dossier de sa chaise. Elle l'écoutait avec attention, sourde aux conversations des autres convives, au tintement des couverts dans les assiettes. Ses longs cheveux drapaient l'une de ses épaules, encadrant son joli visage nimbé dans la lumière chaude des petites bougies posées au centre de la table. Elle était ravissante, ce soir. Comme toujours. Il la regardait si souvent qu'il oubliait parfois de s'en émouvoir.

— En ce moment, je pense beaucoup à cette époque de notre vie, poursuivit-il. J'ai l'impression qu'on s'est mariés presque sans réfléchir, peut-être parce que nous en rêvions quand nous étions gamins. Parce que c'était dans la logique des choses.

Le jour où il avait fait sa proposition à Kate, il n'avait même pas prévu de bague de fiançailles ! Pourquoi avait-elle dit oui ? Il répétait souvent qu'un jour il lui offrirait une vraie bague, mais il n'avait jamais honoré cette promesse. Elle portait toujours l'alliance à 75 dollars qu'ils avaient achetée sur Bleecker Street avant de se rendre à la mairie. Alors, aujourd'hui, il regrettait de ne pas lui avoir demandé sa main correctement, en bonne et due forme.

À sa place, tout autre homme aurait organisé de vraies fiançailles, préparé un discours, acheté une bague en diamant.

— Moi, je n'ai rien fait de tout ça, conclut-il. Et je le regrette.

Kate éclata de rire.

— Si je comprends bien, tu ne regrettes pas de m'avoir épousée, mais de ne pas me l'avoir demandé correctement ? Oh, Peter, il y a tant d'autres choses que tu pourrais regretter !

— C'est vrai, concéda-t-il en baissant la tête.

— Eh. Reste avec moi, dit-elle en posant ses mains sur les siennes. Si tu le regrettes tant que ça, repose-moi la question. Maintenant. Et correctement, cette fois !

Mais qu'aurait-elle répondu, à l'époque, si elle avait su ce que l'avenir leur réservait ? Pour la seconde fois ce soir-là, il sentit vaciller en lui toutes ses certitudes.

Le serveur s'approcha pour débarrasser leurs assiettes. Kate attendit qu'il ait terminé sans quitter Peter du regard.

— Je vais mieux maintenant, reprit-il. Et notre vie aussi va mieux, n'est-ce pas ? Mais le pire est peut-être à venir. Tu y as déjà pensé ? Quand on s'est mariés, on ne savait rien. On n'avait aucune idée de ce qui nous attendait : entrer dans la vie d'adulte, vivre en couple, devenir parents, élever des enfants... Et aujourd'hui, on n'en sait guère plus. Aurais-tu dit oui à l'époque, si tu avais su ce qui t'attendait ?

— Aujourd'hui, je le sais. Alors repose-moi la question.

Il chercha ses mots. Ne les trouva pas. Baissa de nouveau la tête.

— Je vais te donner un indice, dit-elle en serrant ses mains dans les siennes pour l'inciter à lever les yeux. Aujourd'hui comme hier, je te dis oui,

22

Un an s'était écoulé depuis que Peter était revenu du centre de cure, et depuis qu'Anne avait quitté Floral Park pour regagner le nord de l'État. Elle leur avait laissé le numéro de la maison de retraite où elle travaillait, afin qu'ils puissent la contacter si nécessaire : elle n'avait pas de téléphone portable ni de ligne téléphonique dans son appartement. Depuis lors, chaque fois qu'elle prenait son tour de garde, elle vérifiait que personne n'avait appelé pour elle au poste des infirmières. Peter téléphona le jour de Noël, pensant laisser un message, et fut surpris de la trouver à son poste. Elle lui raconta qu'elle irait réveillonner chez une amie ce soir-là. Qu'elle était chargée d'apporter un plat de légumes. Et que cette amie se prénommait Bridget.

Ensuite, elle demeura sans nouvelles de lui pendant plusieurs mois. L'avait-elle fâché ? Peut-être aurait-elle dû envoyer des cadeaux aux enfants, mais quoi ? Comment être sûre de leur faire plaisir ? Un billet de 20 dollars chacun, peut-être, enfermé dans une carte de vœux à paillettes glissée dans une enveloppe rouge vif. Chaque année, lorsqu'elle triait le courrier de Noël pour les résidents, elle sentait sa gorge se nouer à la vue de ces cartes colorées, envoyées par la poste comme autant de petits bibelots. Or, cette année-là, quelques mois seulement après avoir rencontré ses petits-enfants, elle avait reçu une carte, elle aussi. Ornée d'un liseré doré et insérée dans une enveloppe vert foncé. Accompagnée de deux photos : les enfants et le chien. Anne aurait aimé avoir une photo de Peter aussi. Elle avait aimanté la carte sur la porte du frigo et laissé l'enveloppe ouverte sur le comptoir jusqu'à la mi-janvier : la lumière des réverbères faisait briller le liseré doré pendant toute la nuit.

Elle aurait voulu retourner à Floral Park, mais ce serait différent, à présent : elle ne pourrait plus se garer sur le trottoir d'en face pour les observer de loin. Elle devrait aller sonner à la porte, autant dire : s'inviter chez eux. Or ils n'avaient peut-être pas envie de la voir, maintenant que la crise était surmontée. Que faire ? Quelle attitude adopter ? Anne ne parvenait pas à se décider. Kate lui avait demandé de l'aide au début de l'été, mais avait-elle été un soutien suffisant ? Pas vraiment. Alors Kate regrettait peut-être de s'être adressée à elle.

Peter la rappela au mois de mai, « juste pour prendre des nouvelles », comme il le lui annonça au début de la conversation. Il lui parla de ses élèves, et de Frankie et Molly. Kate avait rédigé un gros mémoire, qu'elle avait soutenu pour obtenir son master.

— Et sinon, tout va bien ? demanda-t-elle prudemment. Tu es en forme ?

— Oui. Et toi ?

Oui, je vais très bien.

Avant de raccrocher, il lui demanda quand ils la reverraient, mais était-ce par simple courtoisie ou parce qu'il désirait vraiment la voir ? Elle n'aurait su le dire.

Ce dont elle était sûre, en revanche, c'cst que Peter ne lui avouerait jamais qu'il n'allait pas bien. Pas au téléphone, en tout cas. De son côté, il raccrocha en pensant exactement la même chose à son propos.

Puis, un mardi matin de décembre, en 2017, une semaine après les fêtes de Thanksgiving, elle décida d'envoyer une carte de vœux à ses petits-enfants. Oui, cette année, décida-t-elle en regardant par la fenêtre de son appartement, elle leur enverrait une carte chacun, dans deux enveloppes distinctes, afin de ne pas avoir à choisir quel prénom écrire en premier sur l'enveloppe. Dans la rue, une équipe d'employés municipaux accrochaient des guirlandes lumineuses au sommet des réverbères. Elle ajouterait un petit mot sur chaque carte, leur disant qu'elle attendait leur visite ; ils n'avaient plus qu'à choisir une date ! Mais comment leur faire comprendre qu'elle ne pourrait pas les loger chez elle et qu'ils devraient dormir à l'hôtel ? À l'instant où elle se demandait s'il n'était pas risqué d'envoyer de l'argent par la poste, on frappa à la porte. Elle ouvrit : c'était le concierge de l'immeuble. Il lui tendit une épaisse enveloppe jaune, trop grande pour sa boîte aux lettres.

— Qu'est-ce que c'est ? demanda Anne.

Elle la retourna : l'expéditeur était un office notarial situé dans une ville de l'État de Géorgie. Anne n'avait jamais entendu parler ni du notaire ni de la ville en question.

— Faut l'ouvrir pour le savoir, répondit le concierge.

La Géorgie ? Anne réfléchit. Brian lui avait un jour demandé si elle connaissait l'existence d'un petit archipel situé au large de cet État. Les Golden Isles, se souvint-elle. Il voulait y aller après la naissance du bébé, parce qu'ils n'avaient pas eu l'occasion de partir en lune de miel. Mais ils avaient perdu le bébé. Et ne s'étaient jamais rendus en Géorgie.

Elle posa l'enveloppe sur le comptoir de la cuisine et

mit de l'eau à chauffer dans la bouilloire. Soit Brian lui demandait enfin le divorce. Soit il était mort.

« Bien. Allons-y », dit-elle à voix haute, dans son appartement vide, lorsqu'elle se sentit prête.

Après avoir lu les documents, elle prit ses clés sur le plan de travail et se rendit à la maison de retraite. La grosse enveloppe jaune était posée à côté d'elle sur le siège passager. Avant son mariage avec Brian, tous deux s'étaient un jour donné rendez-vous au coin de la 18e Rue et de la 5e Avenue. Anne était arrivée la première. Elle avait attendu Brian en regardant passer la foule. Elle tournait la tête d'un côté, puis de l'autre, pour être sûre de le voir arriver. Enfin, elle l'avait aperçu au bout de la rue. Il n'était encore qu'une simple silhouette trottinant auprès des autres, les pans de leurs manteaux et leurs écharpes battant sous le vent, leurs sacs pesant sur leurs épaules. Pourtant, elle l'avait reconnu bien avant de distinguer son visage. À sa façon de marcher, peut-être. « Celui-là est à moi », s'était-elle dit alors.

Pourquoi repensait-elle à ce rendez-vous ? Ce souvenir si longtemps enfoui la surprit. Elle avait donc aimé cet homme. Par intermittence, sans doute. Pas très bien, peut-être. Mais elle l'avait aimé. Elle tenta de se rappeler ce qu'elle éprouvait quand elle glissait sa clé dans la serrure, à Gillam, en sachant qu'il y avait peut-être quelqu'un de l'autre côté de la porte.

En arrivant à la maison de retraite, elle informa sa responsable qu'elle souhaitait s'installer dans la salle de réunion pour passer un appel téléphonique pour raisons familiales. Elle ignorait combien de temps durerait sa conversation et réglerait volontiers le montant de l'appel s'il se révélait coûteux.

— Je ne travaille pas aujourd'hui, ajouta-t-elle, mais je n'ai pas le téléphone chez moi, et... c'est beaucoup plus pratique ici. Vous êtes d'accord ?

Sa responsable acquiesça. Anne s'installa dans la salle de réunion. Elle avait parcouru chez elle les documents contenus dans l'enveloppe jaune, mais ils laissaient plusieurs questions en suspens. Comment était-il mort ? Elle avait fait le calcul : Brian n'avait que 65 ans. À la maison de retraite, un grand nombre de visiteurs avaient une bonne soixantaine d'années – leurs mères en avaient 90, voire davantage. Était-ce la proximité avec ces très vieilles personnes qui avait brouillé, chez elle, la frontière entre les jeunes générations et les moins jeunes ? En tout cas, il lui semblait qu'à 65 ans, on était encore jeune. Brian était mort un mois plus tôt. Son testament la désignait comme son épouse et légataire.

Elle composa le numéro figurant sur le courrier et demanda à parler au notaire, un certain Ford Diviny. La réceptionniste la mit aussitôt en relation avec ce monsieur.

Le problème (au ton de voix de son interlocuteur, Anne devina que c'était un des nombreux problèmes que son défunt mari avait causés) était que le testament de Brian tenait en quelques lignes. Dans sa situation, il aurait dû rédiger un testament bien plus complexe, avec des clauses de non-responsabilité, des codicilles. Il vivait avec une femme depuis dix ans, mais il ne lui avait pas laissé un centime.

— Pourtant, il n'était pas mesquin, assura M. Diviny. C'était le genre de choses auxquelles il ne pensait pas, voilà tout.

Son état de santé nécessitait des soins à domicile ces

dernières années, et sa compagne s'en était chargée. Il était diabétique. Elle vérifiait fréquemment que ses jambes et ses pieds ne blanchissaient pas et ne présentaient pas de fissures ou de lésions. Elle lui achetait des bas de contention. Elle frottait ses orteils avec de la fécule de maïs. Malgré tout, Brian avait dû être amputé du pied gauche en 2013. Anne le savait-elle ? Il n'était pas assez prudent, même après l'amputation. Il se permettait beaucoup d'écarts. Des écarts ? songea-t-elle. Quelle jolie façon de parler !

— Vous semblez bien le connaître, dit-elle. Étiez-vous son notaire depuis longtemps ?

— Je n'étais pas son notaire. J'étais son ami. Nous sommes allés plusieurs fois à Louisville ensemble. Pour assister au Kentucky Derby. Je l'avais rencontré à Trade Winds, une jolie marina pas loin d'Augusta. Vous connaissez ?

— Non, dit Anne.

— J'ignorais complètement votre existence et celle de votre fils jusqu'au jour où Brian m'a demandé de l'aider à rédiger son testament, et à ce moment-là je le connaissais depuis près de vingt ans ! Quand j'ai compris qu'il avait l'intention de tout vous léguer, ça m'a fait de la peine pour Suzie. Je l'avais croisée avec lui à plusieurs reprises. J'avais le sentiment qu'il ne lui avait jamais parlé de vous, et je ne m'étais pas trompé.

L'état de Brian s'était récemment aggravé, et il était sur le point d'être amputé du pied droit lorsqu'il était mort. Il était propriétaire de la maison où il vivait avec Suzie, mais il avait choisi de la léguer, à parts égales, à Anne et à Peter. Il avait également légué une importante somme d'argent et quelques objets personnels à M. George Stanhope, son frère. Ainsi que des effets personnels à M. Francis Gleeson.

Anne enfouit son visage entre ses mains.

— Il n'était pas si riche que ça, tout de même ? Il n'avait même pas 40 ans quand il a pris sa retraite du NYPD !

— C'est vrai, mais il a beaucoup travaillé ici, en Géorgie, quand il tenait encore sur ses deux jambes. Une bonne quinzaine d'années, je dirais. Et il cumulait son salaire avec sa retraite. Alors, comparé à d'autres, il était plutôt fortuné. En tout cas, ce qu'il possédait vous revient en totalité. Car il n'avait pas de dettes – ce qui m'a un peu surpris, le connaissant.

— Comment m'avez-vous trouvée ?

— Après sa mort, j'ai pu accéder à votre acte de mariage grâce à son numéro de Sécurité sociale. Ensuite, il m'a fallu trois bonnes semaines pour vous localiser. Pauvre Suzie ! soupira-t-il. C'est une chic fille, vraiment. Ça lui a fait un sacré choc.

— Avez-vous informé les autres légataires ? demanda Anne. Ont-ils tous reçu les mêmes documents que moi ?

— Oui. Nous les avons postés le même jour. Ah, madame Stanhope ? J'allais oublier... Brian tenait à être enterré dans le Nord.

— Comment ça, dans le Nord ?

— Eh bien... À New York. Près de vous tous.

— Nous tous ? répéta-t-elle, incrédule. Moi aussi ?

— Oui, vous. Son fils. Sa mère et son père décédés. Il m'a parlé de sa mère, en particulier.

Mais ils n'avaient pas pu accéder à cette dernière requête, expliqua M. Diviny. Le temps leur avait manqué. Il fallait procéder à l'inhumation et personne, en Géorgie, n'avait l'adresse du frère, du fils ou de l'épouse de Brian. Alors ils avaient organisé une veillée mortuaire (avec le cercueil ouvert, selon le rituel catholique, précisa le notaire), puis il avait été incinéré.

Anne tourna les yeux vers la fenêtre qui donnait sur le parking de la maison de retraite. Cette histoire n'avait aucun sens. Absolument aucun. La camionnette d'un marchand de glaces passa à vive allure sur la route. Le chauffeur avait coupé la petite musique qui sortait habituellement des haut-parleurs. La mère de Brian n'avait jamais accepté leur mariage. Elle n'avait pas témoigné la moindre sympathie quand ils avaient perdu leur premier enfant. Et Brian souhaitait être enterré près d'elle ? C'était à n'y rien comprendre. Anne avait assisté à sa veillée mortuaire, puis à son enterrement, mais elle avait refusé de s'agenouiller près du corps.

— Je n'ai pas vu cet homme... mon mari... depuis vingt-cinq ans, reprit-elle.

M. Diviny soupira de nouveau.

— Eh bien... Comme dit le poète, tout sauvage aime son rivage natal. J'entends un accent dans votre voix. Vous ne ressentez pas la même chose ?

— Non. Pas vraiment. Suzie peut avoir les cendres. C'est bien ainsi qu'elle s'appelle ? Suzie ?

— Elle n'en veut pas. Elle est furieuse. Et je la comprends. De toute façon, Brian ne le souhaitait pas. Comme je vous l'ai dit, il a expressément demandé à reposer dans le nord du pays.

— Et si je lui laisse la maison, elle gardera les cendres ? Je peux la lui donner, vous savez. Je m'en moque.

M. Diviny observa un long silence, avant de reprendre :

— J'ai cru comprendre que vous vous êtes séparés dans des circonstances difficiles, Brian et vous.

Brian s'était donc confié, au moins en partie, à son ami. Anne cherchait à formuler une réponse appropriée quand un voyant se mit à clignoter sur le socle du téléphone. Devait-elle appuyer dessus ? Ou appeler quelqu'un ?

— Je vous conseille d'y réfléchir, madame Stanhope. D'autant que la moitié de cette maison revient à votre fils.

Une jeune infirmière apparut dans l'encadrement de la porte. Elle mima un appel téléphonique. Que voulait-elle dire ? Anne pria M. Diviny de bien vouloir patienter.

— Que se passe-t-il ? souffla Anne à sa collègue.

— Un appel pour toi. Peter Stanhope. C'est bien ton fils ? Il demande à te parler. Je peux transmettre l'appel sur ce poste ?

— Oui ! s'écria Anne. Comment faut-il faire ?

Elle prit rapidement congé de M. Diviny et pressa le combiné contre son oreille. Et si Peter avait raccroché, fatigué d'attendre ? La jeune infirmière s'approcha du téléphone, appuya sur le voyant rouge et lui fit un signe de tête. La communication était établie. Il était là.

Assis devant un thé dans sa cuisine, à Gillam, Francis lut l'intégralité des documents une cinquième, puis une sixième et une septième fois, avant de téléphoner à Kate. Lena ne les avait lus qu'une fois. Francis l'avait vue parcourir la liste des légataires comme si elle y cherchait son nom, puisque celui de Francis y figurait. Puis, ne le trouvant pas, elle avait annoncé qu'elle allait se promener. Tandis qu'il composait le numéro de Kate sur le clavier de l'appareil, debout près du comptoir, Francis perçut son reflet dans la porte du micro-ondes : un type hagard, les cheveux dressés sur la tête, le teint blême. Tel un morceau de bois flotté, malmené trop longtemps par des eaux tumultueuses. Il portait de nouveau son cache-œil, sa dernière prothèse s'étant détériorée plus vite que les précédentes. Elle s'était plissée le long de l'iris, à peine trois ans après sa fabrication, et cette fine ligne de crête irritait sa paupière chaque fois qu'il l'abaissait sur la prothèse. Il n'avait pas voulu en commander une autre. Chaque nouvelle prothèse lui indiquait le temps écoulé depuis la précédente, car son visage, lui, continuait de vieillir.

— Je savais que c'était toi, dit Kate. Tu as reçu le testament de Brian ? C'est incroyable, non ? On a cavalé toute la matinée et j'avais complètement oublié le courrier... Alors, qu'est-ce qu'il t'a légué ?

Elle était essoufflée, comme si elle avait couru pour décrocher le téléphone.

— Je ne sais pas. Le détail du legs arrivera dans les prochains jours. Sous pli séparé.

— De quoi s'agit-il, d'après toi ?

Quelle que soit la nature de l'objet ou de la somme en question, Francis avait décidé qu'il n'en voulait pas. Si le legs avait de la valeur, il le donnerait à Peter. Sinon, il le jetterait.

— Et Peter, ça va ? demanda-t-il.

— Oui, répondit Kate en baissant la voix. Il a plutôt bien réagi. Il est surpris, bien sûr. Il ne s'attendait pas à revoir Brian, mais il ne s'attendait pas non plus à ce qu'il meure.

C'était exactement ce que Francis avait ressenti en apprenant la mort de son propre père, si loin de lui, là-bas, de l'autre côté de l'Atlantique.

C'était entendu : Francis était bien décidé à refuser le legs de Brian. Pourtant, il se surprit à guetter le passage du facteur avec plus d'impatience que d'ordinaire. Le mercredi et le jeudi s'écoulèrent sans nouvelles du notaire. Le vendredi matin, le facteur apporta un paquet, mais il s'agissait des compléments alimentaires que Lena avait commandés.

Enfin, le samedi, une petite enveloppe cartonnée arriva de Géorgie. Francis s'attendait à recevoir un colis – une boîte en carton, peut-être de grande taille. Une enveloppe signifiait qu'il s'agissait plus probablement d'un chèque. Ou d'un titre de propriété. Ou de la clé d'un coffre, quelque part en ville. Brian ne savait peut-être même pas que son fils avait été capitaine au NYPD.

Et si c'était une lettre ? se dit-il soudain avec un pincement d'anxiété. Il appela Kate.

— Tu as reçu le paquet ? s'exclama-t-elle. Alors, c'est quoi ?

— Je ne l'ai pas encore ouvert. Ta mère est sortie faire une course.

— Eh bien, ouvre-le maintenant ! Je reste au téléphone. Oh, tu sais quoi ? On pourrait l'ouvrir tous ensemble. Attends une minute...

Francis devina qu'elle posait le combiné sur la table, puis il l'entendit parler à Peter dans la pièce voisine. Elle revint vers lui un instant plus tard.

— Papa ? On sera là dans une heure. Tu peux nous attendre pour ouvrir le paquet ? Empêche maman de cuisiner. On commandera une pizza pour les enfants.

Peter n'était pas venu de gaieté de cœur, comprit Francis dès que son gendre entra dans la cuisine. Il paraissait en forme, ces derniers temps. Il semblait même avoir rajeuni de quelques années. Mais une lueur inquiète, presque fébrile, brillait dans ses yeux ce matin-là, semblable à celle que Francis avait lue dans son regard tant d'années auparavant, quand il était venu leur annoncer qu'il avait épousé leur fille.

— Alors, qu'y a-t-il là-dedans ? lança Francis en brandissant l'enveloppe.

Peter eut un mouvement de recul involontaire, comme s'il ne souhaitait pas le savoir. Kate avait déjà informé son père de la valeur de la maison en Géorgie, du montant des actions et de la maigre assurance-vie de Brian, souscrite, vraisemblablement, avant qu'il commence à souffrir du diabète – autant d'informations chiffrées détaillées dans le courrier qu'ils avaient reçu. Leur enveloppe ne contenait rien d'autre. Ni lettre. Ni objet personnel. Ainsi que Kate l'avait confié à Francis, Peter était déçu. Certes, il ne s'attendait pas à recevoir des excuses de la part de son père, mais quelques lignes de sa main, rédigées à son intention, lui auraient fait du bien. Brian aurait pu au moins reconnaître qu'il ne lui avait pas offert une enfance idéale. Ou le féliciter d'avoir réussi sa vie, malgré tout. Mais comment Brian aurait-il pu le savoir ? se demandait Kate à voix haute. Il ignorait tout de l'adulte que son fils était devenu ! Il n'avait jamais repris contact, pas une fois. Il vivait avec une femme là-bas, dans le sud du pays, avait-elle ajouté. Mais il ne lui avait pas légué un centime. Pire encore, il ne lui avait jamais dit qu'il était toujours marié, et qu'il avait un fils.

Francis avait secoué la tête. Rien ne bouge, avait-il pensé. Les gens restent fidèles à eux-mêmes. Ils ne changent jamais vraiment.

— Peter et Anne en ont parlé, avait continué Kate. Ensemble, ils ont décidé de léguer un tiers de l'héritage à cette femme.

La nouvelle l'avait surpris. Bouleversé, même, lui qui l'était si rarement.

— C'est très généreux de leur part, avait-il commenté,

Aurait-il agi avec autant de noblesse s'il avait été à leur place ?

— Bon, dit Lena en posant une assiette de biscuits sur la table. Inutile d'attendre plus longtemps.

Tous quatre se penchèrent au-dessus de l'enveloppe. Francis déchira la bande cartonnée qui la scellait, puis il la retourna et la tapota pour faire tomber son contenu. Trois photos et une image pieuse glissèrent sur la nappe. Ils demeurèrent parfaitement immobiles, les yeux rivés sur les documents, cherchant à comprendre. La première photo montrait une jolie blonde au long cou gracile. Sur la suivante, deux jeunes hommes brunis par le soleil souriaient sur les gradins du Shea Stadium. La troisième était une photo de Peter, âgé de 4 ou 5 ans. Les trois clichés, jaunis par le temps, étaient couverts d'auréoles.

Lena fut la première à rompre le silence.

— Tu es sûr que c'est pour toi ? demanda-t-elle à Francis. Le notaire ne s'est pas trompé ?

— Que leur est-il arrivé ? demanda Kate en prenant la photo de Peter. Elles ont subi un dégât des eaux ?

— Non. Ce sont des taches de sueur, rectifia Francis. J'ai déjà vu ces photos.

Peu à peu, les souvenirs remontaient à sa mémoire. Un jour d'été. En pleine canicule. Une odeur de brûlé flottait dans l'air du Bronx : les incendies se multipliaient cette année-là. Et le vacarme incessant. À chaque instant, une alarme se déclenchait, vous vrillant les tympans. Des années éprouvantes, vraiment. En y repensant, Francis se demandait parfois pourquoi il s'était donné tant de mal pour bien faire son boulot. Il se revoyait courant derrière un suspect, poursuivant des malfrats dans des ruelles sombres, dans des halls d'entrée, dans des cages d'escalier. Pourquoi ne faisait-il pas semblant de bosser, comme certains de ses collègues ? Il lui aurait suffi de dire que les suspects avaient pris la fuite, et tout le monde l'aurait cru. Ce n'est que plus tard, bien plus tard, en se rappelant certaines situations dans lesquelles il s'était trouvé, qu'il avait mesuré le risque encouru. Et compris qu'il avait une sacrée chance d'être encore en vie.

Il prit la photo d'Anne et se tourna vers Peter.

— Celle-là, ton père me l'a montrée en 1973. En juillet. On patrouillait à pied dans le Bronx. Il a soulevé son képi et l'a sortie de la doublure.

Il frôla l'image pieuse de l'archange saint Michel, puis la photo de Brian et George au stade de base-ball.

— Ces deux-là aussi. Il a dû ajouter celle-ci par la suite, dit-il en désignant la photo de Peter.

Le garçonnet souriait à l'objectif. Francis avait gardé le souvenir d'un gamin solitaire, un peu bizarre. Peter s'asseyait sur les gros rochers au fond du jardin pour jouer avec ses petits soldats. Il orchestrait les batailles à gestes mesurés, en se parlant à voix basse. Ce qui était sûr, c'était que son père l'avait aimé. Au point de glisser une photo de lui dans la doublure de son képi pour pouvoir l'admirer entre deux patrouilles. Ou à l'issue d'une rude journée. Ou quand il avait peur, peut-être.

— Pourquoi vous les a-t-il envoyées ? s'enquit Peter. À vous, et pas à moi ?

Il regardait fixement la photo qui le montrait à 4 ou 5 ans.

— Je ne sais pas, dit Francis.

Il tourna la question dans sa tête. Brian lui avait peut-être envoyé les photos parce qu'il pensait que seul Francis saurait ce qu'elles signifiaient pour lui, et qu'il pourrait l'expliquer à Peter. Aujourd'hui, les jeunes recrues ne glissaient plus de photos dans la doublure de leur képi : elles étaient toutes stockées dans leur téléphone portable.

Ou peut-être était-ce sa manière à lui de s'excuser auprès de Francis ? De lui dire qu'il était navré de ce qui était arrivé. En lui envoyant les photos, Brian faisait un geste vers lui. Peut-être admettait-il qu'il aurait dû en faire davantage, compte tenu de leur histoire commune – ces six semaines caniculaires de l'été 1973 durant lesquelles ils avaient été coéquipiers.

Peut-être souhaitait-il simplement indiquer à Francis qu'il n'avait pas oublié sa vie d'autrefois, malgré le temps et la distance qui les séparaient.

Il était aussi possible que son geste ne signifie rien de particulier. Peut-être Brian avait-il décidé de transmettre ces photos à Francis parce qu'il ne voulait pas les jeter, pas après les avoir gardées si précieusement dans la doublure de son képi pendant tant d'années. Cette jolie blonde au cou gracile était la femme qu'il avait épousée. Et ce garçonnet était l'enfant qu'il avait conçu avec elle. Peut-être avait-il préféré remettre les photos à son notaire pour éviter que Suzie ne tombe dessus en venant frotter de la fécule de maïs entre ses orteils.

Aucun message n'accompagnait les photos dans l'enveloppe, et ce qui avait été écrit au dos des clichés était effacé depuis longtemps.

— Que ferez-vous des cendres ? demanda Lena.

— Le notaire va les expédier à ma mère, répondit Peter. Elle les apportera ici et nous les enterrerons avec ma grand-mère paternelle. C'est une idée de George.

— On s'est renseignés, intervint Kate. Ce n'est pas très compliqué. Les pompes funèbres creuseront un petit espace à côté de la tombe.

Brian sera mieux là qu'en haut d'une étagère, pensa Francis.

Peu à peu, chacun reprit le cours de ses activités. Lena se leva la première. Elle sortit quelques côtelettes de porc du frigo, prit le paquet de chapelure dans le placard, cassa deux œufs dans un bol. Une minute plus tard, alors que Kate continuait à regarder les photos, passant de l'une à l'autre, avant de revenir à la première, Peter se leva à son tour pour aider Lena. Sans qu'elle ait à le lui demander, il prit quelques pommes dans le compotier, les coupa en tranches et les fit revenir à la poêle avec une noix de beurre. Tandis que les fruits cuisaient doucement, il baissa la tête pour regarder par la fenêtre : Frankie et Molly jouaient dans le jardin, près des gros rochers.

— Kate, appela-t-il à mi-voix.

Quand elle le rejoignit, il désigna les enfants d'un signe du menton. Ils échangèrent un regard, puis un sourire amusé. L'un des gamins, peut-être les deux, venait d'accomplir un de ces menus exploits qui font la fierté de leurs parents, comprit Francis.

Il comprit aussi, pour la première fois, que Peter allait bien. Que c'était un bon père et un bon mari. Et qu'il faisait partie de la famille. Kate allait bien, elle aussi. Elle était heureuse. Et Lena aussi. Et lui aussi, il allait bien. Rien de ce qui leur était arrivé au cours de leur vie ne les avait meurtris de manière irréparable, en dépit de ce qu'ils avaient pu craindre sur le moment. Francis n'avait rien perdu, il avait toujours été gagnant, d'une manière ou d'une autre. En était-il de même pour Peter ? Pour Kate ? Oui. Vivraient-ils dans un plus bel endroit, ou une maison plus spacieuse que la leur, si leur vie avait pris une autre direction ? Auraient-ils été plus heureux, plus comblés ? Non, cela semblait impossible. Ils n'avaient rien à regretter, eux non plus.

— Ça va ? demanda Lena en posant ses mains chaudes sur les épaules de Francis.

Penchée au-dessus de lui, elle observa les photos éparpillées sur la nappe. Il suivit son regard.

— Tu sais ce que je pense ? reprit-elle.

— Non. Dis-moi.

Lena se pencha un peu plus, afin qu'il sente la chaleur de son visage au creux de son cou.

— Je pense que nous avons eu plus de chance que la plupart des gens.

Francis laissa cette certitude le submerger, et lorsqu'il refit surface, le cœur battant, le corps lourd, le ciel lui parut plus bleu qu'un moment plus tôt, lorsqu'il avait été englouti sous un flot d'eaux sombres.

— Tu le penses aussi ? s'enquit-elle, la douceur de sa voix démentant la vigueur de ses mains, toujours posées sur ses épaules.

— Oui, répondit-il. Oui.

REMERCIEMENTS

Je suis profondément reconnaissante envers plusieurs lecteurs et amis de confiance qui ont accepté de mettre leurs propres romans entre parenthèses et de surseoir à leurs obligations professionnelles pour lire les premières ébauches de *Aujourd'hui comme hier*. Leurs questions m'ont aidée à mieux percevoir mes personnages. Un grand merci à Jeanine Cummins, Mary Gordon, Kelsey Smith, Callie Wright, et plus particulièrement à Eleanor Henderson et à Brendan Mathews, qui ont lu plusieurs versions du texte et m'ont encouragée à continuer.

Je remercie vivement la Fondation John Simon Guggenheim de m'avoir sélectionnée. La bourse qu'elle m'a attribuée m'a permis de gagner du temps d'écriture supplémentaire et, surtout, elle m'a donné confiance en moi au moment où j'en avais le plus besoin.

Ma reconnaissance va également à Lesley Williamson et à la Fondation Constance Saltonstall, qui m'ont offert à deux reprises l'espace et le calme nécessaires pour travailler dans de bonnes conditions, alors que j'en faisais la requête à la dernière minute. J'ai accompli davantage en une semaine à Saltonstall qu'en trois mois dans ma propre maison. J'ai écrit les deux derniers chapitres de ce roman dans l'atelier aménagé au rez-de-chaussée du bâtiment.

Je remercie du fond du cœur les officiers du NYPD, retraités ou en activité, qui ont répondu à mes questions terriblement naïves sans broncher ni lever les yeux au ciel. Je pense en particulier à Artie Marini, à Austin « Timmy » Muldoon, et surtout à Matt Donagher. Je remercie le Dr Sheila Brosnahan, qui m'a expliqué le système de procédures disciplinaires mises en place par la police de New York pour faire face aux problèmes de santé mentale susceptibles d'être détectés au sein du personnel. Merci également au Dr Howard Forman de m'avoir exposé les grands principes de la psychiatrie légale alors que je commençais tout juste à penser à ce livre et que je ne savais absolument rien. Toutes les erreurs que j'ai pu commettre sont entièrement ma faute, et non la leur.

Un grand, grand merci à Nan Graham d'avoir acheté les droits de ce roman, et à Kara Watson pour son édition soignée. Je suis si fière, et si reconnaissante, d'être de nouveau publiée chez Scribner !

Merci à Chris Calhoun, mon agent et ami, de m'avoir fait comprendre que je n'avais pas encore atteint mes limites.

Enfin, et surtout, merci à Marty de m'avoir appris il y a bien longtemps que la gentillesse est l'unique secret de l'amour.

L'éditeur de cet ouvrage s'engage dans une démarche
de certification FSC® qui contribue à la préservation
des forêts pour les générations futures.

Pour en savoir plus :
www.editis.com/engagement-rse/

10/18 – 92 avenue de France, 75013 PARIS

Imprimé en France par **CPI**

N° d'impression : 3048905
X08003/01